HEYNE
JUBILÄUMS
REIHE

In derselben Reihe erschienen außerdem als Heyne-Taschenbücher:

Thriller · Band 50/6
Klinik · Band 50/19
Horror · Band 50/21
Das endgültige Buch der Sprüche und Graffiti · Band 50/26
Sinnlichkeit · Band 50/31
Noch mehr Witze · Band 50/34
Das Buch der Sprüche und Graffiti · Band 50/39
Lust · Band 50/40
Beschwingt & heiter · Band 50/47
Sex · Band 50/50
Deutsche Erzähler des 19. Jahrhunderts · Band 50/52
Sehnsucht · Band 50/53
Körner, Sprossen, Keime · Band 50/57
Glück muß man haben · Band 50/59
Männerwitze · Band 50/62
Zauber der Leidenschaft · Band 50/65
Super-Sex · Band 50/67
Ärzte · Band 50/68
Immer fröhlich, immer heiter · Band 50/69
Alptraum · Band 50/71
Bürosprüche · Band 50/72
Lateinamerikanische Erzähler · Band 50/73
Louisiana · Band 50/74
Samurai · Band 50/76
Obsession · Band 50/77
Ratgeber Bauen und Wohnen · Band 50/79
Viel Vergnügen · Band 50/80
Ekstase · Band 50/81
Österreichische Erzähler · Band 50/82
Ratgeber Versicherung · Band 50/83
Grauen Pur · Band 50/84
Fröhlich und beschwingt · Band 50/85
Arztpraxis · Band 50/86
Bombenstimmung · Band 50/87
Starke Frauen · Band 50/88
Heiter und so weiter · Band 50/89
Frauenkrimis · Band 50/90
Lachsalven · Band 50/91
Romantische Liebe · Band 50/92
Geheimnisvolles Erbe · Band 50/93
Hinter dem Schleier · Band 50/94
1000 neue Witze zum Totlachen · Band 50/95
Herr Doktor · Band 50/96
Leidenschaftliche Liebe · Band 50/97
Glücklich und zufrieden · Band 50/98
Crime Ladies · Band 50/99
Die große Liebe · Band 50/100
Psycho · Band 50/101
Tatmotiv: Liebe · Band 50/102
Vergnügliches · Band 50/103
Halbgott in Weiß · Band 50/104
Stürme des Herzens · Band 50/105
König Artus · Band 50/106
Lachen ist ansteckend · Band 50/107
Die Patientin · Band 50/108
Shadorun · Band 50/109
Liebesglück · Band 50/110
Verborgene Zuflucht · Band 50/111
Im Reich der Fantasy · Band 50/112
Bitte lächeln · Band 50/113
U-Boot · Band 50/114
Gefühle · Band 50/115
Thriller spezial · Band 50/116
Hoffnung · Band 50/117
Schwestern · Band 50/118
Notfall · Band 50/119
Liebeserwachen · Band 50/120
Star Trek spezial · Band 50/121
Zärtliches Feuer · Band 50/122
Thriller · Band 50/123
Liebe und Macht · Band 50/124
Macht der Leidenschaft · Band 50/127
Nichts als die Wahrheit · Band 50/128
Rache ist Weiblich · Band 50/129
Akte X · Band 50/130
Männer · Band 50/132
Liebe für ein ganzes Leben · Band 50/133
Mord am Golden Gate · Band 50/134

HEYNE
JUBILÄUMS
REIHE

Fluch

Zwei unheimliche Romane

WILHELM HEYNE VERLAG
MÜNCHEN

HEYNE JUBILÄUMSBÄNDE
Nr. 50/136

QUELLENHINWEIS

Aus dem Amerikanischen von Heinz Zwack
Das Buch erschien mit dem Titel »Unter Beschattung«
1988 in der Droemerschen Verlagsanstalt
Th. Knaur Nachf., München
(Der Titel erschien bereits in der Allgemeinen Reihe
mit der Band-Nr. 01/9353.)

Aus dem Amerikanischen von Cornelia Haenchen
(Der Titel erschien bereits in der Allgemeinen Reihe
mit der Band-Nr. 01/9092.)

Umwelthinweis:
Dieses Buch wurde auf chlor- und säurefreiem Papier gedruckt.

Printed in Germany 1998
Umschlagillustration: Tony Stone Images/Rick Raymond
Umschlaggestaltung: Atelier Ingrid Schütz, München,
Satz: Buch-Werkstatt GmbH, Bad Aibling
Druck und Bindung: Elsnerdruck, Berlin

ISBN 3-453-14050-8

INHALT

DEAN KOONTZ
Die Spuren

Für Lee Wright –
mit Dank für viel Freundlichkeit,
Rat und Geduld

MONTAG

1

Nur vier Straßen von dem möblierten Apartment entfernt und mit noch mehr als dreitausend Meilen Landstraße vor sich, ehe sie bei Courtney in San Francisco sein würden, begann Colin eines seiner Spiele. Colin liebte diese Spiele: nicht etwa solche, die ein Spielbrett und Figuren erforderten, sondern solche, die man im Kopf spielte – Wortspiele, Ideenspiele, komplizierte Fantasien. Er war ein sehr gesprächiger, frühreifer Elfjähriger mit mehr Energie als er ausleben konnte. Schlank, in Anwesenheit von Fremden schüchtern, von ziemlich schwerem Astigmatismus in beiden Augen geplagt, der es erforderlich machte, daß er dauernd eine Brille mit dicken Gläsern trug, trat er nicht gerade als sportlicher Typ auf. Er konnte seine Kräfte nicht beim Footballspiel einsetzen, weil gleichaltrige, sportliche Jungs nicht mit jemandem spielen wollten, der dauernd über seine eigenen Füße stolperte, der den Ball fallen ließ und bei der kleinsten, durchaus nicht regelwidrigen Rempelei schon außer Gefecht gesetzt war. Außerdem langweilte ihn Sport. Er war ein intelligenter Junge und eine richtige Leseratte, und seine eigenen Spiele machten ihm viel mehr Spaß als Football. Jetzt kniete er auf dem Vordersitz des großen Wagens, blickte durchs Heckfenster auf das Zuhause, das er für immer verlassen würde, und sagte: »Man verfolgt uns, Alex.«

»Tatsächlich?«

»Yeah. Als wir die Koffer in den Kofferraum packten, parkte er ganz unten an der Straße. Ich habe ihn gesehen. Jetzt folgt er uns.«

Alex Doyle lächelte, als er den Thunderbird auf die Landsdowne Avenue lenkte. »Eine große schwarze Limousine, oder?«

Colin schüttelte den Kopf, und seine bis zu den Schultern reichende dichte braune Mähne flog dabei. »Nein. Eine Art Lieferwagen.«

Alex sah in den Rückspiegel. »Ich sehe ihn nicht.«

»Du hast ihn abgehängt, als du um die Ecke gebogen bist«, sagte Colin. Er preßte den Bauch gegen die Rücklehne und streckte den Kopf über den Rücksitz. »Da ist er! Siehst du ihn jetzt?«

Fast einen Block hinter ihnen bog ein neuer Chevroletlieferwagen in die Landsdowne Avenue ein. Um fünf Minuten nach sechs an einem Montagmorgen war es das einzige in Bewegung befindliche Fahrzeug, das zu sehen war.

»Ich dachte, es wäre immer eine schwarze Limousine«, sagte Alex. »Im Film wird der Held immer von einer großen schwarzen Limousine verfolgt.«

»Das ist nur im Film so«, entgegnete Colin, ohne den Lieferwagen aus den Augen zu lassen, der seinen Abstand zu ihnen beibehielt. »Im wirklichen Leben verhält sich niemand so auffällig.«

Die Bäume zu ihrer Rechten warfen lange schwarze Schatten über die halbe Straße und erzeugten auf der Windschutzscheibe flackernde, schwindelerregende Muster. Irgendwo im Osten war die Maisonne aufgegangen, stand aber noch viel zu weit unten am Horizont, als daß Alex sie hätte sehen können. Trotzdem hüllte sie die alten zweistöckigen Holzhäuser in strahlendes Licht und ließ sie neu und gepflegt erscheinen.

Von der frischen Morgenluft belebt und fast genauso über die ersten grünen Knospen an den Bäumen entzückt wie Colin von der bevorstehenden Reise, dachte Alex Doyle, daß er wohl nie in seinem Leben glücklicher gewesen war. Er lenkte den schweren Wagen mühelos und hatte Freude an der lautlosen Kraft, die seinem Willen gehorchte. Sie würden lange unterwegs sein, sowohl was die Stunden als auch was die Meilen betraf; aber einfallsreich und fantasievoll wie er war, würde Colin ihm ein angenehmerer Reisebegleiter als die meisten Erwachsenen sein.

»Er ist immer noch hinter uns«, sagte Colin.

»Ich möchte wissen, warum er uns folgt.«

Colin zuckte mit den schmalen Schultern, drehte sich aber nicht um. »Dafür könnte es eine Menge Gründe geben.«

»Zum Beispiel?«

»Nun … er könnte gehört haben, daß wir nach Kalifornien umziehen. Und er weiß, daß wir unsere Wertsachen bei uns haben …

Familienschätze und so Zeug. Also fährt er hinter uns her, drängt uns auf irgendeiner einsamen Straße in den Graben und beraubt uns mit vorgehaltener Pistole.«

Alex lachte. »Familienschätze? Alles, was wir bei uns haben, ist Kleidung für die Reise. Der ganze andere Krempel ist schon vor einer Woche mit dem Möbelwagen weggebracht worden, oder deine Schwester hat es mit dem Flugzeug mitgenommen. Und ich kann dir versichern, daß ich nichts wertvolleres als meine Armbanduhr dabei habe.«

Aber Colin ließ sich von Doyle nicht so leicht von seiner Idee abbringen. »Vielleicht ist er ein Feind von dir. Jemand, der dir irgendeine alte Sache nachträgt. Er will dich zu fassen kriegen, ehe du die Stadt verläßt.«

»Ich hatte in Philly keine richtigen Freunde«, sagte Alex, »aber richtige Feinde habe ich auch nicht. Und wenn er mich verprügeln wollte, warum ist er dann nicht einfach auf mich losgegangen, als ich unsere Koffer einlud?«

Ein flimmerndes Spitzenmuster aus Sonnenlicht und Schatten huschte schnell über die Windschutzscheibe. Vor ihnen schaltete die Ampel geradezu rechtzeitig auf Grün, um Alex ein lästiges Abbremsen zu ersparen.

Nach einer Weile sagte Colin: »Vielleicht ist er ein Spion.«

»Ein Spion?« fragte Alex.

»Ein Russe oder so etwas.«

»Ich dachte, wir wären heutzutage mit den Russen befreundet«, entgegnete Alex, musterte den Lieferwagen im Rückspiegel und lächelte dann wieder. »Und selbst wenn wir Streit mit den Russen hätten – warum sollte ein Spion sich für dich oder mich interessieren?«

»Das ist einfach«, sagte Colin. »Er verwechselt uns. Er soll jemanden beschatten, der in unserem Block wohnt, und ist durcheinander gekommen.«

»Nun, vor einem so ungeschickten Spion habe ich keine Angst«, sagte Alex. Er drehte am Knopf der Klimaanlage und bewirkte damit, daß eine sanfte, kühle Brise in das stickige Auto wehte.

»Vielleicht ist er auch kein Spion«, sagte Colin, dessen Fantasie den unauffälligen kleinen Lieferwagen einfach nicht loslassen wollte. »Er könnte auch etwas anderes sein.«

»Was zum Beispiel?«

»Laß mich eine Weile darüber nachdenken«, sagte der Junge.

Während Colin darüber nachdachte, was es mit dem Mann in dem Lieferwagen für eine Bewandtnis haben könnte, sah Alex Doyle auf die vor ihm sich abspulende Straße und dachte an San Francisco. Für Alex war jene hügelige, häufig nebelverhangene Stadt nicht nur ein Punkt auf einer Landkarte. Für ihn war sie zugleich ein Synonym für die Zukunft und ein Symbol für all das, was ein Mensch sich im Leben wünschen konnte. Dort erwartete ihn sein neuer Job. Die innovative Werbeagentur, die junge talentierte Werbegrafiker anerkannte und förderte. Ihr neues Heim stand dort, das im spanischen Stil erbaute Haus mit den drei Schlafzimmern am Rand des Lincoln Park, mit dem großartigen Ausblick auf die Golden Gate Bridge und der zerzausten Palme vor dem Fenster des Elternschlafzimmers. Und Courtney war natürlich dort. Er und Courtney hatten sich in Philadelphia kennengelernt, sich ineinander verliebt und im Rathaus an der Market Street geheiratet, wobei ihr Bruder Colin Brautführer gewesen war und eine Frau aus dem Schreibsaal der Rechtsabteilung als die erforderliche erwachsene Trauzeugin fungiert hatte. Anschließend hatte man Colin auf zwei Wochen zu Alex Tante Pauline in Boston geschickt, während das jungvermählte Paar nach San Francisco in die Flitterwochen geflogen war. Alex hatte dabei gleichzeitig seine neuen Arbeitgeber kennengelernt, mit denen er bisher nur telefoniert hatte, und schließlich auch das Haus ausfindig gemacht und gekauft, in dem sie ihr neues gemeinsames Leben beginnen würden. In San Francisco sollte die neue Zukunft Gestalt und Bedeutung gewinnen. *Dort lag ihre Zukunft.* Courtney und San Francisco, das gehörte zusammen. Für Doyle waren sie eins – seine junge Frau und die Stadt; beide exotisch, sinnlich, voll intellektuellem Reiz, unkompliziert im Umgang und doch aufregend. Und während er jetzt an Courtney dachte, tauchten vor seinem inneren Auge die hügeligen Straßen und die strahlendblaue Bucht so deutlich auf, als sähe er sie vor sich.

»Er ist immer noch hinter uns«, sagte Colin und spähte durch das schmale Rückfenster auf den Lieferwagen.

»Wenigstens hat er bis jetzt noch nicht versucht, uns zu rammen oder in den Straßengraben zu drücken«, erwiderte Alex.

»Das wird er auch nicht tun«, meine Colin.

»So?«

»Er wird uns bloß beschatten. Bestimmt ein Mann von der Regierung.«

»Wohl vom FBI?«

»Ja, das glaube ich«, sagte Colin und preßte grimmig die Lippen aufeinander.

»Warum sollte er denn hinter uns her sein?«

»Er hat uns wahrscheinlich mit jemand anderem verwechselt«, mutmaßte Colin. »Sicher sollte er jemand beobachten – Radikale wahrscheinlich. Er hat unsere langen Haare gesehen, und das hat ihn durcheinander gebracht. Er glaubt, daß *wir* die Radikalen sind.«

»Nun«, meinte Alex, »unsere Spione sind genauso ungeschickt wie die russischen, nicht wahr?«

Doyles Lächeln breitete sich über sein ganzes Gesicht aus; der Mund eine geschwungene Krümmung, die an jedem Ende von einem Grübchen betont wurde. Er behielt dieses Lächeln bei, zum einen, weil er sich so verdammt wohlfühlte, und zum anderen, weil er wußte, daß sein Gesicht damit noch am besten aussah. In all den dreißig Jahren seines Lebens hatte ihm nie jemand gesagt, daß er gut aussähe. Obwohl er der Abstammung nach zu einem Viertel Ire war, dominierte doch das ausgeprägt kantige italienische Kinn und die zu große Römernase. Drei Monate nachdem sie sich kennengelernt hatten und anfingen, miteinander zu schlafen, hatte Courtney gesagt: »Doyle, du bist einfach kein gutaussehender Mann. *Attraktiv* bist du schon, aber du siehst nicht gut aus. Ich würde mich ja gern dafür revanchieren, wenn du zu mir sagst, daß ich umwerfend aussehe – aber ich kann dich einfach nicht anlügen. Allerdings, dein Lächeln … nun, *das* ist perfekt. Wenn du lächelst, siehst du fast ein wenig wie Dustin Hoffman aus.« Sie waren bereits zu ehrlich zueinander, als daß Doyle deswegen beleidigt gewesen wäre. Der Vergleich hatte ihn sogar entzückt: »Dustin Hoffman? Findest du das wirklich?« Sie hatte ihn einen Augenblick lang gemustert, die Hand unter sein Kinn geschoben und sein Gesicht in dem schwachen, orangefarbenen Licht der Nachttischlampe hin- und herwendend. »Wenn du lächelst, siehst du *genau* wie Hoffman aus – das heißt, wenn er versucht, häßlich auszusehen.«

Er hatte sich verdutzt angestarrt. »Wenn er versucht, *häßlich auszusehen*, um Himmels willen?«

Sie schnitt eine Grimasse. »Ich dachte ... nun, Hoffman kann eigentlich gar nicht häßlich aussehen, selbst wenn er sich Mühe gibt. Wenn du lächelst, dann siehst du wie Hoffman aus, bist aber nicht so hübsch ...«

Er war gespannt gewesen, wie sie es fertigbringen würde, sich aus der Ecke herauszumanövrieren, in die sie hineingeraten war, und hatte zu Lachen angefangen. Sein Lachen hatte sie angesteckt. Und kurz darauf kicherten beide wie die Blöden, schmückten den Witz aus und machten ihn immer komischer, lachten, bis sie nicht mehr konnten, beruhigten sich dann wieder und liebten sich anschließend leidenschaftlich. Seit jener Nacht versuchte Doyle sooft wie möglich zu lächeln.

Auf der rechten Straßenseite tauchte eine Tafel auf, die die Einfahrt zum Schuylkill Expressway anzeigte. »Gib deinen FBI-Mann eine Chance«, sagte Alex zu dem Jungen. »Soll er uns eine Weile in Frieden beschatten. Jetzt kommt der Expressway. Du solltest dich also herumdrehen und dich anschnallen.«

»Nur eine Minute noch«, sagte Colin.

»Nein«, sagte Alex. »Schnall dich mit dem Beckengurt an, sonst mußt du auch noch den Schultergurt nehmen.« Colin haßte es, doppelt angegurtet zu sein.

»Eine *halbe* Minute«, sagte der Junge und preßte sich noch fester an die Lehne, als Alex den Wagen auf die Zufahrt zur Schnellstraße lenkte.

»Colin ...«

Der Junge drehte sich herum und ließ sich auf den Sitz rutschen. »Ich wollte bloß sehen, ob er uns auf den Expressway folgt. Das hat er getan.«

»Selbstverständlich hat er das«, sagte Alex. »Ein FBI-Mann ist doch nicht an Stadtgrenzen gebunden. Er würde uns überallhin folgen.«

»Quer durchs ganze Land?« fragte der Junge.

»Na sicher. Warum denn nicht?«

Colin legte den Kopf an die Lehne und lachte. »Das wäre aber komisch. Was würde er wohl machen, wenn er uns quer durchs ganze Land folgen und dann feststellen würde, daß wir gar nicht die Radikalen sind, hinter denen er her ist?«

Oben auf der Zufahrtsrampe angelangt, blickte Alex nach Südosten auf die zwei leeren Fahrbahnen. Er gab etwas mehr Gas, und sie rollten in westliche Richtung. »Wirst du dich jetzt anschnallen?«

»Ja, natürlich«, sagte Colin und tastete nach der Gurtschnalle. »Habe ich vergessen.« Er hatte es natürlich nicht vergessen. Colin vergaß nie etwas. Er schnallte sich nur nicht gern an.

Alex wandte kurz den Blick von der leeren Straße vor ihnen, blickte zur Seite und beobachtete den Jungen, wie er mit der Gurtschnalle hantierte. Colin schnitt Grimassen, schimpfte auf den Gurt und ließ Doyle in jeder Weise erkennen, was er davon hielt, wie ein Gefangener angeschnallt zu sein.

»Du könntest es auch lächelnd ertragen«, sagte Alex und grinste selbst, während er wieder auf die Straße blickte. »Du wirst diesen Gurt die ganze Strecke bis nach Kalifornien geschlossen lassen, ob es dir nun gefällt oder nicht.«

»Das wird mir nicht gefallen«, versicherte ihm Colin. Jetzt, wo er den Sitzgurt umgelegt hatte, strich er die Falten aus seinem King Kong T-Shirt, bis die Fotografie des riesenhaften Gorilla genau in der Mitte seiner schmalen Brust saß. Er schob sich das volle Haar aus der Stirn und rückte die schwere Brille mit dem Drahtgestell zurecht, die von seiner Stupsnase nur mit Mühe an Ort und Stelle gehalten werden konnte.

»Dreitausendeinhundert Meilen«, sagte er und sah zu, wie die graue Straßenfläche unter ihnen wegrollte. Der elektrisch verstellbare Sitz des Thunderbird ließ sich hoch genug stellen, um gute Aussicht zu haben. »Wie lange werden wir dafür brauchen?«

»Wenn wir nicht trödeln«, sagte Alex, »sollten wir Samstag früh in San Francisco ankommen.«

»Fünf Tage« sagte Colin. »Nicht viel mehr als sechshundert Meilen am Tag.« Er schien enttäuscht.

»Wenn du mich am Steuer abwechseln könntest«, meinte Alex, »ging's schneller. Aber allein möchte ich mir nicht viel mehr als sechshundert pro Tag zumuten.«

»Warum ist dann Courtney nicht mit uns gefahren?« wollte Colin wissen.

»Sie macht das Haus fertig; hat dort auf die Umzugsleute gewartet und kümmert sich um Vorhänge und Teppiche – all das Zeug.«

»Hast du gewußt, daß das mein erster Flug war, als ich nach Boston flog, um bei Pauline zu wohnen, während ihr beiden eure Hochzeitsreise gemacht habt?«

»Ich weiß«, sagte Alex. Colin hatte zwei Tage nach seiner Rückkehr über fast nichts anderes geredet.

»Mir hat der Flug wirklich gefallen.«

»Klar.«

Colin runzelte die Stirn. »Warum konnten wir eigentlich nicht dieses Auto verkaufen und nach Kalifornien fliegen, mit Courtney zusammen?«

»Das weißt du doch«, sagte Alex. »Das Auto ist erst ein Jahr alt. Im ersten Jahr ist der Wertverlust bei einem neuen Auto am größten. Wenn du keinen gar zu schlechten Schnitt machen willst, mußt du es drei oder vier Jahre behalten.«

»Du hättest dir den Verlust doch leisten können«, sagte Colin und fing an, leise aber in gleichmäßigem Rhythmus auf seine Knie zu trommeln. »Ich habe dich und Courtney reden hören. Du wirst in San Francisco ein *Vermögen* verdienen.«

Alex hielt eine Hand in den gedämpften Atemstrom der Klimaanlage, der aus der Austrittsöffnung im Armaturenbrett kam, um die feuchte Handfläche zu trocknen. »Fünfunddreißigtausend Dollar im Jahr ist kein Vermögen.«

»Ich kriege nur drei Dollar Taschengeld«, sagte der Junge.

»Das ist schon richtig«, sagte Alex. »Aber ich bin dir auch um neunzehn Jahre an Erfahrung und Ausbildung voraus.«

Die Reifen summten über den Asphalt.

Ein schwerer Laster brauste auf der anderen Seite der Straße in entgegengesetzter Richtung an ihnen vorbei, auf die Stadt zu. Abgesehen von dem Lieferwagen war es das erste Fahrzeug, daß sie zu Gesicht bekamen.

»Dreitausendeinhundert Meilen«, sagte Colin. »Das ist ziemlich genau ein Achtel des Erdumfangs.«

Alex mußte eine Minute nachdenken. »Stimmt.«

»Wenn wir weiterfahren und nicht in Kalifornien anhalten würden, könnten wir in etwa vierzig Tagen die ganze Welt umkreisen«, sagte Colin und streckte beide Hände aus, als würde er damit einen imaginären Globus umfassen.

Alex erinnerte sich noch gut daran, wie der Junge den Begriff ›umkreisen‹ zum erstenmal verwendet hatte und wie er von einem Klang und der Vorstellung, die sich dahinter verbarg, förmlich fasziniert gewesen war. Wochenlang ging er nicht um den Park oder den Häuserblock herum – er ›umkreiste‹ alles. »Nun, wahrscheinlich würden wir mehr als vierzig Tage brauchen«, sagte Alex. »Ich weiß nicht, wie schnell ich auf dem Pazifik fahren könnte.«

Colin fand das komisch. »Ich hatte gemeint, wir könnten es dann tun, wenn es eine Brücke gäbe«, sagte er.

Alex sah auf den Tachometer und stellte fest, daß sie nur gemächliche fünfzig Meilen die Stunde fuhren, zwanzig weniger, als er sich für den ersten Abschnitt der Reise eigentlich vorgenommen hatte. Colin war ein guter Reisebegleiter. Sogar ein zu guter. Wenn er Alex weiterhin ablenkte, würden sie einen Monat brauchen, um an ihr Ziel zu kommen.

»Vierzig Tage«, überlegte Colin. »Das ist halb so lang wie in dem Buch von Jules Verne.«

Obwohl er wußte, daß Colin in der Schule eine Klasse übersprungen hatte und daß er in Bezug auf seine Lesefähigkeit seinen Klassenkameraden immer noch ein paar Jahre voraus war, staunte Alex immer wieder darüber, wie gescheit der Junge doch war. »Du hast also *In achtzig Tagen um die Welt* gelesen, wie?«

»Na klar«, sagte Colin. »Vor langer Zeit schon.« Dann hielt er die Hände vor eine andere Luftdüse und trocknete sie, wie er das bei Doyle gesehen hatte.

Obwohl es eigentlich nur eine Kleinigkeit war, beeindruckte diese Geste Doyle doch sehr. Er war auch einmal ein magerer, nervöser Junge gewesen, der dauernd feuchte Hände gehabt hatte. Ebenso wie Colin hatte er sich Fremden gegenüber schüchtern verhalten und kein besonderer Sportler gewesen, so etwas wie ein Außenseiter unter seinen Altersgenossen. Auf dem College hatte er deshalb mit Krafttraining angefangen, fest dazu entschlossen, einen zweiten Charles Atlas aus sich zu machen. Als sein Brustumfang dann gewachsen und sein Bizeps härter geworden war, wurde ihm das Gewichtheben langweilig, und er ließ es wieder bleiben. Mit einsfünfundsiebzig Körpergröße und zweiundsiebzig Kilo Gewicht war er alles andere als ein Charles Atlas. Aber er war schlank und muskulös und jedenfalls nicht mehr untergewichtig. Trotzdem fühlte er sich in Gesellschaft von Leuten, die er gerade erst kennengelernt hatte, nicht wohl – und er hatte oft vor Nervosität feuchte Hände. Tief in seinem Inneren hatte er noch keineswegs vergessen, wie es war, wenn man sich dauernd ein wenig verlegen fühlte und nicht genügend Selbstbewußtsein besaß. Während er jetzt Colin dabei zusah, wie er seine schmalen Hände trocknete, begriff Alex, warum ihm der Junge gleich so gefallen hatte und warum sie sich vom ersten Tag an, als sie sich vor achtzehn Monaten begegnet waren, gleich miteinander wohlgefühlt hatten. Neunzehn Jahre lagen zwischen ihnen, aber sonst nicht viel.

»Ist er immer noch hinter uns«, fragte Colin und riß Alex damit aus seinen Gedanken.

»Wer?«

»Der Lieferwagen.«

Alex sah in den Rückspiegel. »Ja. Das FBI gibt nicht so leicht auf.«

»Darf ich auch mal sehen?«

»Du bleibst angeschnallt.«

»Das wird eine schlimme Reise«, sagte Colin mürrisch.

»Ja, ganz bestimmt sogar, wenn du dich nicht von vornherein an die Spielregeln hältst«, nickte Alex.

Jetzt nahm der Verkehr auf der Gegenfahrspur langsam zu, als die ersten Frühpendler auftauchten und gelegentlich auch ein Lastwagen auf der letzten Etappe einer langen Reise an ihnen vorbeipfiff. Auf ihrer Spur waren ihr eigener Wagen und der Lieferwagen die einzigen Fahrzeuge.

Die Sonne stand hinter dem Thunderbird und störte sie daher nicht. Vor ihnen trübten nur zwei weiße Wölkchen den sonst gleichmäßig blauen Himmel. Die Hügel beiderseits der Straße leuchteten grün.

Als sie in Valley Forge die Pennsylvania Turnpike erreichten und nach Westen in Richtung Harrisburg einbogen sagte Colin: »Was macht unser Beschatter?«

»Immer noch da. Ein armer FBI-Agent, der das falsche Opfer verfolgt.«

»Wahrscheinlich wird er seinen Job verlieren«, sagte Colin. »Dann wird für mich eine Stelle frei.«

»Du willst FBI-Agent werden?«

»Ich habe daran gedacht«, räumte Colin ein.

Alex lenkte den Thunderbird auf die linke Spur und überholte einen Wagen, der einen Pferdeanhänger zog. Zwei kleine Mädchen, die mit Colin etwa gleichaltrig waren, saßen auf dem Rücksitz des Wagens. Sie preßten die Nasen gegen die Scheibe und winkten Colin zu, der sofort rot wurde und mit strenger Miene nach vorne blickte.

»Langweilig wär's beim FBI sicher nicht« sagte Colin.

»Oh, das weiß ich nicht. Es könnte schon ziemlich langweilig werden, wenn du wochenlang einem Verbrecher folgen mußt, ehe er irgend etwas Aufregendes tut.«

»Nun ganz bestimmt auch nicht langweiliger, als die ganze Strecke nach Kalifornien angeschnallt dazusitzen«, sagte Colin.

Du liebe Güte, dachte Alex. Jetzt bin ich ihm in die Falle gegangen. Er lenkte den Wagen wieder auf die rechte Spur und schaltete den Tempomat auf siebzig Meilen die Stunde, um auch für den Fall, daß Colin ihn ablenken sollte, zügig voranzukommen. »Wenn uns dieser Bursche, der uns da verfolgt, auf einem einsamen Stück Straße erwischt und uns in den Graben drängt, wirst du mir noch dankbar sein, daß ich darauf bestanden habe, daß du deinen Sitzgurt anlegst. Dann wird dir das nämlich das Leben retten.«

Colin wandte sich ihm zu und sah ihn an; seine großen braunen Augen wirkten durch die Brillengläser noch größer. »Ich denke, du gibst wirklich nicht nach.«

»Da hast du richtig gedacht.«

Colin seufzte. »Du bist ja jetzt mehr oder weniger mein Vater, oder?«

»Ich bin der Mann deiner Schwester. Aber ... da deine Schwester das Sorgerecht für dich hat, kann man wahrscheinlich sagen, daß ich das Recht eines Vaters habe, die Spielregeln aufzustellen, nach denen du leben mußt.«

Colin schüttelte den Kopf und schob sich dann das lange Haar aus den Augen. »Ich weiß nicht. Vielleicht war es doch besser, Waise zu sein.«

»So, das denkst du wirklich?« fragte Doyle in gespieltem Zorn.

»Wenn du nicht aufgetaucht wärst, dann hätte ich nicht nah Boston fliegen können«, räumte Colin ein. »Und nach Kalifornien würde ich auch nicht kommen. Aber ...«

»Du bist schon einmalig«, sagte Doyle und zerzauste dem Jungen mit der Hand das Haar.

Laut seufzend, als erforderte es die Duldsamkeit eines Hiob, mit Doyle zurechtzukommen, fuhr sich der Junge mit einem Kamm, den er aus der Tasche zog, durch die Mähne, bis sie wieder glatt war. Dann steckte er den Kamm weg und zog sich sein King Kong T-Shirt zurecht. »Nun, ich werde es mir überlegen müssen. Im Augenblick bin ich mir noch nicht sicher.«

Der Motor lief lautlos. Auch die Reifen erzeugten auf dem glatten Asphalt kaum ein Geräusch.

Fünf Minuten verstrichen, ohne daß das Schweigen irgendwie peinlich gewesen wäre; jeder fühlte sich in der Gesellschaft des anderen wohl genug, um die Stille ertragen zu können. Aber dann begann Colin unruhig zu werden und fing an, auf seinen knochigen Knien komplizierte Rhythmen zu trommeln.

»Willst du das Radio einschalten?«

»Dann muß ich mich losschnallen.«

»Okay. Aber nur auf eine Minute oder zwei.«

Der Junge schien es zu genießen, als der Sitzgurt sich mit einem leichten Zischen aufrollte. Im nächsten Augenblick kniete er auf dem Sitz, drehte sich um und sah zum Heckfenster hinaus. »Er ist immer noch hinter uns!«

»Hey, Colin!« sagte Alex. »Du wolltest doch einen Sender suchen.«

Colin setzte sich wieder. »Wenn ich es nicht versucht hätte, würdest du doch denken, daß mit mir etwas nicht in Ordnung ist.« Sein Grinsen war unwiderstehlich.

»Sieh zu, ob du etwas Musik reinkriegst«, sagte Alex. Colin drehte am Radio, bis er schließlich eine Rock 'n Roll-Sendung ausfindig gemacht hatte. Er stellte die Lautstärke ein, fuhr dann plötzlich wieder in die Höhe, drehte sich um und sah zum Rückfenster hinaus. »Der läßt uns nicht los«, sagte er. Dann ließ er sich wieder herunterfallen und griff nach dem Sitzgurt.

»Du bist ein richtiger Unruhestifter, was?« fragte Alex.

»Um mich brauchst du dir keine Sorgen zu machen«, entgegnete der Junge. »Aber um den Typen, der hinter uns her ist.«

Um Viertel nach acht machten sie an einem Howard Johnson's Restaurant außerhalb von Harrisburg Halt. Kaum hatte Alex den Wagen vor dem Gebäude mit seinem orangeroten Dach auf einem Parkplatz abgestellt, als Colin auch schon nach dem Lieferwagen Ausschau hielt. »Er ist hier. Ganz wie ich es erwartete habe.«

Alex sah zum Seitenfenster hinaus und entdeckte den Lieferwagen, der gerade vorne an dem Restaurant vorbeifuhr und auf die Tankstelle am anderen Ende des Straßenabschnitts zusteuerte. Auf der Seitenwand des weißen Chevrolet stand in leuchtend blauen und grünen Buchstaben:

AUTOMOVER
BEQUEM FÜR ALLE
DIE SELBER UMZIEHEN WOLLEN
RÜCKGABE AM ZIELORT

»Komm jetzt«, sagte Alex. »Laß uns frühstücken.«

»Yeah«, machte Colin. »Ich bin neugierig, ob er den Mumm hat, ins Lokal zu kommen.«

»Er tankt jetzt. Bis wir fertig sind, ist der fünfzig Meilen weiter auf der Turnpike.«

Als sie etwa eine Stunde später wieder herauskamen, waren die Parkplätze vor dem Restaurant alle besetzt. Ein neuer Cadillac, zwei alterslose Volkswagen, ein leuchtendroter Triumphsportwagen, ein zerbeulter, schlammbespritzter alter Buick, ihr eigener schwarzer Thunderbird und ein Dutzend weitere Fahrzeuge standen alle mit den Schnauzen nach vorne am Randstein wie eine Reihe unterschiedlicher Tiergattungen, die ein und denselben Trog miteinander teilten. Der Lieferwagen war weit und breit nicht zu sehen. »Wahrscheinlich hat er seine Vorgesetzten angerufen, während wir beim Essen saßen – und herausgefunden, daß er die falschen Leute verfolgt«, sagte Alex.

Colin runzelte die Stirn. Er schob die Hände tief in die Jeanstaschen und blickte an der Reihe von Fahrzeuge auf und ab, als würde er vermuten, der Chevrolet stünde in irgendeiner raffinierten Verkleidung auch da. Jetzt mußte er sich wohl ein völlig neues Spiel ausdenken.

Und das war, soweit es Doyle betraf, auch gar nicht so schlecht. Höchst unwahrscheinlich, daß selbst Colin *zwei* Spiele mit eingebautem Vorwand dafür erfinden konnte, jede Viertelstunde den Sitzgurt anzuschnallen.

Sie gingen langsam zum Wagen zurück. Doyle genoß die frische Morgenluft, und Colins Blick schweifte über den Parkplatz, in der Hoffnung, den Lieferwagen zu entdecken.

Als sie vor dem Wagen standen, sagte der Junge: »Ich wette, der parkt auf der anderen Seite des Restaurants.«

Ehe Doyle es ihm verbieten konnte, sprang Colin wieder auf den Gehweg zurück und rannte mit laut auf dem Betonboden klatschenden Tennisschuhen um das Gebäude herum.

Alex stieg ein, ließ den Wagen an und schaltete die Klimaanlage höher, um die während des Frühstücks stickig gewordene Luft aus dem Wagen zu blasen.

Als er dann angeschnallt war, kam Colin zurück. Der Junge öffnete die Tür auf der Beifahrerseite und stieg ein. Er wirkte niedergeschlagen. »Dort hinten ist er auch nicht.« Er schloß die Tür, sperrte sie ab, ließ sich tief in den Sitz sinken und faltete die dünnen Ärmchen über der Brust.

»Sitzgurt.«

Alex legte den Gang ein und fuhr rückwärts aus dem Parkplatz.

Murrend legt Colin den Gurt an.

Sie fuhren über die Asphaltfläche zur Tankstelle und hielten dort an, um aufzutanken.

Der Mann, der herausgeeilt kam, um sie zu bedienen, war Mitte der Vierzig, ein vierschrötiger Bauerntyp mit gerötetem Gesicht und knorrigen Händen. Er kaute Tabak, was in Philly oder San Francisco nicht gerade ein vertrauter Anblick war, und schien höchst vergnügt. »Kann ich was für euch tun, Leute?«

»Bitte mit Normal volltanken«, sagte Alex und reichte seine Kreditkarte durchs Fenster. »Der Tank ist wahrscheinlich noch halb voll.«

»Geht klar.« Auf der Hemdtasche waren vier Buchstaben – CHET – aufgestickt. Chet beugte sich vor und sah an Alex vorbei zu dem Jungen hinüber. »Wie geht's denn, Chief?«

Colin sah ihn mit ungläubiger Miene an. »G-g-g-gut«, stammelte er.

Chet ließ einen Mund voll braun gefärbter Zähne sehen. »Freut mich, das zu hören.« Dann ging er nach hinten, um Benzin einzufüllen.

»Warum hat er mich Chief genannt?« fragte Colin. Er hatte seine Verblüffung jetzt überwunden und war eher verlegen.

»Vielleicht hält er dich für einen Indianer«, sagte Alex.

»Na klar.«

»Oder den Boss der Feuerwehr.«

Colin kauerte sich in den Sitz und musterte ihn etwas mißmutig. »Ich hätte mit Courtney fliegen sollen. Fünf Tage werde ich deine schlechten Witze nicht ertragen können.«

Alex lachte. »Du bist einfach schrecklich.« Er wußte, daß Colin sowohl in Bezug auf seine Auffassungsgabe als auch auf seinen

Wortschatz seinen Jahren weit voraus war und hatte sich schon lange an den manchmal verblüffenden Sarkasmus des Jungen und seine gelegentlich brillanten Formulierungen gewöhnt. Aber im Augenblick wirkte sein frühreifes Wortgeplänkel eher gezwungen. Colin mühte sich bewußt ab, erwachsen zu sein. Er kämpfte darum, die Kindheit hinter sich zu lassen, mit Willenskraft und zusammengebissenen Zähnen die Zeit der Pubertät zu überstehen und ein Erwachsener zu werden. Doyle war mit dieser Einstellung durchaus vertraut, denn er selbst hatte sich ganz ähnlich verhalten, als er in Colins Alter gewesen war.

Chet kam zurück und reichte Doyle die Kreditkarte und den Kassenzettel auf einem kleinen Plastiktablett. Während Alex den Kugelschreiber herauszog und seinen Namen hinkritzelte, sah der Tankwart Colin wieder an. »Hast wohl noch 'ne lange Reise vor dir, Chief?«

Colin war auch diesmal so verlegen wie das erste Mal, als Chet in angesprochen hatte. »Kalifornien«, sagte er und blickte auf seine Knie.

»Na«, meinte Chet. »Wenn das nichts ist! Du bist jetzt in einer Stunde der zweite, der nach Kalifornien will. Ich frag die Leute immer, wo sie hinfahren. Dann habe ich das Gefühl, ich würde ihnen dabei behilflich sein, verstehst du? Vor einer Stunde dieser Bursche, der nach Kalifornien wollte, und jetzt ihr. Alle fahren nach Kalifornien, bloß ich nicht.« Er seufzte.

Alex gab ihm das Tablett zurück und verstaute die Kreditkarte wieder in seiner Brieftasche. Er sah zu Colin hinüber und stellte fest, daß der Junge eifrig damit beschäftigt war, sich mit einem Fingernagel einen anderen zu säubern, für den Fall daß Chet den Wunsch verspüren sollte, ihr einseitiges Gespräch fortzusetzen. »So, das war's dann«, meinte Chet und reichte Alex die Quittung. »Bis an die Küste?« Er ließ den Kautabakpriem von der linken Backe in die rechte wandern.

»Stimmt.«

»Brüder?« fragte Chet.

»Wie bitte?«

»Sind Sie Brüder?«

»Oh, nein«, entgegnete Alex. Er wußte, daß es weder einen Anlaß gab, noch genügend Zeit dafür vorhanden war, um seine und Colin verwandtschaftliche Beziehung darzulegen. »Er ist mein Sohn.«

»Sohn?« Chet schien das Wort zum ersten Mal zu hören.

»Ja.« Auch wenn er nicht Colins Vater war, kam er sich doch alt genug vor, um es zu sein.

Chet sah Doyles Haar an, das ihm über den Kragen fiel, und musterte dann kritisch Doyles buntgemustertes Hemd mit den großen Holzknöpfen. Fast war Alex dem Mann dankbar dafür, daß er offensichtlich dachte, er sei nicht alt genug, um einen Sohn in Colins Alter zu haben – und dann begriff er. Der Mann wollte gar nicht sagen, daß Doyle zu jung war, um einen elfjährigen Sohn zu haben, sondern vielmehr, daß man als Vater ein besseres Beispiel geben solle. Als Colins Bruder konnte Doyle sich so seltsam kleiden und aussehen wie er wollte, aber wenn er Colins Vater war, dann gehörte sich das einfach nicht – wenigstens schien Chet dieser Meinung zu ein.

»Ich dachte, Sie wären zwanzig oder einundzwanzig«, sagte Chet und bearbeitete seinen Priem mit der Zunge.

»Dreißig«, entgegnete Alex und wunderte sich selbst darüber, daß er Antwort gab.

Der Tankwart musterte den gepflegten schwarzen Wagen. Plötzlich wurde sein Blick unfreundlich. Offenbar fand er, daß es zwar durchaus in Ordnung gewesen wäre, wenn Doyle einen Thunderbird fuhr, der seinem Vater gehörte, daß es aber eine völlig andere Sache war, wenn Doyle selbst der Besitzer des Wagens war. Wenn ein Mann, der wie Doyle aussah, sich einen Luxuswagen und Reisen nach Kalifornien leisten konnte, während jemand aus der Arbeiterklasse, der fast doppelt so alt war wie er, das nicht konnte – dann gab es keine Gerechtigkeit auf der Welt.

»Nun«, sagte Alex, »einen schönen Tag noch.«

Chet trat neben die Benzinpumpe zurück, ohne ihnen eine gute Fahrt zu wünschen. Er sah den Wagen mit gerunzelter Stirn an, und als dann der elektrische Fensterheber die Scheibe leise summend nach oben fahren ließ, vertieften sich die Furchen auf seiner roten Stirn, so daß sie wie Wellblech aussah.

»So ein netter Mann.« Alex legte den Gang ein und fuhr los. Als sie auf der Fernstraße waren und wieder nach Westen rollten, lachte Colin plötzlich laut auf.

»Was ist denn so komisch?« fragte Alex. Innerlich kochte er vor Wut und ärgerte sich über Chet in einem Maß, das in überhaupt keinem Verhältnis zu dem stand, was der Mann getan hatte. Eigentlich hatte der Typ überhaupt nichts getan, sondern nur auf stille Art seine Vorurteile erkennen lassen.

»Als er sagte, daß du wie einundzwanzig aussiehst, dachte ich schon, er würde auch Chief zu dir sagen, wie zu mir«, sagte Colin. »Das wäre prima gewesen.«

»Und ob! Einen richtigen Lachanfall hätte ich dann gekriegt.«

Colin zuckte die Schultern. »Als er *mich* Chief genannt hat, hast du das aber ganz in Ordnung gefunden.«

Als Doyles Ärger anfing, sich zu legen, wurde ihm klar, daß seine Reaktion auf den stummen Unwillen des Tankwarts eigentlich nur eine mildere Form der Überreaktion war, die Colin auf die Freundlichkeit des Mannes gezeigt hatte. War der Junge schlau genug, Chets freundlich-biedere Art durchschaut und seinen gar nicht so biederen Kern erkannt zu haben? Oder war das nur seine übliche Schüchternheit gewesen? Eigentlich gar nicht so wichtig. Was auch immer der Fall war, es blieb unbestritten, daß man sie beide ungerecht behandelt hatte. »Ich muß dich um Entschuldigung bitten, Colin. Ich hätte den herablassenden Ton nicht dulden dürfen, den er dir gegenüber angeschlagen hat.«

»Er hat mich wie ein Kind behandelt.«

»Das ist eine dieser dummen Verhaltensweisen, die Erwachsene so an sich haben«, sagte Alex. »Aber richtig ist es trotzdem nicht. Wirst du meine Entschuldigung akzeptieren?«

Colin war besonders ernst. Er saß aufrecht und steif da, denn das war das erste Mal, daß ein Erwachsener in dieser Form ihn um Entschuldigung gebeten hatte. »Ich akzeptiere«, erklärte er schließlich würdevoll. Dann ließ ein breites Lächeln sein Jungengesicht aufleuchten. »Aber recht wäre es mir schon gewesen, wenn er auch zu *dir* Chief gesagt hätte.«

Mächtige Fichten und Ulmen mit schwarzen Stämmen drängten sich am Straßenrand und wiegten sich sanft im Frühlingswind.

Die Straße stieg jetzt fast eine Meile lang beständig an, und als sie dann die Anhöhe erreicht hatten, senkte sie sich nicht wieder, sondern führte über ein flaches Stück Land zu einer weiteren Steigung, die etwa eine Meile entfernt war. Links und rechts standen immer noch die hohen, geraden Fichten wie Wachtposten, und die gedrungen Ulmen, die wie Generäle aussahen, die ihre Truppen inspizierten.

Auf halbem Weg an dieser flachen Strecke gab es zur Rechten einen Rastplatz. Man hatte dort das Unterholz zwischen den Bäumen entfernt und ein paar Holztische auf Betonsockeln verankert, damit man sie nicht stehlen konnte, Abfallkörbe waren in größeren Abständen unter den vereinzelt stehenden Fichten angeordnet. Auf einer Tafel war zu lesen, daß es auch Toiletten gab.

Um diese frühe Stunde saß niemand an den Picknicktischen, aber am westlichen Ende dieses Miniaturparks am Rand der Einfädelspur wartete der Lieferwagen darauf, sich wieder in den Verkehr einzureihen.

AUTOMOVER
BEQUEM FÜR ALLE
DIE SELBER UMZIEHEN WOLLEN
RÜCKGABE AM ZIELORT

Es war ohne jeden Zweifel derselbe Lieferwagen.

»Da ist er wieder!« sagte Colin und preßte die Nase ans Fenster, während sie mit siebzig Meilen die Stunde vorbeibrausten. »Er ist es wirklich!«

Doyle sah in den Rückspiegel und beobachtete, wie der Lieferwagen auf den Fahrstreifen fuhr. Er beschleunigte schnell. In drei oder vier Minuten hatte er sie eingeholt und rollte jetzt in gleichmäßigem Abstand eine Viertelmeile hinter ihnen her. Doyle wußte, daß es nur ein Zufall war. Colins Spiel hatte keinen Bezug zur Wirklichkeit. Es war ebenso ein Hirngespinst wie all die anderen Spiele, die er in der Vergangenheit mit dem Jungen gespielt hatte.

Niemand auf der ganzen Welt hatte etwas gegen sie. Niemand auf der ganzen Welt hatte Anlaß, ihnen mit bösen Absichten zu folgen. Zufall …

Trotzdem lief es ihm kalt über den Rücken.

2

George Leland fuhr den gemieteten sechs Meter langen Chevroletlieferwagen, als würde er einen Kinderwagen dirigieren; von den Möbeln und Haushaltsgegenständen, die man im Laderaum hinter der Fahrerkabine verstaut hatte, war nicht einmal ein Klappern zu hören. Die Landschaft fegte vorbei, die Straße dröhnte unter ihm dahin, und Leland hatte alles unter Kontrolle.

Er war mit Trucks und anderen großen Maschinen aufgewachsen und besaß ein besonderes Talent, sie so funktionieren zu lassen wie ihre Konstrukteure und Erbauer dies gewollt hatten. Auf der Farm in der Nähe von Lancaster hatte er schon mit dreizehn einen Heutraktor über die Felder seines Vaters gefahren und hatte die Ballen bei den verschiedenen Sammelstelle aufgeladen. Ehe er die High School absolviert hatte, war er mit Mähmaschine, Egge, Pflug und all den anderen Geräten vertraut, die auf einer Farm für den Kreislauf von der Aussaat über die Ernte bis zur erneuten Aussaat eingesetzt wurden. Als er dann aufs College ging, hatte er sich einen Teil der Studiengebühren damit verdient, daß er einen Lieferwagen ganz ähnlich dem fuhr, mit dem er jetzt quer durch Pennsylvania rollte. Später, als Erwachsener, lenkte er zwei Sommer lang einen ausgewachsenen Lastzug für eine Treibstoffgesellschaft und hatte in der ganzen Zeit weder seinem Lastzug noch irgendeinem anderen Auto auch nur einen winzigen Kratzer zugefügt. Nach dem zweiten Sommer hatte die Ölgesellschaft ihm eine feste Stelle angeboten, aber die hatte er natürlich abgelehnt. Ein Jahr später, als er sein Ingenieurdiplom erhielt und seinen ersten *richtigen* Job annahm, sprang er oft auf eine der gigantischen Erdbewegungsmaschinen und arbeitet damit– nicht weil er Angst hatte, seinen Job nicht halten zu können, sondern weil es ihm Spaß machte, die Maschine zu benutzen und zu wissen, daß er sie jederzeit beherrschte.

Jetzt war früher Montagnachmittag, und er hatte den gemieteten Lieferwagen den ganzen Tag über nach Westen gesteuert. Dauernd hielt er dabei denselben Abstand hinter dem schwarzen Thunderbird. Wenn der Wagen langsamer fuhr, verlangsamte er ebenfalls seine Fahrt, wenn er beschleunigte, holte er schnell auf. Aber die meiste Zeit hielt der Thunderbird präzise siebzig Meilen die Stunde. Leland wußte, daß das Spitzenmodell der T-Bird-Reihe über einem Tempomat verfügte, was dem Fahrer Fernfahrten wesentlich erleichterte. Wahrscheinlich hatte Doyle das Gerät eingeschaltet. Aber das hatte nichts zu bedeuten. Mühelos und geschickt hielt George Leland Stunde um Stunde die automatisch geregelte Geschwindigkeit des anderen Fahrzeugs ein, fast als wäre er selbst eine Maschine.

Leland war groß und kräftig, einen Meter achtundachtzig und über neunzig Kilo schwer. Er war einmal zehn Kilo schwerer gewesen, hatte aber in letzter Zeit Gewicht verloren, weil er immer häufiger einfach darauf vergaß, regelmäßige Mahlzeiten einzunehmen. Seine breiten Schultern waren jetzt etwas nach vorne gebeugt, und seine schmalen Hüften schienen noch schmaler. Er hatte ein kantiges, von blondem, fast weißem Haar eingerahmtes Gesicht, blaue Augen und, abgesehen von ein paar Sommersprossen um die breite Nase, reine Haut. Sein Nacken bestand nur aus harten Muskeln und Sehnen. Wenn er mit seinen großen Händen das Steuer gepackt hielt, so daß sein Bizeps anschwoll, dann sah er aus, als wäre er mit dem Fahrzeug verschweißt und als könne ihn nichts von der Stelle bewegen.

Er schaltete das Radio nicht ein.

Er blickte nicht auf die Landschaft hinaus.

Er rauchte nicht, kaute keinen Kaugummi und führte auch keine Selbstgespräche.

Meile für Meile galt seine ganze Aufmerksamkeit der Straße, dem Wagen vor sich und der Maschine, deren zufriedenes Summen ihn umgab. Kein einziges Mal dachte er in jenen ersten Stunden der Reise bewußt an den Mann und den Jungen in dem Thunderbird. Soweit er sich nicht auf das Fahren konzentrierte, waren seine wirren Gedanken vage und ziellos. In erster Linie erfüllte ihn ein breitgefächerter, schier hypnotischer Haß, der aber noch kein ausgeprägtes Ziel hatte. Irgendwie würde der Wagen vor ihm einmal jenes Ziel werden. Das wußte er. Aber für den Augenblick folgte er ihm nur wie eine Maschine.

Von Harrisburg fuhr der Thunderbird in westliche Richtung auf den Turnpike, wechselte dann auf die Interstate 70 und überquerte den Nordzipfel von West Virginia. Hinter Wheeling, gerade innerhalb der Grenzen des Bundesstaates Ohio, verkündete der Blinker des Wagens, daß der Fahrer die Absicht hatte, in eine Zone mit Tankstellen, Motels und Restaurants zu fahren. Kaum daß Leland das Blinkersignal wahrnahm, bremste er schon und ließ den Lieferwagen eine gute Meile zurückfallen. Als er eine Minute nach dem Thunderbird die Ausfahrt nahm, war der große schwarze Wagen nirgends zu sehen. Unten an der Ausfahrtsrampe angelangt, zögerte Leland nur eine Sekunde und bog dann nach Westen, wo sich am meisten Dienstleistungsbetriebe befanden. Er fuhr langsam, hielt nach dem Wagen Ausschau und fand ihn bald vor einem rechteckigen Gebilde, das wie ein altmodischer Eisenbahnwaggon aussah und eine Imbißstätte beherbergte. Der T-Bird kühlte im Schatten einer großen Tafel mit der Aufschrift HARRY'S FINE FOOD ab.

Leland fuhr weiter, bis er Breen's, die letzte Imbißstation in dem Dschungel aus Chrom, Plastik, simuliertem Stein und Neonröhren erreicht hatte. Er parkte den Chevrolet auf der der Straße abgewandten Seite des kleinen Gebäudes, so daß man ihn von Harry's Fine Food, das fünfhundert Meter entfernt lag, nicht sehen konnte. Ohne Hast stieg er aus, sperrte den Lieferwagen ab und ging hinein, um selbst etwas zu Mittag zu essen.

Breen's sah von außen dem Restaurant, in dem Doyle und der Junge saßen, ziemlich ähnlich. Das Bauwerk war fünfundzwanzig Meter lang und glich einem röhrenförmigen Eisenbahnwaggon, mit einer langen, schmalen Fensterreihe, die zwei Seiten des Gebäudes einnahm, und einem kleinen Häuschen, das vorne als Eingang angeklebt worden war, so als hätte der Erbauer erst nachträglich die Idee dazu gehabt.

Drinnen war die Wand an den Fenstern von einzelnen Nischen mit Sitzbänken gesäumt, deren Plastiküberzüge meistens gesprungen waren. Jede Nische war mit einem zersplitterten Aschenbecher, einem zylindrischen Zuckerspender aus Glas, gläsernen Salz- und Pfefferstreuern, einem Serviettenständer aus rostfreiem Stahl und einer Wähltastatur für die Musikbox ausgestattet, die man neben dem Eingang zu den Toiletten am Ostende des Restaurants angebracht hatte. Ein breiter Gang trennte die Nischen von der Theke, die von einem Ende des Lokals bis zum andern führte.

Leland bog hinter dem Eingang nach rechts, ging bis ans Ende der Theke und setzte sich dort an eine Stelle, wo er gelegentlich zum Fenster hinaussehen und den Thunderbird bei Harry's beobachten konnte.

Weil es das letzte Restaurant in der Anlage war und weil es bereits halb drei Uhr nachmittags war, hielt sich kaum noch jemand bei Breen's auf. In einer Nische dicht hinter der Tür mühte sich ein Paar in mittleren Jahren in wechselseitig eisigem Schweigen mit zwei Roastbeef-Sandwiches ab. Ein Lieutenant der Ohio State Police saß in der Nische hinter ihnen und war mit einem Cheeseburger und Pommes frites beschäftigt. In der Nische am anderen Ende des Raumes hockte eine ziemlich schlampig wirkende Kellnerin mit blondiertem Haar, rauchte eine Zigarette und starrte ausdruckslos auf die vergilbte Fliesendecke.

Sonst war nur noch die Thekenbedienung im Raum, die jetzt zu Leland trat, um sich nach seinen Wünschen zu erkundigen. Sie war vielleicht neunzehn, eine etwas vorlaut wirkende hübsche Blondine mit Augen, die genauso blau wie die Lelands waren. Ihre Uniform kam von der Stange eines Discounters, aber sie hatte ihr eine persönliche Note verliehen. Der Rock war zwanzig Zentimeter über ihren wohlgeformten Knien mit einem Bund eingesäumt. Auf einer Rocktasche schlug ein kleines aufgesticktes Eichhörnchen Kapriolen, auf der anderen ein Hase. Die ursprünglich weißen Knöpfe der Uniform hatte sie gegen rote vertauscht. Auf ihrer linken Brust war ein Vogel eingestickt, auf der rechten in schwungvoller Schrift ihr Name: *Janet.* Und darunter ein fröhlicher Gruß: *Hallo, Du!* Sie zeigte ein reizendes Lächeln und hatte eine ganz besonders nette Art, den Kopf etwas zur Seite zu legen – offensichtlich war sie leicht zu haben.

»Speisekarte?« fragte sie. Ihre Stimme klang kehlig und kindhaft zugleich.

»Kaffee und ein Cheeseburger«, sagte Leland.

»Pommes frites auch? Ich habe welche fertig.«

»Na gut, okay«, sagte er.

Sie schrieb es auf und zwinkerte ihm dann zu. »Bin gleich wieder da.«

Er sah ihr nach, wie sie hinter der Theke in den Küchenbereich ging. Ihre schlanken Beine waren ein erfreulicher Anblick; die enganliegende Uniform wölbte sich einladend über ihrem Hintern. Plötzlich war sie, obwohl die Verwandlung natürlich unmöglich war, splitternackt. Vor seinen Augen verschwanden ihre Kleidungsstücke, als wären sie nie dagewesen. Er sah ihre langen Beine, die beiden Halbkugeln ihrer Kehrseite, die sanfte Krümmung ihres Rückens …

Schuldbewußt sah er auf die Theke, als er spürte, wie sich etwas bei ihm regte; plötzlich war er verwirrt, desorientiert. In diesem Augenblick hätte er nicht einmal sagen können, wo er sich befand.

Janet kam mit dem Kaffee zurück und stellte ihn vor ihn hin. »Sahne?«

»Ja, bitte.«

Sie griff unter die Theke, brachte einen fünf Zentimeter hohen Pappbehälter zum Vorschein, der wie eine Milchflasche geformt war, legte ihm das Besteck hin, inspizierte ihre Arbeit und war damit sichtlich zufrieden. Aber statt ihn seinem Kaffee zu überlassen stützte sie die Ellbogen auf die Theke, legte das Kinn auf die Hände und lächelte ihn an. »Wo ziehen Sie denn hin?« fragte sie.

Leland runzelte die Stirn. »Woher wissen Sie denn, daß ich umziehe?«

»Ich habe Sie vorfahren sehen. Den Automover. Lassen Sie sich hier in der Gegend nieder?«

»Nein«, sagte er und goß Sahne in seinen Kaffee.»Kalifornien.«

»Oh. Mann!« sagte sie. »Klasse! Palmen, Sonne, Surfen ...«

»Yeah«, murmelte er und wünschte, sie würde weggehen.

»Ich würde gerne Surfen lernen«, sagte sie. »Ich mag das Meer. Im Sommer nehm ich immer zwei Wochen Urlaub in Atlantic City, leg mich an den Strand und werde richtig braun. Ich werde schnell braun – in einem klitzekleinen Bikini damit ich am ganzen Körper braun bin.« Sie lachte mit gespielter Sittsamkeit. »Nun ... *fast* am ganzen Körper. Noch *kleinere* Bikinis sind in Atlantic City nicht erlaubt.«

Leland sah sie über den Rand seiner Kaffeetasse an. Sie erwiderte seinen Blick und sah nicht weg, bis er wieder die Augen senkte.

»Burger und Frites!« rief der Koch aus dem Fenster, das Restaurant und Küche verband.

»Für sie« sagte sie leise, ging weg, holte das Essen und stellte es ihm hin. »Sonst noch etwas?«

»Nein«, sagte er.

Sie lehnte sich wieder an die Theke und redete, während er aß, wobei sie sich große Mühe gab, das Unschuldslamm zu spielen. Er entschied für sich, daß sie fünf Jahre älter war, als er ursprünglich angenommen hatte.

»Könnte ich noch eine Tasse Kaffee haben?« fragte er schließlich, bloß um sie ein paar Minuten loszuwerden.

»Na klar«, sagte sie, nahm eine leere Tasse und ging zu der großen verchromten Kaffeemaschine.

Als er ihr nachsah, spürte Leland, wie etwas in ihm seltsam zu vibrieren begann – und dann sah er sie wieder ohne Kleider wie vorher. Aber vor seinem inneren Auge malte er sich nicht nur aus, wie sie nackt aussehen würde. Er *sah* sie tatsächlich ebenso deutlich wie den Rest des Lokals. Ihre langen Beine und runde Pobacken waren straff, als sie sich auf Zehenspitzen reckte, um den Filter in der Maschine zu überprüfen. Als sie sich umdrehte, wippten ihre Brüste, und ihre Brustwarzen schwollen vor seinen Augen an.

Leland schloß die Augen und versuchte verzweifelt, das Bild zu verdrängen. Aber als er sie wieder aufschlug, sah er, daß es dageblieben war. Und je länger es dablieb, um so seltsamer fühlte er sich.

Seine Hand schloß sich um das Messer, das sie ihm gegeben hatte. Er hob das Messer, hielt es vor sein Gesicht und betrachtete die blitzende, gezackte Schneide. Dann verschwamm die Klinge, während er über sie hinweg das nackte Mädchen ansah, das langsam auf ihn zuschritt, auf ihn zukam, als würde es durch Sirup waten, und dabei wogten ihre bloßen Brüste sinnlich ... Er dachte daran, wie es sein würde, ihr das Messer zwischen den Rippen zu treiben, tief zwischen die Rippen und es dann hin und her zu drehen, bis sie zu schreien aufhörte und das starre Grinsen des Todes ihm entgegenlachte ...

Und dann, als sie schon fast bei ihm stand, die bis an den Rand gefüllte Kaffeetasse in den beiden schmalen Händen balancierend, wurde Leland bewußt, daß jemand ihn beobachtete. Er drehte sich halb auf seinem Barhocker herum und sah das Paar mittleren Alters in der Nische neben der Tür an. Der Mann hatte den Mund voll Essen, kaute aber nicht. Mit aufgeblasenen Wangen beobachtete er Leland, fixierte Lelands angespannten Gesichtsausdruck und das Messer, das er wie eine Fackel in der Hand hielt. In der zweiten Nische hatte der Polizist ebenfalls zu essen aufgehört und sah Leland scharf an. Seine Stirn war etwas gerunzelt, als wüßte er nicht recht, was er von dem Messer halten sollte.

Leland legte das Messer weg und rutschte vom Hocker, als die Bedienung mit der Kaffeetasse vor ihm stand. Er griff nach seiner Geldbörse und warf zwei Dollar auf die Theke.

»Sie gehen doch nicht schon, wie?« fragte sie. Ihre Stimme kam aus so weiter Ferne und klang so eisig, daß Leland dabei fröstelte.

Er gab ihr keine Antwort, sondern ging schnell zur Tür und nach draußen. Als er zu seinem Lieferwagen eilte, kam ihm das Licht besonders grell vor.

Endlich hinter dem Steuer des Chevrolets hörte er, wie sein Herz wie wild gegen seinen Brustkasten trommelte. Er sog den Atem in großen, würgenden Zügen ein und zitterte dabei wie ein frierender, nasser Hund.

Obwohl sie jetzt nicht mehr vor ihm stand und obwohl er die Augen fest zugepreßt hatte, konnte Leland die junge Kellnerin immer noch sehen: ihren schlanken Körper, ihre langen, nackten Beine, ihre weit auseinanderstehenden Brüste ... Er konnte sich sehen, wie er sich mit dem Messer über sie beugte, wie ihre helle Haut auseinanderklaffte, konnte sich sehen, wie er über die Theke kletterte und sie auf dem Boden nahm. Niemand hätte ihn aufgehalten, alle hätten sie Angst gehabt, selbst der Bulle. Er hätte die Kellnerin dort hinter der Theke auf die schmutzigen Fliesen drücken können und sie sooft vergewaltigen, wie er wollte ...

Das Messer und das Blut und die Brüste des Mädchens und wie ihr Körper sich an dem seinen rieb ... Deutlich sah er alles vor sich. Und dann fiel die Stimmung allmählich wieder von ihm ab. Sein Herzschlag wurde langsamer. Sein Atem ging nicht mehr so stoßweise wie vorher.

Er hob den Kopf und sah überrascht sein eigenes Bild in dem breiten Rückspiegel außen an seiner Tür. Er blickte in seine eigenen Augen, und für einen Moment wußte er, wo er war und was er tat. Plötzlich überkam ihn völlige Klarheit, und er begriff, weshalb er dem Thunderbird folgte und was er mit seinen Insassen vorhatte. Und er wußte, daß das alles falsch war. Er war krank, verwirrt, desorientiert.

Mühsam riß er den Blick von seinen eigenen Augen los. Ekel erfüllte ihn über das, was er in ihnen sah. Dann stellte er fest, daß der Polizist aus dem Lokal gekommen war und jetzt auf den Lieferwagen zuging. Eine innere Stimme sagte ihm gegen jede Vernunft, daß der Polizist alles wußte. Der Polizist wußte irgendwie, was Leland gerne mit dem Mädchen gemacht hätte und was er mit den beiden in dem Thunderbird vorhatte. Der Polizist wußte es.

Leland ließ den Motor an.

Der Polizist rief ihm etwas zu.

Leland konnte nicht hören, was der Mann sagte und war ganz sicher, daß er es auch gar nicht hören *wollte,* und so legte er den Gang ein und trat aufs Gaspedal. Der Bulle schrie etwas.

Der Lieferwagen machte einen Ruck, rutschte zur Seite und wirbelte den Kies auf. Leland nahm den Fuß etwas vom Gaspedal, driftete aus dem Parkplatz und wurde immer schneller, als er die letzten Motels und Tankstellen hinter sich ließ.

Sein Atem ging wieder schwer. Er wimmerte.

Am Ende der Anlage fuhr er viel schneller als eigentlich zulässig war die Einfahrt hoch. Er achtete nicht auf den Verkehr, sondern fuhr rücksichtslos auf die Schnellstraße. Zum Glück waren beide Fahrstreifen leer.

Obwohl Leland bewußt war, daß diese Straße von Radar überwacht wurde, ließ er die Tachonadel immer höher steigen. Als sie die Hundertmeilenmarke erreicht hatte, zitterte der Lieferwagen und brauste dann mit Höchstgeschwindigkeit dahin.

Im Laderaum polterte das Mobiliar und krachte gegen die Wände. Eine Tischlampe fiel klirrend herunter.

Leland starrte in den Rückspiegel. Der Polizist hatte entweder seine Verfolgung nicht aufgenommen oder war zu langsam gewesen. Die Straße hinter ihm war jedenfalls leer.

Trotzdem hielt er das Tempo von hundert Meilen. Die Straße dröhnte, das flache Land fegte an ihm vorbei wie schnell wechselnde Theaterkulissen. Und langsam, ganz langsam legte sich die Panik in ihm. Allmählich wurde er das Gefühl los, daß alle ihn beobachteten, daß jeder die Hand gegen ihn hob, daß er gnadenlos von Kräften verfolgt wurde, die mit jenem Polizisten in Verbindung standen.

Doch dann, während er in westlicher Richtung über den Highway raste, wurde er schnell wieder zu einem Teil seiner Maschine, die er mit sicherer Hand lenkte. Als er sieben oder acht Meilen zurückgelegt hatte, ließ er die Geschwindigkeit langsam wieder auf das erlaubte Maß absinken, und obwohl seit dem Verlassen des Lokals erst Minuten verstrichen waren, konnte er sich bald kaum mehr daran erinnern, was ursprünglich die Panik in ihm ausgelöst hatte …

Doch dafür erinnerte er sich plötzlich an Doyle und Colin. Der Thunderbird war irgendwo hinter ihm, im Osten. Vielleicht parkte er immer noch im Schatten jener riesigen Tafel vor Harry's Fine Food? Und selbst wenn er inzwischen weitergefahren war, würden Doyle und der Junge meilenweit hinter ihm sein, für ihn unsichtbar. Und das gefiel Leland überhaupt nicht.

Er ließ die Geschwindigkeit weiter absinken. Und als er zu erkennen begann, daß jetzt *sie ihm* folgten, nahm seine allgegenwärtige Angst vertraute Formen an. Die graue Straße erschien ihm plötzlich wie ein Tunnel, wie eine Falle mit nur einem Ausgang und keiner Möglichkeit, umzukehren.

Dann tauchte vor ihm zur Rechten ein weiterer Rastplatz auf, den eine doppelte Reihe von Fichten vom Highway abschirmte. Leland bremste, fuhr über eine kleine Erhebung auf den Rastplatz und parkte auf dem rechteckigen, mit Kies bestreuten Platz mit Blick zum Highway, um so zwischen den dicken braunen Baumstämmen den vorüberfließenden Verkehr beobachten zu können.

Er brauchte jetzt nur noch zu warten und die Straße im Auge zu behalten. Wenn der Thunderbird vorüberfuhr, konnte er sich hinten anhängen und in zwei oder drei Minuten aufschließen. Erleichtert atmete er tief durch.

Der Polizist stieg aus dem Streifenwagen, bevor George Leland auch nur bemerkt hatte, daß er auf den Rastplatz gefahren war. Leland hatte den Highway fünf Minuten lang beobachtet, und der helle Sonnenschein und der nach Westen fließende Verkehr mußten hypnotische Wirkung auf ihn ausgeübt haben. Gerade hatte er noch geglaubt, alleine zu sein – und jetzt sah er den Streifenwagen der Ohio State Police neben dem Van stehen. Halb im Schatten der Fichten, halb von den schräg einfallenden Sonnenstrahlen beleuchtet, sah der Wagen unwirklich aus. Das Blaulicht blinkte, aber die Sirene war nicht eingeschaltet. Der Polizist, der aus dem Wagen stieg, war Anfang der Dreißig, ernst und mit kantigem Unterkiefer. Es war derselbe Mann, der bei Breen's zu Mittag gegessen und der Leland vor dem kleinen Lokal nachgerufen hatte.

Leland erinnerte sich jetzt an die Gründe, die seine Panik ausgelöst hatten. Wieder war ihm, als würde die Welt um ihn herum enger werden, auf ihn hereinbrechen. Dunkelheit kroch am Rande seines Sichtfeldes in die Höhe wie Tintenflecken, die nach innen flossen. Er fühlte sich eingeengt und in Gefahr, ein leicht auszumachendes Ziel für die, die ihm Böses wollten. Seit einer Weile schienen alle es auf ihn abgesehen zu haben; beständig war er auf der Flucht.

Er kurbelte sein Fenster herunter, als der Beamte näherkam.

»Sind Sie alleine?« fragte der Lieutenant und hielt sich genügend weit von dem Lieferwagen entfernt, um nicht von der Tür getroffen zu werden, falls Leland sie plötzlich aufreißen sollte. Seine rechte Hand ruhte auf dem Kolben seines Revolvers, der noch im Halfter steckte.

»Alleine?« fragte Leland. »Yes, Sir.«

»Warum haben Sie dann nicht angehalten, als ich Sie angerufen habe?«

»Mich angerufen?«

»Vor dem Restaurant«, sagte der Lieutenant, und seine Stimme wirkte hart und kälter, als man das bei seinem glatten Gesicht erwartet hätte.

Leland blickte verdutzt. »Ich habe Sie nicht gesehen. Sie haben mich angerufen?«

»Zweimal.«

»Tut mir leid«, sagte Leland. »Das habe ich nicht gehört.« Er runzelt die Stirn. »Habe ich etwas falsch gemacht? Ich bin für gewöhnlich ein vorsichtiger Fernfahrer.«

Der Beamte musterte ihn einen Augenblick lang bedächtig, registrierte seine blauen Augen, sein von der Sonne gebräuntes Gesicht und das sorgfältig geschnittene Haar und entspannte sich. Er nahm die Hand von der Waffe und ging die letzten paar Schritte auf den Lieferwagen zu. »Es geht nicht darum, wie Sie fahren«, sagte er. »Trotzdem würde ich mir gerne Ihren Führerschein und den Mietvertrag für den Lieferwagen ansehen.«

»Natürlich«, sagte Leland. »Stets zu Diensten.« Er machte eine Bewegung, als wolle er die Brieftasche herausziehen und holte dabei die 32er Pistole aus der Schachtel mit den Papiertaschentüchern, die neben ihm auf dem Sitz stand. Mit einer fließenden Bewegung riß er sie hoch, hob sie ans Fenster, richtete den Lauf auf das Gesicht des Beamten und drückte ab. Der Schuß hallte von den Fichten hinter dem Van wider und peitschte scharf über den Highway.

Leland saß ein paar Minuten wie erstarrt da und beobachtete den Verkehr auf der Straße, ehe ihm klar wurde, daß er die Leiche verstecken mußte. Jeden Augenblick konnte jemand auf den Rastplatz kommen, den Bullen zwischen dem Streifenwagen und dem Lieferwagen am Boden liegen sehen und davonfahren, um Hilfe zu holen. Seit einiger Zeit waren alle hinter ihm her. Er hatte es nur deshalb geschafft, solange am Leben zu bleiben, weil er ihnen immer einen Schritt voraus war. Jetzt mußte er ganz klar und folgerichtig denken, für etwas anderes war keine Zeit.

Er stieß die Tür auf und stieg aus.

Der Polizeibeamte lag mit dem Gesicht nach unten im Kies. Rings um seinen Kopf hatte sich eine dunkle Blutlache gebildet. Er sah jetzt viel kleiner aus, fast wie ein Kind. Im letzten Jahr, nachdem er erkannt hatte, daß da eine Verschwörung gegen ihm im Gange war, hatte Leland sich gefragt, ob er wohl imstande sein würde, einen anderen Menschen zu töten, um sich selbst zu schützen. Er wußte, daß es dazu kommen würde. Töten oder getötet werden. Und bis zu diesem Augenblick war er sich nicht sicher gewesen. Jetzt konnte er nicht mehr begreifen, wie er je hatte zweifeln können. Wenn es darum ging, zu töten oder getötet zu werden, mußte selbst ein sonst nicht gewalttätiger Mann handeln, um die eigene Haut zu retten.

Mit ausdrucksloser Miene beugte Leland sich herunter, packte den Toten an den Fußgelenken und zerrte ihn zur offenen Tür des Streifenwagens. Das Kurzwellenradio am Armaturenbrett gab knackende Geräusche von sich. Leland stemmte die Leiche in den Wagen und ließ sie über das Steuer sinken. Aber so war das nicht gut. Selbst aus der Ferne sah der Mann wie ein Toter aus. Er würde ihn also richtig verstecken müssen, und deshalb schob Leland die Leiche über den mit Vinyl bezogenen Sitz und stieg hinter ihm in den Wagen. Er berührte das Lenkrad, ohne sich dessen bewußt zu sein, daß er damit Fingerabdrücke hinterließ.

Und er berührte die Rückenlehne.

Ohne auf das bereits gerinnende Blut zu achten, beugte er den Kopf des Toten bis zu seinen Knien herunter und schob die zusammengedrückte Leiche vor dem Beifahrersitz auf den Boden.

Dabei berührte er, ohne es zu wollen, das Fenster auf der Beifahrerseite, preßte alle fünf Finger fest gegen das Glas.

Er mußte einigen Druck auf die Leiche ausüben, um sie unter

das Armaturenbrett zu zwängen. Aber als er das geschafft hatte, war er sicher, daß niemand die Leiche entdecken würde, solange man nicht die Tür des Wagens öffnete.

Er stieg aus und berührte dabei die Sitzfläche des Vordersitzes.

Auch das Steuerrad berührte er wieder.

Als er die Tür schloß, hinterließ er dabei Abdrücke auf dem verchromten Türgriff.

Der Gedanke, einen Lappen zu nehmen und alles, was er berührt hatte, abzuwischen, kam ihm kein einziges Mal. Er hatte den Toten, den er vor den Beifahrersitz des Streifenwagens gezwängt hatte, schon wieder fast vergessen.

Ruhig ging er zum Lieferwagen zurück, stieg ein und schloß die Tür. Auf dem Highway floß der Verkehr vorbei, die Straße war eingehüllt in einen goldenen Widerschein der reflektierten Nachmittagssonne. Fast zehn Minuten lang beobachtete Leland die Straße und wartete darauf, daß der Thunderbird vorbeirollte.

Während er sich konzentrierte, ließ er seinen Gedanken freien Lauf, bis sie schließlich wieder zu der jungen Kellnerin zurückwanderten, die ihn in dem Lokal bedient hatte, dem Mädchen mit den Eichhörnchen und Häschen auf der Uniform. Jetzt war ihm klar, warum sie ihn so verwirrt und zugleich geärgert hatte. Mit ihrem langen, platinblonden Haar und den feingeschnittenen Gesichtszügen erinnerte sie ein wenig an Courtney. Nicht sehr, aber etwas. Und deshalb hatte sie diesen Anfall in ihm ausgelöst. Er wußte jetzt, daß er das Messer nicht in sie bohren wollte, daß er das nie gewollt hatte. Er hatte sie auch nicht vergewaltigen wollen. Nein, er interessierte sich überhaupt nicht für das Mädchen. Er war im strikten Sinne ein monogamer Mann. Ihm lag nur etwas an seiner reizenden Courtney.

So schnell wie seine Gedanken von der Kellnerin zu Courtney gewandert waren, trieben sie ihn weiter von Courtney zu Doyle und dem Jungen. Plötzlich erschreckte ihn der Gedanke, daß der Thunderbird vorbeigefahren war, während er den toten Polizisten in den Streifenwagen gezwängt hatte. Vielleicht waren sie schon vor zwanzig Minuten vorbeigekommen. Sie konnten bereits meilenweit vor ihm sein …

Und was, wenn Doyle die geplante Route geändert hatte? Wenn er nicht die Strecke fuhr, die auf seiner Landkarte markiert war?

Leland spürte, wie ein dicker Kloß der Angst in seiner Kehle aufstieg.

Wenn er Doyle und den Jungen aus den Augen verlor, würde er dann nicht auch Courtney verlieren? Und wenn er Courtney verlor, von seinem Weg zu Courtney abkam, hatte er dann nicht alles verloren?

Plötzlich standen ihm trotz der Klimaanlage dicke Schweißtropfen auf der Stirn. Er legte den Rückwärtsgang ein und setzte den Chevrolet ein Stück zurück, ehe er aus dem Rastplatz rollte. Das Blaulicht des Streifenwagens kreiste immer noch, aber das merkte Leland nicht. Außer der Straße vor ihm und dem Thunderbird, der ganz sicher im Begriff war, ihm zu entkommen, gab es keine Realität für ihn.

3

Als sie nach ihrer Mittagspause fünfzehn Minuten unterwegs waren und der Chevroletlieferwagen immer noch nicht im Rückspiegel aufgetaucht war, hörte Doyle auf, nach ihm auszuschauen. Zunächst hatte ihn beunruhigt, daß der Wagen nach ihrer Frühstückspause in der Nähe von Harrisburg wieder hinter ihnen erschienen war, aber das war natürlich nur ein Zufall gewesen. Seltsam zwar, daß er quer durch ganz Pennsylvania hinter ihnen hergefahren war und dann noch durch ein Stück von West Virginia bis hinein nach Ohio … Nun, wahrscheinlich einfach deshalb, weil er denselben Interstate Highway nach dem Westen benutzte wie sie. Der Fahrer des Lieferwagens, wer auch immer das sein mochte, hatte seine Route nach der Landkarte ausgewählt, so wie Doyle das auch getan hatte, und natürlich nichts Bösartiges im Sinn gehabt. Etwas spät wurde Alex klar, daß er sich am Vormittag jederzeit dadurch hätte Beruhigung verschaffen können, daß er einfach an den Straßenrand gefahren wäre und den Lieferwagen vorbeigelassen hätte. Er hätte warten können, bis der andere einen Vorsprung von fünfzehn Minuten hatte, und damit wäre die ganze verrückte Idee, daß man sie verfolgte, sofort erledigt gewesen. Nun, das war jetzt ohne Belang. Der Lieferwagen war verschwunden, fuhr irgendwo weit vor ihnen.

»Ist er wieder da?« fragte Colin.

»Nein.«

»Mist.«

»Mist?«

»Ich würde wirklich gerne wissen, was er vorhatte«, sagte Colin. »Jetzt werden wir es wohl nie erfahren.«

Alex lächelte. »Ja, da hast du wahrscheinlich recht.«

Im Vergleich zu Pennsylvania war Ohio beinahe bretteben. Zu beiden Seiten des Highway dehnte sich grünes Weideland, nur gelegentlich von einer schäbig wirkenden Ortschaft, einer sauberen Farm oder einer fast routinemäßig schmutzig wirkenden Fabrik unterbrochen. Die Gleichförmigkeit, die sich unter einem ähnlich konturenlosen Himmel bis zum Horizont erstreckte, langweilte und deprimierte zugleich. Der Wagen schien mit einem Viertel seiner wahren Geschwindigkeit dahinzukriechen.

Sie hatten noch nicht einmal zwanzig Minuten auf der Straße zurückgelegt, als Colin hin- und herzurutschen begann. »An diesem Sitzgurt stimmt etwas nicht«, sagte er zu Doyle.

»So?«

»Ich glaube, er ist zu eng.«

»Er kann gar nicht zu eng sein. Außerdem kann man ihn anpassen.«

»Ich weiß nicht …« Colin zog mit beiden Händen daran.

»Du kannst dir eine noch so schlaue Ausrede ausdenken, du wirst ihn doch nicht los.«

Colin blickte auf die offenen Felder und eine Herde fetter Kühe, die auf einem Hügel hinter einer weißgetünchten Scheune mit rotem Dach grasten. »Ich hätte nie gedacht, daß es auf der Welt so viele Kühe gibt. Seit wir von zuhause weg sind, habe ich überall, wo ich hinsehe, Kühe entdeckt. Wenn ich noch eine sehe, muß ich kotzen.«

»Nein, das wirst du nicht«, sagte Alex. »Sonst müßtest du nämlich saubermachen.«

»Wird der Rest des Landes auch so sein?« fragte Colin und wies mit seiner schmalen Hand auf die eintönige Landschaft.

»Du weißt ganz genau, daß das nicht der Fall ist«, sagte Doyle geduldig. »Du wirst den Mississippi sehen, die Wüsten, die Rocky Mountains ... Schließlich hast du doch in deiner Fantasie genügend Reisen um die Welt gemacht, um sie viel besser zu kennen als ich.«

Als Colin sah, daß ihm das nichts einbrachte, hörte er auf, an seinem Sitzgurt zu zerren. »Bis wir diese *interessanten* Orte erreichen, ist mein Hirn vielleicht schon abgestorben. Wenn ich zuviel von diesem *Nichts* sehe, werde ich zu einem Zombie. Weißt du, was ein Zombie ist?« Er zog ein Gesicht wie ein Zombie: offener Mund, den Unterkiefer herunterhängend, die Augen weit geöffnet, aber ausdruckslos.

Doyle mochte Colin zwar und amüsierte sich über ihn, aber zugleich war er beunruhigt. Er wußte, daß das hartnäckige Bemühen des Jungen, von dem Sitzgurt befreit zu werden, ebenso ein Ausdruck echten Unbehagens war wie eine Probe im Hinblick auf Doyles Talent, Disziplin durchzusetzen. Ehe Alex mit Courtney verheiratet gewesen war, hatte der Junge dem Verehrer seiner Schwester ebenso gehorcht wie vielleicht seinem eigenen Vater, und selbst als die beiden aus den Flitterwochen nach Hause gekommen waren und angefangen hatten, ihre Zelte in Philadelphia abzubrechen, hatte Colin keine Schwierigkeiten gemacht. Aber jetzt, wo er mit Doyle alleine war und seine Schwester einen Kontinent weit entfernt wußte, stellte er ihre neue Beziehung auf die Probe. Wenn er die Chance sah, bei irgend etwas seinen Willen durchzusetzen, würde er das auch tun. In der Beziehung unterschied er sich durch nichts von anderen Jungen seines Alters.

»Hör zu«, sagte Alex, »wenn du heute abend mit Courtney telefonierst, dann möchte ich nicht, daß du dich über deinen Sitzgurt und die langweilige Landschaft beklagst. Sie und ich, wir waren beide der Meinung, daß diese Fahrt für dich gut sein würde. Ich kann dir ja ruhig sagen, daß wir auch der Ansicht waren, daß du und ich, wenn wir eine Woche lang aufeinander angewiesen sind, uns besser aneinander gewöhnen würden. Und deshalb will ich nicht, daß du dich beklagst und jammerst, wenn wir sie von Indianapolis aus anrufen. Sie ist in San Francisco voll damit beschäftigt, Leute dazu zu bringen, die Teppiche zu legen, die Vorhänge zu befestigen, die Möbel zu liefern ... Bestimmt hat sie schon genug um die Ohren, und möchte sich nicht auch noch um dich sorgen müssen.«

Colin dachte über das nach, was er gehört hatte, während sie westwärts auf Columbus zurollten. »Okay«, sagte er schließlich. »Ich ergebe mich. Du bist mir neunzehn Jahre voraus.«

Alex sah den Jungen an, der ihm einen schüchternen Blick aus zusammengekniffenen Augen zuwarf, und lachte leise. »Wir beide kommen schon klar miteinander. Das habe ich mir gleich gedacht.«

»Sag mir eines«, meinte der Junge.

»Was denn?«

»Du bist mir neunzehn Jahre voraus. Und Courtney sechs?«

»Stimmt.«

»Machst du auch Courtney Vorschriften und legst für sie die Spielregeln fest?«

»*Niemand* macht Courtney Vorschriften und legt Spielregeln für sie fest«, entgegnete Doyle.

Colin verschränkte seine dünnen Arme über der Brust und nickte selbstgefällig. »Das stimmt hoffentlich. Ich bin froh, daß du sie verstehst. Ich würde dieser Ehe keine sechs Monate geben, wenn du denken würdest, du könntest Courtney befehlen einen *Sitzgurt* anzulegen.«

Beiderseits dehnten sich die endlosen Felder. Kühe grasten. Vereinzelte Wolken zogen wie Wattebäusche über den weiten Himmel.

Nach einer Weile begann Colin wieder: »Ich wette mit dir um einen halben Dollar, daß ich abschätzen kann, wieviele Autos uns in den nächsten fünf Minuten entgegenkommen – und daß ich die richtige Zahl bis auf zehn genau errate.«

»Einen halben Dollar?« fragte Alex. »Einverstanden.«

Der Uhrzeiger am Armaturenbrett legte die fünf Minuten zurück, während sie die in östlicher Richtung fahrenden Autos zählten, jedes einzelne laut ausriefen. Colin hatte sich nur um drei verschätzt.

»Doppelt oder nichts?« fragte der Junge.

»Was hab' ich schon zu verlieren?« entgegnete Alex und grinste. Er war jetzt wieder voll Zuversicht, was die Reise und den Jungen anging.

Sie wiederholten das Spiel. Colins Schätzung lag diesmal um nur vier Autos daneben, und er gewann wieder. »Doppelt oder nichts?« fragte er noch einmal und rieb sich die Hände mit langen Fingern.

»Lieber nicht«, meinte Alex argwöhnisch. »Wie hast du das fertiggebracht?«

»Ganz einfach. Ich habe sie eine halbe Stunde lang nur für mich gezählt, bis ich wußte, wie der Durchschnitt für fünf Minuten war. Dann habe ich dir die Wette vorgeschlagen.«

»Vielleicht sollten wir einen kleinen Abstecher nach Las Vegas machen«, knurrte Alex. »Ich werde mich in den Casinos einfach dir anschließen und das tun, was du mir sagst.«

Das Kompliment freute Colin so, daß er nichts darauf zu sagen wußte. Er schlang die Arme wieder um sich und ließ den Kopf sinken. Dann sah er zum Seitenfenster hinaus und grinste sein Spiegelbild mit gefletschten Zähnen an.

Obwohl der Junge das nicht merkte, konnte Doyle das Spiegelbild sehen, als er einmal kurz zu Colin hinüberschaute, um herauszubekommen, warum er plötzlich so still geworden war. Er grinste verständnisvoll und entspannte sich auf dem Fahrersitz; der letzte Rest Nervosität fiel von ihm ab. Offensichtlich hatte es ihm nicht nur ein Mensch, sondern hatten es ihm zwei angetan. Er mochte diesen hageren, überintellektuellen Jungen fast genauso, wie er Courtney liebte. Und diese Erkenntnis verjagte die letzte Unsicherheit und die beunruhigende Angst des Vormittags.

Vor Antritt der Reise hatte Doyle den Leuten im Lazy Time Motel mitgeteilt, daß er und Colin am Montagabend zwischen sieben und acht Uhr eintreffen würden. Um halb acht, exakt in der Mitte dieser geschätzten Zeitspanne, fuhr er auf den Parkplatz des Motels, das ein Stück östlich von Indianapolis lag, und parkte neben der Rezeption.

Sie hatten für die ganze Reise Zimmer vorherbestellt. Doyle war nicht scharf darauf, sechshundert Meilen zu fahren und dann die halbe Nacht mit der Suche nach einem freien Zimmer zu verbringen.

Er schaltete die Scheinwerfer ab und zog dann den Schlüssel aus dem Zündschloß. Die Stille, die sie umgab, war unheimlich. Nur allmählich drang der Verkehrslärm von Interstate Highway zu ihm wie verwehte Schreie am frühen Abend. »Na, ist das ein Zeitplan?« fragte Colin. »Eine heiße Dusche, ein gutes Abendessen … und dann rufen wir Courtney an. Anschließend geht's auf acht Stunden in die Klappe.«

»Prima«, sagte Colin. »Aber könnten wir zuerst essen?«

Ein ungewöhnlicher Vorschlag, denn Colin war kein großer Esser, genau wie Doyle das in seinem Alter auch nicht gewesen war. Bei der heutigen Mittagspause hatte Colin an einem Stück Hühnchen herumgenagt, ein wenig Salat gegessen, dann an einem kleinen Eis geschleckt und schließlich eine Cola getrunken – und erklärt, er sei jetzt ›zum Platzen voll‹.

»Nun«, meinte Doyle, »so schmutzig sind wir auch nicht, daß sie uns nicht ins Restaurant lassen werden. Aber zuerst will ich unsere Zimmer sehen.« Er öffnete die Tür auf der Fahrerseite und ließ die kühle, ein wenig feuchte Nachtluft ins Wageninnere strömen. »Warte du hier auf mich.«

»Klar«, sagte Colin. »Wenn ich jetzt nur aus dem Sitzgurt rauskomme.«

Alex lächelte und löste seinen eigenen Gurt. »Ich hab' dir wohl wirklich Angst gemacht?«

Colin lächelte ihn schief an. »Wenn du es so sehen willst.«

»Okay, okay«, sagte Doyle. »Nimm deinen Sitzgurt ab, Colin, mein Junge.«

Als er aus dem Wagen stieg und sich streckte, sah er, daß das Lazy Time Motel genau das war, was der Reiseführer versprochen hatte: sauber, angenehm, aber preisgünstig. Es war wie ein großes

L gebaut; das Büro mit seinen Neonleuchten befand sich dort, wo die beiden Flügel aneinanderstießen. Vierzig oder fünfzig Türen, alle gleich und so regelmäßig angeordnet wie die Staketen an einem Zaun, waren in einförmige rote Ziegelmauern eingelassen. Vor beiden Flügeln gab es einen Gehweg aus Beton und darüber ein Wellblechvordach, das alle drei Meter von schwarzen Eisenpfeilern gestützt wurde. Vor der Tür des Büros stand ein Verkaufsautomat für kalte Getränke, der leise vor sich hinsummte.

Das Büro war klein mit hellgelb gestrichenen Wänden und einem sauberen, auf Hochglanz polierten Fliesenboden. Doyle ging an die Theke und betätigte die Klingel, weil niemand im Raum war.

»Augenblick! « rief eine Frau hinter einem Bambusvorhang auf der anderen Seite.

Neben der Theke stand ein Verkaufsständer mit Zeitschriften und Taschenbüchern. Über dem Verkaufsständer hing eine Tafel mit der Aufschrift: WAS HALTEN SIE DAVON; SICH HEUTE NACHT IN DEN SCHLAF ZU LESEN? Während Doyle auf die Angestellte wartete, betrachtete er die Bücher, obwohl er nach einem ganzen Tag hinter dem Steuer nichts brauchte, um gut einschlafen zu können.

»Tut mir leid, daß Sie warten mußten«, sagte eine Frau schob mit der Schulter den Bambusvorhang auseinander. »Ich war ...« Auf halbem Weg vom Vorhang zu der Theke bekam sie Doyle das erste Mal zu Gesicht und verstummte. Sie starrte ihn genauso an, wie Chet an der Tankstelle ihn angestarrt hatte. »Ja?« Ihre Stimme hatte sich plötzlich um zehn Grad abgekühlt.

»Sie haben eine Reservierung für Doyle«, sagte er. Jetzt war er doppelt froh, daß er vorausbestellt hatte. Er war ziemlich sicher, daß sie ihn weggeschickt hätte, obwohl er sehen konnte, daß nicht vor jeder Tür ein Wagen stand und obwohl das *Zimmer frei*-Zeichen eingeschaltet war.

»Doyle?« fragte sie.

»Doyle.«

Sie legte die letzten Meter bis zur Theke zurück, und dann hellte ihr Gesicht sich auf, als sie nach den Karteikarten neben dem Hotelregister griff. »Oh, der Vater mit seinem Sohn aus Philadelphia!«

»Das stimmt«, sagte Doyle und versuchte zu lächeln. Sie war Mitte Fünfzig, eine gutaussehende Frau, obwohl sie etwa zehn Kilo Übergewicht hatte. Das Haar trug sie im Stil der fünfziger Jahre hochgesteckt und aus der Stirn gekämmt mit kleinen Löckchen an den Ohren. Ihr Strickkleid wölbte sich über einem vollen, matronenhaften Busen. An der Taille und den Hüften zeichnete sich ein Korsett ab.

»Das war eines von unseren siebzehn Dollar Zimmern«, sagte sie.

»Ja.«

Sie holte die Karteikarte aus dem grünen Kasten, musterte sie eine Weile und schlug dann das Registrierbuch auf. Sorgfältig füllte sie ein Formular aus, das ein Drittel der Seite ausmachte, drehte das Buch dann herum und hielt ihm den Kugelschreiber hin. »Wenn Sie hier unterschreiben würden ... Oh«, sagte sie dann, als er nach dem Stift griff. »Vielleicht sollte Ihr Vater unterschreiben. Das Zimmer ist auf seinen Namen reserviert.«

Doyle sah sie verständnislos an, bis er begriff, daß sie Chet ähnlicher war, als er zunächst gedacht hatte. »Ich *bin* der Vater. Ich bin Alex Doyle.«

Sie runzelte die Stirn, und als sie den Kopf etwas zur Seite legte, schien ihre komplizierte Frisur Anstalten zu machen, in einem einzigen, mit Haarspray zusammengehaltenen Schwall über ihr Gesicht zu rutschen. »Aber hier steht doch ...«

»Mein Junge ist elf.« Er nahm den Kugelschreiber und kritzelte seine Unterschrift auf das Formular.

Sie musterte den Namenszug, als wäre er ein häßlicher Fleck auf ihren neuen Bettbezügen. Gleich würde sie wegrennen, ein Lösungsmittel holen und alles wieder wegreiben.

»Welches Zimmer haben wir?« fragte Alex und schien damit ihre Qual zu verstärken.

Sie betrachtet erneut seine Frisur und seine Kleidung. So etwas war er aus Städten wie Philadelphia und San Francisco gewöhnt und ärgerte sich über ihr Verhalten.

»Nun«, sagte sie, »Sie wissen ja, daß Sie ...«

»Im Vorausbezahlen müssen«, fiel er ihr ins Wort. »Ja, wie

dumm von mir, nicht daran zu denken.« Er zählte ihr zwölf Dollar auf das Hotelregister. »Sie erinnern sich wahrscheinlich, daß ich Ihnen fünf Dollar als Anzahlung geschickt habe.«

»Aber da ist noch die Steuer«, sagte sie.

»Wieviel?«

Nachdem sie es ihm gesagt hatte, holte er das Kleingeld aus der Tasche seiner ausgebeulten dunkelgrauen Jeans.

Sie zählte das Geld in die Registrierkasse, obwohl sie vor einer Minute zugesehen hatte, wie er es hinzählte. Dann nahm sie widerstrebend einen Schlüssel vom Brett und gab ihn ihm. »Zimmer siebenunddreißig«, sagte sie und starrte dabei den Schlüssel an, als wäre ein wertvolles Schmuckstück, das sie seiner Obhut anvertraute. »Das ist ganz unten am langen Flügel.«

»Danke«, sagte er und hoffte, daß er sich beherrschen könnte. Er ging durch das saubere, hellbeleuchtete Büro zur Tür zurück.

»Das Lazy Time hat sehr hübsche Zimmer.« rief sie ihm nach, als er die Tür erreicht hatte.

Er sah sich um. »Ja, das kann ich mir gut vorstellen.«

»Wir möchten auch, daß sie so bleiben«, sagte sie.

Er nickte grimmig und sah zu, daß er hinauskam.

Obwohl er den Thunderbird aus den Augen verloren hatte, begann George Leland, sich zu beruhigen. Fünfzehn Minuten jagte er den Lieferwagen mit Höchstgeschwindigkeit über die Straße und suchte den Verkehr vor sich nach dem großen Wagen ab. Aber seine Vertrautheit mit Maschinen jeder Art wirkte wie ein Beruhigungsmittel. Die Angst ließ ihn los. Er verlangsamte sein Tempo. Plötzlich zuversichtlich, daß er den Thunderbird einholen würde, fuhr er nur wenige Meilen schneller als zulässig. Als befände er sich in einem leichten Trancezustand, beschränkte sich seine Wahrnehmung auf die Straße und das gleichmäßige Dröhnen unter der Motorhaube des Chevy, und das beruhigte ihn sehr.

Zum ersten Mal an diesem Tag lächelte Leland. Und dann wünschte er sich zum ersten Mal seit langer Zeit, jemanden zu haben, mit dem er reden könnte …

»Du wirkst so glücklich«, sagte sie und erschreckte ihn.

Er wandte den Blick von der Straße. Sie saß auf dem Beifahrersitz, nur einen halben Meter von ihm entfernt. Aber wie war das möglich?

»Courtney«, flüsterte er, und seine Stimme war nicht viel mehr als ein trockenes Wispern. »Ich ...«

»Es ist schön, dich so glücklich zu sehen«, sagte sie. »Normalerweise wirkst du so ernst.«

Verwirrt sah er wieder auf die Straße.

Aber im nächsten Augenblick wandte sein Blick sich wie von einem Magneten angezogen erneut ihr zu. Die Sonnenstrahlen fielen durch die Windschutzscheibe und gingen durch sie hindurch, als wäre sie ein Gespenst. Sie berührten ihr goldenes Haar und ihre Haut, und trotzdem konnte er auf der anderen Seite von ihr die Türverkleidung sehen, konnte er durch ihr reizendes Gesicht das Fenster hinter ihrem Kopf und die Landschaft außerhalb des Fensters erkennen – als ob sie durchsichtig wäre. Das begriff er nicht. Wie konnte sie hier sein? Wie konnte sie wissen, daß er Doyle und den Jungen verfolgte?

Eine Hupe blökte ganz in der Nähe.

Leland blickte auf und stellte überrascht fest, daß er von der rechten Fahrbahn abgekommen war und fast mit einem Pontiac kollidiert wäre, der ihn zu überholen versuchte. Er riß das Steuer nach rechts herum und brachte den Lieferwagen wieder auf seine Spur.

»Wie ist's dir denn ergangen, George?« fragte sie.

Er sah sie an und sah dann schnell wieder auf die Straße. Sie war genauso angezogen wie beim letzten Mal, wo er sie gesehen hatte: klobige Schuhe, ein kurzer weißer Rock, eine hübsche rote Bluse mit einem langen Spitzenkragen. Als er ihr vor einer Woche zum Flughafen gefolgt war und zugesehen hatte, wie sie an Bord der 707 ging, hatte ihr Anblick in dem einfachen, aber hübschen Kostüm ihn so erregt, daß er verrückter nach ihr gewesen war als jemals zuvor nach einer anderen Frau. Fast hätte er sich auf sie gestürzt – aber dann war ihm klar geworden, daß es ihr seltsam vorgekommen wäre, daß er ihr folgte.

»Wie ist's dir denn ergangen, George?« wiederholte sie.

Sie hatte sich wegen seiner Probleme Sorgen gemacht, bevor ihm klar geworden war, daß er überhaupt Probleme hatte. Ja, sogar bevor er bemerkte hatte, daß alles schiefging. Nachdem sie ihre zwei Jahre alte Beziehung beendet hatte und nur noch bereit war, am Telefon mit ihm zu sprechen, hatte sie ihn immer noch zweimal im Monat angerufen und gefragt, wie er zurechtkäme. Natürlich hatte sie nach einer Weile dann ganz aufgehört, ihn anzurufen. Sie hatte ihn völlig vergessen.

»Oh«, sagte er, ohne den Blick von der Straße zu wenden. »Mir geht's ganz gut.«

»Du siehst aber nicht so aus.« Ihre Stimme drang wie aus weiter Ferne zu ihm, hohl und unnatürlich, hatte kaum Ähnlichkeit mit ihrer wirklichen Stimme. Und doch saß sie am hellichten Tag hier neben ihm im Wagen.

»Mir geht es wirklich sehr gut«, versicherte er ihr.

»Du hast abgenommen.«

»Das war auch gut so.«

»Aber doch nicht so viel.«

»Es kann nicht schaden.«

»Und du hast Ringe um die Augen.«

Er nahm eine Hand vom Steuer und betastete seine verfärbten, aufgedunsenen Augenlider.

»Hast du nicht genug Schlaf bekommen?« fragte sie.

Er gab keine Antwort. Dieses Gespräch war ihm unangenehm. Er konnte es nicht leiden, wenn sie ihn wegen seiner Gesundheit bedrängte und behauptete, seine Probleme im Umgang mit anderen Leuten müßten ihre Ursache in einer *physischen* Krankheit haben. Sicher, die Probleme waren ganz plötzlich aufgetreten, aber das war nicht seine Schuld, das war die Schuld anderer Leute. In letzter Zeit hackten alle auf ihm herum.

»George, waren die Leute seit unserem letzten Gespräch netter zu dir?«

Er bewunderte ihre langen Beine. Sie waren jetzt nicht mehr durchsichtig; ihr Fleisch war fest, schimmerte golden und wunderschön. »Nein, Courtney. Ich habe wieder eine Stelle verloren.«

Jetzt, da sie aufgehört hatte, an seiner Gesundheit herumzunörgeln, fühlte er sich besser. Er wollte ihr alles sagen, und wenn es auch noch so peinlich war. Sie würde ihn verstehen. Er würde den Kopf in ihren Schoß legen und weinen, bis keine Tränen mehr kamen. Und dann würde er sich besser fühlen … Er würde weinen, und sie würde ihm über das Haar streichen, und wenn er sich dann aufsetzte, würde er wieder so wenig Probleme haben wie damals vor mehr als zwei Jahren, ehe diese Geschichte angefangen und ehe die Leute angefangen hatten, häßlich zu ihm zu sein.

»Wieder eine Stelle?« fragte sie. »Wieviele Arbeitsplätze hast du denn in den letzten zwei Jahren gehabt?«

»Sechs«, sagte er.

»Und weshalb hat man dich diesmal entlassen?«

»Das weiß ich nicht«, sagte Leland, und seine Stimme klang elend. »Wir haben ein Bürogebäude gebaut – zwei Jahre Arbeit. Ich kam mit allen gut zurecht. Und dann fing mein Boss, der Chefingenieur damit an, auf mir herumzuhacken.«

»Auf dir herumzuhacken?« fragt sie wie aus weiter Ferne, er konnte ihr Stimme durch das Summen der breiten Reifen kaum hören. »Wie denn?«

Er rutschte verlegen hinter dem Steuer herum. »Du weißt schon, Courtney. Es war so wie jedesmal. Er fing an hinter meinem Rücken über mich zu reden, hetzte die anderen gegen mich auf. Wenn ich eine Anordnung gab, dann widerrief er sie. Preston zum Beispiel, der für die Stahlarbeiten zuständig war, hat er dazu animiert …«

»Das hat er alles hinter deinem Rücken getan?« fragte sie.

»Ja. Er …«

»Wenn das alles hinter deinem Rücken geschehen ist, wie kannst du dann überhaupt wissen, daß er etwas gesagt hat?« Er konnte das Mitgefühl in ihrer Stimme nicht ertragen. Es klang zu sehr wie Mitleid. »Hast du gehört, wie er es gesagt hat? Du hast ihn doch nicht selbst gehört, oder, George?«

»Du sollst nicht so mit mir reden. Versuch nicht, mir einzureden, daß ich mir das alles nur eingebildet habe.«

Sie verstummte.

Er sah nach rechts hinüber, ob sie noch da wäre. Sie lächelte ihn an, wirkte jetzt sogar wesentlich greifbarer als vor ein paar Minuten.

Die untergehende Sonne, den Highway vor sich nahm er nur noch ganz entfernt wahr. Ihre magische Präsenz hatte ihn so aus dem Gleichgewicht gebracht, daß er den Lieferwagen jetzt nicht mehr mit so sicherer Hand steuerte, wie das sonst bei ihm üblich war. Er schlingerte auf der rechten Fahrspur hin und her und geriet hie und da sogar auf den Kiesstreifen am Straßenrand.

Nach einer Weile sagte er: »Hast du gewußt, daß ich damals fast den Verstand verloren habe? Damals, als ich dich anrief, um mich mit dir zu treffen, nachdem ich herausgefunden hatte, daß du bereits seit drei Wochen verheiratet warst. Ich bin dir eine Woche tagaus, tagein gefolgt und habe dich die ganze Zeit beobachtet. Hast du das gewußt? Du hattest gesagt, du würdest nach Frisco fliegen – dieser Mann, dieser Doyle, und dein kleiner Bruder wollten in einer Woche nachkommen. Und du hast gesagt, du glaubtest nicht, daß du je wieder nach Philly zurückkehren würdest. Das hat mich beinahe umgebracht, Courtney. Alles war für mich schiefgegangen. Ich erinnerte mich, wie gut wir es einmal hatten. Also rief ich an, um zu fragen, ob wir es vielleicht noch einmal versuchen könnten. Ich wollte mich mit dir treffen. Hast du das gewußt? Ich wette, du hast es nicht gewußt. Ich hatte mich fest darauf eingestellt, dich um ein Treffen zu bitten ... und dann finde ich heraus, daß du verheiratet bist und nach Frisco gehen willst.« Seine Stimme wurde hart, kalt, klang jetzt fast bösartig. Er hielt inne, um seine Gedanken zu sammeln. »Du warst mein ganzes Glück – vor zwei, drei, vier Jahren. Wenn wir zusammen waren, war alles gut. Und jetzt wirst du für mich unerreichbar sein – aus den Augen, aus dem Sinn. Ich weiß aber, daß ich in deiner Nähe bleiben muß, Courtney. Als ich dir zum Flughafen folgte und sah, wie du wegflogst, wußte ich, daß ich Doyle und Colin folgen mußte, um herauszufinden, wo du wohnst.«

Sie sagte nichts.

Er fuhr und redete weiter, hoffte auf eine positive Reaktion von ihr, hatte aufgehört sich über ihr plötzliches Auftauchen zu wundern. »Ich hatte wieder meine Stellung verloren. Es gab nichts, was mich in Philly festhielt. Natürlich hatte ich kein Geld, um einen Umzugstransport zu bezahlen wie dieser Doyle. Ich mußte meine

Sachen selbst zusammenpacken und sie quer durchs Land kutschieren. Deshalb fahre ich diesen schwerfälligen Lieferwagen mit seiner armseligen Klimaanlage und nicht einen schicken Thunderbird. Ich habe nicht soviel Glück wie dieser Doyle. Die Leute behandeln mich nicht so gut, wie sie ihn behandeln. Aber ich wußte, daß ich ohnehin nach Kalifornien gehen mußte, um in deiner Nähe zu sein. Um in deiner Nähe zu sein, Courtney ...«

Da saß sie, hübsch, ohne sich zu bewegen, die schlanken Hände über dem Schoß gefaltet und den Kopf in eine Art Heiligenschein aus den letzten Strahlen der untergehenden Sonne gehüllt.

»Es war nicht leicht, auf ihrer Spur zu bleiben«, erklärte er ihr. »Ich mußte es geschickt anstellen. Als sie frühstückten, wurde mir klar, daß sie eine markierte Landkarte im Wagen haben mußten, etwas, das mir zeigen würde, welche Route sie einschlagen wollten. Ich habe nachgesehen.« Er warf ihr einen kurzen Blick zu, grinste, sah wieder auf die Straße. »Ich habe einen Draht durch die Scheibenabdichtung geschoben und das Schloß aufgemacht. Die Karten lagen auf dem Sitz. Und dazu ein Adreßbuch. Dein Doyle ist äußerst effizient. Er hat sich die Namen und Adressen der Motels aufgeschrieben, wo er Zimmer reserviert hatte. Ich habe die Adressen abgeschrieben und die Karten studiert, weiß jetzt jede Straße, die sie nehmen werden und kenne jedes Motel zwischen hier und San Francisco, wo sie übernachten wollen. Jetzt kann ich sie nicht mehr verlieren. Ich werde einfach hinter ihnen herfahren. Im Augenblick habe ich sie nicht vor mir, aber später erwische ich sie schon wieder.« Er redete jetzt sehr schnell, so daß die einzelnen Wörter ineinanderflossen. Ihm war es sehr wichtig, ihr begreiflich zu machen, welche Mühe es ihn gekostet hatte, in ihre Nähe zu kommen.

Sie überraschte ihn. »George, hast du je wegen deiner Kopfschmerzen und wegen deiner anderen Probleme einen Arzt aufgesucht?«

»Ich bin nicht krank, verdammt nochmal!« schrie er. »Ich habe einen gesunden Verstand, ein gesundes Hirn und einen gesunden Körper! Ich bin prima in Form und will nichts mehr davon hören. Vergiß es einfach.«

»*Warum* fährst du hinter ihnen her?« fragte sie und wechselte damit, so wie er das verlangt hatte, das Thema.

Der Schweiß rann ihm in gleichmäßigen Bächen von der Stirn, fette Kristalltropfen, die ihn an den Wangen und am Hals juckten. »Habe ich dir das nicht gerade gesagt? Ich will herausbekommen, wo du wohnen wirst. Ich möchte in deiner Nähe sein.«

»Aber wenn du dir die Adressen aus Alex Buch abgeschrieben hast, dann hast du doch auch unseren neue Anschrift in San Francisco. Du brauchst ihnen nicht zu folgen, um mich zu finden. Du weißt doch bereits, wo ich wohne, George.«

»Nun ...«

»George, *warum* verfolgst du Alex und Colin?«

»Das habe ich dir gesagt.«

»Das hast du nicht.«

»Halt den Mund!« sagte er. »Mir gefällt nicht, was du da andeutest. Ich will mir das jetzt nicht länger anhören. Ich bin gesund. Ich bin nicht krank. Mit mir ist alles in Ordnung. Verschwinde also. Laß mich in Ruhe. Ich will dich nicht mehr sehen.«

Als er wieder hinschaute, war sie nicht mehr da. Sie war verschwunden.

Obwohl ihr unerwartetes und unerklärliches Auftauchen ihn einen Augenblick lang verwirrt hatte, überraschte ihn ihr Verschwinden überhaupt nicht. Er hatte ihr ja *gesagt,* daß sie weggehen solle. Gegen Ende ihrer Beziehung, vor zwei Jahren, hatte Courtney gesagt, er mache ihr Angst, die düstere Stimmung, in die er immer wieder geriete, beunruhige sie. Sie hatte immer noch Angst vor ihm. Wenn er sagte »Geh weg«, ging sie. Sie wußte, daß es keinen Sinn hatte, sich mit ihm zu streiten. Dieses gefühllose Miststück hatte ihn verraten, hatte diesen Doyle geheiratet, und jetzt würde sie alles tun, um ihn freundlich zu stimmen.

Er lächelte und blickte auf die dunkler werdende Straße.

Das letzte Licht des Tages hüllte das Land in einen fast unheimlichen orangeroten Schein, als Officer Eric James Coffey von der Ohio State Police von der Interstate 70 auf einen Rastplatz am rechten Straßenrand einbog. Er fuhr die kurze Steigung zu der von

Fichten umgebenen Lichtung hinauf und sah den leeren Streifenwagen sofort. Das Blaulicht kreiste immer noch und ließ die Bäume ringsum gespenstisch fahl erscheinen.

Seit sechzehn Uhr, als Lieutenant Richard Pulham seine Schicht bereits eine Stunde überschritten und den Streifenwagen immer noch nicht in die Garage zurückgebracht hatte, waren mehr als zwanzig seiner Kollegen unterwegs, um die Interstate und alle Zufahrtsstraßen abzusuchen. Und jetzt hatte Coffey den Wagen gefunden – die Nummer auf der Fahrertür identifizierte ihn – und dies am äußersten westlichen Ende von Lieutenant Pulhams Streifenbezirk.

Coffey wünschte, er wäre nicht derjenige gewesen, der ihn fand, weil er bereits ahnte, was er entdecken würde. Einen toten Kollegen. Eine andere Möglichkeit konnte Coffey sich nicht vorstellen.

Er griff nach dem Mikrophon und drückte den Sendeknopf. »Hier 166, Coffey. Ich habe unseren Streifenwagen gefunden.« Er wiederholte die Durchsage und gab seine Position an. Seine Stimme war belegt und zitterte.

Dann stellte er widerstrebend den Motor ab und stieg aus.

Kühle Abendluft umfing ihn. Im Nordwesten war Wind aufgekommen.

»Lieutenant Pulham. Rich Pulham!« schrie er. Das Echo warf ihm seine eigene Stimme zurück. Sonst erhielt er keine Antwort.

Resigniert ging Coffey zu Pulhams Wagen, beugte sich vor und starrte durch das Fenster auf der Beifahrerseite ins Wageninnere. Da die Sonne bereits untergegangen war, erfüllten Schatten den Wagen.

Er öffnete die Tür. Die Innenbeleuchtung schaltete sich ein, aber nur schwächlich und unzulänglich, weil das Blaulicht auf dem Wagendach die Batterie schon fast geleert hatte. Aber das eintrocknende Blut und den brutal vor den Beifahrersitz gezwängten Leichnam konnte man trotzdem erkennen.

»Diese Schweine«, sagte Coffey leise. »Diese Schweine, diese Schweine, diese Schweine.« Seine Stimme wurde jedesmal lauter. »Polizistenkiller!« rief er in die ihn umgebende Dunkelheit hinaus. »Aber wir werden diese Dreckskerle schon kriegen!«

Ihr Zimmer im Lazy Time Motel war groß und bequem. Die Wände waren in einem gedämpften Weißton gehalten, die Decken einen guten halben Meter höher, als das in Motels der Fall war, die man seit Ende der fünfziger Jahre gebaut hatte. Das Mobiliar war schwer und zweckmäßig, aber keineswegs spartanisch. Die zwei Lehnsessel schienen gut gepolstert, und der Schreibtisch war zwar mit Plastik furniert, aber dafür war er ausreichend groß. Die zwei Doppelbetten machten einen stabilen Eindruck, die Laken waren frisch und dufteten nach Seife und Weichspüler. Auf dem zerkratzten Nachttisch zwischen den zwei Betten stand ein Telefon, und daneben lag eine Gideon Bibel.

Doyle und Colin saßen sich auf den zwei Betten gegenüber. Sie hatten sich darauf geeinigt, daß Colin zuerst mit seiner Schwester sprechen dürfe. Er hielt den Hörer mit beiden Händen. Seine dicke Brille war ihm bis zur Nasenspitze gerutscht und drohte jeden Augenblick herunterzufallen. Aber das schien der Junge gar nicht zu bemerken. »Man hat uns seit Philadelphia verfolgt«, verkündete er Courtney, als sie sich gemeldet hatte.

Alex schnitt eine Grimasse. »Ein Mann in einem Chevy-Lieferwagen«, sagte Colin. »Nein. Wir haben ihn nicht zu sehen bekommen. Dazu war er viel zu schlau.« Er erklärte ihr seine Theorie über den hypothetischen FBI-Mann. Als das Thema dann nichts mehr hergab, schilderte er, wie er von Doyle einen Dollar gewonnen hatte, hörte ihr einen Augenblick lang zu und lachte dann. »Das habe ich versucht, aber er wollte nicht mehr wetten.«

Wie er dem Jungen so zuhörte, überkam Doyle einen kurzen Augenblick lang so etwas wie Eifersucht auf die warme, intime Beziehung, die zwischen Courtney und Colin herrschte. Sie redeten ganz locker miteinander, und weder Courtney noch der Junge brauchten Zuneigung zu heucheln oder zu verbergen. Dann legte sich der Neid, als Doyle erkannte, daß seine eigene Beziehung zu Courtney ganz genauso war – und daß er und der Junge einander bald so nahestehen würden, wie sie jetzt beide Courtney nahestanden.

»Sie sagt, ich würde dich zuviel Geld kosten«, sagte Colin und reichte Doyle den Hörer.

Er nahm ihn entgegen. »Courtney?«

»Hi, Liebling.« Ihre Stimme klang warm und angenehm. Sie hätte ebensogut hier neben ihm sitzen können und nicht am anderen Ende von zweieinhalbtausend Meilen Telefondraht.

»Alles klar?«

»Einsam«, sagte sie.

»Nicht mehr lange. Was macht das Haus?«

»Die Teppiche sind alle gelegt.«

»Keine Probleme?«

»Erst wenn die Rechnung kommt«, sagte sie.

»Die Maler?«

»Sind schon wieder aus dem Haus.«

»Dann mußt du dich jetzt nur noch um die Möbel kümmern.«

»Ich kann's kaum *erwarten*, bis unser Schlafzimmer geliefert wird.«

»Die größte Sorge einer jeden Braut«, sagte er.

»Das habe ich nicht gemeint, du Macho. Es ist nur so, daß ich in diesem verdammten Schlafsack Rückenschmerzen bekomme.«

Er lachte.

»Und außerdem«, sagte sie. »Hast du je versucht, mitten in einem mit dickem Teppichboden ausgelegten vierzig Quadratmeter großen Schlafzimmer zu campen? Das ist unheimlich.«

»Vielleicht hätten wir alle fliegen sollen«, entgegnete Alex. »Vielleicht wäre ein Haus ohne Möbel in Gesellschaft leichter zu ertragen.«

»Nein«, sagte sie. »Ist schon in Ordnung. Ich jammere bloß so. Wie kommt ihr beiden miteinander klar?«

»Großartig«, sagte er und sah zu, wie der Junge seine Brille hochschob.

»Was ist mit diesem Burschen, der euch in dem Automover verfolgt?« fragte sie.

»Nichts, gar nichts.«

»Eines von Colins Spielchen?«

»Ja, sonst nichts«, versicherte er ihr.

»Hey, hat er dir wirklich einen Dollar abgenommen?«

»Das hat er. Ein ganz heimtückischer Bursche ist das. Er ist ganz wie du.«

Colin lachte.

»Wie fährt sich der Wagen?« fragte Courtney. »Sind dir sechshundert Meilen am Tag nicht zu viel, ganz alleine, meine ich?«

»Überhaupt nicht«, sagte er. »Mir tut der Rücken wahrscheinlich bei weitem nicht so weh wie dir. Wir werden unseren Plan genau einhalten.«

»Das freut mich zu hören. Ich kann's kaum erwarten, dich in dieses neue Bett zu kriegen.«

»Ganz meinerseits«, sagte er und lächelte.

»Ich hatte jetzt ein paar Nächte lang Zeit, die Aussicht aus diesem blöden Schlafzimmerfenster zu bewundern«, sagte sie. »Heute ist der Blick noch grandioser als letzte Nacht. Man kann die Lichter der Stadt in der Bucht glitzern sehen ...«

»Ich krieg schon richtig Heimweh nach einem Haus, in dem ich noch nie geschlafen habe«, meinte Doyle. Außerdem sehnte er sich nach ihr, und der Klang ihrer Stimme machte es noch schlimmer.

»Ich liebe dich«, sagte sie.

»Ebenso.«

»Sag es.«

»Ich habe Gesellschaft«, murmelte Doyle und sah Colin an. Der Junge hörte fasziniert zu.

»Colin ist das überhaupt nicht peinlich«, sagt sie. »Liebe ist für ihn nichts peinliches.«

»Okay«, sagte er. »Ich liebe dich.«

Colin grinste und schlang die eigenen Arme um sich.

»Ruf morgen abend wieder an.«

»Wie geplant«, versprach er.

»Sag Colin für mich Gute Nacht.«

»Das werde ich.«

»Wiedersehen, Liebling.«

»Wiedersehen, Courtney.«

Er vermißte sie sehr. Fast tat es so weh, den Hörer aufzulegen, als würde er sich mit einer scharfen Klinge ins eigene Fleisch schneiden.

Als George Leland den Chevroletlieferwagen auf den asphaltierten Parkplatz vor dem Lazy Time Motel steuerte, leuchtete das BE-

SETZT-Zeichen in großen, grünen Neonlettern. Das machte ihm nichts aus, er hatte ohnehin nicht vorgehabt, dort abzusteigen. Schließlich war er nicht so reich wie Alex Doyle und auch nicht so glücklich. Er konnte sich nicht einmal die Preise des Lazy Time leisten, also fuhr er einfach an dem kurzen Flügel des Hotels entlang und noch ein Stück weiter, bis er den Thunderbird sah.

Dann lächelte er, mit sich selbst zufrieden. »Ganz genau wie in dem Adreßbuch«, murmelte er. »Doyle, man kann wirklich nicht sagen, daß du nicht effizient bist.«

Langsam fuhr er weiter, um nicht gesehen zu werden; ein Stück die Straße hinunter an zwei Dutzend weiteren Motels vorbei, von denen einige so wie das Lazy Time waren und andere noch ein gutes Stück vornehmer. Schließlich erreichte er ein schäbig aussehendes Motel mit Sperrholzwänden und einem nüchternen Neonschriftzug über den Eingang: DREAMLAND, vor dessen Eingang ein ›*Zimmer frei*‹ – Schild hing. Es sah wie eine Achtdollarspelunke aus. Er fuhr auf den Parkplatz und hielt dicht beim Büro.

Dort kurbelte er das Fenster herunter und drehte den Rückspiegel etwas herum, um sich selbst betrachten zu könnten. Als er den Kamm aus der Tasche holte, bemerkte er ein paar dunkle Schmierer in seinem Gesicht. Er rieb daran, schnüffelte und leckte an den Fingern. Blut. Überrascht öffnete er die Tür und betrachtete sich im Schein der Innenbeleuchtung. Seine Hosen und sein kurzärmeliges Hemd waren über und über mit eingetrocknetem Blut beschmiert. Die weißen Härchen an seinem linken Unterarm waren von getrocknetem Blut steif und braun.

Wo kam es her?

Was war geschehen?

Er wußte, daß er sich nicht verletzt hatte, konnte aber nicht begreifen, wessen Blut das war, wenn nicht das seine. Einen Moment dachte er darüber nach und fühlte, wie sich einer seiner schlimmen Migräneanfälle zusammenbraute. Dann regte sich in den hintersten Tiefen seines Bewußtseins etwas Häßliches und wälzte sich herum; und obwohl er sich immer noch nicht daran erinnern konnte, mit wessen Blut er bespritzt worden war, wußte er, daß er es nicht riskieren durfte, ein Zimmer für die Nacht zu mieten, solange diese Spuren an ihm zu sehen waren.

Hoffentlich würden seine Kopfschmerzen ihn noch eine Weile verschonen. Er bog den Spiegel wieder zurecht, schloß die Tür, ließ den Motor an und fuhr weiter. Nach einer halben Meile parkte er vor einer verlassenen Tankstelle, öffnete seinen Koffer und entnahm ihm frische Kleidung. Er zog sich aus, rieb sich Gesicht und Hände mit Papiertaschentüchern und etwas Spucke ab und zog dann Hemd und Hose an.

Noch immer war er müde, und seine Kopfschmerzen hatten sich verstärkt. Nun, jetzt konnte er sich in dem Motel sehen lassen.

Eine Viertelstunde später befand er sich in seinem Zimmer im Dreamland. Es war nicht gerade ein Luxuszimmer. Neun Quadratmeter groß mit einer winzigen, eingebauten Badekabine wirkte es mehr wie ein Ort, an den man *gebracht wurde* und nicht einer, den man freiwillig aufsuchte. Die Wände waren schmutziggelb, bedeckt von zahllosen Fingerabdrücken, und an der Decke hingen Spinnweben. Der Lehnsessel war neu und zweckmäßig und schien doch uralt. Der Schreibtisch bestand aus grünem Stahlrohr mit einer Kunststoffplatte und wies eine Vielzahl schwarzer Brandflecken von Zigaretten auf. Das Bett war schmal und weich und die Wäsche geflickt.

George Leland nahm den Zustand des Zimmers kaum wahr. Für ihn war es einfach ein Ort wie viele andere Orte.

Im Augenblick war er damit beschäftigt, gegen die Kopfschmerzen anzukämpfen, die sich, wie er spürte, hinter seinem rechten Auge aufbauten. Er ließ den Koffer am Fußende des durchgesackten Bettes fallen und zog sich aus. In der kahlen Duschkabine des winzigen Badezimmers stellte er sich unter den heißen Wasserstrahl, um die Müdigkeit abzuspülen. So stand er eine Ewigkeit da und ließ sich das Wasser angenehm auf Kopf und Hals trommeln, weil er festgestellt hatte, daß er auf diese Weise gelegentlich einen sich anbahnenden Migräneanfall mildern, ja sogar kurieren konnte.

Aber diesmal half das Wasser nichts. Als er sich abtrocknete, waren all die warnenden Anzeichen der Migräne immer noch vorhanden. Schwindel, ein stecknadelkopfgroßer weißer Lichtpunkt, der hinter seinem rechten Auge im Kreis herumwirbelte und immer größer wurde, eine gewisse Unbeholfenheit und ein schwaches, aber hartnäckiges Gefühl der Übelkeit …

Er erinnerte sich daran, daß er nur ein leichtes Mittagessen zu sich genommen hatte. Vielleicht kamen die Kopfschmerzen vom Hunger? Er war nicht hungrig – wenigstens knurrte ihm der Magen nicht. Trotzdem zog er sich an, ging hinaus und holte sich aus dem Automaten neben den Telefonzellen im schlechtbeleuchteten Vorhof des Motels etwas zu essen. Seine Mahlzeit bestand aus zwei Flaschen Cola, einem Päckchen Erdnußbutterkekse und einer Tafel Mandelschokolade.

Aber die Kopfschmerzen stellten sich trotzdem ein. Ihr Pulsieren kam aus seinem innersten Kern heraus, rhythmische Schmerzwellen, die ihn zu völliger Reglosigkeit zwangen, um die Qual nicht unerträglich zu machen. Selbst wenn er nur die Hand an die Stirn hob, löste das einen so donnernden Schmerz aus, daß es ihn an den Rand des Deliriums brachte. Er streckte sich auf dem Bett flach auf dem Rücken aus und krampfte beide Hände in die grauen Laken, doch nach einer Weile schwebte er nicht nur am Rand des Deliriums, sondern war mitten hineingesprungen. Mehr als zwei Stunden lag er starr wie eine Holzfigur da, und der Schweiß lief an ihm herunter wie Feuchtigkeit an einem eiskalten Wasserglas. Erschöpft, ausgepumpt, leise stöhnend wechselte er schließlich aus einem halbbewußten Trancezustand in gequälten, aber vergleichsweise schmerzlosen Schlaf über.

Wie jedesmal stellten sich Alpträume ein. Groteske Bilder flackerten wie Visionen auf dem Grund eines satanischen Kaleidoskops durch seinen zerschmetterten Verstand, jedes losgelöst von dem anderen, jedes einzelne eine winzige Miniatur, an die er sich später erinnern würde: Lange, schmale Messer, von denen das Blut in die hohlen Handflächen einer Frau tropfte; Maden, die in einer Leiche krochen; riesige Brüste, die ihn einhüllten und in einer warmen, lieblosen Umarmung erstickten; Zimmer voll herumhuschender Küchenschaben; Herden von rotäugigen Ratten, die darauf lauerten, ihn anzuspringen; blutige Liebende, die sich ekstatisch auf einem Marmorboden paarten; Courtney, nackt und sich auf einem blutigen Boden windend; ein Revolver, dessen Kugeln den schlanken Leib einer Frau zerfetzten …

Die Alpträume hörten auf. Kurz darauf endete auch der Schlaf. Leland stöhnte, setzte sich im Bett auf und hielt mit beiden Händen seinen Kopf. Der Schmerz war vergangen, aber die Erinnerung daran barg neue Agonie. Wenn die Alpträume vorbei waren, fühlte er sich immer bedrückend hilflos und verletzbar. Und einsam. Einsamer, als ein Mann das ertragen konnte.

»Fühl dich nicht einsam«, sagte Courtney. »Ich bin hier bei dir.«

Leland blickte auf und sah sie am Fußende des Bettes sitzen. Diesmal überraschte ihn ihre magische Materialisation überhaupt nicht. »Es war so schlimm, Courtney«, sagte er.

»Kopfschmerzen?«

»Alpträume.«

»Bist du je wieder zu Doktor Pennebaker gegangen?« fragte sie.

»Nein.«

Ihre sanfte Stimme erreichte ihn, als spräche sie vom anderen Ende eines Tunnels. Der hohle, ferne Klang stand in seltsamem Einklang zu dem schäbigen Zimmer. »Du hättest Doktor Pennebaker …«

»Ich will nichts von Pennebaker *hören!*«

Sie sagte nichts mehr.

Einige Minuten später stöhnte er: »Ich habe mich um dich gekümmert, als deine Eltern bei dem Unfall ums Leben kamen. Warum hast du dich nicht um *mich* gekümmert, als es so schlimm wurde?«

»Erinnerst du dich nicht, was ich dir damals gesagt habe, George? Ich hätte mich um dich gekümmert, wenn du bereit gewesen wärst, dir helfen zu lassen. Aber als du nicht zugeben wolltest, daß deine Kopfschmerzen und deine emotionalen Probleme vielleicht …«

»Herrgott nochmal, sei doch still! Sei still! Diese widerwärtige Nörgelei kann ich einfach nicht hören.«

Sie verschwand diesmal nicht, sagte aber auch nichts mehr.

Eine Weile später flüsterte er: »Wir könnten es wieder so gut haben, wie es einmal war. Bist du nicht auch der Meinung?« Daß sie ihm zustimmte, war ihm wichtiger als alles andere.

»Doch, George«, sagte sie.

Er lächelte. »Es könnte genauso sein, wie es einmal war. Das einzige, was zwischen uns steht, ist dieser Doyle. Und auch Colin. Du warst Colin immer näher als mir. Wären Doyle und Colin tot, hättest du nur noch mich. Dann würdest du doch zu mir zurückkommen, oder?«

»Ja«, sagte sie, genau wie er das hören wollte.

»Dann werden wir wieder glücklich, oder?«

»Ja.«

»Du würdest wieder erlauben, daß ich dich anfasse?«

»Ja, George.«

»Mich wieder mit dir schlafen lassen?«

»Ja.«

»Mit dir zusammenleben?«

»Ja.«

»Und die Leute wären nicht mehr so gemein zu mir?«

»Ja.«

»Du bist mein Glücksstern, bist das immer gewesen. Wenn du wieder bei mir wärst, dann wäre es fast so, als ob es die letzten zwei Jahre überhaupt nicht gegeben hätte.«

»Ja«, sagte sie.

Aber es nützte nichts. Ihre Reaktion war nicht so warm und offen, wie er sich das gewünscht hätte. Vielmehr war es fast so, als würde er mit sich selbst reden, ganz seltsam, so als würde er masturbieren.

Er wandte sich verärgert ab und wollte nicht mehr mit ihr reden. Als er ein paar Minuten später aufsah, ob sie irgendwelche Anzeichen von Zerknirschung zeigte, stellte er fest, daß sie verschwunden war. Sie hatte ihn wieder verlassen. Immer verließ sie ihn. Immer ging sie zu Doyle oder Colin oder jemand anderem und ließ ihn allein. Er glaubte nicht, daß er diese Behandlung noch lang würde ertragen können.

Ein Streifenwagen der Polizei versperrte die Einfahrt zu dem Rastplatz an der Interstate 70, seine Warnlichter und das Blaulicht blinkten. Dahinter, in der Lichtung im Schutz der Fichten, parkten im Halbkreis ein halbes Dutzend Polizeifahrzeuge mit eingeschalteten Scheinwerfern und laufenden Motoren. Einige tragbare Scheinwerfer waren an Hilfsbatterien angeschlossen und in einem weiteren Halbkreis am Südrand der Lichtung aufgebaut worden; sie strahlten die Fahrzeuge an.

Und im Zentrum des Geschehens stand natürlich Lieutenant Pulhams Streifenwagen. Die Stoßstangen und die Chromteile blitzten im kalten, weißen Scheinwerferlicht. Die Windschutzscheibe war in der grellen Beleuchtung zum Spiegel geworden.

Detective Ernie Hoval, der die Ermittlungen leitete, sah zu, wie ein Labortechniker die fünf blutigen Fingerabdrücke fotografierte, die sich so deutlich innen an der Scheibe der Beifahrerseite abzeichneten, Hunderte von feinen roten Linien. »Sind das Pulhams Abdrücke?« fragte er den Techniker, als die letzte Aufnahme gemacht war.

»Ich werde gleich nachsehen.« Der Techniker war hager, blaß und fast kahl, seine Hände waren so weich und zart wie die einer Frau. Trotzdem ließ er sich offenbar von Hoval im Gegensatz zu allen anderen nicht einschüchtern. Hoval setzte sowohl seinen Rang als auch seine hundertzehn Kilo ein, um alle zu dominieren, die ihm unterstellt waren; er ärgerte sich offensichtlich darüber, daß der Techniker nicht von ihm beeindruckt war. Die weichen, weißen Hände verstauten die Kamera mit einer Sorgfalt und Gründlichkeit, die ihn wahnsinnig machte. Erst als alles verwahrt war, wie es sich gehörte, durchsuchten sie den übrigen Inhalt des ledernen Aktenkoffers neben dem Streifenwagen und brachten Kopien von Lieutenant Pulhams Fingerabdrücken zum Vorschein. Der Techniker hob das gelbe Blatt und hielt es neben die blutigen Fingerspuren am Wagenfenster.

»Nun?« fragte Hoval.

Der Labortechniker ließ sich eine ganze Minute Zeit, die beiden Abdrücke zu studieren. »Das sind nicht Pulhams Abdrücke«, sagte er schließlich.

»Verdammt gut«, knurrte Hoval und schlug sich mit der rechten Faust in die hohle linke Hand. »Das wird leichter, als ich gedacht habe.«

»Nicht unbedingt.«

Hoval blickte auf den blaßen, hageren Mann herunter. »So?«

Der Techniker richtete sich auf und rieb sich die Hände. Er stellte fest, daß im grellen Lichtschein weder er noch Hoval noch sonst einer einen Schatten warf. »Nicht jeder Bürger der Vereinigten Staaten ist mit seinen Fingerabdrücken irgendwo registriert«, sagte der Techniker. »Sogar wesentlich weniger als die Hälfte von uns.«

Hoval gestikulierte ungeduldig mit einer seiner mächtigen Pranken. »Wer auch immer das getan hat, ist registriert, glauben Sie mir das. Wahrscheinlich schon bei einem Dutzend verschiedener Protestmärsche verhaftet – vielleicht sogar wegen früherer Handgreiflichkeiten. Das FBI hat wahrscheinlich eine komplette Akte über den Kerl.«

Der Labormann strich sich mit der Hand übers Gesicht, als wollte er damit seine stets sorgenvoll wirkende Miene wegwischen. »Sie glauben, daß es ein Radikaler war, ein Linker, so etwas?«

»Wer denn sonst?« fragte Hoval.

»Vielleicht bloß ein Verrückter.«

Hoval schüttelte seinen kantigen Kopf mit dem langen Kinn. »Nein. Lesen Sie denn keine Zeitungen? Heutzutage werden im ganzen Land Polizisten umgebracht.«

»Das liegt an ihrem Beruf«, sagte der Techniker. »Es war schon immer so, daß Polizisten in Ausübung ihres Berufes ums Leben kamen. Der Prozentsatz an Todesfällen ist immer noch der gleiche wie eh und je.«

Aber Hoval hielt an seiner Meinung fest, während er zusah, wie die anderen Laborleute und die uniformierten Beamten den Schauplatz des Mordes absuchten. »Heutzutage gibt es eine organisierte Verschwörung im ganzen Land, die es sich zum Ziel gesetzt hat, Polizisten umzubringen. Und jetzt versucht sie es auch bei uns. Warten Sie nur ab. Die Abdrücke von diesem Arschloch sind ganz bestimmt in den Akten. Und er wird genau der Typ von Dreckskerl sein, wie ich es vermute. Wir werden ihn binnen vierundzwanzig Stunden festgenagelt haben.«

»Aber sicher«, sagte der Techniker. »Das wäre fein.«

DIENSTAG

1

Am zweiten Tag des Monats Mai standen sie früh auf, nahmen ein leichtes Frühstück zu sich, verließen das Lazy Time Motel und befanden sich um kurz nach acht wieder auf der Straße.

Der Tag war genauso hell und frisch wie der vorangegangene. Der Himmel wölbte sich hoch über ihnen und war völlig wolkenlos. Die Sonne, die wieder hinter ihnen stand, schien sie förmlich zur Küste hin zu schieben.

»Wird die Landschaft heute interessanter?« fragte Colin.

»Ein wenig«, sagte Alex. »Du wirst zum Beispiel den berühmten Gateway Arch in St. Louis zu sehen bekommen.«

»Wieviele Meilen sind es noch bis St. Louis?«

»Oh ... vielleicht zweihundertfünfzig.«

»Und vor diesem Gateway Arch gibt es nichts, worauf wir uns freuen können?«

»Nun ja ...«

»Du liebe Güte«, sagte der Junge und schüttelte sorgenvoll den Kopf, »das wird ein *endloser* Morgen.«

Die Interstate 70 führte sie in westsüdwestlicher Richtung zur Grenze von Illinois, eine schnurgerade, mehrspurige Avenue, die in das flache Land Amerikas geschnitzt war. Es war einfach eine bequeme, einigermaßen sichere kontrollierte Durchfahrtsstrecke, die für schnelles Reisen bestimmt war, gebaut für eine Nation, die es stets eilig hatte. Obwohl Doyle selbst auch in Eile war, begierig darauf, wieder mit Courtney zusammen zu sein, konnte er Colins Enttäuschung durchaus verstehen. Die Straße war zwar problemlos schnell, aber auch völlig charakterlos.

Felder mit Frühweizen, kurz, zart und grün, begannen die Flächen zu beiden Seiten des Highways zu füllen. Zuerst waren diese saftiggrünen Felder mit den komplizierten Rohranlagen, die zu ihrer Bewässerung dienten, einigermaßen interessant. Aber nach nicht sehr langer Zeit wurden die Felder langweilig und monoton.

Obwohl Colin sich bezüglich des langen Vormittags, der vor ihnen lag, recht pessimistisch geäußert hatte, war er doch besonders gesprächig und trug damit dazu bei, daß die zwei ersten Stunden auf der Straße angenehm und rasch verstrichen. Sie reden darüber, wie es wohl sein würde, in Kalifornien zu leben, unterhielten sich über Weltraumfahrt, Astronauten, Science Fiction, Rock'n Roll, Piraten, Segelschiffe und Graf Dracula – letzteres besonders deswegen, weil Colin heute ein grün- und schwarzgemustertes Graf Dracula T-Shirt trug und seine schmale Brust auf recht abstoßende Weise mit einem finsterblickenden und mit langen Fangzähnen bewehrten Christopher Lee dekoriert hatte.

Als sie die Grenze zwischen den Bundesstaaten Indiana und Illinois passierten, kam die Unterhaltung schließlich etwas ins Stokken. Mit Doyles Erlaubnis schnallte sich Colin auf kurze Zeit ab, um nach vorne zu rutschen und einen neuen Radiosender ausfindig zu machen.

Weil er sich vergewissern wollte, daß sich hinter ihnen nicht irgendeine gefährliche Situation aufbaute, während der Junge unangeschnallt auf der Sitzkante saß, beobachte Alex im Rückspiegel den rege dahinfließenden Verkehr auf der breiten Fernstraße.

Und da entdecke er den Chevroletlieferwagen.

Er wandte den Blick schnell wieder ab und sah auf die Straße vor ihnen.

Zuerst wollte er nicht glauben, was er gesehen hatte, war überzeugt, daß seine Fantasie ihm einen Streich spielte. Dann versuchte er sich einzureden, daß es schließlich auf den Straßen Amerikas Tausend von Automovers gab und daß das aller Wahrscheinlichkeit nach *ein anderes* keineswegs dasselbe Fahrzeug war, das sie auf der ersten Etappe ihrer Reise beobachtet hatten.

Colin rutschte auf seinen Sitz zurück und schnallte sich wortlos wieder an. Während er sich sein T-Shirt zurechtzupfte, fragte er: »Ist die in Ordnung?«

»Wer?«

Colin drehte den Kopf zur Seite und starrte Doyle verwundert an. »Die Radiostation, natürlich, was denn sonst?«

»Sicher, ist schon gut.«

Aber Alex war so durcheinander, daß er gar nicht richtig wahrnahm, was für Musik der Junge ausgewählt hatte. Widerstrebend sah er ein zweites Mal in den Rückspiegel.

Der Automover rollte immer noch hinter ihnen her und war keineswegs nur ein Produkt seiner überstrapazierten Fantasie, das man leicht abtun konnte. Er hielt sich etwa eine Viertelmeile hinter ihnen, deutlich als Silhouette im Licht der Morgensonne zu erkennen, aber dennoch finster und bedrohlich wirkend.

Ohne recht zu wissen, weshalb, mußte Doyle an den Tankwart denken, mit dem sie in der Nähe von Harrisburg zu tun gehabt hatten, und dann an den beleibten Anachronismus hinter der Theke des Lazy Time Motel. Jener vertraute, unkontrollierbare Schauder, die Ängste seiner Kindheit, die er nicht ganz abgelegt hatte, fing an, sich in seinen Eingeweiden breit zu machen und eine stille, wahrscheinlich unvernünftige Angst in ihm zu erzeugen. Trotzdem gestand sich Doyle in seinem tiefsten Inneren ein, was er zum erstenmal vor mehr als zwanzig Jahren an sich hatte erkennen müssen: er war durch und durch ein Feigling. Sein Pazifismus basierte nicht etwa auf irgendwelchen moralischen Vorstellungen, sondern ganz schlicht auf der Angst vor jeglicher Gewalt. Wenn man einmal richtig darüber nachdachte – welche Gefahr verkörperte dieser Lieferwagen eigentlich? Was hatte er ihnen getan oder womit hatte er sie bedroht? Wenn er bedrohlich wirkte, so lag die Schuld daran ganz und gar in seinem eigenen Kopf. Seine Angst war nicht nur irrational, sie war auch voreilig und primitiv. Er hatte ebensowenig Anlaß, sich vor dem Chevrolet zu fürchten, wie er Anlaß gehabt hatte, sich von Chet oder der Frau im Lazy Time Angst einjagen zu lassen.

»Er ist wieder hinter uns, nicht war?« sagte Colin.

»Wer?«

»Jetzt stell dich doch nicht dumm«, entgegnete der Junge.

»Nun, es ist *tatsächlich* ein Automover hinter uns.«

»Dann ist er es auch.«

»Könnte auch ein anderer sein.«

»Das wäre aber ein großer Zufall«, sagte Colin, der sich seiner Sache ziemlich sicher schien.

Doyle schwieg einen langen Augenblick. Dann sagte er: »Ja, ich fürchte du hast recht. Es wäre ein zu großer Zufall. Er ist tatsächlich wieder hinter uns.«

2

»Ich werde an den Rand fahren und am Seitenstreifen anhalten«, sagte Alex und trat leicht auf die Bremse.

»Warum?«

»Weil ich sehen will, was er macht.«

»Meinst du, daß er hinter uns anhalten wird?« fragte Colin.

»Vielleicht.« Doyle hoffte von ganzem Herzen, daß er das nicht tun würde.

»Das wird er nicht. Wenn er wirklich ein FBI-Mann ist, dann ist er viel zu schlau, um auf einen solchen Trick reinzufallen. Er wird einfach vorbeibrausen, als ob er uns überhaupt nicht bemerkt hätte, sich dann irgendwo auf die Lauer legen und uns später wieder verfolgen.«

Alex war zu angespannt, um auf das Spiel des Jungen einzugehen. Die Lippen zusammengepreßt, bremste er weiter ab, sah in den Rückspiegel und stellte fest, daß der Lieferwagen ebenfalls langsamer wurde. Mit wild schlagendem Herzen fuhr er auf den Seitenstreifen, hörte den Kies unter den breiten Reifen knirschen und kam dann ganz zum Stillstand.

»Nun?« fragte Colin, den diese neue Wendung sichtlich faszinierte.

Alex bewegte den Rückspiegel etwas und beobachtete, wie der Automover aus der Fahrspur bog und ziemlich genau eine Viertelmeile hinter ihnen anhielt. »Nun, dann ist er eben kein FBI-Mann.«

»Hey, Klasse!« sagte der Junge, den die unerwartete Wendung, die der Tag genommen hatte, sichtlich entzückte. »Was könnte er dann sein?«

»Darüber mag ich gar nicht nachdenken«, meinte Doyle.

»Ich schon.«

»Dann tu es leise.«

Er nahm den Fuß von der Bremse, fuhr wieder auf den Interstate zurück und reihte sich in den fließenden Verkehr ein. Zwei Wagen schoben sich zwischen ihn und den Automover und vermittelten ihm damit die Illusion von Sicherheit und Normalität. Aber innerhalb weniger Minuten überholte der Chevrolet die anderen Fahrzeuge und zwängte sich wieder hinter den Thunderbird.

»Was er nur will?« fragte sich Doyle.

Es war beinahe, als wüßte der Fremde hinter dem Steuer des Lieferwagens irgendwie um Doyles geheime Feigheit und triebe damit sein Spiel.

Das Land war jetzt noch ebener als vorher, wie ein riesiges Spielbrett, und die Straße war noch gerader und wirkte noch hypnotischer.

Sie hatten die Ausfahrt nach Effingham passiert. Jetzt kündigten sämtliche Tafeln lange im voraus die bevorstehende Abzweigung nach Decatur an und wiesen gleichzeitig darauf hin, wie weit es noch bis St. Louis war.

Alex fuhr fünf Meilen schneller als es zulässig war und überholte den größten Teil des langsameren Verkehrs, hielt sich aber im wesentlichen auf der rechten Fahrspur.

Der Lieferwagen ließ sich nicht abschütteln.

Zehn Meilen nach dem ersten Halt verlangsamte er die Fahrt wieder, bog erneut auf den Seitenstreifen und sah zu, wie der Chevrolet es ihm gleichtat. »Was zum Teufel *will der*?« fragte Doyle.

»Darüber habe ich auch nachgedacht«, entgegnete Colin und runzelte die Stirn, »aber ich komme einfach nicht dahinter.«

Als Doyle den Wagen wieder auf die Fahrspur lenkte, sagte er: »Wir können schneller fahren als ein solcher Lieferwagen. Viel schneller. Hängen wir ihn doch ab.«

»Genau wie im Kino!« jubelte Colin und klatschte in die Hände. »Gib Vollgas!«

Obwohl ihm die Aussicht auf eine Verfolgungsjagd bei Höchstgeschwindigkeit bei weitem nicht so zusagte wie Colin, trat Doyle das Gaspedal allmählich ganz durch. Er spürte, wie der große Wagen vehement beschleunigte und nach vorn schoß. Trotz der guten Isolierung des Thunderbird drangen jetzt die Reifengeräusche zu ihnen durch: ein dumpfes, immer lauter werdendes Dröhnen, das den Rhythmus des Motors und den schrillen Protestschrei des Fahrtwindes übertönte.

Als der Tachometer hundert Meilen pro Stunde anzeigte, sah Alex wieder in den Rückspiegel. Es war kaum zu glauben, aber der Chevrolet hielt mit ihnen Schritt. Er war das einzige Fahrzeug, das sich jetzt mit ihnen auf der linken Fahrspur bewegte.

Der Thunderbird steigerte sein Tempo: einhundertzehn – die Straßengeräusche waren jetzt wie ein Wasserfall, der rings um sie in die Tiefe krachte –, einhundertfünfzehn ... dann absolute Höchstgeschwindigkeit; der Zeiger pendelte jenseits der letzten Ziffern auf dem Tachometer, und ihr Tempo nahm immer noch zu ...

Die Pfosten auf dem Mittelstreifen rasten jetzt so an ihnen vorbei, daß sie ineinander verschwammen, eine Wand aus grauem Stahl bildeten. Hinter jener Wand huschten Autos und Lastwagen in entgegengesetzter Richtung so schnell vorüber, als würden sie aus einer Kanone geschossen.

Der Lieferwagen fiel zurück.

»Jetzt kommen wir wirklich voran!« rief Colin, in dessen Stimme sich Entzücken und blankes Entsetzen mischten.

»Und er kommt nicht mehr mit!« sagte Alex.

Der Lieferwagen schrumpfte hinter ihnen zusammen und verschwand schließlich ganz.

Vor ihnen war der Highway verlassen. Doyle nahm den Fuß nicht vom Gaspedal.

Sie rasten weitere fünf Minuten mit Höchstgeschwindigkeit quer durch Illinois, erschreckten die Fahrer der anderen Fahrzeuge, die sie überholten, lösten ein wildes Hupkonzert aus und legten Meilen zwischen sich und den Fremden in dem Lieferwagen. Die Aufregung der Verfolgungsjagd hatte sie gepackt und erzeugte in ihnen eine Mischung von kindlichem Vergnügen und Panik.

Aber jetzt, wo der Chevrolet nicht mehr zu sehen war und damit das Gefühl, verfolgt zu werden, etwas abflaute, wurde Doyle bewußt, welches Risiko er einging, indem er selbst bei diesem geringen Verkehr mit so hoher Geschwindigkeit fuhr. Wenn ein Reifen platzte …

Mit lauter Stimme, um das Pfeifen des Windes und das Dröhnen der Reifen auf dem Asphalt zu übertönen, sagte Colin: »Wie steht's mit Radarfallen?«

Wenn man sie wegen Übertretung der Geschwindigkeitsbegrenzung anhielt, würde dann ein vernünftig denkender Streifenpolizist glauben, daß sie vor einem geheimnisvollen Mann in einem gemieteten Automover auf der Flucht waren? Auf der Flucht vor einem Mann, den sie nicht einmal kannten, dem sie nie begegnet waren – ja den sie nicht einmal zu Gesicht bekommen hatten? Auf der Flucht vor einem Mann, der ihnen nie etwas zuleide getan oder auch nur gedroht hatte, ihnen etwas zuleide zu tun? Flucht vor einem völlig Fremden, den Alex nur fürchtete – nun, nur weil er immer vor allem Angst gehabt hatte, was er nicht richtig begreifen konnte? Nein, eine solche Story würde ihm niemand abkaufen, man würde ihn für einen Lügner, die Story für einen plumpen Vorwand halten. Sie war zu fantastisch und zugleich auch zu weit hergeholt. Einen Polizisten würde so etwas nur auf die Palme bringen. Widerstrebend nahm Doyle das Tempo zurück. Die Nadel des Tachometers fiel sehr schnell auf die Marke Hundert, zitterte dort eine Weile und sank dann noch tiefer.

Doyle sah in den Spiegel.

Der Lieferwagen war nirgends zu sehen. Mindestens ein paar Minuten lang würde der Fahrer des Chevrolet sie nicht beobachten können.

»Er holt wahrscheinlich schnell auf«, sagte Colin.

»Genau.«

»Was werden wir tun?«

Unmittelbar vor ihnen lag die Ausfahrt zur Route 51 und Hinweisschilder, auf denen die Entfernung nach Decatur angegeben war.

»Wir werden den Rest des Tages Landstraßen benutzen«, sagte Alex. »Soll er uns doch auf der Route 70 suchen, wenn er Lust hat.«

Er trat zum ersten Mal seit langer Zeit wieder auf die Bremse des Thunderbird und nahm die Ausfahrt hinaus ins flache Land.

3

Von Decatur aus fuhren sie auf die Route 36 in westlicher Richtung bis an die Grenze des Bundesstaates und weiter nach Missouri. Das Land war jetzt noch flacher als am Morgen; die vielgerühmten Prärien boten ein eintöniges Schauspiel. Kurz nach zwölf Uhr nahmen Alex und der Junge in einem sauberen Café mit weißgestrichenen Bretterwänden ein kleines Mittagessen ein und fuhren dann weiter.

Unweit der Abzweigung von Jacksonville sagte Colin: »Was denkst du denn?«

»Worüber?«

»Über den Mann in dem Chevrolet.«

Die tief am westlichen Horizont hängende Sonne blendete sie.

»Was ist mit ihm?« fragte Doyle.

»Wer könnte er sein?«

»Ist er denn nicht vom FBI?«

»Das war doch nur ein Spiel.«

Zum erstenmal wurde Alex bewußt, wie sehr der geheimnisvolle, immer wieder auftauchende Lieferwagen den Jungen beunruhigt hatte. Wenn Colin kein Interesse mehr an seinen Spielchen hatte, dann mußte er wirklich sehr besorgt sein und verdiente deshalb eine klare Antwort.

»Wer auch immer er ist«, sagte Doyle und rutsche mit seinen schmerzenden Gesäßbacken ein wenig auf dem Vinylsitz zur Seite, »er ist jedenfalls gefährlich.«

»Ist es jemand, den wir kennen?«

»Nein, ich glaube, er ist ein völlig Fremder.«

»Warum verfolgt er uns dann?«

»Weil er *irgendjemand* verfolgen muß.«

»Das ist keine Antwort.«

Doyle dachte über jene ganz besondere Spezies von Irren nach, die das vergangene Jahrzehnt hervorgebracht hatte; jener Dampfkessel, in dem das, was das Wesen der Gesellschaft ausmachte, bis zum Siedepunkt erhitzt worden war. Er dachte an Männer wie Charles Manson, Richard Speck, Charles Whitman, Arthur Bremer … Selbst wenn Charles Whitman, der Turmschütze aus Texas, dem mehr als ein Dutzend unschuldiger Menschen zum Opfer gefallen waren, möglicherweise an einem von den Ärzten nicht erkannten Gehirntumor gelitten hatte, so konnte man bei den anderen jedenfalls keine körperliche Krankheit und keine rationale Erklärung für das Blutbad finden, das sie angerichtet hatten. Es gab wenigstens noch ein Dutzend weitere Namen, an die Doyle sich nicht mehr erinnern konnte, Männer, die sinnlos gemordet hatten, aber deren Untaten nicht aufsehenerregend genug gewesen waren, um ihnen die Unsterblichkeit zu verschaffen. Seit 1963 mußte ein Irrer entweder besonders geschickt in seinen Methoden sein oder so wählerisch, daß er sich Berühmtheiten als Opfer aussuchte, oder wenigstens ein Dutzend Menschen hinmetzeln, ehe man ihn für bemerkenswert hielt. Die Videoaufzeichnung eines Meuchelmordes und die allabendlichen Fernsehdarbietungen eines blutigen Krieges hatten Amerika unempfindlich gemacht. Ein vereinzelter mörderischer Impuls war viel zu selbstverständlich geworden, um auch nur der Erwähnung wert zu sein …

Doyle versuchte, Colin diese Gedanken zu vermitteln und bemühte sich dabei, nach Möglichkeit besonders blutrünstige Formulierungen zu vermeiden.

»Du glaubst also, daß er verrückt ist?« fragte der Junge, als Doyle fertig war.

»Möglicherweise. Genaugenommen hat er ja bis jetzt noch nicht viel getan. Aber wenn wir auf dem Highway geblieben wären und ihm Gelegenheit gegeben hätten, uns weiter zu verfolgen, ihm Zeit gegeben hätten und die Möglichkeit, zuzuschlagen … Wer weiß, was dann am Ende passiert wäre.«

»Das klingt alles para …«

»Paranoid?«

»Das ist das Wort.«, sagte Colin und nickte zustimmend. »Es klingt sehr paranoid.«

»Heutzutage muß man ein wenig paranoid sein«, sagte Doyle. »Das ist für das Überleben fast notwendig.«

»Meinst du, daß er uns wieder finden wird?«

»Nein.« Doyle blinzelte, als die Sonne sich besonders grell in der Windschutzscheibe spiegelte. »Er wird auf dem Interstate Highway bleiben und sich alle Mühe geben, uns wieder einzuholen.«

»Über kurz oder lang wird ihm klar werden, daß wir den Highway verlassen haben.«

»Aber er wird nicht wissen, wo oder wann«, sagte Doyle.

»Und er kann auch nicht wissen, wo wir hinfahren.«

»Was, wenn er ein anderes Opfer findet?« fragte Colin. »Wenn er einfach nur deshalb angefangen hat, uns zu verfolgen, weil wir zufällig auf derselben Straße wie er nach Westen fuhren – wird er sich dann nicht irgendein anderes Opfer suchen, wenn er erkennt, daß wir ihm entkommen sind?«

»Und wenn er das tut?« fragte Doyle.

»Sollten wir nicht der Polizei Bescheid sagen?« fragte der Junge.

»Man braucht Beweise, ehe man jemanden beschuldigen kann«, sagte Doyle. »Selbst wenn wir Beweise hätten, unwiderlegbare Beweise dafür, daß der Mann in dem Chevrolet vorgehabt hat, uns Böses anzutun, könnten wir doch nichts damit anfangen. Wir wissen nicht, *wen* wir beschuldigen sollten, kennen seinen Namen nicht. Wir wissen nicht, wo er hinfährt, nur daß er in westlicher Richtung unterwegs ist. Wir haben die Nummer des Lieferwagens nicht, überhaupt nichts, das die Cops verwenden könnten.« Er sah Colin an und blickte dann wieder auf den Asphalt. »Wir können nur unserem guten Stern dafür danken, daß wir ihn losgeworden sind.«

»Ja, ich denke schon.«

»Bestimmt, es ist schon so.«

Viel später fragte Colin: »Als er uns verfolgte, hinter uns auf den Seitenstreifen fuhr und dann Gas gab, um uns einzuholen – hast du da Angst gehabt?«

Doyle zögerte nur eine Sekunde lang während er sich fragte, ob er sich vielleicht zu einer etwas weniger unmännlichen Reaktion bekennen sollte: Unbehagen, Unruhe, Besorgnis. Aber er wußte, daß man bei Colin mit Ehrlichkeit immer am weitesten kam. »Natürlich hatte ich Angst. Nicht sehr, aber ein wenig Angst schon. Dafür gab es auch Anlaß.«

»Ich habe auch Angst gehabt«, sagte der Junge, ohne verlegen zu sein. »Aber ich dachte immer, daß man, wenn man einmal erwachsen ist, vor nichts mehr Angst zu haben braucht.«

»Manche Ängste verliert man, wenn man älter wird«, sagte Doyle. »Zum Beispiel ...hast du Angst vor der Dunkelheit?«

»Ein wenig.«

»Nun, das ist eine Angst, die du ablegen wirst. Aber alle Ängste wird man nicht los. Und vielleicht gibt es dann neue Dinge, vor denen du dich fürchtest.«

Sie überquerten den Mississippi bei Hannibal anstatt bei St. Louis und bekamen so den Gateway Arch überhaupt nicht zu sehen. Vor der Abzweigung nach Hiawatha, Kansas, verließen sie die Route 36 und fuhren eine Weile auf ein paar miteinander verbundenen Highways, die sie in südlicher Richtung wieder auf den Interstate 70 brachten, auf dem sie um Viertel nach acht das Plains Motel in der Nähe von Lawrence, Kansas, erreichten, wo sie für die Nacht ein Zimmer gebucht hatten.

Das Plains Motel unterschied sich wenig vom Lazy Time, abgesehen davon, daß es nur aus einem langen Flügel bestand und aus grauen Hohlblocksteinen und Sperrholz anstatt aus Ziegeln erbaut war. Die Leuchtschriften flimmerten in demselben Orange und dem gleichen Grün. Der Colaautomat neben dem Eingang zum Büro hätte gut während des Tages vom Lazy Time in der Nähe von Indianapolis hierher gebracht worden sein können; die Luft rings um den Automaten war kühl und von Betriebsgeräuschen erfüllt.

Alex fragte sich, ob ihn hinter der Empfangstheke eine korpulente Frau mit einer Bienenwabenfrisur begrüßen würde.

Aber vor ihm stand ein Mann in Doyles Alter. Er war glattrasiert, hatte ordentlich gestutztes Haar und ein kantiges, ehrliches, *amerikanisches* Gesicht, perfekt für die Plakate, auf denen Army und Navy für Rekruten warben. Mit Fernsehwerbung für Pepsi, Gillette, Cornflakes und ganzseitigen Anzeigen für Camelzigaretten hätte er bestimmt ein Vermögen verdienen können.

»Ich habe gesehen, daß sie das ›Besetzt‹-Zeichen eingeschaltet haben«, sagte Doyle. »Hoffentlich konnten sie unsere Reservierung aufrechterhalten? Wir sind eine Stunde später dran, aber …«

»Heißen Sie Doyle?« fragte der Mann und ließ dabei perfekte weiße Zähne aufblitzen.

»Ja.«

»Sicher, das Zimmer ist bereit.« Er nahm ein Formular von seinem Schreibtisch.

»Hey, das ist eine gute Nachricht! Wahrscheinlich sind Sie schon unruhig geworden, daß Sie auf dem Zimmer sitzenbleiben …«

»Überhaupt nicht, Mr. Doyle. Wenn Sie das Zimmer nicht reserviert hätten, dann hätte ich es an diese dreckigen Waschbären vermieten müssen.«

Doyle war nach der langen Fahrt müde und begriff nicht, was der Mann meinte. »Waschbären?«

»Nigger«, erklärte der Angestellte. »Dreimal sind sie dagewesen. Wenn Ihre Reservierung nicht vorgelegen hätte, dann wäre ich verpflichtet gewesen, einem von diesem Pack die zweiundzwanzig für die Nacht zu geben. Und das tue ich nicht gerne. Lieber würde ich ein Zimmer die ganze Nacht leerstehen lassen, als an einen von denen zu vermieten.«

Doyle hatte das Gefühl, als würde er das Verhalten des Mannes unterstützen, während er den Meldezettel unterschrieb. Er fragte sich kurz, wie es eigentlich kam, daß er, so wie er gekleidet war und sein Haar trug, einen besseren Eindruck als die Schwarzen machte, die vor ihm dagewesen waren.

Der gutaussehende junge Mann gab Doyle den Zimmerschlüssel und fragte: »Wieviel braucht denn der T-Bird?«

Eigentlich hatte Alex damit gerechnet, daß der Mann fortfahren würde, über Nigger herzuziehen, deshalb überraschte ihn der Themenwechsel. »Wieviel ich brauche? Weiß ich nicht. Hab' nie nachgesehen.«

»Ich spare auf einen solchen Wagen. Saufen mächtig Sprit, aber ich mag sie einfach. Mit einem solchen Wagen weiß jeder, was für ein Kerl man ist. Wenn man einen Mann in einem T-Bird sieht, weiß man, daß er es geschafft hat.«

Alex blickte auf den Zimmerschlüssel, den er in der Hand hielt. »Zweiundzwanzig? Wo ist das?«

»Rechts, ganz am Ende. Hübsches Zimmer, Mr. Doyle.«

Alex ging zum Wagen hinaus. Er wußte, warum der Mann ihn akzeptiert hatte. Der Thunderbird war für ihn ein Symbol, das die Realität verdeckte. Ein solcher Wagen verwandelte einen Freak aus der Aussteigerszene in einen ganz normalen Exzentriker. Und das bedrückte Alex. Er hatte nicht erwartet, daß hier, im Herzen Amerikas, ein Mann nur dann etwas galt, wenn er das richtige Auto fuhr.

George Leland verbrachte die Nacht in einem billigeren Etablissement drei Meilen westlich des Plains Motel. Obwohl es nur ein winziges Einzelzimmer war, blieb er nicht immer allein. Courtney war oft da. Manchmal sah er sie mit dem Rücken zur Wand in einer Ecke stehen. Dann saß sie wieder auf dem Fußteil des Bettes oder in dem Sessel mit der zerschlissenen Polsterung neben der Badezimmertür. Er wurde ein paarmal ärgerlich und forderte sie auf, wegzugehen. Sie verschwand dann ebenso lautlos, wie sie aufgetaucht war. Aber dann fehlte sie ihm wieder, er sehnte sich nach ihr – und sie kehrte zurück. Worauf ihm das billige Motelzimmer wieder luxuriös und großartig vorkam.

Er schlief unruhig.

Zwei Stunden vor der Morgendämmerung konnte er einfach nicht mehr schlafen; er stand auf, duschte und zog sich an. Auf dem Bett sitzend, vor sich ein paar Landkarten ausgebreitet, studierte er die Route für Mittwoch und fuhr sie immer wieder mit seinen dicken Fingern nach.

Leland wußte, daß er irgendwo auf diesen sechshundert Meilen Doyle und den Jungen würde erledigen müssen. Er brauchte die Wahrheit nicht länger vor sich selbst zu verbergen. Courtney hatte ihm dabei geholfen, sich das einzugestehen. Er mußte sie töten, genau wie er den Streifenpolizisten auf dem Highway getötet hatte, der sich zwischen ihn und Courtney hatte stellen wollen. Es war viel zu gefährlich, diese Sache noch länger aufzuschieben. Bis morgen nacht würden sie mehr als die Hälfte der Strecke nach San Francisco zurückgelegt haben, und wenn Doyle beschloß, auf der letzten langen Etappe der Reise eine andere Route einzuschlagen, könnte Leland sie für immer aus den Augen verlieren.

Also morgen. Irgendwo zwischen Lawrence in Kansas und Denver. Dann würde Leland endlich gegen *sie* zurückschlagen können, gegen alle, die diese letzten zwei Jahre gegen ihn gearbeitet und ihm Schwierigkeiten gemacht hatten. Dies war der neue Anfang. Von nun an würde er sich nicht mehr herumschubsen lassen. Er würde jedem beibringen, ihn zu respektieren. Und dann würde das Glück wieder bei ihm einziehen. Sobald er Doyle und den Jungen aus dem Weg geschafft hatte, würden er und Courtney gemeinsam ihr neues wunderbares Leben beginnen. Dann würde er für sie alles sein, was sie noch hatte, und sie würde sich an ihn klammern.

Ein paar Minuten nach sechs am Dienstag abend kam ein Anruf vom Polizeilabor. Detective Ernie Hoval nahm das Gespräch in seinem spärlich möblierten Büro im Obergeschoß des Hauptquartiers entgegen. »Geht es um den Fall Pulham?« fragte er, ehe der Mann am anderen Ende der Leitung etwas sagen konnte. »Wenn nicht, dann sprechen Sie mit jemand anderem. Ich kümmere mich um den Pulham Fall, bis er gelöst ist, und um nichts anderes.«

»Dann wird Sie das interessieren«, sagte der Laborangestellte. Seine Stimme klang wie die des hageren, kahlköpfigen Manns mit dem gelben Gesicht, der sich von Detective Hoval in der letzten Nacht nicht hatte einschüchtern lassen. »Wir haben den Bericht über die Fingerabdrücke aus Washington. Ist gerade über Telex reingekommen.«

»Und?«

»Nicht registriert.«

Hoval lehnte sich über seinen großen Schreibtisch, der angesichts seiner mächtigen Statur winzig erschien, den Hörer fest in einer Hand, die andere Hand zur Faust geballt auf der Schreibunterlage. Die Fingerknöchel traten weiß hervor.

»Nichts?«

»Ich sagte Ihnen doch, daß es so sein könnte«, sagte der Techniker, fast als würde ihm Hovals Enttäuschung Spaß machen. »Mit jeder Minute, die verstreicht, kommt mir das mehr wie die Tat eines Verrückten vor.«

»Nein, das ist etwas Politisches«, beharrte Hoval, und dabei öffnete und schloß sich seine Faust die ganze Zeit. »Organisierter Polizistenmord.«

»Da bin ich anderer Ansicht.«

»Haben Sie irgendwelche Beweise für Ihre Theorie?« fragte Hoval zornig.

»Nein«, räumte der Techniker ein. »Wir sind immer noch mit dem Wagen beschäftigt, aber es scheint hoffnungslos. Wir haben Lackproben von jedem noch so kleinen Kratzer genommen. Aber wer weiß schon, ob die Kratzer vom Fahrzeug des Mörders stammen?«

»Haben Sie den Streifenwagen innen gründlich untersucht?« fragte Hoval.

»Selbstverständlich«, entgegnete der Techniker. »Wir haben ein paar Haare gefunden, Scham- und Kopfhaar. Fingernägelabschnitte. Verschiedene Arten von Erde. Grashalme. Essenreste. Das meiste hat nichts mit dem Killer zu tun, und selbst wenn es das täte – das Haar, ein paar abgerissene Fäden, die wir vom Türmechanismus aufgepickt haben – können wir nicht viel damit anfangen, solange wir keinen Verdächtigen haben.«

»Im Labor wird sich dieser Fall nicht lösen lassen«, pflichtete Hoval ihm bei.

»Was für andere Hinweise haben Sie denn?«

»Wir versuchen gerade, Pulhams Schicht zu rekonstruieren«, sagte Hoval. »Angefangen mit dem Augenblick, in dem er den Streifenwagen aus der Garage geholt hat.«

»Und?«

»Das sind eine ganze Menge Minuten, die es zu überprüfen gilt, und eine Menge Leute, mit denen zu reden ist«, sagte Hoval. »Aber wir werden schon etwas finden.«

»Ein Verrückter«, sagte der Techniker.

»Und ich sage Ihnen, daß Sie sich irren.« Hoval legte auf. Vor zwanzig Jahren war Ernie Hoval zur Polizei gegangen, weil das ein Beruf, eine Lebensstellung war, nicht nur ein Job; es war Arbeit, die einem Mann Ehre und Respekt eintrug. Es war harte Arbeit, unzureichend bezahlt und anstrengend, mit vielen Überstunden, aber eine Arbeit, die einem die Gelegenheit gab, etwas für die Gemeinschaft zu leisten. Das Drumherum der Polizeiarbeit – die Dankbarkeit der Nachbarn und der Respekt der eigenen Kinder – waren wichtiger als das Gehalt. So war es bisher wenigstens gewesen ..., aber heutzutage, dachte Hoval, war ein Cop nicht viel mehr als eine Zielscheibe. Alle hatten es auf die Polizei abgesehen. Schwarze, Liberale, Itaker, Demonstranten für den Frieden, die Frauenbewegung – sämtliche verrückten Randgruppen machten sich einen Spaß daraus, die Polizei als ein Rudel Blödmänner hinzustellen. Heutzutage sah man in einem Cop bestenfalls so etwas wie einen Hanswurst. Im schlimmsten Fall bezeichnete man ihn als Faschistenschwein, und diese revolutionären Gruppen, um die sich außer den anderen Polizisten niemand zu scheren schien, wollten jedem Cop an den Kragen.

Alles hatte 1963 angefangen, mit Kennedy und Dallas. Und während des Krieges war es noch viel, viel schlimmer geworden. Hoval wußte das, obwohl er nicht begreifen konnte, weshalb die Morde und der Krieg so viele Menschen so grundlegend verändert hatten. Es gab andere politische Morde in der amerikanischen Geschichte, alle ohne besonders weitreichende Auswirkung auf die Nation. Und es hatte auch andere Kriege geben, die aber hatten die Moral eher noch verstärkt. Dieser Krieg dagegen war von genau entgegengesetzter Wirkung gewesen. Er konnte nicht sagen, warum das so war – konnte nur darauf hinweisen, daß die Kommunisten und andere revolutionäre Kräfte schon lange nach einem Vorwand gesuchte hatten –, aber er wußte, daß es stimmte.

Wieder dachte er über Pulham nach, das letzte Opfer dieses Wandels, und ballte seine zwei mächtigen Pranken zu Fäusten. Es *war* eine politische Sache. Und über kurz oder lang würden sie diese Dreckskerle schon kriegen.

MITTWOCH 7 Uhr – DONNERSTAG 7 Uhr

1

Der Morgen drohte mit Regen. Sanft wogende Felder aus zarten, frischen Weizenhalmen reichten bis an die Grenze des Horizonts; ein grüner Teppich unter der niedrigen, grauen Decke schnell dahinziehender Wolken. Hier und dort stachen aus der zum-verrückt-werden-ebenen Landschaft gewaltige Getreidesilos aus Beton wie gigantische Blitzableiter hervor, als wollten sie sich dem bevorstehenden Sturm entgegenstellen.

Colin gefiel das. Immer wieder deutete er auf die Getreidesilos und die vereinzelt sichtbaren skelettartigen Öltürme, die wie Gefängniswachttürme in der Ferne aufragten. »Großartig, nicht wahr?«

»Dieses Land ist genauso flach wie das in Indiana und Missouri«, sagte Doyle.

»Aber hier spürt man die *Geschichte.*« Heute trug der Junge ein schwarzrotes Frankenstein T-Shirt. Es war ihm aus den Cordhosen gerutscht, aber er achtete jetzt nicht darauf.

»Geschichte?« fragte Doyle.

»Hast du nie vom Old Chisholm Trail gehört? Oder dem Santa Fe Trail? All die berühmten alten Städte des Wilden Westens liegen hier«, sagte der Junge erregt. »Abilene und Fort Riley, Fort Scott, Pawnee Rock, Wichita, Dodge City und der alte Boot Hill.«

»Ich wußte gar nicht, daß du ein Fan von Cowboyfilmen bist.«

»Bin ich auch nicht, wenigstens nicht so sehr. Trotzdem ist es aufregend.«

Alex blickte auf die endlose Ebene hinaus und versuchte, sie sich vorzustellen, wie sie früher einmal gewesen war: Sanddünen, Staub, Kakteen, eine schroffe, unwirtliche Landschaft, der der Mensch kaum seinen Stempel aufgedrückt hatte. Ja, früher mußte es hier einmal romantisch gewesen sein.

»Hier gab es Indianerkriege«, sagte Colin. »Und John Brown hat

1856 einen kleinen Bürgerkrieg in Kansas ausgelöst, als er und seine Söhne bei Pottawatomie Creek fünf Sklavenbesitzer umgebracht haben.«

»Ich wette, du kannst das nicht fünfmal hintereinander ganz schnell sagen.«

»Einen Dollar?« fragte Colin.

»Geht in Ordnung.«

»Pottawatomie, Pottawatomie, Pottawatomie, Pottawatomie, Pottawatomie!« sagte er, am Ende völlig außer Atem. »Du schuldest mir einen Dollar.«

»Setz ihn auf meine Rechnung«, sagte Doyle. Er fühlte sich jetzt wieder locker und durch und durch wohl, jetzt, wo die Reise sich so entwickelte, wie sie das geplant hatten.

»Weißt du, wer sonst noch aus Kansas stammt?«

»Wer?«

»Carry Nation«, sagte Colin und kicherte. »Die Frau, die mit einer Axt herumgelaufen ist und Saloons demoliert hat.«

Wieder passierten sie einen Getreidesilo, der am Ende einer langen, schnurgerade Asphaltstraße stand.

»Wo hast du das denn alles gelernt?« fragte Doyle.

»Einfach aufgeschnappt«, sagte Colin. »Hier ein Stück und dort ein Stück.«

Gelegentlich kamen sie an brachliegenden Feldern vorbei, weiten Flächen fruchtbarer brauner Erde, die wie ordentlich auseinandergebreitete Tischtücher aussahen. Auf einem der Felder sog ein Wirbelwind den Staub in einer fast kompakt wirkenden Säule aus Frühlingsluft fünfzehn Meter hoch.

»Hier hat auch Dorothy gelebt«, sagte Colin und betrachtete den Staubwirbel.

»Welche Dorothy?«

»Das Mädchen in *Der Zauberer von Oz*. Erinnerst du dich, daß sie ein mächtiger Wirbelsturm nach Oz getragen hat?«

Alex wollte gerade antworten, als ihn das laute Plärren einer Autohupe dicht hinter ihnen erschreckte. Er sah in den Spiegel – und sog die Luft zwischen den Zähnen ein, als er den Chevroletlieferwagen sah. Er war keine zwei Meter von ihrer hinteren Stoßstange entfernt. Der unsichtbare Fahrer des Wagens schlug mit der Hand pausenlos auf den Hubring: Tut, tut, tut, tut, tut!

Doyle sah auf den Tachometer und stellte fest, daß sie über siebzig fuhren. Wenn die Hupe ihn so erschreckt hätte, daß er auf das Bremspedal getreten wäre, dann wäre der Chevrolet in sie hineingefahren. Und sie wären alle tot.

»Blödes Arschloch«, sagte er.

Tut, tuuut, tuuut ...

»Ist das er?« fragte Colin.

»Ja.«

Der Lieferwagen fuhr jetzt noch dichter auf, so dicht, daß Doyle nicht einmal mehr seine Stoßstange oder den unteren Teil des Kühlergrills sehen konnte.

»Warum hupt er?« fragte Colin.

»Ich weiß nicht ... ich denke, damit wir wissen, daß er wieder da ist.«

2

Die Hupe des Lieferwagens tönte monoton.

»Meinst du, daß er will, daß du anhältst?« fragte Colin, hielt sich beide Knie mit seinen schmalen Händen und beugte sich vor, als laste etwas auf seinen Schultern.

»Ich weiß nicht.«

»Wirst du anhalten?«

»Nein.«

Colin nickte. »Gut. Ich glaube auch nicht, daß wir anhalten sollten. Ich glaube, wir sollten weiterfahren, ganz gleich, was er macht.«

Doyle rechnete damit, daß der Fremde jeden Augenblick zu hupen aufhören und wieder auf seine übliche Distanz zurückfallen würde. Aber er blieb einfach hinter ihnen kleben, nicht einmal einen Meter von ihrem Heck entfernt, und das bei siebzig Meilen die Stunde und mit plärrender Hupe.

Ob der Mann in dem Lieferwagen nun wirklich so gefährlich wie Charles Manson oder Richard Speck war oder nicht, geistesgestört war er in jedem Fall. Es schien ihm Vergnügen zu bereiten, Leute, die ihm völlig fremd waren, zu terrorisieren. Und das war alles andere als normal. Mehr denn je zuvor war sich Doyle im klaren darüber, daß er diesem Mann nie von Angesicht zu Angesicht gegenübertreten und herausfinden wollte, wie weit sein Wahnsinn ging.

Tut, tuut, tuut …

»Was können wir tun?« fragte der Junge.

Doyle warf einen Blick zu ihm hinüber. »Angeschnallt?«

»Natürlich.«

»Wir werden ihn wieder abhängen.«

»Und auf Nebenstraßen nach Denver fahren?«

»Yeah.«

»Dann wird er sich morgen früh wieder an uns dranhängen, wenn wir Denver auf dem Weg nach Salt Lake City verlassen.«

»Nein, das wird er nicht«, sagte Doyle.

»Wie kannst du da so sicher sein?«

»Er ist schließlich kein Hellseher«, sagte Doyle. »Er hat einfach Glück gehabt, das ist alles. Er ist zufällig jede Nacht in etwa der gleichen Gegend geblieben, wo wir auch geblieben sind – und ist ebenso zufällig jeden Morgen etwa um die gleiche Zeit wie wir weggefahren. Es ist ein reiner Zufall, daß er uns immer wieder einholt.« Er wußte, daß dies die einzig rationale Erklärung war, so schwach sie auch klingen mochte, das einzige, was einen Sinn ergab. Und doch glaubte er selbst kein Wort davon. »Man liest in den Zeitungen von Dutzenden von Zufällen, die noch viel verrückter sind. Oft genug.« Er redete jetzt nur, um den Jungen zu beruhigen. Seine ihm so vertraute, von ihm so gefürchtete Angst hatte sich erneut eingestellt, und er wußte, daß er erst dann wieder ruhig sein würde, wenn sie sicher in San Francisco waren.

Er trat das Gaspedal bis zum Anschlag durch.

Der Thunderbird machte einen Satz und eine Lücke öffnete sich zwischen ihnen und dem Chevrolet. Die Lücke wurde schnell größer, obwohl der Automover jetzt selbst Tempo zulegte.

»Du wirst viel länger fahren müssen, wenn wir wieder Landstraßen nehmen«, sagte der Junge mit einem Anflug von Unbehagen in der Stimme.

»Nicht unbedingt. Wir können nach Norden fahren und dann wieder auf die Route 36«, entgegnete Doyle und beobachtete wie der Lieferwagen im Rückspiegel langsam kleiner wurde. »Das ist eine ziemlich gute Straße.«

»Trotzdem bedeutet es sicher zwei Stunden zusätzlich. Gestern warst du richtig müde, als wir ins Motel kamen.«

»Ich komme schon klar«, sagte Doyle. »Mach dir um mich keine Sorgen.«

Sie nahmen die Route 77 in nördlicher Richtung bis zur Route 36 und fuhren dann ganz oben im Norden des Staates wieder nach Westen.

Colin fand die Felder, Getreidesilos, Öltürme und Staubwirbel jetzt nicht mehr sonderlich interessant. Er sah kaum auf die Landschaft hinaus, stopfte sich sein Frankenstein T-Shirt in die Hose und strich es glatt, spielte auf seinen knochigen Knien kleine Melodien, säuberte seine dicke Brille und schob sich dann das Hemd erneut zurecht. Die Minuten krochen dahin wie Schnecken.

Leland verlangsamte die Geschwindigkeit seines Lieferwagens auf siebzig und brachte damit das laute Klappern der Möbel und Haushaltsgegenstände im Laderaum wieder zum verstummen. Er sah zu dem goldenen, durchsichtigen Mädchen hinüber, das neben ihm saß. »Die müssen unterwegs irgendwo abgebogen sein. Wir werden sie erst wieder einholen, wenn wir heute abend nach Denver kommen.«

Sie sagte nichts.

»Ich hätte ein Stück hinter ihnen bleiben sollen, bis ich eine Chance gehabt hätte, sie von der Fahrbahn zu drücken. Es war falsch, sie gleich so unter Druck zu setzen.«

Sie lächelte nur.

»Nun«, sagte er, »wahrscheinlich hast du recht. Auf dem Highway ist zuviel Betrieb, um sie dort zu erledigen. Das wird heute abend im Motel besser gehen. Vielleicht schaffe ich es mit dem

Messer, wenn ich mich an sie heranschleichen kann. Auf die Weise gibt es keinen Lärm. Und dort rechnen sie bestimmt nicht mit mir.«

Die Felder huschten vorbei. Der bleierne Himmel senkte sich tiefer, und Regentropfen klatschten auf die Windschutzscheibe. Die Scheibenwischer pochten hypnotisch, wie ein Knüppel, der immer wieder auf etwas Weiches einschlug.

3

Das Rockies Motor Hotel am Ostrand von Denver war ein riesiger, zweigeschoßiger Komplex mit vier in Kreuzform angeordneten Flügeln, von denen jeder hundert Zimmer hatte. Trotz seiner Größe – beinahe zwei Meilen offen daliegender Korridore mit Blechdächern und Betonfußböden – wirkte der ganze Bau klein, da er im architektonischen Schatten der Wolkenkratzer der Stadt und, was noch eindrucksvoller war, in Sichtweite der grandiosen, schneebedeckten Rocky Mountains dastand, die im Westen und Süden hochragten. Untertags spiegelte sich die Sonne in den präzise in Reih und Glied angeordneten Fensterscheiben und den Regenröhren, verwandelte die langen Korridordächer in Spiegel aus Wellblech und schimmerte auf den Wellen des riesigen Schwimmbeckens in der Mitte des Innenhofs. In der Nacht leuchteten hinter den Vorhängen der meisten Zimmer orangefarbene Lampen, und auch rings um den Pool und im Becken selbst gab es Licht. Vor dem Motel flammte eine wahre Farbensymphonie aus gelben, weiß und roten Lichtern, die in erster Linie dazu dienten, die Aufmerksamkeit auf das Büro, die Eingangshalle, das Restaurant und die Big Rockies Cocktail Lounge zu ziehen.

Aber am Mittwoch nacht um zehn Uhr wirkte das Motel düster und kahl. Obwohl die üblichen Lichter brannten, konnten sie den vom Himmel strömenden grauen Regen und den dünnen nächtlichen Nebel nicht verjagen, die noch an die winterliche Kälte mahnten, die die Stadt vor noch gar nicht so langer Zeit in ihrem Griff gehalten hatte. Der kalte Regen prasselte auf die Asphaltfläche des

Parkplatzes, trommelte auf die Wagendächer und klatschte gegen die Glaswände der Lobby und des Restaurants. Unablässig trommelte er auf die Dächer und die Markisen herunter, die die Promenaden vor jedem Flügel bedeckten, ein angenehmes Geräusch, das die meisten Übernachtungsgäste schnell in tiefen Schlaf lullte. Der Regen schlug lärmend in das Schwimmbecken und sammelte sich in Pfützen unter den Kiefern und den anderen Nadelbäumen, die auf der gepflegten Anlage wuchsen. Er spritzte aus den Regenspeichern, wirbelte in den Abflußrinnen neben den Gehsteigen und erzeugte um die Abflußgitter kurzlebige Seen. Der Nebel erreichte das, wozu der Regen keinen Zugang fand, er perlte an den geschützten Fensterscheiben und auf dem glatten, roten Emaille der numerierten Zimmertüren ab.

In Zimmer 318 saß Alex Doyle auf der Kante eines der beiden Doppelbetten und lauschte dem Regen auf dem Dach und zugleich Colin, der mit Courtney telefonierte.

Der Junge erwähnte den Fremden in dem Lieferwagen nicht. Während des langen Nachmittags hatte der Mann sie nicht wieder eingeholt. Und er konnte unmöglich wissen, wo sie die Nacht verbrachten ... Selbst wenn dieses Spiel angefangen hatte, ihn so zu faszinieren, daß er sogar einen Umweg machte, um es in Gang zu halten, würde ihn doch das schlechte Wetter daran hindern und er würde auch ganz bestimmt nicht sämtliche Motels entlang der Fernstraße absuchen, in der Hoffnung, den Thunderbird zu finden – nicht in dieser Nacht, nicht bei diesem Regen. Es war nicht nötig, Courtney mit Einzelheiten einer Gefahr zu beunruhigen, die bereits vorübergegangen war und die, wie Doyle das jetzt sah, von Anfang an gar keine richtige Gefahr gewesen war.

Colin beendete sein Gespräch und reichte Doyle den Hörer.

»Wie hat *dir* Kansas gefallen?« fragte sie, als er Hello gesagt hatte.

»Recht lehrreich«, sagte Doyle.

»Mit Colin als Lehrer?«

»So könnte man es zusammenfassen.«

»Alex, hat er etwas?«

»Colin?«

»Ja.«

»Ich wüßte nicht. Warum fragst du?«

Sie zögerte. Es zischte in der Leitung wie ein gedämpftes Echo des kalten Regens, der auf das Moteldach prasselte. »Nun ... er ist nicht so aufgekratzt wie sonst immer.«

»Selbst Colin wird einmal müde«, sagte Doyle und zwinkerte dem Jungen zu.

Colin nickte grimmig. Er wußte, was seine Schwester fragte und was Alex ihr nicht sagen wollte. Als er mit ihr gesprochen hatte, war Colin bemüht gewesen, ganz natürlich zu reden. Aber seine gewohnte Geschwätzigkeit hatte es nicht geschafft, die Angst, die bei ihm auf Sparflamme vor sich hinkochte, seit der Lieferwagen am frühen Morgen hinter ihnen aufgetaucht war, zu überdecken.

»Ist das alles?« fragte Courtney. »Er ist bloß müde?«

»Was sonst?«

»Nun ...«

»Wir sind beide etwas reisemüde«, unterbrach sie Doyle. Er wußte, sie ahnte, daß da in Wirklichkeit noch etwas war. Manchmal hatte sie richtiggehend hellseherische Züge. »Man bekommt zwar auf einer solchen Überlandfahrt eine ganze Menge zu sehen – aber meistens ist es genau dasselbe, was man schon vor zehn Minuten gesehen hat und auch nicht viel anders wie das, was nochmal zehn Minuten davor an einem vorbeigezogen ist.« Er wechselte das Thema, ehe sie weiter auf Einzelheiten eingehen konnte. »Sind schon irgendwelche Möbel eingetroffen?«

»Oh, ja!« sagte sie. »Das Schlafzimmer.«

»Und?«

»Ganz genauso wie es in dem Ausstellungsraum aussah. Und die Matratze ist hart, aber sehr elastisch.«

»Wie kannst du so etwas feststellen«, fragte er gespielt argwöhnisch, »wo dein Mann doch einen halben Kontinent von dir entfernt ist?«

»Ich bin fünf Minuten darauf herumgehüpft«, sagte sie und kicherte dabei. »Um sie auszuprobieren, weißt du?«

Er lachte und malte sich das schlanke, langhaarige Mädchen mit dem Elfengesicht aus, wie es vergnügt auf ihrem Bett herumhopste, als wäre es ein Trampolin.

»Und weißt du was, Alex?«

»Was?«

»Ich war ganz nackt, als ich es ausprobiert habe. Was sagst du dazu?«

Er hörte auf zu lachen. »Hört sich ja höchst einladend an.« Seine Stimme klang plötzlich belegt. Er merkte, daß er idiotisch grinste, obwohl Colin zuhörte und ihn beobachtete.

»Warum quälst du mich so?«

»Nun, ich denke die ganze Zeit, du könntest auf der Fahrt eine tolle Frau treffen und mit ihr durchbrennen. Ich will nicht, daß du mich vergißt.«

»Das könnte ich nicht«, sagte er und meinte jetzt nicht mehr nur den Sex. »Ich könnte dich nie vergessen.«

»Nun, ich gehe gerne auf Nummer Sicher. Und – hey, ich glaube, ich habe einen Job gefunden.«

»So schnell?«

»Hier fängt gerade ein neues Stadtmagazin an, und die brauchen eine Fotografin, die hauptberuflich für sie arbeiten kann. Keine langweiligen Layouts. Richtige Fotografie. Ich habe morgen einen Termin, um den Leuten meine Arbeiten zu zeigen.«

»Klingt ja prima.«

»Für Colin wäre das auch gut«, sagte sie. »Das ist kein Bürojob. Ich wäre in der ganzen Stadt unterwegs, um Aufnahmen zu machen. Damit könnte ich ihn den Sommer über ganz schön beschäftigen.«

Sie redeten noch ein paar Minuten und verabschiedeten sich dann. Als er den Hörer auflegte, schien das Trommeln des Regens plötzlich lauter zu werden.

Später, als sie im stockdunklen Zimmer lagen und darauf wartete, daß der Schlaf sich einstellte, seufzte Colin und sagte: »Nun, sie hat also gemerkt, daß etwas nicht in Ordnung ist?«

»Ja.«

»Courtney kann man nichts vormachen.«

»Jedenfalls nicht sehr lange«, sagte Doyle, starrte zu der dunklen Decke empor und dachte an seine Frau.

Die Finsternis schien anzuschwellen, zu schrumpfen und wieder anzuschwellen, sie pulsierte wie ein lebendes Wesen und preßte sich warm auf sie herab, wie eine Decke.

»Glaubst du wirklich, daß wir ihn abgehängt haben?« fragte der Junge.

»Klar.«

»Das haben wir aber schon einmal gedacht.«

»Aber diesmal bin ich ganz sicher.«

»Hoffentlich hast du recht«, sagte Colin. »Das ist ein echter Spinner, wer auch immer er sein mag.«

Das gleichmäßig prasselnde Trommeln des Frühlingsregens wiegte zuerst den Jungen und dann Doyle in den Schlaf …

Es regnete immer noch, als Colin ihn weckte. Er stand neben Doyles Bett, rüttelte an seiner Schulter und flüsterte eindringlich: »Alex! Alex, wach auf. Alex!«

Doyle fuhr hoch, er war benommen und wirr. Sein Gaumen und seine Zunge waren pelzig, er blinzelte und versuchte etwas zu sehen, bis ihm klar wurde, daß es mitten in der Nacht und das Zimmer immer noch stockdunkel war.

»Alex, bist du wach?«

»Yeah. Was ist denn los?«

»Da ist jemand an der Tür«, sagte der Junge.

Alex starrte in die Richtung, aus der die Stimme kam, konnte den Jungen aber nicht sehen. »An der Tür?« fragte er dümmlich, immer noch nicht ganz wach und unfähig zu begreifen, was sich hier abspielte?

»Es hat mich aufgeweckt«, wisperte Colin. »Ich lausche jetzt schon drei oder vier Minuten … Ich glaube, jemand versucht, das Schloß aufzukriegen.«

Jetzt konnte auch Alex über das gleichmäßige Prasseln des Regens im Hintergrund hinweg die seltsam tastenden Geräusche auf der anderen Seite der Tür hören. In der warmen, engen, anonymen Dunkelheit schienen sie viel lauter, als sie in Wirklichkeit waren. Seine Angst funktionierte wie ein Verstärker.

»Hörst du ihn?« fragte Colin. Seine Stimme bekam zwischen

den beiden letzten Worten gleichsam einen Sprung, wurde eine Tonlage schriller.

Doyle streckte die Hand aus, fand den Jungen und legte ihm die Hand auf die schmale Schulter. »Ich kann ihn hören, Colin«, flüsterte er und hoffte, daß seine eigene Stimme fest bleiben würde. »Das ist schon okay. Hier wird niemand reinkommen. Niemand wird dir etwas zuleide tun.«

»Aber das muß doch *er* sein.««

Doyle sah auf seine Armbanduhr, die einzige Lichtquelle in dem kleinen Zimmer. Die Leuchtziffern sprangen ihm scharf und klar entgegen: sieben Minuten nach drei Uhr morgens. Um diese Stunde hatte niemand einen rechtmäßigen Anlaß in einem Schloß herumzustochern ... Was dachte er da? Es gab überhaupt keinen rechtmäßigen Grund für so etwas, und zwar zu *keiner Stunde*, ob es nun Tag oder Nacht war.

»Alex, was ist, wenn er hereinkommt?«

»Sch ...«, machte Doyle, schob die Bettdecke zurück und glitt aus dem Bett.

»Was ist wenn er es doch tut?«

»Das wird er nicht.«

Doyle ging zur Tür und war sich dabei bewußt, daß Colin dicht hinter ihm war. Er beugte sich vor, um am Schloß zu lauschen. Metall kratzte auf Metall, klickte, klapperte, schabte wieder.

Er trat einen Schritt zur Seite an der einzige Fenster, das der Raum hatte, links neben der Tür. Vorsichtig, um ja kein Geräusch zu erzeugen, schob er die schweren Vorhänge beiseite und dann die kalte Jalousie nach oben. Er versuchte, nach rechts auf den überdachten Gang hinauszublicken, wo der Mann jetzt über das Schloß gebeugt dastehen mußte, stellte aber fest, daß das Glas mit einer feinen weißen Dunstschicht bedeckt war, die es völlig undurchsichtig machte. Er konnte überhaupt nichts erkennen, nur das vage, diffuse Leuchten von ein paar verstreuten Lampen, die die Dunkelheit draußen etwas weniger bedrückend machten, als die Finsternis, die im Innern des Raums herrschte.

Ebenso vorsichtig, wie er die Vorhänge vom Fenster geschoben hatte, ließ er die Jalousie wieder herunter und anschließend die

Vorhänge zurückfallen. Er wußte eigentlich nicht, warum er sich weiter lautlos verhielt, tat es aber trotzdem, auch wenn er damit ein paar wertvolle Sekunden vergeudete ... Dabei war ihm klar, daß jetzt jeden Augenblick die Zeit für ihn kommen würde, eine Entscheidung zu treffen, irgendwie zu reagieren – und doch wußte er nicht, ob er imstande sein würde, gegen den Unbekannten, der dort draußen im Schloß herumstocherte, etwas zu unternehmen.

Er ging zur Tür zurück.

Der Teppich fühlte sich unter seinen nackten Füßen rauh und grob an.

Colin war lautlos neben der Tür stehengeblieben, lautlos und unsichtbar in dem onyxfarbenen Schatten, vielleicht zu verängstigt, um sich zu bewegen oder etwa zu sagen.

Das eisige Geräusch des in dem Schloß herumstochernden Drahts war unverändert laut und durchdringend. Es erinnerte Alex an das Skalpell eines Chirurgen, das an einem Knochen entlangscharrt.

»Wer ist da?« fragte Doyle schließlich. Die Kraft und das Selbstbewußtsein in seiner Stimme überraschten ihn. Ja, es überraschte ihn sogar, daß er überhaupt einen Ton herausgebracht hatte.

Das Geräusch hörte auf.

»Wer ist da?« fragte Doyle noch einmal, diesmal lauter, aber mit weniger echtem Mut und mehr gespielter Tapferkeit.

Schnelle Schritte – hallten über den Betonboden und wurden schnell vom gleichmäßigen Brausen des Sturms verschluckt.

Sie warteten, lauschten angespannt. Aber der Mann war weg.

Alex tastete nach dem Lichtschalter an der Tür und fand ihn.

Einen Augenblick lang waren sie beide von dem plötzlichen grellen Lichtschein geblendet. Dann baute sich langsam die vertraute, nüchterne Umgebung des Motelzimmers um sie herum wieder auf.

»Er wird wiederkommen«, sagte Colin.

Der Junge stand neben dem Tisch, er trug lediglich Unterhosen und seine dicke Brille. Seine dünnen braunen Beine zitterten unkontrolliert, so daß die knochigen Knie fast aneinanderstießen. Doyle, der ebenfalls in Unterwäsche dastand, fragte sich, ob sein

Körper vielleicht auch Rückschlüsse auf seine augenblickliche Verfassung zuließ.

»Vielleicht auch nicht«, sagte er. »Jetzt, wo er weiß, daß wir ihn bemerkt haben, wird er es kaum riskieren, wiederzukommen.«

Aber Colin blieb hartnäckig. »Doch.«

Doyle wußte, was jetzt zu tun war, scheute sich aber zu handeln. Er wollte einfach nicht in den Regen hinaus und nach dem Mann Ausschau halten, der versuchte hatte, ihr Schloß aufzubrechen.

»Wir könnten die Polizei rufen«, sagte Colin.

»So? Wir haben doch gar nichts, was wir denen sagen könnten, überhaupt keine Beweise. Die würden uns für verrückt halten.«

Colin ging zu seinem Bett zurück, setzte sich hin und hüllte sich in seine Decke, so daß er wie ein kleiner Indianer aussah.

Doyle tappte ins Badezimmer, ließ Wasser in ein Zahnputzglas laufen und trank es langsam, schluckte es mit einiger Mühe.

Als er dann das Glas ausspülte und auf das unechte Marmorbord neben dem Waschbecken stellte, sah er sein Gesicht im Spiegel. Er war bleich und sah abgehärmt aus. Die Furcht hatte sich in unübersehbaren Linien um seinen blutlosen Mund und um seine Augen eingegraben. Ihm gefiel sein Spiegelbild nicht, er konnte sich kaum selbst in die Augen sehen.

Herrgott, dachte er, verschwindet dieser verängstigte kleine Junge denn nie, wird denn nie ein Mann daraus? Wirst du niemals darüber hinwegkommen, Alex? Wirst du dir dein ganzes Leben lang so leicht Angst machen lassen? Jetzt, wo du eine Frau hast, die du beschützen mußt? Glaubst du, daß Colin vielleicht so schnell erwachsen sein wird, daß er sich um dich und Courtney kümmern kann?

Über sich selbst verärgert, von Schamgefühlen geplagt, aber nichtsdestoweniger voll Angst, wandte er sich dem Spiegel ab und ging ins Zimmer zurück.

Colin saß noch so mit der Decke über den Schultern auf dem Bett, wie er vorher dortgesessen hatte. Er sah Doyle an, und seine Brille vergrößerte seine Augen noch mehr und zugleich auch den Funken der Angst, der in ihnen flammte. »Was hätte der denn gemacht, wenn er es geschafft hätte hereinzukommen, ohne uns zu wecken?«

Doyle stand mitten im Zimmer da und war unfähig, auf die Frage zu antworten.

»Falls er hier zu uns hereingekommen wäre«, sagte der Junge, »was hätte er dann gemacht? Du hast doch gesagt, als das alles angefangen hat – daß wir nichts haben, was das Stehlen lohnt.«

Doyle nickte hilflos.

»Ich glaube, es ist schon so wie du gesagt hast«, fuhr der Junge fort. »Ich denke, er ist einer von diesen Leuten, von denen man immer wieder in der Zeitung liest. Ich glaube, er ist geistesgestört.« Seine Stimme war so leise geworden, daß Doyle ihn kaum verstehen konnte.

Obwohl er wußte, daß das keine richtige Antwort war und vermutlich nicht einmal stimmte, entgegnete Alex: »Nun ... jetzt ist er weg.«

Colin sah ihn nur an. Der Ausdruck des Jungen hätte alles möglich bedeuten können, vielleicht auch gar nichts ..., aber Alex sah darin den Anfang von Zweifeln und eine subtile Veränderung in seinem Verhalten. Er war sicher, daß der Junge jetzt anfing, ihn neu zu bewerten, das war für ihn ebenso deutlich, wie das monotone Prasseln des Regens auf dem Dach. Und obwohl Colin viel zu intelligent war, um jemanden nach absoluten Maßstäben zu qualifizieren, viel zu klug, um in Schwarzweißkategorien zu denken, war für Doyle doch sicher, daß Colins Meinung über ihn sich in diesem Augenblick verschlechterte, wenn auch vielleicht nur um eine Winzigkeit.

Aber, fragte sich Doyle, bedeutete ihm denn die Meinung eines Kindes wirklich soviel? Und dann gab er sich sofort selbst die Antwort darauf. Ja, wenn es *dieses* Kind war, dann war das wichtig für ihn. Sein ganzes Leben hatte Doyle Angst vor Leuten gehabt, war zu scheu und zu furchtsam gewesen, irgendjemandem zu nahe zu kommen. Er war seiner selbst zu wenig sicher gewesen, um das Risiko einzugehen, einen anderen Menschen zu lieben. Bis er Courtney begegnet war und Colin. Und jetzt war die Meinung, die die beiden von ihm hatten, für ihn wichtiger als alles andere auf der Welt.

Er hörte seine eigene Stimme, als käme sie von jemand anderem. »Ich denke, ich gehe jetzt besser hinaus und sehe mich um. Wenn ich entdecke, wenn ich die Zulassungsnummer seines Lieferwagens feststellen kann ..., dann wissen wir wenigstens etwas über unseren Feind. Dann ist er nicht mehr ganz so mysteriös – und wird uns weniger Angst machen.«

»Und wenn er irgendetwas Ernsthaftes gegen uns unternimmt«, sagte Colin, »haben wir eine Beschreibung für die Polizei.«

Doyle nickte benommen und ging dann an den Kleiderschrank, um die verschwitzten und zerdrückten Kleider herauszuholen, die er am vergangenen Tag getragen hatte. Er zog sich an.

Als er ein paar Minuten später an der Tür stand, sah er sich nach Colin um. »Kommst du hier allein klar?»

Der Junge nickte und zog die Decke noch enger um sich.

»Die Tür schließt automatisch, wenn ich hinausgehe ... den Schlüssel nehme ich nicht mit. Mach für niemanden außer mir auf, und auch für mich nur, wenn du ganz sicher bist, daß du meine Stimme erkannt hast.«

»Okay.«

»Ich werde nicht lange weg sein.«

Colin nickte erneut. Dann brachte er trotz aller Angst ein wenig Galgenhumor zustande. »Sei aber vorsichtig. Es wäre wirklich geschmacklos für einen Künstler, an einem so billigen, bedrückenden Ort wie diesem umgebracht zu werden.«

Doyle lächelte grimmig. »Keine Sorge.« Dann ging er hinaus, zog die Tür hinter sich zu und vergewisserte sich, daß das Schloß eingeschnappt war.

Etwas früher am Abend und fünfzehnhundert Meilen weiter östlich öffnete Detective Ernie Hoval die Haustür eines gepflegten Hauses im Ranchstil, das bestimmt dreißigtausend Dollar gekostet hatte, über drei Schlafzimmer verfügte und in einer gepflegten Wohnanlage zwischen Cambridge und Cadiz, Ohio, ein Stück abseits der Route 22 lag, und betrat einen über und über mit Blut bespritzten Eingangsflur. Zu beiden Seiten sah man lange rote Blutschmierer an den Wänden, wo die Hände eines Verzweifelten über die Tapete gerutscht waren. Dicke Blutstropfen schimmerten auf dem Teppichboden und dem mit gelben Brokat bezogenen Bänkchen neben dem Kleiderschrank.

Hoval schloß die Tür und betrat das Wohnzimmer, wo eine tote Frau halb auf dem Sofa und halb auf dem Boden lag. Sie war Ende der Vierzig gewesen, groß und dunkelhaarig und sah ziemlich gut aus, wenn sie auch keine Schönheit war. Von einer Ladung Schrot, die sie in den Bauch bekommen hatte, war sie getötet worden.

Zeitungsreporter und Polizeifotografen umkreisten sie wie Wölfe. Vier Labortechniker, ein stummes Quartett, krochen auf Händen und Knien in dem großen Raum herum und fertigten kartographische Aufzeichnungen der Blutspuren an, die bis in die entferntesten Winkel hineinreichten. Wahrscheinlich hatten sie alle Mühe, sich nicht zu übergeben.

»Du großer Gott«, sagte Hoval.

Er ging durchs Wohnzimmer und den daran anschließenden schmalen Flur ins erste Badezimmer, wo ein außergewöhnlich hübsches Mädchen im Teenageralter neben einer mit Blut besudelten Kommode auf dem Boden lag. Sie trug nur ein knappes blaues Höschen, sonst nichts, und hatte einen Schuß in den Hinterkopf erhalten. Das Badezimmer war noch blutiger als der Eingangsflur und das Wohnzimmer zusammengenommen.

Im kleinsten Schlafzimmer lag ein gutaussehender, langhaariger, bärtiger junger Mann Anfang der Zwanzig auf dem Rücken im Bett, die Bettdecke bis zum Kinn hochgezogen, die Hände friedlich über der Brust gefaltet. Die pastellfarbene Decke war mit Blut durchtränkt und in der Mitte von Schrotkugeln zerfetzt. Das über dem Bett mit Reißzwecken an der Wand befestigte Plakat der Rolling Stones hatte rote Flecken und rollte sich an den Rändern vor Feuchtigkeit auf.

»Ich dachte, Sie würden sich nur um den Fall Pulham kümmern.«

Hoval drehte sich um und sah den unscheinbar wirkenden Labortechniker, der die Abdrücke des Killers aus Rich Pulhams Streifenwagen abgenommen hatte. »Ich habe den Bericht gehört und dachte, es gäbe vielleicht eine Verbindung. Irgendwie liegt hier eine Ähnlichkeit vor.«

»Es war eine Familiengeschichte«, sagte der Labormann.

»Gibt es schon einen Verdächtigen?«

»Es gibt bereits ein Geständnis«, sagte der Techniker und warf dem toten jungen Mann auf dem Bett einen desinteressierten Blick zu.

»Wer?«

»Ehemann und Vater.«

»Er hat seine eigene Familie umgebracht?« Für Hoval war dies nicht das erste Mal, daß er sich einer solchen Situation gegenübersah, aber der Schock, den ihm so etwas versetzte, war immer der gleiche. Seine eigene Frau und seine Kinder bedeuteten ihm zu viel, waren ein zu wichtiger Bestandteil seines Lebens, als daß er je hätte verstehen können, wie ein Mann es fertigbringen konnte, sein eigenes Fleisch und Blut hinzumorden.

»Er hat auf die Beamten gewartet, die ihn verhaften sollten«, sagte der Techniker. »Hat sie selbst angerufen.«

Übelkeit überkam Hoval.

»Etwas Neues in der Pulhamsache?«

Hoval lehnte sich an die Wand, erinnerte sich dann an die Blutflecken, richtete sich auf und sah nach, ob er sich schmutzig gemacht hatte. Aber die Wand hier war sauber. Er lehnte sich wieder an und spürte, wie es ihm eisig über den Rücken lief. »Wir meinen, daß wir etwas haben«, erklärte er dem Techniker. »Möglicherweise hat es in Breen's Cafe dort an der Kreuzung angefangen.« Er berichtete kurz, was sie von Janets Kinder, der Bedienung in dem Cafe, erfahren hatten, die einem unbekannten Spinner am Montagnachmittag das Essen serviert hatte. »Wenn Pulham hinter dem Mann hergefahren ist – und die Wahrscheinlichkeit dafür ist ziemlich groß – fährt unser Killer einen gemieteten Lieferwagen und ist nach Kalifornien unterwegs.«

»Das reicht ja kaum aus, um eine Fahndungsmeldung auszuschicken, oder?«

Hoval nickte bedrückt. »Wahrscheinlich sind wenigstens tausend Automover auf der Interstate 70 in westlicher Richtung unterwegs. Es wird Wochen dauern, sich die alle vorzunehmen, die

Fahrer rauszukriegen und schließlich den Dreckskerl zu finden, der Pulham umgebracht hat.«

»Hat diese Bedienung eine Beschreibung geliefert?« fragte der Labormann.

»Yeah. Sie ist mannstoll, also erinnert sie sich ziemlich gut an den Typ.« Er wiederholte die Beschreibung, die sie von der Kellnerin bekommen hatten.

»Für mich sieht er nicht gerade wie ein linker Revoluzzer aus«, sagte der Labortechniker. »Eher wie ein ehemaliger Marine.«

»Das kann man heutzutage nie sagen«, meinte Hoval. »Die Sozis und manche von diesen anderen Verrückten schneiden sich die Haare, rasieren sich, baden sich und sehen ganz genauso wie anständige Durchschnittsbürger aus.« Diese blasse Gestalt ging ihm auf die Nerven, und er wollte nicht länger über das Thema reden; es war ganz offensichtlich, daß er und dieser Labortechniker nicht auf derselben Wellenlänge sendeten. Langsam löste er sich von der Wand und sah noch einmal in das blutbesudelte Schlafzimmer. »Warum?«

»Warum das hier passiert ist? Warum er seine eigene Familie umgebracht hat?«

»Ja.«

»Er ist sehr religiös«, sagte der Techniker und lächelte erneut.

Hoval begriff nicht und sagte das auch.

»Er ist Laienprediger. Sehr fromm, wissen Sie. Darauf erpicht, das Wort des Herrn zu verbreiten, liest jeden Abend eine Stunde in der Bibel ... und dann muß er mit ansehen, wie sein Junge immer mehr dem Rauschgift verfällt – oder wenigstens Marihuana raucht. Er glaubt, seine Tochter hätte lockere Moralbegriffe oder vielleicht überhaupt keine Moral, weil sie ihm nicht sagen will, mit wem sie ausgeht, oder weshalb sie abends so spät nach Hause kommt. Und die Mutter setzt sich dann zu sehr für die Kinder ein. Sie hat sie sozusagen zur Sünde ermuntert.«

»Und was hat schließlich dazu geführt, daß er ausgerastet ist?« fragte Hoval.

»Nichts besonderes. Er sagt, die alltäglichen Dinge hätten sich solange summiert, bis er es einfach nicht mehr ertragen konnte.«

»Und die einzige Lösung war Mord ...«

»Für ihn jedenfalls.«

Hoval schüttelte traurig den Kopf und dachte an das hübsche Mädchen, das im Badezimmer auf dem Boden lag. »Wo soll das mit dieser Welt noch hinführen?«

»Nicht alle sind so«, sagte der unscheinbare Labortechniker. »Jedenfalls nicht die *ganze* Welt.«

4

Es regnete heftig, schüttete, ein scheinbar ewig währender Wolkenbruch. Der Wind aus dem Osten peitschte das Unwetter in bösen, heftigen Böen über Denver hinweg. Der Regen strömte von den Schieferdächern der vier Motelflügel, gluckste einigermaßen freundlich durch die Dachrinnen und brauste die senkrecht verlaufenden Ablaufrohre herunter, um sich lautstark lärmend in die Abflußgitter zu ergießen. Überall tropfte es von den Bäumen und Sträuchern, und jede vom Regen berührte Fläche glitzerte dunkel. Schmutziges Wasser sammelte sich in Vertiefungen im Rasen. Die Tropfen zerfetzten die kristallklare Beschaulichkeit des Schwimmbeckens, tanzten auf den Natursteinplatten rings um den Pool und drückten das zähe Gras nieder, das am Rand der Steinplatten wuchs.

Der böige Wind trieb den Regen unter das Vordach und auf den Laufgang vor Doyles Zimmer. Im gleichen Augenblick, in dem er die Tür schloß und Colin damit ins Zimmer sperrte, peitschte ein Wirbelwind aus kaltem Wasser über den Gang und erfaßte ihn so, daß er auf der rechten Seite über und über naß wurde. Sein blaues Hemd und das rechte Bein seiner abgetragenen Jeans klebten unangenehm an seiner Haut.

Fröstelnd blickte er in südlicher Richtung zu der Treppe an anderen Ende des Ganges. Dichte Schatten hüllten alles ein. In keinem der Zimmer brannte Licht, und die schwachen Nachtlichter außen am Gang waren gute fünfzehn Meter voneinander entfernt.

Der nächtliche Nebel machte die Orientierung noch schwieriger; er kräuselte sich um die Dachstützen und wallte um die Eingangstüren. Trotzdem war Doyle einigermaßen sicher, daß sich in der Richtung niemand aufhielt.

Zehn Meter nördlich, zwei Zimmer hinter ihrem eigenen, schnitt sich ein weiterer Flügel des Hotelbaus mit demjenigen, in dem sich ihr Zimmer befand, und bildete die nordöstliche Ecke des Hofes. Der nächtliche Störenfried war möglicherweise in diese Richtung gerannt und hatte höchstens eine Sekunde dazu gebraucht, sich schnell wegzuducken ... Alex zog den Kopf ein, um sein Gesicht vor dem Regen zu schützen, rannte los und spähte vorsichtig und die Ecke.

Aber in dem kurzen Korridor war nichts zu sehen, nur weitere rote Türen, nächtlicher Nebel, Dunkelheit und nasser Beton. Eine blaue Sicherheitsbirne, die hinter einem Schutzgitter aus Draht leuchtete, markierte eine Treppe, die ins Erdgeschoß führte, in diesem Fall zum Parkplatz, der die ganze Anlage umgab.

Der letzte Teil seines eigenen Ganges, der nach Norden führte, war ebenso verlassen wie der Rest des Ostwestflügels im Obergeschoß.

Er ging zu dem schmiedeeisernen Gitter zurück und blickte in den Innenhof hinunter, auf das Schwimmbecken und die Gartenanlage, die es umgab. Aber das einzige, was sich dort unten bewegte, waren vom Wind und Regen gepeitschte Büsche und Sträucher.

Plötzlich überkam Alex das unheimliche Gefühl, nicht nur hier draußen alleine – vielmehr die einzige lebende Seele im ganzen Hotel zu sein. Er hatte den Eindruck, als wären alle Zimmer leer, die Lobby leer, die Wohnung des Geschäftsführers leer, alles verlassen, wie auf der Flucht vor einer gewaltigen Katastrophe. Die drückende, nur vom monotonen Regen durchbrochene Stille und der düstere Anblick der Betonflure erzeugten und verstärkten dieses unheimliche Fantasiebild, bis es beunruhigend wirklich und belastend wurde.

Laß nicht zu, daß der verängstigte kleine Junge in dir wieder an die Oberfläche kommt, warnte sich Doyle. Bis jetzt hast du es gut gemacht. Paß auf, daß du nicht durchdrehst.

Nachdem er ein paar Minuten mit beiden Händen auf das Eisengitter gestützt dagestanden und die Miniaturfichten und die sauber gestutzten Sträucher im Hof unter sich beobachtet hatte, war er sicher, daß sich dort niemand verbarg, daß die Schatten der Sträucher und Büsche nur ihre eigenen waren.

Die sich kreuzenden Gänge blieben still, verlassen.

Die Fenster waren alle dunkel.

Abgesehen vom gleichmäßigen Trommeln des Regens, das nur gelegentlich das Heulen des Sturmwinds übertönte, herrschte Grabesstille.

Alex war ungeschützt am Geländer gestanden und jetzt völlig durchnäßt. Sein Hemd und seine Hosen waren triefnaß. Das Wasser war sogar in seine Schuhe gedrungen, so daß seine Socken sich kalt und klebrig anfühlten. Er fröstelte. Die Nase lief ihm, und seine Augen tränten von der Anstrengung, in dem Regen und Nebel nach verdächtigen Bewegungen zu suchen.

Trotzdem fühlte Doyle sich zufriedener als seit langer Zeit. Obwohl er den Fremden nicht gefunden hatte, der sie jetzt seit Tagen peinigte, hatte er zumindest *versucht*, dem Mann gegenüberzutreten. Endlich hatte er mehr getan, als nur vor einer schwierigen Lage zu fliehen. Er hätte trotz Colins anklagendem Blick im Zimmer bleiben, hätte den Tag abwarten können, ohne dieses Risiko einzugehen. Aber er hatte es schließlich doch riskiert und fühlte sich jetzt besser, war mit sich selbst zufrieden.

Natürlich gab es im Moment nichts, was er tun konnte. Wer auch immer der Fremde war und was auch immer er vorgehabt hätte, sobald es ihm gelungen wäre, ihr Schloß aufzubrechen … Ganz offenkundig war es ihm unheimlich geworden, als er bemerkt hatte, daß sie wach und auf ihrer Hut waren. In dieser Nacht würde er es nicht noch einmal versuchen. Vielleicht würden sie ihn überhaupt nicht mehr zu Gesicht bekommen, hier nicht und auch nicht anderswo.

Doch als er sich umdreht und den Weg zurück zu ihrem Zimmer antrat, war seine gute Stimmung ebenso plötzlich wieder dahin …

Fünfzig Meter von ihm entfernt, auf demselben Gang, den er

beim Verlassen ihres Zimmers bereits gründlich untersucht hatte, auf einem Korridor, der völlig leer und sicher erschienen war, trat ein Mann aus einer Nische vor einer Tür und eilte zu der Treppe in der südöstliche Ecke, hastete zwei Stufen auf einmal nehmend, nach unten. Der Nebel, der Regen und die Finsternis machten ihn beinahe unsichtbar. Doyle konnte ihn nur als eine schemenhafte Gestalt, ein schattenartiges Phantom wahrnehmen ... Aber das Hallen seiner Schritte auf den offenen Treppenstufen bewies, daß er aus Fleisch und Blut war und nicht nur ein Produkt seiner Fantasie.

Doyle ging ans Geländer und blickte nach unten.

Ein großer Mann in dunkler Kleidung, dem die Nacht und der Sturm alle anderen erkennbaren Merkmal genommen hatten, hastete über den Rasen und die Natursteinplatten am Swimmingpool. Er duckte sich unter den Gang des Obergeschosses, der zugleich als Dach für den Zugang zu den Zimmern im Erdgeschoß diente.

Ohne sich darüber klar zu sein, was er eigentlich tat, setzte Alex zur Verfolgung an. Er rannte zur Treppe, eilte hinunter und erreichte den von Wind und Regen gepeitschten Rasen.

Der Fremde war nicht mehr in dem Gang, wo Doyle ihn zuletzt gesehen hatte, er schien sich in Luft aufgelöst zu haben.

Doyle blickte von seinem neuen Standort zu den Fichten und Sträuchern, und dann wurde ihm plötzlich bewußt, daß der Fremde vielleicht umgekehrt war und jetzt hinter ihm auf ihn lauerte. Die schemenhaften Schatten wirkten drohend, gefährlich, undurchdringlich ...

Im Schutz der gelben und grünen Lichter, die das Schwimmbecken säumten, und immer bemüht, den Schatten auszuweichen, überquerte Doyle den Innenhof, ohne daß irgend etwas passierte. Aber kaum hatte er die freie Fläche hinter sich gelassen, als er wieder Schritte hörte. Diesmal kamen sie aus dem hinteren Teil der Anlage, im Norden und bewegten sich wieder auf das Obergeschoß zu. Er folgte dem unheimlich dröhnenden *Wumm, wumm, wumm,* das vom Regen beinahe übertönt wurde.

Als er die Treppe erreichte, war sie verlassen, nichts als eine Folge nasser, graubraungefleckter Treppenstufen.

Er stand eine Minute davor und wußte, daß er wie eine Zielscheibe wirken würde, wenn er oben ankam. Ohne Möglichkeit zur Gegenwehr einem Messer oder einem Pistolenschuß ausgesetzt, oder auch nur einem schnellen Stop, der ihn wieder auf dem Weg, den er heraufgekommen war, nach unten befördern würde.

Trotzdem fing er an, die Treppe hinaufzusteigen, selbst ein wenig über seinen Mut überrascht. Heute nacht hatte er angefangen, in seiner alten Haut einen neuen Alex Doyle zu entdecken. Es gab einen Doyle, der dann, wenn er mit der Verantwortung für das Wohlergehen jener konfrontiert wurde, die er liebte, durchaus imstande war, seine Feigheit zu überwinden.

Niemand griff ihn an, als er die letzte Treppenstufe hinter sich gebracht hatte. Niemand wartete auf ihn. Nur stumpfe, lichtlose Fenster, Beton und rote Türen.

Wieder überkam ihn das seltsame Gefühl, er wäre der letzte lebende Mensch in dem Motel – ja sogar der letzte Mensch auf der Welt. Er wußte nicht, ob diese Fantasievorstellung in Paranoia wurzelte, aber das Gefühl der Isoliertheit war jedenfalls vollkommen.

Dann sah Alex den Fremden wieder. Formlos in Schatten gehüllt, von Nebel umgeben stand der Mann am äußersten Nordende der Promenade am Ansatz der Treppe, die zum Parkplatz hinter dem Motelkomplex nach unten führte. Eine blaue Sicherheitsbirne in einem Drahtkäfig trug wenig dazu bei, das Phantom zu beleuchten. Er machte einen Schritt, schien sich umzudrehen und sich nach Doyle umzusehen, machte einen zweiten Schritt, dann den dritten und verschwand erneut.

Es ist gerade, als *wollte* er, daß ich ihm folge, dachte Alex.

Er lief in nördlicher Richtung den Gang hinauf und dann die vom Regen überspülten Stufen hinunter.

5

Vier Quecksilberdampflampen beleuchteten die Parkfläche hinter dem Rockies Motor Hotel und ließen die Nacht darüber doppelt so dunkel erscheinen als anderswo, schafften es aber irgendwie, die

Reihen von Fahrzeugen darunter zu beleuchten. Das irritierende, verwaschene, purpurfarbene Licht glitzerte stumpf in den herunterfallenden Regentropfen und den Wasserpfützen auf dem schwarzen Asphalt. Es erzeugte scharf abgegrenzte Konturen und saugte die Schatten aus allem, was es berührte, und verwandelte die sonst in bunter Vielfalt erstrahlenden Autos in deprimierend grünbraune Eintönigkeit.

Doyle, selbst von einem leichten purpurnen Hauch überzogen, stand unten an der Treppe und blickte nach rechts und links auf dem Parkplatz.

Der Fremde war nirgends zu sehen.

Natürlich konnte sich der Mann irgendwo zwischen zwei Autos versteckt halten, erwartungsvoll am Boden kauern …, aber wenn aus der Verfolgungsjagd ein Versteckspiel auf einem mit zwei- oder dreihundert Wagen besetzten Parkplatz werden sollte, konnten sie die ganze Nacht damit verbringen, zwischen den stummen Fahrzeugen und den Schatten, die sie warfen, hin- und herzurennen.

Er nahm an, daß er damit am Ende angelangt war; diese Expedition würde also trotz allem nichts einbringen. Er würde weder den Mann noch den gemieteten Automover zu Gesicht bekommen. Er würde nicht imstande sein, ihn zu beschreiben und auch keine Zulassungsnummer haben, die er der Polizei geben konnte – wenn es soweit kam. Deshalb konnte er ebensogut zu seinem Zimmer zurückkehren, die nassen Kleider ausziehen, sich abfrottieren und …

Aber so leicht wollte er sich der Herausforderung nicht entziehen. Wenn er auch nicht gerade vor Tatendurst und Tapferkeit barst, versetzte ihn doch der Respekt vor seinem eigenen Mut in eine Art Hochstimmung. Dieser nagelneue Alex Doyle, dieser Mann, der plötzlich bereit war, Verantwortung auf sich zu nehmen, dieser Doyle, der imstande war, seiner langgehegten Angst Herr zu werden, faszinierte und entzückte ihn ungeheuer. Er wollte sehen, wie weit diese bislang unbekannte, ja nicht einmal geahnte, aber ganz sicherlich willkommene Stärke ihn tragen würde, als wie mächtig sich diese Goldader erwies, auf die er gestoßen war.

Er machte sich daran den Fremden zu suchen.

Der Raum mit den Verkaufsautomaten hinter dem Motelkomplex hatte keine Türen an seinen zwei Eingängen. Kaltes, weißes Licht ergoß sich in zwei Halbkreisen aus den zwei schmalen Eingangsbögen und überlagerte das krankhaft wirkende purpurne Leuchten der Quecksilberdampflampen vom Parkplatz.

Doyle ging zu einem der Eingänge und sah hinein.

Der Raum war hell erleuchtet und schien leer. Aber die großen Automaten waren so verteilt, daß es wenigstens ein Dutzend Stellen gab, wo ein Mann sich verstecken konnte.

Er überschritt die Schwelle.

Der Raum maß etwa drei auf sechs Meter und enthielt zwölf Automaten, die an den beiden langen Wänden aufgereiht waren und einander wie zwei futuristische Teams von Schwergewichtsboxern gegenüberstanden, die darauf warteten, daß der Gong ertönte und der Kampf begann: Drei summende Limonadeautomaten, die sechs verschiedene Geschmackssorten von Erfrischungsgetränken in Flaschen und Dosen feilhielten; zwei niedrige Zigarettenautomaten; ein Automat mit Keksen; zwei ganz besonders auf einundzwanzigstes Jahrhundert getrimmte Automaten mit Schokoladeriegeln; ein Kaffee- und Kakaospender, der stilisierte Tassen mit dampfendbrauner Flüssigkeit auf der verspiegelten Fassade zeigte und darunter in Fettdruck die Aufschrift Sugar, Cream, Marshmallow; ein Spender für Erdnüsse, Kartoffelchips, Brezeln und Käsepopcorn sowie eine Eismaschine, die laut ratternd neue Eiswürfel in einen Vorratsbehälter aus rostfreiem Stahl spie.

Er ging langsam, flankiert von den murmelnden Verkaufsautomaten, durch den Raum und sah in die einzelnen Nischen dazwischen, rechnete damit, daß ihn jeden Augenblick jemand anspringen würde. Die Anspannung, unter der er stand, und seine Angst unterschieden sich gründlich von dem, was er in der Vergangenheit empfunden hatte; sie waren fast wohltuend, sauber, läuternd. Er kam sich fast wie ein kleiner Junge vor, der in der Halloweennacht durch einen unheimlichen verfallenen Friedhof geht, ein Bündel miteinander im Widerstreit stehender Empfindungen.

Aber der Fremde war nicht in dem Raum.

Doyle ging wieder in den Wind und den Regen hinaus. Um das schlechte Wetter kümmerte er sich längst nicht mehr – ein Mann, völlig gebannt von den Veränderungen, die in ihm vor sich gingen.

Er lief an den geparkten Fahrzeugen entlang und hoffte, den Fremden dort zu finden. Aber er durchquerte den ganzen Parkplatz vom einen Ende bis zum anderen, ohne die leiseste Bewegung oder auffällig Schatten wahrzunehmen.

Gerade wollte er Schluß machen, als er das schwache Licht bemerkte, das aus der halbgeöffneten Tür des Wartungsraumes fiel. Er war vor nicht einmal fünf Minuten auf dem Weg zu den Verkaufsautomaten hier vorbeigekommen, und da war die Tür nicht offen gewesen. Und der Motelhausmeister würde ganz bestimmt nicht um diese nächtliche Stunde seinen Dienst antreten …

Alex lehnte sich mit dem Rücken an die nasse Betonwand, den Kopf auf der dort in ordentlichen Buchstaben angebrachten Anschrift *Wartungs- und Geräteraum – Zutritt nur für Motelangestellte*, und lauschte, ob sich in dem Raum etwas bewegte.

Eine Minute schleppte sich lautlos dahin.

Vorsichtig streckte er die Hand aus und schob die schwere Metalltür auf. Sie schwang lautlos nach innen, und ein ebenso lautlos graues Licht drang ins Freie. Doyle sah hinein. Auf der anderen Seite des großen Raums gab es eine zweite Tür, ebenfalls aus Metall und von ähnlicher Größe wie die, die er aufgeschoben hatte; sie stand weit offen, so daß es hereinregnen konnte. Dahinter war eine Ausschnitt des Parkplatzes zu sehen. Gut. Der Fremde war also hiergewesen und weitergegangen.

Er trat in den Raum der etwas größer als der Verkaufsraum mit den Automaten war, und sah sich um. Hinten an der Wand standen Behälter mit Reinigungsmitteln: Seife, Wachs, Schmirgel, Möbelpolitur. Dann waren da auch ein paar Bohnermaschinen, ein ganzer Wald langstieliger Mops, Besen und Fensterputzgeräte zu sehen. Zwei Rasenmäher standen mitten im Raum, umgeben von einer Vielfalt von Gärtnerwerkzeugen und riesigen Rollen durchsichtiger grüner Plastikschläuche. Vorne, näher bei der Tür, waren die Werkbänke, Zimmermannswerkzeuge, eine Kreissäge und sogar eine kleine Holzdrehbank. Rechts von Doyle zog sich ein

Werkzeugbrett die ganze Wand entlang; auf dem Brett waren die Umrisse von Dutzenden von Werkzeugen aufgemalt, die Werkzeuge selbst hingen über ihren eigenen schwarzen Konturen. Die Gärtneraxt fehlte, alles andere war sauber und hing genau an Ort und Stelle.

Die Behälter mit den Reinigungsmitteln standen zu weit auseinander und waren zu klein, um einem Mann Deckung zu bieten, ganz besonders einem so großen und breitschultrigen Mann wie dem, den er vorher über den Hof hatte laufen sehen.

Doyle ging weiter in den Raum hinein und hatte die Hälfte der Strecke zur zweiten Tür zurückgelegt, war nur noch fünf Meter von ihr entfernt, als ihm plötzlich klar wurde, was die fehlende Axt an dem Werkzeugbrett zu bedeuten hatte. Beinahe wäre er vor Schreck erstarrt, dann, als hätte ihn irgendein sechster Sinn gewarnt, duckte er sich und wirbelte schneller herum, als er sich je in seinem Leben bewegt hatte.

Direkt hinter ihm, alptraumhaft, groß, ragte ein blonder Mann mit irren Augen auf, hob beide Hände und schwang die Gärtneraxt.

6

In all den dreißig Jahren seines Lebens war Alex Doyle noch nie in einen Kampf verwickelt gewesen – keinen Boxkampf, keinen Ringkampf, ja nicht einmal eine jugendliche Rauferei. Er hatte nie jemanden körperlich angegriffen und war auch seinerseits noch nie körperlich angegriffen worden. Ob nun feige oder ernsthafter Pazifist oder beides – er hatte es immer geschafft, kontroversen Themen in beiläufigen Gesprächen aus dem Weg zu gehen, hatte einen weiten Bogen um alle Auseinandersetzungen gemacht und es vermieden, Partei zu ergreifen oder sich Situationen auszusetzen, die möglicherweise zu Gewaltanwendung hätten führen können. Er war ein zivilisierter Mann. Seine wenigen Freunde und Bekannten waren stets ebenso sanftmütig wie er gewesen, häufig sogar noch sanftmütiger. Er war deshalb nicht im geringsten darauf vorbereitet, sich mit einem Verrückten auseinanderzusetzen, der eine scharfe Gärtneraxt schwang.

Aber wo die Erfahrung fehlte, sprang helfend sein Instinkt ein. Fast so, als hätte er eine Kampfausbildung mitgemacht, warf Alex sich zurück, weg von der blitzenden Waffe, und rollte sich über der Zementboden, bis er an die zwei Rasenmäher stieß. Sein Körper reagierte automatisch viel schneller auf die Gefahr, als er sie geistig verarbeitete. Er hatte die Axt nur Zentimeter an seinem Kopf vorbeipfeifen hören und wußte, was passiert wäre, wenn sie ihr Ziel gefunden hätte ... und doch war für ihn unvorstellbar, daß jemand ihm nach dem Leben trachten könnte, ganz besonders auf solch blutrünstige Art. Er war Alex Doyle. Der Mann ohne Feinde. Der Mann, der stets sachte aufgetreten war und nie einen großen Stock getragen hatte – der Mann, der oft seinen Stolz geopfert hatte, um sich vor genau dieser Art von Wahnsinn zu bewahren.

Auch der Fremde bewegte sich blitzschnell.

Benommen wie er war, fast betäubt vor Überraschung über die Plötzlichkeit und die Brutalität des Angriffs, sah Alex den Mann auf sich zukommen.

Der Fremde hob die Axt.

»Nicht!« schrie Doyle. Er erkannte seine eigene Stimme kaum. Sein neuentdeckter Mut hatte ihn nicht ganz verlassen, aber jetzt wurde er reduziert von einer gesunden Angst, die ihn dennoch nicht völlig lähmte.

Das scharfe Blatt der Axt fuhr in die Höhe und erreichte den obersten Punkt seines Schwunges. In jenen kräftigen Händen wirkte die Axt wie ein Präzisionsinstrument. Scharfe Lichtblitze tanzten auf der Schneide. Die Schneide verhielt dort oben, hoch und kalt und fantastisch – und dann fiel sie herab.

Alex rollte sich zur Seite.

Die Axt sauste hinter ihm herunter, pfiff wieder durch die feuchtigkeitsgeschwängerte Luft und grub sich in den Vollgummireifen eines der Rasenmäher, den sie spaltete.

Doyle kam auf die Beine, und wieder verlieh ihm der Selbsterhaltungstrieb Kraft. Er flankte über eine Werkbank, und zwar mit viel größerer Behendigkeit, als er es je für möglich gehalten hätte; doch als er auf der anderen Seite der fast eineinhalb Meter breiten Werkbank aufkam, stolperte er und wäre fast flach aufs Gesicht gefallen.

Hinter ihm fluchte der Verrückte: Ein seltsam wortloses tiefes Grunzen, in dem Wut und Enttäuschung mitschwangen.

Doyle drehte sich um und rechnete damit, daß die Axt entweder seinen Kopf oder wenigstens die hölzerne Arbeitsplatte hinter ihm spalten würde. Endlich war ihm seine Lage in ihrer ganzen Tragweite klar geworden. Er wußte, daß es durchaus möglich war, daß er hier sterben würde.

Neben dem Rasenmäher spannten sich die mächtigen Schultermuskeln des Fremden und er riß die Axt aus dem Vollgummireifen, in dem sie sich verkeilt hatte. Seine nassen Schuhe scharrten mit einem unangenehmen Geräusch über den Betonboden, und er umklammerte die Axt mit beiden Händen, als wäre sie ein geheiligter allmächtiger Talisman, der bösen Zauber abwehren und ihren Träger vor dem Wirken bösartiger Mächte schützen könnte. An diesem Mann war etwas, das an einem abergläubischen Wilden erinnerte, ganz besonders in seinen riesigen, dunkelumränderten Augen ...

Und diese Augen fixierten Doyle jetzt. Es war unglaublich, aber der Fremde nickte langsam und lächelte dann.

Alex erwiderte das Lächeln nicht. Er *konnte* es nicht erwidern. Die Vorahnung des Todes erfüllte ihn fast mit körperlicher Übelkeit, und er wünschte, er hätte ihr Zimmer nie verlassen.

Noch immer war er zu weit von den Türen entfernt, um durch eine der beiden fliehen zu können. Bevor er den Raum durchquert und die Schwelle erreicht hätte, würde sich die Axt mit fast tödlicher Sicherheit zwischen seine Schulterblätter bohren ...

Dem Fremden troff der Regen von der Kleidung, als er lautlos und für einen Mann seiner Größe erstaunlich schnell auf Doyle zukam. Die Geräusche, die er draußen erzeugt hatte, auf der Treppe und den Gängen, konnten unmöglich zufällig gewesen sein. Er hatte Alex ganz bewußt über die düsteren Korridore gelockt – hierher, an einen Ort, wo er ihm nicht mehr würde entwischen können.

Einen Ort wie diesen.

Jetzt stand nur noch die hölzerne Werkbank zwischen ihnen.

»Wer sind Sie?« keuchte Doyle.

Der Fremde lächelte jetzt nicht mehr, als er auf der anderen Seite der hüfthohen Werkbank stehenblieb. Seine Stirn hatte sich gerunzelt, und sein Gesicht war verzerrt, als würde ihn jemand auf grausame Weise zwicken oder mit Nadeln peinigen. Was ging in dem Mann vor? Mehr als Mordlust? ›Irgendetwas‹ schien ihm beträchtlich zu schaffen zu machen, das war deutlich zu erkennen. Sein Mund war zu einer geraden Linie zusammengepreßt, und er schien sich verzweifelt abzumühen. Seine Reaktion auf einen inneren Schmerz zu unterdrücken.

»Was wollen Sie von uns?« schrie Doyle.

Der Mann funkelte ihn nur böse an.

»Wir haben Ihnen nie etwas zuleide getan!«

Keine Antwort.

»Sie kennen uns nicht einmal ...?«

Obwohl seine Stimme schwach wurde und jetzt nur noch ein Flüstern war, obwohl die Angst, die sich darin verriet, den Verrückten vielleicht zu noch entschlossenerem Handeln veranlassen konnte, mußte Doyle diese Fragen stellen. Sein ganzes Leben lang hatte er den Zorn anderer Leute mit mitfühlenden Worten in harmlosere Bahnen lenken können, und auch jetzt schien es ihm ungeheuer wichtig, diesen Mann zu irgendwelchen Reaktionen – und wenn es nur ein Moment der Besinnung war – zu veranlassen. »Was nützt es Ihnen, wenn Sie mich umbringen?«

Jetzt ließ der Verrückte die Axt waagrecht schwingen, von rechts nach links, versuchte, Doyles Körper zu treffen.

Es war knapp. Seine langen Arme verfügten über genügend Reichweite und Kraft, um es zu schaffen, obwohl die Bank zwischen ihnen stand. Aber Doyle sah die Axt gerade noch rechtzeitig kommen, um ihr auszuweichen. Er warf sich nach hinten und entzog sich dem mörderischen Schwung.

Dabei stolperte er über einen großen Werkzeugkasten aus Blech, den er nicht bemerkt hatte. Seine Arme fuchtelten wie Windmühlenflügel bei dem verzweifelten Versuch, das Gleichgewicht zu halten, er schaffte es aber nicht. Der Raum um ihm herum kippte. Und in dem Augenblick wußte Doyle, daß er wahrscheinlich keine Chance hatte, diesen Raum lebend zu verlassen. Er würde nicht in Zimmer 318 zurückkehren, wo Colin auf ihn wartete, würde die Fahrt nach San Francisco nie beenden, nie die neuen Möbel in dem neuen Haus sehen oder seine wunderbare Stellung bei der Agentur antreten – und nie mehr mit Courtney schlafen. Niemals. Im Fallen sah er den großen blonden Mann um die Werkbank herum auf sich zukommen.

Er blieb nicht einmal eine Sekunde auf dem Boden liegen. In dem Augenblick, in dem er aufprallte, stieß er sich bereits wieder hoch, taumelte nach rückwärts und versuchte wenigstens noch einmal, dem Verrückten zu entkommen.

Aber nach drei kurzen Schritten stieß er mit dem Rücken gegen das Werkzeugbrett, an dem all die Werkzeuge hingen.

Und während Doyle klar wurde, daß es für ihn jetzt keine Fluchtmöglichkeit mehr gab, trat der Fremde vor ihn und ließ die Axt von rechts nach links schwingen.

Doyle duckte sich.

Die Axt streifte das Brett über seinem Kopf.

In dem Augenblick als er die Axt über sich pfeifen hörte, schnellte Doyle hoch und packte einen schweren Vorschlaghammer, der an einem Haken hing. Er hielt ihn bereits in der Hand, als ihn ein Schlag der Axt zur Seite schleuderte.

Der Hammer krachte auf den Betonfußboden.

Aber daß ihm der Hammer entglitten war, daran dachte Doyle nicht mehr. Der drückende, pochende Schmerz an seiner Seite und seiner Brust machte ihn fast völlig hilflos. Hatte die Axt ihn getroffen? Ihn aufgerissen? Der Schmerz ... war schrecklich, das Schlimmste, was er je hatte erdulden müssen. Aber bitte, lieber Gott, nein ... Bitte, bitte nicht das. Bitte nicht den Tod. Nicht all das Blut und im Blut daliegen müssen, während die Axt sich hob und senkte und ihn methodisch in Stücke fetzte. Nicht den Tod, verdammt! Alles, was er auf der anderen Seite des Todes sehen konnte, war das Nichts, ewige Schwärze; und die Vision war so vollkommen und echt und erschreckend, daß ihm kein einziges Mal klar wurde, wie sinnlos und unlogisch es war, zu einem Gott zu beten, an dessen Existenz er nicht glaubte. Einfach: Lieber Gott, lieber Gott, bitte … nicht das. Alles andere, nur das nicht. Bitte …

Diese Gedankenfetzen rasten im Bruchteil einer Sekunde durch sein Bewußtsein, ehe ihm klar wurde, daß die Schneide der Axt ihn gar nicht getroffen hatte. Er war lediglich vom Rückwärtsschwung des ersten Schlages erfaßt worden. Das *Ende der Axt* hatte ihn erwischt, der sechs Zentimeter breite stumpfe Teil hatte ihn dicht unter den Rippen an der rechten Seite getroffen. Auch das hatte genügt, um ihm den Atem zu rauben, und er würde ganz bestimmt einen Bluterguß und eine Prellung davontragen. Aber das war alles. Er war nicht ernsthaft verletzt. Kein Blut.

Aber wo war der Verrückte … und die Axt?

Doyle blicke auf und blinzelte, weil Tränen ihn fast blind machten.

Der Fremde hatte die Waffe fallen lassen. Er preßte sich jetzt beide Hände gegen die Schläfen und verzog das Gesicht. Der Schweiß war ihm auf die Stirn getreten und rann über sein gerötetes Gesicht.

Nach Atem ringend rappelte Alex sich mühsam hoch und lehnte sich an die Wand, zu schwach und von den Schmerzen zu sehr gepeinigt, um sich weiter bewegen zu können.

Der Fremde sah ihn. Er beugte sich vor, um die Axt aufzuheben, hielt dann aber in der Bewegung inne, stieß einen halberstickten Schrei aus, drehte sich um und taumelte aus dem Raum, taumelte hinaus in die Nacht und den Regen.

Eine lange Zeit, während er nach Atem rang und sich mit dem Schmerz abquälte, der an seiner rechten Seite tobte, war Alex überzeugt, daß ihm nur eine Gnadenfrist gewährt wurde. Es machte doch keinen Sinn, daß dieser Fremde so kurz vor Vollendung seiner Tat einfach wegging. Der Mann hatte den verzweifelten Wunsch gehabt, Doyle zu töten. Jedesmal, wenn er die Axt geschwungen hatte, war dies in der Absicht geschehen, Blut zu vergießen, Wunden zuzufügen. Er war ganz sicherlich wahnsinnig. Und Wahnsinnige waren unberechenbar. Aber es stimmte auch, daß das, was einen Verrückten zur Gewalt trieb, sich nicht so leicht unterbrechen ließ.

Und trotzdem kehrte der Mann nicht zurück.

Allmählich ließ der Schmerz an Doyles rechter Seite nach, und er konnte wieder aufrecht stehen, sogar gehen. Sein Atem wurde regelmäßiger, obwohl er nicht tief einzuatmen wagte, damit der Schmerz sich nicht verstärkte. Auch sein Herzschlag verlangsamte sich.

Und er blieb alleine.

Langsam ging er zur Tür, preßte sich dabei die rechte Hand an die Seite und lehnte sich dann einen Augenblick lang an den Türstock, ehe er ins Freie trat. Regen und Wind peitschten ihn sofort wieder mit noch mehr Gewalt als zuvor, ließen ihn frösteln.

Der Parkplatz war verlassen. Die grünbraunen, in Nebel gehüllten Autos standen stumm und reglos da. Er lauschte in die Nacht hinein.

Aber die einzigen Geräusche, die er vernahm, waren das stetige Trommeln des Regens und das klagende Heulen des Windes.

Es schien fast so, als wären die Ereignisse in dem Wartungsraum nichts als ein schlimmer Traum gewesen. Wenn der Schmerz an seiner Seite ihm nicht bewiesen hätte, daß das alles Wirklichkeit gewesen war, wäre er vielleicht umgekehrt, um nach der Axt und den anderen Spuren des Geschehens zu suchen.

Langsam ging er zu dem Innenhof in der Mitte der Motelanlage zurück, watete einfach durch Pfützen, statt um sie herum zu gehen, jedes Mal wieder beunruhigt, wenn er irgendeine schattenhafte Silhouette sah. Wenigstens ein halb Dutzendmal blieb er stehen, um auf eingebildete Schritte zu lauschen, die er dicht hinter sich glaubte.

Aber die einzigen Schritte, die er hörte, waren seine eigenen.

Oben an der Treppe in seinem eigenen Stockwerk angelangt, in der Nordostecke der Anlage, lehnte er sich gegen das Eisengitter, um abzuwarten, bis sein Atem sich etwas beruhigt hatte und um zugleich gegen den dumpfen Schmerz in seiner Brust und an seiner Seite anzukämpfen.

Ihm war eiskalt, und er fröstelte. Die Regentropfen trafen ihn wie Eissplitter und schmolzen auf seinem Gesicht.

Während er die eisige Luft in sich hineinsog, sah er auf die Dutzende identischer Türen und Fenster, die alle geschlossen und lichtlos waren ... und dann fragte er sich plötzlich, warum er nicht um Hilfe geschrien hatte, als er von dem Fremden mit der Axt angegriffen worden war. Obwohl der Wartungsraum hinter dem Motel lag, und obwohl Wind und Regen andere Geräusche überdeckt hätten, wäre seine Stimme vielleicht doch laut genug gewesen, um diese Zimmer zu erreichen, diese Menschen zu wecken. Hätte er aus Leibeskräften geschrien, wäre ganz sicherlich jemand gekommen, um nachzusehen, was da vor sich ging, hätte die Polizei geholt. Aber er hatte solche Angst gehabt, daß ihm nicht einmal der Gedanke gekommen war, um Hilfe zu rufen. Der Kampf war seltsam lautlos gewesen, ein geräuschloser Alptraum, der nicht bis zu den Motelgästen gedrungen war.

Und dann erinnerte sich Doyle an verschiedene Zeitungsberichte, die er gelesen hatte, Berichte, die sich mit der Gleichgültigkeit des Durchschnittsbürgers gegenüber Mord und Vergewaltigung befaßten, die vor seinen Augen begangen wurden, und er fragte sich, ob überhaupt jemand auf seinen Hilferuf reagiert hätte. Oder hätten sich alle umgedreht und sich einfach die Decke über den Kopf gezogen? Hätten diese Leute in all diesen identischen Zimmern emotionslos und alle auf gleiche Weise reagiert: mit Widerstreben und vielleicht Gleichgültigkeit.

Das war kein schöner Gedanke.

Heftig zitternd versuchte er, jede Überlegung von sich zu schieben, während er sich vom Geländer abstieß und langsam den regenüberfluteten Gang auf ihr Zimmer zuging.

7

Als Doyle sich das Haar frottiert hatte, brachte Colin das weiße Motelhandtuch ins Bad, wo er es zusammen mit den regennassen Kleidern über die Duschtür hänge. Sichtlich bemüht, sich ruhig und würdevoll zu verhalten – obwohl er nur mit einer Unterhose und seiner Brille bekleidet war und ganz offensichtlich ziemliche

Angst hatte –, kam der Junge schnell ins Zimmer zurück und setzte sich auf sein Bett. Er musterte die Schwellung an Doyles rechter Seite mit unverhohlener Neugierde.

Alex betastete die Stelle vorsichtig mit den Fingerspitzen, bis er sich vergewissert hatte, daß nichts gebrochen oder sonst so verletzt war, daß er ärztliche Hilfe gebraucht hätte.

»Tut's weh?« fragte Colin.

»Höllisch.«

»Vielleicht sollten wir etwas Eis holen und drauflegen.«

»Es ist nur ein Bluterguß. Da kann man nicht viel machen.«

»Du *glaubst*, daß es nur ein Bluterguß ist«, sagte Colin.

»Der schlimmste Schmerz ist schon vorüber. Ich werde ein paar Tage ein wenig steif sein und Schmerzen haben, aber dagegen kann man nichts machen.«

»Was tun wir jetzt?«

Doyle hatte dem Jungen natürlich in allen Einzelheiten von der Auseinandersetzung mit dem großen, hageren Mann mit den wildblickenden Augen berichtet, wobei ihm bewußt war, daß Colin es sofort merken würde, wenn er ihn anlog und dann anfangen würde, solange nach der Wahrheit zu graben, bis er sie fand. Er hatte es hier nicht mit einem Kind zu tun, das man wie ein Kind behandeln durfte.

Doyle hörte auf, sein verfärbtes Fleisch zu massieren und dachte über die Frage des Jungen nach. »Nun ... wir müssen unbedingt die Route ändern, die wir von hier nach Salt Lake City geplant hatte. Wir werden nicht Route 40 nehmen, sondern entweder die Interstate 80 oder 24 und ...«

»Wir haben schon einmal unsere Pläne geändert«, sagte Colin und blinzelte eulenhaft hinter seinen dicken, runden Brillengläsern. »Und es hat nicht funktioniert. Er hat uns wieder erwischt.«

»Er hat uns erst erwischt, als wir auf die Interstate 70 zurückkehrten, die Straße, die *er* benutzte«, sagte Doyle. »Diesmal halten wir uns völlig abseits von den Hauptstraßen. Wir werden einen Umweg machen und uns eine neue Fahrtroute von Salt Lake City nach Reno ausdenken – und dann auf einer Nebenstraße von Reno nach San Francisco fahren.«

Colin überlegte einen Augenblick. »Vielleicht sollten wir uns auch neue Motels aussuchen. Sie ganz willkürlich wählen.«

»Wir haben aber reserviert und anbezahlt«, entgegnete Doyle.

»Das meine ich ja.« Der Junge sagte das mit todernster Stimme.

»Das klingt nach Verfolgungswahn«, sagte Doyle überrascht.

»Kann schon sein.«

Doyle richtete sich auf der Betkante auf. »Meinst du, daß dieser Bursche weiß, wo wir jede Nacht übernachten wollen?«

»Er nimmt jedenfalls am Morgen immer wieder unsere Spur auf«, sagte der Junge.

»Aber woher sollte er über unsere Pläne Bescheid wissen?«

Colin zuckte die Schultern.

»Dazu müßte er doch jemand sein, den wir kennen«, sagte Doyle, der sich überhaupt nicht für den Vorschlag erwärmen konnte, sogar Angst davor hatte, zuviel Gefallen daran zu finden. »Ich kenne ihn nicht. Kennst du ihn?«

Colin zuckte nur erneut mit den Schultern.

»Ich habe ihn dir schon beschrieben«, sagte Doyle. »Groß. Helles, fast weißes, kurzgeschnittenes Haar. Blaue Augen. Gutaussehend. Ein wenig hager ... klingt das nach jemand, den du schon mal gesehen hast?«

»Das kann ich nach einer solchen Beschreibung nicht sagen«, meinte Colin.

»Genau. So wie er sehen eine Million Leute aus. Also werden wir von der Annahme ausgehen, daß er *tatsächlich* ein völliger Fremder ist, einfach ein ganz durchschnittlicher amerikanischer Irrer, der Typ, von dem man täglich in den Zeitungen liest.«

»Er hat in Philly auf uns gewartet.«

»Nicht *gewartet*. Er kam zufällig ...«

»Er ist mit uns losgefahren«, sagte Colin. »Er war von Anfang an dicht hinter uns.«

Doyle wollte einfach nicht in Betracht ziehen, daß der Mann sie vielleicht kannte, vielleicht vorhatte, irgendeine echte oder eingebildete Rechnung mit ihnen zu begleichen. Wenn das der Fall wäre, würde diese ganze verrückte Sache nicht mit ihrer Reise enden. Kannte dieser Wahnsinnige sie, war er vielleicht in der Lage, sie auch in San Francisco aufzustöbern. Er würde sich dann jederzeit wieder an ihre Fersen heften könne. »Er ist ein Fremder«, beharrte Alex. »Er ist verrückt. Ich habe ihn in Aktion gesehen. Seine Augen. Er ist nicht die Art von Mann, der eine Verfolgung quer durch einen Kontinent planen und ausführen könnte.«

Colin sagte nichts.

»Und warum sollte er uns verfolgen? Wenn er uns umbringen will – warum uns dann nicht in Philly töten? Oder draußen an der Westküste. Warum uns auf diese Weise verfolgen?«

»Das weiß ich nicht«, gab der Junge zu.

»Hör zu. Du mußt einfach akzeptieren, daß in dieser Geschichte auch der Zufall eine Rolle spielt«, sagte Doyle. »Er hat aus reinem Zufall seine Fahrt gleichzeitig mit uns begonnen, in derselben Straße wie wir. Und er ist verrückt. Ein Irrer könnte sich aus einem solchen Zufall heraus durchaus in eine gewisse Besessenheit hineinsteigern. Er würde mehr daraus machen, als wirklich dahintersteckte, irgendwelche paranoiden Wahnvorstellungen darauf aufbauen. Damit ließe sich alles erklären, was bisher geschehen ist.«

Colin verschränkte die Arme und wippte langsam auf der Bettkante vor und zurück. »Wahrscheinlich hast du recht.«

»Aber du bist immer noch nicht überzeugt.«

»Nein.«

Doyle seufzte. »Okay. Wir lassen die Anzahlungen auf die Hotelzimmer verfallen und suchen uns die nächstbesten Motels – wenn wir irgendwelche freien Zimmer finden können.« Er lächelte, irgendwie fühlte er sich erleichtert, obwohl er sich Colins vager Hypothese nicht anschließen konnte. »Fühlst du dich jetzt besser?«

»Ich werde mich erst dann wirklich besser fühlen, wenn wir in San Francisco sind, wenn wir zu Hause sind«, sagte Colin.

»Das geht mir ganz genauso.« Doyle rutschte im Bett herunter, bis er flach auf dem Rücken lag. Die Bewegung ließ die Prellung an seiner Seite wieder pulsieren. »Willst du das Licht ausschalten, damit wir noch ein wenig schlafen können?«

»Kannst du nach all dem schlafen?« fragte Colin.

»Wahrscheinlich nicht. Aber ich werde es versuchen. Das Motel werde ich ganz bestimmt nicht verlassen – nicht, solange es noch dunkel ist. Und wenn wir Nebenstraßen nehmen und sich damit unsere Fahrzeit verlängert, dann werde ich soviel Ruhe brauchen, wie ich nur gerade bekommen kann.«

Colin knipste das Licht aus, schlüpfte aber nicht unter die Dekke. »Ich werde eine Weile sitzen bleiben«, sagte er. »Ich kann jetzt nicht schlafen.«

»Das solltest du aber versuchen.«

»Das werde ich auch. Aber noch nicht gleich.«

Trotz seiner Erschöpfung schlief Doyle, wenn auch unruhig. Er träumte von blitzenden Äxten, von Blut, das hoch aufspritzte und von irrem Gelächter. Wiederholt wachte er in kalten Schweiß gebadet auf. Jedesmal, wenn er wach war, dachte er über den Fremden nach und fragte sich, wer er wohl sein mochte. Und ebenso dachte er über den Mut nach, den er plötzlich in sich entdeckt hatte. Er erkannte, daß seine Liebe zu Courtney und Colin ihm den Schlüssel zu dieser Kraft geliefert hatte. Solange es niemanden gegeben hatte, für den er verantwortlich war, solange er alleine gewesen war, hatte er immer vor Schwierigkeiten fliehen können. Aber jetzt … nun, drei Leute konnte nicht so leicht fliehen wie einer, und auch nicht so schnell. Deshalb war er gezwungen gewesen, auf Kräfte zurückzugreifen, von denen er gar nicht gewußt hatte, daß er sie besaß. Und dieses Wissen erzeugte in ihm ein Maß an innerer Harmonie, wie er es noch nie zuvor gekannt hatte. Zufrieden schlief er ein. Doch kaum eingeschlafen, setzten die Träume wieder ein. Er erwachte am ganzen Leib zitternd und kämpfte dagegen mit dem Wissen an, daß er jetzt fähig war, der Ursache dieses Zitterns zu begegnen.

Zwei lange Stunden saß Colin aufrecht in Dunkelheit gehüllt im Bett und lauschte auf Doyles Atemzüge. Hie und da erwachte der Mann aus einem bösen Traum, drehte sich zur Seite und vollführte einen Ringkampf mit der Zudecke, bis er wieder einschlafen konnte. Aber er schlief immerhin. Doyles Gleichmut im Angesicht der gefährlichen Ereignisse beeindruckte Colin ungemein.

Natürlich hatte Alex Doyle ihn immer beeindruckt – mehr als er dem Mann je hätte zeigen können. Manchmal war ihm danach

Doyle an sich zu ziehen, ihn zu umarmen und ihn festzuhalten. Die ganze Zeit, die Doyle sich um Courtney bemüht hatte, war er die Angst nicht losgeworden, daß Courtney mit Doyle nicht zurechtkäme. Er wußte, wie wichtig sie einander waren und ahnte, wie intensiv ihre physische Beziehung ablief. Und doch war er überzeugt gewesen, daß Doyle sie verlassen würde. Jetzt, wo Doyle zu ihnen gehörte, wollte er ihn umarmen und bei ihm sein und von ihm lernen. Aber diese Umarmung stellte für ihn ein unüberwindliches Hindernis dar, weil sie ihm als ein zu kindlicher Ausdruck seiner Gefühle erschien. Er hatte zu lange und zu intensiv daran gearbeitet, erwachsen zu sein, um sich jetzt gehen zu lassen, ganz gleich wie sehr er Alex liebte, mochte und bewunderte. Deshalb war er darauf angewiesen, seine Gefühle in kleinen Gesten auszudrücken, in vielen einzelnen einfachen Gesten, die das alles ebensogut ausdrücken sollten, wie das eine einzige Umarmung getan hätte.

Als die ersten Strahlen der Morgensonne sich um die schweren Vorhänge herum ihren Weg ins Zimmer bahnten, stieg er aus dem Bett und ging ins Badezimmer, um dort zu duschen. Das Wissen, daß Alex im Nebenzimmer war, und das angenehme Gefühl des gelblichen Seifenschaums auf seinen dünnen Gliedern halfen Colin, ein wenig von der Besorgnis und der Angst loszuwerden, die der Fremde in dem Chevroletlieferwagen in ihm hervorrief. Wenn sie nur ein wenig Glück hatten, würde alles gut werden. Es *mußte* einfach am Ende alles gut werden. Schließlich war Alex Doyle hier und sorgte dafür, daß ihm oder Courtney nichts wirklich Schlimmes widerfuhr.

8

Als George Leland den Automover erreichte, der nahe am Eingang des Rockies Motor Hotel parkte, hatte er Doyle und den Jungen völlig vergessen. Er suchte in der Tasche nach seinen Schlüsseln, ließ sie fallen und tastete ungeschickt in einer Wasserpfütze herum, bis er sie schließlich wieder fand. Dann schloß er die Tür auf, stieg in den Wagen und war die ganze Zeit nicht imstande, sich an die lautlose Jagd durch die Korridore des Motels oder den axtschwingenden Wahnsinn in dem Wartungsraum zu erinnern, wo er um Haaresbreite einen Menschen getötet hatte. Die Schmerzen, die ihn plagten, peinigten ihn zu sehr, als daß ihn sein plötzlicher Gedächtnisverlust beunruhigt hätte.

So schlimm waren die Kopfschmerzen noch nie gewesen. Besonders um das rechte Auge herum war der Schmerz eine bohrende Qual, aber er strahlte jetzt auch über seine ganze Stirn und bis in den Hinterkopf aus. Die Augen tränten ihm, und er konnte sogar hören, wie seine Zähne aufeinandermahlten, war aber nicht fähig, dieser angestrengten, unbewußten Kaubewegung Einhalt zu gebieten. Es war, als wäre er von einer bösen, fremden Wesenheit besessen, und als würde dieses Wesen glauben, der Schmerz könne in kleine Stücke zerkaut, zermahlen und dann verschluckt und verdaut werden.

Es hatte ohne jegliche vorherige Warnung angefangen. Gewöhnlich stellten sich bei ihm wenigstens eine Stunde vor der ersten Schmerzwelle Schwindel und Übelkeit ein, und dann sah er jene Spirale aus heißem, vielfarbigem Licht, die sich hinter seinem Auge endlos drehte. Aber nicht heute nacht. Gerade noch hatte er sich gut, ja sogar beschwingt gefühlt, und dann hatte der Schmerz ihn wie ein Hammerschlag getroffen. Zuerst war es ein häßlicher, aber vergleichsweise kleiner Schmerz gewesen – oder etwa nicht? Ein kleiner Schmerz ganz am Anfang? Er konnte sich nicht genau daran erinnern, wo er sich aufgehalten hatte, als dieser Schmerz das erstemal aufgetreten war, aber er war jedenfalls sicher, daß er ihn anfänglich nur ganz schwach empfunden hatte. Aber dann war es schnell schlimmer geworden, bis er jetzt von panischer Angst erfüllt war, er würde sein eigenes Motel nicht erreichen können, ehe der Schmerz ihn völlig bewegungsunfähig machte.

Er fuhr aus dem Hotelparkplatz, erschrak kurz, als die Federn des Lieferwagens unter ihm protestierten, weil er über eine zehn Zentimeter hohe Bordsteinkante gefahren war, ohne auf sie zu achten, und raste auf den Highway hinaus. Heute fühlte er sich nicht wie ein Teil seines Fahrzeugs. Er hatte sein übliches Gefühl für die Maschine verloren und kam sich wie ein Fremder in diesem Mechanismus vor. Das Lenkrad in seinen großen Händen glich einem fremden Artefakt, einem unmenschlichen Gerät.

Aus zusammengekniffenen Augen blickte er auf den nassen Asphalt, versuchte den Regen und die gespenstischen Nebelschwaden von sich zu schieben.

Ein niedriger, windschnittiger Wagen kam auf der Gegenfahrbahn auf ihn zu, fegte in einer Fontäne von Wasser an ihm vorbei. Die vier Scheinwerfer des Wagens waren viel zu grell, sie bohrten sich wie vier Messer in Lelands Augen und rissen ihm eine schmerzhafte Wunde auf der Stirn.

Unbewußt riß er das Steuer hart nach rechts, um den Lichtbalken auszuweichen, die ihn quälten. Der Lieferwagen fuhr knirschend über den Seitenstreifen, senkte sich vorne, machte einen Satz über eine ausgefahrene Furche und hob sich zitternd wieder. Im Laderaum rutschten die Möbel klappernd herum. Plötzlich ragte unmittelbar vor ihm eine hüfthohe braune Ziegelmauer massiv und tödlich aus der Nacht auf. Leland stieß einen Schrei aus und riß das Steuer nach links. Der rechte vordere Kotflügel prallte gegen die Ziegel, dann machte der Chevrolet einen Satz zurück auf den Asphalt und schlitterte einen gefährlichen Augenblick lang im Regenwasser, ehe er sich schließlich widerstrebend seiner Kontrolle unterwarf.

Er erreichte das Motel nur, weil ihm keinerlei Verkehr entgegenkam. Wenn auf der Gegenfahrbahn auch nur ein einziges Fahrzeug gewesen wäre, hätte er den Chevrolet demoliert und sich selbst dabei umgebracht.

Als er vor der Tür seines Zimmers stand und der Regen auf seinen Rücken heruntertrommelte, hatte er Schwierigkeiten, den Schlüssel ins Schloß zu schieben. Er fluchte so laut, daß er beinahe die anderen Gäste geweckt hätte.

Drinnen angelangt, als er die Tür hinter sich geschlossen hatte, wurde der Schmerz abrupt stärker und zwang ihn, sich auf den schmutzigen Teppich zu knien. Er war überzeugt, daß er jetzt sterben würde.

Aber die neue Schmerzwelle ging vorüber, und die Agonie wurde wieder zu bloß unerträglichem Schmerz.

Er ging ans Bett und hätte sich beinahe hingelegt, bevor er begriff, daß er sich zuerst ausziehen mußte. Seine Kleider waren durch und durch naß. Wenn er sie den Rest der Nacht anließ, würde er am Morgen krank sein … Langsam, mit übertrieben vorsichtigen Bewegungen zog er sich aus und trocknete sich mit der flauschigen Überdecke ab. Trotzdem war er bis auf die Knochen durchgefroren. Zitternd stieg er ins Bett, zog sich die Zudecke bis ans Kinn, gab sich ganz dem unbarmherzigen Schmerz hin und versuche, sich von ihm treiben zu lassen.

Es dauerte mehr als doppelt so lange wie gewöhnlich. Und als die Schmerzen sich ein gutes Stück nach Anbruch der Morgendämmerung schließlich gelegt hatten, waren die Alpträume, die sich regelmäßig daran anschlossen, ebenfalls schlimmer, als sie je gewesen waren. Das einzig freundliche Bild in der ganzen Folge schauerlicher Bilder war das von Courtney. Immer wieder tauchte sie auf. Nackt und schön. Ihre vollen runden Brüste und ihre entzückend langen Beine waren eine wohltuende Erleichterung, die ihn von den anderen Visionen ablenkte … Aber jedesmal, wenn sie in den Träumen auftauchte, tötete sie ein imaginärer Traum-Leland mit einem imaginären Messer. Und diese Morde waren ausnahmslos auf seltsame Weise befriedigend.

DONNERSTAG

1

Die Interstate 25 führt von Denver nach Norden und mündet dicht hinter der Grenze von Wyoming in die Interstate 80, einen gepflegten, vierspurigen Highway, der sie geradewegs und ohne eine einzige störende Kreuzung nach San Francisco führen würde.

Aber sie nahmen diese Straße nicht, weil sie ihnen als eine *zu offensichtliche* Alternative zu der Route erschien, die sie ursprünglich hatten nehmen wollen. Wenn der Verrückte in dem Chevroletlieferwagen tatsächlich von dem Gedanken besessen war, sie zu töten, dann war es durchaus möglich, daß er sich die Mühe machte, ihnen einen Schritt vorauszudenken. Und wenn er erkannte, daß sie jetzt ihre vorausgeplante Route verließen, würde ihm ein einziger Blick auf die Karte zeigen, daß die I 25 und die I 80 die nächstbeste Lösung waren.

»Also werden wir Route 24 nehmen«, erklärte Doyle.

»Was ist das für eine Straße?« fragte Colin und beugte sich nach links, um auf die Karte zu sehen, die Doyle über dem Lenkrad ausgebreitet hatte.

»Teilweise ist sie vierspurig. Aber größtenteils nicht.«

Colin streckte die Hand aus und fuhr die Straße mit dem Finger nach. Dann deutete er auf die grauschattierten Bereiche. »Berge?«

»Ein paar. Hochplateaus. Aber es gibt auch eine ganze Anzahl Wüsten, Alkali- und Salzebenen ...«

»Ich bin froh, daß wir eine Klimaanlage haben.«

Doyle faltete die Karte zusammen und reichte sie dem Jungen. »Schnall dich an.«

Colin legte die Karte in das Handschuhfach und tat dann, was Doyle gesagt hatte. Als sie aus dem Parkplatz des Rockies Motor Hotel fuhren, zupfte sich der Junge sein orange- und schwarzgemustertes *Phantom der Oper* T-Shirt zurecht, glättete die Runzeln in dem widerwärtig verformten Gesicht des Phantoms und nahm sich ein paar Minuten Zeit, sein dickes braunes Haar zu kämmen, bis es ihm genauso auf die Schultern fiel, wie er das gern hatte. Dann setzte er sich aufrecht hin und sah zu, wie die von der Sonne verbrannte Landschaft an ihnen vorbeihuschte und die Berge näherrückten.

Der strahlendblaue Himmel war von ein paar schmalen, grauweißen Wolkenstreifen durchzogen, aber es war jetzt kein Sturmhimmel mehr. Der Wolkenbruch der vergangenen Nacht hatte ebensoschnell aufgehört, wie er begonnen hatte, und hatte nur wenige Spuren hinterlassen. Der sandige Boden am Straßenrand wirkte fast ausgedörrt und staubig.

Der morgendliche Verkehr war nicht sonderlich dicht und floß so ruhig und planmäßig dahin, daß Doyle, während sie den Großraum Denver verließen, kein einziges Mal zu überholen brauchte.

Und hinter ihnen war kein Lieferwagen.

»Du bist heute aber schrecklich ruhig«, sagte Alex, nachdem eine Viertelstunde in völligem Schweigen verstrichen war. Er wandte den Blick von den heißen Luftwirbeln, die über dem Highway tanzten, und sah zu dem Jungen hinüber. »Bei dir alles okay?«

»Ich habe nachgedacht.«

»Du denkst *immer* nach.«

»Ich habe über diesen – Verrückten nachgedacht.«

»Und?«

»Wir werden doch nicht verfolgt, oder?«

»Nein.«

Colin nickte. »Ich wette, wir sehen ihn nie wieder.«

Doyle runzelte die Stirn und gab etwas Gas, um mit dem Verkehrsstrom um sie herum Schritt zu halten. »Wie kannst du da so sicher sein?«

»Einfach so ein Gefühl.«

»Verstehe. Ich dachte, du hättest vielleicht eine Theorie ...«

»Nein. Nur ein Gefühl.«

»Nun«, meinte Doyle, »ich würde mich viel wohler fühlen, wenn du *Gründe* für deine Ansicht hättest, daß wir ihn jetzt los sind.«

»Ich auch«, sagte der Junge.

Schon bei der Einfahrt in den Parkplatz, der das Rockies Motor Hotel umgab, ahnte Leland, daß er sie verpaßt hatte. Die Kopfschmerzen hatten so verdammt lang gedauert und waren so intensiv gewesen ... Und die Bewußtlosigkeit nachher hatte wenigstens zwei Stunden angehalten.

Möglicherweise waren sie gar nicht so weit vor ihm, aber einen guten Vorsprung hatten sie jedenfalls.

Der Thunderbird stand nicht an der Stelle, wo er in der vergangenen Nacht gestanden hatte. Der Platz war leer.

Er weigerte sich, in Panik zu geraten. Nichts war verloren. Sie waren ihm nicht entkommen. *Er wußte genau, wo sie hinfuhren.*

Er parkte auf der Stelle, wo in der Nacht der Thunderbird gestanden hatte und schaltete den Motor ab. Auf der Schachtel mit den Papiertaschentüchern, in der er die 32er Pistole aufbewahrte, lag eine Landkarte. Leland faltete sie auf dem Beifahrersitz auseinander und drehte sich zur Seite, um sie zu studieren, fuhr mit dem Finger die wenigen Straßen nach, die Colorado und Utah durchkreuzten.

»Eine große Wahl haben sie nicht«, erklärte er dem goldenen Mädchen, das neben ihm saß. »Entweder bleiben sie auf der geplanten Route – oder sie nehmen eine von diesen beiden.«

Sie sagte nichts.

»Nach dem, was letzte Nacht war, werden sie ihre Pläne ändern.«

Als seine Kopfschmerzen vorbei waren, hatte sich auch Lelands Gedächtnislücke geschlossen. Er konnte sich jetzt an alles erinnern: daran, wie er eine Stunde vor ihnen in dem Motel eingetroffen war, wie er die Eingangshalle bis zu ihrer Ankunft beobachtet hatte und ihnen dann vorsichtig zu ihrem Zimmer gefolgt war, wie er mitten in der Nacht zurückgekommen war und versucht hatte, ihr Türschloß aufzubrechen – dann die lautlose Verfolgungsjagd und die Axt ... Wenn diese verdammten Kopfschmerzen ihn nur noch ein paar Minuten in Ruhe gelassen, wenn sie ihn nicht genau in dem Augenblick überfallen hätten, dann wäre Alex Doyle erledigt gewesen.

Die Erkenntnis, daß er versucht hatte, einen Menschen zu töten, beunruhigte Leland überhaupt nicht. Nachdem er soviel von anderen hatte erdulden müssen, war ihm zu guter Letzt klar geworden, daß es nur eines gab, was diese weitreichende Verschwörung gegen ihn stören konnte: brutale Gewalt und Gegenangriff. Er mußte diese ganze böse Bande zerschmettern, die sich mit dem einzigen Ziel zusammengefunden hatte, ihn in völlige Verzweiflung zu treiben. Und weil Alex Doyle – und auch der Junge – den Kern dieser Verschwörung bildeten, war Mord ein durchaus angemessenes Mittel. Er hatte in Notwehr gehandelt.

Als er am Montag seine eigenen Augen im Spiegel betrachtet hatte, war er von dem, was er gesehen hatte, verwirrt und schokkiert gewesen. Wenn er jetzt in den Spiegel blickte, sah er bloß ein Spiegelbild, zweidimensional und ausdruckslos. Schließlich tat er doch nur, was Courtney wollte, folgte nur dem Wunsch, wieder mit ihr zusammen zu sein, damit alles wieder so schön würde, wie es vor zwei Jahren gewesen war.

»Sie können entweder nach Wyoming fahren und die Interstate 80 nehmen, oder auf der Route 24 nach Südwesten fahren. Was meinst du?«

»Was immer du sagst, George«, erwiderte das goldene Mädchen mit leiser, angenehmer Stimme, die glückliche Erinnerungen in ihm wachrief.

Leland studierte die Karte ein paar Minuten lang. »Verdammt ... wahrscheinlich sind sie nach Norden gefahren und außerhalb von Cheyenne auf die I 80 geschwenkt. Aber auch wenn das stimmt, wenn wir denselben Weg einschlagen und sie schließlich einholen würden, könnten wir nichts gegen sie unternehmen. Das ist eine wichtige Hauptstraße mit zuviel Verkehr und zuviel Polizeistreifen. Wir könnten ihnen lediglich folgen – und das reicht nicht.« Er verstummte eine Weile und überlegte. »Haben sie dagegen die andere Route genommen, ist das etwas völlig anderes. Das ist verlassenes Land. Nicht viel Verkehr. Weniger Cops. Wir könnten dort schneller fahren, aufholen. Und vielleicht bietet sich uns sogar irgendwo unterwegs eine Chance, sie zu erwischen.«

Sie wartete stumm.

»Wir werden die Route 24 nehmen«, erklärte er schließlich.

»Und wenn sie *doch* anders gefahren sind … nun, dann erwischen wir sie jedenfalls heute abend bei ihrem Motel.«

Sie sagte nichts.

Er lächelte ihr zu, faltete die Karte zusammen, legte sie auf die Schachtel mit den Papiertüchern und deckte damit die Pistole ab.

Dann rollte er aus dem Parkplatz des Rockies Motor Hotel, verließ Denver und fuhr in südwestlicher Richtung auf Utah zu.

Im Verlauf des Vormittags verließen sie das Bergland und fuhren die mit Fichten bestandenen Täler Colorados hinunter, ließen den vom Winter übriggebliebenen Schnee hinter sich und strebten wieder Sonne und Sand entgegen. Sie fuhren durch Rifle und Debeque, überquerten zweimal den Colorado River, passierten dann Grand Junction und kurz darauf die Staatsgrenze. In Utah rückten die Berge bis an den Horizont zurück; das Land wurde sandiger, und der Verkehr war jetzt wesentlich weniger dicht als vorher. Minutenlang war ihr Wagen inmitten des flachen Landes, das bis zum Horizont zu reichen schien, das einzige Fahrzeug weit und breit.

»Was wäre, wenn wir jetzt einen Platten hätten?« fragte Colin und deutete auf das menschenleere Land rings um sie.

»Das werden wir nicht.«

»Das könnten wir aber.«

»Wir haben nagelneue Reifen«, sagte Doyle.

»Aber wenn doch?«

»Dann würden wir den Reifen eben wechseln.«

»Und wenn wir mit dem Reservereifen auch einen Platten hätten?«

»Den würden wir dann flicken.«

»Wie?«

Alex erkannte, daß sie eines der Spielchen spielten, die der Junge so liebte, und lächelte. Vielleicht stimmte die Ahnung, die der Junge hatte. Vielleicht war jetzt alles vorüber. Vielleicht schafften sie es, wieder soviel Spaß an der Fahrt zu haben, wie sie am Anfang gehabt hatten. »In der Werkzeugtasche im Kofferraum«, erklärte Doyle mit übertrieben professoral klingender Stimme, »liegt eine große Sprühdose, die man auf das Ventil des platten Reifens schraubt. Sie füllt den Schlauch und dichtet zugleich das Loch ab. Damit kann man dann weiterfahren, bis man an eine Tankstelle kommt, wo der Reifen dauerhaft geflickt wird.«

»Raffinierte Sache.«

»Ja, nicht wahr?«

Colin hielt eine imaginäre Aerosoldose in der Hand, drückte einen unsichtbaren Knopf und gab blubbernde Laute von sich. »Aber wenn die Sprühdose nicht funktioniert?«

»Oh, das wird sie ganz bestimmt.«

»Okay … aber was ist, wenn wir *drei* Platte haben?«

Doyle lachte.

»Das könnte doch passieren«, sagte Colin.

»Na klar. Wir könnten sogar *vier* Platte haben.«

»Und was würden wir dann tun?«

Als Doyle gerade dazu ansetzte, ihm zu erklären, daß sie dann aussteigen und zu Fuß gehen würden, ertönte hinter ihnen eine Hupe. Sie war sehr laut, dicht hinter ihnen und auf unangenehme Weise vertraut. Es war der Lieferwagen.

2

Ehe Alex richtig reagierten konnte, ehe die Furcht in ihm aufwallen, er auf das Gaspedal treten und nach vorne davonschießen konnte, schwenkte der Lieferwagen auf die linke Fahrspur und setzte dazu an, sie zu überholen, immer noch durchdringend hupend. Weit vor ihnen auf der grauen, hitzeflimmernden Straße – und zwar bis zu den hohen, felsigen, vielschichtigen Capitol Reefs, die Meilen von ihnen entfernt waren – gab es keinerlei Verkehr in östlicher Richtung, der dem Lieferwagen den Weg versperrt hätte.

»Du darfst nicht zulassen, daß er uns überholt!« schrie Colin.

»Ich weiß.«

Wenn der Dreckskerl es schaffte, sie zu überholen, würde er die ganze Straße blockieren können. Die aufgesprungenen Bankette zu beiden Seiten der Straße waren zu schmal und der Sand dahinter zu trocken und lose, als daß der Thunderbird die Asphaltstraße verlassen und den Lieferwagen hätte umfahren können.

Doyle trat das Gaspedal durch.

Der schwere Wagen schoß davon.

Aber der Fremde in dem Lieferwagen war zwar verrückt, aber nicht dumm. Genau dieses Manöver hatte er erwartet. Er beschleunigte also ebenfalls und schaffte es wenigstens für den Augenblick, mit Doyle Schritt zu halten.

Der Wind brauste zwischen den zwei parallel in westlicher Richtung dahinrasenden Fahrzeugen.

»Wir werden ihn abhängen«, keuchte Alex.

Colin gab keine Antwort.

Die dünne Nadel des Tachometers bewegte sich gleichmäßig auf die Marke achtzig zu, kletterte dann weiter auf fünfundachtzig. Doyle blickte einmal kurz darauf, während Colin sie angespannt, verängstigt und von Grauen erfüllt beobachtete.

Das flache Land fegte in einem flimmernden weißen Wirbel aus Sand, Hitze und Salzstaub an ihnen vorbei.

Und der Automover hielt neben ihnen Schritt.

»Er kann nicht mithalten«, sagte Alex.

Neunzig. Fünfundneunzig ... und dann, als sie sich der Hundertmeilenmarke näherten und der Wind zwischen ihnen wie ein Orkan brauste, zog der Verrückte sein Steuer nach rechts. Nicht sehr. Nur ein wenig. Und nur einen Augenblick lang. Die ganze Seitenflanke des Automovers bekam auf kurze Zeit Kontakt mit der vollen Länge des Thunderbird.

Funken sprühten und huschten wie Sternschnuppen vor Doyle über die Windschutzscheibe. Das gequälte Blech kreischte, bevor es eingedrückt wurde.

Das Steuer wurde Doyle fast aus der Hand gerissen. Er kämpfte damit, hielt es mit der Kraft der Verzweiflung fest, als der Wagen auf den Seitenstreifen schleuderte, der Kies aufspritzte und laut gegen den Wagenboden prasselte. Ihre Geschwindigkeit sank, und das Heck schwenkte zur Seite. Alex war überzeugt, daß sie den Lieferwagen rammen würden, der immer noch neben ihnen herraste. Aber dann begann der Wagen sich wieder auszurichten ... er riß ihn auf den Highway zurück und trat aufs Gaspedal, obwohl er vorgezogen hätte, die Bremse zu treten.

»Bist du in Ordnung?« fragte er Colin.

Der Junge schluckte. »Ja.«

»Dann halt dich jetzt fest. Wir werden sehen, daß wir hier wegkommen!« schrie er, während der Thunderbird allmählich wieder das Tempo erreichte, das er verloren.

Doyle riskierte es, den Blick kurz von der Straße zu nehmen; er sah zum Seitenfenster des Lieferwagens hinüber, das höchstens einen Meter von ihm entfernt war. Trotz der kurzen Distanz konnte er den anderen Fahrer nicht sehen, ja nicht einmal seine Silhouette. Der Mann saß höher als Doyle auf der anderen Seite der Fahrerkabine, und das gelblichweiße Licht der Wüstensonne, das sich in der Scheibe spiegelte, bot ihm Deckung.

Inzwischen rasten sie wieder mit achtzig Meilen die Stunde dahin, jetzt fünfundachtzig, und ihre Tachometernadel zitterte leicht. Bei fünfundachtzig zögerte sie sogar etwas; einen Augenblick sah es so aus, als würde sie an der Marke kleben bleiben, dann gab es einen Ruck, und sie bewegte sich langsam weiter.

Alex beobachtete den Chevrolet aus dem Augenwinkel. Sobald er dort die geringste Bewegung bemerken würde, eine Ankündigung, daß der andere zu einer zweiten Kollision ansetzte, wollte er den Wagen auf den Seitenstreifen lenken und versuchen, einem Zusammenstoß auszuweichen. Viele dieser Zusammenstöße konnten sie sich nicht leisten. Der große Luxuswagen war zwar um die Hälfte teurer als der Automover, würde aber viel schneller in Stücke gehen als der Chevrolet – und auch viel schneller verbrennen als eine Pappschachtel.

Bei neunzig Meilen in der Stunde fing der Wagen an zu vibrieren und es gab ein Geräusch, als würde man Steine in einem Waschzuber schütteln. Das Lenkrad vibrierte heftig in Doyles Händen, und dann, was noch schlimmer war, fing es an, sich hin und her zu bewegen.

Doyle nahm den Fuß etwas vom Gas, obwohl das eigentlich das Allerletzte war, was er tun wollte.

Die Nadel sank. Bei fünfundachtzig lief der Motor wieder rund, und der Wagen war unter Kontrolle.

»Etwas ist kaputt!« rief Colin laut, um das Brüllen des Windes und der zwei Motoren zu übertönen.

»Nein. Das muß ein schlechtes Stück Straße gewesen sein.«

Obwohl er wußte, daß sie im Augenblick nicht gerade vom Glück verfolgt waren, hoffte Alex inbrünstig, daß das, was er dem Jungen gesagt hatte, die Wahrheit war. Laß es nichts Schlimmeres als ein Stück schlechte Straße sein, ein Stück vom Regen ausgewaschener Asphalt. Laß mit dem Thunderbird nichts passieren. Er darf jetzt nicht kaputtgehen. Sie durften nicht hier draußen im Sand, mitten in der Salzwüste stranden, nicht allein bleiben, weit von jeder Hilfe entfernt, mit dem Verrückten völlig allein …

Vorsichtig trat er das Gaspedal durch.

Der Wagen beschleunigte wieder, erreichte neunzig …

Und das heftige Vibrieren setzte wieder ein, so als wären Chassis und Karosserie nicht mehr fest miteinander verbunden. Während er erneut die Kontrolle über das Steuer verlor, spürte er, wie jetzt auch das Gaspedal zu vibrieren begann. Fünfundachtzig würde künftig ihre Höchstgeschwindigkeit sein. Sonst ging der Wagen in Stücke. Und deshalb würde es ihnen nicht gelingen, den Chevrolet abzuhängen.

Der Fahrer des Lieferwagens schien dies im selben Augenblick zu erkennen, in dem es Doyle klar wurde. Er drückte auf die Hupe, löste sich dann von ihnen und setzte sich vor sie auf die Straße, die er jetzt völlig beherrschte.

»Was werden wir tun?« fragte Colin entsetzt.

»Abwarten, was *er* tut.«

Als der Automover einen Abstand von etwa einer halben Meile erreicht hatte, eingehüllt in die trügerisch flimmernde heiße Luft, die von dem überhitzten Asphalt aufstieg, verlangsamte er sein Tempo auf gleichmäßige fünfundachtzig und behielt einen konstanten Abstand von etwa fünfhundert Metern bei.

Zu beiden Seiten der Straße wurde das Land noch weißer, als hätte die grelle Sonne es gebleicht. Nur hie und da wurde die Eintönigkeit von seltenen häßlichen, ums Überleben kämpfenden

Sträuchern und manchmal einem dunklen Felszahn unterbrochen, die alle vom Wüstenwind und der Hitze verfärbt waren.

Zwei Meilen zogen dahin.

Der Lieferwagen war immer noch vor ihnen, schien sie zu verspotten.

Aus den Lüftungsschlitzen im Armaturenbrett strömte kalte Luft, und trotzdem war es im Inneren des Thunderbird zu warm und irgendwie stickig. Alex fühlte, wie sich auf seiner Stirn Schweißtropfen bildeten. Das Hemd klebte ihm an der Haut.

Drei Meilen.

»Vielleicht sollten wir anhalten«, meinte Colin.

»Und umkehren?«

»Er würde uns sehen«, sagte Doyle, »würde sofort ebenfalls kehrtmachen und uns folgen – und dann würde er bald wieder vor uns sein.«

»Nun ...«

»Warten wir ab, was er tut«, sagte Doyle noch einmal, bemüht, keine Angst zu zeigen. Ihm war genau bewußt, daß der Junge ein Vorbild der Stärke brauchte. »Willst du mal die Karte rausholen und nachsehen, wie weit es bis zur nächsten Ortschaft ist?«

Colin begriff die Bedeutung der Frage, nahm die Karte und faltete sie auf seinen Knien auseinander. Sie bedeckte ihn wie eine Bettdecke. Er blinzelte durch seine dicken Gläser und fand den letzten Ort, den sie passiert hatten, schätzte die Entfernung bis zu ihrem augenblicklichen Standort ab und markierte die Stelle mit dem Finger. Dann machte er die nächste Ortschaft ausfindig, sah auf die Maßstabsangabe unten an der Karte und stellte dann eine kurze Berechnung an.

»Nun?« fragte Doyle.

»Sechzig Meilen.«

»Bist du sicher?«

»Ganz sicher.«

»Verstehe.«

Es war einfach zu weit.

Colin faltete die Karte zusammen und legte sie ins Handschuhfach. Er saß da wie eine Steinskulptur und starrte auf das Heck des Chevrolet.

Der Highway stieg ein wenig an und senkte sich dann wieder in ein weites, flaches Alkalibecken. Die Straße sah aus wie ein Tuschestrich über ein sauberes weißes Blatt. Meilenweit nach Westen war auf der Straße nichts zu sehen. Dort draußen bewegte sich überhaupt nichts.

Diese völlige Isoliertheit war genau das, was der Fahrer des Lieferwagens wollte. Er bremste hart, zog den Chevrolet auf den rechten Seitenstreifen und wendete dann in einem weiten Bogen. Der Lieferwagen stand jetzt quer zur Fahrtrichtung und versperrte beide Fahrspuren.

Doyle tippte auf die Bremse und erkannte dann, daß es keinen Sinn hatte, die Fahrt zu verlangsamen oder ganz anzuhalten. Er setzte den Fuß wieder auf das Gaspedal. »Los geht's!«

Mit einer gleichmäßigen Geschwindigkeit von fünfundachtzig raste der Thunderbird auf den Lieferwagen zu, zielte genau auf die Mitte der grünblauen Werbeschrift auf seiner Seitenwand. Fünfhundert Meter trennten sie noch. Jetzt nur noch vierhundert, dreihundert ...

»Er wird nicht wegfahren!« sagte Colin.

»Das macht nichts.«

»Dann stoßen wir zusammen!«

»Nein.«

»Alex.«

Fünfzig Meter von dem Lieferwagen entfernt, riß Doyle das Steuer nach rechts. Die Reifen quietschten. Der Wagen raste über den kiesbedeckten Seitenstreifen, schlingerte so, als wären die Federn plötzlich zu Gummi geworden, und fuhr weiter.

Doyle wurde bewußt, daß er damit ein Manöver versuchte, das er vor kurzem noch für unmöglich gehalten hatte. Jetzt war es, ob es nun unmöglich war oder nicht, die einzige Hoffnung, die ihnen geblieben war. Panische Angst erfaßte ihn.

Der Wagen pflügte sich in den körnigen weißen Sand, der den Highway säumte, und hinter ihnen wallte Alkalistaub wie ein Kondensstreifen auf. Ihre Geschwindigkeit verringerte sich in den ersten paar Sekunden um ein Drittel. Der Thunderbird schwankte auf dem sandigen Boden hin und her ... Wir werden steckenbleiben, dachte Doyle. Wir werden hier stranden.

Er trat das Gaspedal bis zum Anschlag durch.

Obwohl sie immer noch schneller als fünfzig fuhren, protestierten die Reifen, drehten wie wild durch, verloren den Kontakt. Der Wagen schlingerte zur Seite, schleuderte – ehe er wieder Tempo aufnahm.

Sie waren an dem Automover vorbei.

Doyle steuerte wieder auf den Highway zu und hielt dabei die ganze Zeit das Gaspedal durchgedrückt. Obwohl das Steuer nur teilweise reagierte, spürte er doch, wie tückisch der Untergrund war, über den sie rollten. Aber ehe der Sand die Räder festhalten konnte, hatten sie den Seitenstreifen der Straße wieder erreicht und wirbelten Hunderte winziger Steine auf, während die Vorderräder bereits wieder auf dem Asphalt griffen.

Binnen weniger Sekunden fuhren sie wieder mit fünfundachtzig, rasten nach Westen, hatten den Lieferwagen hinter sich gelassen.

»Du hast es geschafft!« sagte Colin.

»Bis jetzt noch nicht.«

»Doch, du hast es geschafft!« Er hatte immer noch Angst, seine Stimme klang aber zugleich freudig erregt.

Doyle sah in den Spiegel.

Weit hinter ihnen setzte der Lieferwagen jetzt wieder zur Verfolgung an, ein weißer Punkt vor dem noch weißeren Land.

»Kommt er?« fragte Colin.

»Ja.«

»Versuch noch mal, ob du mehr als neunzig schaffst.«

Doyle versuchte es, aber der Wagen fing sofort wieder zu vibrieren und zu klappern an. »Geht nicht. Als er uns angestoßen hat, muß etwas kaputtgegangen sein.«

»Nun, wenigstens wissen wir jetzt, daß du um ihn herumkommst, wenn er die Straße blockiert«, sagte der Junge.

Doyle sah ihn an. »Du hast mehr Vertrauen zu meinen Fahrkünsten als ich. Das war gerade ziemlich haarig.«

»Du schaffst es«, sagte Colin. Das Licht der Wüstensonne, das durch das Fenster hereinschien, ließ seine Brillengläser wie winzige Spiegel aufblitzen.

Drei Minuten später war der Lieferwagen wieder hinter ihnen.

Aber als er sie zu überholen versuchte, schwenkte Doyle den Thunderbird auf die linke Fahrbahn, versperrte damit dem Lieferwagen den Weg und zwang ihn, zurückzufallen. Als der Chevy versuchte, sie rechts zu überholen, scherte Doyle wieder vor ihm ein und drückte seinerseits auf die Hupe, um das wilde Hupkonzert des anderen zu erwidern.

Einige Minuten lang spielten sie dieses Spiel und wechselten von einer Straßenseite zur anderen. Und dann geschah das Unvermeidbare: der Lieferwagen fand eine Lücke, nützte sie aus und zog mit ihnen gleich.

»Jetzt geht es wieder los«, sagte Doyle.

Als wäre das das Stichwort gewesen, schloß der Automover den Zwischenraum zwischen ihn und rammte den Thunderbird. Funken flogen, und wieder ächzte das Blech, wenn auch nicht so laut wie bei ihrer ersten Kollision.

Alex kämpfte mit dem Lenkrad. Sie holperten fast tausend Meter auf dem Randstreifen dahin, bis er es schaffte, sie wieder auf den Highway zurückzusteuern.

Wieder prallte der Lieferwagen gegen sie, heftiger als beim letztenmal.

Diesmal verlor Alex die Kontrolle über den Wagen. Er war nicht imstande, das vom Schweiß feuchte Lenkrad festzuhalten, und erst als sie die Straße verlassen hatten und sich durch den waschbrettartig festgebackenen Sand mahlten, bekam er es zu fassen und hatte damit ihr Schicksal wieder in der Hand.

Sie fuhren fünfundvierzig, und waren ein paar Meter vor dem Lieferwagen. Aber im nächsten Augenblick hatte er sie eingeholt und blieb neben ihnen hängen, bis sie wieder fünfundachtzig fuhren. Die ganze rechte Seite des Chevrolet war zerbeult und verkratzt. Doyle wußte nach einem besorgten Blick auf das andere Fahrzeug, daß die linke Flanke des Thunderbird sich in noch viel schlimmerem Zustand befinden mußte.

Wieder kurvte der Lieferwagen auf sie zu. Es gab einen lauten Knall, so laut, daß Alex dachte, sie wären ein viertesmal getroffen worden. Aber diesmal war kein Aufprall zu spüren. Und dann verlor der Chevrolet plötzlich an Tempo, fiel hinter ihnen zurück.

»Was macht er denn?« schrie Colin.

Es ist zu gut um wahr zu sein, dachte Doyle. »Dem ist ein Reifen geplatzt!«

»Du machst Witze.«

»Ich mache keine Witze.«

Der Junge sackte in die Polster zurück, er war blaß, ausgepumpt und zitterte. Mit dünner, kaum hörbarer Stimme wisperte er: *»Mein Gott!«*

3

Die Stadt überlebte dem unwirtlichen Land zum Trotz, auf dem sie erbaut war. Die niedrigen Gebäude – ob sie nun aus Holz, Ziegel oder Stein bestanden – hatten sich alle eine stumpfgelbbraune Farbe zugelegt, um mit der unbarmherzigen Sonne und dem Sand, den der Wind gegen sie wehte, zu kooperieren. Hier und dort blühten an den Mauerrändern Alkaliverkrustungen, aber das war die einzige Abwechslung in dieser Einförmigkeit. Seit sie die Grenze von Colorado überquert hatten, war die Straße – die zur Hauptstraße der Ortschaft geworden war – eine harte grauschwarze Linie quer durch die Wüste gewesen, aber jetzt beugte sie sich dem Einfluß der Stadt und wurde gelb und staubig. Draußen im freien Land hatte der Wind die Straße saubergefegt. Aber hier versperrten die Bauten dem Wind den Weg, so daß der Staub sich sammeln konnte. Ein weicher Puder überzog die Automobile mit einem dünnen Film und nahm ihnen jeglichen Glanz. Der Staub schien wie die Hände der lebenden Wüste, schien es sich zum Ziel gesetzt zu haben, allmählich diesen armseligen Flecken auszulöschen, den die Menschen ihr geraubt hatten.

Die Polizeistation, die drei Häuserblocks nach der Ortseinfahrt an der Hauptstraße lag, war genauso armselig wie alles andere auch. Ein einstöckiges Gebäude, an dem der Mörtel zwischen den senffarbigen Steinen abbröckelte.

Der diensthabende Beamte, ein Mann, der sich Captain Ackridge nannte, trug eine braune Uniform, die ganz zu seiner Stadt paßte, und hatte ein hartes, erfahrenes Gesicht, von dem man das nicht sagen konnte. Er war einen Meter achtzig groß und neunzig Kilo schwer, vielleicht zehn Jahre älter als Doyle, aber mit einem Körper, der zehn Jahre jünger wirkte. Sein kurzgestutztes Haar war schwarz und seine Augen noch dunkler. Er hielt sich wie ein Soldat auf dem Exerzierplatz, aufrecht, steif und stolz.

Er kam heraus und sah den Thunderbird an. Dann ging er langsam um den Wagen herum und schien sich ebensosehr für die unbeschädigten Teile wie für die langen Kratzer auf der Fahrerseite zu interessieren. Sich dicht an die getönte Windschutzscheibe lehnend betrachtete er Colin, als wäre der Junge ein Fisch in einem Aquarium. Dann untersuchte er erneut die demolierte linke Seite des Wagens und schien mit seiner Inspektion zufrieden.

»Kommen Sie wieder rein«, sagte er zu Doyle. Seine Stimme klang trotz des nicht ganz zu verbergenden Südstaatenakzents klar und präzis. »Wir unterhalten uns gleich.«

Sie gingen ins Revier zurück quer durch den Vorraum, in dem zwei Sekretärinnen auf Schreibmaschinen herumhämmerten und ein uniformierter, übergewichtiger Polizist gerade Kaffeepause machte und ein Stück Kuchen mampfte. In Ackridges Büro angelangt, schloß der große Beamte hinter ihnen die Tür.

»Was meinen Sie denn kann man da machen?« fragte Alex, als Ackridge um seinen ordentlich aufgeräumten Schreibtisch herumging.

»Nehmen Sie Platz.«

Doyle ging zu dem Besucherstuhl, der vor dem zerkratzten Metallschreibtisch stand, setzte sich aber nicht. »Hören Sie, dieser geplatzte Reifen wird den Dreckskerl nicht lange aufhalten. Und wenn er …«

»Bitte setzten Sie sich, Mr. Doyle«, sagte der Beamte und nahm seinerseits Platz. Sein abgewetzter Drehsessel quiekte, als hätte er sich auf eine lebende Maus gesetzt.

Etwas irritiert ließ sich Doyle auf den Stuhl fallen. »Ich denke …«

»Lassen Sie mich das auf meine Art machen«, sagte Ackridge

und lächelte kurz. Es war ein aufgesetztes Lächeln, und der Beamte gab es auch gleich wieder auf. »Haben Sie Papiere?«

»Ich?«

»Sie habe ich doch gefragt.«

Die Stimme des Beamten klang keineswegs bösartig, und doch jagte sie Doyle einen kalten Schauder über den Rücken. Er zog die Brieftasche heraus, entnahm ihr seinen Führerschein und schob ihn über den Schreibtisch.

Der Beamte studierte ihn. »Doyle?«

»Richtig.«

»Philadelphia?«

»Ja, aber wir ziehen nach San Francisco um – ich habe natürlich noch keinen kalifornischen Führerschein.« Er wußte, daß er im Begriff war, redselig zu werden, wobei es nicht so sehr seiner verbliebenen Angst aus dem Zusammenstoß mit dem Lieferwagen als Ackridges durchdringenden schwarzen Augen zuzuschreiben war, daß seine Zunge sich löste.

»Haben Sie einen Fahrzeugschein für diesen T-Bird?«

Doyle fand ihn, hielt die Brieftasche so aufgeklappt, daß der Polizist die entsprechende Plastikhülle sehen konnte, und reichte sie dem Polizisten über den Tisch.

Ackridge sah sich das Dokument gründlich an. In seinen großen, harten Händen wirkte die Brieftasche klein, fast zierlich. »Ist das Ihr erster Thunderbird?«

Alex begriff zwar nicht, was das mit seinem Problem zu tun hatte, beantwortete die Frage aber trotzdem. »Mein zweiter.«

»Beruf?«

»Meiner? Werbegrafiker.«

Ackridge blickte zu ihm auf, und sein starrer Blick schien durch ihn hindurchzugehen. »Was genau ist das?«

»Ich gestalte Anzeigen«, sagte Doyle.

»Und dafür werden Sie gut bezahlt?«

»Ziemlich gut«, erwiderte Doyle.

Ackridge fing an, die anderen Papiere in der Brieftasche durchzublättern und ließ sich bei jedem ein paar Sekunden Zeit. Sein nüchternes, intensives Interesse für diese privaten Dinge wirkte seltsam.

Was zum Teufel geht hier eigentlich vor? fragte sich Doyle. Ich bin hierhergekommen, um eine Straftat anzuzeigen. Ich bin ein ordentlicher, korrekter Staatsbürger – nicht etwa der Verdächtige!

Er räusperte sich. »Entschuldigen Sie, Captain ...«

Ackridge hörte auf, in den Papieren zu blättern. »Ja, was ist?«

Gestern nacht, sagte sich Doyle, stand ich einem Mann gegenüber, der versucht hat, mich mit einer Axt zu töten. Ich werde doch wohl heute imstande sein, mit diesem billigen Polizeichef fertigzuwerden.

»Captain«, sagte er, »ich verstehe nicht ganz, warum Sie sich so für mich interessieren. Ist es denn jetzt nicht wichtiger – nun, sich um diesen Mann in dem Automover zu kümmern?«

»Ich bin immer der Meinung, daß es sich auszahlt, wenn man das Opfer auch kennt, und nicht nur den Täter«, sagte Ackridge. Und nach dieser Bemerkung wandte er sich wieder den Dokumenten in Doyles Brieftasche zu.

Irgend etwas stimmte hier nicht. Warum eigentlich lief das so schief? Um sich nicht dadurch erniedrigt zu fühlen, daß er dem Beamten dabei zusah, wie er seine Brieftasche durchschnüffelte, sah sich Alex in dem Raum um. Die Wände waren amtlich grau, und es gab nur drei Dinge, die sie auflockerten: eine plakatgroße Fotografie des Präsidenten der Vereinigten Staaten; ein ebenso großes Foto des verstorbenen J. Edgar Hoover und eine etwa einen Quadratmeter große Karte der unmittelbaren Umgebung. An einer Wand standen einige Aktenschränke dicht nebeneinander und ließen nur den Platz für ein Fenster und eine nachträglich angebrachte Klimaanlage frei. Dann gab es drei Stühle mit geraden Lehnen, den Schreibtisch, den Sessel, auf dem Ackridge saß, und einen Flaggenständer, in dem die Stars und Stripes in voller Größe prangten.

»Kriegsdienstverweigerer?« fragte Ackridge.

Alex sah ihn überrascht an. »Was haben Sie gesagt?«

Ackridge zeigte ihm die entsprechende Karte in seiner Brieftasche. »Sie haben hier einen Ausweis, der bestätigt, daß sie aus Gewissensgründen den Wehrdienst verweigern.«

Warum hatte er die Karte eigentlich behalten? Es gab keinerlei Vorschrift, die von ihm verlangte, sie mit sich zu führen, ganz besonders jetzt nicht, wo er dreißig Jahre alt war. Man hatte schon vor langer Zeit aufgehört, über sechsundzwanzig Jahre alte Männer einzuziehen. Genaugenommen war die allgemeine Wehrpflicht für *jedermann* ohnehin ziemlich in Vergessenheit geraten. Trotzdem hatte er den Ausweis behalten, als er das letzte Mal die Brieftasche gewechselt hatte – warum eigentlich? Hatte er unbewußt geglaubt, der Besitz der Karte sei ein Beweis dafür, daß seine in Ablehnung jeglicher Gewalt gipfelnde Philosophie auf Prinzipien und nicht etwa auf Feigheit beruhte? Oder hatte er es nur getan, weil er unter jener weitverbreiteten amerikanischen Neurose litt – der Unfähigkeit nämlich, irgend etwas wegzuwerfen, das auch nur entfernt amtlich aussah, ganz gleich, wie alt es war?

»Ich habe in einem Veteranenkrankenhaus Ersatzdienst geleistet«, sagte Doyle, obwohl er nicht das Gefühl hatte, sich vor Ackridge rechtfertigen zu müssen.

»Nun, ich war für Korea zu jung und für Nam zu alt«, entgegnete der Polizist. »Aber ich habe in der regulären Army gedient. Zwischen den Kriegen.« Er reichte Alex den Führerschein und die Brieftasche zurück.

Alex steckte den Führerschein in die Brieftasche, schob die dann ein und sagte: »Was den Mann in dem Chevrolet betrifft ...«

»Haben Sie je Marihuana probiert?« fragte Ackridge.

Ganz ruhig, dachte Doyle. Sei verdammt vorsichtig. Sei verdammt nett.

»Vor langer Zeit«, erklärte er dem Cop. Er hatte es aufgegeben, daß Gespräch auf den Mann in dem Automover zurückzulenken, weil er erkannt hatte, daß Ackridge aus welchem Grund auch immer daran nicht interessiert war.

»Nehmen Sie es immer noch?«

»Nein.«

Ackridge lächelte. Es war noch immer das gleiche aufgesetzte Lächeln. »Selbst wenn Sie es jeden Tag nehmen würden, würden Sie das einem verknöcherten alten Bullen wie mir wohl nicht erzählen, wie?«

»Ich habe die Wahrheit gesagt«, entgegnete Doyle und verspürte neue Schweißtropfen auf seiner Stirn.

»Andere Sachen?«

»Was meinen Sie?«

Ackridge lehnte sich über den Schreibtisch und senkte die Stimme zu einem verschwörerischen Flüsterton: »Barbiturate, Amphetamine, LSD, Kokain ...«

»Rauschgift ist was für Leute, denen das Leben nicht wichtig ist«, sagte Doyle. Er glaubte an das, was er sagte, wußte aber, daß es für den Polizisten hohl klingen mußte. »Zufälligerweise mag ich das Leben. Ich brauche kein Rauschgift. Ich weiß, wie man auch ohne das Zeug glücklich sein kann.«

Ackridge musterte ihn einen Augenblick lang scharf, dann lehnte er sich in seinem Sessel zurück und verschränkte die muskulösen Arme über der Brust. »Wollen Sie wissen, warum ich all diese Fragen stelle?«

Alex gab keine Antwort. Er war gar nicht sicher, ob er es wissen wollte.

»Ich will es Ihnen sagen«, meinte Ackridge. »Ich habe zwei verschiedene Theorien über diese Geschichte, die sie mir da erzählt haben – von dem Mann in dem Automover. Die erste ist: von all dem ist überhaupt nichts passiert. Sie haben sich das alles nur eingebildet. Halluzinationen. Könnte sein. Wäre möglich. Wenn Sie wirklich von irgend etwas high wären, vielleicht LSD, dann könnte es sein, daß Sie sich ganz einfach selbst einen gewaltigen Schrecken eingejagt haben.«

Das Beste war jetzt, nur zuzuhören. Nicht widersprechen. Ihn einfach weiterreden lassen und hoffentlich sobald wie möglich hier wieder rauskommen. Trotzdem konnte Alex nicht anders. Er mußte es einfach sagen: »Und was ist mit meinem Wagen? Die verbeulte linke Seite? Der Lack ist völlig zerkratzt, die Karosserie eingedellt. Meine Tür läßt sich kaum mehr öffnen ...«

»Ich sage ja nicht, daß *das* nur in ihrer Fantasie existiert«, erklärte Ackridge. »Aber es könnte ja sein, daß Sie eine Mauer gestreift haben – oder einen Felsvorsprung, irgend etwas.«

»Fragen Sie Colin«, sagte Doyle.

»Den Jungen im Auto? Ihren – Schwager?«

»Ja.«

»Wie alt ist er?«

»Elf.«

Ackridge schüttelte seinen kantigen Kopf. »Der ist zu jung, als daß ich ihn packen könnte. Und wahrscheinlich würde der auch nur etwas sagen, von dem er glaubt, daß Sie es wollen.«

Alex räusperte sich. Seine Kehle war ausgetrocknet und fühlte sich an, als würde ihm jemand den Hals zudrücken. »Durchsuchen Sie den Wagen. Sie werden kein Rauschgift finden.«

»Nun«, sagte Ackridge und zog das Wort bewußt in die Länge, »dann hören Sie sich meine andere Theorie an, bevor Sie jetzt auf die Palme gehen. Ich halte ohnehin mehr von ihr. Wollen Sie sie hören?«

»Ja.«

»Ich denke, Sie sind vielleicht in Ihrem großen schwarzen Wagen ein bißchen schnell gefahren, haben sich wie ein King gefühlt und irgendeinen der Jungs hier aus der Gegend überholt, der den einzigen zerbeulten alten Pickup fuhr, den er sich leisten konnte.«

Ackridge lächelte wieder. Und diesmal war es ein echtes Lächeln. »Wahrscheinlich hat er Sie mit Ihren auffälligen Klamotten, Ihrem langen Haar und Ihrer weibischen Art gesehen und sich gefragt, warum Sie sich einen so fetten Wagen leisten können und er bloß eine alte Mühle. Und natürlich ist er, je mehr er darüber nachgedacht hat, um so wilder geworden. Also ist er hinter Ihnen hergefahren, hat Sie eingeholt und ein kleines Wettrennen auf dem Highway mit Ihnen veranstaltet. Seiner alten Kiste konnte dabei ja nicht viel passieren. Sie waren der einzige, der etwas zu verlieren hatte.«

»Warum sollte ich Ihnen dann sagen, daß es ein Automover war? Warum eine so komplizierte Geschichte über eine Verfolgungsjagd quer durchs ganze Land erfinden?« fragte Doyle, der seinen Zorn kaum mehr unter Kontrolle halten konnte, sich aber schmerzlich bewußt war, daß er seine Wut zügeln mußte, um nicht im Gefängnis zu landen, von noch Schlimmerem ganz zu schweigen.

»Das läßt sich leicht erklären.«

»Es würde mich interessieren.«

Ackridge stand auf, schob seinen Sessel zurück und stellte sich neben die Fahne, die Hände hinter dem Rücken verschränkt. »Sie haben sich überlegt, daß ich einen Ortsansässigen nicht verfolgen, daß ich ihm den Vorzug vor jemanden wie Ihnen geben würde. Also haben Sie sich diese andere Geschichte ausgedacht, damit ich mich der Sache annehme. Sobald ich einmal die Anzeige aufgenommen und mit den Ermittlungen begonnen hätte, wäre es mir ja nicht mehr so leicht möglich gewesen, auszusteigen; auch wenn ich bald dahintergekommen wäre, wie die Story lief.«

»Das ist aber weit hergeholt«, sagte Doyle. »Und das wissen Sie auch.«

»Für mich klingt es ganz vernünftig.«

Alex stand auf, die feuchten Hände zu Fäusten geballt. Früher einmal war es ihm leichtgefallen, solche Beleidigungen hinzunehmen und davonzuschleichen, ohne sich etwas dabei zu denken..

Aber jetzt, nach den Veränderungen, die in den letzten paar Tagen in ihm vorgegangen waren, gehörte Demut und Unterwürfigkeit nicht mehr zu seinen besten Seiten. »Dann werden Sie uns also nicht helfen?«

Ackridge sah ihn an, und jetzt flammte echter Haß in seinen Augen. Zum erstenmal klang seine Stimme richtig bösartig. »Ich bin kein Mann, den man heute ein Schwein nennen und am Tag darauf um Hilfe bitten kann.«

»Ich habe nie einen Polizisten ein Schwein genannt«, sagte Alex.

Aber der Beamte hörte gar nicht zu. Sein Blick schien geradewegs durch Doyle hindurchzugehen, als er sagte: »Dieses Land glich fünfzehn Jahre lang einem kranken Mann. Es befand sich im Delirium, taumelte herum und stieß immer wieder irgendwo an, wußte nicht, wo es war oder wohin es wollte, ja, ob es letzten Endes überleben könnte. Aber jetzt ist es nicht mehr krank. Es stößt die Parasiten ab, die es krank gemacht haben. Bald wird es überhaupt keine Parasiten mehr geben.«

»Ich verstehe«. sagte Alex, der am ganzen Leib gleichermaßen aus Angst und Wut unkontrolliert zitterte.

»Es wird sich aufrichten, *alle* Bazillen vernichten und wieder so gesund sein, wie es einmal war«, sagte Ackridge und grinste breit, die Hände immer noch hinter dem Rücken verschränkt und dabei auf den Fußballen vor und zurück wippend.

»Ich verstehe sie völlig«, sagte Alex. »Darf ich gehen?«

Ackridge lachte, es klang wie ein kurzes, scharfes Bellen. »Gehen? Du liebe Güte, da wäre ich Ihnen wirklich dankbar.«

Colin stieg aus dem Wagen und ließ Alex einsteigen, folgte ihm dann, zog die Tür hinter sich zu und verriegelte sie. »Nun?«

Alex umfaßte das Lenkrad so fest er konnte und starrte auf seine weißen Knöchel. »Der Captain denkt, daß ich vielleicht Rauschgift genommen und mir die ganze Sache eingebildet habe.«

»Oh, das ist ja großartig.«

»Oder daß vielleicht irgendwelche Boys aus der Umgebung uns in einem Pickup ein wenig bedrängt haben. Und er hat überhaupt keine Lust, uns den Vorzug vor ein paar Jungs zu geben, die sich einfach einen kleinen Spaß machen wollten.«

Colin schnallte sich an. »War es wirklich so schlimm?«

»Ich glaube, wenn du nicht dabeigewesen wärst, hätte er mich eingesperrt«, sagte Doyle. »Er wußte bloß nicht, was er mit einem elfjährigen Jungen anfangen sollte.«

»Was nun?« Colin zog an seinem T-Shirt mit dem Bild des Phantoms der Opfer.

»Wir werden volltanken«, sagte Alex, »uns etwas zu Essen kaufen, das wir mitnehmen können, und bis nach Reno durchfahren.«

»Was ist mit Salt Lake City?«

»Das überspringen wir«, sagte Doyle. »Ich möchte, so schnell es geht, nach San Francisco kommen – und so weit wie möglich von unserem ursprünglichen Plan abweichen, für den Fall, daß dieser Dreckskerl *tatsächlich* unsere Route kennt.«

»Reno ist aber ein ganz schönes Stück von hier entfernt«, sagte der Junge, der sich daran erinnerte, wie weit es ihm auf der Landkarte vorgekommen war. »Wie lange brauchen wir, bis wir dorthin kommen?«

Doyle sah sich auf der staubigen Straße um und musterte die gelbbraunen Häuser und die Autos mit ihrem Alkaliüberzug. Das waren alles leblose Gegenstände ohne eigene Intentionen, ob sie nun bösartig waren oder nicht. Und trotzdem fürchtete und haßte er sie zugleich. »Wir könnten kurz nach Anbruch der Morgendämmerung in Reno sein.«

»Ohne zu schlafen?«

»Ich werde heute nacht ohnehin nicht schlafen.«

»Aber du wirst vom Fahren müde werden. Ganz gleich wie du dich jetzt fühlst ... du könntest am Steuer einschlafen.«

»Nein«, sagte Alex. »Wenn ich das Gefühl habe, einzunicken, werde ich an den Straßenrand fahren und ein Weilchen pennen. Fünfzehn oder zwanzig Minuten vielleicht.«

»Und was ist mit dem Verrückten?« fragte der Junge und deutete mit dem Daumen nach hinten.

»Der Platte wird ihn etwas aufhalten. Es wird gar nicht so leicht sein, alleine mit dem Lieferwagen klar zu kommen, mit dem Wagenheber und all dem ... und sobald er wieder fahrbereit ist, wird er nicht die ganze Nacht durchfahren. Er wird meinen, daß wir irgendwo in einem Motel Halt gemacht haben. Wenn er weiß, daß wir vorhatten, heute abend in Salt Lake City zu sein – und ich begreife immer noch nicht, wie er das Herausbekommen haben könnte –, dann wird er dort nach uns suchen. Diesmal können wir ihm wirklich entwischen.«

Er ließ den Wagen an. »Falls der T-Bird es aushält, natürlich.«

»Soll ich die Route planen?« fragte Colin.

Alex nickte. »Nebenstraßen. Aber solche, auf denen wir ordentlich vorankommen.«

»Das könnte sogar Spaß machen«, sagte Colin und faltete die Karte wieder auseinander. »Ein richtiges Abenteuer.«

Doyle sah ihn ungläubig an. Dann sah er einen gehetzten Blick in den Augen des Jungen, einen Blick, der wahrscheinlich ein Spiegelbild des seinen war, und erkannte, daß Colin sich mit seiner Bemerkung nur selbst Mut gemacht hatte. Colin gab sich redlich Mühe, dieser unglaublichen Belastung standzuhalten – und für einen Elfjährigen machte er das erstaunlich gut.

»Bist schon ein Mordskerl«, sagte Doyle.

Colin wurde rot. »Du auch.«

»Wir beide geben ein gutes Team ab.«

»Ja, nicht wahr?«

»Unterwegs ins Unbekannte«, sagte Alex, »ohne mit der Wimper zu zucken. Wilbur und Orville Wright.«

»Lewis und Clark«, sagte der Junge und grinste.

»Columbus und – Hudson.«

»Abbott und Costello«, sagte Colin.

Vielleicht lag es nur an den äußeren Umständen, aber Doyle hielt das für die wichtigste Bemerkung, die er seit Jahren gehört hatte. Er mußte so lachen, daß ihm die Tränen in die Augen traten. »Dick und Doof«, keuchte er, als er wieder reden konnte. Dann legte er den Gang ein und verließ den Parkplatz vor dem Polizeirevier.

Der Lieferwagen war so schwierig zu handhaben wie eine störrische Kuh. Nachdem Leland sich eine halbe Stunde abgemüht hatte, war es ihm endlich gelungen, die Räder zu blockieren und den Wagenheber so weit hochzukurbeln, daß er das Rad mit dem defekten Reifen abnehmen konnte. Der Wind, der über die Sandfläche wehte, ließ den Chevy auf seiner Krücke aus Metall schwanken. Und wenn die Möbel im Laderaum plötzlich verrutschen sollten …

Eine Stunde, nachdem er mit der Arbeit angefangen hatte, zog Leland die letzte Schraube am Reserverad fest und ließ den Lieferwagen wieder herunter. Als er das defekte Rad hinten einlud, dachte er, daß er jetzt eigentlich an der ersten Tankstelle anhalten und den Reifen reparieren lassen sollte. Aber …

Doyle und der Junge hatte inzwischen bereits einen zu großen Vorsprung. Obwohl er sie ohne weiteres heute abend wieder in Salt Lake City aufspüren konnte, wollte er die Chance nicht verpassen, sie hier auf freier Straße fertigzumachen. Je näher sie an San Francisco kamen, desto weniger war er sicher, daß er das schaffen würde.

Und wenn er sie nicht beseitigte, was würde Courtney dann denken? Courtney verließ sich voll und ganz auf ihn. Schaffte er diese beiden nicht aus dem Weg, konnten er und Courtney nie wieder so zusammensein, wie sie das wollten.

Deshalb mußte der Reifen warten.

Er schloß die hintere Tür des Lieferwagens, sperrte sie ab und ging nach vorne. Fünf Minuten später raste er mit beinahe fünfundneunzig Meilen die Stunde auf dem verlassenen Highway weiter nach Westen.

Detective Ernie Hoval von der Ohio State Police nahm sein Abendessen in einem Imbißlokal am Highway zu sich, das die meisten Polizisten in der Gegend aufzusuchen pflegten. Es war kein besonders anheimelndes Lokal, aber das Essen war gut. Und Polizeibeamte erhielten zwanzig Prozent Rabatt.

Er war halb mit seinem Sandwich mit Pommes frites fertig, als der blasse, neunmalkluge Labortechniker ihm gegenüber in der Nische Platz nahm und sagte: »Darf ich mich zu Ihnen setzen?«

Hoval zuckte zusammen. Ihm war nicht danach, aber er zuckte die Schultern.

»Ich wußte gar nicht, daß jemand wie Sie kaum verdeckte Schmiergelder wie Rabatte in Restaurants annimmt«, meinte der Techniker und klappte die Speisekarte auf, die die Kellnerin ihm gebracht hatte.

»Am Anfang habe ich das auch nicht getan«, sagte Hoval und stellte überrascht fest, daß er eigentlich doch mit diesem Mann reden wollte. »Aber alle anderen tun's … und sonst gibt es wirklich nicht viel, das man ausnützen kann, wenn man weiterhin ein anständiger Cop bleiben will.«

»Ach, dann geht's Ihnen auch nicht besser als uns allen auch«, sagte der Techniker und tat Hovals Bemerkung mit einer wegwerfenden Handbewegung ab.

»Arme Teufel.«

Das blasse Gesicht des Labormanns verzog sich zu einem Grinsen, und dann lachte er sogar halblaut. »Wie ist das Sandwich?«

»Nicht übel«, sagte Hoval, der gerade abgebissen hatte.

Der Techniker bestellte sich eines ohne Pommes frites und eine Tasse Kaffee dazu. Als das Mädchen gegangen war, fragte er: »Was machen die Ermittlungen im Fall Pulham?«

»Ich bin nicht mehr die ganze Zeit dran«, sagte Hoval.

»Oh?«

»Ich kann ja nicht viel machen«, erklärte Hoval. »Wenn der Killer in einem Automover nach Kalifornien unterwegs war, ist er jetzt außerhalb meines Zuständigkeitsbereichs. Das FBI überprüft die Namen, die sie von der Automover-Verleihfirma bekommen haben. Die Suche ist jetzt auf ein paar Dutzend eingeengt. Wahrscheinlich wird es einige Wochen dauern, bis die den Burschen ausfindig gemacht haben.«

Der Techniker runzelte die Stirn, und griff nach dem Salzstreuer und drehte ihn zwischen den Fingern. »Ein paar Wochen könnte zu spät sein. Wenn ein Spinner anfängt, durchzudrehen, geht das schnell.«

»Sie sind wohl immer noch auf demselben Trip?« fragte Hoval und legte sein Sandwich auf den Teller.

»Ich glaube, daß wir es mit einem Geisteskranken zu tun haben. Und wenn das stimmt, dann wird er in den nächsten ein oder zwei Wochen noch ein paar Morde begehen. Vielleicht bringt er sich sogar selbst um.«

»Das ist kein Spinner«, beharrte Hoval. »Hier handelt es sich um einen politischen Fall. Der wird sonst keinen umbringen – solange er nicht die Chance bekommt, einen weiteren Cop kaltzumachen.«

»Da täuschen Sie sich«, sagte der Techniker.

Hoval schüttelte den Kopf und nahm einen großen Schluck von seiner Zitronenlimonade. »Ihr rot angehauchten Liberalen hört nicht auf, mich zu verblüffen. Warum weigert ihr euch eigentlich, nach einfachen Antworten zu suchen?«

Die Bedienung brachte den Kaffee. Als sie wegging, entgegnete der Techniker: »Ich bin kein Liberaler und auch nicht rot angehaucht. Und ich finde, daß *Ihre* Theorie viel simpler ist als meine.«

»Das ganze Land geht vor die Hunde, und Sie geben die Schuld daran bloß psychopathischen Spinnern.«

»Nun«, sagte der Techniker und stellte endlich den Salzstreuer weg, »ich hoffe ja fast, daß Sie recht haben. Denn wenn dieser Bursche *wirklich* ein Spinner und *wirklich* noch ein oder zwei Wochen auf freiem Fuß ist ...«

FREITAG

1

Es war Freitag morgen zwei Uhr. Seit sie Denver verlassen hatten, waren sechzehn Stunden vergangen, und Alex fühlte sich, als gehörte er in ein Krankenhausbett für todkranke Patienten. Seine Beine waren verkrampft und schwer. Seine Gesäßbacken brannten, als steckten sie voller Nadeln, und sein Rücken schmerzte vom Wirbelsäulenansatz bis hinauf zum Schädel. Und das waren nur die ersten einer langen Liste von Beschwerden: er war verschwitzt und fühlte sich unsauber, weil er am vergangenen Abend nicht geduscht hatte; seine Augen waren blutunterlaufen und taten weh; sein schwarzer Stoppelbart juckte; er hatte einen Geschmack wie von sauerer Milch im Mund; seine Arme taten weh, weil er Stunde und Stunde, Meile um Meile das verdammte Steuerrad hatte halten müssen …

»Bist du wach?« fragte er Colin. In der Dunkelheit hätte der Junge zu den leisen Klängen von Countrymusik, die aus dem Radio drangen, eigentlich schlafen sollen.

»Ich bin auf dem Posten«, sagte Colin.

»Du solltest versuchen, eine Weile zu schlafen.«

»Ich habe Angst, daß das Auto auseinanderbricht«, erklärte Colin. »Und mache mir solche Sorgen, daß ich nicht einschlafen kann.«

»Das Auto ist okay«, sagte Doyle. »Die Karosserie hat ein paar Beulen abbekommen, aber das ist alles. Es fängt nur deshalb zu vibrieren an, wenn wir über fünfundachtzig fahren, weil der linke Stoßdämpfer nicht mehr ganz in Ordnung ist.«

»Trotzdem habe ich Sorgen«, sagte Colin.

»Wir halten bei nächster Gelegenheit an und machen uns etwas frisch«, entgegnete Doyle. »Das brauchen wir beide. Und außerdem müssen wir bald tanken.«

Am späten Donnerstagnachmittag waren sie auf Nebenstraßen in südwestlicher Richtung quer durch Utah gerollt und hatten dann die zweispurige Route 21 erreicht, die sie wieder nach Nordwesten führte. Der schnelle Wüstensonnenuntergang kam, verblaßte vom feurigen Orangerot in würdevolles Purpur und gleich darauf in ein tiefes, samtiges Schwarz. Und immer noch fuhren sie, überquerten die Grenze nach Nevada und wechselten dort auf die Route 50, der sie von einem Ende des Silberstaats bis zum anderen folgen wollten.

Kurz nach zehn Uhr hielten sie an, um zu tanken und um Courtney aus einer Telefonzelle anzurufen. Sie gaben vor, in ihrem Motel zu sein, weil Alex nicht einsah, warum er ihr jetzt Angst machen sollte. Obwohl sie *wirklich* Schlimmes hinter sich hatten, war das wahrscheinlich vorüber. Sie hatten ihren Verfolger abgeschüttelt. Es gab keinen Grund, seine Frau unnötig zu beunruhigen. Sie konnten ihr ja die ganze Geschichte erzählen, wenn sie schließlich in San Francisco angekommen waren.

Von halb elf Uhr Donnerstag nacht bis zwei Uhr am Freitag morgen passierten sie das, was einmal das Herz des romantischen Wilden Westens gewesen war. Die unwirtlichen Sandebenen dehnten sich finster und leer zu ihrer Linken und ihrer Rechten. Harte, kahle Bergrücken türmten sich unvermittelt neben ihnen auf und verschwanden dann wieder, seltsam deplaziert wirkend, selbst wenn sie schon seit Jahrtausenden hier standen. Kaktuspflanzen ragten beiderseits der Straße auf, und gelegentlich huschten im gelben Schein ihrer Scheinwerfer Kaninchen über den Asphalt. Wenn die Reise anders verlaufen wäre, wenn sie die letzten zweitausend Meilen nicht ein Verrückter verfolgt hätte, wäre Nevada vielleicht eine Attraktion gewesen, hätte Gelegenheit geboten, sich nostalgischen Empfindungen hinzugeben und ein paar von Colins Spielchen zu spielen. Aber jetzt war es langweilig, einfach etwas, das sie schnell hinter sich bringen wollten, um bald San Francisco zu erreichen.

Um halb drei hielten sie an einer kombinierten Tankstelle und Imbißbude. Während der Thunderbird aufgetankt und mit Öl versorgt wurde, benutze Colin die Toilette und machte sich für die nächste lange Etappe ihrer Marathonfahrt frisch. Dann bestellten sie sich in dem Imbißlokal Hamburgers und Pommes frites. Während das Essen brutzelte, ging Alex in die Männertoilette, um sich dort zu rasieren und das Gesicht zu waschen.

Und um zwei Koffeintabletten zu nehmen.

Er hatte sich bei ihrem letzten Halt an der Tankstelle kurz vor der Grenze zwischen Utah und Nevada ein Päckchen davon besorgt. Colin war zu der Zeit im Wagen gewesen und hatte deshalb nicht gesehen, wie er die Tabletten gekauft hatte. Alex wollte nicht, daß der Junge etwas von den Tabletten erfuhr; er war ohnehin schon zu aufgeregt, und es wäre nicht gut für ihn gewesen, herauszufinden, daß Doyle trotz gegenteiliger Beteuerungen anfing, schläfrig zu werden.

Er betrachtete sein Abbild in dem zersprungenen Spiegel über dem schmutzigen Waschbecken und schnitt eine Grimasse. »Siehst scheußlich aus.«

Das Spiegelbild blieb stumm.

Sie fuhren an der Ausfahrt nach Reno vorbei und blieben auf der Route 50, bis sie ein Stück östlich von Carson City ein Motel fanden. Es war eine ziemlich schäbige Bude, die bereits anfing, baufällig zu werden, aber sie verfügten nicht mehr über die Energie, weiterzusuchen. Die Uhr auf dem Armaturenbrett zeigte halb neun – mehr als zwanzig Stunden, seit sie Denver verlassen hatten.

In ihrem Zimmer strebte Colin geradewegs auf sein Bett zu und ließ sich draufplumpsen. »Weck mich in sechs Monaten«, sagte er.

Alex ging ins Bad und schloß die Tür. Er besserte mit seinem elektrischen Rasierapparat die Rasur bei der Tankstelle etwas nach, ehe er sich die Zähne putzte und heiß duschte. Als er ins Zimmer zurückkam, war Colin bereits eingeschlafen; der Junge hatte sich nicht einmal die Mühe gemacht, sich auszuziehen. Doyle zog frische Sachen an und weckte ihn dann.

»Was ist los?« fragte der Junge und sprang fast aus dem Bett, als Doyle ihn antippte.

»Du kannst noch nicht schlafen.«

»Warum nicht?« Colin rieb sich das Gesicht.

»Ich gehe noch einmal weg und will dich nicht alleine lassen, also wirst du wohl mitkommen müssen.«

»Du gehst weg? Wohin?«

Alex zögerte einen Augenblick lang. »Ich … ich will eine Waffe kaufen.«

Jetzt war Colin hellwach. Er stand auf und zog sich sein Phantom der Opfer T-Shirt zurecht. »Glaubst du wirklich, daß wir eine Waffe brauchen? Meinst du wirklich, daß wir eine Waffe brauchen? Meinst du, daß der Mann in dem Automover …«

»Der wird wahrscheinlich nicht mehr auftauchen.«

»Aber dann …«

»Ich habe nur gesagt *wahrscheinlich.* Mir ist einfach nicht klar … Ich habe die ganze Nacht darüber nachgedacht, quer durch Nevada, und bin nach wie vor unsicher, wie das weitergeht.« Er wischte sich über das Gesicht, als könnte er damit seine Müdigkeit loswerden. »So oft schon glaubten wir, daß wir ihn abgeschüttelt haben … Nun, und dann muß ich auch an einige von den Leuten denken, auf die wir unterwegs gestoßen sind. Dieser Tankwart bei Harrisburg. Die Frau in dem Lazy Time Motel. Und dann fällt mir dieser Captain Ackridge ein … Ich weiß nicht. Es ist nicht so, daß ich diese Leute für gefährlich halte. Es ist nur, daß die etwas verkörpern, was zur Zeit im Gange ist … Nun, ich finde jedenfalls, daß wir eine Waffe haben sollten; mehr um sie in San Francisco im Haus zu haben, als um uns auf den letzten paar Stunden dieser Reise zu schützen zu können.«

»Warum kaufen wir sie dann nicht in San Francisco?«

»Ich glaube, daß ich besser schlafen kann, wenn wir sie jetzt besorgen«, sagte Alex.

»Aber ich dachte, du wärst Pazifist.«

»Bin ich auch.«

Colin schüttelte den Kopf. »Ein Pazifist, der eine Waffe trägt?«

»Es gibt seltsamere Dinge, die jeden Tag passieren«, entgegnete Doyle.

Ein paar Minuten nach elf, eineinhalb Stunden nachdem sie das Motelzimmer verlassen hatten, kehrten Doyle und der Junge zurück. Alex schloß die Tür und sperrte damit die unerträgliche Wüstenhitze aus. Er verriegelte das Schloß und legte die Kette vor.

Dann versuchte er den Türknopf, der sich aber nicht mehr umdrehen ließ. Colin trug die kleine Pappschachtel zum Bett und setzte sich hin. Er nahm den Deckel ab und betrachtete die Pistole Kaliber 32 und die Schachtel Munition. Als Doyle ausgestiegen war, um sie zu kaufen, war er im Wagen geblieben, und hatte die Schachtel auch auf der kurzen Fahrt zurück zum Motel nicht öffnen dürfen. Das erste Mal für ihn, daß er eine solche Waffe sah. Er zog eine saure Miene. »Du hast gesagt, der Mann in dem Sportartikelgeschäft hätte das eine *Damen*pistole genannt.«

»Stimmt«, sagte Doyle, setzte sich auf sein Bett und zog die Schuhe aus. Er wußte, daß er höchstens noch ein oder zwei Minuten wach bleiben konnte.

»Warum hat er das gesagt?«

»Im Vergleich mit einer 45er ist die Durchschlagskraft geringer, und sie macht auch wesentlich weniger Lärm. Es ist einfach die Art von Pistole, wie Frauen sie gewöhnlich bevorzugen.«

»Hattest du Probleme, sie zu kaufen, wo du doch aus einem anderen Staat bist und all das?«

Doyle streckte sich auf seinem Bett aus. »Nein. Genaugenommen war es sogar viel zu einfach.«

2

Am Freitagnachmittag fuhr George Leland quer über die Wüste von Nevada auf Reno zu. Seine Augen brannten, obwohl seine Sonnenbrille den grellen Widerschein des weißen Sandes halb absorbierte. Er kam nicht besonders schnell voran, weil er es einfach nicht schaffte, sich auf das Fahren zu konzentrieren. Seit den schrecklichen Kopfschmerzen von Donnerstag früh, als er mit einer Gärtneraxt auf Alex Doyle losgegangen war, hatte Leland feststellen müssen, daß seine Gedanken fast seiner Kontrolle entglitten waren. Er konnte sich auf nichts länger als höchstens fünf Minuten konzentrieren; sein Verstand sprang von einem Thema zum anderen und kam ihm vor, wie ein Film mit zuvielen Schnitten.

Immer wieder mußte er sich aus einem Tagtraum reißen und stellte dann jedesmal überrascht fest, daß er hinter dem Steuer des Lieferwagens saß. Er war Meilen um Meilen gefahren, während sein Verstand anderswo weilte … allem Anschein nach war immerhin ein Teil seiner Aufmerksamkeit auf die Straße und den ihn umgebenden Verkehr gerichtet, aber es war ein sehr *kleiner* Teil. Wenn er sich auf einem dichtbefahrenen Freeway befunden hätte und nicht hier draußen in der Wüste, hätte er den Lieferwagen während eines dieser Tagträume mit Sicherheit zu Schrott gefahren.

Courtney war immer bei ihm, in den Träumen und auch sonst. Jetzt, wo er gerade wieder auf den beiderseits von Sandwüste gesäumten Highway und in die Realität des Chevrolet zurückkehrte, der unter ihm brummte, saß sie nur einen halben Meter von ihm entfernt auf dem Beifahrersitz und hatte die langen Beine angezogen.

»Gestern hätte ich sie beinahe erwischt«, sagte Leland bedrückt. »Aber diese verdammten alten Reifen …«

»Das ist schon in Ordnung, George«, sagte sie, nah und doch weit entfernt.

»Nein, Courtney. Ich hätte sie erledigen sollen, und dann … letzte Nacht, als ich in dem Motel in Salt Lake nachgesehen haben, *waren sie nicht da.*« Das verblüffte ihn. »In seinem Buch stand, daß sie im Highlands Motel in Salt Lake City absteigen würden. Was ist aus ihnen geworden?«

Offenbar wußte sie das nicht, denn sie gab keine Antwort.

Leland wischte sich die linke Hand an der Hose ab, während er das Steuer mit der rechten hielt, wiederholte dann die Geste und fuhr mit der Linken. »Ich habe in sämtlichen Hotels rings um das Highland nachgesehen, aber sie waren in keinem. Ich habe sie verloren. Irgendwie sind sie mir entwischt.«

»Du wirst sie schon wiederfinden«, sagte sie. Er hatte gehofft, daß sie Mitgefühl mit ihm haben und ihn aufmuntern würde. Wie reizend Courtney war. Auf sie konnte man sich immer verlassen.

»Vielleicht werde ich das«, sagte er und sah mit zusammengekniffenen Augen auf die wogenden Sandhügel und die blau und rosa gefärbten Berge in der Ferne hinaus. »Aber wie? Und wo?« Er hoffte, daß sie die Antwort darauf wußte.

Das tat sie auch. »In San Francisco natürlich.«

»San Francisco?«

»Du hast doch meine Adresse dort«, sagte Courtney. »Und dort fahren sie hin, oder?«

»Ja«, sagte er. »Freilich.«

»Na bitte.«

»Aber … vielleicht kann ich sie schon heute abend in Reno erwischen.«

Das reizende, schemenhafte Mädchen mit der sanften Stimme entgegnete: »Sie werden wieder in einem anderen Motel sein. Du wirst sie nicht finden.«

Er nickte. Sie hatte recht. Dann entfernte er sich auf eine Weile von ihr. Er war jetzt nicht in Nevada, sondern in Philadelphia. Vor drei Monaten. Da war er in die Stadt gegangen, um sich einen unterhaltenden Film anzusehen und … nun, das Mädchen, das in dem Film mitspielte, hatte Courtney so sehr geähnelt, daß er in jener Nacht keinen Schlaf gefunden hatte. Er sah sich den Film am nächsten Abend noch einmal an und erfuhr aus den Plakaten im Vorraum, daß die Schauspielerin, die ihn so fasziniert hatte, Carol Lynley hieß. Aber das vergaß er bald. Abend für Abend ging er immer wieder in den Film, und bald wurde sie zu der *echten* Courtney. Sie war vollkommen. Langes, hellblondes Haar, elfenhafte Gesichtszüge, Augen, die ihn zu durchdringen schienen … Allmählich, als er den Film das sechste, siebte, achte und neunte Mal sah, begann er festzustellen, daß sich in ihm wieder sexuelles Begehren regte – und das war seltsam, weil es ein Film für die ganze Familie war. Und dann hatte er schließlich angefangen, durch die Bars zu ziehen und hatte dort ein Mädchen aufgegabelt. Er hatte es mit ihr getrieben. Aber sie glich in Wirklichkeit Courtney überhaupt nicht. Nachher, als er ausgepumpt über ihr lag, sah er in ihr Gesicht, entdeckte, daß sie nicht Courtney war und wurde zornig. Er hatte das Gefühl, daß man ihn hereingelegt, ihn betrogen hatte. Und so hatte er angefangen, sie zu schlagen, hatte ihr Gesicht mit seinen harten Fäusten bearbeitet, immer wieder, bis …

Er blinzelte, sah in den blauen Himmel, auf den weißen Sand und die grauschwarze Straße. »Nun«, sagte er zu dem Mädchen, das neben ihm saß, »ich glaube, wir werden Reno links liegen lassen. Sie werden sowieso nicht in dem richtigen Motel übernachten. Ich fahre einfach bis Frisco durch.«

Das goldene Mädchen lächelte.

»Weiter bis Frisco«, sagte Leland. »Dort werden sie mich nicht erwarten. Sie werden auf nichts vorbereitet sein. Dann kann ich sie spielend leicht erledigen. Und dann können wir zusammen sein, oder?«

»Ja«, sagte sie, genauso wie er sich das gewünscht hatte.

»Dann werden wir wieder glücklich sein, oder nicht?«

»Ja.«

»Du wirst dich dann von mir wieder anfassen lassen.«

»Ja, George.«

»Mich wieder mit dir schlafen lassen.«

»Ja.«

»Mit mir leben?«

»Ja.«

»Und die Leute werden dann aufhören, häßlich zu mir sein?«

»Ja.«

»Du brauchst keine Angst zu haben, Courtney«, sagte er. »Zuerst, als du mich verlassen hast, wollte ich dir wehtun. Ich wollte dich töten. Aber jetzt nicht mehr. Wir werden wieder zusammen sein, und ich würde dir um nichts in aller Welt ein Leid zufügen wollen.«

3

Courtney meldete sich beim ersten Klingeln des Telefons und war noch aufgekratzter als sonst. »Ich habe auf deinen Anruf gewartet«, sagte sie. »Ich habe gute Nachrichten.«

Alex freute sich auf gute Nachrichten, ganz besonders, wenn er ihre warme, kehlige Stimme hörte. »Was denn?«

»Ich habe den Job bekommen, Alex!«

»Bei der Zeitschrift?«

»Ja!« Sie lachte ins Telefon, und er konnte sie fast dastehen sehen, den Kopf mit dem goldenen Haar etwas in den Nacken gelegt und den straffen Hals entblößt. »Ist das nicht herrlich?«

Ihr Glück glich beinahe alles aus, was in den letzten paar Tagen schiefgelaufen war. »Und du bist auch ganz sicher, daß es das ist, was du dir gewünscht hast?«

»Es ist sogar noch besser.«

»Dann werdet ihr beide, du und Colin, in kürze richtig alteingesessene Bürger von San Francisco sein – und ich werde mir einen Monat freinehmen müssen, damit ich mit euch gleichziehen kann.«

»Weißt du, wieviel Gehalt ich bekomme?«

»Zehn Dollar die Woche?« fragte er.

»Sei doch bitte ernst.«

»Fünfzehn?«

»Achttausendfünfhundert im Jahr. Für den Anfang.«

Er stieß einen Pfiff aus. »Gar nicht schlecht für deinen ersten richtigen, professionellen Job. Aber hör zu, du bist nicht die einzige, die gute Nachrichten hat.«

»Oh?«

Doyle sah Colin an, der sich neben ihn in die Telefonzelle gezwängt hatte, und bemühte sich, nicht wie ein Lügner zu klingen, als er ihr die Lüge auftischte: »Wir sind vor ein paar Minuten in Reno eingetroffen.« Tatsächlich waren sie überhaupt nicht nach Reno, sonder nach Carson City gefahren. Und sie waren schon am frühen morgen eingetroffen, nicht erst vor wenigen Minuten. Den ganzen Nachmittag hatten sie verschlafen und waren erst um halb neun aufgewacht, vor einer knappen Stunde. »Wir sind beide nicht schläfrig.« Das stimmte ebenfalls, wenn er ihr auch nicht erklären wollte, *weshalb* sie beide nicht schläfrig waren. »Bis San Francisco sind es noch etwa zweihundertfünfzig Meilen, und da …«

»Kommt ihr noch heute nacht nach Hause?« fragte sie.

»Nun, wir hatten gedacht, daß das gar nicht übel wäre.«

»Hör zu, wenn ihr schläfrig seid – dann schlaft.«

»Wir sind nicht schläfrig.«

»Es kommt nicht auf einen Tag an«, sagte sie. »Fangt jetzt nicht an zu rasen, bloß um die Reise zu Ende zu bringen. Wenn du am Steuer einschläfst …«

»Dann verlierst du einen neuen Thunderbird, kriegst aber eine Menge Geld von der Versicherung«, fiel er ihr ins Wort.

»Das ist gar nicht komisch.«

»Nein, das ist es wahrscheinlich nicht. Tut mir leid.«

Er war reizbar, das wußte er, aber nur deshalb, weil er sie nicht gerne anlog. Irgendwie kam er sich billig und ein wenig schmutzig vor, obwohl er ja nur schwindelte, um ihr unnötige Sorgen zu ersparen.

»Und du bist auch *ganz sicher*, daß du das schaffen wirst?«

»Ja, Courtney.«

»Dann werde ich das Bett warmhalten.«

»*Das* werde ich möglicherweise nicht schaffen.«

»Das wirst du schon«, sagte sie. Dann lachte sie wieder, diesmal verhaltener. »*Dazu* bist du immer imstande.«

»Ein schlechter Witz«, sagte er. »Wirklich ein schlechter Witz.«

»Aber einer, der sein mußte. Also … bis wann darf ich dich und unseren Wunderknirps erwarten?«

Doyle sah auf die Armbanduhr. »Jetzt ist es Viertel vor zehn. Laß uns eine Dreiviertelstunde Zeit für das Abendessen … wir sollten gegen drei Uhr früh ankommen, wenn wir uns nicht völlig verfahren.«

Sie gab ihm einen lauten Schmatz durchs Telefon. »Bis drei, Liebling.«

Um elf passierte George Leland eine Tafel, die die Entfernung nach San Francisco ankündigte. Er sah auf den Tacho und stellte eine kurze Berechnung an; das ging nicht so schnell, wie es früher einmal gegangen war. Die Zahlen entglitten ihm irgendwie. Er schaffte es nicht einmal mehr, wie ein Drittkläßler zu addieren. Und er war sich dann auch seiner Sache nicht so sicher, wie er es das früher einmal gewesen war, denn er mußte dreimal nachrechnen, ehe das Ergebnis zu stimmen schien.

Endlich konnte er das schimmernde, goldene Mädchen neben sich wieder um sehen. »Wir werden um eins bei dir sein. Vielleicht auch um halb zwei.«

SAMSTAG

1

Courtney sammelte den Müll zusammen, der vom Umzug und der Lieferung der neuen Möbel zurückgeblieben war – leere Kisten, Kartons, Unmengen zusammengeknülltes Zeitungspapier, Verpackungsmaterial aus Papier und Plastik, Draht, Schnur – und trug alles in das Gästeschlafzimmer, das sie bis jetzt noch nicht eingerichtet hatte. Das Ganze bildete mitten auf dem neuen Teppichboden einen großen, unansehnlichen Haufen Abfall. Sie ging in den Flur und schloß die Tür hinter sich. So. Jetzt würden sie sich das bis Montag nicht anzusehen und auch nicht mehr daran zu denken brauchen. Dann würde man das ganze Zeug irgendwohin schaffen müssen, um Platz für die Gästezimmermöbel zu schaffen. Das konnte man zwar damit vergleichen, als würde man Staub unter einen Teppich kehren, aber solange keiner den Teppich anhob, um drunterzusehen, war daran ja nichts auszusetzen, oder?

Sie ging zu ihrem Schlafzimmer zurück, trat unter die Tür und betrachtete es. Schminktisch, Kommode, Nachttischchen und Bett bestanden alle aus schwerem, dunklem Holz, das so aussah, als wäre es von Hand geschnitzt und poliert worden. Ein tiefblauer Plüschteppich bedeckte den Boden; die Vorhänge und die Bettdecke waren aus goldfarbenem Samt, der fast so weich und honigfarben wirkte wie ihre Haut, wenn sie schön gebräunt war. Insgesamt betrachtet wirkte das Zimmer richtig sexy.

Natürlich hing die Bettdecke noch nicht richtig gleichmäßig. Und auf dem Schminktisch herrschte ein Durcheinander aus Parfüm und Make-upfläschchen. Und den Spiegel sollte man vielleicht noch ein wenig blankputzen ..., aber all diese Dinge machten eben ein Courtney-Doyle-Zimmer aus. Wo immer sie lebte, gab es ein wenig beiläufige, behagliche Unordnung.

»Denk immer daran«, hatte sie Alex am Vorabend ihrer Hochzeit gewarnt, »du bekommst keine gute Haushälterin.«

»Ich *will auch* keine Haushälterin heiraten«, sagte er. »Zum Kuckuck, Haushälterinnen kann ich mir *engagieren!*«

»Und eine richtige Klasseköchin bin ich auch nicht.«

»Warum hat der liebe Gott wohl Restaurants erschaffen?« fragte er.

»Und«, hatte sie gemeint und bei dem Gedanken an ihre offenkundige Nachlässigkeit und Schlamperei etwas die Stirn gerunzelt, »gewöhnlich türmt sich bei mir die Wäsche stapelweise auf, bis ich entweder waschen oder neue Kleider kaufen muß.«

»Courtney, warum glaubst du wohl, daß der liebe Gott chinesische Wäschereien auf dieser Welt etabliert hat? Häh?«

Sie lächelte, als sie sich an die Unterhaltung und daran erinnerte, daß sie beide gekichert und sich wie alberne Kinder auf dem Boden herumgewälzt hatten. Und dann ging sie zu ihrem neuen Bett, setzte sich darauf und erprobte die Federn.

Sie hatte sie vorher schon einmal ausprobiert, hatte sich dazu splitternackt ausgezogen und war auf der Matratze herumgehüpft, ganz genauso, wie sie es Alex am Telefon geschildert hatte. Das war ihr zunächst als großartige Idee erschienen, aber die körperliche Betätigung und die kühle Luft auf ihrer nackten Haut hatten sie erregt, und es war ihr in jener Nacht vor Sehnsucht nach ihm kaum möglich gewesen, einzuschlafen. Die ganze Zeit dachte sie an Alex und daran, wie es mit ihm war, wie perfekt sie zueinander paßten, daß es mit ihm im Bett ganz anders war als mit all den Männern, die sie bisher gekannt hatte.

Sie stimmten überhaupt auf vielfältige Art miteinander überein, nicht nur im Bett. Sie mochten dieselben Bücher, dieselben Filme und für gewöhnlich auch die gleichen Leute. Wenn es zutraf, daß Gegensätze sich anziehen, dann galt das offensichtlich für Gleichgesinnte in noch viel höherem Maße.

»Glaubst du, daß wir uns je miteinander langweilen werden?« hatte sie ihn gegen Ende der ersten Woche ihrer Flitterwochenzeit gefragt.

»Langweilen?« hatte er entgegnet und ein mächtiges Gähnen vorgetäuscht.

»Ernsthaft.«

»Keine Minute werden wir uns langweilen«, hatte er gesagt.

»Aber wir sind einander so ähnlich, so …«

»Für mich gibt es nur drei Arten von Leuten, die mich langweilen«, hatte er geantwortet. »Zuerst die, die nur über sich selbst reden können, und das tust du ganz bestimmt nicht.«

»Zweitens?«

»Leute, die über *gar nichts* reden können. Der Typ bringt mich zum Heulen. Aber du bist eine intelligente, aktive, aufregende Frau, die immer mit irgend etwas beschäftigt ist. Du wirst nie Gefahr laufen, keine Gesprächsthemen zu haben.«

»Drittens?«

»Am langweiligsten sind die, die mir nicht zuhören, wenn ich über mich rede«, erklärte Alex, halb im Ernst, zugleich aber bemüht, sie zum Lachen zu bringen.

»Ich höre immer zu«, sagte sie. »Ich mag es, wenn du über dich redest. Du bietest faszinierenden Gesprächsstoff.«

Jetzt saß sie auf dem Bett, in dem sie heute Nacht gemeinsam liegen würden, und begann zu erkennen, daß ihre Beziehung hauptsächlich deswegen so gut funktionierte, weil sie einander zuhören konnten. Sie wollte ihn *kennenlernen,* und er wollte sie voll und ganz verstehen. Er wollte wissen, was sie dachte und was sie tat, und sie wollte an allem teilhaben, was ihn betraf. Wenn man es ganz genau betrachtete, waren sie einander vielleicht doch nicht so ähnlich. Vielleicht kam es einfach daher, daß sie beide so gut zuhören konnten, daß sie jeweils die Ansichten des anderen so gut verstanden und zu schätzen wußten und sie bald auch teilten. Nein, sie waren einander nicht gleich. Sie halfen einander eher dabei, ihren Horizont zu erweitern und neue Erkenntnisse zu sammeln.

Die Zukunft schien so vielversprechend, und Courtney war so glücklich, daß sie sich selbst in einem unbewußten Ausdruck von Freude und Zufriedenheit umarmte, eine Geste, die sie, ohne es zu wissen, an Colin weitergegeben hatte.

Unten klingelte es.

Sie sah auf die Nachttischuhr: Zehn Minuten nach zwei.

War es möglich, daß sie eine Stunde früher kamen? Ob er ihre Fahrtstrecke so überschätzt hatte?

Sie sprang auf und eilte in den Korridor, nahm beim Hinunterlaufen mit jedem Schritt zwei Stufen. Die Aussicht darauf, die beiden gleich zu sehen, erregte sie, aber ... zugleich war sie etwas ärgerlich. Hatte er wirklich die Zeit falsch kalkuliert, die er für die Fahrt von Reno nach San Francisco brauchen würde? Oder hatte er alle Geschwindigkeitsvorschriften übertreten? Wenn das der Fall war ... wie konnte er es wagen, ihre Zukunft auf Spiel zu setzen, nur um eine fünftägige Reise um eine Stunde zu verkürzen? Als sie die Haustür erreichte, war sie fast ebenso ärgerlich, wie sie sich darüber freute, daß sie endlich angekommen waren.

Sie nahm die Sperrkette ab und öffnete die Tür.

»Hello, Courtney«, sagte er und berührte sanft ihr Gesicht.

»George? Was machst du denn hier?«

2

Ehe sie kehrtmachen und wegrennen konnte, ehe sie auch nur ganz erfassen konnte, daß sein unerwartetes Erscheinen sehr beunruhigend war, packte er viel zu fest ihren Arm, schob sie zum Sofa hinüber und setzte sich neben sie. Er sah sich im Zimmer um, nickte, lächelte. »Hübsch. Mir gefällt es hier.«

»George? Was ...«

Ohne ihren Arm loszulassen, berührte er ihr Gesicht, strich mit dem Finger die zarte Linie ihres Unterkiefers nach. »Du bist so schön«, sagte er.

»George, warum bist du hier?« Irgendwie hatte sie Angst, aber eine Angst, die sich durchaus in Grenzen hielt. Sein Erscheinen hier ergab keinen Sinn, aber es bot sicher auch keinen Anlaß, durchzudrehen.

Er ließ die Hand über ihren Hals gleiten, tastete mit den Fingerspitzen nach ihrem Puls, ließ die Hand dann heruntersinken und umfaßte eine ihrer vollen Brüste. »So schön wie eh und je«, sagte er.

»Bitte. Faß mich nicht so an«, sagte sie. Sie versuchte, sich loszureißen.

Er hielt sie mit einer Hand fest, und seine andere Hand streichelte sie. Jetzt griff er nach ihrer anderen Brust. »Du hast gesagt, du würdest dich wieder von mir anfassen lassen.«

»Was soll das heißen?« Seine Finger hatten sich jetzt so tief in ihren Arm gebohrt, daß ihr der Schmerz bis zur Schulter schoß.

»Du hast gesagt, du würdest mich wieder mit dir schlafen lassen.« Seine Stimme klang leise und verträumt. »Wie früher.«

»Nein. Das habe ich nie gesagt.«

»Doch, Courtney, das hast du schon.«

Sie blickte in seine von dunklen Ringen umgebenen blutunterlaufenen Augen, die irgendwie glasig blau wirkten, und empfand zum erstenmal in ihrem Leben jene Angst, die nur Frauen empfinden können. Sie wußte, daß er möglicherweise versuchen würde, sie zu vergewaltigen. Und sie wußte auch, daß er, so hager er auch schien, stark genug sein würde, um das zu tun ... Aber war es nicht lächerlich, sich vor so etwas zu fürchten? War sie nicht früher oft genug mit ihm im Bett zusammen gewesen, ehe er angefangen hatte, sich zu verändern? Was gab es da zu fürchten? Sie wußte es genau. Es war nicht der Sex, den sie fürchtete, es war die Gewalt, die er ihr antun würde, die Erniedrigung, das Gefühl, *mißbraucht* zu werden. Wie war er hierhergekommen, wie hatte er ihre Adresse in Erfahrung gebracht? Was für ein Leben führte er jetzt, was beabsichtigte er? Aber all dies war jetzt ohne Belang. Im Augenblick war nur wichtig, ob er sie vergewaltigen wollte oder nicht. Sie fühlte sich schwach, hilflos und unterdrückt, war innerlich wie ausgehöhlt, fror, zitterte bei dem Gedanken, hinnehmen zu müssen, daß er ihr Gewalt antat.

»Es ist besser, wenn du wieder gehst«, sagte sie und verachtete sich selbst dafür, daß ihre Stimme bebte. »Alex wird in ein paar Minuten hier sein.«

Leland lächelte. »Nun, selbstverständlich wird er das. *Das weiß ich* doch.«

Sie hatte keine Vorstellung davon, was er wollte, was er eigentlich bezweckte und was es ihm einbrachte, sie jetzt mit Gewalt zu nehmen. »Warum bist du dann hier?«

»Darüber haben wir doch schon früher geredet.«

»Nein! Nein, das haben wir nicht.«

»Doch, Courtney. Du erinnerst dich doch daran. Im Lieferwagen haben wir miteinander gesprochen. Auf der Fahrt hierher. Du und ich. Ein paar Tage lang haben wir jetzt darüber geredet – haben ausgemacht, daß wir die beiden beiseite schaffen und dann wieder zusammen sind.«

Jetzt hatte sie mehr als nur Angst. Sie war entsetzt. Er war also doch wahnsinnig geworden. Was auch immer mit ihm nicht stimmte – irgendeine körperliche Krankheit, vielleicht auch ein psychischer Defekt – es hatte ihn jedenfalls zu guter Letzt in den Wahnsinn getrieben. »George, du mußt mir zuhören. Hörst du mir zu?«

»Aber sicher, Courtney. Ich mag deine Stimme.«

Sie fröstelte. »George, du bist krank. Was in den letzten zwei Jahren mit dir geschehen ist, was auch immer es war …«

Das Lächeln verschwand aus seinem Gesicht, als er ihr ins Wort fiel. »Ich bin völlig gesund. Warum willst du mir immer einreden, daß das nicht stimmt?«

»Hast du je die Röntgenaufnahmen machen lassen, die der Arzt …«

»Sei still«, herrschte er sie an. »Darüber will ich nicht reden.«

»George, wenn du krank bist, vielleicht gibt es etwas …«

Sie sah den Schlag kommen, konnte ihm aber nicht rechtzeitig ausweichen. Seine große, schwielige Hand traf sie auf die Wange. Ihre Zähne klapperten. Sie dachte, daß es ein beinahe komisches Geräusch war …

Aber dann hüllte Dunkelheit sie ein, und sie wußte, daß sie gleich die Besinnung verlieren würde. Und wenn sie ohnmächtig war, würde sie noch hilfloser sein … Plötzlich wurde ihr bewußt, daß das Ganze vielleicht nicht bei einer Vergewaltigung enden würde. Möglicherweise wollte er sie gar nicht vergewaltigen. Möglicherweise wollte er sie töten.

Sie schrie auf, oder dachte wenigstens, daß sie das tat, und dann sank sie in einen pechschwarzen Tümpel.

Leland ging zum Lieferwagen hinaus und holte die 32er Pistole, die er zuerst vergessen hatte. Er kam ins Wohnzimmer zurück, stand neben dem Sofa, blickte auf sie herab und bewunderte ihr goldenes Haar, ihre Sommersprossen und die feinen Linien ihres Gesichts.

Warum nur hatte sie nicht nett zu ihm sein können? Während der ganzen Fahrt quer durchs Land war sie nett gewesen. Wenn er zu ihr gesagt hatte, sie solle aufhören, an irgend etwas herumzunörgeln, hatte sie sofort aufgehört. Aber jetzt war sie wieder so böse, hackte auf ihm herum, versuchte ihm einzureden, daß er im Begriff wäre, den Verstand zu verlieren. Wußte sie denn nicht, daß das unmöglich war? Schließlich war es sein Verstand gewesen, der ihm vor Jahren all die Stipendien eingetragen hatte. Sein überlegener Verstand hatte ihm dazu verholfen, von dieser verdammten Farm wegzukommen, von all der Armut und dem ewigen Bibelgesülze seines Vaters, der zu nichts anderem fähig war, als ihn zu verprügeln. Es war also gar nicht *möglich*, daß er den Verstand verlor. Sie sagte das nur, um ihm Angst zu machen.

Er hielt ihr den Pistolenlauf ans Ohr.

Brachte es aber nicht fertig, den Abzug zu drücken.

»Ich liebe dich«, sagte er zu ihr, obwohl sie ihn nicht hören konnte. Er setzte sich auf den Boden neben die Couch und fing zu weinen an – erwachte nach einiger Zeit aus einem Tagtraum und bemerkte, daß er dabei war, sie zu entkleiden. Während seine Gedanken anderswo gewesen waren, hatte er ihr den dünnen blauen Pullover heruntergezogen, und jetzt fummelte er am Reißverschluß ihrer Jeans herum. Verwirrt hörte er auf damit und sah sie an. Bis zur Hüfte nackt, wirkte sie trotz ihrer festen Brüste wie ein kleines Mädchen. Sie schien hilflos und schwach und schutzbedürftig.

Nein, so ging es nicht.

Leland wußte plötzlich, daß er sie nur zu fesseln und ruhigzustellen brauchte, bis er mit Doyle und dem Jungen fertig war. Dann würde alles gut sein. Sobald sie tot waren, würde sie begreifen, daß Leland alles war, was sie hatte. Und dann konnten sie zusammen sein.

Er hob sie auf, als wäre sie ein Kind, trug sie die Treppe hinauf und legte sie aufs Bett. Dann holte er ihren Pullover aus dem Wohnzimmer und schaffte es irgendwie, ihn ihr überzuziehen.

Eine Viertelstunde später hatte er ihre Hände und Füße mit einer Schnur gefesselt, die er auf dem Abfallhaufen im Gästeschlafzimmer gefunden hatte. Anschließend klebte er ihr noch mit Klebeband den Mund zu.

Neben ihr auf dem Bett sitzend, starrte er in ihre Augen. Plötzlich flatterten die Lider, und sie sah ihn an.

»Hab' keine Angst«, sagte er.

Sie versuchte trotz des Klebebands aufzuschreien.

»Ich werde dir nicht wehtun«, sagte er. »Ich liebe ich.« Er berührte ihr langes, seidiges Haar. »Nur eine kleine Weile noch, dann wird alles gut. Wir werden glücklich miteinander sein, weil wir außer uns auf der ganzen Welt niemanden mehr haben.«

3

»Da wohnen wir?« fragte Colin, als der Thunderbird die steile Straße hoch auf eine Gruppe von Lichtern ganz oben zubrauste.

»Allerdings.«

Hinter einer Gruppe blühender Kirschbäume lag der Lincoln Park zu ihrer Linken im Dunkeln. Rechts fiel das Land in Terrassen durch weitere nachtschwarze Stellen zu den Lichtern der Stadt und dem schimmernden Halsband des Hafens und der Bay Bridge ab. Es war ein atemberaubender Anblick. Selbst um drei Uhr morgens.

»Sieht klasse aus«, sagte der Junge.

»Gefällt dir wohl, hm?«

»Jedenfalls besser als Philadelphia.«

Doyle lachte. »Kann man wohl sagen.«

»Ist das dort oben unser Haus?« fragte Colin und deutete auf die Lichter, die vor ihnen zu sehen war.

»Ja. Und ein wirklich schönes Grundstück mit einer Menge großer Bäume.« Jetzt, wo er das erste Mal an diesen Ort zurückkehrte, wußte er, daß es jeden Penny wert war, den er dafür bezahlt hatte, obwohl ihm der Preis ursprünglich exorbitant hoch vorgekommen war. Er dachte an Courtney, die dort auf ihn wartete, erinnerte sich an den Baum vor ihrem Schlafzimmerfenster und fragte sich, ob sie einander bis zur Morgendämmerung würden wachhalten können, um dann zu sehen, wie die Sonne über den blauen Wassern der Bucht aufging …

»Ich hoffe nur, daß Courtney nicht zu sauer ist, weil wir sie angelogen haben«, sagte Colin und blickte immer noch auf den dunklen Ozean hinaus. »Das würde alles verderben.«

»Sie wird nicht ärgerlich sein«, sagte Doyle und wußte zugleich, daß sie es doch sein würde – aber nur ein wenig und nur ein paar Minuten lang. »Sie wird froh sein, daß wir sicher und gesund angekommen sind.«

Die Lichter des Hauses waren jetzt ganz nahe, aber das eigentliche Gebäude lag noch im Schatten einer Wand von Bäumen, die es verbargen.

Doyle bremste ab, suchte die Einfahrt, fand sie und bog ein. Tausende kleiner ovaler Steine knirschten unter den Reifen.

Er mußte um das ganze Haus herumfahren, bis er den Chevroletlieferwagen sah, der neben der Garage parkte.

4

Doyle stieg auf der Beifahrerseite aus dem beschädigten Wagen und legte Colin eine Hand auf die schmale Schulter. »Steig wieder ein«, sagte er. »Und bleib im Wagen. Wenn du jemand anderen als mich aus dem Haus kommen siehst, rennst du zu den Nachbarn. Die nächsten sind ein Stück hügelabwärts.«

»Sollten wir nicht die Cops rufen und …«

»Dafür ist keine Zeit. Er ist mit Courtney dort drinnen.« Alex spürte, wie sich ihm der Magen umdrehte, und einen Moment dachte er, er würde sich übergeben müssen. Eine bittere Flüssigkeit stieg ihm im Hals hoch, aber er würgte sie wieder hinunter.

»Aber ein paar Minuten …«

»Könnten entscheidend sein.«

Doyle wandte sich von dem Thunderbird ab und eilte über den dunklen Rasen auf die Haustür zu, die offenstand.

Wie war das möglich? Wer war dieser Mann, der ihnen überallhin folgen konnte, wohin sie auch gingen, der sie immer wieder einholen konnte, ganz gleich, wie oft sie ihre Pläne änderten? Wer, zum Teufel, war das, daß es ihm gelungen war, vorauszufahren und hier auf sie zu warten? Er schien mehr als bloß ein Verrückter zu sein, es war fast so, als besäße er übermenschliche, teuflische Fähigkeiten.

Und was hatte er Courtney angetan ...? Alex war zwischen Wut und Schrecken hin- und hergerissen. Die Erkenntnis, daß man selbst dann, wenn man über den Mut dazu verfügte, die nicht schützen konnte, die man liebte, war beängstigend. Ja noch mehr, man konnte nicht einmal wissen, woher und in welcher Form die Gefahr drohte.

Er erreichte die Haustür, stieß sie auf und betrat das Haus, ehe er auf den Gedanken kam, daß er möglicherweise mitten in eine Falle hineingerannt war. Plötzlich erinnerte er sich nur zu deutlich an die Schlauheit und die Brutalität, die der Verrückte an den Tag gelegt hatte, als er mit jener Axt auf ihn losgegangen war ...

Doyle preßte sich an die Wand, suchte Deckung hinter einem Telefontischchen und sah sich schnell in der Diele um. Sie war verlassen.

Sämtliche Lichter brannten, aber weit und breit kein Verrückter zu sehen. Und keine Courtney.

Im Haus war es still. Zu still?

Mit dem Rücken an der Wand schob er sich vom Wohnzimmer ins Eßzimmer. Der dicke Plüschteppich verschluckte seine Schritte. Aber auch das Eßzimmer war leer.

In der Küche waren drei Teller, Gabel, Messer und Löffel mit verschiedenen anderen Utensilien auf dem Tisch ausgelegt. Sie hatte einen nächtlichen Imbiß vorbereitet.

Doyles Herz schlug so heftig, daß es schmerzte. Sein Atem ging rasselnd, und er hatte das Gefühl, man könne ihn vom einen Ende des Hauses bis zum anderen hören. Und die ganze Zeit dachte er: Courtney, Courtney, Courtney ...

Das etwas tieferliegende Arbeitszimmer und die Veranda hinter dem Haus waren ebenfalls verlassen. Alles schien sauber und ordentlich – oder besser so sauber und ordentlich, wie die Dinge in Courtneys Haus eben sein konnten. Und das mußte ein gutes Zeichen sein, oder nicht? Keinerlei Anzeichen einer Auseinandersetzung, keine umgestürzten Möbel, kein Blut …

»Courtney!«

Er hatte vorgehabt, sich still zu verhalten. Aber jetzt schien es ihm schrecklich wichtig, ihren Namen zu rufen – als wäre ihr Name ein Zauberspruch, der alles heilen konnte, was ihr der Verrückte möglicherweise angetan hatte.

»Courtney!«

Keine Antwort.

»Courtney, wo bist du?«

Sein Verstand sagte Doyle, daß er sich beruhigen mußte. Er sollte jetzt einen Augenblick lang still sein und die Situation überdenken, noch einmal überlegen, was für Möglichkeiten er hatte, ehe er handelte. Er würde weder Courtney noch Colin helfen können, wenn er voreilig und unvernünftig handelte und dabei getötet wurde.

Aber die Totenstille, die in dem Haus herrschte, lastete so auf ihm, daß er für den Augenblick einfach nicht fähig war, sich vernünftig zu verhalten.

»Courtney!«

Nach vorne gebeugt wie ein Soldat, der ein vom Feind besetztes Ufer stürmt, rannte er die Treppe hinauf, nahm bei jedem Schritt zwei Stufen. Oben angelangt, packte er das Geländer, um sich zu stützen, und rang keuchend nach Atem.

Sämtliche Türen entlang des Korridors im ersten Stock waren geschlossen, jede einzelne wirkte bedrohlich.

Das Gästeschlafzimmer war ihm am nächsten. Er rannte mit langen Schritten dorthin und stieß die Tür auf. Einen Moment lang konnte er den Anblick nicht begreifen, der sich seinem Auge bot. Bretter, Schachteln, Papier und anderen Müll waren mitten im Raum aufgetürmt, ein Haufen Abfall mitten auf dem schönen neuen Teppichboden. Er trat ins Zimmer, seltsam beunruhigt von der Unlogik dessen, was er sah.

Dann die belegte, schleppende Stimme unmittelbar hinter ihm. »Du hast sie mir weggenommen.«

Alex fuhr herum und ließ sich dabei nach links fallen. Aber es war hoffnungslos. Trotz seines Manövers traf ihn die Kugel und warf ihn zu Boden.

Der große, breitschultrige Mann stand lächelnd unter der Tür. Er hielt eine Pistole in der Hand, die ganz ähnlich wie die aussah, die Doyle in Carson City gekauft hatte – die jetzt, wo er sie doch so sehr brauchte, im Wagen lag.

Er dachte: Das beweist einfach, daß man einen Pazifisten nicht über Nacht in einen Mann der Gewalt verwandeln kann. Man kann ihn mit Mut vollpumpen, aber ihn nicht dazu bringen, ständig an Waffen zu denken.

Es war einfach lächerlich, daß ihm so etwas ausgerechnet in diesem Augenblick durch den Kopf ging. Deshalb hörte er auf, daran zu denken und ließ sich in die rosafarbene Dunkelheit sinken.

Als George Leland aus einem Tagtraum, der sich mit der Farm und seinem Vater befaßt hatte, erwachte, saß er auf Courtneys Bettkante. Er streichelte mit einer Hand ihr Gesicht.

Sie war steif wie eine Marmorstatue und kämpfte gegen ihre Fesseln an. Vergeblich versuchte sie hinter dem Klebeband, das er ihr über den Mund gepflastert hatte, etwas zu sagen. Tränen liefen über ihre Wangen.

»Es ist schon okay«, sagte Leland. »Ich habe ihn erledigt.«

Sie warf sich hin und her und versuchte, seine Hand abzuschütteln.

Leland sah die Pistole an, die er mit der anderen Hand hielt, und erinnerte sich, daß er auf Doyle nur einen Schuß abgegeben hatte. Vielleicht war der Dreckskerl noch nicht tot? Er sollte umkehren und auf Nummer Sicher gehen.

Aber er wollte Courtney nicht verlassen. Er wollte sie noch eine Weile berühren, vielleicht sogar mit ihr schlafen, spüren, wie seine schwieligen Fingerspitzen über ihre weiche, warme Haut glitten. Sich an ihr erfreuen. Freude daran haben, mit ihr zusammen zu sein. Sie beide wieder vereint ... Er legte ihr beide Hände auf die Brust und drückte sie mit solcher Kraft nieder, daß sie aufhörte, sich zu bewegen. Er streichelte ihr Gesicht und strich mit den Fingern durch ihr goldenes Haar.

Für den Augenblick hatte er Alex Doyle praktisch vergessen.

An Colin dachte er überhaupt nicht.

Der Junge hörte den Schuß. Er drang nur gedämpft durch die Mauern des Hauses, war aber eindeutig zu identifizieren.

Colin öffnete die Tür und sprang aus dem Wagen, rannte halb die Einfahrt hinunter und blieb dann stehen, als ihm plötzlich klar wurde, daß er nicht wußte, wohin.

Unten am Hügel blieben die Häuser dunkel. Ebenso oben. Allem Anschein nach hatte der Schuß niemanden geweckt.

Okay. Aber er konnte ja immer noch zu einem der Häuser laufen, die Leute wecken und ihnen sagen, was passiert war, oder nicht? Aber während er das dachte, wußte er auch schon, daß es sinnlos war. Er erinnerte sich daran, wie Captain Ackridge Alex behandelt hatte. Und obwohl er wußte, daß die Nachbarn freundlich sein würden, war ihm zugleich auch klar, daß sie ihm nicht glauben würden – wenigstens nicht so schnell, daß das Alex und Courtney noch etwas nützen konnte. Ein elfjähriger Junge? Man würde ihm geduldig zuhören, aber ihn nicht ernstnehmen, ihm vielleicht sogar Vorhaltungen machen. Aber ihm ganz bestimmt nicht glauben.

Er drehte sich um, rannte zum Wagen zurück und sah zum Haus hinüber. Niemand war herausgekommen. Nur zu, dachte er. Alex würde nicht zögern. Er ist einfach hineingerannt, um Courtney zu helfen.

Willst du jetzt erwachsen sein oder sich wie ein ängstliches Kind benehmen?

Er warf sich auf den Autositz, klappte den Handschuhkasten auf und holte die kleine Pappschachtel heraus. Alex hatte die Pistole geladen, bevor sie weggefahren waren, und ihm auch gezeigt, wie man sie schußfertig machte. Er zog den Verschluß zurück, ließ ihn wieder nach vorn schnappen und hörte, wie eine Patrone in den Lauf glitt. Auf dem Sicherungshebel waren winzige Buchstaben zu sehen, die er in der schwachen Innenbeleuchtung mit einiger Mühe lesen konnte: SAFETY ON – OFF. Er schob den Hebel auf OFF.

5

Alex starrte die aufgerissenen Kartons, das zerfetzte Zeitungspapier und den übrigen Abfall ein oder zwei Minuten lang an, ehe ihm klar wurde, wo er war und ehe er sich daran erinnerte, was geschehen war. Der Verrückte, diesmal mit einer Pistole …

»Courtney?« fragte er leise.

Als er sich bewegte, löste das Schmerz aus, der in Wellen kam und Übelkeit erzeugte. Er war oben an der linken Schulter getroffen worden, und es fühlte sich an, als ob jemand Salz in die Wunde gestreut hätte.

Wenigstens hat er nicht das Herz getroffen, dachte er. Sicher sind überhaupt keine lebenswichtigen Organe verletzt. Aber das war nur ein schwacher Trost.

Mühsam stützte er sich mit einer Hand ab und kniete hin, wobei Blut auf den Teppich tropfte. Der Schmerz nahm zu; die Wellen schlugen jetzt mit noch größerer Gewalt und schneller über ihm zusammen.

Er rechnete damit, jeden Augenblick einen weiteren Schuß zu hören und vornüber in die Kartons und Zeitungen geschleudert zu werden. Aber er schaffte es, sich mühsam aufzurichten und drehte sich dann um – die Tür war frei, der Wahnsinnige verschwunden.

Die rechte Hand auf die Schußwunde pressend, wobei ihm das Blut zwischen den Fingern durchquoll, ging er langsam quer durchs Zimmer. Er hatte die Tür zum Korridor etwa zur Hälfte erreicht, als ihm plötzlich einfiel, daß es eine gute Idee wäre, sich zuerst irgendeine Waffe zu besorgen, ehe er anfing, nach dem Mann zu suchen. Aber was? Er drehte sich wieder um, sah den Abfallberg an und entdeckte genau das, was er brauchte – ein etwa einen Meter langes und acht Zentimeter breites starkes Brett, das wohl aus den Überresten einer Verpackungskiste stammte. Aus einer Seite ragten drei lange, kaum verborgene Nägel. Das würde gehen. Er hob es auf, wandte sich wieder der Tür zu und ging auf sie zu.

Die acht Schritte, derer es dazu bedurfte, schienen ihm wie achthundert. Als er die Tür erreicht hatte, mußte er stehenbleiben und sich ausruhen. Seine Brust spannte, und das Atmen bereitete ihm

Mühe. Er lehnte sich neben der Tür an die Wand, so daß man ihn vom Flur aus nicht sehen konnte.

So geht das nicht, sagte er sich und schloß die Augen, um damit den Raum zum Stillstand zu bringen, der sich schwindelerregend um ihn drehte. Selbst wenn du ihn findest, wirst du ihn nicht davon abhalten können, mit Courtney und Colin zu machen, was er will. Du *darfst einfach* nicht so schwach sein. Das ist der Schock. Du bist angeschossen worden. Du blutest. Und du leidest unter dem Schock. Das würde jeder. Aber du mußt bald darüber hinwegkommen, sonst kannst du dich ebensogut hinsetzen und verbluten.

Leland zog ihr den Klebestreifen vom Mund und berührte ihre blutlosen Lippen. »Jetzt ist alles gut, Courtney. Doyle ist tot. Wir brauchen uns seinetwegen keine Sorgen mehr zu machen. Jetzt geht es nur noch um dich und mich – wir beide gegen alle anderen.«

Sie brachte kein Wort heraus … Jetzt war sie nicht länger das goldene Mädchen, sondern blaß und fahl wie Milch.

»Ich werde dich jetzt losbinden«, sagte er und lächelte. »Wenn du brav bist, meine ich. Wenn du dich gut benimmst, werde ich die Fesseln an deinen Händen und Füßen lösen – damit wir uns lieben können. Würde dir das gefallen?« Sie schüttelte den Kopf. Nein?

»Freilich würde es das.«

Im Erdgeschoß hinten im Haus zersplitterte eine Fensterscheibe, und die Scherben zerklirrten auf den Dielen.

»Das ist die Polizei«, keuchte sie, ohne wirklich zu wissen, wer es war, einfach weil sie ihm Angst einjagen wollte.

Er stand auf, ohne ihre Fesseln zu lösen. »Nein«, sagte er. »Das ist der Junge. Wie konnte ich nur den Jungen vergessen?« Verwirrt wandte er sich vom Bett ab und ging auf die Tür zu.

»Tu ihm nichts zuleide!« rief sie. »Um Himmels willen, laß ihn in Frieden.«

Leland hörte sie nicht. Er war nur mehr imstande, jeweils eine Sache wahrzunehmen und darüber nachzudenken. Im Augenblick war das der Junge. Er mußte den Jungen finden und ihn töten, mußte dieses letzte Hindernis ausschalten, das zwischen ihm und Courtney stand.

Schnell verließ er das Schlafzimmer und lief über den Flur auf die Treppe zu.

Als Alex unten das Glas klirren hörte, dachte er, Colin würde vielleicht Hilfe gebracht haben. Aber dann erinnerte er sich daran, daß die Haustür offenstand. Warum kamen sie nicht durch die Tür ins Haus?

Sofort wurde ihm klar, daß Colin gar nicht weggelaufen war, um Hilfe zu holen. Statt dessen hatte der Junge die Pistole aus dem Handschuhfach genommen. Die Pistole, an die Doyle nicht rechtzeitig gedacht hatte. Colin hatte der offenen Haustür mißtraut und war um das Haus herumgegangen, um einen Weg ins Innere zu finden. Er kam ihnen jetzt ganz allein zu Hilfe. Es war sehr tapfer von ihm, das zu tun. Und er würde dabei den Tod finden.

Doyle stieß sich in dem Augenblick von der Wand ab, als Courtney schrie. Vor Überraschung wäre er fast über die eigenen Füße gestolpert. Sie lebte! Natürlich hatte er sich einzureden versucht, daß mit ihr alles in Ordnung wäre – hatte es aber nicht geglaubt. Er hatte damit gerechnet, eine Leiche zu finden.

Er wandte sich der Korridortür in dem Augenblick zu, als der Wahnsinnige den Treppenabsatz erreichte und sich anschickte, nach unten zu rennen.

Im Schlafzimmer hinten am Korridor schrie Courtney wieder. »Tu ihm nichts zuleide! Bring nicht auch noch meinen Bruder um!«

Auch? Dann glaubte sie, daß ich bereits tot bin, dachte Doyle.

»Courtney!« Es war ihm egal, ob der Mann unten ihn hörte. »Ich bin okay! Colin wird nichts passieren!«

»Alex? Bist das *du?*«

»Ja, das bin ich!« rief er. Die primitive Waffe mit der unverletzten Hand umklammernd, ging er über den Flur die Treppe hinunter, eilte hinter dem Wahnsinnigen her.

6

Colin versuchte, die in den Garten führende Küchentür zu öffnen. Sie war abgesperrt. Er wollte keine Zeit damit vergeuden, daß er ein Fenster nach dem anderen ausprobierte, und wollte auch ganz bestimmt nicht durch die Haustür gehen, die Alex verschluckt hatte. Nur eine Sekunde zögerte er, dann drehte er die Pistole um und schlug mit dem Griff einer der großen Glasscheiben in der Tür ein.

Er dachte, daß er es schaffen müßte, schnell genug ins Haus zu gelangen, um noch ein gutes Versteck zu finden, ehe der Wahnsinnige in die Küche kam. Dann würde er aus seinem Versteck kommen und den Mann von hinten niederschießen.

Aber er konnte den Riegel nicht finden, schob den ganzen Arm durch das Loch im Glas, riß ihn sich an den im Rahmen hängengebliebenen Glasscherben auf und tastete innen an der Tür herum … Es schien überhaupt keinen Riegel zu geben.

Am anderen Ende der hellbeleuchteten Küche sah er die Tür, durch die der Mann gleich hereinkommen würde.

Wertvolle Sekunden verstrichen während er verzweifelt nach dem Riegel tastete …

Und dann hatte er ihn plötzlich gefunden, schrie erfreut auf, schob ihn zurück und stieß die Tür auf. Mit der 22er in der Hand taumelte er in die Küche.

Ehe er nach einem Versteck suchen konnte, stürzte George Leland bereits durch die andere Tür. Colin erkannte den Mann sofort, obwohl er ihn zwei Jahre lang nicht mehr gesehen hatte. Aber das Wiedererkennen lähmte ihn keinen Augenblick. Er richtete die Pistole auf Lelands Brust und drückte ab.

Der Rückstoß lähmte seinen Arm bis hinauf zum Ellbogen.

Leland stürmte wie ein Schnellzug ins Zimmer, unartikuliert brüllend. Seine rechte Hand holte aus, schlug zu und fegte den Jungen auf den blankpolierten Kachelboden.

Colins Pistole fiel klappernd unter den Tisch, für ihn unerreichbar. Und der Junge wußte, während er zusah, wie die Waffe wegrutschte, daß sein erster und einziger Schuß sein Ziel verfehlt hatte.

Alex hatte das Eßzimmer halb durchquert und kam dem ungeschützten Rücken des Fremden näher, der seine Anwesenheit überhaupt noch nicht bemerkt hatte, als der Schuß in der Küche hallte. Er hörte den Wahnsinnigen schreien, sah ihn einen Satz machen, hörte Colin kreischen und einen Augenblick darauf ein lautes Klappern.

Aber er wußte nicht, wer auf wen geschossen hatte.

Er rannte die letzten paar Schritte in die Küche und riß das Brett mit den Nägeln in die Höhe.

Colin lag vor dem Kühlschrank auf dem Boden und versuchte, sich aufzurichten. Zwei Meter entfernt hob der Fremde seine Pistole.

Alex stieß einen heiseren Schrei aus, in den sich so etwas wie wildes Entzücken mischte, und ließ seine improvisierte Keule heruntersausen, schwang sie mit aller Kraft, die ihm zur Verfügung stand. Die drei Nägel zerschlitzten dem anderen die Kopfhaut.

Der Fremde heulte auf, ließ die Pistole fallen und griff sich mit beiden Händen an den Kopf. Er taumelte zwei Schritte nach hinten und stieß an den schweren Küchentisch.

Alex schlug erneut zu. Diesmal bohrten sich die Nägel durch die Hände des Mannes und nagelten sie für einen Moment an seinen Schädel, ehe Doyle das Brett wieder wegriß.

Der Wahnsinnige fuhr herum, um zu sehen, wer ihn von hinten angegriffen hatte. Die blutenden Hände riß er hoch, um den nächsten Schlag abzuwehren.

Alex sah in seine geweiteten blauen Augen und entdeckte darin nicht das Funkeln eines Tollwütigen, sondern nur nackte, normale Angst. Für einen Augenblick hatte der Wahnsinn ihn losgelassen.

Aber das interessierte Alex nicht. Er schlug wieder mit dem Brett zu. Diesmal streiften die Nägel das Gesicht des Fremden, rissen sein Fleisch auf und zogen ihm drei rote Furchen über eine Wange.

»Bitte!« schrie der Mann, lehnte sich über den Tisch zurück und hielt beide Arme vor das Gesicht. »Bitte … aufhören!«

Aber Doyle wußte, wenn er jetzt aufhörte, war es durchaus möglich, daß der Wahnsinn wieder in diese blauen Augen zurückkehrte, und dann wäre es aus gewesen. Der Mann würde sich auf ihn stürzen, den Vorteil wieder auf seiner Seite haben. Und er würde keine Gnade kennen.

Doyle dachte an das, was dieser Dreckskerl möglicherweise Courtney angetan hatte, was Colin zugestoßen war. Er schlug erneut zu. Und wieder. Seine Schläge wurden mit jedem Mal wilder, er hieb dem Mann die Nägel in die Arme, den Hals, den Schädel ... Wimmernd und keuchend war sich Doyle auf schmerzliche Weise bewußt, daß er jetzt der Wahnsinnige war und der Mann auf dem Tisch der Normale. Aber er hörte nicht auf und schlug mit aller Gewalt zu.

Der Fremde fiel auf den Boden und krachte mit dem Schädel auf die Fliesen. Verzweifelt blickte er zu Doyle hoch und versuchte, etwas zu sagen. Das Blut rann ihm aus hundert Wunden, und plötzlich schoß es ihm wie aus zwei Wasserhähnen aus der Nase. Und dann starb er.

Alex stand eine ganze Minute lang über der Leiche und blickte auf das hinab, was er getan hatte. Er war wie betäubt und spürte überhaupt nichts: nicht Wut, nicht Scham, nicht Bedauern, nicht Sorge, einfach gar nichts. Erst dann wurde ihm bewußt, daß er einen Menschen getötet hatte und keinerlei Reue empfand.

Jetzt strahlten von seiner verwundeten Schulter wieder Wellen des Schmerzen aus, und ihm wurde plötzlich klar, daß er das Brett mit beiden Händen gehalten hatte, daß er in jeden seiner brutalen Schläge die Kraft beider Arme gelegt hatte. Er ließ das Brett auf die Leiche fallen und wandte sich ab.

Colin stand neben dem Kühlschrank in der Ecke, war weiß wie die Wand und zitterte. Er sah jetzt noch kleiner und schmächtiger aus als je zuvor.

»Bist du okay?« fragte Doyle.

Der Junge sah ihn an, brachte aber kein Wort heraus.

»Colin.«

Der Junge zitterte nur.

Doyle ging einen Schritt auf ihn zu.

Plötzlich schrie Colin auf, rannte los, warf sich Doyle entgegen und schlang dem Mann beide Arme um die Hüften. Er schluchzte hysterisch und blickte dann auf; seine Augen glitzerten hinter den dicken Brillengläsern. »Du wirst uns nie verlassen?« sagte er.

»Euch verlassen? Natürlich nicht«, flüsterte Doyle. Er packte den Jungen unter den Armen, hob ihn hoch und drückte ihn an sich.

»Sag, daß du uns nicht verlassen wirst!« schrie Colin. Tränen strömten ihm über das Gesicht. Er zitterte jetzt so, daß Doyle ihn nicht fest genug an sich drücken konnte. »Sag es!«

»Ich werde euch nie verlassen!« rief Doyle und preßte ihn noch fester an sich. »O Gott, Colin, ihr beide seid jetzt alles, was mir noch bleibt. Alles andere habe ich verloren.«

Der Junge drückte den Kopf an seinen Hals und weinte.

Doyle trug Colin aus der Küche durchs Eßzimmer zur Treppe. »Wir werden jetzt nach Courtney sehen«, sagte er zu dem Jungen und hoffte, daß der Klang seiner Stimme ihn beruhigen könne.

Aber das tat sie nicht.

Sie hatten die Treppe zum ersten Stock halb hinter sich gebracht, als der Junge in Doyles Armen noch heftiger zu zittern begann. »Ist das auch wirklich wahr? Du wirst uns wirklich nicht verlassen?«

»Das ist wahr.« Doyle küßte den Jungen auf die von Tränen feuchte Nase.

»Niemals?«

»Niemals, das habe ich dir doch gesagt ... Ihr beide seid alles, was mir geblieben ist. Alles andere habe ich verloren.«

Alex hielt den Jungen immer noch sehr fest, während er dachte, daß zu den Dingen, die er verloren hatte, auch die Fähigkeit gehörte, wie ein Kind zu weinen. Und in diesem Augenblick wünschte er sich nichts sehnlicher.

JOHN SAUL
Die Wächter

Für Don Cleary und Stephanie Laidman –
Danke für alles!

1

Es war wieder einer dieser grauenhaft deprimierenden Tage, obwohl sie so gutgelaunt aufgewacht war. Die Ahnung einer drohenden Katastrophe, ein vages Gefühl von Panik, das sie gleich nach dem Aufstehen erfaßt hatte, wurde immer schlimmer, je höher das Thermometer nach oben kletterte und die feuchte Hitze sich wie eine Zwangsjacke um sie legte.

August in Canaan, New Jersey. Temperatur 34 Grad Celsius, Luftfeuchtigkeit 97 Prozent, Tendenz steigend.

Canaan, New Jersey. Hier gab es nur zwei Wochen im Jahr, die überhaupt erträglich waren, eine im Frühling, die andere im Herbst. Die restliche Zeit herrschte drückende Schwüle oder klirrende Kälte.

Canaan, New Jersey. Hier war Mary Anne Carpenter geboren und aufgewachsen, hier hatte sie geheiratet und Kinder bekommen und hier würde sie, so dachte sie gequält, wohl auch sterben.

Wenn sie nicht überhaupt schon tot war – was durchaus möglich schien, so wie sie sich heute morgen fühlte. Und das wäre nicht einmal das Schlimmste, überlegte sie, während sie an ihrem Kaffee nippte, der in dem ramponierten Becher längst kalt geworden war. Wenn sie wirklich schon tot wäre, dann müßte dies hier der Himmel sein: ein heruntergekommenes Zwei-Zimmer-Haus, umgeben von einem schmalen Streifen verbrannten Rasens, mit einem winzigen Garten, gerade so groß, daß ein rostiger Grill, ein Tisch und ein paar schmutzige Plastikstühle Platz hatten sowie eine quietschende Schaukel, die keines ihrer Kinder in den letzten zwei Jahren mehr angerührt hatte.

Nein, das konnte unmöglich der Himmel sein. Doch wenn sie tatsächlich tot wäre – hatte sie denn so viele Sünden begangen, um in der Hölle zu landen?

Mit einem lauten Knall flog die hintere Tür auf, und die Stimme ihrer Tochter unterbrach ihr Grübeln. »Ist Papa schon da?«

Mary Anne verkniff sich die bittere Bemerkung, die ihr auf der Zunge lag – sie wollte nicht, daß die Wut und das Mißtrauen, das sie ihrem Mann gegenüber empfand, Alisons Beziehung zu ihrem Vater vergiftete. »Er sagte, um zwölf Uhr, aber du kennst ja deinen Vater«, antwortete sie möglichst gelassen. »Wenn er nur eine Stunde zu spät kommt, ist er für seine Verhältnisse doch regelrecht pünktlich, stimmt's?«

Alison wickelte gedankenverloren eine Locke ihres dunkelbraunen Haars um ihren Zeigefinger, eine Angewohnheit, die Mary Anne kurz nach ihrer Trennung von Alan zum ersten Mal an ihr entdeckt hatte. Ihre Tochter warf einen flüchtigen Blick auf die Uhr und ließ sich dann gegenüber der Mutter auf einen Stuhl fallen. »Dann wird er also frühestens in einer Dreiviertelstunde hier sein.« Das Mädchen seufzte. »Genau so, wie ich es Logan gesagt habe.« Sie kratzte nervös mit den Fingern an der Kante des Küchentisches, wo der Belag abzubröseln begann. »Mama? Kann ich dich was fragen?«

Mary Anne sah, wie ihre Tochter ihrem Blick auswich, und wußte sofort, daß ihr die Frage unangenehm sein würde, egal worum es ging. Doch Alison war inzwischen dreizehn, und so hatte sich Mary Anne langsam daran gewöhnen müssen, mit unangenehmen Fragen konfrontiert zu werden. Sie riß sich also zusammen und nickte. »Du weißt doch, daß du mich alles fragen kannst, was du willst, Liebes«, sagte sie.

Alison holte tief Luft. »Weißt du, Logan und ich würden so gerne wissen, ob du und Papa vorhabt, wieder zusammenzuleben?«

Was um alles in der Welt soll ich darauf antworten, dachte Mary Anne gequält. Wie soll ich ihr bloß verständlich machen, daß dies das allerletzte ist, was ich mir wünsche – mit Alan Carpenter wieder zusammenzuleben?

Vielleicht war es aber doch nicht das allerletzte, was sie sich wünschte. Vielleicht – aber eben nur vielleicht – war es unter den gegebenen Umständen sogar das einzige, was sie *überhaupt* noch tun konnte. Plötzlich wurde ihr bewußt, daß ihr diese Frage den ganzen Morgen schon im Kopf herumgegangen war, ohne daß sie eine Antwort gefunden hatte – weder für Alison noch für sich selbst. Das einzige, was dabei herausgekommen war: ein wirres Durcheinander von Gefühlen.

Ein Durcheinander nicht nur der Gefühle, sondern auch der Finanzen.

Und das Finanzielle allein, das wußte sie, war keine gute Basis für eine Ehe.

Hatte sie nicht in all den Frauenzeitschriften immer wieder vom Wunder der Liebe gelesen?

Hatte sie nicht immer wieder all die Geschichten von den armen, aber glücklichen Paaren gelesen, denen ihre Liebe alles bedeutete und die so über ihre Armut hinausgewachsen waren?

Die Romane von Frauen, die nur des Geldes wegen geheiratet hatten und die wahre Liebe erst in den Armen ihres Chauffeurs oder ihres Gärtners fanden?

Mary Anne wußte, daß man Liebe und Geld sorgfältig auseinanderhalten sollte.

Doch dann hatte sie sich in ihrem Haus umgeschaut und sich so ihre Gedanken gemacht. Der Außenanstrich fing an abzublättern, und die Tapete im Wohnzimmer war derart hinüber, daß Logans schmutzige Fingerabdrücke nicht mehr wegzuputzen waren.

»Hab' ich dir nicht gesagt, daß du die Tapete gleich nach dem Einzug hättest streichen sollen?« hatte ihr Alan am Telefon erwidert, als sie ihn um Geld für eine neue Tapete bat. »Wenn du von Anfang an ein bißchen praktischer gewesen wärst, dann bräuchtest du jetzt nur drüberzupinseln. Tut mir leid, aber für eine neue Tapete hab' ich kein Geld.«

Aber du hattest genug Geld, um deine kleine Miss Blondie auf die Bermudas einzuladen, hä?, war es Mary Anne voller Wut durch den Kopf geschossen, als sie den Hörer auf die Gabel knallte.

Sie hatte sich fürchterlich aufgeregt, hatte den ganzen Tag getobt vor Zorn. Erst am nächsten Morgen, als sie wieder ruhiger geworden war, fiel ihr plötzlich ein, daß Alan ja unmöglich so viel Geld haben konnte, um Eileen Chandler – oder sonst wen – auf die

Bermudas einzuladen. Eileen mußte also die Reise selbst finanziert haben.

Bei dem Gedanken kam plötzlich das heulende Elend über sie, und sie verbrachte *diesen* Tag in tiefer Verzweiflung, weil ihr Mann sie wegen einer Frau verlassen hatte, die jünger und hübscher war als sie und noch dazu über jede Menge Geld verfügte.

Am meisten aber ärgerte sie sich über sich selbst, daß sie die Trennung nicht schon viel früher hatte kommen sehen. Warum war sie nur so dumm gewesen, ihm so blind zu vertrauen! Wie naiv von ihr, ihm jedes Wort zu glauben, all seine Erklärungen, daß er nächtelang arbeiten müsse, um sich auf seine bevorstehende Beförderung vorzubereiten, die angeblich so viel für seine Karriere bedeutete.

Eine Beförderung, die es ihnen erlauben würde, in ein größeres Haus zu ziehen, in ein besseres Viertel. Zum ersten Mal nach so vielen Jahren könnten sie richtig Urlaub machen und darüber hinaus noch etwas Geld auf die hohe Kante legen, damit sie sich nicht zu verschulden brauchten, um die Kinder aufs College schicken zu können.

Blind. Sie war einfach hoffnungslos blind gewesen – bis zu jenem Tag vor sechs Monaten, als Alan spät nachts heimkam und ohne ein Wort der Erklärung oder des Bedauerns seinen Koffer packte und ihr verkündete, daß er zu einer anderen Frau ziehen würde.

»Ich kann es dir nicht erklären«, sagte er zu ihr, als sie auf der Bettkante saß und ihn wortlos anstarrte, während ihr die Tränen übers Gesicht liefen. »Es ist einfach passiert. Sie kam rein und sagte irgend etwas zu einem der Architekten, und da passierte es. Irgend etwas zwischen uns, worauf ich keinen Einfluß hatte.« Schließlich setzte er sich neben sie auf das Bett, nahm sie vorsichtig in die Arme und redete beruhigend auf sie ein, tröstete sie mit seiner sanften Stimme und seinen warmen braunen Augen, während seine Worte wie Messer in ihre Seele stießen. Als er sie dann am Ende verließ, hatte sie das unbestimmte Gefühl, daß die ganze Sache einzig und allein ihre eigene Schuld war.

Am nächsten Morgen stand sie vor dem Problem, Alison und

Logan zu erklären, daß ihr Vater für eine Weile ›woanders‹ leben würde. Sie wich all ihren bohrenden Fragen aus, meinte lediglich, daß solche Sachen bei Erwachsenen eben manchmal vorkämen, und daß sie sich keine Sorgen machen sollten, es würde bestimmt alles wieder gut werden.

Es dauerte eine ganze Woche, bis ihr klar wurde, wie entsetzlich dumm sie gewesen war. Es gab für Alan gar keine Chance, befördert zu werden, wenn er nicht vorher wieder die Schulbank drückte. Zugegeben, er war ein vorzüglicher technischer Zeichner, der beste, den die Firma besaß, aber wenn er weiterkommen wollte, brauchte er einfach einen Abschluß in Architektur. Warum, zum Teufel, hatte sie nie daran gedacht in all den Monaten, in denen er mit Eileen Chandler geschlafen hatte?

Weil sie eben einfach nicht daran denken *wollte*. Weil sie einfach nicht glauben wollte, daß dieser Mann, dem sie so rückhaltlos vertraut hatte in den fünfzehn Jahren ihrer Ehe, in der Lage wäre, sie so gemein zu hintergehen. Bei ihrer allerersten Begegnung hatte sie geglaubt, daß ein Mann mit so einem warmen Lächeln und so einem klaren, aufrichtigen Blick sie niemals belügen würde.

Jetzt *hatte* er sie belogen.

Sie hatte es in all den folgenden Monaten noch immer nicht ganz glauben können, hatte gehofft, daß alles nur ein böser Traum wäre, aus dem sie irgendwann erwachen würde. Und so hatte sie es immer wieder aufgeschoben, die Scheidung einzureichen. Doch der böse Traum wurde bittere Wirklichkeit, als sie eines Abends zufällig der anderen Frau begegnete. Sie war sehr blond, sehr zierlich, sehr elegant gekleidet und sehr geborgen in Alans starkem Arm.

Sie kamen gerade aus einem Restaurant, aus einem sehr teuren Restaurant, das sich Alan eigentlich überhaupt nicht leisten konnte.

Und so konnte Mary Anne einen Monat später ein deutliches Gefühl der Schadenfreude nicht verhehlen, als Susan Weinstock sie anrief und am Telefon herausplatzte: »Stell dir vor, die kleine Miss Blondie hat Alan rausgeschmissen!«

»Und weißt du auch warum?« fuhr Susan aufgeregt fort. »Wegen eines anderen Mannes! Offensichtlich hat sich die süße Miss

Chandler überlegt, daß Alan doch nicht so ganz der Mann ist, von dem sie geträumt hat, und so hat sie ihn gegen ein neues Modell eingetauscht. Irgendein steinreicher Typ, Aufsichtsratsvorsitzender, mit mehreren Nachnamen, irgendwie aristokratisch. Ist das nicht toll?«

Ja, es war wirklich toll – aber nur einen einzigen Moment lang, einen glücklichen Moment der Genugtuung, der süßen Rache. Doch dieses Gefühl wich schon bald einer tiefen Bitterkeit, als Alan sie anrief und ihr erzählte, daß ›es mit Eileen vorbei‹ und er wieder ausgezogen sei.

»Ach, wirklich?« fragte sie mit gespielter Überraschung, bemüht, hinter ihrem neutralen Ton den Widerstreit ihrer Gefühle zu verbergen, der brennenden Sehnsucht, ihn endlich wieder zurückzuhaben, und dem Wunsch, ihn zu bestrafen für all die Seelenqualen, die er ihr angetan hatte. »Wie ist das denn passiert?« fragte sie.

Alan zögerte nur einen kurzen Moment. »Na ja, weißt du – eigentlich warst es ja *du*, Liebling«, sagte er wie ein schuldbewußter kleiner Junge, flehentlich, schmeichelnd. »Ich... ich konnte dich einfach nicht vergessen, und am Schluß hab' ich gemerkt, daß ich *dich* liebe und nicht Eileen.«

Noch eine Lüge. Mary Anne spürte, wie ihre letzte, kurze Hoffnung zerrann. Sie legte wortlos den Hörer auf.

Doch Alan ließ nicht locker. Er rief jeden Tag an, bat sie auf Knien, ihm zu verzeihen, ihm noch einmal eine Chance zu geben, versicherte ihr, daß diese Affäre ein hoffnungsloser Irrtum gewesen war, ein Ausrutscher, der nie wieder vorkommen würde. Doch erst als er zähneknirschend zugab, daß Eileen ihn hinausgeworfen hatte, ließ sich Mary Anne dazu überreden, ihn wiederzusehen.

Aber seit diesem Wiedersehen war die Verwirrung ihrer Gefühle nur noch größer geworden. Sie hatte das Vertrauen in ihn verloren. Sie haßte ihn dafür, was er ihr angetan hatte. Und sie fühlte sich zu ihm hingezogen wie eh und je, erlag seinem Charme wie am ersten Tag, als sie sich in ihn verliebt hatte.

Und dann war da natürlich noch die Sache mit den Finanzen.

Doch so sehr sie sich auch wieder eine intakte Familie wünschte – sie fühlte sich noch nicht in der Lage, ihn wieder aufzunehmen.

Noch nicht.

Vielleicht auch nie mehr.

Als Alan ihr vorschlug, heute, zwei Wochen vor dem Tag der Arbeit, zum ersten Mal wieder mit der ganzen Familie eine Grillparty zu feiern, hatte sie schließlich zugesagt. Und nun hatte ihre Tochter ihr diese Frage gestellt, diese bohrende Frage, die schwer im Raum lastete.

»Du und Papa, habt ihr vor, wieder zusammenzuleben?«

Mary Anne suchte verzweifelt nach den richtigen Worten, doch in diesem Augenblick klingelte es an der Tür, und Sekunden später kam Logan durch die Hintertür hereingestürmt.

»Es ist Papa!« rief der Zehnjährige atemlos. »Er ist aber früh dran!«

Mary Anne warf einen Blick auf die Uhr, und ein mattes Lächeln huschte über ihre Lippen. Nur eine halbe Stunde zu spät, für Alan wahrhaft ein Rekord an Pünktlichkeit.

Vielleicht hatte er sich ja tatsächlich verändert, vielleicht tat ihm ja tatsächlich leid, was er getan hatte.

Oder vielleicht dachte er auch nur, daß es für ihn billiger käme, wieder bei ihr zu wohnen.

Mary Anne erhob sich mühsam, um ihren Mann zu begrüßen. Sie war sich nicht sicher, ob sie sich freuen sollte, ihn wiederzusehen.

Mehr als dreitausend Kilometer entfernt von der stickigschwülen Atmosphäre von Canaan, New Jersey, trat Ted Wilkenson auf die Veranda vor seinem Haus in der Nähe von Sugarloaf, Idaho, und atmete tief die kristallklare Bergluft ein. Es war ein wunderbarer Tag, die Sommerhitze ließ langsam nach, und der tiefblaue Himmel wölbte sich wie eine funkelnde Halbkugel über dem Sawtooth-Gebirge, in dessen Hänge sich Sugarloaf wie ein verschlafenes Dörfchen aus dem letzten Jahrhundert duckte.

Wie jeden Morgen hielt Ted einen Augenblick inne und freute sich über sein Glück, daß er dieses Fleckchen Erde vor fast vierzehn Jahren entdeckt hatte. Damals war es nur ein kleines unbekanntes Tal in den Bergen nördlich von Sun Valley gewesen, und die Zivilisationsmüden, die vor dem Moloch Los Angeles in die Natur flüchteten, hatten noch nicht gemerkt, daß direkt hinter dem, was sie schon für das Paradies hielten, der eigentliche Garten Eden lag. Doch inzwischen war es zum Problem geworden, diesen Garten Eden auch zu bewahren. Denn seit den letzten fünf Jahren, seit die ersten Erschließungsexperten großer Tourismuskonzerne hier aufgetaucht waren, wurden oberhalb von Sugarloaf immer mehr Schneisen in den Wald gerodet, um Skipisten anzulegen, schossen immer mehr Backsteinbungalows und stuckverzierte Ferienvillen aus dem Boden. Ted und ein paar Freunde hatten deshalb angefangen, so viel Land wie möglich aufzukaufen und bei der Gemeinde Druck zu machen, das Tal als Landschaftsschutzgebiet auszuweisen, um seine ursprüngliche Schönheit zu erhalten.

Teds eigene Ranch war auf diese Weise von 120 auf über 400 Hektar angewachsen. Morgen würde er die letzten Formalitäten für den Erwerb weiterer 800 Hektar erledigen – ein Landstreifen, der sich fünfzehn Kilometer weit über den ganzen Sugarloaf Creek hinweg bis zum Quellgebiet des Salmon Rivers hinzog, wo sich das Sugarloaf Valley in die weite Ebene des Sawtooth Valley öffnete. Das würde Chuck Deaver – dem ›diebischen‹ Deaver, wie ihn die Leute hier nannten – wohl einen kleinen Dämpfer verpassen. Ted verließ die Veranda und ging in den großen Garten hinaus, der zwischen dem geräumigen, zweistöckigen Blockhaus und dem verwitterten Pferdestall lag, dem einzigen noch erhaltenen Gebäude des früheren Besitzers. Den neuen Grundbesitz hatte Ted jedoch nicht nur erworben, um die Pläne der Spekulanten, die hier ein riesiges Tourismus-Projekt planten, zu durchkreuzen, sondern auch, um Audrey und Joey einen Gefallen zu tun. Beide, seine Frau und sein Sohn, lagen ihm schon seit fast einem Jahr in den Ohren, das Land zu kaufen. Audrey, weil sie verhindern wollte, daß sich die Ferienhäuser immer mehr wie ein Krebsgeschwür im ganzen Tal ausbreiteten, und Joey, weil er es nicht erwarten konnte, endlich sein eigenes Fischwasser zu besitzen. Ab morgen würde ein großer Teil des Flusses vor Deavers Planierraupen sicher sein, und er, Ted, könnte mit der Unterstützung von Bill Sikes damit beginnen, die Grenzsteine zu versetzen, um das neuerworbene Land der Wildnis seiner Ranch einzuverleiben.

Denn ›Wildnis‹ war eigentlich der einzig passende Ausdruck für El Monte. Weder Ted noch Audrey hatten irgendein Interesse daran, das Land zu kultivieren, wenn man von dem Stückchen Acker absah, auf dem sie das Futter für ihre drei Pferde anbauten. Der einzige Sinn und Zweck dieser Ranch war, dieses paradiesische Tal in seinem ursprünglichen Zustand zu erhalten. Ted und Audrey waren sich sehr wohl der Ironie der Tatsache bewußt, daß sie nur deshalb so naturverbunden leben konnten, weil Ted früher im High-Tech-Zentrum Silicon Valley ein Vermögen verdient hatte. Er war mit der Software-Firma, die er in Kalifornien gegründet hatte, ungemein erfolgreich gewesen, und die Millionen, die sie ihm eingebracht hatte, benutzten sie jetzt, um ihre private kleine Wildnis in Idaho zu pflegen.

Ted und Audrey hatten dieses Paradies gemeinsam gefunden, gerade einen Monat, nachdem sie *sich* gefunden hatten. Audrey hatte den Sommer über als Bedienung im Sun Valley Restaurant gearbeitet, und Ted war übers Wochenende hierhergekommen, um sich ein paar Tage vom Streß bei SoftWorks zu erholen. Seine Firma hatte sich zu einem beachtlichen Software-Unternehmen entwickelt, und Ted war mit seinen fünfundzwanzig Jahren bereits Chef von dreihundert Programmierern. Er lernte Audrey schon am ersten Abend kennen, und aus dem geplanten Wochenende wurde ein ganzer Sommer. In dieser Zeit leitete er die Firma per Telefon und stellte bei der Gelegenheit fest, daß er gar nicht so unentbehrlich war, wie er immer gemeint hatte.

Und dann war alles ganz schnell gegangen, an einem einzigen Tag, am letzten Sonntag dieses Sommers. Am Morgen saßen sie noch zu zweit beim Frühstück auf der Terrasse zwischen dem Restaurant und der künstlichen Eislaufbahn. Dann fuhren sie in die Berge, und noch vor Mittag standen sie auf dem Galena Summit, schauten ergriffen hinab in das Sawtooth Valley, das wie ein verborgener Schatz zu ihren Füßen lag. Umgeben von steil aufragenden Bergrücken, die es von der Außenwelt abschirmten, breitete sich dieses liebliche Tal vor ihren Augen wie ein endloser Wiesenteppich voller Gräser und wilder Blumen aus, auf dem in Abständen immer wieder kleine Baumgruppen von Espen und Balsampappeln standen. Aus den feuchten Hängen oberhalb des Tales entsprangen zahlreiche Bäche und Flüßchen, die weiter unten zusammenliefen und den Salmon River bildeten, der in malerischen Windungen hinab bis zu dem Städtchen Stanley am Fuße des Tales floß. Lange standen Ted und Audrey schweigend da, hielten sich an den Händen und schauten bewegt auf die Berge, die an ihren unteren Hängen dicht bewaldet, oberhalb der Baumgrenze jedoch kahl und verkarstet waren, bewunderten die rauhen und wild zerklüfteten Gipfel, die dem Sawtooth-Gebirge seinen Namen gegeben hatten.

»Das ist es«, murmelte Ted. »Das ist das Paradies. Jetzt müssen wir nur noch ein geeignetes Plätzchen finden.«

Sie fuhren hinab ins Tal, bummelten durch die Straßen von Stanley mit seinen verwitterten Holzhäusern, fuhren dann wieder zurück, verfolgten jede Straße hoch in die Berge, bis sie plötzlich vor dem Sugarloaf Valley standen, einer Miniaturausgabe des weitläufigen Sawtooth Valley, an dessen östlichem Ausgang sich das wuchtige rauhe Massiv des Sugarloaf erhob.

Das Dorf an der Talmündung sah mit seinen hölzernen Gehsteigen entlang der ungepflasterten Straße und den falschen Fassaden der Häuser wie eine perfekte Westernkulisse aus. Von diesem Dorf aus bis zum Sugarloaf am anderen Ende stieg das Tal stetig an; die unberührte Wildnis wurde nur durch vereinzelte bebaute Felder und hin und wieder durch lange, gewundene Zufahrten unterbrochen, die zu versteckten, kaum sichtbaren Farmhäusern führten, den einzigen Hinweisen darauf, daß hier auch Menschen wohnten.

Als sie das Ende der Straße erreichten, stießen sie auf ein Schild, auf dem 120 ha Land mit einem Haus und Stall zum Verkauf angeboten wurden.

»Hier ist es«, sagte Ted.

»Hier ist *was*?« fragte Audrey.

»Hier werden wir leben, nachdem wir geheiratet haben«, antwortete Ted, als wäre es das Natürlichste der Welt, einer Frau einen Heiratsantrag zu machen, die man gerade erst einen Monat kennt, und mit ihr auf eine heruntergekommene Ranch am Ende der Welt zu ziehen.

»Also wenn du mich fragst, ich bin einverstanden«, hörte Audrey sich selbst sagen. »Meinst du, wir sollten uns das Haus erst anschauen, oder sollen wir es gleich kaufen?«

»Laß es uns gleich kaufen«, erwiderte Ted, und nach einer halben Stunde hatten sie das erledigt.

Danach machten sie sich auf den Heimweg nach Sun Valley, doch schon auf der Fahrt überlegten sie, daß sie jetzt eigentlich gleich Nägel mit Köpfen machen sollten, und so fuhren sie sofort weiter nach Hailey, holten sich auf dem Rathaus die nötigsten Papiere, und noch vor dem Abendessen waren sie Mann und Frau.

»Bist du sicher, daß du nicht doch jemanden von deinen Freunden als Trauzeugen haben möchtest?« fragte Ted in letzter Minute.

Sofort fiel ihr Mary Anne ein, ihre beste Freundin seit Kindertagen, doch Mary Anne lebte in dreitausend Kilometer Entfernung. »Nein«, antwortete Audrey. Dann fragte sie: »Und du? Möchtest du nicht doch wenigstens deine Eltern anrufen?«

Ted brach in brüllendes Gelächter aus. »Tut mir leid, aber das geht nicht. Meine Mutter ist auf und davon, als ich noch ein Kind war, ungefähr eine Woche, nachdem mein Vater sie zusammengeschlagen hatte, und seitdem habe ich von den beiden nichts mehr gehört. Und ich habe weiß Gott nicht vor, das schönste Wochenende meines Lebens darauf zu verschwenden herauszufinden, wo sie jetzt wohl gerade stecken.«

Als sie Hand in Hand vor dem Standesbeamten standen und sich das Jawort gaben, mußte Audrey plötzlich daran denken, daß sie nach einem einzigen Monat Urlaub mit Ted Wilkenson eigentlich kaum etwas von ihm wußte. Aber irgendwie kam es darauf nicht an. Seit dem Tod ihrer Eltern, die ein Junkie auf den Treppen ihres Apartmenthauses in der New Yorker Upper West Side überfallen und umgebracht hatte, hatte sie sich auf dieser Welt wohl genauso mutterseelenallein gefühlt wie Ted in all den Jahren, seit ihn seine Mutter verlassen hatte. Doch nach den kurzen vier Wochen ihres Beisammenseins waren sie einander so vertraut, als ob sie sich schon eine Ewigkeit kennen würden.

Und dieses Gefühl hatte sie seitdem nie mehr verlassen, sie nicht, und auch Ted nicht.

Ein knappes Jahr nach ihrer Heirat wurde Joey geboren. Ted zog sich gänzlich aus SoftWorks zurück, erschien nur noch hin und wieder in der Firma, um seine Ideen für neue Programme einzubringen und den Programmierern seine Vorstellungen für die Entwicklung zu erläutern.

Sie ließen das alte Farmhaus abreißen und das Blockhaus an seiner Stelle errichten.

Langsam entwickelte sich das Anwesen zu einer richtigen Ranch, und auch in der Nachbarschaft waren sie beide beliebt.

Beide wußten sie, was es für ein seltenes Glück war, daß sie einander gefunden hatten, denn sie waren einfach die idealen Partner.

Und so lebte Ted nun, noch nicht einmal vierzig Jahre alt, in seinem kleinen Paradies und zog mit seiner Ehefrau, die sein bester Freund war, ihren gemeinsamen Sohn groß, hier, weit ab von den Gefährdungen der Großstadt.

Sein Sohn.

Das einzige Problem, das sie hatten, dachte Ted bekümmert. Im selben Augenblick schämte er sich für diesen Gedanken. In letzter Zeit ging es ja viel besser mit Joey, versuchte er sich zu beruhigen. Was der Junge wirklich brauchte, war Disziplin, eine feste Hand, und dafür hatte er ja schließlich auch gesorgt. Nicht, daß Joey ein richtig ungezogenes Kind gewesen wäre, nein, er hatte nur so seine Launen und Stimmungen, war oft schweigsam und versponnen. Manchmal sprach er stundenlang kein einziges Wort, oder er verschwand den ganzen Tag.

Vor ein paar Jahren war Ted dann energisch geworden. »Er ist jetzt schließlich kein Baby mehr«, hatte er zornig zu Audrey gesagt, als er zum ersten Mal seinen Gürtel löste und ihn Joey über den Hintern zog. »Wir haben versucht, ihn auf deine Art zu erziehen, und nachdem das nicht funktioniert hat, machen wir es jetzt eben mal auf *meine* Art.«

Nach dieser ersten Abreibung war Joey auf sein Zimmer gegangen und war zwei Stunden lang nicht mehr herausgekommen, bis Ted schließlich zu ihm ging und ihm sagte, daß er sich umgehend die nächste Tracht Prügel einholen würde, wenn er nicht auf der Stelle aufhörte, den Beleidigten zu spielen. Diese Warnung wirkte Wunder, denn der Junge riß sich zusammen und hörte seitdem auch tatsächlich auf, sich seinen eigenartigen Stimmungen hinzugeben.

Gestern aber war Joey nach dem Frühstück verschwunden. Er hatte weder die Arbeiten erledigt, die Ted ihm aufgetragen hatte, noch hatte er gesagt, wo er hingehen würde. Als der Junge schließlich kurz vor Sonnenuntergang wieder auftauchte, pfiff ihn Ted heraus in den Stall, erklärte ihm, daß das, was er jetzt mit ihm machen würde, nur zu seinem Besten wäre, und löste den Ledergürtel. Zuerst hatte sich Joey ängstlich geduckt, doch dann hatte er es nicht gewagt, sich gegen die Schläge zu wehren, wie sich Ted voller Genugtuung erinnerte. Er war auch hinterher nicht weinend zu seiner Mutter gelaufen, sondern hatte ihr statt dessen erzählt, er hätte mit seinem Vater die Pferde gefüttert.

Kein Wort der Klage war über die Lippen des Jungen gekommen, und er hatte auch keine Minute lang geschmollt.

Langsam wurde endlich ein Mann aus ihm.

Ein Gefühl von Stolz, ein Gefühl, das Richtige zu tun, stieg in Ted auf, als er in den Stall trat, um die Boxen auszumisten.

Er führte Sheika, die schwarze Araberstute, sein Lieblingspferd, aus ihrem Verschlag heraus, band sie an einem der Querbalken an und fing an, ihre Box auszumisten. Kaum hatte er das schmutzige Stroh auf die Schubkarre geladen, als Sheika auf einmal nervös wurde und mit den Hufen aufstampfte.

»Ist ja gut, Sheika«, rief Ted, doch anstatt sich zu beruhigen, stampfte sie wieder auf und riß mit dem Kopf an den Zügeln.

»Hey, beruhig dich, altes Mädchen.« Ted ging zu der Stute hinüber und redete beschwichtigend auf sie ein.

Doch Sheika achtete nicht auf ihn, sie starrte mit aufgerissenen Augen und zurückgelegten Ohren zur offenen Stalltür hin und schnaubte erregt.

»Was hast du denn, Mädchen? Was ist denn in dich gefahren?« Ted schaute zur Tür, doch das strahlende Sonnenlicht draußen blendete ihn, so daß er nichts erkennen konnte. »Joey? Sikes? Ist da jemand?« rief er fragend. Aber er wußte, daß sein Sohn fischen gegangen war, und er hatte Bill Sikes, seinen Helfer, in die Stadt fahren sehen. Was zum Teufel war denn bloß los?

Auf einmal wurde es Ted unheimlich. Seit einiger Zeit schon passierten seltsame Dinge auf der Ranch. Die Pferde waren eigenartig unruhig, und er hatte manchmal das beklemmende Gefühl, daß ihn unsichtbare Augen beobachteten.

Vor ein paar Tagen hatte er Audrey am späten Abend gesagt, daß er noch ein wenig Luft schnappen wollte, und war aus dem Haus gegangen, um nach dem Rechten zu sehen. Die Pferde waren an diesem Abend besonders nervös, hatten sich aber gleich wieder beruhigt, als sie seine Stimme hörten, und auch sonst war im Stall alles in Ordnung.

Doch als er zurück ins Haus ging, hatte er plötzlich wieder dieses beängstigende Gefühl, daß irgendwo in der Dunkelheit Augen waren, die ihn beobachteten.

Trotz des warmen Sommerabends war ein Frösteln über seinen Rücken gelaufen, und er hatte es auf einmal sehr eilig gehabt, wieder in das beruhigende Licht des schützenden Hauses zu treten.

Jetzt, am hellichten Tag, überkam ihn erneut dieses beklemmende Gefühl. Noch einmal rief er laut: »Wer da? Ist da jemand?«

Immer noch keine Antwort. Schließlich wandte sich Ted wieder Sheika zu, ergriff mit der rechten Hand einen der Zügel und tätschelte der Stute mit der Linken besänftigend den Hals. Für den Bruchteil einer Sekunde schien sich das riesige Tier tatsächlich zu beruhigen, doch ein plötzliches Geräusch an der Tür ließ sie erschreckt auffahren. Sie riß den Kopf hoch, so daß Ted die Zügel aus der Hand glitten. Instinktiv drehte er sich zur Stalltür um, um zu sehen, wer hereingekommen war, doch alles was er erkennen konnte, war eine huschende Bewegung. In diesem Moment wieherte das Pferd laut, bäumte sich auf und schlug mit den Vorderhufen heftig gegen dieses Etwas aus, das da im Stall war.

Sheikas rechter Huf traf Ted Wilkenson voll am Hinterkopf und ließ ihn wie einen Stein zu Boden fallen. Er war noch bei Bewußtsein, doch ehe er zur Seite rollen konnte, um sich in Sicherheit zu bringen, ließ sich das Pferd mit seinem ganzen Gewicht wieder auf seine Vorderbeine fallen.

Sein wuchtiger linker Huf, erst gestern mit neuem Eisen beschlagen, krachte dabei gegen Ted Wilkensons rechte Schläfe und zerschmetterte den Schädelknochen mit einem einzigen Schlag.

Ein zweites Mal bäumte sich die Stute auf, riß sich schließlich los und stürmte wie von Furien gejagt mit donnernden Hufen über die schweren Dielen des Stalls zum Tor.

Sekunden später war sie draußen und galoppierte querfeldein auf die Wälder zu.

Auch die beiden anderen Pferde im Stall spürten die plötzliche Gefahr, gerieten in Panik, wieherten erregt, bäumten sich auf, schlugen mit den Hufen gegen die Holzplanken ihrer Verschläge. Doch mit einem Mal war dieses Etwas verschwunden, genauso schnell, wie es gekommen war, und langsam kamen die Pferde wieder zur Ruhe. Sie stampften nur noch nervös, als sie den seltsamen Geruch von Kupfer witterten, der in der Luft hing.

Ted Wilkenson aber lag reglos am Boden, sein Kopf in einer riesigen Blutlache.

Mary Anne stützte sich auf den Rand des Spülbeckens, in dem das Abwaschwasser schäumte, und schaute aus dem Küchenfenster. Die Szene, die sich ihren Augen darbot, war die reinste Idylle, das Bild einer typisch amerikanischen Familie, die das Ende eines langen Sommertages genoß. Alison räumte gerade die leer gegessenen Teller vom Gartentisch, während die Holzkohle auf dem Grill langsam verglühte und nur noch ein schwacher Rauchschleier die letzten Aschenreste unter dem Rost verhüllte.

Logan und Alan standen sich am äußersten Rand der kleinen Rasenfläche gegenüber und spielten Softball miteinander, als hätten sie dies schon den ganzen Sommer über getan. Ja, für die Kinder war es wirklich so: als ob ihr Vater niemals fort gewesen wäre. Sie waren wieder ganz wie früher und wetteiferten um die Aufmerksamkeit ihres Vaters. Auch Mary Anne hatte im Laufe des Tages langsam ihre Zurückhaltung aufgegeben. Vielleicht hatte er sich wirklich von Eileen gelöst; vielleicht waren seine Liebesschwüre echt.

Doch sie hatte Mühe, das Mißtrauen, das sie ihm gegenüber hegte, abzulegen. Natürlich beteuerte Alan die ganze Zeit, daß es sein sehnlichster Wunsch wäre, wieder in den Schoß der Familie zurückzukehren. Aber wie sollte sie sicher sein, daß er nicht doch, kaum daß Eileen Chandler mit den Fingern schnippte, wieder begeistert zu ihr überlaufen würde? In ihre schicke Villa mit Swimmingpool und eigenem Fitneßraum, von dem er – seiner durchtrainierten Figur nach zu urteilen – offenbar ausgiebig Gebrauch gemacht hatte?

Trotz ihrer Befürchtungen mußte Mary Anne zugeben, daß auch ihr dieser Tag Freude gemacht hatte. Es war ihr eine Entlastung gewesen, daß sich Alan um den Grill gekümmert und wieder diese hervorragenden Steaks gezaubert hatte, die ihr jedesmal mißlangen, auch wenn sie noch so sehr darauf achtete, sie nicht zu früh und nicht zu spät vom Rost zu nehmen. Sie hatte sogar festgestellt, daß sie auf seine wilden Pläne einstieg, was sie alles in dem Haus renovieren würden, wenn er nur erst wieder eingezogen wäre.

»Bist du denn inzwischen befördert worden, daß wir das alles auch bezahlen können?« Sie hatte sich die bissige Frage nicht verkneifen können.

Doch er hatte ihr diesmal keine neue Lügengeschichte aufgetischt. Er war statt dessen rot geworden und hatte verlegen gemurmelt, daß er diese ironische Spitze wohl verdient hätte.

Und jetzt spielte er da draußen mit seinem Sohn Ball, als ob es in ihrer Ehe nur eitel Sonnenschein und nie eine andere Frau gegeben hätte. Das glückliche Lächeln auf Logans Gesicht war für Mary Anne wie ein Stich ins Herz.

»Mama?« fragte Alison ängstlich, als sie durch die Hintertür hereinkam, auf der einen Hand einen schwankenden Stapel Teller, in der anderen vier Gläser zwischen den Fingern. »Darf Papa jetzt wieder bei uns wohnen?«

Die Frage riß Mary Anne aus ihren Gedanken. Sie langte ins Spülwasser und holte die Pfanne heraus, in der sie die Kartoffeln gebraten hatte. »Ich – ich weiß nicht«, antwortete sie unsicher, verzweifelt bemüht, die Hoffnungen ihrer Tochter nicht zu zerstören. »Vorher müssen wir erst noch eine Menge miteinander klären.«

Vorsichtig setzte Alison die Gläser auf dem Küchenbord ab. »Aber wäre es nicht leichter, über das alles zu reden, wenn er hier bei uns wohnt?« Wieder wich sie Mary Annes Blick aus, wie vor ein paar Stunden, als sie das gleiche Thema angeschnitten hatte. »Weißt du, Logan und ich, wir vermissen ihn so…«

»Aber ich möchte jetzt einfach nicht darüber reden«, unterbrach sie Mary Ann, in schärferem Ton, als ihr lieb war. »Das, was zwischen mir und deinem Vater vorgefallen ist, ist einfach zu kompliziert, ich – ich kann das jetzt einfach nicht mit dir hier besprechen.«

»Aber mit wem willst du es *dann* bereden?« beharrte Alison. »Wenn du mit mir nicht darüber reden willst, mit wem denn sonst?«

Audrey – fiel es Mary Anne sofort ein. Sie könnte die Sache mit Audrey besprechen! Aber Audrey war dreitausend Kilometer weit weg, und wahrscheinlich würde sie das Ganze sowieso nicht verstehen. Hatte sie, Mary Anne, ihren Mann nicht schon zwei Jahre vor der Ehe gekannt, und am Schluß hatte er sie doch mit einer anderen betrogen? Audrey hingegen hat einen Mann geheiratet, den sie kaum einen Tag kannte, und es war die ideale Ehe geworden. Warum war alles bloß so ungerecht? Mary Anne ertappte sich dabei, daß sie gerade selbst in Gedanken alles andere als gerecht mit ihrer Freundin umging. Es gab keinen Menschen auf der Welt, der besser als Audrey verstehen würde, was sie zur Zeit durchmachte. Audrey, ihre beste Freundin seit ihren gemeinsamen Kindertagen hier in Canaan.

»Tante Audrey«, sagte Mary Anne mit fester Stimme und lächelte ihre Tochter an. »Ja, ich glaube, ich werde sie gleich morgen früh anrufen und mir anhören, was sie zu der ganzen Geschichte meint.«

Alisons Augen leuchteten auf. »Wirklich? Versprichst du mir das?«

Mary Anne blickte überrascht auf ihre Tochter. »Warum freut dich denn das so, mein Mädchen?«

»Weil Tante Audrey Papa ganz toll findet und deshalb unsere Partei ergreifen wird.«

»Eure Partei?« fragte Mary Anne mit gespielter Verblüffung. »Seit wann habt ihr beide denn eine Partei gegründet?«

»Ach, so hab' ich das nicht gemeint«, erwiderte Alison beschwichtigend. »Ich meinte nur, Logan und ich wünschen uns so sehr, daß du und Papa wieder zusammenkommt, das ist alles.«

In diesem Moment trat Alan durch die Hintertür herein, dicht gefolgt von Logan, der darum bettelte, doch nur noch fünf Minuten mit ihm spielen zu dürfen.

»Aber meinst du denn nicht, daß ich deiner Mama ein bißchen beim Abtrocknen helfen sollte?« hielt Alan dagegen und nahm sich ein Handtuch, um die Pfannen abzutrocknen, die im Geschirrkorb standen.

»Aber...«, fing Logan wieder an.

»Kein ›Aber‹ mehr«, schnitt ihm Alan das Wort ab und langte mit dem Geschirrtuch nach dem Jungen, der kichernd zur Seite sprang. »Und jetzt geh mit deiner Schwester spielen und laß die Mama und mich mal eine Weile allein, okay?«

Logan machte den Mund auf, um zu widersprechen, doch seine Schwester packte ihn am Arm und zog ihn fast mit Gewalt hinaus ins Wohnzimmer. »Jetzt halt die Klappe, Logan«, zischte Alison. »Tu mir den Gefallen und halt wenigstens ein einziges Mal in deinem Leben deine saudumme Klappe!«

»Alison, hör auf, mit deinem Bruder in diesem Ton zu reden!« rief Mary Anne ihrer Tochter pflichtgemäß hinterher, doch die Küchentür war bereits hinter den Kindern zugefallen. Und noch ehe sie wußte, wie ihr geschah, hatte Alan von hinten die Arme um sie geschlungen und lehnte seinen Kopf zärtlich an ihren Nacken. Sie wollte protestieren, doch schon spürte sie, wie das warme, vertraute Gefühl seiner Nähe durch ihren Körper strömte.

»Na, war der heutige Tag nicht schön?« raunte Alan ihr ins Ohr. »Komm, Liebling, gib's zu, du warst doch genauso glücklich wie ich, daß wir alle wieder zusammen waren, oder? Und die Sache mit Eileen ist wirklich vorbei, aus und vorbei. Für mich gibt es nur noch dich, und es wird nie mehr eine andere geben, das schwöre ich dir! Du brauchst nur ein einziges Wort zu sagen, und ich packe meine Sachen, und wir sind wieder zusammen wie eh und je!«

Mary Anne wollte ihm sagen, daß er aufhören, daß er sie allein lassen, daß er ihr die Chance geben solle, alles in Ruhe noch einmal zu überlegen. Doch seine zärtlichen Worte umnebelten ihren Verstand, und seine starken Arme hielten sie fest umschlungen. Wenn sie doch nur das letzte Jahr einfach vergessen, wenn sie es doch einfach nur aus ihrem Gedächtnis streichen könnte! Dann wäre alles wieder wie früher.

Er drehte sie zu sich um und preßte seine Lippen auf ihren Mund, und als er sie leidenschaftlich zu küssen begann, spürte sie, wie sehr sie sich die ganze Zeit nach ihm gesehnt hatte.

»Laß mich hierbleiben«, flüsterte er weich, »wenigstens heute nacht.«

Mary Anne fühlte, wie all ihre Vorsätze dahinschmolzen, doch bevor sie seinem Drängen nachgab, nahm sie sich noch vor, morgen früh, bei klarem Tageslicht, das Versprechen einzulösen, das sie Alison gegeben hatte.

Sie würde Audrey Wilkenson anrufen.

Audrey würde ihr helfen, eine Lösung zu finden.

2

Die Berge warfen schon lange Schatten ins Tal hinab, als Audrey Wilkenson auf das Tor von El Monte zufuhr. Obwohl es nun schon vierzehn Jahre her war, daß sie die Ranch zum ersten Mal gesehen hatte, konnte sie sich doch noch haargenau an diesen Tag erinnern, als ob es gestern gewesen wäre. Natürlich hatte sich seitdem viel verändert. Anstelle der wackligen Holzpfosten, zwischen denen damals nur ein rostiger Stacheldraht lose baumelte, verlief jetzt ein massiver hölzerner Lattenzaun in beide Richtungen und verlor sich am Horizont in den Wäldern. Die Einfahrt, früher ein heruntergekommenes Tor eines Viehgatters, bestand jetzt aus zwei Holzflügeln, die an zwei wuchtigen Natursteinsäulen eingehängt waren, gekrönt von einem breiten Holzbogen, in den der Name der Ranch mit kräftigen Lettern eingekerbt war.

Sogar der Wald, der die Zufahrtsstraße säumte, hatte sein Gesicht verändert. In den ersten zwei Jahren hatten sie und Ted regelmäßig das Unterholz und die dünneren Bäumchen geschlagen, um den stattlicheren Bäumen Platz zu schaffen, zu wachsen und ihre Zweige auszubreiten.

Das Tor der Ranch stand weit offen. Es bestand kein Grund, es geschlossen zu halten, da sie gleich zu Anfang alles Vieh verkauft hatten. Auch die Felder hatten sie brachliegen lassen, denn sie wollten, daß sich das ganze Land in Wiesen und Wälder zurückverwandeln sollte. Nur zwei kleine Ackerflecken bebauten sie noch, um Futter für die Pferde zu haben. Und so hatte die Natur im Laufe der Jahre fast unmerklich alle ehemaligen Felder zurückerobert. El Monte war auf diese Weise zu einem Naturschutzpark geworden, einer Zuflucht nicht nur für die Wilkensons, sondern auch für die vielen Tiere, die in dieser Gegend lebten. Der Zaun hatte nicht mehr die Funktion, Vieh am Ausbrechen zu hindern, sondern nur noch, ihren Privatbesitz zu markieren.

Audrey drosselte langsam die Geschwindigkeit, als sie die kurvenreiche Zufahrtsstraße zur Ranch hochfuhr. Sie freute sich auf ihr Zuhause, auf dieses warme Gefühl von Heimat, das sie jedesmal überkam, wenn sie durch das Tor in den Hof hineinfuhr. Doch als sie um die letzte Biegung kam und die vertraute Silhouette des massiven Blockhauses vor ihren Augen auftauchte, wollte sich dieses Gefühl von Heimat, von Sicherheit und Geborgenheit seltsamerweise nicht einstellen.

Im Gegenteil, ein eigenartiges Gefühl der Beklommenheit stieg in ihr auf, als ob irgend etwas nicht stimmte.

Sie parkte den Range Rover vor der weiten Veranda, öffnete die Tür und sprang hinaus. Sie ließ den Zündschlüssel stecken, wie jedermann hier in Sugarloaf. Einen Moment lang verharrte sie und blickte stirnrunzelnd auf das Haus, wollte herausfinden, was sie so beunruhigte. Doch sie konnte nichts Ungewöhnliches entdecken. Es war nur so ein unerklärliches Gefühl.

Das Haus sah aus wie immer. Von dem zweistöckigen Hauptbau führte im schrägen Winkel links und rechts je ein niedrigerer Seitentrakt zum Berghang. Audrey schüttelte irritiert den Kopf, als wollte sie dieses beunruhigende Gefühl loswerden, ging über die Veranda und stieß die Haustür auf.

»Ted? Joey?« rief sie fragend. »Ist jemand da?«

Stille.

Kein Grund zur Aufregung, versuchte sie sich zu beruhigen und warf ihre Umhängetasche auf die alte Holzbank vor der Tür. Joey war wahrscheinlich noch beim Angeln, und Ted fütterte sicher die Pferde im Stall.

Aber dieses unangenehme Gefühl ließ sie nicht los. Sie ging durch das Erdgeschoß der beiden Seitentrakte und stieg dann die Treppe hinauf, um das Obergeschoß zu durchsuchen. Doch auf der dritten Stufe hielt sie plötzlich inne und machte kehrt. Ihre Intuition sagte ihr, daß oben niemand war.

Alle ihre Sinne waren nun aufs äußerste angespannt. Audrey verließ das Haus und ging über den Hof zum Stall hinüber, warf dabei einen prüfenden Blick über den Acker zum Wald hinüber.

Der Acker war menschenleer.

Keine Spur von Ted oder Joey oder Bill Sikes. Sie blieb vor dem offenen Stalltor stehen und horchte. Die Pferde waren unruhig.

Wenn niemand im Stall war, warum stand dann das Tor offen?

Und *wenn* Ted im Stall war, warum redete er dann nicht beruhigend auf die Pferde ein, so wie er es immer tat, wenn sie nervös waren?

Ein leises Schaudern überlief sie. Auf einmal hatte sie Angst. Irgend etwas war nicht in Ordnung. Und zwar da drinnen im Stall. Ein Gefühl von Panik ergriff sie, doch sie riß sich zusammen und trat mit festem Schritt in den Stall hinein.

Er lag breit ausgestreckt auf dem Rücken, sein Kopf in einer unnatürlichen Verrenkung nach rechts verdreht, sein Haar verklebt mit geronnenem Blut.

»Ted?«

Sein Name war das einzige Wort, das sie herausbrachte. Sie traute ihren Augen nicht, wollte nicht wahrhaben, was sie da sah. Wie betäubt stolperte sie einen Schritt vorwärts. »Ted!« Sie stürzte zu ihm, schrie seinen Namen heraus, warf sich auf ihn. »Ted! Ted! Sag doch etwas!«

Sie packte ihn an den Schultern und schüttelte ihn, so daß sein Kopf auf ihre Seite rollte und seine aufgerissenen Augen sie anstarrten. Für einen Augenblick – den winzigen Bruchteil einer Sekunde – war sie erleichtert.

Er war am Leben!

Er war nur hingefallen und hatte sich am Kopf verletzt, aber er war am Leben!

Wie eine Ertrinkende griff sie nach dem Strohhalm, der sie retten würde, doch als sie in seine Augen blickte, verließ sie das Gefühl der Erleichterung so schnell, wie es gekommen war.

In seinen klaren dunkelblauen Augen war jegliches Leben erloschen.

Das einzige, was sie in ihnen sah, war die starre Fratze des Todes.

Sie erstarrte. Sie konnte ihren Blick nicht von seinem Gesicht lösen, versuchte verzweifelt zu verstehen, was hier vorgefallen war.

Mühsam hob sie den Kopf, Tränen standen in ihren Augen. Dann sah sie die abgerissenen Zügel, die von einem der Querbalken lose herabhingen.

»Nein…« stieß sie tonlos hervor. Ihre Kehle war wie zugeschnürt. Das war unmöglich.

Nicht bei Ted.

Niemals bei Ted.

Er hatte ein Gefühl für Tiere, eine ganz bestimmte Art, jedem lebendigen Wesen Vertrauen einzuflößen, ein Gefühl, das sie gleich bei ihrer allerersten Begegnung gespürt hatte.

Er brauchte zu einem Tier nur zu reden, brauchte ihm nur sanft seine Hand aufzulegen und…

Ein verzweifeltes Schluchzen stieg in ihr auf. Raus! Nur raus hier, dachte sie panisch. Mit letzter Kraft stand sie auf, taumelte mit bleiernen Füßen auf den Ausgang zu. Es schien eine Ewigkeit zu dauern, bis sie das Tor erreichte. Mit jedem Schritt wuchs die Qual in ihr, bis sie meinte zu zerspringen. Dann endlich war sie draußen, und mit einem einzigen Schrei entlud sich ihre ganze

Verzweiflung, brach aus ihrer Kehle hervor und zerriß die friedliche Stille des Abends.

In diesem Augenblick trat auf der anderen Seite des Feldes Joey aus dem Wald. Seine Angelrute hing ihm über der rechten Schulter, in der linken Hand trug er die Tasche mit Schnur und Köder. Wie angewurzelt blieb er stehen, als er den markerschütternden Schrei seiner Mutter hörte. Der Schäferhund, sein ständiger Begleiter, legte die Ohren an und drängte sich noch näher an Joeys Knie, als wollte er seinen Herrn vor diesem seltsamen Wesen, das diesen schauerlichen Schrei ausgestoßen hatte, beschützen. Eine Sekunde später schrie Audrey ein zweites Mal, diesmal rief sie um Hilfe. Jetzt erst kam Leben in den Jungen.

»Los, Storm«, befahl er dem Hund, »lauf!«

Der Hund gehorchte sofort. Wie ein Pfeil schoß er los, raste querfeldein auf Audrey zu, die in sich zusammengesunken auf dem Boden kauerte, das Gesicht mit beiden Händen bedeckt, von Weinkrämpfen geschüttelt.

Erst als sich der riesige Hund auf Audrey warf und ihr das Gesicht leckte, als wollte er ihre Tränen stillen, setzte sich Joey in Bewegung. Er rannte los, jagte mit federnden Sprüngen wie ein wildes Tier über das Feld; und wie ein wildes Tier blieb er auch kurz vor seiner Mutter stehen, zögerte, als wittere er Gefahr.

Joey sagte kein einziges Wort, als ihm seine Mutter, immer wieder von Schluchzen unterbrochen, erzählte, was geschehen war. Er hörte schweigend zu, sog jedes ihrer Worte auf. Doch er verstand nur eines.

Nie wieder würde ihn sein Vater schlagen.

Obwohl es ihr wie eine Ewigkeit erschien, war es doch erst eineinhalb Stunden her, daß Audrey Wilkenson ihren Mann tot aufgefunden hatte. Sie saß im Stallanbau, wo das Zaumzeug der Pferde aufbewahrt wurde, starrte blicklos vor sich hin und nahm kaum etwas von dem wahr, was um sie herum geschah. Von den Gesprächen der Menschen, die sie umringten, drangen nur Fetzen in ihr Bewußtsein.

»Irgendwas muß sie erschreckt haben...«

»Das gibt's doch nicht…«

»Sheika ist doch so ein braves Tier…«

»Unglaublich – daß das ausgerechnet Ted passiert ist.«

Aber es *war* Ted passiert.

Niemals würde sie vergessen, mit welch ausdruckslosen Augen sie ihr Sohn angesehen hatte, als sie ihm berichtete, was geschehen war. Keine einzige Gefühlsregung war in Joeys Gesicht zu lesen gewesen, wie wenn sich ein dunkler Schleier über seine Seele gelegt hätte. Als ihr schließlich die Stimme versagte, drehte er sich um und strebte dem Stall zu, als wollte er sich mit eigenen Augen vergewissern, ob es stimmte, was sie sagte.

»N… nicht!« flüsterte sie heiser. »Geh nicht hinein! Hol lieber Bill Sikes.« Joey blieb stehen, und Audrey redete weiter auf ihn ein. »Geh und hol Bill Sikes, du kannst Ted da drinnen nicht mehr helfen.«

Ihr Sohn schaute sie einen Moment durchdringend an, dann drehte er sich wortlos um und ging weiter auf den Stall zu. Erst als er das halboffene Tor erreicht hatte, schaffte es Audrey, wieder auf die Beine zu kommen, und lief ihm schnell hinterher. Sie nahm Joey, der noch immer kein einziges Wort sagte, in die Arme und drehte ihn um, um ihm den Anblick seines toten Vaters zu ersparen.

»Komm«, flüsterte sie leise. »Wir müssen Hilfe holen. Es hat keinen Zweck, hier herumzustehen.«

Wie in Trance ging sie mit Joey ins Haus und telefonierte mit Bill Sikes.

Dann rief sie die Polizei an. »Ein… ein Unfall ist geschehen«, stotterte sie, als sie Rick Martins Stimme am Telefon hörte. »Es… es geht um Ted.«

An alles Weitere konnte sie sich kaum noch erinnern. Ein paar Minuten später war die Polizei da, und kurz danach traf der Krankenwagen ein. Dann hatte sich der Hof langsam mit immer mehr Menschen gefüllt, nachdem die Nachricht von Teds Tod wie ein Lauffeuer im Tal herumgegangen war.

Rick Martin war es, der sie und Joey in den Stallanbau geführt hatte. »Wenn du im Haus bist, kann ich dir die Leute nicht vom

Hals halten. Besser, du bleibst jetzt erstmal hier, da hast du deine Ruhe«, hatte er gesagt.

Audrey hatte nur stumm genickt und sich in das zerschlissene Ledersofa fallen lassen, das einzige Möbelstück in diesem Raum.

Sie hatte sich alle Mühe gegeben, Rick Martins Fragen zu beantworten, doch mehr als das, was sie gesehen hatte, konnte sie ihm nicht berichten.

Eine halbe Stunde später, nachdem sie Teds Leichnam aus allen Winkeln fotografiert hatten, lud man ihn in den Krankenwagen ein und fuhr ihn davon.

Und jetzt kauerte wieder Rick Martin vor ihr auf dem Fußboden und schaute sie an.

»Audrey?« hörte sie seine Stimme wie durch einen dichten Nebel hindurch. »Kann ich dich noch mal was fragen, Aud?«

Mich was fragen? Was gibt es denn noch zu fragen? Ted ist tot. Er ist tot, und nichts kann ihn wieder zum Leben erwecken.

Eine Welle von Panik stieg in ihr auf.

Was soll ich bloß tun? Was kann ich denn ohne ihn anfangen?

Sie wollte sich irgend jemandem an die Brust werfen... wollte ihre ganze Verzweiflung herausschreien... wollte nur noch sterben, wollte sich ganz ihrem Schmerz hingeben, diesem Schmerz, der sie in eiserner Umklammerung gefangenhielt, der ihr den Atem abschnürte.

Hilf mir, Ted! Bitte, hilf mir doch!

Kein Ton kam über ihre Lippen, doch das Echo ihres Hilfeschreis klang in ihr nach.

Und dann tauchte aus all dem Nebel, der sie umgab, ein einziges Wort auf.

Joey.

Sie sah das Bild ihres Sohnes vor sich, und mit einem Schlag wich aller Nebel aus ihrem Kopf, und sie war wieder voll bei Bewußtsein.

Sie holte tief Atem, richtete sich auf und schaute den Beamten mit festem Blick an. »Da stimmt doch irgend etwas nicht, Rick«, sagte sie ruhig und gefaßt. »Meinst du nicht, daß da irgend etwas anderes mit im Spiel war?«

Martin zuckte hilflos die Achseln. »Ich weiß nicht. Ich denke, daß es ganz einfach so passiert ist: Er wollte Sheikas Box ausmisten, hat sie deshalb aus ihrer Box geführt und da am Balken angebunden. Irgend etwas muß sie erschreckt haben, und als Ted sie beruhigen wollte, hat sie sich aufgebäumt und ihn dabei mit dem Huf zu Boden geschlagen. Dann muß sie sich wieder auf die Füße fallen gelassen und ihn dabei noch einmal voll am Kopf erwischt haben. Ein Unfall, ganz einfach.«

Audrey fühlte wieder eine Welle von Verzweiflung in sich aufsteigen, doch sie bewahrte die Fassung.

»Aber was kann es denn bloß gewesen sein, was Sheika erschreckt hat?« fragte sie.

Rick Martin zuckte von neuem die Achseln. »Keine Ahnung. Irgend etwas. Vielleicht eine Ratte, die über den Boden gelaufen ist, oder eine Eule, die im Gebälk geraschelt hat. Du weißt ja, wie Pferde sind. Sie scheuen wegen jeder Kleinigkeit.«

Audrey nickte stumm, dann bohrte sie weiter: »Was ist mit Sheika? Hat sie jemand gefunden?«

»Noch nicht. Ich hab' ein paar meiner Leute losgeschickt, aber sie kann ja überall sein. Wenn wir sie finden…« Er unterbrach sich und schaute betreten zu Joey hinüber, der immer noch steif neben seiner Mutter saß.

»Ihr werdet sie erschießen, nicht wahr?« fragte der Junge.

Rick Martin leckte sich nervös die Lippen. »Ich glaube, Joey, wir haben keine andere Wahl«, antwortete er. »Sie…«

»Aber sie hat es doch nicht mit Absicht getan!« rief Joey erregt. Er sprang auf. Seine dunklen Augen blitzten, sein schwarzes Haar fiel ihm in die Stirn und ließ ihn viel jünger als dreizehn Jahre aussehen. »Vielleicht war es gar nicht ihre Schuld! Vielleicht ist jemand in den Stall gekommen und hat sie mit Absicht erschreckt. Ihr dürft sie nicht umbringen! Das dürft ihr nicht!« Verzweifelt stürzte der Junge aus dem Stall. Seine Mutter und der Polizist schauten ihm hilflos hinterher.

»Es tut mir leid, Audrey«, sagte Rick Martin schließlich in das betretene Schweigen hinein. »Ich war da gerade nicht sehr behutsam.«

»Ist schon in Ordnung, Rick«, seufzte Audrey und erhob sich mühsam. »Du kennst ja Joey. Tiere sind sein ein und alles. Selbst wenn er einen extrem schlechten Tag hat, mit Tieren kommt er immer gut aus.«

»Wie Ted«, antwortete Rick und hätte sich am liebsten auf die Zunge gebissen, als er sah, wie Audrey zusammenzuckte. »Entschuldige, das war wirklich...«

Doch Audrey winkte ab. »Schon in Ordnung. Aber er ist nicht wie Ted. Er ist anders. Ted konnte die Pferde mit ein paar Worten beruhigen, bei Joey geht das viel weiter. Manchmal glaube ich, daß er mit den Tieren sprechen kann.«

Rick Martin hatte einige Mühe, seinen schwergewichtigen Körper vom Boden zu erheben. Es gab für ihn im Moment nichts mehr auf der Ranch zu tun, aber er hatte Hemmungen, Audrey jetzt einfach allein zu lassen. »Ich bin hier mit allem soweit fertig«, sagte er. »Allerdings ist die ganze Ranch voller Leute, und ich weiß nicht, ob dir diese Menschenmassen im Augenblick nicht ein bißchen zuviel sind. Andererseits, so ganz allein...« Als Audrey keine Antwort gab, fuhr er fort. »Ich kann Gillie anrufen, wenn du willst. Ich hab' heute nacht sowieso Dienst, da könnte sie hochkommen und dir ein wenig Gesellschaft leisten, was meinst du?«

»Wirklich nett von dir, Rick«, erwiderte Audrey. »Aber ich glaube, heute nacht wollen Joey und ich doch lieber allein sein.«

Sie hängte sich bei Rick ein, der sie behutsam hinausführte, durch den Stall hindurch. Als sie an die Stelle kamen, wo sie vor kaum zwei Stunden ihren Mann tot aufgefunden hatte, schaute sie ängstlich weg. Bill Sikes war immer noch am Arbeiten, er striegelte die Pferde in ihren Boxen.

»Ich kümmere mich um alles Weitere, Mrs. Wilkenson«, sagte er, als sie an ihm vorbeikamen. »Am besten ruhen Sie sich jetzt ein wenig aus. Das war wirklich das Schlimmste, was mir nach Minnies Tod passiert ist. Versuchen Sie zu schlafen.«

Audrey blieb stehen und lächelte ihrem Helfer zu. Sein wettergegerbtes Gesicht ließ ihn älter als sechzig erscheinen, doch sein sehniger Körper strahlte die Kraft eines Vierzigjährigen aus. »Danke, Bill. Es geht schon. Irgendwie müssen wir da jetzt einfach durch.«

»Ja, das müssen wir«, pflichtete Bill ihr bei. »Wenn Sie irgend etwas brauchen, rufen Sie nur nach mir. Man kann nie wissen, was sich hier nachts herumtreibt. In letzter Zeit habe ich ein verdammt ungutes Gefühl, als ob da oben in den Bergen irgend etwas wäre, was uns beobachtet.«

Ein leises Frösteln überlief Audrey, doch sie schob diese Furcht schnell von sich. »Ich bin sicher, daß ich allein zurechtkomme«, antwortete sie, bemüht, ihrer Stimme einen überzeugenden Klang zu geben.

»Okay«, seufzte Sikes. Er wußte, daß es keinen Zweck hatte, weiter auf sie einzureden. »Aber Sie können mich immer rufen, wenn Sie wollen. Jederzeit.«

»Ich werde gerne darauf zurückkommen«, versprach Audrey, auch wenn sie im selben Moment wußte, daß sie seine Hilfe nicht in Anspruch nehmen würde.

Heute abend, nachdem Joey ins Bett gegangen war, würde sie sich in Teds Lieblingszimmer setzen, allein. Sie würde sich alles, was geschehen war, noch einmal in Erinnerung rufen und versuchen, es einfach nur zu begreifen. Sie würde versuchen, sich vorzustellen, wie es sein würde, in Zukunft ohne ihn zu leben.

Leben ohne ihn.

Seit sie Ted zum ersten Mal gesehen hatte, hatte sie nie daran gedacht, daß sie vielleicht einmal ohne ihn leben müßte. Auch später nicht, als... die Probleme angefangen hatten.

Jetzt mußte sie sich zum ersten Mal mit der Vorstellung konfrontieren, ohne ihn leben zu müssen.

Sie hatte keine andere Wahl.

Die Zehnuhrnachrichten waren vorbei. Als Audrey den Fernseher ausschaltete, merkte sie, daß sie überhaupt nicht zugehört hatte. Die ganze halbe Stunde hatte sie wie benommen auf die Mattscheibe gestarrt, hatte nur vage die hübsche Blondine und den aalglatten Typ wahrgenommen; doch von dem, was die beiden Sprecher gesagt hatten, war kein einziges Wort in ihr Bewußtsein gedrungen.

Eine große Erschöpfung war über sie gekommen. Sie hatte die

Beine hochgelegt und es sich auf der Couch bequem gemacht, hatte die Augen geschlossen in der Hoffnung, vielleicht ein wenig schlafen zu können.

Doch sie fand keine Ruhe. Immer wieder stiegen Bilder von Ted in ihr auf.

Wie er im Wald arbeitete, mit nacktem Oberkörper, und der Schweiß auf seinen Muskeln im Sonnenlicht glänzte.

Wie er in wildem Ritt auf Sheika über das Feld galoppierte, in elegantem Schwung die Hinternisse nahm, die sie aufgestellt hatten, um ihre Reitkünste zu perfektionieren.

Wie er gemütlich im Lehnstuhl neben dem Sofa saß, ein Buch auf seinem Schoß, wie fast jeden Abend, seit sie das Haus gebaut hatten.

Und dann trat dieses andere Bild von Ted vor ihre Augen.

Das Bild ihres Mannes, der ihren Sohn schlug.

Es war nur einmal passiert. Nur ein einziges Mal, versuchte sie sich zu beruhigen. Doch auch dieses eine Mal war schon zuviel gewesen. Sie erinnerte sich noch gut, wie entsetzt und schockiert sie damals gewesen war. Es war vor zwei Jahren, fast auf den Tag genau. Joey war zum Frühstück heruntergekommen, und sie beide hatten mit einem Blick gesehen, daß er wieder einmal in einer seiner sonderbaren Stimmungen war. Er war schweigsam, gab kaum eine Antwort, auch als sie ihn direkt ansprach, und nach dem Frühstück war er auf einmal spurlos verschwunden. Er war mit Storm in die Wälder gegangen. Erst eine halbe Stunde nach Sonnenuntergang tauchte er wieder auf, zu einer Zeit, wo sie sich schon ernsthaft Sorgen machte.

An diesem Abend ging Ted mit Joey hinaus in den Stall und verprügelte ihn dort. Sie war zu Tode erschrocken, und als Joey zurück ins Haus kam und sie den Ausdruck in seinen Augen sah, brach es ihr fast das Herz.

»Ich bin nicht mehr bereit, dieses Theater mitzumachen«, hatte Ted gesagt. »Es geht nicht, daß er einfach verschwindet, ohne einem von uns beiden Bescheid zu sagen. Wir haben ihm das viel zu lange durchgehen lassen.«

»Aber er ist doch noch ein Kind!« protestierte sie.

»Aber ein ziemlich großes Kind inzwischen!« erwiderte Ted in einem Ton, den sie nicht von ihm kannte. »Er ist jetzt alt genug, Verantwortung für sein Handeln zu übernehmen!«

»Aber ihn deshalb gleich auszupeitschen...«

Teds Augen verdunkelten sich. »Die paar Schläge werden ihm schon nichts ausmachen, Audrey.«

Aber es waren mehr als ›nur ein paar Schläge‹ gewesen. Es waren zahllose tiefrote Striemen auf dem Rücken und dem Gesäß, die ihr Sohn beschämt vor ihr zu verstecken versucht hatte.

Es ist ja nur einmal passiert, nur ein einziges Mal. Doch sie konnte den Gedanken nicht beiseite drängen, der sich beharrlich in ihrem Kopf einnistete.

Hatte es noch andere Male gegeben?

Andere Male, von denen sie nichts erfahren hatte? Wie oft mochte Ted wohl noch ihren Sohn hinaus in den Stall genommen haben und...

Mit Gewalt schlug sich Audrey diesen Gedanken aus dem Kopf. Die Wunden, die Teds Tod ihr geschlagen hatte, waren noch zu frisch. Sie war jetzt einfach nicht in der Lage, an die Fehler zu denken, die ihr fast perfekter Mann in den letzten Jahren womöglich gemacht hatte.

Geh jetzt ins Bett, ermahnte sie sich. Wenn du hier weiter herumsitzt, fängst du irgendwann an zu heulen und hörst die ganze Nacht nicht mehr auf. Du hast schließlich noch einen Sohn, der dich braucht. Du kannst dich hier nicht einfach in einer Ecke verkriechen und sterben, auch wenn du das noch so gerne möchtest.

Entschlossen setzte sie ihre Füße auf den Boden und stand auf. Mit schwankenden Schritten ging sie durch den großen Raum, löschte die Lichter aus und verschloß die Haustür.

Warum eigentlich?

Auch das war etwas, was erst in den letzten Jahren angefangen hatte: Dieses Gefühl, das sie manchmal in der Nacht überkam, daß da draußen irgend etwas war. Etwas, das sie nicht sehen konnten, von dem sie nicht genau wußten, was es war, und das doch da war. Und so hatten sie und Ted angefangen, das Haus nachts abzuschließen. Auch jetzt tat sie es, wie sie es seitdem jeden Abend getan hatten, ging durch das ganze Haus, verschloß jede Tür und verriegelte jedes Fenster.

Sie wollte gerade die Treppe hochgehen, als sie am oberen Treppenabsatz eine Bewegung wahrnahm. Es war Joey, der immer noch angezogen war und mit Storm herunterkam. »Aber Liebling? Warum bist du denn nicht längst im Bett?«

»Ich muß zum Stall«, antwortete Joey. »Das Tor ist zu.«

Audrey schüttelte verwundert den Kopf. »Aber wir schließen doch jede Nacht den Stall ab.«

»Aber was ist, wenn Sheika zurückkommt?«

Er war inzwischen die Treppe heruntergekommen und schaute mit besorgtem Blick zu ihr auf.

»Sie bleibt die Nacht über einfach draußen, mein Herz«, beruhigte ihn Audrey. »Und vielleicht kommt sie auch heute nacht noch gar nicht zurück. Wenn sie wirklich in Panik war, kann sie kilometerweit gelaufen sein.«

Joey schüttelte den Kopf. »Sie wird zurückkommen. Ich weiß es.« Er schaute derartig eigensinnig drein, daß Audrey sofort wußte, daß er nicht umzustimmen war, auch wenn sie stundenlang mit ihm diskutieren würde. Und außerdem fühlte sie sich heute abend einer Auseinandersetzung mit ihrem Sohn wirklich nicht mehr gewachsen.

»Also gut«, gab sie nach. »Dann lassen wir das Stalltor offen. Aber die Boxen müssen wir auf jeden Fall verriegeln. Das hätte uns jetzt gerade noch gefehlt, daß morgen auch noch die anderen Pferde weg sind.«

Sie gingen beide hinaus und ließen die Haustür hinter sich angelehnt. Der Mond stand hoch droben am sternklaren Himmel, und von den Bergen wehte eine sanfte Brise herab. Audrey nahm Joey bei der Hand, und obwohl er seit ein paar Monaten wie die meisten Jungen in seinem Alter die körperliche Nähe seiner Mutter eher mied, sträubte er sich diesmal nicht dagegen, und so gingen sie Hand in Hand hinüber zum Stall. Als sie auf halbem Wege waren, blieb Joey plötzlich stehen, ließ seine Mutter los und zeigte mit der Hand übers Feld zum Wald hinüber.

»Schau! Da ist sie ja!«

Audrey spähte angespannt in die Dunkelheit. Sie konnte nichts erkennen. Doch dann sah sie, daß sich etwas bewegte, und Sekunden später trat die prächtige Stute aus dem Dunkel des Waldes ins glänzende Mondlicht hinaus. Einen Moment blieb sie stehen, dann senkte sie den Kopf, um zu grasen. Als Joey nach ihr rief, schaute sie hoch, spitzte die Ohren und bäumte majestätisch ihren Schwanz auf.

»Sheika?« rief Joey. »Sheika! Komm her, Sheika!«

Joey rannte los, dicht gefolgt von Storm.

»Warte doch, Joey!« rief ihm Audrey nach. »Wir brauchen doch nur die Stalltür offenzulassen, dann geht sie von ganz allein hinein.«

Doch im selben Augenblick wich die Stute zurück und verschwand wieder im Wald.

»Hol ein Halfter«, Mama«, schrie Joey, »ich behalte sie derweil im Auge!«

Audrey blieb plötzlich wie angewurzelt stehen. Die ganze Situation kam ihr auf einmal absolut grotesk vor: Vor ein paar Stunden erst war Ted gestorben, und jetzt standen sie hier draußen, mitten in der Nacht, und versuchten, ein Pferd einzufangen.

Das war doch völlig absurd!

Geradezu lächerlich!

Es war…

Und dann wurde es ihr klar.

Es war genau das, was Ted ihr jetzt zu tun geraten hätte. Fast konnte sie seine Stimme hören: *Du bist noch am Leben, Audrey. Und auch Joey ist noch am Leben. Geh und fang die Stute ein!*

In diesem Augenblick fiel die ganze Erschöpfung von ihr ab. Es war, wie wenn der ganze Schock, der ihr in die Knochen gefahren war, seit sie Ted tot im Stall gefunden hatte, mit einem Schlag von ihr wiche. Tief atmete Audrey die klare Nachtluft ein, dann lief sie zum Stall, holte Zügel und eine Taschenlampe und rannte Joey querfeldein hinterher. Am Waldrand holte sie ihn ein. Lockend rief er nach dem Pferd, dann lauschte er angestrengt, ob er irgendein Geräusch von ihr im Wald vernehmen konnte.

Von dem Schäferhund war keine Spur zu sehen.

»Wo ist Storm?« fragte Audrey mit gedämpfter Stimme, obwohl sie weit und breit allein waren.

»Ich hab' ihn losgeschickt, Sheika zu suchen«, antwortete Joey. Sekunden später hörten sie ein lautes Bellen aus dem Wald, dessen Klang sich kurz darauf veränderte, als Storm offenbar die Fährte der Stute gefunden hatte und ihr nun hinterherjagte.

»Komm«, rief Joey aufgeregt und fing an, sich einen Weg durch das dichte Unterholz zu bahnen.

Audrey knipste die Taschenlampe an und folgte Joey. Der rannte jedoch so flink dem Bellen seines Hundes nach, daß er bald darauf außer Sichtweite war. Als Storm plötzlich verstummte, wurde Audrey unruhig und fing an, schneller zu laufen. Knapp hundert Meter weiter kam sie an eine Weggabelung. Sie hielt inne.

Welchen Weg mochte Joey wohl genommen haben?

Angespannt horchte sie nach dem Bellen des Hundes.

Nichts.

»Joey?« rief sie. »Joey, wo bist du?«

Sie wartete, doch kein Laut kam aus dem Wald. Für den Bruchteil einer Sekunde kam Panik in ihr auf, doch sie riß sich zusammen. Schließlich wußte sie ja, wo sie war. Der Weg gabelte sich hier zwar, lief jedoch ein paar hundert Meter weiter wieder zusammen und endete an einer jäh abstürzenden Felswand, von der aus man einen weiten Blick über das ganze Sugarloaf Valley hatte. Der Weg, der rechts abführte, war weniger beschwerlich, der linke dafür kürzer. Von beiden Wegen führte kein einziger Pfad ab, und das Unterholz war ringsherum so dicht, daß weder Joey – ganz zu schweigen von Sheika – vom Weg abkommen konnte. Sie würde also beide, Joey wie Sheika, am Ende finden, egal, welchen Weg sie wählte.

Sie entschied sich für den rechten Weg und machte sich seufzend an den Aufstieg. Sie lief, so schnell sie konnte, machte nur hin und wieder halt, um nach Joey und Storm zu rufen, doch es war, als wären sie alle beide vom Erdboden verschluckt.

Sie war ungefähr noch hundert Meter von der Steilwand entfernt, als sie langsam anfing, sich Sorgen zu machen.

Was war denn bloß los mit den beiden?

Sie mußten doch ihr Rufen hören!

Machte sich Joey einen Spaß daraus, in dieser unheilvollen Nacht ein makabres Spiel mit ihr zu treiben?

Oder war ihm etwas passiert?

Jetzt bekam sie es mit der Angst zu tun, fing an, schneller zu laufen.

Plötzlich blieb sie abrupt stehen. Sie hatte etwas gehört. Ganz in ihrer Nähe.

Joey?

Storm?

Oder etwas anderes?

Vielleicht ein Bär?

Sie erstarrte, lauschte atemlos.

Schweigen.

Noch einmal rief sie nach Joey, aber wieder umfing sie nur die nächtliche Grabesstille. Nur der Wind rauschte leise in den Baumkronen. Sonst war kein einziger Laut zu hören. Kein Flattern eines Vogels, kein Zirpen einer Grille.

Gefahr.

Sie lauerte überall um sie herum. Instinktiv drehte sich Audrey um, wollte den Weg zurücklaufen, über das Feld, heim in das schützende Haus.

Aber das konnte sie doch nicht tun! Nicht, solange Joey noch hier draußen war!

Sie biß die Zähne zusammen, kämpfte gegen die Angst an, die sie zu überwältigen drohte. Wieder fing sie an, nach Joey zu rufen, laut, alle paar Sekunden, aber immer noch gab niemand Antwort. Schließlich war sie so erschöpft, daß sie mit letzter Kraft aus dem Wald hinausstürzte auf das freie Felsplateau. Jetzt, wo die Finsternis der Bäume sie nicht mehr umschloß und das weite, vom silberglänzenden Mondlicht überflutete Tal zu ihren Füßen lag, wich die Angst langsam von ihr. Jeden Moment mußten Joey und Storm, Sheika oder alle drei auf dem anderen Weg aus dem Wald herauskommen, und dann würden sie sich alle zusammen auf den Heimweg machen.

Sie ging ein paar Schritte weiter, ganz nah an den Rand der Steilwand heran, und ließ ihren Blick weit über das Tal schweifen.

Am anderen Ende blinkten die Lichter von Sugarloaf, und hier und da leuchteten aus dem Dunkel der Nacht wie Glühwürmchen die Häuser zwischen El Monte und der Stadt.

Wie oft waren sie und Ted bei Vollmond hierhergekommen!

Wie oft hatten sie hier zusammen gestanden…

Sie erstarrte. Denn auf einmal spürte sie – sie war nicht allein! Da war noch jemand.

»Joey?« Der Name ihres Sohnes schien einen Augenblick in der Luft zu schwirren. Dann erstarb er in der Stille.

Plötzlich hörte sie ein Geräusch, ein leises Rascheln hinter ihr.

Sie fuhr herum, flehte zu Gott, daß dieses Etwas dort jemand war, den sie kannte.

Kaum sichtbar im Schatten des nächtlichen Waldes kam langsam eine große dunkle Gestalt auf sie zu.

Ihr stockte der Atem. Wer war das? Sie wußte es nicht, aber sie spürte die tödliche Bedrohung, die von dieser Gestalt ausging.

Instinktiv wich sie einen Schritt zurück.

In diesem Moment hechtete dieses Wesen nach vorn, sprang aus der Dunkelheit auf sie zu.

Ein tödlicher Schrei würgte in Audreys Kehle. Sie taumelte noch weiter zurück, verlor das Gleichgewicht und merkte erst, als es schon zu spät war, daß sie den Boden unter den Füßen verlor.

Sie schwankte, versuchte verzweifelt, wieder Halt zu gewinnen. Gellend brach der Schrei aus ihrer Kehle, als sie über dem Abgrund wankte, abrutschte, mit den Händen sich am nackten Felsen festzuklammern versuchte, bis die Kräfte sie verließen, und sie spürte, daß sie in die Tiefe stürzte.

Ihr Schrei hallte weit durch die Nacht und brach erst ab, als sie sechzig Meter tiefer auf dem Felsen aufschlug.

3

Mary Anne fuhr mit weit aufgerissenen Augen aus dem Schlaf. Sie hatte einen lauten Schrei gehört. Einen Moment lang saß sie völlig verwirrt in ihrem Bett, denn die Stimme, die sie geweckt hatte, war ihr nur allzu vertraut.

Audrey.

Audrey Wilkenson.

Aber das war doch völlig verrückt – Audrey war in Idaho!

Es mußte irgend etwas anderes gewesen sein. Irgendein Geräusch von draußen, eine Polizeisirene auf der Straße oder das nächtliche Kreischen einer Katze. Sie setzte sich auf die Bettkante, und erst jetzt bemerkte sie, daß Alan neben ihr lag und fest schlief. Das dünne Laken, mit dem sie sich beide zugedeckt hatten, war ihm bis zur Taille heruntergerutscht, mit einem Arm hielt er das Kopfkissen fest umschlungen.

Warum war er nicht aufgewacht? Er mußte den Schrei doch genauso gehört haben.

Leise stand sie auf, warf sich ihren Morgenrock über und ging auf Zehenspitzen aus dem Zimmer. Sie ließ die Tür angelehnt, denn sie befürchtete, das Klicken des Türschlosses könnte ihren Mann aufwecken.

Im Wohnzimmer ließ sie sich aufs Sofa fallen.

Sie hätte Alan nicht bei sich übernachten lassen dürfen.

Sie hätte ihn nach Hause schicken müssen, gleich nachdem die Kinder zu Bett gegangen waren. Jetzt, wo er sie verführt hatte, war alles nur noch schlimmer.

Denn nichts anderes war es gewesen – eine Verführung.

Er hatte ihr beim Abwasch geholfen, hatte dann vorgeschlagen, daß sie alle vier eine Runde Monopoly spielen sollten. Sie hatte ihn sofort durchschaut – er spielte den liebenden Familienvater. Mein Gott, wie viele Jahre war es wohl schon her, daß sie miteinander gespielt hatten? Sie konnte sich wirklich nicht mehr erinnern. Aber als Alan gemeint hatte, dann wäre es wieder ›so wie früher‹, hatte sie der schönen Illusion nicht widerstehen können. Doch wie war es denn ›früher‹ gewesen?

Jeden Abend hatten sie alle vier vor dem Fernseher gesessen, so wie alle anderen auch, hatten auf die Mattscheibe gestiert und geglaubt, daß ihre Kommentare zu den Unterhaltungsshows Gespräche wären. Gestern abend hatten die Kinder allein eine halbe Stunde gebraucht, um das Monopoly-Spiel wiederzufinden. Großer Gott, was machten sie sich eigentlich vor?

Aber sie hatte mitgespielt, hatte die ungewohnte Vertrautheit in der Familie sogar genossen. Was für eine Wohltat, ein Abend ohne Fernsehen! Ein Abend ohne die üblichen Streitereien zwischen Alison und Logan um die Wahl des Programms. Das hatte es noch nie gegeben. Und das würde es auch nie wieder geben, wenn Alan erst einmal wieder eingezogen wäre. Er würde sehr schnell wieder zur Tagesordnung übergehen, der Fernseher würde wieder die Zeit zwischen Abendessen und Zubettgehen ausfüllen, und irgendwann würde Alan dann wieder ›noch bis spät in die Nacht arbeiten müssen‹.

Noch bis spät in die Nacht arbeiten!

Vielleicht war das der Schrei gewesen, den sie gehört hatte. Ein Schrei des Protests, sich nicht wieder in eine Ehe hineinziehen zu lassen, von der sie wußte, daß sie endgültig zerstört war. Doch dann hatte Alan sie am Spülbecken umarmt, hatte zärtlich ihren Hals geküßt, und als die Kinder ins Bett gegangen waren, hatte er angefangen, sie mit allen Kniffs und Tricks zu verführen.

Und es war so wunderbar gewesen!

Mein Gott, so wunderbar!

Selbst jetzt noch, wo sie hier auf dem Sofa saß, fühlte sie die Wärme und die Kraft seines Körpers, die zärtlichen Berührungen seiner Hände auf ihrer Haut, die…

Hör auf! befahl sie sich. *Hör sofort auf!*

Der Schrei in der Nacht hatte nichts mit ihr zu tun, das wußte sie.

Es war nicht ihre Stimme, es war Audreys Stimme gewesen!

Und dennoch, es war ihr eigener Schrei, ihr eigener Verzweiflungsschrei, den sie im Traum nur auf Audrey projiziert hatte, um nicht der Wahrheit ins Gesicht sehen zu müssen. Sie mußte unbedingt mit Audrey sprechen, nicht erst morgen früh, wenn ihr Unbewußtes die ganze Nacht Zeit gehabt hatte, ihre Gefühlsverwirrung irgendwie zu verarbeiten, so daß dann morgen alles wieder beim alten wäre. Nein, sie mußte sie jetzt sofort anrufen.

Genau, und warum auch nicht? Was sprach dagegen?

Entschlossen stand sie vom Sofa auf. Sie ging in die Küche, schaltete das Licht an und warf einen Blick auf die Uhr über der Spüle. Halb zwei. Halb zwölf in Idaho.

Womöglich war Audrey schon zu Bett gegangen, aber vielleicht war sie noch wach.

Sie nahm den Hörer ab und wählte die Nummer, die sie auswendig wußte. Beim achten Klingeln wurde abgehoben, und sie hörte Audreys Stimme. Aber es war nur der Anrufbeantworter, auf dem ihre Freundin sagte, daß sie im Moment leider nicht da wäre, daß der Anrufer aber eine Nachricht hinterlassen könnte. Nervös wartete Mary Anne auf den Piepton, dann stotterte sie los: »Ich bin's, Aud. Mary Anne. Es ist irgendwie blöd, aber mir geht's wirklich nicht gut… ich stecke bis zum Hals in Problemen und… äh… ich würde gerne mal mit dir darüber reden. Deshalb ruf' ich an, und jetzt bist du nicht da. Wirklich zu dumm. Aber ich muß unbedingt mit dir reden, verstehst du? Es ist wegen… wegen Alan und mir. Er… ach, verdammt, ich hasse diese Apparate. Kannst du mich nicht morgen früh zurückrufen, ja?«

Als sie auflegte, hörte sie ein Geräusch, und als sie sich umdrehte, sah sie Alan nackt in der Küchentür stehen. Verschlafen blinzelte er in das helle Licht. »Mary Anne? Was machst du denn da? Weißt du eigentlich, wie spät es ist?«

Sie zwang sich zu einem Lächeln. In ihrem Kopf schossen tausend Gedanken durcheinander. »Ich… ach, es war so eine Sache unter Frauen. Ich bin aufgewacht und hatte irgendwie das Gefühl, daß Audrey mich braucht. Und deshalb hab' ich sie angerufen.«

Alan zog verächtlich die Mundwinkel herunter. »Daß Audrey dich braucht?« wiederholte er bitter. »Die Frau hat 150 Millionen Dollar geheiratet. Glaubst du allen Ernstes, daß die dich noch braucht?«

Mary Annes Gesichtszüge verhärteten sich, und Alan merkte sofort, daß er einen Fehler gemacht hatte. »Entschuldige, Liebling«, versuchte er sie zu beschwichtigen, »ich hab' das nicht so gemeint, ich…«

»Vielleicht solltest du jetzt besser nach Hause gehen«, unterbrach ihn Mary Anne. »Ich versteh' einfach nicht, wie du einen Mann, den du überhaupt nicht kennst, so hassen kannst!«

»Ich hasse ihn ja gar nicht«, widersprach Alan. »Aber du mußt doch zugeben, daß es für Audrey wohl kaum ein Problem gibt, das sie mit Teds Geld nicht lösen könnte, oder?«

»Oh doch«, schoß Mary Anne zurück und sah ihn durchbohrend an. »Zum Beispiel eine andere Frau. Meinst du, daß das ein Problem ist, das man mit Geld lösen kann?«

Alan schaute sofort schuldbewußt zu Boden. »Nein«, murmelte er verlegen. »Du hast recht, und diese Spitze hab' ich auch verdient, und ich habe bestimmt noch viel mehr verdient. Aber glaub mir doch, Mary Anne, ich will alles wiedergutmachen. Eileen war ein dummer Ausrutscher, das kommt nie wieder vor. Ich habe nur eine einzige Hoffnung: daß du mir eines Tages verzeihen wirst.«

Hör nicht hin, sagte sich Mary Anne. Glaub ihm nicht! Das, was er über Teds Geld gesagt hat, sagt alles. Damit hat er sich entlarvt. »Ich möchte jetzt nicht darüber reden, Alan. Ich möchte, daß du…«

»Laß mich bleiben«, bettelte Alan. »Bitte! Gestern und heute nacht waren doch toll, oder? Das sollten wir uns doch jetzt nicht verderben, hm? Komm, wir gehen wieder ins Bett und reden morgen früh darüber. Wir schicken die Kinder zum Kegeln oder so, und dann sprechen wir in Ruhe über alles. Nur du und ich, Mary Anne. Wenn wir wirklich wollen, können wir alles aus der Welt räumen, was zwischen uns ist.«

Er schlang die Arme um sie, und wieder fühlte sie die vertraute Wärme seines Körpers, hörte seine zärtlichen Worte an ihrem Ohr.

Und wieder ließ sie sich überreden, spürte, wie ihr fester Vorsatz, ihn nach Hause zu schicken, dahinschmolz. »Na gut«, seufzte sie, eher resigniert als überzeugt. »Gehen wir ins Bett. Aber morgen reden wir miteinander. Über alles.«

Doch zwanzig Minuten später, als Alan schon wieder in tiefen Schlaf gesunken war, stand Mary Anne wieder auf, ging ins Wohnzimmer, machte das Licht an und nahm ein Buch zur Hand.

Es war schon spät in der Nacht, doch sie konnte einfach keinen Schlaf finden.

»Vielleicht solltest du besser mitkommen, Gillie«, sagte Rick Martin zu seiner Frau, als er seine Uniform wieder anzog, die er erst vor ein paar Stunden abgelegt hatte. »Ich weiß nicht, was da oben los ist, aber Joey scheint völlig unter Schock zu stehen, und Bill Sikes ist nicht daheim.«

Seine Frau, die im Gegensatz zu ihrem hünenhaften schwarzhaarigen Mann blond und zierlich war, hatte sich schon angezogen und Kaffeewasser aufgesetzt, während sie dem Telefongespräch zwischen Rick und Joey Wilkenson zugehört hatte, auf das sie sich jedoch keinen rechten Reim zu machen wußte. Dann hatte ihr Mann Tony Moleno, seinen Assistenten, angerufen und sich mit ihm auf der Ranch El Monte verabredet. »Was ist denn passiert?« fragte sie, als sie ihm einen Becher dampfenden Kaffees hinüberreichte.

»Keine Ahnung«, antwortete Rick. Er nahm einen Schluck Kaffee, setzte den Becher auf dem Nachttisch ab und zog sich seine Stiefel an. »Joey war so durcheinander, daß er kaum ein Wort herausgebracht hat. Aber es schaut so aus, als ob die beiden draußen waren, um Sheika zu suchen, und daß Audrey plötzlich verschwunden ist.«

Er schnallte sich den Revolvergurt um, nahm noch einen Schluck Kaffee und ging dann aus dem Schlafzimmer. »Ich hoffe, daß wir mehr wissen, wenn wir erst einmal dort sind.«

Zehn Minuten später fuhren sie in dem schwarzweißen Jeep, der als Streifenwagen diente, durch das Tor von El Monte. Rick ging vom Gas herunter, weil die asphaltierte Straße hier in einen schmalen Kiesweg überging, der sich durch den Wald schlängelte, bis er sich in eine große Lichtung öffnete, in dessen Mitte das wuchtige Blockhaus der Wilkensons thronte. Vor dem Haus stand bereits ein anderer Streifenwagen, und als Rick seinen Jeep daneben parkte, ging die Haustür auf, und Tony Moleno trat auf die Veranda heraus.

»Joey ist in der Küche. Er weiß nicht genau, was passiert ist, aber er glaubt, daß seine Mutter tot ist.«

»Großer Gott«, entfuhr es Gillie erschrocken, und schnell schlüpfte sie ins Haus, um sich um Joey Wilkenson zu kümmern.

»Was hat er dir denn erzählt?« fragte Rick und hielt Moleno mit einer Handbewegung zurück, als der ebenfalls wieder ins Haus gehen wollte.

»Nur das, was du mir schon am Telefon erzählt hast. Sie haben zusammen das Pferd gesucht und sich dabei verloren. Dann hörte er seine Mutter schreien, konnte sie aber nicht finden. So ist er dann allein zurückgekehrt und hat sofort die Polizei angerufen.«

»Okay«, sagte Rick, während sein Hirn bereits auf Hochtouren lief. »Schau mal, ob du Bill Sikes in seiner Hütte finden kannst. Ich hab' ihn angerufen, aber es hat niemand abgenommen. Vielleicht ist er besoffen und geht nicht ran.«

»Aber Sikes hat seit zehn Jahren kein Glas mehr angerührt…«, begann Moleno, doch Rick unterbrach ihn.

»Heute ist sein Boß gestorben; wer weiß, wie er darauf reagiert. Ich will auf jeden Fall, daß du ihn auftreibst. Und dann trommle ein paar Leute zusammen. Wenn Audrey irgendwas passiert ist und sie liegt jetzt irgendwo mit gebrochenem Bein oder so, braucht sie so schnell wie möglich Hilfe. Wenn du Sikes in seiner Hütte nicht findest, komm wieder hierher zurück. Ich schau' derweil, was ich aus Joey herauskriegen kann.«

Moleno nickte nur und lief schnell zu seinem Wagen, während Rick Martin ins Haus ging und die Tür hinter sich schloß.

»Hallo, Joey«, sagte er, als er in die große Küche trat, in der Joey zusammengekauert auf einem Stuhl saß und Gillie zuschaute, die gerade Kaffee aufbrühte. »Was ist denn passiert? Erzähl mir ein bißchen.«

Storm, der zu Joeys Füßen lag, knurrte den Polizisten feindselig an, hörte jedoch sofort auf, als der Junge ihn beruhigend am Kopf tätschelte. »Ich weiß nicht«, wimmerte Joey leise, wischte sich mit dem Ärmel die Tränen von den Wangen und angelte sich ein Taschentuch aus der Kleenex-Schachtel, um sich die Nase zu putzen. »Ich hab' Sheika draußen auf dem Feld gesehen. Mama und ich haben versucht, sie einzufangen. Aber dann ist Sheika wieder im Wald verschwunden, und während Mama ein Seil geholt hat, hab' ich Storm gesagt, daß er Sheika suchen soll.« Langsam, mit zitternder Stimme erzählte er die ganze Geschichte. Er und seine Mutter hatten sich im Wald verloren, und dann hatte er ein seltsames Geräusch im Wald gehört. Storm, der bei ihm war, hatte auf dieses Geräusch sehr ängstlich reagiert, und so hatte auch er es nicht gewagt zu antworten, als er seine Mutter nach ihm rufen hörte. »Ich hab' so Angst gehabt«, sagte Joey weinerlich. »Ich… es war irgendwie so, als würde jemand hinter mit her sein, und wenn ich Mama antworten würde, würde er mich finden, und…«

»Aber hast du denn nicht daran gedacht, daß sich deine Mutter Sorgen machen würde, wenn du nicht antwortest?« unterbrach ihn Rick vorwurfsvoll.

Joey schaute hilfesuchend zu Gillie hinüber.

»Aber ich bitte dich, Rick«, schaltete Gillie sich ein. »Wenn du mitten in der Nacht im Wald wärst, und jemand wäre hinter dir her, würdest du dann rufen und ihn so auf dich aufmerksam machen? Doch wohl kaum!«

Rick errötete leicht, denn er mußte seiner Frau recht geben. Doch er sagte nichts darauf und wandte sich wieder Joey zu. »Und war das alles, was du gehört hast? Bist du dann gleich nach Hause gelaufen?«

Joey schüttelte den Kopf. »Storm und ich sind eine Weile in unserem Versteck geblieben, bis wir nichts mehr gehört haben. Aber dann…« Seine Stimme versagte, denn er mußte ein heftiges Schluchzen unterdrücken. »Dann war plötzlich dieser Schrei… Es war so schrecklich, wie…« Er verstummte. Eine einsame Träne lief ihm die Wange hinab.

»Wie was, Kind?« fragte Rick unsicher, als hätte er Angst, was jetzt kommen könnte.

»…wie wenn sie irgendwo runterfallen würde…« Wieder kämpfte Joey verzweifelt gegen die Tränen an.

Gillie kam um die Anrichte herum, um den Jungen zu trösten, doch Rick hielt sie mit einer Handbewegung zurück. »Wo war das genau, Joey?« fragte er. Und als der Junge keine Antwort gab, wurde er nachdrücklicher. »Als du deine Mutter schreien hörtest, wo warst du da genau?«

Joey schaute auf und versuchte, den Kloß in seinem Hals herunterzuwürgen. »Wir waren auf dem Weg, der oben auf die Steilwand hinaufführt«, flüsterte er. »Und... und als Storm und ich den Schrei hörten... da... da haben wir nach ihr gesucht.« Er schaute auf seinen Hund hinunter, der jetzt mit der Schnauze zwischen den Vorderpfoten ausgestreckt am Boden lag. Als hätte er den Blick seines Herrn gespürt, schaute der Schäferhund erwartungsvoll zu ihm auf. »Ich hab' ihm gesagt, daß er Mama suchen soll, und das hat er auch getan. Er hat angefangen, mit dem Schwanz zu wedeln, und ist so schnell losgerannt, daß ich ihm kaum hinterherkommen konnte. Aber als wir auf dem Felsen oben angekommen sind, da...« Wieder versagte ihm die Stimme.

»Was, Joey?« stieß Rick hervor. »Was hast du gesehen, als du oben auf den Felsen kamst?«

»Die Taschenlampe«, antwortete Joey tonlos. »Die Mama vorher aus dem Stall geholt hatte. Sie lag am Boden.«

Joey starrte hinunter zu Storm. Der schien das Elend seines Herrn zu spüren, richtete sich auf und leckte Joey die Hand, wie wenn er ihn trösten wollte. Rick und Gillie sahen sich an.

»Am besten sehe ich mal am Fuß der Steilwand nach«, murmelte er.

Er verließ das Haus und lief querfeldein zu dem kleinen Pinienwäldchen, das am Fuße der Felsen lag. Der Mond stand immer noch hoch am Himmel, und er konnte die breite Felswand, die sechzig Meter emporragte, klar und deutlich erkennen. Auf dem Weg, der am Südrand des Feldes begann, konnte man leicht hinaufsteigen. Einmal, als er gerade achtzehn Jahre war, erinnerte sich Rick, hatten er und zwei Freunde mit Haken und Seil die Steilwand bezwungen. Sie hatten die ganze Zeit gebetet, daß sie nicht erwischt würden, bevor sie oben waren.

Er knipste seine Taschenlampe an, lief durch das Pinienwäldchen und kletterte dann schnell über die wuchtigen Felsbrocken hinweg, die sich am Fuße der Steilwand übereinandertürmten.

Es dauerte keine fünf Minuten, da hatte er sie gefunden. Audrey Wilkenson lag mit verdrehtem Körper, gebrochenen Knochen und dem Gesicht nach unten auf einem der Felsblöcke. Obwohl er keine Sekunde daran zweifelte, daß sie tot war, fühlte er kurz, ob ihr Puls noch ging, und schaltete dann sein Funkgerät an. »Ich hab' sie gefunden, Tony«, sagte er. »Ich bin hier am Fuße des Sugarloaf. Komm so schnell wie möglich her.« Keine zwanzig Sekunden später sah er die Scheinwerfer von Molenos Polizeiwagen den gewundenen Weg von Bill Sikes' Haus herunter und dann direkt über das Feld auf ihn zu kommen.

»War Sikes zu Hause?« fragte er, als Tony aus dem Wäldchen auftauchte und über die Felsen zu ihm herüberkletterte.

»Allerdings«, antwortete Moleno. »Und du hattest den richtigen Riecher. Voll wie eine Haubitze. Er sah aus wie…« Seine Worte erstarben ihm auf den Lippen, als sein Blick auf die tote Audrey Wilkenson fiel. »Oh, Gott«, flüsterte er entsetzt, »der arme Junge.«

»Hol Hilfe«, kommandierte Rick in betont barschem Ton, um seine Betroffenheit zu verbergen. »Ich muß wieder zurück ins Haus.«

Er stapfte mit festen Schritten wieder querfeldein auf das Haus zu und überlegte angestrengt, wie er dem Jungen möglichst schonend beibringen sollte, daß heute nicht nur sein Vater, sondern auch seine Mutter gestorben war. Aber wahrscheinlich wußte es Joey sowieso schon, dachte Rick, als er ein paar Minuten später die Klinke der Küchentür herunterdrückte. Wenn er Audreys Schrei gehört hatte, dann brauchte es nicht viel Fantasie, sich den Rest vorzustellen.

Als er in die Küche trat und Gillie ihn fragend anschaute, schüttelte er nur resigniert den Kopf und murmelte: »Wir müssen irgend jemanden von der Familie anrufen.« Gillie erschrak, denn sie hatte sofort verstanden. Schützend schloß sie die Arme um Joey Wilkenson. »Es tut mir leid, Joey«, fuhr Rick fort. »Ich… ich habe deine Mutter gefunden. Sie muß… sie muß gestolpert sein.« Er hielt den Blick auf Joey geheftet, schaute gespannt, ob er irgend etwas Falsches, Künstliches in der Reaktion des Jungen entdecken könnte. Aber er fand nichts.

Joey blickte zu ihm auf, und seine Stimme klang spröde und hohl: »Sie hat nach mir gerufen. Wenn ich ihr geantwortet hätte…«

Gillie zog den Jungen an sich. »Aber nicht doch, Kind«, beruhigte sie ihn. »Du darfst so etwas nicht denken. Es ist nicht deine Schuld, es war ein Unfall.«

Mit leeren Augen schaute er sie an. »Und wenn es kein Unfall war, wenn es…«

»Wir müssen jemanden von deiner Familie benachrichtigen, Joey«, unterbrach ihn Gillie in der Hoffnung, Joey von den quälenden Gedanken abzulenken, die in seinem Kopf kreisten. »Hast du irgendeinen Lieblingsonkel, oder eine Tante?«

Joeys Stimme war kaum mehr zu hören. »Es gibt niemanden«, flüsterte er, »wir haben keine Verwandten. Nur Tante Mary Anne.«

»Tante Mary Anne?« wiederholte Gillie sanft.

»Meine Patentante«, fuhr Joey fort. »Sie ist die beste Freundin meiner Mama, schon von ganz früher.«

»Weißt du ihre Telefonnummer?«

»Im Adreßbuch«, antwortete Joey mit dumpfer Stimme, den Blick zu Boden gerichtet. »Unter ›Carpenter‹. Drüben, neben dem Telefon.«

Gillie wollte gerade das Adreßbuch von Audrey Wilkenson aufschlagen, als sie auf dem Anrufbeantworter das Leuchtzeichen blinken sah, das ankündigte, daß eine Nachricht auf Band vorlag. Wie in Gedanken drückte sie den Rückspulknopf, und ein paar Sekunden später ertönte die gepreßte Stimme von Mary Anne aus dem Lautsprecher. Schweigend hörten Gillie und Rick Martin die Nachricht an, die Audrey Wilkensons beste Freundin hinterlassen hatte, keine zehn ober fünfzehn Minuten, nachdem Audrey gestorben war.

Als Gillie schließlich Mary Annes Namen in dem Adreßbuch gefunden hatte und ihre Nummer wählte, dachte sie nur eines: Es gibt Dinge auf dieser Welt, die einfach kein Mensch verstehen kann.

»Das ist doch völlig verrückt!« rief Alan Carpenter wütend, während Mary Anne ihren Koffer packte. »Weißt du eigentlich, wie spät es ist?«

Mary Anne blitzte ihn an. »Ja, das weiß ich sehr wohl«, fauchte sie. »Es ist vier Uhr morgens, und um halb sechs muß ich am Flughafen sein! Willst du mir jetzt also helfen oder nicht? Wenn nicht, dann geh bitte nach Hause. Ich ruf' mir dann ein Taxi!«

»Aber Mary Anne! Sollten wir nicht wenigstens darüber reden?«

Mary Anne warf eine Jeans in den Koffer und baute sich dann vor ihrem Mann auf. »Jetzt hör' mir mal gut zu. Meine beste Freundin ist tot. Und Ted ebenso. Da gibt es nichts zu diskutieren. Es ist meine absolute Pflicht, sofort dort hinzufliegen!«

»Aber was willst du denn da? Davon, daß du da hinfliegst, werden die beiden auch nicht wieder lebendig!«

Mary Anne stieß einen gequälten Seufzer aus. Warum verstand dieser Kerl bloß nie etwas? Sie hatte es ihm doch schon ein dutzendmal erklärt! »Also gut, dann sag' ich es dir noch einmal«, erwiderte sie mit gepreßter Stimme. »Joey ist mutterseelenallein. Er hat niemanden mehr außer mir! Ted hat von seinen Eltern seit seinen Kindertagen nichts mehr gehört, und was mit Audreys Eltern ist, weißt du selbst. Wer also soll sich um Joey kümmern?!«

»Aber es muß doch genügend Leute geben da oben. Lieber Gott, du kannst mir doch nicht erzählen, daß es dort niemanden gibt, der den Jungen...«

»Jo-ey!« Mary Anne sprach den Namen des Jungen mit solcher Wucht aus, daß es Alan auf der Stelle die Sprache verschlug. »Er heißt Joey! Und ich habe vor Jahren Audrey ein Versprechen gegeben, noch bevor er geboren war. Wir waren beide zur gleichen Zeit schwanger, erinnerst du dich? Sie mit Joey, und ich mit Alison. Und wir haben uns gegenseitig ein Versprechen gegeben. Wir haben geschworen, daß jede sich um die Kinder der anderen kümmern würde, wenn irgend etwas passieren würde. Und jetzt ist ja wohl etwas passiert, oder? Sie ist tot! Sie sind beide tot! Ist das so schwer zu begreifen?!« Obwohl sie beide versucht hatten, mit gedämpfter Stimme zu reden, um die Kinder nicht zu wecken, erschienen nun auf einmal Alison und Logan in der Tür.

»Mammi?« fragte Logan verschlafen. »Was ist denn los?« Dann fiel sein Blick auf die Koffer, und angstvoll weiteten sich seine Augen. »Mammi! Gehst du weg?«

Mit einem Schlag kamen in Mary Anne alle die aufgestauten Gefühle hoch, und sie ließ sich mit lautem Schluchzen aufs Bett fallen. Sofort waren beide Kinder an ihrer Seite und schlangen die Arme um sie. Mary Anne zog sie fest an sich und versuchte dann, wieder die Beherrschung zu finden. »Es ist etwas geschehen«, sagte sie mit tränenerstickter Stimme. »Onkel Ted und Tante Audrey hatten einen Unfall. Ich muß jetzt nach Idaho und mich um Joey kümmern.«

Alison war alt genug, um zu verstehen, was ihre Mutter andeutete. »Heißt das, daß sie tot sind?« Ihre Stimme zitterte, und ihre Augen füllten sich mit Tränen.

Mary Anne biß sich auf die Unterlippe und nickte nur.

»Aber warum mußt du dich denn jetzt um Joey kümmern?« fragte Logan unsicher.

Mary Anne brauchte eine ganze Minute, bis sie sich soweit in der Gewalt hatte, daß sie wieder sprechen konnte. »Er ist ganz allein und hat niemanden außer mir, Schatz«, erklärte sie. »Ich bin Joeys Patentante, so wie Tante Audrey deine Patentante war. Und das heißt, daß ich mich jetzt um ihn kümmern muß.«

Logan war den Tränen nahe. »Aber, wer kümmert sich denn dann um uns? Können wir nicht mit dir kommen?«

Mary Anne nahm ihn in den Arm und strich ihm eine seiner blonden Locken aus der Stirn. »Liebling, es tut mir wirklich leid, doch das geht nicht. Aber ich bin ja nicht lange weg.« Sie warf Alan einen Blick zu. »Und während ich nicht da bin, kümmert sich Daddy um euch. Er wird noch heute, gleich nachdem er mich zum Flughafen gebracht hat, hier wieder einziehen. Ja, genau, zieht euch schnell an, dann könnt ihr gleich mitkommen und auf dem Rückweg Daddys Sachen abholen. Na, was sagt ihr dazu?«

Logan strahlte übers ganze Gesicht. »Wirklich? Zieht Daddy wieder bei uns ein?«

»Na ja, wer sonst soll sich denn derweil um euch kümmern?« wich Mary Anne seiner Frage aus. Logan stürmte sofort begeistert ins Kinderzimmer zurück. Doch Alison blieb auf der Bettkante sitzen.

»Kommt Daddy *wirklich* wieder zu uns zurück?« fragte sie gespannt und schaute unsicher zwischen ihren Eltern hin und her. »Sind wir jetzt wirklich wieder alle zusammen?«

Mary Anne spürte den forschenden Blick ihres Mannes und ihrer Tochter auf sich gerichtet und suchte verzweifelt nach einer passenden Antwort. »Ich weiß nicht«, erwiderte sie schließlich, als das Schweigen im Raum unerträglich wurde. »Ich kann es dir jetzt noch nicht genau sagen, Liebling. Wir schauen jetzt erst einmal, wie's weitergeht, hm?«

Alison zögerte, dann nickte sie stumm und ging aus dem Zimmer. Minuten später hörten Alan und Mary Anne, wie sie ihren Bruder ins Badezimmer schickte, weil sie sich anziehen wollte.

»Das ist genauso mein Zimmer wie deins!« protestierte Logan. »Du kannst mich nicht einfach rausschmeißen!«

»Das kann ich wohl, denn ich bin immer noch größer als du!« erwiderte Alison süffisant. Wutentbrannt stampfte Logan aus dem Kinderzimmer ins Bad und knallte beide Türen hinter sich zu.

Schweigend wandte sich Mary Anne wieder ihrem Koffer zu. Immer noch fühlte sie die Augen ihres Mannes auf sich geheftet.

»Wir müssen das alles ganz in Ruhe besprechen, Liebling«, nahm Alan das Gespräch wieder auf und half ihr, die Sachen zusammenzulegen, die sie aufs Bett geworfen hatte. »Wenn wir wirklich wieder zusammenleben wollen und ich erst mal mein Apartment los bin, können wir es uns auch leisten, eine größere Wohnung zu nehmen, damit Logan ein eigenes Zimmer bekommt. Er ist jetzt schon zehn Jahre alt. Er braucht jetzt wirklich ein eigenes Zimmer.«

Mary Anne verstaute das letzte Kleidungsstück im Koffer, klappte den Deckel zu und ließ die Schlösser einschnappen. »Erst einmal muß ich wieder zurück sein«, erklärte sie mit fester Stimme. »Ich sage zu all dem überhaupt nichts mehr, bis ich wieder zurück bin. Und dann…« Sie zögerte und vollendete den Satz mit einem hilflosen Achselzucken, »dann sehen wir weiter.«

Alan wollte ihr widersprechen, doch Mary Anne hielt ihn mit einer Handbewegung zurück. »Nein«, verbat sie ihm das Wort. »Keine weiteren Fragen, vor allem nicht, warum ich nach Idaho fliege. Ich habe dir alles gesagt. Und außerdem bin ich dir keinerlei

Erklärungen für mein Handeln schuldig, ganz im Gegensatz zu dir.«

Schweigend fuhren sie zusammen zum Flughafen, und auch beim Abschied sagten sie kaum ein Wort.

4

»Warum müßt ihr eigentlich immer streiten?«

Alisons Frage stand vorwurfsvoll im Raum. Mit drei Anzügen und ein paar Hemden über dem Arm tauchte Alan hinter dem Wandschrank des möblierten Apartments auf, das er nach der Trennung von Eileen Chandler gemietet hatte. Obwohl seine Tochter ganz und gar damit beschäftigt schien, seine Sachen in den abgewetzten Koffer zu packen, der offen auf seinem Bett lag, spürte Alan doch, wie gespannt sie auf eine Antwort von ihm lauerte.

»Manchmal ist das eben so bei Erwachsenen«, erwiderte er unsicher. Und wenn deine Mutter nicht so verdammt stur wäre und mir noch einmal eine Chance gäbe, wären alle Probleme aus der Welt, wollte er hinzufügen, doch er konnte es sich gerade noch verkneifen.

»Hat Little Miss Blondie dich wirklich rausgeschmissen?« fragte Logan vorwitzig. Zu spät merkte er, daß er sich verplappert hatte.

»Logan!« zischte Alison. »Wie kommst du dazu, sie so zu nennen? Mama hat uns ausdrücklich gesagt, daß sie und Susan…« Erschrocken schlug sie sich die Hand vor den Mund und schaute verlegen zu ihrem Vater hinüber.

»Little Miss Blondie?« fragte Alan überrascht. Er wußte nicht recht, ob er über diesen Namen, den seine Frau offenbar seiner Exfreundin gegeben hatte, schmunzeln oder sich ärgern sollte. Doch er wollte seinen Unmut nicht an seinen Kindern auslassen, die ja nichts dafür konnten, und so entschied er sich, es mit Humor zu nehmen. »Na ja«, kicherte er, »Eileen ist ja wirklich sehr klein, und blond und unverheiratet ist sie auch. Von daher ist der Name ja durchaus passend, oder?« Die Kinder, die ihn in Erwartung eines

Donnerwetters ängstlich angeschaut hatten, brachen in ein erleichtertes Gelächter aus. Dann, während er seine Hemden zusammenlegte, versuchte Alan, seine Liebesaffäre vor den Kindern herunterzuspielen. »Aber das Ganze war ein riesengroßer Irrtum von mir. Die Sache mit Eileen ist aus und vorbei, und mein sehnlichster Wunsch ist es, mich mit eurer Mutter zu versöhnen und wieder zu euch zurückzukommen, damit alles so wie früher ist.«

»Warum nehmen wir dann nicht alle deine Sachen gleich mit, Papa?« schlug Logan vor. »Wenn Mama zurückkommt, bist du dann schon wieder ganz bei uns eingezogen. Denn das hast du doch sowieso vor, oder?«

Alan strich seinem Sohn liebevoll übers Haar. »Ich wünschte, es wäre so einfach«, seufzte er. Doch als er sich in der lausigen Bude, in der er seit einem Monat hauste, umschaute, fand er die Idee seines Sohnes auf einmal sehr verlockend. Warum eigentlich nicht? In ein paar Tagen war die Septembermiete fällig, und auch sonst gab es eigentlich nicht den geringsten Grund, in diesem deprimierenden Loch noch länger zu bleiben. Die unförmigen Sitzmöbel im Wohnzimmer, die mit einem schreiend grünen, rissig-rauhen Polsterstoff bezogen waren, an dem er sich jedesmal fast die Haut aufschürfte, gehörten auf den Müll, und das klapprige Bett mit den durchgelegenen Matratzen war keinen Deut besser. Eine Küche fehlte völlig, es gab lediglich einen umgebauten Kleiderschrank im Wohnzimmer, in dem sich eine winzige Kochgelegenheit befand.

Warum also nicht einfach sofort kündigen und bei Mary Anne einziehen? Selbst wenn sie ihn nach ihrer Rückkehr wieder rauswerfen würde – etwas Besseres als diese Bruchbude würde er immer finden. Und vielleicht würde sie es sich ja auch noch einmal überlegen.

Außerdem hatte Mary Anne doch selbst vorgeschlagen, daß er während ihrer Abwesenheit bei ihr wohnen sollte. Dann war es doch absurd, jedesmal, wenn er etwas brauchte, wieder hierherfahren zu müssen.

»Weißt du was, Logan? Ich finde deine Idee ausgezeichnet«, sagte Alan fest entschlossen. »Laß uns in den Keller gehen und irgendwelche Kisten auftreiben, dann packen wir gleich alles ein!«

Waren die Kinder seit der Abfahrt zum Flughafen bis jetzt schweigsam und nervös gewesen, so schlug ihre Stimmung nun, da sie ihren Papa endlich wieder ganz für sich haben würden, in lauten Jubel um. In zwanzig Minuten war alles erledigt. Zwei große Pappkartons reichten, um die paar Sachen, die sich Alan in der Zwischenzeit gekauft hatte, zu verstauen. Er packte sie in den Kofferraum, schrieb seinem Vermieter einen Brief, in dem er ihm kündigte, legte den Wohnungsschlüssel dazu und warf ihm den Umschlag in den Briefkasten.

Weitere zwanzig Minuten später war er wieder daheim. Er warf den Koffer auf sein Bett, holte seine Anzüge heraus und öffnete den großen Wandschrank, in dem er und Mary Anne immer gemeinsam ihre Kleider untergebracht hatten.

Als er ein paar Bügel beiseite schob, um seine Sachen aufzuhängen, fiel sein Blick auf ein Männer-Sporthemd, das unmöglich ihm gehören konnte, da es für ihn mindestens zwei Nummern zu groß war.

»Alison?« rief er. »Alison!«

Ein paar Sekunden später erschien seine Tochter in der Schlafzimmertür. Das Gesicht, das sie machte, als er ihr fragend das fremde T-Shirt entgegenhielt, bestätigte seinen Verdacht.

»Was zum Teufel geht hier eigentlich vor?« fragte Alan erregt. Alison erstarrte. »Kaum, daß ich aus dem Haus war, ist hier wohl der neue Liebhaber eingezogen, hä?« Wutentbrannt schleuderte er das Hemd zu Boden und stieß es dann mit dem Fuß gegen die Wand. Instinktiv wollte Alison losstürzen, um das Hemd zu retten.

»Es... es gehört Bill«, stammelte sie. »Ich glaube, er...« Ihre Stimme versagte, als sie den Zorn in den Augen ihres Vaters sah.

»Wer zum Teufel ist Bill?« schrie Alan aufgebracht. »Was wird hier eigentlich gespielt?«

Logan, der inzwischen dazugekommen und sich ängstlich hinter seiner Schwester versteckt hatte, griff nun hilfesuchend nach ihrer Hand. »Er... er ist niemand besonderes, Daddy«, stotterte er. Tränen standen in seinen Augen. »Er ist nur so ein Bekannter von Mama, mit dem sie ein paarmal ausgegangen ist, nichts sonst.«

»Ein paarmal?« wiederholte Alan. Seine Stimme überschlug

sich fast. »Wenn er nur ein paarmal mit ihr ausgegangen ist, wie kommt dann sein verdammtes Hemd in meinen Kleiderschrank, verflucht noch mal?«

»Woher soll denn ich das wissen?« platzte Alison plötzlich heraus, in deren Augen auf einmal keine Tränen mehr, sondern blanker Zorn funkelte. »Vielleicht hat er es einfach hier vergessen. Vielleicht hat er Mama bei der Gartenarbeit geholfen, und sie hat ihm zum Dank sein Hemd gewaschen!«

»Ja, natürlich!« tobte Alan. »Sag' mal, für wie blöd hältst du mich eigentlich?«

Alison zuckte zusammen, wie wenn ihr Vater sie geohrfeigt hätte, aber sie gab nicht auf. »Na, und wenn schon!« schrie sie zurück. »Und wenn er die Nacht mit Mama verbracht hat? Was geht denn dich das an? Was hast denn du derweil gemacht? Du warst ja die ganze Zeit nicht einmal da! Komm, Logan. Vielleicht hat Mama wirklich recht! Vielleicht ist es besser, wenn sie Papa nicht wieder einziehen läßt!« Mit diesen Worten zog sie ihren Bruder, der immer noch ängstlich ihre Hand umklammert hielt, mit sich aus dem Zimmer. Sekunden später hörte Alan, wie die Tür des Kinderzimmers zuknallte.

Der Wutausbruch seiner Tochter heizte Alans Zorn erst richtig an. Erbittert zerrte er das Hemd vom Fußboden hoch und riß es fast auseinander.

Was für ein Flittchen war Mary Anne eigentlich? Wie viele Männer mochte sie wohl inzwischen gehabt haben? Wahrscheinlich hatte sie während ihrer ganzen Ehe immer irgendeinen Liebhaber gehabt. Ihn hatte sie die ganze Zeit nur ignoriert und derweil hinter seinem Rücken mit allen Männern aus der Stadt geflirtet! Kein Wunder, daß er bei Eileen Chandler Trost gesucht hatte. Es wäre nur die gerechte Strafe, wenn er nicht wieder bei ihr einziehen würde. Und dann versuchte sie noch, ihm wegen seines läppischen Fehltritts Schuldgefühle zu machen! Wieder riß er an dem Hemd, bis ein Ärmel nur noch an einem Fetzen herabhing, wirbelte die traurigen Überreste durch die Luft und schleuderte sie dann an die Wand. Was mochte der Kerl wohl sonst noch alles in seiner Wohnung gelassen haben?

Er riß die Schubladen des Schreibtisches auf und durchwühlte sie. Als er nichts fand, stürzte er ins Badezimmer und machte sich über das Spiegelschränkchen her. Irgend etwas mußte der verfluchte Typ doch bei ihr hinterlassen haben.

Aber er fand nichts außer seinen eigenen Sachen.

Seine Rasiercreme lag immer noch auf der Ablage, wo sie immer gelegen hatte.

Seine Zahnbürste hing im selben Halter wie immer.

Sogar die Antibiotika, die ihm Dr. Weinberg vor zwei Jahren wegen seiner Bronchitis verschrieben hatte, standen noch da. Alles war so, wie er es verlassen hatte.

Langsam begann sein Zorn zu verrauchen. Als er auf all seine Utensilien starrte, die da vor ihm aufgereiht standen und seitdem nicht einmal einen Zentimeter beiseite geschoben worden waren, überkam ihn ein Gefühl von Scham.

Was zum Teufel war eigentlich in ihn gefahren? Alison hatte völlig recht. Wenn er mit Eileen Chandler schlief, ging es ihn ja wirklich nichts an, ob bei Mary Anne einmal ein anderer Mann übernachtete. Er konnte ja noch von Glück reden, daß sie die Scheidung noch nicht eingereicht hatte. Alan verließ das Bad und klopfte vorsichtig an die Kinderzimmertür.

»Geh weg!« hörte er Logans gedämpfte Stimme.

Alan klopfte noch mal, dann öffnete er die Tür einen Spalt. »Kinder? Also, was ich da vorhin gesagt habe, war wirklich... äh, ich glaube, ein ganz schöner Blödsinn. Wollen wir nicht einfach so tun, als ob das alles nicht passiert wäre? Als ob ich gerade eben erst angekommen wäre, ja?«

Alison und Logan schauten sich unsicher an, dann antwortete Alison für beide: »Heißt das, daß du Mama nicht mehr böse bist?«

Alan holte tief Luft und stieß einen Seufzer aus. Halb gab er sich geschlagen, halb resignierte er. »Also gut, ich bin Mama nicht mehr böse. Aber ich glaube, sie ist immer noch ganz schön böse auf mich!«

Logan kletterte aus seinem Bett heraus und lächelte seinen Vater an. »Wird schon alles gutgehen«, versicherte er treuherzig. »Manchmal ist sie furchtbar böse auf mich, aber sie hat mich trotzdem lieb. Und ich wette, sie hat dich auch immer noch genauso lieb!«

Ein paar Minuten später, als Alan die paar Sachen, die er mitgebracht hatte, in den Schränken verstaut hatte, mußte er wieder daran denken, was Logan zuletzt gesagt hatte.

Wenn Mary Anne ihn nun nicht mehr lieben würde, was dann?

Er hatte nicht die leiseste Ahnung.

»Mrs. Carpenter? Mary Anne Carpenter?«

Mary Anne war gerade durch das Tor in die Abfertigungshalle des Boise Municipal Airport getreten, über der linken Schulter eine große Umhängetasche, in der rechten Hand einen Koffer. Instinktiv fuhr sie sich mit der Linken durchs Haar. Sie mußte verheerend aussehen. Doch der kräftige Mann, der da mit ausgestrecktem Arm freundlich lächelnd auf sie zukam und ihr den Koffer abnahm, schien ihre Erschöpfung nicht zu sehen.

»Ich bin Charley Hawkins«, sagte er mit sonorer Stimme. Er war um die sechzig, hatte graumeliertes Haar und ein zerfurchtes Gesicht, das auf Mary Anne irgendwie vertrauenserweckend wirkte. »Es tut mir leid, daß wir uns unter diesen Umständen kennenlernen.« Er stockte einen Moment. »Aber ich habe es als meine Pflicht angesehen, Sie hier abzuholen. Ich bin… ich war Teds und Audreys Anwalt bzw. einer seiner Anwälte. In San Francisco hatte Ted eine ganze Sozietät, die seine geschäftlichen Sachen abwickelte, aber hier oben für die Ranch war ich zuständig. Ist das Ihr ganzes Gepäck?«

Mary Anne nickte nur kurz und ließ sich dann von ihm durch die Halle führen.

»Mein Auto steht draußen. Bis Sugarloaf sind es nur ein paar Stunden.« Während er Mary Annes Koffer auf dem Rücksitz seines Cadillac verstaute, ihr die Beifahrertür aufhielt und sich ans Steuer setzte, unterhielt er sie die ganze Zeit mit Belanglosigkeiten. Dann fuhren sie schweigend auf dem Highway 21 in nordöstlicher Richtung nach Stanley.

»Was ist eigentlich geschehen?« fragte Mary Anne schließlich, als sie sich von den Strapazen des Flugs ein wenig erholt hatte und sich stark genug fühlte, die Details über den Tod ihrer Freunde verkraften zu können. »Ich kann es immer noch nicht glauben, daß die beiden…« Sie ließ den Satz unvollendet, um nicht in Tränen auszubrechen.

Der Anwalt schüttelte finster den Kopf. »Soweit man bisher weiß, war es beide Male ein tragischer Unfall«, fing er an. Die nächsten zehn Minuten, während sie durch das öde Land rund um Boise fuhren, erzählte er ihr alles, was er über Ted und Audreys Tragödie vom Vortag wußte. Doch während der ganzen Zeit mußte Mary Anne immer nur an seine allerersten Worte denken.

»Sie sagten zu Beginn: ›Soweit man bisher weiß‹«, wiederholte sie, als er mit seinem Bericht am Ende war. »Gibt es da irgendwelche Zweifel, daß es ein Unfall war? Besteht die Möglichkeit, daß jemand sie… sie umgebracht hat?«

Charley Hawkins schaute sie kurz mit prüfendem Blick an, dann wandte er sich wieder ab und schwieg lange. Als er schließlich wieder das Gespräch aufnahm, klang seine Stimme ein wenig verändert, und Mary Anne merkte jetzt deutlicher, daß er nicht nur Teds und Audreys Freund, sondern auch ihr Anwalt war. »Wie ich schon sagte, war es in beiden Fällen, soweit man bisher weiß, ein Unfall. Es ist jedoch allen völlig unerklärlich, warum Sheika gescheut hat. Sie ist ein absolut ruhiges und sanftes Pferd, eher wie ein Hund, wenn Sie verstehen, was ich meine. Und was Audreys Tod betrifft, nun ja, es gibt leider keine Zeugen, aber es ist unmöglich, daß sie sich verirrt hat. Sie müßte eigentlich ganz genau gewußt haben, wo sie war, denn bei dem Vollmond gestern nacht war es fast taghell. Und Audrey war kein Mensch, der mit seinem Leben spielte. Von daher stellt sich mir die Frage, was zu diesem Absturz geführt hat. Diese Frage wird wahrscheinlich ewig unbeantwortet bleiben, aber…«

Aber.

Das Wort hing in der Luft, und als der Anwalt nicht weitersprach, drehte sich Mary Anne auf ihrem Sitz zu ihm hin und schaute ihn eindringlich an. »Mr. Hawkins, gibt es da irgend etwas, was Sie mir verschweigen?«

Der Anwalt wandte seinen Blick nicht von der Straße ab. Sie

fuhren nun direkt ins Sawtooth-Gebirge hinein. »Immer wenn zwei Menschen so unmittelbar hintereinander zu Tode kommen und eine Menge Geld mit im Spiel ist, drängen sich einem gewisse Fragen auf, Mrs. Carpenter.«

»Aber wer…« Plötzlich tauchte ein Gedanke in ihr auf. »Sie meinen doch nicht etwa Joey?« fragte Mary Anne erschrocken. »Mein Gott, er ist doch noch ein kleiner Junge!«

»Er wäre nicht der erste Dreizehnjährige, der seine Eltern umbringt«, erwiderte Charley Hawkins lakonisch.

Doch dann, als er aus dem Augenwinkel Mary Annes totenbleiches Gesicht sah, versuchte er, sie zu beschwichtigen. »Wissen Sie, es ist einfach die Pflicht der Polizei, auch Joey ein paar Fragen zu stellen, Mrs. Carpenter. Das soll natürlich nicht heißen, irgend jemand würde ernstlich glauben, daß Joey mit der Sache etwas zu tun hätte; aber es ist nun einmal so, daß man, wenn zwei Eltern auf diese Weise zu Tode kommen, auch den Sohn im Auge behalten muß. Heutzutage ist so etwas eben leider nicht auszuschließen.«

»Aber Joey hat doch seine Eltern abgöttisch geliebt!« widersprach Mary Anne.

Als sich Charley Hawkins Züge verhärteten und er keine Antwort gab, drang sie in ihn. »Oder gab es da irgendwelche Probleme?«

»Je nachdem, was Sie unter Problemen verstehen«, wich der Anwalt aus. »Joey kommt gerade in die Pubertät, und in diesem Alter gibt es doch immer irgendwelche Probleme, oder?« Er lächelte ihr beruhigend zu, obwohl er alles andere als beruhigt war. »Er ist ein Teenager, Mrs. Carpenter. Und es ist nicht immer leicht, mit Teenagern umzugehen, vor allem für die Eltern, wenn Sie verstehen, was ich meine. Aber machen Sie sich keine Sorgen«, fügte er schnell hinzu. »Ich will Sie nur darauf vorbereiten, daß die Polizei womöglich Joey noch einmal vernehmen wird. Und sei es nur, um zu fragen, ob er noch irgend etwas vergessen hat. Vielleicht hat er irgend etwas gesehen oder gehört, das er für nicht weiter wichtig erachtet hat, das aber vielleicht auf eine heiße Spur führt. Also seien Sie nicht besorgt, wenn die Polizei noch einmal vorbeikommt, um Joey ein paar Fragen zu stellen, ja? Mehr hab' ich gar nicht sagen wollen.«

»Ich verstehe.« Mary Anne atmete tief durch und lehnte sich in das weiche Lederpolster zurück. »Ich meine bloß… ich weiß nicht… das kommt mir so völlig abwegig vor.«

Charley Hawkins lächelte schwach. »Das ist es wahrscheinlich auch, wenn man es sich recht überlegt. Es gibt da übrigens noch etwas, das ich mit Ihnen besprechen möchte. Ich bin nämlich kein Mensch, der die Dinge gerne vor sich herschiebt. Ich nehme an, Sie wissen, daß Sie Joeys Vormund sind?«

Mary Anne nickte. »Audrey und ich haben das vor Jahren ausgemacht. Sie hatte niemanden sonst, der ihr nahestand, und auch ich konnte mir niemand anderen vorstellen, in dessen Hände ich meine Kinder, falls mir etwas zustoßen sollte, lieber wissen wollte. Aber ich habe natürlich niemals ernstlich daran gedacht, daß dieser Fall wirklich eintreten würde.«

»Das hat wohl keiner von uns, Mrs. Carpenter«, seufzte der Anwalt. »Aber es ist gut, daß Sie und Audrey rechtzeitig darüber geredet haben. Ted und Audrey haben das Ganze auch zu Papier gebracht. Dies und noch vieles andere.«

Seine letzten Worte hinterließen ein mulmiges Gefühl in Mary Annes Magen. Den ganzen Flug über hatte sie aus dem Fenster in die Wolken gestarrt und sich Mühe gegeben, nicht daran zu denken. Dabei hätte sie ja wissen müssen, daß hier in Sugarloaf einiges auf sie zu kommen würde. Hatte sie wirklich geglaubt, daß es damit getan wäre, Joey bei der Beerdigung seiner Eltern beizustehen, seinen Koffer zu packten und mit ihm wieder zurück nach New Jersey zu fliegen?

Sie hatte sich bewußt keine Gedanken über die Ranch gemacht, über Teds Firma oder über irgendwelche anderen Details aus Teds und Audreys kompliziertem Leben. Aber nach dem, was Charley Hawkins gerade gesagt hatte, hatten die beiden ja offenbar an alles gedacht. Mary Anne überlegte ihre Worte genau, bevor sie dem Anwalt antwortete. »Ich nehme an, daß die finanziellen Verhältnisse ziemlich kompliziert sind. Und ich entnehme Ihren letzten Worten, daß ich dann wohl… äh… das Testament vollstrecken muß, oder?«

»Nicht ganz«, berichtigte sie der Anwalt. »Der Testamentsvollstrecker bin ich, das heißt, ich mache den ganzen Papierkram. Sie sind die Vermögensverwalterin.«

Mary Anne drehte sich zur Seite und schaute ihn überrascht an. »Die Vermögensverwalterin? Ich dachte, ich wäre Joeys Vormund?«

Als sich Hawkins lächelnd zu ihr hinüberdrehte, glaubte Mary Anne, in seinen schiefergrauen Augen einen Hauch von Mitleid zu entdecken. »Oh, ja, das sind Sie natürlich außerdem. Aber wenn es um ein Vermögen von der Größenordnung geht, wie es Ted und Audrey hinterlassen haben, und wenn der einzige Erbe minderjährig ist, werden die Dinge kompliziert. Deshalb haben die beiden Sie nicht nur zum Vormund, sondern auch zur Vermögensverwalterin eingesetzt.«

»Großer Gott!« Mary Anne mußte sofort an die Firma in Kalifornien denken, an der Ted immer noch die Anteilsmehrheit besessen hatte. »Und was bedeutet das konkret?«

»Nun ja, erst einmal bedeutet das, daß Sie und ich in Zukunft eine Menge Geschäftskram miteinander zu erledigen haben. Ted, Audrey und ich sind uns spontan sympathisch gewesen und bald Freunde geworden, und es war uns von Anfang an klar, daß Sie im Ernstfall jemanden brauchen würden, der Ihnen bei allem hilft.«

Das mulmige Gefühl in Mary Annes Magen verwandelte sich in leise Panik. »Und was meinen Sie damit genau, Mr. Hawkins?«

»Nun ja, ein Vermögen zu verwalten, will gelernt sein. Und bei Teds Geschäften geht es um gewaltige Summen. Seit heute morgen ist Joey ein wohlhabender junger Mann. Und auch Sie sind eine ziemlich wohlhabende Frau.«

»Ich?« fragte Mary Anne irritiert. Sie hatte Mühe, bei den Erklärungen des Anwalts mitzukommen. »Ich glaube, ich habe Sie nicht ganz verstanden...«

»Es ist im Grunde ganz einfach«, erläuterte Charley Hawkins. »Die beiden haben folgende Überlegungen angestellt: Bei dem Vermögen und den damit verbundenen Problemen für den Vormund, insbesondere dem, den Erben eines solchen Riesenvermögens – die Rede ist von Joey – aufzuziehen, sollten die Bemühungen des Vormunds angemessen honoriert werden. Ted und Audrey haben festgelegt, daß die Einkünfte des Vormunds aus dem Vermögen von dem Moment an, in dem Joey zum Waisen wird, bis zur Vollendung seines 21. Lebensjahrs jährlich ein Prozent betragen sollen…«

»Ein Prozent!« rief Mary Anne atemlos. »Das sind ja bestimmt ein paar Hunderttausend Dollar! Das ist ja absolut verrückt!«

»Es ist alles andere als verrückt, Mary Anne«, antwortete Charley Hawkins ruhig. »Das Ganze hat durchaus seinen Sinn. Sehen Sie, der Vormund – also Sie, Mrs. Carpenter – wird dadurch finanziell unabhängig vom Vermögen des Mündels. Eine Vorsichtsmaßnahme, wenn Sie so wollen, um zu verhindern, daß Interessenskonflikte zwischen Ihnen und Joey entstehen. Sie werden nicht in Versuchung geführt, sich an seinem Vermögen zu bereichern, und Joey hat keine Chance, Sie durch finanzielle Zuwendungen zu erpressen.«

»Du lieber Gott!« stöhnte Mary Anne. »Und wieviel ist das dann insgesamt?«

»Wesentlich mehr, als Sie denken«, erwiderte Hawkins. »Ein Prozent pro Jahr bis zu Joeys 21. Geburtstag: Ihr Anteil beträgt also acht Prozent vom Gesamtvermögen.«

Mary Anne fühlte sich wie gelähmt. »Das gibt's doch nicht!« stieß sie atemlos hervor, »das gibt's doch nicht!«

Charley Hawkins mußte schmunzeln. »Sie können von Glück reden, daß Sie gestern nacht in New Jersey waren. Sonst stünden Sie ganz oben auf meiner Liste der Tatverdächtigen.«

Mary Anne erbleichte. »Sie meinen doch nicht etwa…«

»Nur ein Scherz, Mary Anne«, versicherte der Anwalt schnell. »Ich hab' nur einen Scherz gemacht.«

»Mein Gott, hat sich das alles verändert!« rief Mary Anne, als sie auf ihrem Weg nach El Monte durch Sugarloaf kamen. Das Dorf war fast doppelt so groß wie vor acht Jahren, als sie es zum letzten Mal gesehen hatte. Trotzdem wäre es ihr schwergefallen, genau auszumachen, welche der Häuser neu hinzugekommen waren, so harmonisch paßten sich die neuen Bauten in das alte Dorfbild ein.

»Da ist neues Geld am Drücker«, war Charley Hawkins lakonischer Kommentar. »Wir versuchen verzweifelt, das Flair des Ortes zu erhalten, aber fast jede Woche taucht hier ein neuer Grundstücksspekulant auf. Ein Großteil meiner Arbeit besteht darin, die laufenden Klagen gegen die Bebauungsbeschränkungen abzuschmettern. Und jetzt«, fügte er grimmig hinzu, »habe ich meinen stärksten Verbündeten verloren. Wenn Ted noch am Leben wäre...« Er schwieg einen Augenblick, dann zuckte er die Achseln. »Irgendwie werden wir einen Weg finden müssen, ohne ihn auszukommen, nicht wahr? Es bleibt uns ja keine andere Wahl.«

Den Rest der Strecke bis zur Ranch legten sie schweigend zurück. Als sie das Dorf hinter sich ließen, stellte Mary Anne erleichtert fest, daß sich das Tal seit ihrem letzten Besuch kaum verändert hatte. Schließlich fuhren sie durch das Tor von El Monte über die gewundene Kiesstraße bis hoch vor das große Blockhaus der Wilkensons.

Es war größer, als es Mary Anne in Erinnerung hatte.

Kaum war sie aus dem Wagen gestiegen, wurde die Tür aufgerissen, und Joey kam in wilden Sprüngen quer über die breite Veranda gerannt, nahm die Treppenstufen in einem einzigen Satz und flog direkt in Mary Annes Arme.

»Tante Mary Anne! Was sollen wir bloß machen? Mama und Daddy sind...« Die Worte erstarben auf seinen Lippen, und Mary Anne umarmte ihn ganz fest.

»Es wird alles wieder gut, Joey«, tröstete sie ihn und strich ihm zärtlich übers Haar. »Jetzt bin ich ja da, und jetzt wird alles wieder gut.«

Der Junge schaute ängstlich zu ihr auf. »Bleibst du jetzt auch wirklich hier und kümmerst dich um mich?«

»Aber natürlich, Liebes. Deshalb bin ich ja gekommen.« Sie nahm ihn bei der Hand und ging mit ihm zurück ins Haus. Charley Hawkins folgte ihr mit ihrem Koffer. Im Hauseingang begrüßte sie eine kleine freundliche Frau Mitte Dreißig, gekleidet in Jeans und T-Shirt, die genauso übermüdet aussah, wie Mary Anne sich fühlte.

»Ich bin Gillie Martin«, sagte die Frau und streckte ihr offen die Hand entgegen. »Mein Mann ist der Polizeichef vom Ort. Ich bin gestern nacht heraufgekommen, als...« – sie warf einen kurzen Blick auf Joey – »...als ich von Audreys Unglück erfuhr«, vollendete sie ungeschickt den Satz. »Wenn Sie irgend etwas brauchen, können Sie mich jederzeit anrufen. In der Küche sind jede Menge Lebensmittel, die die Leute aus der Umgebung vorbeigebracht haben. Ich hab' eins der Gästezimmer für Sie vorbereitet.« Sie errötete leicht. »Ich hoffe, das war in Ihrem Sinne.«

»Aber natürlich«, versicherte Mary Anne schnell. »Wenn Sie die ganze Nacht hier waren, müssen Sie ja fürchterlich müde sein. Sicher wollen Sie so schnell wie möglich nach Haus...«

»Nicht, bevor Sie sich hier eingerichtet haben und ich sicher bin, daß Sie und Joey rund um versorgt sind«, erwiderte Gillie in einem Ton, der keinen Widerspruch duldete. »Ich rufe schnell noch Rick an – das ist mein Mann – und sage ihm, daß Sie angekommen sind. Er wird sicher hochkommen wollen und Ihnen erzählen, wie alles passiert ist; und danach fahre ich mit ihm nach Hause zurück.«

Im Laufe des Nachmittags waren immer mehr Leute nach El Monte gekommen, um Mary Anne, die tapfer gegen die Erschöpfung der letzten vierundzwanzig Stunden ankämpfte, ihre Hilfe anzubieten. Am frühen Abend waren die Nachbarn einer nach dem anderen wieder nach Hause gegangen, und so saß Mary Anne nun auf der Veranda und sagte als letztem Charley Hawkins gute Nacht.

»Sind Sie auch ganz sicher, daß Sie heute nacht hier schlafen wollen?« fragte er besorgt. »Wenn Sie wollen, können Sie und Joey auch zu mir nach Hause mitkommen, ich habe jede Menge Platz in meinem Haus, und seit Mabel letztes Jahr gestorben ist, freue ich mich immer, wenn ich ein bißchen Gesellschaft habe.«

»Vielen Dank, aber ich komme schon zurecht«, erwiderte Mary Anne matt. »Zumindest, soweit dies unter den gegebenen Umständen überhaupt möglich ist. Und ich glaube, es ist für Joey wie für mich besser, wenn wir heute nacht allein sind. Wenn Sie verstehen, was ich meine...«

»Aber natürlich«, antwortete Hawkins. »Wenn Sie irgend etwas brauchen, rufen Sie mich an.« Als er die Treppe hinunterging, fiel

Mary Anne plötzlich etwas ein, was ihr in der letzten Stunde immer wieder durch den Kopf gegangen war.

»Charley?« Der Anwalt blieb unten auf dem Treppenabsatz stehen und schaute zu ihr hoch. »Ich habe da ein Problem. So, wie es aussieht, muß ich ja wohl noch eine ganze Weile hierbleiben. Wäre es da nicht möglich, daß ich meine beiden Kinder zu mir hole?« Sie kam die Treppe herunter, blieb vor ihm stehen.

Charley Hawkins verstand sofort. »Aber klar doch, wann immer Sie wollen. Ich werde gleich morgen früh auf der Bank ein Konto für Sie eröffnen. Wenn Sie ins Dorf kommen, schauen Sie doch kurz am Schalter vorbei, um die Kreditkarten zu unterschreiben. Aber ich kann sie Ihnen auch vorbeibringen.«

»Nein, nein, ich komm' runter und schau selbst vorbei«, antwortete Mary Anne. »Das ist wirklich sehr nett, vielen Dank, Charley. Ich bin sehr froh, daß Ted und Audrey Sie als ihren Rechtsanwalt ausgesucht haben.«

Ein Lächeln huschte über Charley Hawkins Gesicht. »Und ich bin froh darüber, daß die beiden Sie zu Joeys Vormund eingesetzt haben. Aber ich habe mir da nie große Sorgen gemacht. Ted und Audrey haben immer den richtigen Blick für Menschen gehabt. Gute Nacht, Mrs. Carpenter.«

Als er gegangen war, schloß Mary Anne die Tür hinter ihm und lehnte sich einen Moment dagegen. Jetzt erst fiel der stahlharte Griff von ihr ab, mit dem sie den ganzen Tag ihre Gefühle unter Kontrolle gehalten hatte. Sekundenlang wurden ihr die Knie weich. Doch dann faßte sie sich wieder und ging die Treppe hoch, um nach Joey zu schauen. Er war noch nicht ausgezogen und lag in Kleidern auf dem Bett ausgestreckt, an seiner Seite sein großer Hund.

»Joey?« fragte Mary Anne und betrat leise das Zimmer. »Schläfst du schon?« Als der Junge keine Antwort gab, ging sie auf Zehenspitzen ans Bett und deckte ihn mit der großen Kaschmirdecke zu, die am Fußende lag. Dann beugte sie sich über ihn und küßte ihn zärtlich auf die Wange. »Paß gut auf ihn auf, Storm«, flüsterte sie leise. »Er braucht dich jetzt.« Als ob er verstanden hätte, schlug der Hund mit seinem Schwanz aufs Bett und drängte sich noch näher an seinen Herrn heran.

Mary Anne ließ die Tür einen Spalt offen und ging die Treppe hinunter ins Erdgeschoß. Im Wohnzimmer fiel ihr Blick auf ein Foto von Ted und Audrey, eingerahmt in Silber, und zum ersten Mal an diesem Tag ließ sie ihren Tränen freien Lauf.

Schließlich setzte sie sich an Audreys Schreibtisch, nahm das Telefon und wählte ihre Nummer in New Jersey. Nach dem dritten Läuten nahm Alan ab.

»Hallo, ich bin's, Mary Anne«, sagte sie. »Ich wollte nur den Kindern Bescheid sagen, daß ich gut angekommen bin.«

»Ich werde es ihnen ausrichten«, antwortete Alan knapp. Dann herrschte sekundenlang peinliches Schweigen in der Leitung, beide mußten an den Streit von heute morgen denken. Schließlich fragte Alan: »Geht's dir gut?«

»Na ja, den Umständen entsprechend«, antwortete Mary Anne. Sie zögerte einen Moment, dann fuhr sie fort. »Es sieht so aus, als ob ich hier noch eine Weile bleiben muß. Könntest du mir die Kinder vorbeibringen?«

Ein kurzes, sarkastisches Lachen drang aus dem Apparat. »Natürlich«, sagte er. »Ich rufe gleich morgen beim Reisebüro an und bestelle die Tickets. Erster Klasse. Mein Gott, Mary Anne, wir wissen kaum, wovon wir die nächste Miete zahlen sollen, und du willst, daß wir für ein paar Tage nach Idaho kommen. Das ist doch wohl nicht dein Ernst?!«

»Alan, das geht schon. Ich hab' ein bißchen Geld«, begann Mary Anne verlegen, doch bevor sie fortfahren konnte, wurde sie von ihrem Mann unterbrochen.

»Wie bitte? Ich hör' wohl nicht richtig?! Das ganze letzte Jahr über hast du mir die Ohren vollgewinselt, daß du kein Geld hättest, und in Wirklichkeit hast du noch genug gehabt, um zu *sparen*? Das darf doch wohl nicht wahr sein! Du hast dich aufgeführt, als ob du jeden Moment verhungern würdest!«

Seine Worte ließen Mary Anne erstarren. Sollte sie ihm alles erzählen? Sollte sie ihm sagen, was der letzte Wille von Ted und Audrey war?

In diesem Moment fiel ihr wieder Eileen Chandler ein.

Ich werde ihm niemals mehr trauen können, dachte sie beklommen. Wenn ich ihm das mit dem Geld jetzt erzähle, werde ich ihm niemals mehr trauen können. Ich werde nie wissen, ob er zu mir zurückgekommen ist oder zu meinem Geld.

»Es war sehr knapp, aber ich habe es eben trotzdem geschafft, ein paar Dollar auf die hohe Kante zu legen«, entgegnete sie schroff. »Es reicht auf jeden Fall für die Flugtickets, und ich habe nicht die mindeste Lust, mit dir weiter darüber zu diskutieren. Ich will meine Kinder hier bei mir haben, und du hast die Wahl, ob du sie allein ins Flugzeug setzt oder ob du mitkommst. Es liegt an dir.«

Der Klang ihrer Stimme sagte Alan deutlich, daß es keinen Zweck hatte, weiter herumzustreiten. Und er sagte ihm auch, daß er auf jeden Fall mitkommen müßte, wenn er die Ehe noch retten wollte.

»Also gut, wir kommen«, sagte er. »Wir müssen nur noch unsere Koffer packen, dann nehmen wir den gleichen Flug wie du und sind morgen früh da. In Ordnung?«

Mary Anne seufzte erleichtert auf. »Danke, Alan«, sagte sie beherrscht. »Ich laß die Tickets für euch am Flughafen hinterlegen. Wir sehen uns dann morgen.«

Sie legte den Hörer auf und lehnte sich entspannt in den Sessel zurück.

In vierundzwanzig Stunden hatte sich ihr Leben von Grund auf geändert.

5

Logan Carpenter kuschelte sich tief in das weiche Bett und zog die flauschige Daunendecke bis unters Kinn.

»Kann ich das Licht ausmachen?« fragte Mary Anne lächelnd.

»Aber es ist doch erst neun Uhr!« protestierte Logan, doch er ahnte schon, daß es keinen Zweck hatte.

»Aber da, wo du heute morgen aufgewacht bist, ist es schon elf Uhr«, gab Mary Anne zurück. »Vor einer halben Stunde bist du mir unten im Wohnzimmer eingeschlafen.«

»Nein, bin ich nicht!« widersprach Logan. »Ich bin nur…«

»Du hast geschlafen wie ein Murmeltier, und genauso fest wirst du in fünf Minuten schlafen«, unterbrach ihn Mary Anne schmunzelnd. Dann beugte sie sich über ihn, küßte ihn zärtlich und knipste die Nachttischlampe aus. »Soll ich die Tür offenlassen?« fragte sie, als sie aus dem Zimmer ging.

»Ich bin doch kein Baby!« versetzte Logan mit dem ganzen Stolz seiner zehn Jahre. Und so schloß Mary Anne leise die Tür. Doch kaum hatte Logan das Klicken des Schlosses gehört, da schlüpfte er auch schon aus dem Bett und huschte zum Fenster.

Idaho!

Er war in Idaho, auf Tante Audreys Ranch, und er hatte ein Zimmer ganz für sich allein!

Logan schaute hinaus über das mondbeschienene Sugarloaf Valley, das sich bis in alle Unendlichkeit hinzuziehen schien. Am Horizont konnte er die Lichter des Städtchens blinken sehen, und noch weiter draußen zeichnete sich undeutlich die schwarze Silhouette des Castle Peek gegen den nachtblauen Himmel ab. Das Fenster stand offen – zu Hause hatten sie Türen und Fenster immer sorgfältig verschließen müssen –, und von den Bergen wehte eine kühle Brise herab und strich ihm zärtlich über das Gesicht. Aufregende, nie gerochene Düfte aus der nächtlichen Natur stiegen ihm betörend in die Nase, ganz andere Gerüche als der ekelerregende Abgasgestank daheim in New Jersey.

Und diese vielen unbekannten Laute! Laute, die nichts zu tun hatten mit dem Gerumpel der Lastwagen, die daheim einen Häuserblock weiter die Schnellstraße entlangdonnerten.

Seltsame Geräusche, die er noch nie gehört hatte, zerrissen immer wieder die Stille der Nacht.

Von irgendwoher aus den Bergen drang plötzlich der Schrei eines Tieres zu ihm herüber und ließ Logan erschaudern. Es war sicher ein Wolf, der hoch oben auf einem der steilen Felsen über dem Tal saß und den Mond anheulte.

Dann hörte er ein krachendes Geräusch von rechts aus dem Wald. Logan wußte sofort, was das war.

Ein Bär, wahrscheinlich ein Grizzly, der wild durchs Gehölz brach.

Vielleicht auch ein Berglöwe!

Plötzlich kam ihm der Gedanke, ob er nicht doch besser das Fenster schließen sollte. Angespannt äugte er hinaus auf das Dach der Veranda, das nur ein paar Handbreit unter seinem Fenster begann.

Was, wenn ein Bär auf das Dach klettern und mitten in der Nacht in sein Zimmer gekrochen käme?

Wieder knackte es gefährlich in dem Wald. Logan zuckte zusammen, ein Schaudern lief ihm über den Rücken. Doch dann, als er angestrengt ins Dunkel starrte, sah er ein Reh mit einem Kitz aus den Bäumen treten. Die beiden liefen gemächlich über den Hof hinüber auf den Acker hinter dem Stall und begannen friedlich im Mondlicht zu äsen.

Erleichtert wandte sich Logan vom Fenster ab und kroch wieder in sein Bett. Er legte sich auf den Rücken und starrte zu den unbehauenen Holzbohlen des Dachgebälks hinauf.

War das eine hohe Decke! Selbst wenn er auf den federnden Matratzen Schwung holen und ganz hoch springen würde, würde er sie wahrscheinlich nicht mit der Hand erreichen können.

Sollte er es nicht einfach mal probieren?

Warum nicht? Zum ersten Mal war seine verdammte große Schwester nicht in seinem Zimmer und konnte ihm nichts mehr verbieten. Solange sie hier in Idaho waren, war das *sein* Zimmer, in dem er tun und lassen konnte, was er wollte! Ein neues, ungeahntes Gefühl von Freiheit fuhr ihm kribbelnd durch den Körper. Mit einem Schwung warf er die Decke zur Seite und stellte sich aufs Bett.

Er beugte die Knie und testete, wie stark die Matratzen nachgaben.

Vorsichtig wagte er den ersten Sprung und streckte seine Hand so weit wie möglich nach oben, um zu sehen, ob er den wuchtigen Stützbalken berühren konnte, der quer durchs Zimmer lief.

Keine Chance.

Er sprang noch einmal, diesmal höher, und er reckte auch den

Arm noch weiter nach oben. Wieder nichts. Nun fing er an, in regelmäßigen Rhythmus auf- und abzufedern, sich jedesmal, wenn er wieder hinabsauste, tiefer zu ducken, um noch höher hinauf zu gelangen. Langsam bekam er den richtigen Dreh heraus, und tatsächlich, mit jedem Sprung kam er ein Stückchen höher.

Bis zum äußersten streckte er seine Fingerspitzen aus. Nur noch wenige Zentimeter fehlten!

Höher, noch höher...

»Ja, du lieber Himmel, Logan! Was machst denn du da?«

Mit einem Schlag ging das Deckenlicht an, und seine Mutter stand mit offenem Mund in der Tür. Logan war dermaßen überrumpelt, daß er das Gleichgewicht verlor und polternd auf das Bett krachte.

»N... nichts«, stotterte der kleine Junge und riß sich schnell die Decke unters Kinn. Aber es war zu spät, die Wahrheit zu vertuschen. »Ich hab' aber nichts kaputtgemacht!«

»Also von unten hat es sich angehört, als ob gleich das ganze Haus zusammenbricht!« tadelte ihn Mary Anne. »Warum springst du denn da auf dem Bett herum? Du weißt doch, daß du das nicht darfst!«

»Ich... ich hab' nur geschaut, ob ich da oben hinkomme«, stammelte der Junge und deute auf das Dachgebälk. »Ich hab' aber nichts...«

»Und dann erzählst du, du hättest nichts kaputtgemacht?« unterbrach ihn Mary Anne. »Das Bett hätte zusammenbrechen, oder noch schlimmer, du hättest auf der Kante aufkommen und dir den Arm brechen können!«

»Och, Mami...«

»Kein ›Och, Mami‹! Du legst dich jetzt wieder ruhig hin und schläfst, verstanden?«

»Aber...«

»*Verstanden?*«

»Ja.« Logan seufzte. »Aber morgen, darf ich da auf einem Pferd reiten? Joey sagt...«

»Das sehen wir morgen«, fuhr Mary Anne dazwischen. Wenn sie ihn erst einmal zu Wort kommen ließe, würde er ihr jetzt mindestens fünf Minuten lang erklären, was Joey ihm alles über die Pferde im Stall erzählt hatte. Ihr Sohn hatte Joey vom ersten Moment an zu seinem Idol erkoren, wahrscheinlich aus dem simplen Grund, weil er drei Jahre älter war und auf einer richtigen Ranch lebte. »Für heute ist Schluß, Logan. Du hörst jetzt auf, hier herumzuspringen, und schläfst auf der Stelle, okay?«

Mary Anne knipste das Deckenlicht wieder aus und schloß die Tür hinter sich. Logan war wieder allein in diesem dunklen Zimmer, das der Mond mit seinem Silberlicht verzauberte. Schlafen? Unmöglich! Wie sollte er denn schlafen? Er würde die ganze Nacht aufbleiben und den wilden Tieren zuhören, die da draußen durch die Wälder jagten. Sobald er sicher sein konnte, daß seine Mutter nicht mehr an der Tür lauschte, würde er wieder aufstehen und ans Fenster gehen. Das Reh und das Kitz waren wahrscheinlich immer noch auf dem Feld, und vielleicht würde er einen Bär sehen oder einen Wolf oder…

Leise kam der erste Schlaf über ihn, und während sein Köpfchen langsam zur Seite rollte, stiegen aus seiner Seele bunte Traumbilder von geheimnisvollen Wäldern und gefährlichen Raubtieren auf. Bald schlummerte Logan Carpenter tief und fest.

Und so konnte er auch die schwarze Gestalt nicht sehen, die kurz darauf aus dem Wald auftauchte, fast unsichtbar, tief geduckt in den Schatten der Bäume. Sie starrte hinüber zu den Lichtern des Hauses. Bald würden sie erlöschen. Dann würde er sich näher heranschleichen…

»Vielleicht sollten wir doch lieber wieder zurückgehen«, flüsterte Andrea Stiffle ängstlich. Es war Viertel nach elf, als sie und ihr Zwillingsbruder leise durch den nächtlichen Wald schlichen, den Weg hinauf nach El Monte, fast einen Kilometer entfernt von dem schützenden Haus ihrer Eltern.

»Hast du Angst?« fragte Michael. Obwohl auch er im Flüsterton sprach, entging Andrea doch nicht die deutliche Verachtung in seiner Stimme.

»Nein, ich habe keine Angst«, log Andrea. Lieber würde sie sich die Zunge abbeißen, als ihrem Bruder gegenüber zuzugeben, wie sehr sie sich in der Dunkelheit ängstigte. Sie war zwar wie Michael mittlerweile schon dreizehn Jahre alt, doch ließ sie nachts immer noch das Licht brennen, vor allem dann, wenn dichte Wolken den Sternenhimmel bedeckten und das Haus in bedrohliche Dunkelheit einhüllten, so als wäre die Welt hinter ihrem Schlafzimmerfenster verschwunden. Heute nacht jedoch schien der Mond hell und klar, und so hatte sie zunächst begeistert zugestimmt, als ihr Bruder sie gefragt hatte, ob sie Lust hätte, mit ihm ein ›Abenteuer‹ zu unternehmen. Doch jetzt, mehr als einen halben Kilometer von ihrem Elternhaus entfernt, als sie durch dichtes, dunkles Espengehölz schlichen, kam langsam wieder diese würgende Angst in ihr hoch.

Immer, wenn im Gebüsch etwas knackte, krampfte sich ihr der Magen zusammen, und nur mit allergrößter Mühe konnte sie sich beherrschen, nicht jedesmal vor Schreck laut aufzuschreien. »Ich möchte nur, daß es keinen Ärger gibt, daß ist alles«, erwiderte sie in der Hoffnung, er möge ihrer Stimme nicht anmerken, wie kalt es ihr über den Rücken lief. »Wenn uns jemand erwischt, was dann?«

»Wer soll uns denn erwischen?« spottete Michael. »Mama und Daddy schlafen beide, und auf El Monte sind alle Lichter aus.«

»Wie willst du denn das wissen?« fragte Andrea mit erhobener Stimme.

»Halt den Mund«, zischte Michael und schaute schnell umher, ob sie jemand gehört hatte. Auch ihn hatte ein mulmiges Gefühl überfallen, als sie vor ein paar Minuten von der offenen Weide hinter ihrem Haus in den dichten Wald eingedrungen waren. »Ich kann das Haus von meinem Fenster aus sehen. Sie haben schon vor einer halben Stunde sämtliche Lichter gelöscht.«

»Du kannst aber nur die Vorderseite vom Haus sehen«, beharrte Andrea trotzig. »Was ist, wenn auf der anderen Seite noch jemand wach ist?«

Michael stöhnte genervt auf. »Dann machen wir eben nichts und gehen wieder nach Hause, okay?«

»Versprochen?« fragte Andrea ängstlich.

Michael schaute sie in der Dunkelheit prüfend an. »Wenn du die Hosen voll hast, dann hau besser gleich ab«, fuhr er seine Schwester an. »Geh doch nach Hause, wenn du willst!«

Eine Sekunde lang war Andrea wirklich drauf und dran umzukehren, doch bei der Vorstellung, den ganzen Weg nach Hause mutterseelenallein zurücklegen zu müssen, rutschte ihr das Herz in die Hose, und so verwarf sie den Gedanken sofort wieder. »Ich habe überhaupt nicht die Hosen voll«, begehrte sie auf. »Ich will nur keinen Ärger bekommen. Wenn Daddy uns erwischt, kriegen wir eine Woche Hausarrest.«

»Es wird uns aber niemand erwischen, also halt endlich die Schnauze«, herrschte sie ihr Bruder wütend an. Brüsk drehte er sich um und stapfte den schmalen, gewundenen Pfad vor ihr her, den er so in- und auswendig kannte, daß er ihn auch mit verbundenen Augen gefunden hätte.

Andrea lief ihm hinterher, doch ihre Nervosität wuchs mit jedem Schritt, und deshalb drängte sie sich so nah wie möglich an ihren Bruder.

Ein paar Minuten später stießen sie auf die Zufahrtsstraße der Wilkensons, und als sie aus dem dichten Wald auf den freien Weg traten, atmete Andrea erleichtert auf. Hier schlugen ihr wenigstens nicht mehr die langen Zweige der Bäume ins Gesicht, und hier zerkratzte ihr auch das stachelige Unterholz nicht mehr die Knöchel. Doch als sie kurz darauf auf den weitläufigen Hof der Ranch kamen, bekam sie es wieder mit der Angst zu tun. Wenn jetzt jemand aus dem Fenster schaute! Hier, im gleißenden Mondlicht würde man sie doch sofort erkennen!

»Wir gehen erst einmal hinter dem Stall in Deckung, bevor uns jemand sieht«, flüsterte Michael.

Tief geduckt schlichen sie über den Hof auf den Stall zu, bis sie in seinem dunklen Schatten verschwanden. Nun drückten sie sich so leise wie möglich an der Wand entlang. Im Innern des Stalls hörten sie die Pferde gemächlich ihr Heu mahlen, eines wieherte kurz auf, als sie vorbeischlichen. Schließlich hatten sie das Ende des Stalls erreicht und spähten vorsichtig um die Ecke. Das Haus war jetzt nur noch knapp dreißig Meter entfernt.

Alle Fenster waren dunkel. Außer dem leisen Schrei eines Käuzchens war kein Geräusch zu hören.

»Komm«, flüsterte Michael. »Wir greifen an!«

»Aber welches ist denn Joeys Zimmer?« fragte Andrea. »Wenn wir das falsche erwischen?«

»Das am Ende der Veranda«, antwortete Michael. »Ich hab' ihn tausendmal am Fenster stehen sehen. Er hat immer nur rausgestarrt, aber nicht so, als würde er irgend etwas sehen, verstehst du? Vor ein paar Wochen sind Jeff Tate und ich vorbeigekommen, und Jeff hat ihm zugewinkt, aber Joey hat nicht reagiert, er hat ihn einfach nicht gesehen.«

»Wieso spinnt der denn bloß so?« fragte Andrea verständnislos.

»Der spinnt eben«, entgegnete Michael achselzuckend. »Der ist einfach verrückt. Jeff glaubt, daß er seine Eltern umgebracht hat.«

»Ehrlich?« Andrea schnappte nach Luft. Sie blickte schaudernd zu dem Fenster am Ende der Veranda hinauf und stellte sich vor, wie Joey da stehen würde, wild und wahnsinnig, und sie mit seinem irren Blick durchbohren würde. Wieder kamen Zweifel in ihr auf, ob sie das ganze Unternehmen nicht doch besser abblasen und wieder heimgehen sollten. »Und wenn er uns sieht?«

Michael grinste sie hinterhältig an. »Dann bringt er dich vielleicht auch um.« Ohne die Reaktion seiner Schwester abzuwarten, wagte er sich mit einem einzigen Satz aus dem Schutz des Stalls und schoß quer über den Hof auf das Haus zu.

Andrea zögerte einen Moment. Sie hatte höllische Angst, vom Haus aus gesehen zu werden, doch noch mehr Angst hatte sie, hier von ihrem Bruder im Dunkeln allein gelassen zu werden. Und so holte sie tief Luft, als ob sie einen Sprung ins eiskalte Wasser wagen müßte, und rannte Michael hinterher.

Zusammen schoben sie sich nun an der Hauswand entlang und warteten einen Moment, bis sich ihr Atem wieder beruhigt hatte. Dann trat Michael einen Schritt aus der schützenden Dunkelheit des Hauses heraus, bückte sich, hob eine Handvoll Kieselsteine auf, mit denen der Boden zwischen Haus und Stall bedeckt war, und warf sie zu Joey Wilkensons Fenster hinauf. Noch ehe die Steine klirrend an die Scheibe prasselten, war er wieder unter dem vorstehenden Verandadach verschwunden.

Oben rührte sich nichts. Michael wollte sich gerade bücken, um eine zweite Ladung aufzuheben, als ihn Andrea plötzlich am Arm packte.

»Ich hab' was gesehen!« flüsterte sie entsetzt.

Michael erstarrte. »Wo?«

»D... da drüben!« stotterte sie. Ihr Herz klopfte wie rasend.

Michael spähte angespannt in die Richtung, in die seine Schwester mit dem Finger zeigte. Erst sah er gar nichts, doch dann, auf der anderen Seite des Hofes, nahe dem Waldrand, bemerkte er plötzlich eine Bewegung.

Ein Reh. Das konnte nur ein Reh sein. Er und Andrea brauchten nur mucksmäuschenstill zu sein, dann würde es langsam zwischen den Bäumen ins helle Mondlicht hinaustreten, und dann könnten sie es sich ganz genau ansehen. Mit der Rechten griff Michael fest nach Andreas Arm, legte den linken Zeigefinger auf den Mund und schaute sie bedeutsam an. Sie verstand sofort. Augenblicklich gefroren sie zu Salzsäulen und warteten.

Nach einer Weile, die ihnen wie eine Ewigkeit schien, bewegte sich die dunkle Gestalt von neuem und tauchte dann langsam aus dem Schatten des Waldes auf.

Es war kein Reh.

Die schwarze Silhouette, die sie atemlos wahrnahmen, war die eines großen muskulösen Mannes. Lautlos, wie ein wildes Tier, schlich er ein paar Schritte vorwärts. Die beiden Kinder standen wie gelähmt. Nur mit Mühe konnten sie ihn in der Dunkelheit ausmachen. Dann, als er ins Mondlicht trat, hielt er plötzlich inne, wie ein Kaninchen, das Gefahr wittert. Und dann sahen sie es: Er hatte sie entdeckt. Er beobachtete sie.

»Oh, Gott«, flüsterte Andrea tonlos. »Wer ist das?«

Michael gab keine Antwort. Er schaute die Gestalt an, und sein Blut gefror in seinen Adern. All die Gedanken, Joey Wilkenson zu erschrecken, waren verflogen. Er krallte seine Hand noch fester in den Arm seiner Schwester und begann, sich und Andrea langsam an der Hauswand entlangzuschieben.

Von den Bergen her kam eine kühle Brise auf. Plötzlich wieherte eines der Pferde laut im Stall, dann hörten die Kinder lautes Hufestampfen.

»Nichts wie weg hier!« wisperte Michael. Er zog Andrea langsam hinter sich her bis zur Hausecke, dann rannte er Hand in Hand mit ihr los. Wie ein gehetztes Wild jagte er zur Zufahrtsstraße zurück. Es war ihm egal, ob sie jetzt irgend jemand vom Haus aus sehen konnte. Er wollte nur weg, weg von dieser bedrohlichen Gestalt, die da aus den Wäldern aufgetaucht war. Nach den ersten paar Schritten schon riß sich Andrea los und hetzte wie ihr Bruder auf die Straße hinaus, den ganzen langen Weg zurück. Sie rannten um ihr Leben.

Erst als das elterliche Haus in Sicht kam, kamen sie langsam zum Stehen, rangen verzweifelt nach Luft. Keuchend ließ sich Michael auf den Boden fallen, atemlos vor Erschöpfung. Sie mußten sich erst wieder beruhigen, auf keinen Fall durften ihre Eltern sie jetzt hören. Andrea kauerte sich schwer atmend neben ihn, ihr Herz raste. Minutenlang sagte keiner von ihnen ein Wort.

Schließlich brach Andrea das Schweigen. »Wer war das?« krächzte sie leise. Von dem langen Lauf war ihre Stimme ganz heiser geworden. »War das Bill Sikes?«

Michael schüttelte den Kopf. »Er war viel größer als Sikes. Er war riesig.«

»Ob er uns gesehen hat?« fragte Andrea bang.

Michael spähte ängstlich in den Wald hinter ihnen, lauschte angestrengt nach einem Geräusch, das die Gegenwart dieses Mannes verraten könnte. »I... ich glaube nicht«, stotterte er. »Und wenn, dann hat er uns zumindest nicht erkannt.«

Nervös blickte sich Andrea um. »Und wenn er uns gefolgt ist?«

»Bestimmt nicht«, sagte Michael mit fester Stimme, bemüht, den Kloß in seinem Hals hinunterzuwürgen.

Doch es konnte gar nicht anders sein. Wenn dieser Mann, der da im Wald herumstrich, ihnen hätte folgen wollen, hätte er das mühelos gekonnt.

Und er hätte sie sich auch mühelos schnappen können.

Ein eiskalter Schauder lief Michael über die Haut, als er daran dachte. Plötzlich hatte er das Gefühl, als ob da in den dunklen Bäumen irgendein unsichtbares Wesen wäre, das sie beobachtete.

Das Schaudern erfaßte seinen ganzen Körper. Mit letzter Kraft beherrschte er sich, nicht laut loszuschreien. »Komm«, sagte er mit zitternder Stimme. »Schnell ins Haus!«

Wie von Furien gehetzt rannten sie über die offene Weide zum Haus, kletterten schnell durch das Fenster, das sie offengelassen hatten. Kaum waren sie vom Sims in Andreas Zimmer gesprungen, schlossen sie blitzschnell das Fenster hinter sich. Sekundenlang lauschten sie angstvoll nach draußen, ob sie irgendein Geräusch hörten.

Endlich waren sie wieder daheim, in vertrauter Umgebung. In Andreas Zimmer war alles so wie vorher. Ganz normal. Nach ein paar Minuten verließ Michael seine Schwester und schlüpfte leise hinaus und in sein eigenes Zimmer.

Draußen vor dem Haus wandte sich die schwarze Gestalt, die ihnen lautlos gefolgt war, wieder um und tauchte in das Dunkel der Nacht, so schnell, daß man glauben konnte, es wäre alles nur ein Spuk, es wäre überhaupt nichts gewesen.

Doch da war etwas. Es schlich im Sugarloaf Valley herum, wie jede Nacht, seit Jahren.

Es schlich herum.

Schaute.

Und wartete.

Alan Carpenter starrte aus übermüdeten Augen aus dem Küchenfenster. Er hatte die ganze Nacht kaum geschlafen, und von dem stundenlangen Flug gestern taten ihm immer noch alle Knochen weh.

Er war sich nicht einmal sicher, ob er in dieser Nacht überhaupt ein Auge zugetan hatte. Die meiste Zeit hatte er sich ruhelos hin und hergewälzt. Zum großen Teil lag das wohl auch an dem Streit, den er gestern noch kurz vor dem Zubettgehen mit Mary Anne hatte. Er hatte sich den ganzen Abend lang Mühe gegeben, sich nicht anmerken zu lassen, daß ihm die Sache mit dem fremden Hemd, das er in ihrem Wäscheschrank gefunden hatte, im Kopf umherging. Zu gerne hätte er sie zur Rede gestellt und gefragt, wer dieser Bill, dessen Nachnamen er nicht einmal kannte, eigentlich sei. Statt dessen hatte er geduldig ihren Erklärungen über Ted und

Audreys Testament zugehört. Erst hatte er es nicht wahrhaben wollen, doch dann hatte er gemerkt, wie langsam in ihm eine Riesenwut hochkam. Um wieviel Geld es sich insgesamt handelte, hatte er ja nicht genau herausbekommen – da hielt sich Mary Anne eigenartig bedeckt –, auf jeden Fall hatten die beiden es Joeys Vormund, also seiner Frau allein, zugedacht.

Als ob es ihn überhaupt nicht gäbe! Sie hatten doch verdammt noch mal sehr genau gewußt, daß Mary Anne verheiratet und daß er der Vater ihrer beiden Kinder war. Trauten sie es ihm nicht zu, ihren Sohn Joey aufzuziehen? Offensichtlich nicht. Doch er hatte sich beherrscht, hatte peinlichst alles vermieden, was die Versöhnung mit Mary Anne gefährden könnte. Er war sogar so weit gegangen, sich für die Auseinandersetzung am Morgen ihres Abflugs von New Jersey zu entschuldigen. Obwohl er insgeheim überzeugt war, daß eigentlich sie die Hauptschuld an diesem Streit hatte.

Doch dann war das Faß übergelaufen. Als sie gemeinsam die Treppe hoch ins Bett gingen, hatte sie ihm ein eigenes Schlafzimmer ganz am anderen Ende des Flurs zugewiesen.

»Was soll denn das heißen?« fragte er entgeistert. »Schlafen wir jetzt nicht mehr zusammen?«

Sie besaß sogar noch die Unverschämtheit, ihn überrascht anzuschauen. »Alan, wenn ich mich recht erinnere, haben wir das ganze letzte Jahr nicht miteinander geschlafen, wenn man von vorgestern nacht absieht.«

»Und warum, zum Teufel, hast du mich dann hierherbestellt?« brüllte Alan wütend. »Ich dachte...«

»Würdest du bitte die Güte haben, etwas leiser zu sprechen«, unterbrach ihn Mary Anne scharf. »Alan, ich bitte dich, es ist doch wohl nicht nötig, daß wir jedesmal vor den Kindern streiten, oder?«

»Das ist doch wohl nicht meine Schuld«, schoß Alan erbittert zurück. »Ich habe ein Recht...«

»Jetzt reicht's aber!« Mary Anne schnappte hörbar nach Luft. »Du magst als mein Mann ja gewisse Privilegien genossen haben, aber irgendein Recht hast du nie und nimmer besessen! Und mit den Privilegien war es an dem Tag aus und vorbei, an dem du mich wegen einer anderen Frau verlassen hast. Du bist also schwer im Irrtum, wenn du meinst, hier jederzeit in mein Bett hüpfen zu können. Und ich habe auch keine Lust, darüber noch weiter zu diskutieren, denn ich muß jetzt ins Bett. Wenn ich morgen Ted und Audreys Begräbnis heil überstehen soll, brauche ich dringend ein bißchen Schlaf.« Und bevor er überhaupt ganz verstanden hatte, was sie meinte, hatte sie schon auf dem Absatz kehrtgemacht, war den langen Flur entlang in ihr Schlafzimmer gelaufen und hatte die Tür von innen verschlossen.

Und Alan war mit seiner ganzen Riesenwut im Bauch in das kleine Gästezimmer gegangen und hatte versucht, dort ein wenig Schlaf zu finden. Doch außer seinem Ärger hatte ihn auch dieser unheimliche Ort kein Auge schließen lassen.

Die Nacht war voller fremder Geräusche, die er nicht kannte. Er vermißte das vertraute Geratter der Lastwagen, das jede Nacht in New Jersey in sein Schlafzimmer drang. Schließlich hatte er das Fenster geschlossen, aus Angst, eine Fledermaus, ein Waschbär oder irgendein anderes wildes Tier könnte in der Nacht hereinkommen und im Schlaf über ihn herfallen. Und so hatte er denn die ganze Nacht wachgelegen und sich gefragt, warum, zum Teufel, er überhaupt hierhergekommen war.

Jetzt, im hellen Morgenlicht, fühlte er sich keinen Deut besser. Die Kinder waren schon lange vor ihm auf. Sie waren mit Joey in den Stall gegangen, um ihm beim Pferdefüttern zu helfen.

Pferde, so ein Quatsch! Was, zum Teufel, brauchten ein paar Kids aus Canaan, New Jersey, schon über Pferde zu wissen!

Mary Anne machte den Abwasch und stellte seelenruhig die Teller in den Geschirrschrank, als ob sie hier schon seit Jahren zu Hause wäre. »Paß auf, daß du es dir hier nicht zu gemütlich machst«, brummte er mürrisch. »Wir bleiben nur noch einen Tag hier. Wir gehen heute nachmittag zur Beerdigung, und morgen früh hauen wir wieder ab nach New Jersey.«

Mary Anne richtete sich überrascht über der Spüle auf und schaute zu ihm hinüber. »Ach? Das ist ja interessant! Nett, daß ich davon erfahre.«

Alan versuchte, seinen erneut aufkeimenden Ärger hinunterzuschlucken. »Tut mir leid, ich hab's nicht so gemeint«, knurrte er.

»Ich denke, du hast es sehr wohl so gemeint, wie es geklungen hat«, erwiderte Mary Anne kühl.

Alan bemühte sich, ihren Kommentar und den Ton in ihrer Stimme zu überhören. »Ich meine ja nur, wir können einfach nicht länger als bis zur Beerdigung hierbleiben. Ich hab' keinen Urlaub mehr dieses Jahr. Und wenn ich Extra-Urlaub nehme, zieht man mir das vom Gehalt ab.«

Mary Anne zuckte die Achseln. »Ich sehe da leider keine Möglichkeit«, sagte sie bestimmt. »Heute morgen, bevor du runterkamst, hab' ich mit Charley Hawkins gesprochen. Es gibt da wegen des Vermögens eine Menge Papierkram zu erledigen. Und selbst wenn wir uns entschließen sollten, die Ranch zu verkaufen...«

»Wir?« unterbrach sie Alan. »Was heißt hier ›wir‹? Du hast mir kein Wort davon erzählt!«

»Ich meine ja auch nicht dich, sondern Charley und mich.« Mit einem tiefen Seufzer ließ sich Mary Anne schließlich auf einen Stuhl gegenüber ihrem Mann fallen. »Hör zu, Alan. Ich glaube, wir müssen uns einfach einmal über ein paar Dinge aussprechen.«

Alan hob in gespielter Überraschung die Brauen. »Ach, wirklich? Wer ist es denn, der hier Pläne macht, ohne mit dem anderen vorher darüber zu reden?«

»Ich will ja gerade mit dir darüber reden«, entgegnete Mary Anne ruhig. »Und ich habe auch noch überhaupt keine endgültigen Pläne gemacht. Aber wenn du jetzt schon davon redest, wieder nach Hause zu fliegen, dann denke ich, ist das der richtige Moment, ein paar Sachen zu klären.« Sie wartete auf eine Antwort, doch als nichts kam, fuhr sie fort. »Ich glaube, es ist ganz gut, wenn ich mit den Kindern eine Weile hierbleibe. Du kannst derweil wieder in unser Haus ziehen, das spart uns ja auch eine Menge Geld...«

»Geld?« wiederholte Alan. »Nach dem, was du mir gestern abend erzählt hast, spielt Geld ab jetzt ja wohl keine Rolle mehr.«

Mary Anne hob hilflos die Arme. »Das stimmt so nicht ganz. Es kann eine Weile dauern, bis wir den ganzen Erbfall abgewickelt haben und bis auch ich an mein Geld rankomme.«

Alan rollte ungläubig die Augen. »Mag ja sein. Aber der gute alte Charley wird dir doch wohl ein bißchen was vorschießen können, oder?« Er wich ihrem Blick aus und wechselte schnell das Thema, als er sah, wie sich ihre Augen böse verengten. »Und außerdem, was ist mit den Kindern? Nächste Woche geht die Schule wieder los.«

»Schön wär's. In Canaan streiken die Lehrer, falls sich das noch nicht bis zu dir herumgesprochen hat. Und so wie's aussieht, kann der Streik noch Wochen dauern. Ein Grund mehr, die Kinder hierzubehalten. Sie haben seit Jahren keine richtigen Ferien mehr gehabt...«

Alan stand abrupt auf. »Sag mal, was soll eigentlich das ganze Theater? Wieso redest du überhaupt noch mit mir? Du hast doch sowieso schon längst entschieden, was du machst. Na, prima!« Er langte zum Küchenbord hinüber, griff sich das Telefon, tippte eine Nummer ein und wartete, ungeduldig mit den Fingern trommelnd, auf die Vermittlung. Mary Anne hörte schweigend zu, während er noch zwei weitere Nummern wählte. Dann stand er auf und verließ wortlos die Küche.

Als er sein Rasierzeug aus dem Bad geholt und es zusammen mit ein paar schmutzigen Socken wahllos in den Koffer geworfen hatte, kam Sugarloafs einziges Taxi, ein brauner Kastenwagen, der sich nur durch ein Magnetschild auf der Fahrertür von anderen Autos unterschied, die Straße nach El Monte hochgefahren. Mary Anne trat gerade aus der Küche, als sie Alan mit seinem Koffer die Treppe herunterlaufen sah. An der Haustür holte sie ihn ein.

»Willst du wirklich einfach so gehen, ohne auch nur den Kindern auf Wiedersehen zu sagen?« fragte sie fassungslos.

Alan schaute sie mit kalten Augen an. »Ich hab' ihnen letztes Mal auch nicht auf Wiedersehen gesagt. Langsam müßten sie wohl daran gewöhnt sein.« Mit langen Schritten hastete er über die Veranda zum Taxi, warf den Koffer auf die Rückbank und kletterte auf den Beifahrersitz.

»Boise«, sagte er. »Zum Flughafen.«

6

Mary Anne wollte sich gerade für die Beerdigung fertigmachen, als ein Streifenwagen vor dem Haus hielt. Ein Polizist in Uniform kam quer über die Veranda und klopfte an der Haustür. »Mary Anne Carpenter?« fragte er, als sie die Tür einen Spalt öffnete. Sie nickte unsicher. »Ich bin Rick Martin«, lächelte der Beamte. »Sie haben bereits meine Frau vor ein paar Tagen kennengelernt, Gillie Martin. Erinnern Sie sich?«

Die Nervosität, die sie angesichts des Polizeiwagens überkommen hatte, fiel mit einem Schlag von ihr ab. »Natürlich. Wollen Sie nicht hereinkommen? Ich glaube, ich hab' noch Kaffee in der Kanne.«

»Vielen Dank, nicht nötig«, erwiderte Martin. »Ich komme aus dienstlichen Gründen.« Als er Mary Annes bestürzten Gesichtsausdruck wahrnahm, beruhigte er sie schnell. »Nein, nein, es hat nichts mit der Ranch zu tun. Das hoffe ich zumindest.«

Sie lächelte zaghaft. »Dann werd' ich Ihnen wohl auch nicht weiterhelfen können. Ich war die ganze Zeit seit meiner Ankunft hier auf der Ranch.«

»Ich wollte Sie auch nur fragen, ob Sie oder sonst jemand hier gestern nacht vielleicht etwas gesehen oder gehört hat. Irgend jemand hat nämlich oben auf dem Zeltplatz randaliert.«

»Auf dem Zeltplatz?« fragte Mary Anne entgeistert.

»Vielleicht nehme ich Ihr Angebot mit der Tasse Kaffee doch an«, lächelte Martin verlegen. »Ich meine den Coyote Creek-Campingplatz oben in den Bergen, ungefähr eineinhalb Kilometer von hier nach Süden. Er liegt nicht auf dem Gelände der Ranch, grenzt aber unmittelbar daran, und es ist auch kein Zaun dazwischen. Ted meinte immer, das Gestrüpp wäre so dicht, daß da sowieso keiner durchkäme. Wie dem auch sei, auf jeden Fall hat gestern nacht jemand den ganzen Zeltplatz verwüstet.«

Mary Anne, die gerade den Deckel der Kaffeekanne hochhob, hielt erschrocken inne. »Großer Gott! Ist jemand verletzt?«

Martin schüttelte den Kopf. »Zum Glück nicht. Die Camper, die eigentlich da oben zelten, haben gestern einen Tagesausflug ins

Sun Valley unternommen und dort übernachtet. Erst als sie heute morgen zurückkamen, haben sie entdeckt, was passiert ist.«

»Aber was ist denn genau passiert?« fragte Mary Anne, als sie dem Beamten, der es sich auf einem der Küchenstühle bequem gemacht hatte, einen dampfenden Becher Kaffee vorsetzte.

In diesem Moment ging die Tür auf, und Joey Wilkenson kam herein, gefolgt von Logan und Alison Carpenter und natürlich Storm, der sich gleich an den Kindern vorbeidrängelte und neugierig den Polizisten beschnüffelte.

»Das sind meine Kinder Alison und Logan, Joey kennen Sie ja. Das ist Mr. Martin.«

Alison und Logan sagten Rick Martin guten Tag, Joey jedoch machte keine Anstalten, den Polizisten zu begrüßen. Mary Anne stutzte, und in diesem Moment fielen ihr wieder die Worte von Charley Hawkins ein. »*Seien Sie nicht besorgt, wenn die Polizei noch einmal vorbeikommt, um Joey ein paar Fragen zu stellen.*« Die Nervosität, die sie gleich befallen hatte, als sie den Polizeiwagen sah, kam wieder über sie, und als Rick Martin von neuem das Gespräch aufnahm, mußte sie immer wieder aus dem Augenwinkel zu Joey hinüberschielen, um zu sehen, wie er auf das reagierte, was der Polizist erzählte. War da auf dem Zeltplatz wirklich etwas passiert, oder war das Ganze nur ein Vorwand, um Joey noch einmal zu verhören?

»Ich hab' selbst noch keine genaue Vorstellung, was da oben geschehen ist«, begann der Beamte. »Man hat mich gerade erst vor einer Stunde angerufen, und ich weiß noch nichts Näheres.«

Das Coyote Creek-Campinggelände war ein weitläufiges, über zwei Hektar großes Areal mit insgesamt nur zehn Zeltplätzen, die alle am Ufer des Coyote River versteckt im Grünen lagen. Bis zum heutigen Tag hatten da oben weder Rick Martin noch Tony Moleno oder irgendeiner der Ranger, die in der Gegend auf Patrouille waren, irgendwelche Probleme mit den Campern gehabt.

Keine Beschwerden über betrunkene, grölende Oberschüler, keine Motorradfahrer, die die nächtliche Ruhe störten, nicht einmal Ärger mit Feuerstellen, die nicht sachgemäß gelöscht, oder mit überquellenden Müllsäcken, die nicht beseitigt worden waren.

Doch an diesem Morgen war einer der Camper in die Stadt gekommen und hatte fassungslos berichtet, daß jemand sein Zelt total demoliert hätte. Obwohl Rick erst meinte, daß der junge Mann vielleicht ein wenig übertreibt, war er doch mit ihm zusammen hoch zum Coyote Creek gefahren, um den Schaden zu Protokoll zu nehmen.

Als er den Tatort besah, verschlug es ihm den Atem.

Das Zelt, ein etwas altmodisches Modell aus dickem Segeltuch, hing nur noch in Fetzen. An den ausgefransten Rändern, von denen aus die Plane aufgerissen worden war, konnte er jedoch keinerlei Messerspuren entdecken. Als er die Reste des Zelts durchsuchte, sah er, daß einer der Schlafsäcke fast genau in der Mitte durchgeschnitten war. Seltsamerweise war die Daunenfüllung jedoch noch gänzlich unberührt, und erst als er den Sack hochnahm und umdrehte, fielen die Federn wie Schneeflocken heraus. Wenn ein Tier den Schaden angerichtet hätte, wären mit Sicherheit sämtliche Federn wie ein dichter Teppich über den ganzen Boden verstreut gelegen. Seit den Tagen seiner Kindheit, als er mit seinem Vater von Sägemühle zu Sägemühle durch die Wälder zog, hatte Rick Martin genügend Gelegenheit gehabt, wilde Tiere bei der Jagd zu beobachten. Er wußte, wie sie sich an ihre Beute heranschlichen, kannte den Flug der Raubvögel, wenn sie auf ihr Opfer niederstießen. Niemals begnügten sie sich damit, etwas nur aufzureißen und dann liegenzulassen. Nein, sie packten ihre Beute mit den Zähnen oder den Klauen und schüttelten sie dann, genauso wie Rick Martins Hund die Ratten schüttelte, die er gelegentlich erlegte, um ihnen das Genick zu brechen, selbst wenn sie schon tot waren.

Schließlich, als Rick Martin seine Untersuchung abgeschlossen und in der Umgebung vergeblich nach weiteren Spuren gesucht hatte, konnte er nur entgeistert den Kopf schütteln. »Ich hätte gerne, daß sich ein paar meiner Kollegen das anschauen; mal hören, was die meinen«, erklärte er. »Aber so, wie ich die Sache sehe, besteht da kaum eine Chance, den Täter zu finden. Wenn nicht irgend jemand etwas gesehen oder gehört hat, werden wir wahrscheinlich nie herauskriegen, wer das gemacht hat.«

»Und wenn es ein Bär war? Oder ein Wolf?« fragte Roy Bittern, der Camper. Es müßte doch herauszufinden sein, wer da sein schönes Zelt so grauenhaft zugerichtet hatte.

»Schon möglich, daß es ein Bär war. Aber es sind nirgends richtige Bißspuren. Und außerdem greifen Bären nur an, wenn sie sich bedroht fühlen. Könnte höchstens ein Einzelgänger gewesen sein. Und die hören nicht auf. Wenn die einmal durchdrehen, machen sie so lange weiter, bis jemand kommt und sie abknallt.«

Bittern blickte düster auf die kläglichen Überreste seines Zeltes. »Vielleicht war das ja auch nur der Anfang«, grübelte er laut vor sich hin. »Und wie ist es mit Wölfen?«

Daran hatte Rick Martin auch schon gedacht, doch er hatte diesen Gedanken sofort wieder verworfen. »Ausgeschlossen. Wölfe sind besser als ihr Ruf, das weiß ich aus Erfahrung. Sie bleiben in ihrem Rudel, hin und wieder reißen sie vielleicht ein Schaf, aber das ist auch schon alles. Ich hab' noch nie gehört, daß Wölfe so etwas wie das hier angerichtet hätten. Wahrscheinlich war es wirklich ein Grizzly, der durchgedreht ist. Und dann haben Sie wirklich recht, dann ist dies hier erst der Anfang.«

Rick Martin machte sich noch ein paar Notizen, versicherte Roy Bittern, daß spätestens in einer Stunde zwei Ranger vorbeischauen würden, um sich den Schaden zu besehen, stieg dann in seinen Jeep und rumpelte den holperigen Waldweg ins Tal hinunter.

Wenn es wirklich ein Bär war, der das Chaos angerichtet hatte, würde er gewiß nächste oder übernächste Nacht wiederkommen. Wenn so ein Bär erst einmal ausrastete, gab er keine Ruhe mehr.

Aber wenn es wirklich ein Bär war, wieso gab es dann keine Spuren?

Als er an die Hauptstraße kam, fiel ihm Joey Wilkenson ein.

Joey, der seit jeher etwas eigenartig war und der gerade erst seine beiden Eltern durch einen ›Unfall‹ verloren hatte, an den weder er noch sein Kollege Tony Moleno glaubten.

Joey, der oft allein in den Wald ging, nur in Begleitung seines Hundes.

War es wirklich vorstellbar, daß Joey mitten in der Nacht hier hochgeschlichen und auf dem Zeltplatz Amok gelaufen war?

Er mußte auf der Stelle nach El Monte fahren. Er mußte mit dem Jungen reden und schauen, wie er reagierte.

»Wir können ja wirklich von Glück reden, daß diese Leute nicht auf dem Campingplatz waren«, schloß Rick Martin seinen Bericht über die Ereignisse der letzten Nacht und beobachtete Joey dabei aus dem Augenwinkel. »Sonst hätten sie das gewiß nicht überlebt.«

Mary Anne lief es bei seinen Worten eiskalt über den Rücken. Sie merkte genau, daß der Beamte den Jungen nicht aus dem Auge ließ. Auch sie sah heimlich zu Joey hinüber, der Rick Martin still zugehört hatte.

Doch er hatte nicht einen Augenblick irgendeine Reaktion gezeigt. Auch jetzt sagte er kein einziges Wort.

»Was ich gerne gewußt hätte, ist, ob irgendeiner von euch gestern nacht etwas gesehen oder gehört hat«, fuhr Rick Martin fort.

Plötzlich fuhr Joey auf. »Ja, ich«, rief er. Als sich alle Augen auf ihn richteten, wurde er etwas unsicher und runzelte die Stirn. »Irgend etwas hat mich aufgeweckt«, sagte er. »Ich weiß nicht einmal genau, was. Auf jeden Fall bin ich aufgestanden und ans Fenster gegangen. Und da hab' ich, glaub' ich, draußen jemanden gesehen.«

Rick Martins Herz begann heftig zu klopfen. »*Glaubst* du nur, daß du jemanden gesehen hast«, stieß er gepreßt hervor, »oder war da wirklich jemand?«

Einen Moment blickte Joey hilflos zu Mary Anne herüber, dann sah er wieder den Polizeibeamten an. »Ich bin nicht ganz sicher«, erwiderte er. »Es war nur so ein Schatten. Erst hab' ich gemeint, es wäre ein Reh, aber dann sah ich, daß es keins sein konnte. Es war so eine Gestalt draußen auf dem Acker. Ich konnte sie nicht genau erkennen, aber sie sah aus wie ein Mann.«

»Und wer war das?« fragte Rick Martin gespannt.

Joey schüttelte den Kopf. »Ich sag' doch, ich konnte kaum etwas erkennen.«

»Warum hast du mir das denn heute morgen nicht gleich erzählt, Joey?« fragte Mary Anne verwundert.

Joey zuckte die Achseln. »Ich hab' mich gar nicht mehr daran erinnert. Erst jetzt ist es mir wieder eingefallen. Es war fast wie ein Traum, verstehst du?« erklärte er.

»Was hast du gemacht, nachdem du das gesehen hast, Joey?« fragte Rick.

»Ich bin wieder ins Bett gegangen.«

»Du bist nicht rausgegangen?« fragte er lauernd. »Du bist nicht rausgegangen, um nachzuschauen?«

»Warum sollte ich denn?« erwiderte Joey und sah den Polizisten mit schmalen Augen an.

Obwohl Rick spürte, daß Mary Anne ihn stirnrunzelnd ansah, beschloß er, sein Verhör fortzusetzen. »Aber das machst du doch manchmal, oder? Dein Vater hat mir erzählt, daß du gerne allein in die Wälder gehst.«

»J… ja, manchmal mach' ich das«, gab der Junge widerwillig zu. »Aber letzte Nacht nicht.«

»Ganz sicher nicht?« bohrte Martin nach. »Vor ein paar Tagen bist du doch auch rausgegangen, in der Nacht, als deine Mama…«

»Also muß das jetzt wirklich sein?« unterbrach ihn Mary Anne energisch. »Er hat Ihnen doch gesagt, was er gestern nacht gesehen und getan hat.«

Einen Moment lang zögerte Rick Martin, dann entschied er, daß es für heute genug sein möchte. Er hatte Joey keine Sekunde aus den Augen gelassen, und eine Sache war ihm bereits aufgefallen.

Als er mit Absicht sowohl seinen Vater als auch seine Mutter erwähnte, hatte der Junge keine Miene verzogen.

Nicht einmal mit der Wimper hatte er gezuckt, obwohl doch die Beerdigung seiner Eltern unmittelbar bevorstand.

War es ihm so egal, daß sie tot waren?

Oder stand er immer noch unter Schock?

Als Rick Martin ein paar Minuten später die Ranch verließ, wußte er, daß er auf dem Begräbnis Joey ganz genau beobachten würde. Sollte er ihm die Geschichte, daß er gestern nacht jemanden auf dem Acker gesehen hatte, glauben? Er wußte es nicht. Und genausowenig wußte er, ob Joey ihm die ganze Wahrheit über die Nacht erzählt hatte, in der seine Eltern gestorben waren.

Und das war das eigentliche Problem, das Rick Martin mit Joey Wilkenson hatte.

Er wußte niemals, ob der Junge log oder ihm die Wahrheit sagte.

Mary Anne Carpenter stand auf dem Friedhof am Dorfrand von Sugarloaf, Alison und Logan links, Joey Wilkenson rechts von ihr. Sie hatte den Blick starr auf die beiden Särge neben dem offenen Grab gerichtet und gab sich alle Mühe, das Schluchzen zu unterdrücken, das ihr in der Kehle würgte. Sie war hier nicht nur die trauernde Freundin, sondern auch der Vormund des einzigen Überlebenden. Schon allein um Joeys Willen durfte sie sich jetzt nicht gehenlassen, durfte sich nicht diesem grenzenlosen Schmerz hingeben, der sie gestern nacht überwältigt hatte. Sie hatte nicht schlafen können, nachdem die Kinder und Alan zu Bett gegangen waren, hatte sich nur unruhig hin und her gewälzt. Schließlich war sie leise hinunter ins Wohnzimmer gegangen, hatte ein Kaminfeuer entfacht und sich so richtig ausgeheult.

Doch heute konnte sie sich keine Tränen leisten. Sie würde ihrer besten Freundin Lebewohl sagen, und dann würde sie sich an die Aufgabe machen, eine neue Familie aufzubauen, eine Familie, zu der ab jetzt auch Joey Wilkenson gehörte.

Die Zeichen dafür standen zum Glück recht günstig. Logan himmelte Joey geradezu an. Er war für ihn der große Bruder, den er sich immer gewünscht hatte. Und auch Alison schien gut mit Joey zurechtzukommen, obwohl ihr Interesse in erster Linie wohl den Pferden galt, mit denen Joey so hervorragend umgehen konnte. Seit Jahren hatte Alison von nichts anderem geträumt als von Pferden.

Ein Traum, von dem sie bis vor zwei Tagen nie gedacht hätte, daß er jemals in Erfüllung gehen würde.

Und in diesen zwei Tagen hatte sie von Joey bereits gelernt, wie man Pferde striegelt, wie man sie sattelt, sie füttert, sie bewegt, und sie hatte – wie Mary Anne amüsiert feststellte – auch gelernt, die Boxen auszumisten.

Vielleicht würde sie sich jetzt auch mal daranmachen, ihr Zimmer auszumisten.

Plötzlich merkte Mary Anne, daß das Gemurmel in der Menschenmenge – fast die gesamte Bevölkerung von Sugarloaf war erschienen – verstummte und die Trauerfeier begann. Instinktiv nahm sie Joey bei der Hand, als der Pfarrer das erste Gebet sprach. Auch als er geendet hatte und das Amen der Gemeinde verklungen war, machte der Junge keine Anstalten, sich ihrer Hand zu entziehen, doch er stand die ganze Zeit nur bewegungslos da, starrte auf die beiden Särge, in denen die Leichname seiner Eltern lagen, und verzog keine Miene. Kein Hauch einer Gefühlsregung war ihm anzumerken, und in seinen Augen stand nicht eine Träne.

Schock, dachte Mary Anne. Er steht immer noch unter Schock.

Und dann, obwohl sie sich mit allen Kräften dagegen wehrte, bohrte sich dieser andere Gedanke in ihr Bewußtsein.

Als ob ihm seine Eltern völlig egal wären.

Sofort schob sie den Gedanken beiseite. Hätte doch Charley Hawkins ihr niemals diesen Zweifel eingeredet, diesen Zweifel, den Rick Martin heute morgen, als er auf die Ranch kam, mit seinen bohrenden Fragen zusätzlich genährt hatte.

Sie ließ ihren Blick flüchtig über die Menge streifen. Fast genau ihr gegenüber stand der Polizeibeamte.

Er hatte Joey scharf ins Auge gefaßt, und seinem Gesicht war deutlich abzulesen, daß er einen schweren Verdacht hegte.

Aber Joey war doch noch ein kleiner Junge! Ein kleiner Junge, der seine Eltern über alles geliebt hatte! Schützend schlang Mary Anne ihren Arm um ihr Patenkind und zog es näher an sich heran, wie um es vor diesem quälenden Verdacht zu schützen, der auf einmal überall in der Luft zu hängen schien. Als sie wieder ihr Auge über die Gesichter der Menschen schweifen ließ, kam es ihr plötzlich vor, als ob alle verstohlen zu Joey herüberschauten, mit mißtrauischen Blicken, bereit, jeden Moment mit ausgestrecktem Finger auf ihn zu zeigen.

Sogar ein paar Kinder, vor allem ein Junge und ein Mädchen in Joeys Alter, die sich so ähnlich sahen, daß sie Zwillinge sein mußten, starrten gebannt zu ihm herüber und tuschelten dann miteinander, als würden sie sich irgendein verbotenes Geheimnis anvertrauen.

Nein! Hör auf, das grenzt ja an Verfolgungswahn! Mary Anne versuchte, ihre quälenden Gedanken abzuschütteln, und wandte ihre Aufmerksamkeit wieder den Worten des Pfarrers zu, der gerade seine Predigt beendete.

Dann traten einzelne Bürger von Sugarloaf aus der Menge und würdigten Ted und Audrey mit ein paar Worten. Jetzt erst wurde es Mary Anne klar, welche wichtige Rolle ihre Freunde in diesem Dorf gespielt hatten. Es gab so ziemlich keinen Verein und kein Komitee, in dem sie nicht Mitglied gewesen waren, und es gab auch kaum einen, dem Ted und Audrey nicht irgendwann einmal geholfen hatten.

»Ted Wilkenson hatte die seltene Gabe, jedem Menschen, dem er begegnete, eine positive Seite abzugewinnen«, begann Tom Granger, der Besitzer des einzigen Ladens im Dorf, »und es gibt wohl keinen hier in der Gegend, der ihn nicht gemocht hat. Zumindest keinen *ehrlichen* Menschen, der ihn nicht gemocht hat«, verbesserte er sich schnell, als man ihn aus der Menge an gewisse Herren in grauen Anzügen erinnerte. Hie und da hörte man ein Lachen. »Na gut, Grundstücksspekulanten hat er genausowenig gemocht wie sie ihn.« Jetzt brachen alle in schallendes Gelächter aus, und Tom Granger wurde fast ein wenig rot vor Verlegenheit. »Ach, verdammt, ihr wißt doch genau, was ich meine. Ted Wilkenson war der sympathischste Bursche, der mir je begegnet ist. Mehr hab' ich nicht zu sagen.« Damit trat er ab, und ein anderer ergriff das Wort. Doch bevor er mit seiner Ansprache beginnen konnte, rief ihm einer aus der Menge zu: »Hey, Phil! Erzähl die Geschichte, wie er einmal mit uns auf die Jagd gegangen ist und so lange auf uns eingeredet hat, bis wir es nicht mehr übers Herz brachten, die Flinte auf ein wehrloses Tier anzulegen!«

Einer nach dem anderen erzählte nun irgendeine kleine Episode, die er mit einem der beiden erlebt hatte. Mary Anne war überwältigt von der Hilfsbereitschaft und engen Verbundenheit der Menschen in diesem Dorf, die aus ihren Geschichten sprach. Für diese Leute gehörten ihre Nachbarn einfach zur Familie, und wenn jemand starb, bedeutete dies für alle einen schweren Verlust. Lange würde es dauern, bis die Wunde verheilt war, die der Tod von

Ted und Audrey in diese Gemeinschaft gerissen hatte. Lange würde man sie vermissen, und nie würde man sie vergessen.

Nach einer Stunde waren die letzten Erinnerungen ausgetauscht, und der Pfarrer sprach das Schlußgebet.

In diesem Moment spürte Mary Anne, wie Joeys Hand sich verkrampfte und sich seine scharfen Nägel in ihre Hand bohrten. Erschrocken schaute sie zu ihm hinunter. Er starrte mit gebannten Augen in die Ferne, und als sie seinem Blick folgte, konnte sie zunächst nichts erkennen. Doch dann, kaum sichtbar zwischen den Bäumen am Rande des Friedhofs, sah sie die Umrisse einer Gestalt.

Es war ein Mann von riesiger, wuchtiger Statur, mit wildem Haar und zerzaustem Vollbart. Er trug zerlumpte Kleider, die ihm viel zu groß waren.

Sie strengte ihre Augen an, um ihn genauer erkennen zu können, doch in diesem Moment war er verschwunden. Sie fröstelte. Hatte sie wirklich etwas gesehen, oder war es nur eine Einbildung gewesen?

Ein paar Minuten später war die Trauerfeier vorbei, und Mary Anne ging mit Joey wieder zu ihrem Wagen. Erst als sie den Friedhof hinter sich gelassen hatten, wagte sie es, Joey auf diese unheimliche Erscheinung anzusprechen.

»Ich glaube, es war ein Mann«, stammelte Joey. »Ich… ich glaube, er hat mich beobachtet.«

»Dich beobachtet?« wiederholte Mary Anne erschrocken. Mit Schaudern mußte sie wieder an die Gestalt denken, von der Joey vor ein paar Stunden Rick Martin erzählt hatte. »Könnte es sein, daß das wieder der Mann war, den du gestern nacht gesehen hast, Joey?«

Einen Moment schwieg Joey, dann schüttelte er den Kopf.

»Ich hab' ihn nicht genau erkennen können«, flüsterte er. »Ich hab' an Mama und Daddy gedacht.« Mit Tränen in den Augen schaute er hilfesuchend zu Mary Anne. »Aber… warum hat der mich so komisch angestarrt?«

Schützend schlang Mary Anne die Arme um den Jungen. »Vielleicht hast du dir das nur eingebildet. Vielleicht war das irgendeiner, der deine Eltern kannte und gekommen ist, um ihnen die letzte Ehre zu erweisen.« Doch das flüchtige Bild dieses Mannes hatte sich in ihr Gedächtnis gebrannt, und während des Empfangs auf der Ranch, der den ganzen Nachmittag dauerte, fragte sie die Leute aus dem Dorf, wer dieser Fremde wohl gewesen sein mochte.

Doch keiner außer ihr und Joey hatte diese schwarze Gestalt gesehen.

Es war, als wäre sie gar nicht dagewesen.

An diesem Abend ging Mary Anne früh zu Bett, denn das Begräbnis und die anschließende Feier auf der Ranch hatten sie ziemlich mitgenommen. Doch gegen Mitternacht wachte sie plötzlich auf. Sie hatte das Gefühl, daß irgend etwas nicht stimmte.

Etwas, das nichts mit den Ereignissen des Tages zu tun hatte.

Nein, es war etwas anderes.

Etwas mit dem Haus.

Einen Moment lang lag sie regungslos im Bett und lauschte. Nichts außer den üblichen Geräuschen der Nacht.

Und dennoch hielt sich hartnäckig dieses Gefühl, daß irgend etwas nicht in Ordnung war. So stand sie auf, warf ihren Morgenrock über und ging leise aus dem Zimmer. Durch die angelehnte Tür fiel ein schwacher Lichtschein von der Nachttischlampe neben ihrem Bett in den Flur.

Sie lauschte ein paar Sekunden an Alisons Tür, dann öffnete sie sie einen Spalt.

Ihre Tochter lag schlafend in ihrem Bett, das lange Haar über das Kopfkissen gebreitet. Leise schloß Mary Anne wieder die Tür und schaute bei ihrem Sohn vorbei. Logan hielt mit beiden Armen das Kissen umklammert und schlief tief und fest.

Schließlich schlich sie zu Joeys Zimmer. Einen Moment zögerte sie, dann klopfte sie leise. Als keine Antwort kam, nicht einmal ein leises Winseln von Storm, öffnete sie die Tür und schaute hinein.

Joeys Bettdecke war zurückgeschlagen. Das Zimmer war leer. »Oh, Gott«, flüsterte Mary Anne und stürzte zum Fenster. Mit den Augen suchte sie den Hof und das Feld ab, in der Hoffnung, irgendwo Joey oder den Hund zu entdecken. Nichts. Dann gewahrte sie aus dem Augenwinkel eine Bewegung und fuhr mit dem Kopf herum.

Eine der Stalltüren war offen und bewegte sich sachte im Wind.

Was um Himmels willen machte er denn da draußen? dachte Mary Anne. Sie hastete die Treppe hinunter, rannte durch die Küchentür hinaus auf den Hof. Fröstelnd schlug sie den Kragen ihres Morgenrocks hoch, als sie zum Stall hinüber eilte. In ihren Boxen hörte sie die Pferde nervös wiehern, und Sheika, die einen Tag nach Mary Annes Ankunft wieder zurückgekommen war, stampfte unruhig auf den Boden. »Joey?« rief Mary Anne. »Bist du da drinnen?«

Sie lauschte angespannt, doch nichts rührte sich. Plötzlich hörte sie ein leises, undefinierbares Geräusch. Es kam vom anderen Ende des Stalls. Laut schnaubend fuhr eines der Pferde hoch.

»Joey…«

Das leise Geräusch schwoll zu einem lauten Knurren an, dann löste sich plötzlich aus dem Dunkel des Stalls eine schwarze Gestalt und kam langsam auf sie zu. Instinktiv prallte Mary Anne zurück, stürzte hinaus, schlug krachend die Stalltüren zu und schob den Riegel vor, genau in dem Moment, wo sich dieses Wesen, was immer es war, von innen dagegen warf. In Panik rannte Mary Anne zurück über den Hof, knallte die Küchentür hinter sich zu und drehte den Schlüssel um. Ihr Herz klopfte wie rasend.

Was war das?

Was war da im Stall?

Es konnte unmöglich Joey gewesen sein, niemals! Er hätte doch auf ihr Rufen geantwortet. Und Storm hätte sie doch niemals angegriffen!

Oder doch?

Unmöglich! Dieser riesige Schäferhund war doch geradezu lammfromm! Er leckte jedermann das Gesicht und wollte immer nur gestreichelt werden!

Als sich ihr Puls wieder beruhigt hatte, durchsuchte sie den Wohnraum und das Arbeitszimmer. Vielleicht war Joey in der Nacht heruntergegangen und auf einem der Sofas eingeschlafen.

Keine Spur von dem Jungen.

Schließlich griff sie nach dem Telefon und wollte gerade die Polizei anrufen, als sie hörte, wie die Küchentür ging. Sie erstarrte. Kam, das, was da eben noch im Stall war, jetzt ins Haus?!

»J… Joey?« stammelte sie mit zitternder Stimme. In dem Augenblick kam Storm mit wedelndem Schwanz aus dem Eßzimmer geschossen und sprang begeistert an ihr hoch, um ihr das Gesicht zu lecken. Eine Sekunde später kam Joey herein, bekleidet mit Jeans, T-Shirt und Windjacke. »Runter, Storm«, wehrte sich Mary Anne und versuchte, sich dem Hund zu entziehen. »Joey, ruf ihn zurück!«

»Sitz, Storm«, befahl Joey, und augenblicklich ließ der Hund von ihr ab, setzte sich brav auf den Boden und schaute mit wedelndem Schwanz zu seinem Herrn auf.

»Joey, wo warst du?« herrschte sie ihn an. Ihre Angst von gerade eben wich deutlichen Unmut. »Weißt du eigentlich, wie spät es ist?«

Joeys Augen verdunkelten sich. »Es ist gerade erst Mitternacht vorbei. Ich konnte nicht schlafen, und da sind Storm und ich ein bißchen spazierengegangen.«

»Spazieren?« wiederholte Mary Anne fassungslos und mußte sofort wieder an das Gespräch zwischen Rick Martin und Joey von heute morgen denken. »Joey, hast du wieder jemanden gesehen? So wie letzte Nacht?«

Der Junge schüttelte den Kopf. »Ich habe nichts gesehen. Ich bin nur ein bißchen spazierengegangen. Was ist daran so schlimm?«

Mary Anne schaute ihn beunruhigt an. Er war gerade erst dreizehn, es war mitten in der Nacht, und nur Gott wußte, wer sich da nachts alles in den Wäldern herumtrieb. Audrey hätte ihm bestimmt niemals erlaubt…

Und mit einem Mal verstand sie.

Es war noch keine zehn Stunden her, daß seine Eltern begraben waren.

Was mochte wohl in dem Jungen vorgehen?

Diese Nacht, mit der noch frischen Erinnerung an den endgültigen Verlust seiner Eltern, mußte ihm endlos vorgekommen sein. Es mußte eine Höllenqual für den Jungen gewesen sein. Sie hätte aufbleiben, hätte das Licht anlassen sollen, für den Fall, daß er ihre Hilfe bräuchte.

Er hatte sie nicht wecken, hatte niemanden mit seinem Kummer belasten wollen. Und so war er, nur in Begleitung seines treuen Hundes, hinausgegangen, um in der nächtlichen Natur ein wenig Ruhe zu finden. Als sie in seine traurigen Augen schaute, stieg eine Welle von Mitleid mit diesem zerbrechlichen Jungen in ihr auf, und nur mit Mühe konnte sie ihre Tränen zurückhalten.

Aber was war mit dem Stall? Was hatte er da nur getrieben? Und warum hatte Storm sie so zu Tode erschreckt?

»Aber hast du denn nicht gehört, wie ich im Stall nach dir gerufen habe?« fragte sie sanft, ohne einen Anflug von Vorwurf in der Stimme.

Joey runzelte die Stirn. »Ich war doch gar nicht im Stall. Wir sind eine Weile am Fluß entlanggegangen.«

Jetzt war es Mary Anne, deren Stirn sich furchte. »Aber ich war doch eben gerade draußen. Die Stalltür stand offen und…« Sie zögerte und suchte nach dem richtigen Wort. »Irgend etwas war da drin. Es ist auf mich zugekommen.«

Joey starrte sie an. »Da ist aber nichts im Stall«, erwiderte er. »Ich hab' gerade eben, bevor ich reingekommen bin, noch einmal nach den Pferden geschaut. Da ist alles in Ordnung.«

Er wandte sich um und stieg, dicht gefolgt von Storm, die Treppe hinauf. Oben fiel die Tür ins Schloß.

Mary Anne war völlig durcheinander. Sie stand auf und löschte das Licht im Erdgeschoß. Wieder umfing sie die Dunkelheit und die Stille der Nacht.

Doch heute nacht empfand sie die stille, nächtliche Natur nicht als friedlich und beruhigend. Nein, heute nacht ergriff sie ein Gefühl der Beklemmung, der tödlichen Bedrohung, ein Gefühl, das sie erschaudern ließ, obwohl die Nacht warm war, fast schwül.

Lange fand sie keinen Schlaf, wälzte sich unruhig hin und her. Zweimal stand sie auf und spähte aus dem Fenster.

Sie sah nichts und hörte nichts. Und dennoch hatte sie die unheimliche Empfindung, daß da draußen irgend etwas – irgend jemand – war.

Jemand, der wartete und sie beobachtete.

7

Der Tag der Arbeit fiel dieses Jahr auf einen Montag. Doch trotz des Feiertags saß Mary Anne in aller Herrgottsfrühe bereits am Küchentisch. Sie hatte sich fest vorgenommen, die Woche damit zu beginnen, sich in die Führung einer Ranch einzuarbeiten. Bisher war sie voll und ganz damit beschäftigt gewesen, die Trauer über den Verlust ihrer besten Freundin seelisch zu verarbeiten. Und auch die Vorbereitungen für die Beerdigung hatten viel Zeit und Kraft erfordert. Doch das lag nun hinter ihr. Das Wochenende hatte sie damit verbracht, mit Alison, Logan und Joey das gesamte Gelände der Ranch abzugehen und sich möglichst viel von dem zu merken, was ihr Joey dazu erzählte. Doch jetzt war es an der Zeit, zu einem geregelten Alltagsleben überzugehen, und damit wollte sie noch heute beginnen, ob Feiertag oder nicht.

Außerdem hatte sie gestern zu ihrer Überraschung bemerkt, daß man in Sugarloaf den Tag der Arbeit am Sonntag beging und sich nicht darum scherte, daß er im restlichen Amerika einen Tag später gefeiert wurde. »Auf dem Land kennt man keine Feiertage«, hatte ihr Charley Hawkins am Freitag lächelnd erklärt. »Und außerdem ist das hier in der Gegend eine der letzten Möglichkeiten, noch einmal die Sommertouristen zu melken.« Und so wurde das ›traditionelle Picknick‹ am Sonntag abgehalten, Eintritt für Touristen 25 Dollar pro Person. Ebenso das unerläßliche Rodeo (weitere 20 Dollar) und die ›volkstümliche Square-Dance-Vorführung‹ am Abend (15 Dollar, jedes Getränk noch einmal 5 Dollar extra). »Am Montag haben die Geschäfte trotzdem geöffnet, für den Fall, daß den Leuten irgendein Opfer ausgekommen ist, das noch ein paar Dollars übrig hat«, hatte Charley grinsend gemeint. Mary Anne und die Kinder hatten jedoch an all den Festivitäten nicht teilgenommen, sondern waren daheim geblieben. Nicht nur auf Charleys Rat hin, sondern auch aus dem Bedürfnis heraus, dem Menschengetümmel zu entfliehen. »Es geht mich natürlich nichts an«, hatte Charley gesagt. »Aber an Ihrer Stelle würde ich mir nach all den Ereignissen ein bißchen Ruhe gönnen. Sie haben noch genug Zeit, unter die Leute zu gehen.« So waren sie alle vier am Wochenende daheim geblieben. Doch als Bill Sikes am Sonntag abend aus dem Dorf kam, war Mary Anne zu ihm hinausgegangen und hatte ihn gebeten, am nächsten Morgen um sieben Uhr früh zu ihr zu kommen.

Sikes hatte beleidigt den Mund verzogen. »Mrs. Wilkenson hat mich nie vor acht Uhr zu sich bestellt, meist war es sogar erst halb neun«, hatte er protestiert, doch Mary Anne war hart geblieben.

Im nachhinein war sie sogar richtig stolz auf sich, daß sie diese schwierige Situation so gut gemeistert und den ersten Test ihrer Autorität bestanden hatte.

»Ich bin sicher, daß ich manches ein wenig anders handhaben werde als Mrs. Wilkenson«, hatte sie ruhig, aber bestimmt erwidert. »Wenn Sie also bitte so freundlich wären, um sieben Uhr zu mir in die Küche zu kommen. Der Kaffee ist dann fertig, und wir können in Ruhe ein paar Dinge durchgehen.«

Sikes hatte keine Antwort gegeben, doch sie hatte die kurze Kopfbewegung als wortlose Zustimmung ausgelegt und beim Zubettgehen den Wecker auf sechs Uhr gestellt. Sie wollte zehn Minuten vor der verabredeten Zeit geduscht, angezogen und mit einer dampfenden Kanne Kaffee am Küchentisch bereit sitzen.

Als um Viertel nach sieben immer noch weit und breit kein Bill Sikes in Sicht war, wurde sie ärgerlich. Sollte sie weiter auf ihn warten oder ihn anrufen? Oder persönlich bei ihm vorbeischauen?

Und wenn er noch im Bett lag, neben sich eine leere Whiskeyflasche? Sollte sie ihn dann rausschmeißen? Und was dann? Sie konnte doch unmöglich die Ranch ganz alleine führen.

Ein Klopfen an der Hintertür riß sie aus ihren Überlegungen, und als sie Bill Sikes durch das Fenster linsen sah, verwarf sie alle Ideen, ihn zu feuern. Er war immerhin gekommen, und sogar eine Dreiviertelstunde früher als zu Ted und Audreys Zeiten – falls seine Geschichte stimmte, was sie allerdings leise bezweifelte. Wenn er mit Absicht zu spät gekommen war, um seine Unabhängigkeit zu beweisen, na schön. Damit konnte sie leben.

Sie winkte ihn herein, schenkte ihm einen Becher Kaffee ein und bedeutete ihm mit einem Kopfnicken, doch an dem Ecktisch in der

Küche Platz zu nehmen. »Haben Sie gut geschlafen?« fragte sie freundlich.

Bill Sikes zuckte nur kurz mit den Achseln und nahm dann die Strickmütze vom Kopf, die er gewöhnlich über seinem grauen Haarschopf trug, machte aber keinerlei Anstalten, sich zu setzen. »Ich hab' mir überlegt«, erklärte er ohne große Umschweife, »daß ich kündigen möchte.«

Mary Anne erstarrte. Beinahe hätte sie den Becher Kaffee, den sie in der Hand hielt, verschüttet. Kündigen? Das konnte er doch nicht machen! Wie sollte sie denn ganz allein... Und dann kam ihr ein Gedanke.

Das war wieder so ein Test von ihm. Er probierte, ob er mehr Geld herausholen könnte, wenn er mit Kündigung drohte. »Ich verstehe«, sagte sie, bemüht, ihre aufkommende Panik hinter einem betont gelassenen Gesicht zu verbergen. »Aber warum setzen wir uns nicht einfach hin und reden miteinander darüber?« Sie stellte den Becher auf dem Tisch ab, schob ihm einen Stuhl hin und nahm auf einem anderen Platz.

Sikes zögerte einen Moment, setzte sich aber dann, wenn auch widerwillig, hin. Während er an seinem Kaffee nippte, betrachtete ihn Mary Anne mit prüfenden Blicken und versuchte zu erraten, was wohl in ihm vorging. Es fiel ihr immer noch schwer, sein Alter zu schätzen. Sein dunkler Teint und seine schmalen blauen Augen verrieten, daß in seinen Adern zumindest teilweise Indianerblut floß. Seiner gegerbten Gesichtshaut sah man an, daß er sein Leben lang im Freien gearbeitet hatte, und obwohl er nur etwas über einen Meter sechzig groß war, drückte sein drahtiger Körper doch Kraft und Zähigkeit aus. Hatte er sich über etwas geärgert? Sie musterte ihn sorgfältig, war sich aber nicht sicher. Wenn überhaupt, sah er eher besorgt als verärgert aus. »Warum erzählen Sie mir denn nicht einfach, was los ist?« fragte sie einfühlsam. »Wenn Sie mir sagen, was Sie auf dem Herzen haben, können wir die Sache vielleicht aus der Welt schaffen.«

»Es stimmt einfach alles nicht mehr«, antwortete er, ohne sie anzusehen.

»Sie meinen, seit Ted und Audrey tot sind?« Mary Anne nickte verständnisvoll, bemüht, ihre aufkommende Traurigkeit zu verbergen. »Ich weiß, es war für Sie sicherlich genauso ein Schock wie für mich, aber…«

»Das ist es nicht allein«, unterbrach sie Sikes. »Es ist noch etwas anderes. An Ihrer Stelle würde ich die Ranch verkaufen und mit Joey dorthin zurückfahren, woher Sie gekommen sind. Eine Frau wie Sie ist nicht in der Lage, so eine Ranch…«

»Eine Frau wie ich?« schnitt ihm Mary Anne das Wort ab. »Was für eine Frau ist denn Ihrer Meinung dazu in der Lage, Mr. Sikes?« konterte sie scharf.

Bills Augen verengten sich zu schmalen Schlitzen. »Kommen Sie ruhig herunter von ihrem hohen Roß, junge Dame. Sie wissen ganz genau, was ich meine. Was haben denn Sie für Erfahrung darin, eine Ranch zu führen?«

»Genausoviel Erfahrung wie Ted und Audrey, als sie hier angefangen haben«, schoß Mary Anne zurück. »Der einzige, der sich hier wirklich auskennt, sind ja wohl Sie, nehme ich an. Und wenn Sie ihr Wissen Ted und Audrey vermitteln konnten, dann sehe ich keinen Grund, warum sie das alles nicht auch mir beibringen können.« Obwohl Mary Anne sehr wohl wußte, daß sie damit Bill Sikes deutlich höher einschätzte, als er es verdiente, wirkte das kleine Kompliment doch Wunder. Er richtete sich ein wenig auf und nickte bedächtig.

»Na ja, das eine oder andere hab' ich schon gelernt in all den Jahren«, gab er geschmeichelt zu. Doch dann schüttelte er den Kopf. »Trotzdem, irgend etwas stimmt hier nicht. Ich glaube einfach nicht, daß das mit Mr. und Mrs. Wilkenson ein Unfall war. Mr. W. hatte ein Händchen für Pferde. Er hätte Sheika niemals erschreckt. Und die Geschichte mit Mrs. W., da ist auch was nicht in Ordnung.«

Mary Annes Herz begann wild zu klopfen. »Haben Sie das Rick Martin erzählt?«

»Ja, natürlich. Er glaubt ja genausowenig an einen Unfall wie ich. Zweimal war er schon oben bei mir und hat mir ein Loch in den Bauch gefragt.« Er schaute Mary Anne an, als erwarte er, daß sie ihn jetzt weiter ausquetschen würde. Doch nichts dergleichen geschah. Sie sah ihm nur offen ins Gesicht und hielt seinem Blick stand. Nach einer Weile senkte er die Augen und blickte verlegen auf den Tisch. »Auf jeden Fall weiß ich nicht, was hier los ist. Seit einiger Zeit schon ist hier irgend etwas nicht in Ordnung.« Wieder wandte er ihr den Blick zu. »Denken Sie eigentlich auch an die Tiere?« fragte er plötzlich.

Mary Anne war verblüfft über den abrupten Themenwechsel. »Die Tiere?« fragte sie irritiert.

Sikes nickte. »Die Tiere, denen dieses Land hier gehört. Die Bären und Wölfe und Rehe. Die Waschbären. Die Otter. All die Tiere. Wir drängen sie immer mehr beiseite, wir nehmen immer mehr Raum in Anspruch. Haben Sie sich darüber jemals Gedanken gemacht? Denken Sie jemals an die Tiere, wenn Sie all die neuen Ferienhäuser hier sehen?«

»Ich... Jeder macht sich darüber Gedanken, auf die eine oder andere Weise«, erwiderte Mary Anne unsicher. Worauf wollte er denn bloß hinaus? Eine Sekunde später gab er ihr die Antwort.

»Irgendwas ist hier los in letzter Zeit. Irgendwas ist in den Stall gekommen und hat Sheika erschreckt, so daß sie gescheut und Mr. W. erschlagen hat. Und irgendwas hat Mrs. W. so in Panik versetzt, daß sie das Gleichgewicht verloren hat.«

»Aber es war immerhin stockdunkel«, widersprach Mary Anne schwach. Sie wehrte sich gegen den Gedanken, daß an dem, was Charley Hawkins ihr letzte Woche gesagt hatte, vielleicht doch etwas dran sein könnte. Wenn er jetzt auch noch mit Joey anfängt, dachte sie, schmeiße ich ihn sofort raus. Auf der Stelle.

»So dunkel war es doch gar nicht«, beharrte Sikes. »Und Mrs. W. war schon hundertmal da oben. Von dort hat man die schönste Aussicht über das Tal. Sie kannte jeden Grashalm in der Gegend, sie hätte den Weg mit verbundenen Augen gefunden. Niemals ist sie da von allein runtergefallen. Und die Pferde spielen auch verrückt«, fügte er hinzu.

Sofort mußte Mary Anne an die vorletzte Nacht denken, als sie Joey und Storm im Stall gesucht hatte. Sie war sich ziemlich sicher, daß die beiden da drin gewesen waren, obwohl es Joey ja abgestritten hatte. »Ich weiß nicht genau, was Sie meinen«, sagte sie ausweichend und wappnete sich innerlich gegen das, was jetzt kommen würde.

»Irgend etwas macht die Pferde nervös«, fuhr Sikes fort. »In letzter Zeit fast jede Nacht. Ich kann sie in meiner Hütte hören. Jede Nacht, mindestens einmal, manchmal auch öfter, fangen sie an zu schnauben und zu stampfen, als ob ihnen jemand ans Leder wollte. Mehr als einmal bin ich runter und hab' nachgeschaut, hab' aber nichts finden können. Aber irgendwas ist da draußen, und das macht mich langsam ganz schön nervös.«

»Vorgestern nacht war Joey draußen«, sagte Mary Anne bedeutungsvoll. Würde Sikes anbeißen?

Doch er schüttelte nur den Kopf. »Joey ist es nicht. Hab' ihn gesehen. Sie waren ja auch draußen. Hab' Sie nach ihm rufen hören. Er war oben am Fluß – ich hab' ihn nicht aus den Augen gelassen. Außerdem kennen die Pferde Joey. Wenn er in der Nähe ist, würden sie niemals scheuen. Außer er legt es darauf an.«

Mary Anne schwieg eine Weile, während sie über Bill Sikes' letzten Satz nachdachte. Was wollte er damit sagen? *Außer er legt es darauf an.* Daß Joey Sheika mit Absicht erschreckt und so den Tod seines Vaters verursacht hatte? Doch sie konnte in dem Gesicht des Mannes nichts anderes entdecken als Bewunderung für Joeys Fähigkeit, sich mit den Tieren zu verständigen. »Aber irgend etwas war im Stall in jener Nacht«, beharrte sie. »Es knurrte mich an und kam dann auf mich zu. Ich konnte gerade noch die Tür zuknallen und den Riegel vorschieben.«

»Ich sag' ja nicht, daß da nichts war«, antwortete Sikes. »Ich hab' die Pferde auch gehört. Aber als ich, nachdem Joey wieder im Haus war, im Stall nachgeschaut hab', war weit und breit nichts. Nur die Pferde. Sie waren nervös. Als wäre ein Grizzly in der Nähe.«

»Und wenn es ein Mensch war?« fragte Mary Anne gepreßt. »Joey hat gesagt, daß er...« Sie brach mitten im Satz ab, denn in diesem Moment kam der Junge herein. Er stutzte kurz, als er Bill Sikes sah, sagte jedoch nichts zu ihm.

»Gibt es noch Orangensaft?« fragte er Mary Anne und öffnete die Kühlschranktür.

»Im Krug«, antwortete sie. »Aber willst du nicht erst einmal Mr. Sikes guten Morgen sagen?«

»Guten Morgen«, sagte Joey knapp, ohne den Mann auch nur eines Blickes zu würdigen. Er schenkte sich ein Glas Orangensaft ein und setzte sich dann auf einen der Hocker neben der Anrichte.

Sikes trank seinen Kaffee aus und erhob sich. »Vielleicht reden wir ein andermal weiter«, sagte er und war schon zur Hintertür hinaus, noch ehe Mary Anne ihn zurückhalten konnte.

»Was macht der denn hier?« fragte Joey patzig, kaum daß die Tür hinter Sikes ins Schloß gefallen war.

Mary Anne nahm die beiden leeren Becher und trug sie zur Spüle hinüber. Sie ärgerte sich über Joeys frechen Ton und daß er zu Sikes so unhöflich gewesen war. »Wir haben uns ein wenig unterhalten. Hast du etwas dagegen?«

Joeys Augen verdunkelten sich. »Er hat hier drinnen nichts verloren. Am besten wäre es, wenn er überhaupt von der Ranch verschwinden würde.«

Mary Anne hob überrascht die Brauen. »Wie bitte?«

»Daddy war drauf und dran, ihn rauszuschmeißen«, erwiderte Joey.

»Ihn rauszuschmeißen?« wiederholte Mary Anne ungläubig. »Aber er hat doch seit Jahren hier gearbeitet, oder nicht? Was für einen Grund hätte denn dein Vater gehabt, ihn rauszuschmeißen?«

Joey sah sie durchdringend an. Dann sagte er kalt: »Weil er spinnt. Er erzählt dauernd irgendwelche Lügengeschichten herum. Sicher hat er dir auch erzählt, daß ich Mama und Daddy auf dem Gewissen habe, oder?« Er trank seinen Saft aus, rutschte vom Hocker herunter und ging wortlos zur Hintertür hinaus, quer über den Hof auf den Stall zu.

Mary Anne stand wie vom Schlag getroffen. Dieser Joey, der da gerade zu ihr gesprochen hatte, hatte nichts mit dem Jungen zu tun, der ihr am Tag ihrer Ankunft in die Arme geflogen war.

Das war ein ganz anderer Joey.

Er steht immer noch unter Schock. Das war die Erklärung. Er stand immer noch ganz unter dem Eindruck des Todes seiner Eltern. Doch noch während sie dies dachte, spürte sie, daß das nur ein Versuch war, sich zu beruhigen.

Dieses Mal war es anders gewesen. Er hatte das nicht aus dem Affekt heraus gesagt, weil er wütend oder weil er verzweifelt war. Nein, er war ganz gelassen gewesen. Eiskalt hatte er ihr gesagt, was er wirklich dachte.

Plötzlich überkam Mary Anne das ungute Gefühl, daß es in Joey Abgründe gab, von denen sie bisher nichts wußte. Abgründe, die sie erst langsam zu ahnen begann.

8

»Dürfen wir in die Stadt gehen, Mama?«

Mary Anne saß im Arbeitszimmer am Schreibtisch und war damit beschäftigt, sich mit der Buchhaltung der Ranch vertraut zu machen. Schon fünfmal hatte sie Charles Hawkins anrufen müssen, weil sie irgend etwas nicht verstand, so daß er von Mal zu Mal ungeduldiger wurde und ihr beim letzten Anruf vorgeschlagen hatte, sich eine Liste ihrer Fragen zu machen und sie morgen früh in seinem Büro mit ihm zu besprechen. Sie schaute zu Alison auf, die in der Tür stand. »Ich glaube, ich habe im Augenblick keine Zeit dafür«, meinte sie geistesabwesend und erschrak dann, als ihr Blick auf die Standuhr fiel. »Mein Gott, schon elf Uhr!«

»Du brauchst uns nicht zu fahren, wir gehen zu Fuß«, erklärte Alison.

Verdutzt schaute Mary Anne ihre Tochter an. »Vier Kilometer? Ihr wollt tatsächlich vier Kilometer in die Stadt und dieselbe Strecke wieder zurück zu Fuß gehen?« Sie konnte sich nicht erinnern, daß eines ihrer Kinder jemals weiter als ein paar hundert Meter zu laufen bereit gewesen wäre. Bei jeder größeren Entfernung nahmen sie entweder den Bus oder wollten von ihr chauffiert werden.

»Hier ist es etwas anderes als zu Hause«, meinte Alison, als hätte sie die Gedanken ihrer Mutter erraten. »Hier ist es mehr wie eine

Wanderung. Und wenn morgen die Schule beginnt, brauchen wir doch neue Kleidung, oder?«

Wie in allen Jahren erschrak Mary Anne bei dem Gedanken an die Kosten für die Schulkleidung. Doch dann fiel es ihr wieder ein: In diesem Jahr war ja alles ganz anders. Zum ersten Mal konnte sie den Kindern kaufen, was sie brauchten, ohne jeden Pfennig umdrehen zu müssen. Dennoch zögerte sie. »Ich komme besser mit, wenn ihr einkaufen geht...«

»Wir wollen ja gar nichts kaufen«, erwiderte Alison und umging geschickt die Bedenken ihrer Mutter, »nur aussuchen und schon mal anprobieren. Dann lassen wir alles zurücklegen.« Als sie merkte, wie ihre Mutter weich wurde, setzte sie nach. »Du sparst dadurch jede Menge Zeit. Wir brauchen heute Nachmittag nur noch kurz hinzufahren, und du entscheidest dann, was gekauft wird.«

Obwohl Alisons Worte für Mary Anne wie sorgfältig einstudiert klangen, mußte sie zugeben, daß die Idee ihrer Tochter durchaus etwas für sich hatte. Schon wollte sie zustimmen, als ihr plötzlich wieder Joeys seltsames Verhalten von heute morgen einfiel. »Hör mal, Schatz, ist dir heute morgen irgend etwas an Joey aufgefallen?«

Alison wirkte auf einmal sehr unsicher. »Aufgefallen?« stammelte sie und schaute schnell nach links in den Flur, wo offenbar jemand mithörte. »Was meinst du damit?«

In diesem Moment trat Joey selbst in den Türrahmen. In seinen Augen war nichts mehr von der Eiseskälte zu entdecken, mit der er seine Tante heute früh angeschaut hatte. »Wir haben die Pferde schon versorgt, Tante Mary Anne. Dürfen Alison, Logan und ich jetzt in die Stadt gehen? Bitte!«

Nachdenklich betrachte Mary Anne den Jungen. Nichts mehr von der Arroganz, wie er sie Bill Sikes gegenüber an den Tag gelegt hatte; nichts mehr von der Unbarmherzigkeit, mit der er ihr die Entlassung des Angestellten nahelegen wollte, die sein Vater angeblich geplant hatte. Er war einfach wieder der sympathische Dreizehnjährige, wie sie ihn in den vergangenen Tagen kennengelernt hatte. Vielleicht war der Eindruck, den sie heute morgen von

Joey bekommen hatte, ganz falsch, vielleicht hatte sie sein Verhalten überinterpretiert. »Na gut«, wandte sie sich an Joey, »warum eigentlich nicht. Und wann seid ihr wieder zurück?«

Joey zuckte die Schultern. »Drei oder vier Uhr, schätze ich.«

»In Ordnung«, erwiderte Mary Anne. »Aber wenn es später wird, ruft ihr mich an, klar? Und denkt daran: nicht kaufen, nur aussuchen!«

Als die Kinder das Haus verließen, war Mary Anne schon wieder in die Kontenbücher vertieft.

»Das hat ja toll geklappt!« feixte Joey. »Die haben irre Klamotten. Da werden euch die Augen aus dem Kopf fallen!«

»Wie weit ist es denn noch?« jammerte Logan und blieb mitten auf dem Weg stehen, den sie nun schon über eine Stunde entlangmarschierten. Am Anfang, als sie in den Wald gekommen waren und den Fluß entlangwanderten, war ihm alles noch wie ein aufregendes Abenteuer erschienen. Doch inzwischen bekam er es langsam mit der Angst zu tun, auch wenn er das natürlich niemals zugegeben hätte. Der Wald hatte sich immer dichter um sie geschlossen und wirkte auf einmal richtig bedrohlich. Und dann hatten sie schon so viele andere Wege gekreuzt, daß er sich wie in einem Labyrinth vorkam und nie und nimmer allein wieder nach Haus gefunden hätte. Alison schaute grinsend auf ihn herab. »Hast du Angst, daß dich der böse große Wolf frißt?« fragte sie hämisch. Logans Kinn begann leise zu zittern, doch bevor seine Schwester noch weitersticheln konnte, schaltete sich Joey ein.

»Wir sind gleich da, Logan. Schau doch nur!« sagte er, hob den kleineren Jungen hoch, so daß er durch ein Loch in dem dichten Gebüsch schauen konnte. »Nur noch ein Stückchen, und dann zweigt links ein Weg direkt zur Stadt ab.«

Logan atmete erleichtert auf. Selbst wenn sie sich jetzt verirren sollten, brauchte er nur den Berg hinunterzulaufen und wäre schon in ein paar Minuten aus diesem entsetzlichen Wald heraus. Als ihn Joey wieder auf die Füße stellte, streckte er schnell seiner Schwester die Zunge heraus. »Bäh! Ich hab' überhaupt keine Angst gehabt!« sagte er trotzig, bemüht, seine Erleichterung zu verbergen. »Los, vorwärts!« rief er betont forsch und stapfte den beiden älteren Kindern voraus. Er wußte ja: Nach der nächsten Biegung zweigte ein anderer Weg ab, der hinab zur Stadt führte, so wie Joey es gesagt hatte. Gleich würde er über die herrlich weiten Wiesen laufen, die das Tal überzogen, würde den Coyote Creek überqueren… »Wie kommen wir denn eigentlich über den Fluß?« fragte er Joey über die Schulter.

»Überhaupt nicht«, antwortete Joey. »Wir müssen erst einmal eine Weile am Ufer entlang bis zum Friedhof laufen. Dort gibt es dann eine Brücke.«

Bei dem Wort ›Friedhof‹ verstummten alle, und bis sie zu der Steinmauer kamen, die den Kirchhof von der umliegenden Wiese trennte, sagte keiner auch nur ein einziges Wort.

Joey kletterte auf die Mauer und streckte nach Alison die Hand aus, um ihr hochzuhelfen, während Logan allein heraufkraxelte. Vor ihren Augen dehnte sich der gepflegte Rasen aus, der mit schlichten weißen Holzkreuzen übersät war. Alle drei Kinder starrten schweigend zum äußersten Ende des Friedhofs hinüber, wo vorgestern Joeys Eltern beerdigt worden waren.

»Möchtest du an ihr Grab gehen?« fragte Alison schließlich.

Joey zögerte einen Moment, dann schüttelte er den Kopf. »Sie merken es ja sowieso nicht, wenn ich sie besuche«, antwortete er leise.

»Vielleicht doch«, erwiderte Logan treuherzig.

Joey schüttelte noch heftiger den Kopf. »Ich will es einfach nicht, verstanden?« versetzte er in barschem Ton. Als er sah, wie Logan zusammenzuckte und Alison errötete, fügte er beschwichtigend hinzu: »Es ist einfach so, *ihr* seid jetzt meine neue Familie, und ich fühl' mich wohl bei euch, versteht ihr? Und wenn ich an ihr Grab gehen würde…« Er brach ab und wischte sich mit dem Ärmel verstohlen eine Träne aus dem Augenwinkel. Dann fummelte er an seiner Gesäßtasche herum, um ein Taschentuch herauszuziehen und sich die Nase zu putzen. »Geh'n wir jetzt in die Stadt, okay?« fragte er mit erstickter Stimme. Ohne eine Antwort abzuwarten, drehte er sich um, lief auf der Mauer entlang bis zu der Stelle, die der Brücke über den Fluß am nächsten war und sprang dort hinunter. Alison und Logan folgten ihm. Als die drei

Kinder die Brücke überquerten, blickte sich keiner mehr nach dem Ort um, an dem Ted und Audrey Wilkenson ihre letzte Ruhe gefunden hatten.

»Aber gibt es denn hier keine normalen Kleiderläden?« fragte Alison verwirrt, als sie nach ein paar Minuten in das Zentrum der kleinen Stadt kamen. Die Einkaufszone bestand aus ein paar Straßenzügen, in denen es zwar von Läden nur so wimmelte, die von einfachen T-Shirts mit Sugarloaf-Motiven bis zu aufwendigen bunten Skianzügen alles feilboten, was das Touristenherz begehrte. Als normaler Stadtbewohner hatte man hier jedoch eher Probleme, sich mit passender Garderobe einzudecken. »Wo gibt es denn Sachen für uns?«

»Im Mercantile«, antwortete Joey. »Und im Conway's. Mögt ihr denn Western-Klamotten?«

»Na klar!« platzte Logan heraus und erntete prompt einen spöttischen Blick von seiner großen Schwester.

»Du weißt doch gar nicht, was das ist!« grinste sie.

»Weiß ich wohl!« gab ihr Bruder patzig zurück. »Die Hemden schauen irre aus, mit so vielem Zeugs dran und so. Ich will ein blaues haben. Und Stiefel! Kann ich mir Cowboystiefel kaufen?« fragte er aufgeregt.

»Wir dürfen überhaupt nichts kaufen«, erinnerte ihn Alison. »Du hast doch gehört, was Mama gesagt hat. Wir dürfen uns die Sachen nur anschauen und uns was aussuchen!«

»Aber Joey hat doch gesagt…«, fing Logan an. Doch seine Schwester unterbrach ihn.

»Logan, wir haben doch nicht einmal Geld dabei. Womit sollen wir denn was kaufen?!«

Logans Träume drohten angesichts der rauhen Wirklichkeit wie Seifenblasen zu zerplatzen.

Doch Joey lächelte ihn wissend an. »Mach dir keine Sorgen, Logan. Wir kaufen dir ein paar tolle Stiefel und noch viele andere Sachen.« Er nahm den kleineren Jungen bei der Hand und zog ihn so schnell mit sich den Bürgersteig entlang, daß Alison kaum hinterherkam. Einen Häuserblock weiter sah sie ein großes Kaufhaus, über dessen Eingang in großen Lettern der Name ›Mercantile‹

prangte. Als sie auf den Eingang zustrebten, ging plötzlich die Tür auf, und eine Gruppe Kinder ungefähr in ihrem Alter kam lachend heraus. Sie kamen direkt auf sie zu, doch als sie sahen, wen sie vor sich hatten, blieben die Jungen und Mädchen abrupt stehen, schauten sich an und wechselten dann wie auf Kommando auf die andere Straßenseite, ohne Joey, Alison und Logan noch eines weiteren Blickes zu würdigen.

Joey, der wie angewurzelt stehengeblieben war, als er die Gruppe aus dem ›Mercantile‹ kommen sah, sah ihnen hinterher, sagte aber nichts. Und dennoch sah Alison an seinem Gesichtsausdruck, daß er die Kinder kannte. »Wer waren denn die? Und warum sind sie so plötzlich auf die andere Straßenseite gegangen?« fragte sie verständnislos.

Joeys Augen verengten sich, und seine Wangenmuskeln wurden hart. »Ein paar Kids«, erwiderte er knapp. »Sie mögen mich nicht.«

»Aber warum denn?« fragte Alison entgeistert.

Joey wurde rot. »Woher soll ich das denn wissen? Sie mögen mich halt nicht. Komm, laß uns reingehen und anschauen, was sie haben!« Er stieß die Glastür auf und ging mit Logan hinein, doch Alison zögerte noch. Sie schaute auf die andere Straßenseite hinüber, wo die Kinder zusammenstanden, tuschelten und zu ihr herüberschielten.

Was hatten sie denn?

Was war denn los?

Warum mochten sie Joey nicht? Was konnte er ihnen getan haben?

Einen Augenblick lang war sie drauf und dran, hinüberzugehen und sie offen zu fragen. Doch sie verwarf den Gedanken sofort wieder, denn sie wußte, was passieren würde.

Keiner würde mit der Sprache herausrücken. Sie würden sie nur anschauen, sich umdrehen und weggehen.

»Alison?« hörte sie Logans Stimme hinter der Glastür. »Warum kommst du denn nicht?«

Alison wandte ihren Blick von den Kindern auf der anderen Straßenseite ab und huschte schnell Joey und Logan hinterher, die gerade dabei waren, einen Stapel bunt gemusterter Westernhemden unter die Lupe zu nehmen.

»Wir können kaufen, *was* wir wollen!« jubelte Logan mit blitzenden Augen seiner Schwester zu. »Wir brauchen nur anschreiben zu lassen!« Als er sah, wie sich Alisons Stirn runzelte, blickte er unsicher zu Joey hinauf. »Das hast du doch gesagt, oder?«

Joey grinste Alison zu. »Es stimmt, was er sagt. Wir haben in allen Läden hier unbegrenzten Kredit. Wir brauchen uns die Sachen nur auszusuchen, und sie schicken uns dann die Rechnung auf die Ranch!«

»Aber Mama hat doch gesagt…«, begann Alison, doch Joey unterbrach sie.

»Tante Mary Anne wußte das mit dem Kredit ja nicht. Und wenn ihr irgend etwas nicht gefällt, können wir es ja wieder zurückbringen. Also, wo ist das Problem? Wir brauchen schließlich neue Sachen zum Schulanfang, oder nicht?«

Alisons letzte Bedenken schmolzen dahin, als sie die wunderbaren Sachen erblickte, die sich vor ihren Augen ausbreiteten. Als ihre Finger zärtlich über einen weichen Kaschmir-Schal strichen, ermunterte sie Joey: »Nur zu! Kauf ihn dir! Er steht dir bestimmt hervorragend!«

Zum ersten Mal in ihrem Leben erlebte Alison Carpenter einen richtigen Kaufrausch.

Im Handumdrehen hatte sie den Schal erstanden.

Es war schon später Nachmittag, als Mary Anne das letzte der Kontenbücher zuschlug, sich zurücklehnte und die Augen schloß.

Jetzt hatte sie endlich alle durch!

Sie hatte tatsächlich alle Kontenbücher durchgearbeitet! Am Anfang waren es nur lange unverständliche Zahlenkolonnen gewesen, die die Seiten füllten. Dann, mit der Zeit war sie dahintergestiegen, was die einzelnen Posten bedeuteten. Langsam verstand sie, was es kostete, eine Ranch zu führen. Sie wußte jetzt, was die Pferde kosteten und was die Wilkensons dadurch gespart hatten, daß sie das Heu zu ihrer Fütterung nicht eingekauft, sondern auf ihren Wiesen gemäht hatten.

Viel wichtiger aber war es, daß sie jetzt eine Vorstellung davon hatte, was Ted und Audrey für die Ranch insgesamt bezahlt hatten und warum sie von Anfang an kein Interesse daran hatten, aus dem Anwesen Profit zu schlagen. Im Gegenteil, sie hatten gewaltige Summen in ökologische Projekte investiert, hatten ehemalige Felder brachliegen lassen und sie wieder in ihren Urzustand versetzt. Sogar den Fluß hatten sie an einer Stelle, wo er von seinem ursprünglichen Lauf abgeleitet und kanalisiert worden war, wieder in sein altes Bett zurückverlegt. Dazu hatten sie ein ganzes Waldgebiet, das daraufhin verödet war, da ihm nun die nötige Wasserzufuhr fehlte, abholzen und wieder aufforsten müssen, was Unsummen Geldes verschlungen hatte.

Doch die Bücher zeigten ebenso, daß das Einkommen der Wilkensons hoch genug war, um all diese Kosten zu bestreiten. Ja, es bleiben sogar noch beträchtliche Summen übrig – Summen, von denen Mary Anne bisher nicht zu träumen gewagt hätte –, um weitere Öko-Projekte in der Gegend des Sawtooth Valley finanziell zu unterstützen.

Obwohl sie mehrere Seiten Papier mit Fragen vollgeschrieben hatte, die ihr bei dem Studium der Kontenbücher gekommen waren, hatte sie doch etliche auch wieder ausstreichen können, da sich viele der Fragen im nachhinein von selbst beantwortet hatten.

Ich kann da tatsächlich durchsteigen, dachte sie voller Stolz. Zumindest diesen Teil meiner Hausaufgaben habe ich erledigt!

Sie stand vom Schreibtisch auf, streckte sich ein bißchen und schlenderte durchs Haus, räumte im Vorbeigehen das eine oder andere auf und trat dann durch die Hintertür ins Freie, um sich ein wenig in die Sonne zu setzen. Wohlig breitete sich die Wärme auf ihrer Haut aus und lockerte langsam ihre verspannten Glieder.

Bewegung.

Das ist es, was ich brauche, dachte sie.

Vielleicht sollte sie ein Stündchen spazierengehen, überlegte sie, während sie Schultern und Kopf kreisen ließ und dabei das Panorama der umgebenden Berge an sich vorbeiziehen ließ. Im Westen warf das wuchtige Massiv des Sugarloaf bereits die ersten Schatten ins Tal, und sie mußte wieder zu der Steilwand hinaufblicken, an der Audrey den Tod gefunden hatte. Ein Frösteln durchlief sie, und schnell schaute sie wieder weg. Überall ragten wildzerklüftete Granitberge in den blauen Himmel, von denen man bestimmt einen herrlichen Ausblick auf das Tal haben würde. Die gut ausgeschilderten Wanderwege würden sie sicher auf den einen oder anderen dieser Gipfel führen.

Sie wollte sich gerade auf den Weg über den Hof machen, als sie auf einmal ein lautes Wiehern aus dem Stall hörte. Mary Anne blieb stehen und runzelte die Stirn. Sofort mußte sie wieder an den Abend nach der Beerdigung denken.

Ein zweites Pferd fiel in das Wiehern ein, und dann hörte sie noch etwas.

Das Bellen eines Hundes.

Joey hatte doch Storm gewiß mit in die Stadt genommen? Es sei denn, sie hatten vor, richtig einzukaufen. Sie schaute hoch zu Joeys Fenster, und richtig. Da stand der große Schäferhund am offenen Fenster, hatte seine breiten Vorderpfoten auf das Sims gelegt und bellte zum Stall hinüber. Mary Anne rief zu ihm hinauf, daß er sich beruhigen sollte. Er antwortete mit einem markerschütternden Heulen, und da verstand Mary Anne. Sie lief wieder ins Haus zurück, hastete die Treppe hoch und ließ den Hund hinaus. Wie der Blitz jagte er hinunter, so daß sie ihn erst an der verschlossenen Küchentür einholte. Kaum öffnete sie ihm die Tür, da schoß er schon hinaus über den Hof und verschwand im Stall.

Als Mary Anne den Stall erreichte, hatten sich die Pferde schon wieder beruhigt, trotzdem blieb sie zögernd am Tor stehen. »Storm?« rief sie unsicher. »Was ist denn los, Junge? Komm her zu mir!« Schon kam der Hund mit wedelndem Schwanz brav angetrottet. »Was war denn los, Kerlchen?« fragte sie ihn noch einmal und kraulte ihm die Ohren, während sie in die Finsternis des Stalles spähte.

Die Pferde standen jetzt ganz ruhig, und weder sie noch Storm zeigten irgendwelche Spuren von Nervosität. Schließlich wagte sich Mary Anne in den dunkeln Stall hinein. »Bill?« rief sie fragend. »Sind Sie hier?«

Nichts.

Dicht gefolgt von Storm ging sie weiter hinein. Die drei Pferde standen friedlich in ihren Boxen, ließen die Köpfe über die Tür hängen und schauten sie an.

»Was war denn los?« fragte sie. »War hier jemand drin?«

Weder Buck noch Fritz, die beiden Wallache, deren Boxen direkt hinter der Stalltür lagen, gaben ihr irgendeine Antwort. Und auch Sheika schaute sie nur mit hochgestellten Ohren an und schüttelte leise ihre Mähne. Mary Anne ging auf die Stute zu. Sie mußte an den Tag denken, an dem Sheika schließlich wieder zurückgekommen war.

An diesem Tag hatte sie frühmorgens aus dem Fenster geschaut und die majestätische Stute friedlich auf der Weide grasen sehen. Sie hatte sich gewundert, woher dieses Pferd plötzlich kam und hätte sicherlich Joey zurückgerufen, wenn sie gewußt hätte, daß es das Pferd war, das Ted getötet hatte. Doch der Junge rannte sofort aus dem Haus und rief nach dem Tier. Verblüfft schaute Mary Anne zu, wie die Stute ruhig stehenblieb, während Joey auf sie zulief. Die letzten paar Schritte kam sie ihm sogar entgegen, liebkoste mit ihren Nüstern seinen Nacken und leckte seine Wange. Wie ein Lamm folgte sie ihm dann zurück in den Stall, ohne daß er sie auch nur am Halfter hätte führen müssen.

Natürlich hatte Mary Anne sofort auf dem Polizeirevier angerufen. Eine Stunde später waren Tony Moleno und Olivia Sherbourne zur Stelle, eine burschikose Frau mittleren Alters, die Tierärztin von Sugarloaf.

Während Olivia das Pferd untersuchte, flehte Joey den Polizisten an, ihr doch bitte nicht den Gnadenschuß zu geben. »Sie hat Daddy nicht mit Absicht niedergestreckt«, bettelte er. »Das ist überhaupt nicht ihre Art! Irgend jemand hat sie dazu gebracht, es zu tun!«

Tony Moleno sagte erst einmal gar nichts und wartete ab, bis die Tierärztin ihre Untersuchung abgeschlossen hatte. »Na, was meinst du?« fragte er dann.

Olivia stemmte die Fäuste tief in die Taschen ihrer Jeans und schaute den Polizisten entschlossen an. »Dieses Tier abzuknallen, ist das verrückteste, was man überhaupt tun kann! Du *kennst* mich,

Tony. Ich hab' weiß Gott schon manchen Pferden den Gnadenschuß verpaßt, manchen, weil sie krank, anderen, weil sie gefährlich waren. Und ich hatte niemals auch nur irgendeinen Zweifel daran, daß es richtig war, was ich tat. Aber ich kenne Sheika nun schon seit vielen Jahren, und sie hat noch nie irgend jemandem ein Haar gekrümmt. Du könntest diesem Tier eins mit dem Prügel überziehen, und sie würde dich nur mit großen Augen anschauen. Ich denke, der Junge hat völlig recht. Irgend jemand hat sie in Panik versetzt, und sie hat einfach nur reagiert. Es war ein Unfall, schlicht und ergreifend. Wenn du willst, lege ich mich höchstpersönlich unter sie auf den Boden, und ich schwöre dir, das einzige, was sie machen wird, ist, an meinen Taschen nach Zucker zu schnüffeln!«

Tony Moleno holte tief Luft, doch Olivia war noch nicht fertig.

»Es gibt kein Gesetz in diesem Land, das vorschreibt, einem Pferd den Gnadenschuß zu geben, nur weil es einen Unfall verursacht hat. Und wenn du mir nicht glaubst, ruf Rick Martin oder Charley Hawkins an. Es ist einfach nur so üblich hier. Aber bei Sheika ist das völlig fehl am Platze. Da mach' ich einfach nicht mit.« Und als hätte sie seine Gedanken gelesen, fügte sie hinzu: »Und wenn du es selbst machst, dann werde ich dafür sorgen, daß es morgen in der ganzen Stadt die Spatzen von den Dächern pfeifen, daß du sie umgelegt hast, obwohl ich dagegen war!«

Der Polizist hob beschwichtigend die Arme. »Ist ja gut, Olivia, ich bitte dich! Du hast gesagt, was du von der Sache hältst, und du bist schließlich die Expertin. Wenn ich nicht an deiner Meinung interessiert wäre, hätte ich dich doch nicht geholt, oder?«

Mit einem spöttischen Grinsen ging Olivia zurück zu ihrem Wagen, stieg ein und fuhr los. Doch kurz bevor sie den Hof verließ, hielt sie noch einmal an und beugte sich aus dem Fenster. »Wenn Sie irgendwelchen Ärger mit ihm haben, rufen Sie mich einfach an!« rief sie Mary Anne zu. »Auch sonst können Sie mich jederzeit anrufen, wenn Sie Probleme haben, ja? Ich wohne gleich unten am Ende der Straße.« Dann fuhr sie auf und davon und ließ Tony Moleno in einer großen Staubwolke zurück, der sich ein Schmunzeln nicht verkneifen konnte.

»Mit der Frau ist nicht zu spaßen«, grinste der Polizist. »Sie ist eine hervorragende Tierärztin und als Frau ein echtes Original. Aber ich werde den Teufel tun, mich mit ihr anzulegen. Der letzte Typ, der es versucht hat, hatte hinterher ein blaues Auge und eine ausgerenkte Schulter. Olivia ist wirklich der beste Kumpel, den du hier in der Gegend finden kannst, da sind wir uns alle einig.«

»Auch der Mann mit dem blauen Auge?« fragte Mary Anne ironisch.

Moleno brach in schallendes Gelächter aus. »Der ist schon lange nicht mehr hier. Er ist noch einen Monat geblieben, dann hat er sich aus dem Staub gemacht, und niemand hat je wieder was von ihm gehört.«

Seit diesem Tag hatte niemand mehr ein Wort darüber verloren, ob man Sheika nun den Gnadenschuß geben sollte oder nicht. Und dennoch hatte Mary Anne seitdem immer einen heiligen Respekt vor diesem Tier. Auch jetzt näherte sie sich nur zögernd der Stute. »Was war denn eben, Sheika? War da jemand?« fragte sie. Sheika schüttelte nur wieder ihre Mähne und streckte Mary Anne den Kopf entgegen, um sich von ihr streicheln zu lassen. Mit ihrer langen Zunge fuhr sie Mary Anne über den Arm, senkte dann ihren Kopf und schnüffelte an ihrer Hosentasche herum.

»Na, du willst Zucker, stimmt's?« schmunzelte Mary Anne und kramte in ihrer Tasche nach ein paar Krümeln, die sie am Morgen aus der Zuckerdose genommen hatte, um sie an Buck und Fritz zu verfüttern. Ohne auch nur Mary Annes Handfläche zu berühren, fraß ihr die Stute nun den Zucker aus der Hand, mit Lippen, so sanft wie die eines Babys. »Ich glaube, Dr. Sherbourne hat ganz recht gehabt«, sagte Mary Anne und tätschelte das Pferd am Hals. »Du tust wirklich keinem Menschen was zuleide.«

»Und wie ich recht gehabt habe!« ertönte plötzlich eine Stimme an der Stalltür. »Und außerdem heiße ich Olivia. Hier gibt es keinen einzigen, der mich Dr. Sherbourne nennt, und ich hoffe nicht, daß Sie jetzt damit anfangen.«

Mary Anne fuhr herum und sah in der Stalltür die Silhouette der Tierärztin gegen das gleißende Sonnenlicht. »Mein Gott! Haben Sie mich aber erschreckt!« stieß sie atemlos hervor. »Hast *du* mich erschreckt«, verbesserte sie sich mit einem verschämten Lächeln.

Auch Olivia lächelte verlegen. »Geh runter, Storm!« befahl sie dann, als der Schäferhund an ihr hochsprang, um ihr das Gesicht zu lecken. Sofort gehorchte der Hund und setzte sich. Olivia angelte einen Hundekuchen aus der Hosentasche und hielt ihn ihm vor die Nase. »Ganz schön gierig, mein Kleiner, was?« lachte sie, als er sofort danach schnappte. Dann ging sie in den Stall, redete mit jedem der beiden Pferde ein paar Worte und blieb dann vor Sheika stehen. »Ich hab' mir gedacht, ich schau' mal vorbei, wie es meinem Mädchen geht, hm?« sprach sie die Stute an, streichelte sie am Kopf und hob ihr dann die Lippen, um ihre Zähne zu begutachten. Mit zufriedenem Lächeln wandte sie sich wieder Mary Anne zu. »Nachdem du mich nicht angerufen hast, nehme ich an, daß du auch keine weiteren Probleme gehabt hast, oder?«

»Na ja, ich war bis jetzt noch vollauf damit beschäftigt, mich mit der neuen Umgebung vertraut zu machen«, antwortete Mary Anne. Doch dann fiel ihr prompt das Gespräch mit Bill Sikes von heute morgen ein und das, was ihr Joey gesagt hatte, nachdem der Helfer das Haus verlassen hatte, und so erzählte sie Olivia Sherbourne die ganze Geschichte. »Ich weiß nicht, was ich machen soll«, endete sie. »Hatte Ted wirklich vor, Bill rauszuwerfen?«

»Nicht daß ich wüßte«, erwiderte Olivia. »Aber ich kann auch nicht das Gegenteil beweisen. Und wenn Sikes unbedingt gehen will, dann laß ihn doch! Es gibt eine Menge Leute, die mit Kußhand seinen Job übernehmen und ihn wahrscheinlich auch besser machen würden. Ich hab' Ted und Audrey wirklich sehr gern gemocht, aber wenn ich hier die Herrin wäre, würde ich sowieso einiges anders machen.«

Mary Anne schaute sie überrascht an. »Was denn zum Beispiel?«

Olivia zögerte. »Na ja, wenn du mich schon so direkt fragst«, erwiderte sie zaghaft. »Also ich weiß nicht. Es ist mehr so ein Gefühl, verstehst du? Ich hatte in der letzten Zeit einfach den Eindruck, daß hier irgend etwas nicht stimmt.«

Ein Schaudern überlief Mary Anne, als sie hörte, daß die Tierärztin fast haargenau die gleichen Worte benutzte wie Bill Sikes heute morgen.

»Hm. Ich meine das aber in einem anderen Sinn als er«, widersprach Olivia, als Mary Anne erzählte, was Bill Sikes ihr vor ein paar Stunden gesagt hatte. »Es tut mir wirklich leid, aber ich halte nun einmal nichts von dieser Vorstellung, daß sich die Tiere zusammentun und an den Menschen Rache üben. Ich denke da mehr an diese seltsamen Gestalten in der Gegend, diese Bergmenschen, die da oben über der Baumgrenze leben.«

»Bergmenschen?« wiederholte Mary Anne entsetzt.

»Verrückte«, antwortete Olivia. »Die meisten sind schon lange gestorben, aber ein paar gibt es noch, die sich da oben herumtreiben und sich weiß Gott wie über Wasser halten. Die meisten sind ziemlich harmlos, aber einige von ihnen sind absolute Psychopathen.«

Urplötzlich mußte Mary Anne an diese seltsame Gestalt denken, die sie bei der Beerdigung von weitem gesehen hatte. Und an die Behauptung Joeys, er hätte in der Nacht vor dem Begräbnis draußen auf dem Acker jemanden gesehen. »Leben auch welche von denen hier in nächster Nähe?« fragte sie besorgt.

»Wer weiß?« gab Olivia zurück. »Sie treiben sich überall herum, wo es ihnen gefällt, und fragen nicht lange, ob das jemanden stört.« Als sie Mary Annes entsetzten Gesichtsausdruck bemerkte, bedauerte sie, was sie gesagt hatte. »Ach Gott, was red' ich denn nur für einen Unsinn zusammen. Mach dir keine Sorgen. Es ist hier alles in bester Ordnung.« Sie schaute suchend umher, um irgend etwas zu finden, mit dem sie Mary Anne ablenken konnte. Dann kam ihr auf einmal eine Idee. »Hast du dir die ganze Gegend hier eigentlich schon einmal in aller Ruhe angeschaut?« fragte sie.

Mary Anne schüttelte den Kopf. »Nein, ich hatte bisher ja kaum Gelegenheit dazu.«

»Na, dann wird es ja höchste Zeit, das nachzuholen«, erklärte Olivia entschlossen. »Und der Zufall will es, daß ich heute nachmittag sowieso nichts zu tun habe. Was hältst du also davon, wenn wir einfach losmarschieren?«

Die nächsten zwei Stunden verbrachten sie damit, das gesamte

Gelände der Ranch abzugehen. Zuerst inspizierten sie den Stall und die dazugehörigen Anbauten, wobei ihr Olivia alles erklärte, was sie sahen, und sogar versprach, ihr das Traktorfahren beizubringen. Dann sattelten sie Buck und Fritz und ritten das übrige Gelände ab. Als sie alles erkundet hatten, schaute Olivia zu den Bergen hoch. »Was meinst du, hast du Lust, zum Coyote Creek hochzureiten? Du weißt schon, zu dem Campingplatz, der vor ein paar Tagen demoliert worden ist.«

Mary Anne zögerte einen Moment, doch dann schüttelte sie den Kopf. »Es ist schon spät. Ich möchte gern zu Hause sein, wenn die Kinder heimkommen.«

Als sie auf die Ranch zurückkehrten, war es schon fast vier Uhr, doch außer Bill Sikes, der damit beschäftigt war, Brennholz an der Hauswand aufzuschichten, war weit und breit niemand zu sehen.

»Wenn ich ehrlich bin«, sagte Olivia, nachdem die beiden Frauen die Pferde versorgt und es sich bei einem Glas Wein auf der Veranda gemütlich gemacht hatten, »dann weiß ich gar nicht, ob du für die Rancharbeit wirklich eine Ganztagskraft brauchst. Wenn du Sikes loswerden willst, oder wenn er von sich aus kündigt – was er aber niemals machen wird, das schwöre ich dir –, besteht überhaupt kein Grund, jemanden einzustellen. Ein Acker, eine Weide, ein Stall – das ist alles, was es hier zu tun gibt. Das kriegen du und die Kinder doch leicht in den Griff, und wenn du mal jemanden brauchst, helf' ich dir jederzeit.«

»Aber ich bitte dich…«, begann Mary Anne, doch Olivia brachte sie mit einer Handbewegung zum Schweigen.

»Das ist doch selbstverständlich! Wir sind schließlich Nachbarn, und da hilft man sich doch, oder? Außerdem stehe ich sowieso noch in Audreys Schuld, denn wenn sie nicht gewesen wäre, hätte ich dieses Paradies hier niemals entdeckt.«

»Ach?« fragte Mary Anne überrascht. »Du kanntest Audrey bereits, bevor du hierherkamst?«

Olivia nickte. »Wir haben uns in Sun Valley kennengelernt. Vielleicht hatten wir sonst wenig gemeinsam, aber wir hatten damals beide gerade fürchterlichen Liebeskummer.« Bei der Erinnerung daran brach sie in ein derartig röhrendes Gelächter aus, daß ein ganzer Schwarm Wachteln aus dem nahen Buschwerk aufschreckte und flatternd davonflog. »Als dann eines Tages Ted auftauchte, war ich, um ehrlich zu sein, ganz schön eifersüchtig. Und als Audrey ihn dann schon nach knapp einem Monat heiraten wollte, habe ich ihr anständig die Leviten gelesen. Hab' ihr gesagt, daß sie ihre letzte Enttäuschung doch noch kaum verwunden hatte, daß sie Ted noch gar nicht genügend kannte – na ja, was man dann halt so sagt.«

Mary Anne lächelte wehmütig. »Ich glaube, ich hab' ihr so ziemlich genau das gleiche gesagt. Aber sie hat uns allen das Gegenteil bewiesen, nicht wahr?«

Olivia nickte seufzend. »Das kann man wohl sagen. Auf jeden Fall, als sie dann hier hochgezogen sind, hab' ich sie praktisch jedes Wochenende besucht, und je öfter ich hierherkam, desto mehr hab' ich angefangen, Sun Valley zu hassen. Und irgendwann hab' ich dann selbst meine sieben Sachen gepackt und bin auch hier hochgezogen. Hab' mit meiner Praxis wieder völlig bei Null anfangen müssen, aber ich hab' es keinen einzigen Tag bereut. Jetzt allerdings, wo die beiden tot sind, ist alles auf einmal so anders.« Sie fiel in ein nachdenkliches Schweigen und ließ ihren Blick über die Ranch und weiter hinaus über die Berge schweifen. Als sie das Gespräch wieder aufnahm, klang ihre Stimme gedämpft. »Erinnerst du dich daran, was ich dir vorhin gesagt habe, daß ich den Eindruck habe, daß hier irgend etwas in letzter Zeit nicht in Ordnung ist?« Mary Anne nickte. »Also ich weiß wirklich nicht, was es ist. Aber irgendeinen Grund muß es doch haben, daß die Pferde so verrückt spielen, und ich glaube, wir sollten diesen Grund schleunigst herausfinden. Das nächste Mal, wenn du aus dem Stall etwas hörst, rufst du mich sofort an, versprichst du mir das?«

Mary Anne hob verwundert die Brauen. »Und wenn es mitten in der Nacht ist?«

Olivia warf den Kopf in den Nacken und lachte wieder so schallend, daß es im ganzen Tal widerhallte. »Ich werd' mitten in der Nacht aus dem Schlaf geklingelt, weil irgendwo eine Katze Husten hat!« rief sie amüsiert. Sie leerte ihr Weinglas und stand dann entschlossen auf. »Tja, es war wirklich nett bei dir, aber alles Schöne hat nun mal ein Ende. Ich werd' mich mal wieder in meine Kutsche schwingen und heimfahren. Irgendwo hat bestimmt wieder eine Kuh Blähungen oder ein Pferd Bauchschmerzen. Ruf mich an, wenn du irgend etwas brauchst, ja?«

»Gerne«, lächelte Mary Anne. Sie begleitete Olivia zu ihrem Kleinlaster, doch gerade als die Tierärztin sich hinters Steuer setzen wollte, hielt Mary Anne sie mit einem sanften Händedruck zurück. »Olivia? Kann ich dich noch etwas fragen? Über Ted und Joey?«

Für einen Sekundenbruchteil huschte ein Ausdruck von Anspannung über Olivia Sherbournes Gesicht, der jedoch so schnell wieder verschwand, daß Mary Anne sich fragte, ob sie ihn sich nur eingebildet hatte.

»Ted und Joey?« fragte Olivia und kletterte wieder aus dem Führerhäuschen heraus. »Was denn?«

»Tja, ich weiß nicht so recht«, begann Mary Anne und fragte sich im selben Augenblick, ob es nicht ein Fehler von ihr war, das Thema überhaupt anzusprechen. »Es ist nur, weil... nun ja, ich hab' irgendwie den Eindruck, daß es da womöglich ein Problem zwischen den beiden gab. Charley Hawkins hat so eine Andeutung gemacht, hat das aber gleich wieder runtergespielt, als ich nachgebohrt habe. Na ja, und dann war Rick Martin gestern noch einmal hier und hat Joey so eigenartige Fragen gestellt... Weißt du da vielleicht was Näheres?«

Wieder schien es Mary Anne, als würde Olivia einen Moment zu lange zögern, bevor sie antwortete. »Was ich weiß, ist, daß Ted in den letzten paar Jahren Joey ziemlich hart angefaßt hat, aber wenn du mich fragst, ob er ihn mißhandelt hat, dann heißt meine Antwort klipp und klar: Nein.« Ein süffisantes Lächeln umspielte ihre Lippen. »Natürlich kann man darüber streiten, was unter ›mißhandeln‹ zu verstehen ist. Viele Leute sind da womöglich ganz anderer Ansicht. Ich für meinen Teil hatte den Eindruck, daß Ted lediglich versucht hat, Joey ein bißchen Disziplin und Verantwortungsgefühl beizubringen.«

Olivias Worte trugen alles andere als zur Klärung der Fragen bei, die Mary Anne beschäftigten, im Gegenteil. »Und wie stand Audrey dazu? War sie mit Teds Erziehungsstil einverstanden?«

Einen Augenblick glaubte Mary Anne, daß die Tierärztin auf diese Frage überhaupt nicht antworten wollte. Doch schließlich zuckte Olivia die Achseln. »Es gab viele Dinge, über die mir Audrey nie etwas erzählt hat, und es gab ebenso viele Dinge, nach denen ich nie gefragt habe.« Sie schwang sich wieder hinters Steuer und ließ den Motor an. »Weißt du«, fügte sie hinzu, »ich glaube, es ist besser, wenn du nicht so viel nach Problemen suchst. Sonst findest du auf einmal so viele, daß sie dir plötzlich alle über den Kopf wachsen. Also, bis bald!« Sie legte den Gang ein und fuhr los, und Mary Anne winkte ihr nach, bis sie hinter der nächsten Straßenbiegung verschwunden war. Dann ging sie zum Haus zurück, räumte die leeren Gläser vom Tisch und trug sie in die Küche. Das, was ihr Olivia erzählt hatte, beunruhigte sie stark.

Was war es, worüber Audrey nicht geredet und wonach Olivia nicht gefragt hatte?

Hatte es irgend etwas mit Joey zu tun?

Oder mit Ted?

Oder war es etwas ganz anderes?

Schließlich gab sie es auf. Wahrscheinlich hatte Olivia recht, es war wirklich töricht, überall nach Problemen zu suchen. Wenn es wirklich einen schwerwiegenden Konflikt zwischen Joey und seinem Vater gegeben hätte, dann hätte ihr Audrey auf jeden Fall davon erzählt.

Oder vielleicht doch nicht?

Hatte es Dinge gegeben, die Audrey sogar ihrer besten Freundin verschwiegen hatte?

9

Die Sonne verschwand hinter dem Kamm des Sugarloaf-Gebirges. Es war später Nachmittag, und die Schatten der Berge krochen bereits ins Tal, als Mary Anne einen Blick auf die Uhr über der Spüle warf.

Kurz vor fünf. Mary Anne war leise beunruhigt, nahm sich jedoch vor, noch bis Viertel nach fünf zu warten, bevor sie sich ernsthaft Sorgen um die Kinder machen würde. Sie schaltete das Backrohr ein und öffnete den großen Kühlschrank, um etwas für das Abendessen auszusuchen.

Eine Thunfischkasserolle kam nicht in Frage; es waren noch drei in verschiedenen Größen da, und alle drei trugen sorgfältig beschriftete Etiketten aus Klebeband mit den Namen der Leute, die sie vorbeigebracht hatten. Doch es hatte schon gestern abend eine Thunfischkasserolle gegeben, und auch wenn die Kinder alles aufgegessen hatten, hatte sie doch deutlich gemerkt, daß es ihnen nicht besonders geschmeckt hatte. So schob sie die Thunfischkasserollen nach hinten und machte sich auf einem Zettel eine kurze Notiz, um morgen daran zu denken, sie in eigene Schüsseln umzufüllen und die fremden Töpfe ihren Besitzern zurückzugeben. Dann fiel ihr Blick auf einen großen Behälter im untersten Fach mit der Aufschrift: »Spaghettisoße – Olivia Sherbourne.«

»Das ist genau das richtige«, entschied Mary Anne, nahm die Tupperwarebox aus dem Kühlschrank und schaltete das Backrohr wieder aus. Über dem Herd in der Mitte der Küche war mit schweren Ketten ein gewaltiges hölzernes Bord befestigt, an dem eine lange Reihe von Pfannen hing. Sie wählte eine davon aus, leerte die Spaghettisoße hinein und begann, sie auf dem Herd aufzuwärmen. Als sie gerade auf der Suche nach Spaghetti in der Speisekammer rumorte, rannte Storm plötzlich zur Haustür, winselte und kratzte aufgeregt und wollte offensichtlich unbedingt raus. Mary Anne wunderte sich, da sie draußen weit und breit niemanden sah, öffnete ihm aber dennoch die Tür. Laut bellend vor Freude schoß Storm hinaus und flitzte um die Hausecke. Mary Anne folgte ihm in den Hof hinaus und sah, wie er zur Straße hinunterrannte und hinter der ersten Kurve verschwand. Im nächsten Moment tauchte er mit hoch erhobenem Schwanz wieder auf und jagte hinter einem Stock her, den jemand geworfen haben mußte, den sie noch nicht sehen konnte.

»Hol das Stöckchen!« hörte sie Joey rufen, und im nächsten Augenblick fiel Logans Stimme ein: »Bring den Stock, Storm! Los, bring ihn her!«

Der Hund schnappte den Stock in der Luft, wirbelte herum und raste wieder zurück; erst als die drei Kinder auftauchten, bremste er abrupt.

Sie schleppten Pakete.

Mary Annes freundliches Lächeln gefror, als die Kinder herankamen und Logan, der ihr aufgeregt entgegenstürmte, eine riesige Einkaufstasche fast auf dem Boden hinter sich her schleifte.

»Schau nur, Mama, was wir alles Tolles gekauft haben!« rief er atemlos. »Ich hab' zwei neue Jeans und zwei Westernhemden und...« Er blieb stehen und schaute mit leuchtenden Augen auf seine Füße hinab. »Was sagst du dazu? Echte Cowboystiefel! Original Acmes!«

Mary Anne starrte auf die strahlend glänzenden Stiefel. Doch statt sie zu bewundern, schaute sie streng zu Alison hinüber, die hinter Logan stand und schuldbewußt zu Boden blickte.

»Habe ich nicht gesagt, ihr sollt nichts kaufen?« fuhr sie die Kinder an und überschlug hektisch im Kopf den Preis der Einkäufe. Sie hatten nicht nur im ›Mercantile‹, sondern auch bei Conway's zugeschlagen. Allein Logans Stiefel dürften mehr als hundert Dollar gekostet haben.

Alison öffnete den Mund, um etwas zu sagen, brachte jedoch kein Wort hervor. Hilfesuchend schaute sie zu Joey.

»Es war meine Schuld, Tante Mary Anne«, erklärte er verlegen. »Weißt du, meine Mutter hat mich schon seit einem Jahr immer alleine einkaufen lassen. Wir haben nämlich Kredit in sämtlichen Läden und...« Er geriet ins Stottern und brach ab.

»Es waren alles Sonderangebote, Mama«, kam Alison ihm rasch zu Hilfe. »Sonderangebote zum Schulbeginn, weißt du. Wenn es sein muß, können wir auch alles wieder zurückbringen. Joey meint...«

»Es ist mir ganz egal, was Joey meint«, fiel ihr Mary Anne scharf ins Wort. »Ich habe hier das Sagen, und ich habe euch klar und deutlich verboten, auf eigene Faust einzukaufen. Das können wir uns alles doch niemals leisten...«

Plötzlich kamen ihr die Geschäftsbücher in den Sinn, die sie heute morgen gewälzt hatte, und die riesigen Summen, die in der Bilanz aufgeführt waren.

Sie dachte an all die teuren Einkäufe, über die Audrey gewissenhaft Buch geführt hatte. Audreys Konsumgewohnheiten hatten absolut nichts gemeinsam mit ihren eigenen bescheidenen Möglichkeiten. Das war auch kein Wunder, denn seit sie mit Ted verheiratet war, schwamm Audrey ja im Geld. Finanzielle Probleme waren für sie von da an ein Fremdwort. Offensichtlich hatte Joey das gleiche lockere Verhältnis zum Geld wie seine Mutter – wie sollte es auch anders sein?

Langsam verflog Mary Annes Ärger. Wegen der paar Sachen würde sie wohl nicht gleich bankrott gehen. Und war die Begeisterung der Kinder es nicht wert, einmal ein Auge zuzudrücken? »Also gut, kommt rein; dann schauen wir mal an, was ihr da verbrochen habt, und sortieren aus, was morgen wieder zurückgebracht wird«, sagte sie und hatte Mühe, das aufkommende Schmunzeln hinter ihrem strengen Blick zu verbergen. »Aber verlaßt euch darauf: Morgen geht ihr alle drei schön in die Stadt und bringt alles überflüssige Zeug wieder zurück, verstanden? Und ihr müßt mir versprechen, daß so etwas nicht noch einmal vorkommt! Sonst war es das letzte Mal, daß ich euch alleine hab' in die Stadt gehen lassen!«

Alison blickte betreten zu Boden, und Logan kämpfte gegen die Tränen an, als er daran dachte, daß er seine wunderbaren Stiefel womöglich zurückgeben müßte.

»Sie können wirklich nichts dafür, Tante«, beteuerte Joey, als sie zusammen ins Haus gingen. »Alison wollte auf keinen Fall etwas kaufen. Ich war es, der sie dazu überredet hat.«

»Ich glaub' dir ja, Joey«, beruhigte ihn Mary Anne. »Ich weiß ja auch, daß dich deine Mutter immer selbst einkaufen ließ, aber mit meinen Kindern habe ich das immer anders gemacht, und deshalb haben sie da einfach nicht so viel Erfahrung darin.« Sie öffnete die Küchentür und ließ die drei Kinder hineinspazieren. »Dann packt mal aus«, sagte sie und deutete auf den Küchentisch.

Während Mary Anne Wasser für die Spaghetti aufsetzte, leerten die Kinder ihre Taschen und breiteten ihre Schätze auf der Tischplatte aus. Alison hatte drei sündhaft teuere Markenjeans erstanden, von denen sie früher nicht einmal zu träumen gewagt hätte, dazu drei T-Shirts, drei Pullis, etliche Paar Socken und Unterwäsche.

»Hast du eigentlich eine Vorstellung davon, was diese Jeans kosten?« fragte Mary Anne entgeistert.

»Sie kosten regulär 60 Dollar das Stück, waren aber auf 30 reduziert«, erklärte Alison. »Weil ich zur Zeit so schnell wachse, habe ich gleich drei in verschiedenen Größen genommen, denn die Verkäuferin hat gemeint, daß sie nächstes Jahr sicher nicht mehr so günstig zu haben sind.«

Mary Anne runzelte die Stirn und griff sich als nächstes ein T-Shirt. Es war noch etwas zu groß für Alison, doch nicht so sehr, daß es komisch aussah. Es war aus reiner Baumwolle, genauso wie die anderen T-Shirts, die sich lediglich in der Farbe unterschieden.

Und alle waren tatsächlich um fünfzig Prozent reduziert.

Die Pullis waren aus wunderbarer Wolle, weich wie Kaschmir und in femininen Tönen gehalten, was sie von Alison überhaupt nicht gewöhnt war – kornblumenblau, zart fliederfarben und blaßrosa schimmernd wie Perlmutt.

»Sag mal, wo sind eigentlich die Sachen, die du sonst so gerne kaufst?« fragte Mary Anne spöttisch. »Wo hast du all das Punkzeug versteckt, über das wir uns zu Hause immer in die Haare geraten sind?«

Alison errötete leicht. »Na ja, ich hab' mir gedacht, es ist am besten, wenn ich mir gleich etwas Gutes kaufe«, sagte sie verlegen. »Ich gebe zu, ich war ein bißchen im Kaufrausch, aber ich werde alles zurückbringen, wenn du willst.«

Mary Anne schüttelte den Kopf. »Du hast sehr gut eingekauft, das muß ich zugeben. Wenn es im Winter kalt wird, kannst du die Sachen bestimmt brauchen.«

Dann nahm sie sich Logans Schätze vor. Er hatte zwar nicht gerade wenig, aber ebenfalls nicht schlecht eingekauft. Es war nichts dabei, was sie ihm nicht selbst ausgesucht haben könnte. Sogar die Jeans hatten die nötige Länge, so daß sie ihm mindestens ein Jahr lang passen würden, auch wenn er sie in den ersten Monaten noch ein wenig hochkrempeln mußte. Er hatte die gleichen Hemden ausgewählt wie Joey, nur eben in seiner Größe. Eins war allerdings etwas ganz Besonderes: ein strahlend blaues Westernhemd, silbern gesprenkelt, mit schwarz paspelierten Nähten und einer Unmenge von schimmernden Perlmuttknöpfen auf der Brust, auf den Taschen und sogar auf den Manschetten.

»Sieht es nicht irre aus?« fragte Logan mit leuchtenden Augen.

»Aber wo um Himmels willen willst du denn so was anziehen?« fragte Mary Anne skeptisch.

»So was muß man einfach haben«, schaltete sich Joey ein. »Jeder hier hat so eins.«

»Und was ist mit den Stiefeln?« fragte Mary Anne und schaute stirnrunzelnd auf Logans Füße.

»Die gehören bei uns einfach zur Ausrüstung«, beharrte Joey. »Wenn er reiten lernen will, braucht er dazu Stiefel, und auch sonst trägt man die hier zu allen Anlässen. Und es sind immerhin keine Tony-Lama-Stiefel, denn Daddy meint, daß es einfach blöd ist, so viel Geld für Schuhe rauszuschmeißen, solange man noch im Wachsen ist. Erst wenn man ausgewachsen ist, soll man sich die endgültigen Stiefel zulegen. Die sollen dann aber auch die besten sein, die es gibt, und die soll man dann eine Ewigkeit lang tragen.«

Daddy meint! Mary Annes Widerstand schmolz dahin. »Also gut, ich geb's auf«, seufzte sie. »Ihr habt euch zwar nicht an meine ausdrückliche Anweisung gehalten, aber ich muß auch zugeben, daß ich euch unterschätzt habe. Mindestens die beiden Großen sind ja vielleicht wirklich alt genug, sich ihre Sachen selbständig auszusuchen. Und weil ihr ja schließlich kein Geld für Ramsch rausgeworfen habt, braucht ihr von den Sachen auch nichts zurückzubringen. Ihr müßt mir aber versprechen, daß ihr euch künftig entweder an das haltet, was ich euch sage, oder mich wenigstens anruft und mit mir absprecht, wenn ihr etwas anderes machen wollt. Abgemacht?«

»Ich kann also meine Stiefel behalten?« schrie Logan begeistert und achtete gar nicht auf Mary Annes Frage. Sie seufzte resigniert: »Ja, du darfst sie behalten, aber fang nicht an, mir die Ohren vollzujammern, wenn sie dich drücken!«

Als sie sich umwandte, um in der Speisekammer weiter nach den Spaghetti zu suchen, zwinkerte Joey Alison heimlich zu: »Na also! Hab' ich nicht gleich gesagt, daß es gutgehen wird?« lächelte er verschmitzt.

Die Wölfin erstarrte. Mit erhobener Vorderpfote und kerzengerade ausgestrecktem Schwanz gefror ihr Körper mitten in der Bewegung.

Auch der Mann stand völlig ruhig da, nur seine Augen bewegten sich, als er in der Dunkelheit danach suchte, was das Tier in seinen Bann geschlagen hatte.

Es war ein Kaninchen, das sich in den Schatten einer kleinen Erhebung kauerte und mit bebendem Näschen witterte. Die Sonne war bereits untergegangen, und Dunkelheit begann sich über den Hang zu breiten, der hier über der Baumgrenze nur noch mit dichtem Heidekraut überwuchert war. Bald würde das Kaninchen auf die Wiese hoppeln und an den frischen Kräutern knabbern, wenn die Raubvögel aufgehört hatten, am Himmel zu kreisen, und sich in ihre Nester zurückgezogen hatten. Dann könnte das Tierchen sich gefahrlos aus seinem Versteck wagen. Jetzt aber hielt es sich noch ganz ruhig und versuchte, den Feind auszumachen, dessen Witterung es eben noch wahrgenommen hatte. Es schnupperte wieder, roch aber nur den starken Duft des Heidekrauts. Schließlich siegte die Freßlust über die Vorsicht, und es kroch aus seinem Unterschlupf, obwohl es noch nicht ganz dunkel war. Eifrig fing es an, an dem zarten Grün zu knabbern, das zwischen den Heidekrautbüscheln wuchs. Mit zunehmender Dunkelheit wurde es mutiger und wagte sich weiter auf die Wiese hinaus.

Mit gelb glimmenden Augen fixierte die Wölfin ihr Opfer und setzte zum Sprung an, doch der Mann legte ihr beruhigend eine Hand auf die sehnige Flanke. »Noch nicht!« flüsterte er kaum hörbar. Das Kaninchen erstarrte. War da etwas gewesen? Es richtete sich auf und äugte sekundenlang mit erhobenen Löffeln angespannt in die Dunkelheit. Als alles ruhig blieb, fraß es nach einer kleinen Weile unbekümmert weiter.

Nun erst gab der Mann der Wölfin einen kleinen Klaps. Wie ein Pfeil schnellte sie vorwärts, brach durch das Heidekrautgestrüpp, hinter dem sie und der Mann sich versteckt hatten, und war schon über dem Kaninchen, noch ehe es begriff, was ihm geschah. Sie packte es am Genick, schüttelte es mit wilder Kraft und warf das zuckende Wesen zu Boden. Dann hielt sie es mit einem Vorderlauf fest und hieb ihre scharfen Fangzähne in sein Fleisch.

Schmerzgequält fiepte das Kaninchen. Ein letztes Mal bäumte es sich auf, dann lag es still da. Die Wölfin schubste es ein wenig mit einer Vorderpfote, beschnüffelte es und nahm es schließlich mit dem Maul auf. Der Mann, der dem Todeskampf zugeschaut hatte, erhob sich nun und machte sich wieder auf den Weg zurück in den Wald, gefolgt von der Wölfin.

Er ging an der Stelle vorbei, wo er vor ein paar Minuten den schweren Packen abgeworfen hatte, als er sich entschlossen hatte, noch schnell ein Kaninchen zu jagen. In dem Bündel waren die Kadaver von zwei Waschbären und einem kleinen Fischotter, die Beute aus seinen Fallen, die er am Nachmittag geleert hatte. Der Mann hielt kurz an, hob das schwere Bündel auf und schwang es sich auf den Rücken. Dann setzte er seinen Weg fort, wie wenn er das Gewicht seiner Last, das jeden anderen ins Straucheln gebracht hätte, gar nicht spürte.

Als sie die Hütte erreichten, nahm der Mann die drei Tierkadaver vom Rücken, warf sie auf einen roh gezimmerten Tisch und fing an, ihnen fachmännisch das Fell abzuziehen.

Die Wölfin ließ sich derweil mit dem blutigen Kaninchen im Maul gleich neben der Türe auf dem schmutzigen Boden nieder. Mit ihren scharfen Zähnen riß sie ihrem Opfer die Bauchdecke auf und verschlang gierig die Eingeweide, die dampfend herausquollen.

»Willst du noch mehr?« fragte der Mann mit heiserer Stimme. Er stieß dem Otter sein Messer in den Leib, schlitzte ihm den Bauch auf, riß ihm die blutigen, noch immer warmen Eingeweide heraus und warf sie der Wölfin vor die Schnauze.

Mit triefenden Lefzen schnappte die Wölfin danach und verschlang gierig die blutige Masse.

Als der Mann seine Beute ausgeweidet hatte, warf er die Häute aus dem Fenster. Spätestens bis morgen nachmittag würden sie entweder von den Tieren der Nacht weggeschleppt oder von den Aasvögeln gesäubert sein.

Wenn draußen etwas liegenblieb, konnte er es immer noch wegräumen; jedenfalls behielt er nichts in der Hütte, was die lästigen Ameisen anlocken könnte.

Geschickt zerlegte er das Fleisch; mühelos glitt das wuchtige Schlachtermesser durch Sehnen und Knorpel. Dann hob er den Deckel von dem Topf, der auf dem Feuer stand, und warf das Fleisch hinein.

Er fachte das Feuer an und legte genug Holz nach für die nächsten Stunden, die er draußen in der Nacht zubringen würde. Bis dahin hatte sich das Fleisch von den Knochen gelöst, und er konnte es an die Wölfin verfüttern.

Als er gerade den letzten Schenkel des Otters in den Topf werfen wollte, hielt er plötzlich inne und schlug dann gierig die Zähne, die beinahe so stark wie die der Wölfin waren, in den Schenkel. Der süße Geschmack des rohen Fleisches erregte seine Zunge, und der wilde Blutgeruch drang ihm verlockend in die Nase.

Heute nacht fraß ein grimmiger Hunger in seinen Eingeweiden. Doch er wußte, wo er ihn stillen konnte.

Mary Anne machte sich daran, das Geschirr vom Küchentisch abzuräumen. Ehe sie Joeys Teller aufnahm, fragte sie ihn besorgt: »Willst du wirklich gar nichts mehr essen?« Er hatte während des ganzen Abendessens kaum ein Wort gesprochen und war ganz in Gedanken versunken. Immer, wenn sie ihn angesprochen hatte, war er nervös zusammengezuckt und hatte nur einsilbig geantwortet.

Joey schüttelte den Kopf. Er hatte die Augen auf den Teller gesenkt, auf dem die Riesenportion Spaghetti mit Olivia Sherbournes Soße fast unberührt war.

»Dabei heißt es immer, daß alle Kinder Spaghetti lieben«, versuchte Mary Anne ihn aufzumuntern.

»Ich hab' keinen Hunger«, entschuldigte sich Joey. »Darf ich bitte aufstehen?«

Mary Anne lächelte ihm verständnisvoll zu. Sicher hatte den

Jungen wieder die Trauer um seine Eltern überkommen. »Aber klar doch«, sagte sie freundlich. »Es reicht, wenn Alison und Logan mir beim Abwasch helfen. Geh ruhig und sieh etwas fern, wenn du Lust dazu hast.«

Selbst jetzt, als er seinen Stuhl zurückschob, sah er sie immer noch nicht an. Dann sagte er: »Ich glaube, ich gehe lieber auf mein Zimmer und lese ein wenig. Ich habe gerade ein neues Buch angefangen.«

»Hast du das gehört?« Mary Anne warf ihrer Tochter einen vielsagenden Blick zu. »Er hat ›ein Buch‹ gesagt. Weißt du überhaupt noch, was das ist? Du weißt schon, diese Menge bedruckter Blätter mit zwei Deckeln drum herum?«

Alison rollte genervt mit den Augen. »Ist ja gut, Mama, ich seh' nun mal gern fern…«

»Ach, *so* nennst du das?« gab Mary Anne spitz zurück. »Ich würde eher sagen, daß du süchtig bist nach dem Kasten. Wie lange ist es eigentlich schon her, daß du dir zuletzt ein Buch vorgenommen hast?«

Alison stöhnte. »Mama, ich bringe doch gute Noten nach Hause, oder?«

Joey nahm kaum Notiz von der Auseinandersetzung, sondern schnippte leise mit den Fingern, woraufhin Storm, der immer noch ausgestreckt unter dem Tisch lag, sich erhob und seinem Herrchen nachtrottete. Joey war bereits auf der Treppe, als er hörte, wie Mary Anne unten auf dem Flur nach ihm rief.

»Joey?«

Er blieb stehen und drehte sich zu ihr um.

»Geht es dir auch wirklich gut, Joey?«

Joey nickte, sagte aber noch immer kein Wort.

Mary Anne schaute mit forschendem Blick zu ihm hinauf. »Kann ich denn gar nichts für dich tun? Bitte sag es mir, wenn du etwas auf dem Herzen hast!«

Joey schüttelte den Kopf. »Ich… mir geht's gut«, preßte er hervor. Bevor Mary Anne noch etwas sagen konnte, lief er schnell die Treppe hoch und verschwand in seinem Zimmer. Mary Anne, die den Jungen gerne in die Arme genommen und getröstet hätte, verspürte ein Gefühl der Ohnmacht, als sie zurückging in die Küche, um Alison und Logan beim Abwasch zu helfen.

In seinem Zimmer ließ Joey sich auf das Bett fallen.

Wieder überkam ihn dieses merkwürdige Gefühl.

Dieses Gefühl, von dem er geglaubt hatte, er wäre es endlich los.

Doch nun hatte es sich zurückgemeldet, stärker denn je.

Joey stand auf, ging zum Fenster und riß es weit auf, um sich den kühlen Bergwind ins Gesicht wehen zu lassen.

Er atmete tief durch, roch das frische Aroma der Pinien und fühlte die frische Abendluft in seine Lungen strömen.

Nun war es finstere Nacht. Er hatte gemerkt, daß dieses seltsame Gefühl mit der Dunkelheit gekommen war. Seit die Sonne hinter den Bergen versunken war und die langen Schatten ins Tal fielen, hatte es immer mehr von ihm Besitz ergriffen. Beim Abendessen, als das letzte Tageslicht verblaßte, war es stärker und stärker geworden, bis er schließlich dem Drang, einfach aufzuspringen und in die Nacht hinauszurennen, nur noch mit letzter Mühe widerstehen konnte.

Was konnte das nur sein?

Jetzt, da sein Vater tot war, gab es doch keinen Grund mehr, vor ihm wegzulaufen.

Ja, sein Vater war tot und begraben. Niemals würde er ihn wieder hinauszerren in den Stall, den Gürtel abziehen und ihm mit aller Kraft über den nackten Hintern peitschen.

Er hatte gedacht, daß er jetzt, wo der Vater tot war und ihn nicht mehr schlagen konnte, auch von diesem schrecklichen inneren Druck für immer befreit wäre.

Doch er hatte sich getäuscht. Dieses bedrängende Gefühl war heute nacht stärker als jemals zuvor.

Rastlos wie ein wildes Tier im Käfig lief er in seinem Zimmer auf und ab. Er fühlte sich hinter den Mauern des Hauses wie in einem Gefängnis, und selbst die eigene Haut engte ihn mehr und mehr ein.

Sein einziges Verlangen war, hinauszurennen und in die Dunkelheit einzutauchen. Er sehnte sich danach, durch die finstere Nacht zu streifen, bis diese Qualen endlich von seiner Seele wichen und sein Geist wieder Ruhe fand.

Aber er saß doch in Wirklichkeit gar nicht im Gefängnis! Das war sein eigenes Haus, sein eigenes Zimmer! Hier war doch sein Zuhause!

Ja, es war sein Zuhause, außer in Nächten wie dieser, wenn ihn dieses Gefühl überkam und er wußte, daß er nirgendwo wirklich zu Hause war.

Vielleicht war das seltsame Gefühl wegen der Kinder zurückgekehrt – dieser Kinder, denen er heute in der Stadt begegnet war.

Sie hatten ihn voller Haß angestarrt.

Obwohl er ihnen nie etwas getan hatte, hatten sie ihn gehaßt.

Stimmte das? Hatte er ihnen wirklich nie etwas getan?

Oder vielleicht doch, früher, bei Gelegenheiten, an die er sich nicht mehr erinnern konnte, die wie hinter einem Schleier verborgen lagen?

Ja, richtig, früher war hin und wieder etwas vorgefallen. Aber das war damals, als er noch nicht gelernt hatte, sich zu beherrschen, wenn ihn diese merkwürdige nervöse Gereiztheit überkam, die sich wie aus heiterem Himmel einstellte und ihn böse und gewalttätig machte, ohne daß er selbst hätte sagen können, weshalb.

Heute nacht hatte ihn dieses Gefühl wieder eingeholt. Seine Nerven waren aufs äußerste gereizt und die Haut juckte so furchtbar, daß kein noch so heftiges Kratzen Erleichterung versprach.

Schon tauchten die dunklen Gedanken wieder auf und nahmen in seiner Vorstellung Gestalt an. Er spürte das Verlangen, um sich zu schlagen und all die Leiden, die sein Vater ihm zugefügt hatte, einem anderen Menschen anzutun, egal wem.

Nein!

Diesmal würde er sich von seinem Drang nicht hinreißen lassen, nein, dieses Mal nicht!

Er knallte das Fenster zu und zwang sich, wieder ins Bett zu gehen. Verzweifelt warf er sich auf die Matratze, schlang die Arme um das Kissen und vergrub sein Gesicht darin.

Laß es vorübergehen, flehte er, bitte, laß es vorübergehen!

Storm winselte leise, als er spürte, wie sehr sein Herrchen litt. Er sprang auf das Bett, schmiegte sich an Joeys Seite und begann, ihm freundlich die Wange zu lecken.

Doch Joey spürte die Zärtlichkeit seines Hundes gar nicht. Er war völlig überreizt, denn in seinem Inneren hatte der dunkle Drang bereits nach seiner Seele gegriffen. Schon war der Junge wieder auf dem Sprung hinaus in die Finsternis, in die lockende Wildheit der Nacht.

»Vielleicht hätten wir doch besser wieder heimfahren sollen«, sagte Tamara Reynolds, kuschelte sich noch fester an Glen Fosters Seite und streckte ihre Beine aus, um sich die Füße am Lagerfeuer zu wärmen. Plötzlich kam ihr die Dunkelheit, die sie umhüllte, bedrohlich vor. Die gleiche Stille, die sie noch beim letzten Campingausflug mit Glen als friedliche Waldesruhe genossen hatte, war diesmal eher ein unheilverkündendes Schweigen. »Ich meine, wenn ich bloß daran denke, was diese Leute alles erzählt haben…«

»Ach, hör doch auf«, unterbrach sie Glen und legte ihr den Arm um die Schultern. »Das ist doch alles Quatsch! Was ist denn schon passiert? Also gut, ein Zelt ist zerfetzt worden, und kein Mensch kann sich erklären, wie das zugegangen ist. Aber das ist doch schon tagelang her, und seitdem ist nichts mehr vorgefallen, oder?«

»Aber trotzdem ist fast niemand hiergeblieben«, wandte Tamara ein. »Fast alle sind wieder nach Hause gefahren.«

»Weil es feige Hunde sind«, gab Glen verächtlich zurück. »Wenn du mich fragst, ich finde, daß es dadurch nur noch schöner ist hier draußen. Nur noch wir beide und die eine Familie da drüben auf der anderen Seite, ist das nicht toll?« Ausgelassen wie ein kleiner Junge ließ er sich nach hinten fallen und zog Tamara mit sich. Auf dem Rücken liegend schaute er zum Mond empor, dessen Scheibe durch die Baumwipfel glänzte. »Sag, kannst du dir etwas Schöneres vorstellen?«

Zärtlich schmiegte sich Tamara an ihn. Er hatte recht; was auch immer das Zelt dieser Leute zerstört haben mochte, sicher war es längst wieder verschwunden. Vielleicht war der Schaden an dem

Zelt in Wirklichkeit auch gar nicht so groß. Solche Geschichten wurden im nachhinein doch immer maßlos übertrieben, oder etwa nicht? »Du hast recht, es ist wirklich wunderschön hier.« Sie seufzte, und langsam wich die Spannung aus ihrem Körper. Als Glen sich auf sie legte und sie küßte, schlang sie die Arme um seinen Hals, drückte sich ganz fest an ihn und flüsterte zärtlich: »Was hältst du davon, wenn wir heute einmal ganz früh ins Bett gehen?«

Glen lachte leise und knabberte an ihrem Ohrläppchen. »Was meinst du denn mit ›ganz früh‹? Es ist doch schon kurz vor elf.«

»Na, dann ist es ja höchste Zeit«, gurrte Tamara und nestelte bereits an den Knöpfen seines Hemds.

»Ganz deiner Meinung«, lächelte Glen.

Sie lösten sich voneinander und standen auf. Glen warf Sand über die glühenden Scheite, um das Feuer bis zum Morgen am Glimmen zu halten. »Geh ruhig schon voraus, ich komme gleich nach«, sagte er zu Tamara. »Ich muß nur noch kurz wohin.«

Tamara runzelte die Stirn. »Du willst mich hier doch nicht allein lassen!«

»Ich lasse dich höchstens für zwei Minuten allein«, versprach er. »Siehst du den Baum da drüben?«

Tamara nickte.

»Der ist genau richtig für meinen Zweck, und weiter gehe ich nicht weg. Einverstanden?«

»Einverstanden. Trotzdem meine ich, daß es besser gewesen wäre, wenn wir heimgefahren wären. Irgendwie fühl' ich mich unwohl hier.«

Glen lächelte sie vielsagend an. »Wart nur ein paar Minuten, dann werde ich dafür sorgen, daß du dich hier wie im siebten Himmel fühlst.«

Während Tamara ins Zelt schlüpfte, ging Glen zu dem Baum hinüber, um Wasser zu lassen. Doch er hielt Augen und Ohren offen. Er hatte zwar versucht, Tamara zu beschwichtigen, dennoch mußte auch er dauernd an diese Geschichte denken, die sie von der Familie gehört hatten, die drüben, am anderen Ufer, ihr Zelt aufgebaut hatte. Während des ganzen Abends war jedoch die Begegnung mit einer Waschbärenfamilie das furchterregendste Ereignis gewesen. Die Waschbären waren vom Wald her angeschlichen und hatten versucht, ihre Kühlbox zu knacken. Glen hatte sie verscheucht, die Box in den Lichtschein des Feuers geholt und ihre Decke zusätzlich noch mit ein paar schweren Steinbrocken gesichert. Wenn wirklich ein richtiger Bär auftauchen würde, könnten ihn die Steine zwar nicht von der Kühlbox fernhalten, doch wenigstens hatte er sie in sicherem Abstand von ihrem Zelt abgestellt.

Er zog den Reißverschluß seiner Hose hoch und lauschte gespannt in die Dunkelheit des Waldes.

Außer dem Schrei eines Waschbären und dem Geraschel des Kleingetiers, das im Gebüsch am Flußufer seine Beute jagte, war nichts zu hören. Beruhigt ging er zurück zum Zelt, verschloß sorgfältig den Eingang und fing an, sich im Dunkeln auszuziehen.

Nackt schlüpfte er in den Doppelschlafsack und fühlte sofort die erregende Wärme von Tamaras Haut. Während seine Hand ihren Körper streichelte und schließlich zu dem Hügel zwischen ihren Schenkeln hinabglitt, preßten sich seine Lippen auf ihren Mund, und seine Zunge drang tief in sie ein.

Glen stöhnte vor Lust, als ihre Hände zärtlich über seinen Körper fuhren, und zog sie erregt noch fester an sich.

Für Glen und Tamara hatte die Welt außerhalb ihres Schlafsacks aufgehört zu existieren. Doch zur gleichen Zeit trat draußen, in der Nähe ihres Zeltes, eine dunkle Gestalt aus dem Wald und blieb, angespannt lauschend, stehen.

Die Gestalt kroch näher. Sie bebte vor Erregung.

Das Wesen witterte und sog dann mit geblähten Nasenflügeln gierig die Luft ein. Es roch nicht nur den beißenden Qualm des schwelenden Feuers, sondern auch den Geruch des Feindes.

Des Feindes, der im Zelt zwar seinen Augen verborgen war, nicht jedoch seinen übrigen Sinnen.

Es konnte ihn riechen, hören.

Dieses Tuscheln und Stöhnen, dieser berauschende Geruch aus dem Zelt! Das dunkle Wesen wurde ganz rasend.

Zum Zerreißen gespannt, preßte es sich gegen den Boden, jede seiner Fasern bebte vor Gier.

Endlich gab es dem natürlichen Drang seines Instinktes nach und machte einen gewaltigen Satz.

Mit einem kurzen, scharfen Geräusch zerriß die Nylonwand des Zelts genau über Glen Fosters Kopf, und schon war das Wesen über ihnen. Lautlos stieß es zu.

Als Glen begriff, was geschehen war, war es schon zu spät.

Irgend etwas hatte ihn angesprungen und preßte ihn nun mit seinem ganzen Gewicht brutal zu Boden. Verzweifelt stemmte er sich dagegen, doch im gleichen Moment, wie er merkte, daß der Schlafsack in Fetzen ging, bohrten sich spitze Krallen in sein Fleisch.

»Tamara!« versuchte er zu schreien, doch noch ehe er einen Laut hervorbringen konnte, fühlte er, wie etwas schrecklich scharfes seine Kehle aufschlitzte und sich sofort ein warmer Schall Blut über seine Brust ergoß. Er keuchte, versuchte nach Luft zu schnappen, doch er würgte nur an seinem eigenen Blut, das ihn zu ersticken begann. In einem lautlosen Kampf schlug er auf den Angreifer ein, doch als immer mehr Blut aus seiner zerfetzten Halsschlagader quoll, überkam ihn eine bleierne Müdigkeit, und plötzlich erkannte er in schrecklicher Klarheit, was unausweichlich war.

Er mußte sterben!

Mit letzter Kraft versuchte er sich aus der Umklammerung zu befreien, bäumte sich noch einmal auf, um den Angreifer abzuschütteln, doch es war schon zu spät.

Seine Hände fielen zu Boden, und er rührte sich nicht mehr.

Die Attacke war vorbei, der Angreifer vom Campingplatz verschwunden. Glen Foster war tot.

An seiner Seite lag Tamara Reynolds und wimmerte leise vor Schmerz. Unsichtbare Zähne hatten ihre Haut aufgerissen, und Krallen, die sie nur gespürt hatte, waren in ihr Fleisch gedrungen. Sie fühlte sich so schwach, daß sie nicht einmal um Hilfe rufen konnte.

10

Mary Anne war wieder in New Jersey, bei sich zu Hause. Von draußen drang das Heulen von Sirenen herein, doch sie achtete nicht darauf, denn sie steckte bis über beide Ohren in Arbeit. Es war eine endlose Plackerei, Alans Sachen zu packen. Sein Zeug schien überall herumzuliegen, in Bergen quollen seine Kleider aus den Koffern, alle Wände waren mit Bücherkartons verstellt. Alte Jahrgänge einer Fachzeitschrift für Architektur stapelten sich meterhoch neben den Türmen seiner riesigen Plattensammlung. Die Arbeit schien einfach kein Ende nehmen zu wollen; selbst ihr eigener Kleiderschrank war mit seinem Klamotten vollgepropft.

Die Sirenen kamen näher. Und plötzlich war ihr klar: Sie waren hierher zu ihr unterwegs!

Sie kamen wegen Audreys Leiche, die in der Zimmerecke gegenüber lag.

Wie war sie nur hierher gekommen?

Mary Anne konnte es sich nicht erklären.

Als die Sirenen immer näher kamen, erfaßte sie Panik.

Sie wollten zu ihr! Sie kamen, um sie abzuholen!

Sie selbst war es, die im Verdacht stand, Audrey getötet zu haben.

Aber das war nicht wahr! Sie hatte Audrey ganz bestimmt nicht getötet!

Plötzlich flog die Tür auf, und als sie herumfuhr, erkannte sie Joey. Er stand da und starrte sie mit leeren Augen an, ein kaltes Lächeln lag auf seinem Gesicht, und von seinen Händen troff Blut.

Joey ging auf sie zu, öffnete den Mund wie um zu sprechen, doch er brachte kein Wort hervor. Seine blutigen Hände streckten sich nach ihr aus und kamen immer näher, während ihr gleichzeitig das Heulen der Sirenen immer schriller in die Ohren drang.

Sie wich vor ihm zurück, suchte Halt an der Wand hinter ihr, doch ihre Hände stießen statt auf die feste Mauer auf etwas Weiches.

Etwas Weiches und Kaltes.

Sie fuhr herum und erstarrte. Sie blickte in die erloschenen Augen des toten Ted Wilkenson.

Ein Schrei drang aus ihrer Kehle, und mit diesem erstickten Schrei fuhr sie aus dem Schlaf hoch. Kerzengerade saß Mary Anne im Bett und zitterte am ganzen Körper.

Es war nur ein Traum, versuchte sie sich zu beruhigen.

Es war wirklich nur ein Traum.

Doch noch immer heulten die Sirenen.

Verwirrt blickte sie sich um. War sie wirklich noch zu Hause in New Jersey? Nein, sie war in Idaho, auf der El Monte-Ranch.

Schlaftrunken stieg Mary Anne aus dem Bett und stolperte ans Fenster. Am Hang, etwa fünfzig Meter über der Talsohle, kroch ein blasser Lichtstreifen langsam durch den Wald, und zwischen den Bäumen zuckten alle paar Sekunden rote und blaue Lichter.

»Was ist denn da draußen los, Mama?« hörte sie plötzlich Logans Stimme von der Tür her. Mary Anne wandte sich zu ihm um und rieb sich geblendet die Augen, als ihr das grelle Licht der Flurlampe ins Gesicht fiel.

»Ich weiß es selbst nicht«, murmelte sie.

»Es sind Polizeiautos«, sagte Alison, die neben ihrem Bruder aufgetaucht war. »Ich hab' sie gesehen, wie sie die Straße hochfuhren und dann auf den Kiesweg abgebogen sind, der zum Campingplatz führt.«

Die Sirenen verklangen in der Ferne, und auf einmal trat eine unheimliche Stille ein. Mary Anne ging vom Fenster weg, zog ihren Bademantel an und schaltete die Nachttischlampe ein, um auf den Wecker zu schauen. Ein Uhr früh. Sie runzelte die Stirn. Was machte die Polizei um diese Zeit am Campingplatz?

»Kommt, gehen wir runter und trinken eine Tasse Kakao«, sagte sie, denn es war klar, daß die Kinder nicht mehr ins Bett zu kriegen waren, so lange sie keine Erklärung für diesen Aufruhr mitten in der Nacht hätten. »Zieht eure Bademäntel an, ich hol' inzwischen Joey herunter. Aber in einer halben Stunde geht's zurück ins Bett, einverstanden?« Während Alison und Logan, noch ganz gebannt von den Polizeiautos im Wald, in ihre Zimmer liefen, klopfte Mary Anne an Joeys Türe. Als er nicht antwortete, machte sie die Türe auf und schaltete das Licht ein. Ihr stockte der Atem. Das

Zimmer war leer. Wie damals, in der Nacht nach dem Begräbnis seiner Eltern.

Eine böse Ahnung, daß der Polizeieinsatz in den Bergen etwas mit Joeys Verschwinden zu tun haben könnte, krampfte ihr das Herz zusammen. Sie hastete die Treppe hinunter und schaute in die Zimmer im Parterre in der vagen Hoffnung, daß Joey vielleicht doch im Haus wäre.

Er war nicht da!

Als sie in die Küche trat, waren die Kinder schon eifrig beschäftigt. Alison holte Becher von dem Bord über der Anrichte, und Logan suchte einen Topf, um den Kakao warm zu machen. Als Alison den angstvollen Ausdruck im Gesicht ihrer Mutter bemerkte, erstarb ihr Lächeln.

»Weißt du, wo Joey sein kann? Hast du gehört, wie er aus dem Haus ging?«

Verblüfft schüttelte Alison den Kopf. »Ist er denn nicht auf seinem Zimmer?«

»Er ist im ganzen Haus nicht zu finden«, stieß Mary Anne gepreßt hervor. Eine panische Angst stieg in ihr hoch. Was war bloß da draußen los? Er konnte doch nicht mitten in der Nacht in die Berge gegangen sein! Und wenn er doch dort oben war, hatte er dann etwas mit dem Polizeieinsatz zu tun? Aber wie konnte überhaupt jemand wissen, daß er sich da draußen herumtrieb?

Es war einfach unmöglich, daß das Auftauchen der Polizeiwagen mit Joeys Verschwinden in Zusammenhang stand – *unmöglich*! Sie versuchte sich zu beruhigen, doch sofort fiel ihr wieder der Traum ein, aus dem sie hochgeschreckt war. Noch einmal sah sie das Blut von Joeys ausgestreckten Händen triefen und seine kalten, ausdruckslosen Augen. Die gleichen kalten Augen, in die sie an jenem Morgen geschaut hatte. *Nein!* Was auch immer in den Bergen passiert war, mit Joey konnte es nichts zu tun haben! Er war sicher irgendwo hier, ganz in der Nähe.

Mary Anne nahm die starke Handlampe aus ihrer Halterung neben der Hintertür, schaltete sie ein und trat hinaus in die Finsternis. In der vagen Hoffnung, daß Joey vielleicht gerade in diesem Augenblick zurückkäme, leuchtete sie den Hof ab.

Ihr Herz klopfte schneller, als sie im Lichtkegel eine flüchtige Bewegung wahrnahm. Schnell richtete sie die Lampe nochmals in diese Richtung und suchte die Dunkelheit ab.

Da sah sie ein Paar grüne Augen in der Nacht funkeln. Erschrocken hielt sie den Atem an, doch als sie das Tier erkannte, das sich gleich darauf davontrollte, atmete sie erleichtert auf.

»Was war das?« wollte Logan vom Haus her wissen. »Was hast du gesehen?«

»Einen jungen Waschbären«, antwortete Mary Anne.

Sofort rannte Logan auf den Hof heraus. »Wo ist er? Meinst du, daß wir ihn erwischen können?«

»Jetzt reicht's aber, Logan! Es ist mitten in der Nacht!« fuhr ihn Mary Anne entnervt an. »Geh sofort wieder ins Haus! Ich muß Joey suchen.«

»Ich will aber mitkommen, bitte!« bettelte Logan, ganz aufgeregt bei der Vorstellung von nächtlichen Abenteuern, die es zu bestehen galt.

»Logan, Schluß jetzt! Du gehst sofort zurück ins Haus!«

Erschrocken über die Schärfe in der Stimme seiner Mutter, wich Logan zurück.

»Marsch, ins Haus!« wiederholte Mary Anne.

Mit Tränen in den Augen machte der Junge kehrt, lief ins Haus und knallte hinter sich die Tür zu.

Vorsichtig tastete sich Mary Anne nun dicht an der Hauswand entlang Richtung Frontseite des Hauses. Als sie an die Ecke kam, leuchtete sie erst den Parkplatz ab und schwenkte dann den Lichtkegel hinüber zu dem Wäldchen zwischen der Ranch und dem Fluß.

»Joey! Joey, wo bist du?« rief sie den Jungen.

Als niemand antwortete, verließ sie den Schutz des Hauses und ging über den Hof auf die Bäume zu. Plötzlich erstarrte sie. War da nicht ein Geräusch vom Stall her?

Ein Scharren, wie wenn ein Tier versuchte, sich zu befreien.

Ein kalter Schauer lief ihr über den Rücken, und ihre Hände zitterten, als sie daran dachte, wie sie das letzte Mal mitten in der Nacht hier draußen am Stall war.

Wäre es nicht klüger, zurück ins Haus zu gehen und Hilfe zu holen?

Aber wen sollte sie denn anrufen?

Die Polizei war sicher oben auf dem Campingplatz beschäftigt.

Vielleicht Bill Sikes?

Sie dachte an seine rätselhafte Äußerung an jenem Morgen: *Irgend etwas ist da draußen, und das macht mich langsam ganz schön nervös*!

Sollte sie einfach den Rover nehmen und zu seiner Hütte hinauffahren? Doch dann müßte sie Alison und Logan mitnehmen – sie konnte ja die Kinder unmöglich allein im Haus zurücklassen. »Joey, hörst du mich?« rief sie noch einmal, und ihre Stimme war ganz heiser vor Angst.

Wieder vernahm sie dieses scharrende Geräusch vom Stall her, diesmal gefolgt von einem Laut, der wie ein Knurren klang.

Mary Anne zuckte zusammen. Sie wollte sich gerade umdrehen und zurück ins Haus fliehen, als sie innehielt. Irgend etwas war anders heute nacht. Aber was?

Schlagartig wurde es ihr bewußt: Die Pferde waren ruhig!

Beim letzten Mal hingegen hatten sie aufgeregt gewiehert und in den Boxen gestampft.

Heute nacht lag eine bleierne Ruhe über dem Stall. Es war totenstill, wie wenn es dort kein atmendes Wesen mehr gäbe. Wie wenn…

Plötzlich erfaßte sie Panik. Sie rannte zurück ins Haus, stürzte in die Küche, kam dabei fast zu Fall, riß mit der einen Hand den Telefonhörer von der Gabel, während sie mit der anderen nach dem Telefonbuch angelte und mit zitternden Fingern im Verzeichnis blätterte, bis sie endlich die Nummer fand. Hektisch tippte sie sie ein und ging dann nervös auf und ab. Zu ihrer Überraschung hob sofort jemand ab, und Mary Anne sprudelte erleichtert los: »Oh, Gott sei Dank, du bist zu Hause, Olivia! Ich bin's, Mary Anne Carpenter. Ich weiß, es ist eine unmögliche Zeit, aber Joey ist verschwunden, und irgendwas stimmt nicht im Stall. Ich bin fast wahnsinnig vor Angst! Ich weiß, das Ganze klingt total…«

»Ich komm' sofort rüber«, unterbrach sie Olivia. »Bleib solange im Haus! Irgend etwas ist passiert, aber darüber reden wir später.«

Keine fünf Minuten später leuchteten im Hof die gleißenden Scheinwerfer von Olivias Kleinlaster auf. Als Mary Anne ihr die Haustüre öffnete, sah sie, daß die Tierärztin eine Schrotflinte in den Händen hielt. »Komm, wir schauen gleich mal nach«, sagte Olivia und deutete zum Stall hinüber. Mary Anne schärfte den Kindern noch einmal ein, auf keinen Fall das Haus zu verlassen, richtete dann ihre Lampe auf das Stalltor und ging Seite an Seite mit Olivia über den Hof.

»Du hast vorhin gesagt, daß irgend etwas passiert ist. Meinst du damit die Polizeiautos oben im Wald?« fragte Mary Anne.

Olivia nickte. »Auf dem Campingplatz hat es einen Überfall gegeben. Ich hab' mit der Frau von der Telefonvermittlung gesprochen, aber etwas Genaues hat die auch nicht gewußt. Nur, daß vor einer Weile ein Mann heruntergekommen ist und behauptet hat, daß es einen Toten gegeben hätte… vielleicht sogar zwei.«

»Um Gottes willen«, stieß Mary Anne entsetzt hervor. Sie standen jetzt vor dem Stalltor, doch Mary Anne zögerte plötzlich. Sie war auf einmal gar nicht mehr so sicher, ob sie überhaupt wissen wollte, was da drinnen war. Doch Olivia nahm ihr die Entscheidung ab. Sie entsicherte das Gewehr und lud durch, dann nickte sie Mary Anne zu.

»Also los, ich bin so weit. Mach das Tor auf!«

Mit klopfendem Herzen schob Mary Anne den Riegel des schweren Tores zurück, als sie von drinnen plötzlich ein vertrautes Winseln hörte. »Mein Gott«, atmete sie erleichtert auf, während sie das Tor weit aufstieß. »Es ist Storm! Also ich bin doch wirklich ein Idiot!«

Voller Freude sprang ihr der Hund entgegen und wedelte wie wild mit dem Schwanz. Olivia ließ das Gewehr sinken, nahm die Patrone aus dem Lauf und sicherte. »Hund, was machst du denn da drin?« rief sie, während Storm an Mary Anne hochsprang, um ihr das Gesicht zu lecken. »Erschreckst uns hier fast zu Tode! Was soll denn das?«

Als der Hund von Mary Anne abließ und seine Begeisterung

auf die Tierärztin richtete, ging Mary Anne in den Stall und leuchtete mit der Handlampe umher. Die drei Pferde standen da wie immer, sie hatten die Köpfe über die Boxentüren gebeugt und blinzelten gelassen in den Lichtstrahl. Mit festem Schritt ging Mary Anne den langen Gang an der Frontseite des Stalles entlang und schaltete die großen Lampen ein, die an den Deckenbalken befestigt waren. Schlagartig war der finstere Stall von gleißendem Licht überflutet. Sie knipste ihre Handlampe aus und suchte den Stall ab.

In einer Box am anderen Ende des Ganges fand sie Joey. Er lag da, in eine Pferdedecke gewickelt, und schlief. Sie trat näher und schaute eine Weile auf den schlafenden Jungen herab. Was hatte ihn bloß hierher getrieben? Wie lange mochte er da schon liegen? Sie kniete sich zu ihm nieder und streichelte ihn zärtlich an der Schulter. Sofort war er hellwach und rollte blitzschnell von ihr weg, dann setzte er sich auf und blinzelte schlaftrunken in das helle Licht. Erst als er sie erkannte, entspannte er sich ein wenig und verlor diesen unruhigen, gehetzten Ausdruck. Schließlich begriff er, wo er war, und schaute sie an. In seinen Augen lag Abwehr, beinahe Feindseligkeit.

»Joey?« fragte ihn Mary Anne in sanftem Ton. »Joey, warum schläfst du denn hier draußen? Warum bist du denn nicht in deinem Bett?«

Er runzelte unsicher die Stirn. »Ich… ich mach' das öfter«, stotterte er. »Manchmal kann ich im Haus einfach nicht schlafen, dann gehe ich hierher und schlaf' bei den Pferden.« Dann setzte er etwas trotzig hinzu: »Mama und Daddy hatten nie etwas dagegen. Ich konnte hier schlafen, sooft ich wollte.«

»Ich verstehe«, sagte Mary Anne einfühlsam, obwohl sie im Grunde nicht das mindeste verstand. Sollte sie dem Jungen glauben? Sie konnte sich bei Audrey Wilkenson nicht recht vorstellen, daß sie ihrem Sohn erlaubt hätte, sich in einem Pferdestall zu verkriechen. Andererseits, wenn der Junge es behauptete, wie sollte sie ihm das Gegenteil beweisen? Woher in aller Welt sollte sie wissen, was Audrey Joey erlaubt und was sie ihm verboten hatte? »Na gut«, sagte sie freundlich, »aber jetzt kommst du wieder mit zurück ins Haus, ja? Alison und Logan sind auch auf, und jetzt machen wir uns erst einmal eine schöne Tasse Kakao. Wie findest du das?«

Joey stand auf, ließ die Decke achtlos zu Boden fallen und klopfte sich das Stroh von den zerknitterten Kleidern. Endlich war es weg. Dieses seltsame Gefühl, diese schreckliche Nervosität, die ihn am Abend befallen hatte, die ihn gequält und schließlich hinausgetrieben hatte in die finstere Nacht.

Irgend etwas – etwas, von dem er nicht wußte, was es war – hatte ihn von seinen Seelenqualen erlöst.

Das Dröhnen des Helikopters kam immer näher. Rick Martin duckte sich instinktiv, als ihn der Wirbel der gewaltigen Rotoren erfaßte. Er mußte in der Wolke aus Staub und Piniennadeln die Augen zusammenkneifen, um die Landeleuchten des Hubschraubers auszumachen. Ein Seil hing aus dem Laderaum der Maschine; daran baumelte die Tragbahre, auf der er und Tony Moleno die schwerverletzte Tamara Reynolds festschnallen mußten.

»Du bist genau richtig!« brüllte er in sein Funkgerät und hoffte, daß ihn der Pilot trotz des Höllenlärms verstehen konnte. »Position halten und Bahre ablassen!«

Die Bahre senkte sich so langsam herab, daß Rick einen Moment Zeit hatte, nach der jungen Frau zu sehen, die noch immer so in dem zerstörten Zelt lag, wie man sie gefunden hatte, ohne das Bewußtsein wiedererlangt zu haben. Eben noch hatte er ihre Wunden mit Verbandszeug aus dem Erste-Hilfe-Kasten des Polizeiautos notdürftig verbunden, doch die weißen Binden waren schon wieder von frischem Blut durchtränkt. »Wie geht's ihr?« fragte er Moleno, der neben ihr kniete und seine Finger an ihren Hals preßte.

»Ihr Puls ist noch zu spüren, doch ihr Atem wird immer flacher.«

»Wenn sie die Verladung in den Hubschrauber überlebt, dann schafft sie auch den Transport nach Boise«, rief Rick und wandte sich um, als die Bahre ein paar Meter entfernt den Boden berührte. Der Polizist schaute zu dem Mann hinüber, der vor einer Stunde ins Dorf gekommen war, um den Überfall auf dem Campingplatz zu melden. Er stand am Rand des Zeltplatzes, und trotz des kühlen

Nachtwinds glänzte Schweiß auf seiner Haut. Er hatte die Arme um seine Frau gelegt, die sich, einem Nervenzusammenbruch nahe, fest an ihn preßte. Die Kinder der beiden, ein etwa fünfjähriger Junge und ein vierjähriges Mädchen, umklammerten die Beine ihrer Mutter. »Helfen Sie uns!« schrie Rick ihm zu. Fragend schaute der Mann seine Frau an und schien nicht sicher, ob wirklich er gemeint wäre, doch dann wurde ihm bewußt, daß ja sonst niemand hier war. Er zögerte einen Moment, dann ließ er seine Frau und die Kinder stehen und kam schnell herüber.

»Hol die Bahre aus dem Transportkorb!« befahl Rick Tony Moleno. Während der Hilfssheriff aus dem Zelt kroch und sich an die Arbeit machte, wandte sich Rick an den jungen Mann und erklärte ihm, was sie als nächstes zu tun hatten. »Wir müssen das Mädchen gleichzeitig hochheben. Ich nehme das Kopfende, Sie nehmen die Beine. Es geht darum, sie möglichst vorsichtig anzufassen und sie nicht mehr zu bewegen, als unbedingt nötig. Alles klar? Sobald sie auf der Tragbahre liegt, tragen wir sie raus zum Transportkorb, schnallen sie an, und dann ab mit ihr in die Klinik.«

Als Tony Moleno mit der Bahre zurückkam, waren die beiden startklar. Zu dritt hoben sie nun die bewußtlose Tamara Reynolds behutsam auf die Bahre und trugen sie zum Helikopter hin. Der Transportkorb stand auf der Wiese. Das Seil, das ihn mit dem Hubschrauber verband, hing locker durch. Mit aller Kraft mußten sich die drei Männer gegen den Luftstrom der wirbelnden Rotorblätter stemmen, während sie die Bahre in dem Korb verstauten. Rick Martin zurrte den Sicherungsgurt für die Bahre fest, trat zurück und winkte dem Piloten zu, daß er abfliegen könne. Das Seil straffte sich, der Korb hob ab und geriet in Schwingung, als der Helikopter langsam losflog.

»Verdammt!« brüllte Tony gegen das Dröhnen der Maschine an, als sich der Korb auf eine Gruppe hoher Pinien zubewegte, die am Rand des Campingplatzes standen. »Was hat der Kerl denn bloß vor?«

Entsetzt starrten die drei Männer auf den Korb, der immer schneller auf die Bäume zuraste. Doch im letzten Moment zog der

Helikopter hoch. Gleichzeitig holte er mit seiner Winde den Korb ein, so daß dieser haarscharf über die Baumwipfel sauste.

»Großer Gott«, stöhnte Tony, als der Lärm des Hubschraubers schwächer wurde. »Versprecht mir, daß ihr mich nie in so eine Höllenmaschine verfrachtet, ja?«

Rick wandte sich nun mit seiner ganzen Aufmerksamkeit dem jungen Mann zu, der den Überfall auf dem Campingplatz gemeldet hatte. »Gibt es noch irgend etwas, das Sie mir sagen wollten? Vielleicht haben Sie etwas vergessen, Mister...?«

»Jenson. Peter Jenson.« Er schüttelte den Kopf. »Da gibt es weiter nichts zu erzählen. Wir haben schon geschlafen... die Kinder im Zelt, Peg und ich lagen draußen. Ich hab' ziemlich fest geschlafen, doch Peg ist aufgewacht. Sie meinte, etwas gehört zu haben, und hat mich geweckt. Wir haben beide angestrengt gelauscht, doch es war zunächst nichts mehr zu hören. Ich wollte mich schon wieder hinlegen, da war auf einmal dieses Geräusch da. Es war kein Schrei oder so... es war eher wie ein Stöhnen. Als ich es wieder gehört hab', hab' ich mir gedacht, schau' doch mal nach. Peg ist ins Zelt zu den Kindern gegangen, und ich hab' mir die Taschenlampe geschnappt, bin hier herübergegangen.« Er deutete auf das zerfetzte Zelt, den Ort des nächtlichen Blutbads, das im gleißenden Halogenlicht der beiden Polizeifahrzeuge lag. Schaudernd blickte er auf Glen Fosters verstümmelte Leiche, die noch immer so dalag, wie er sie gefunden hatte, nur halb verdeckt von dem zerfetzten Schlafsack. »Ich wußte nicht, was ich machen sollte. Ich hab' zu Peg rübergeschrien, daß sie im Zelt bleiben soll, und bin zu unserem Wagen runtergerannt.« Unsicher schüttelte er den Kopf. »Das war wahrscheinlich ziemlich dumm von mir, nicht wahr? Ich meine, wer auch immer das hier gemacht hat... es bestand doch die Möglichkeit, daß er noch hier in der Nähe war, oder? Aber was sollte ich machen? Die Frau lebte doch noch und brauchte dringend Hilfe.«

Rick Martin legte ihm beruhigend die Hand auf die Schulter. »Ich glaube, wer so etwas macht, der haut hinterher schleunigst ab und treibt sich nicht noch lange am Tatort herum. Außerdem ist der Parkplatz ja nur knapp einen Kilometer entfernt.«

Jenson lächelte gequält. »Mir ist dieser Weg heute nacht länger als zehn Kilometer vorgekommen.«

»Was wissen Sie über die beiden Opfer?« fragte Rick weiter. »Haben Sie die beiden gekannt?«

»Als sie hier aufgetaucht sind, hab' ich mich mit ihnen ein bißchen unterhalten, das ist alles. Sonst bin ich ihnen nie begegnet.« Er blickte zu seiner Frau hinüber, die zu dem Picknicktisch neben der Feuerstelle gegangen war. Sie hatte den Kindern an ihrer Seite schützend die Arme um die Schultern gelegt. »Hören Sie«, fuhr Jenson fort, »ist es möglich, daß ich noch heute nacht meinen Wagen heraufholen kann? Ich würde gerne unser Zeug einpacken und von hier verschwinden. Meine Frau und die Kinder können nach dem, was vorgefallen ist, ohnehin nicht mehr einschlafen.«

Rick nickte. »Morgen früh wird hier eine ganze Mannschaft von Beamten auftauchen. Bis dahin werde ich die Leiche am besten liegen lassen, wie sie ist.«

Jenson sah ihn an. Bei dem Gedanken, daß der Tote bis zum Morgen im Zelt liegen würde, schauderte er. Rick Martin lächelte bitter, wie wenn er Jensons Gedanken erraten hätte.

»Ich kann nichts anderes machen. Die Jungs von der Kripo aus Boise können unmöglich noch in der Nacht heraufkommen, und ich darf nichts anrühren, bevor sie den Tatort genau untersucht und alle Spuren gesichert haben. Ich kann nur für den Rest der Nacht eine Wache aufstellen. Wenn Sie wollen, kann ich Sie bis zum Parkplatz mitnehmen. Ich mach' eine Polizeibanderole an das Tor vom Zeltplatz, laß es aber für heute nacht unverschlossen.« Nach kurzem Schweigen fügte er hinzu: »Ich schätze, Sie wissen, daß in den nächsten paar Tagen eine ganze Menge Leute mit Ihnen reden wollen.« Er schaute Peter Jenson aufmerksam an und prüfte, ob seine Worte bei dem Mann Anzeichen von Unruhe hervorriefen. Doch Jenson nickte nur.

»Sie haben ja meinen Namen und meine Adresse.« Er holte tief Luft und stieß dann einen langen Seufzer aus. »Verdammt, was für ein schreckliches Sommerende! Wir wollten noch einmal so ein richtig schönes, ruhiges Wochenende hier oben verbringen, und jetzt das...« Er schwieg und schüttelte den Kopf. »Haben Sie irgendeine Vorstellung, warum der Täter gerade dieses Zelt überfallen hat und nicht unseres?«

Haargenau die gleiche Frage beschäftigte Rick Martin seit dem Moment, als Peter Jenson zu ihm gekommen und ihm von dem schrecklichen Vorfall erzählt hatte. Doch er hatte noch keine Antwort darauf gefunden, und er würde wohl auch keine finden, so lange die Untersuchungsergebnisse der Kripo noch nicht vorlagen.

Hatte es irgend etwas Besonderes gegeben, das die Aufmerksamkeit des Angreifers gerade auf dieses Zelt und dieses Pärchen gelenkt hatte?

Oder war es auch diesmal wieder eine wahllose Attacke, wie die neulich auf das leere Zelt?

Er hatte keine Antwort auf diese Frage, und irgendwie ahnte er, daß er wohl nie eine finden würde. Doch eins stand jedenfalls fest, und zwar ohne jeden Zweifel:

Der Coyote Creek-Campingplatz – der schönste Platz weit und breit – würde geschlossen werden. Zumindest für den Rest des Jahres, wenn nicht gar für immer.

11

Am nächsten Morgen hingen schwere Wolken am Himmel. Ein Dauerregen tränkte die Wiesen und wusch den Staub des Sommers von den Bäumen. Die Luft war kalt und feucht. Fast über Nacht war in Sugarloaf Valley der Herbst eingezogen.

»Wieso müssen wir gerade an so einem Tag wieder in die Schule gehen?« jammerte Logan in einem letzten Versuch, die alljährlich um diese Jahreszeit wiederkehrende Tortur wenigstens um vierundzwanzig Stunden hinauszuschieben. »Heute ist ganz bestimmt kein Mensch in der Schule! Es regnet in Strömen, und ich wette, daß der Fluß über die Ufer getreten ist. Außerdem...«

»Alle gehen zur Schule, und du wirst auch gehen«, erwiderte Mary Anne streng. »Also, willst du nun mit Joey und Alison gehen oder möchtest du lieber, daß ich dich hinbringe?«

Logan bekam ganz große Augen vor Schreck, als er daran dachte, wie er vor seinen Mitschülern dastehen würde, wenn ihn seine Mutter wie ein kleines Kind zur Schule brächte. Blitzschnell schlüpfte er in seine abgetragene Jacke. Doch er hörte nicht auf zu quengeln. »Und wenn ich mich zu Tode friere?« fragte er vorwurfsvoll. »Ich hätte mir gestern auch eine neue Jacke kaufen sollen. Es gab da eine ganz tolle in dem Laden! Leder mit Lammfellfutter und...«

»Du wirst dir schon nicht den Tod holen«, unterbrach ihn Mary Anne. »Und jetzt raus mit dir! Oder willst du den Bus versäumen und zu Fuß in die Stadt laufen?«

»Ich wette, daß außer uns keiner in der Schule ist!« murrte Logan weiter, doch er hatte sich schon damit abgefunden, daß er mit seiner Meuterei offenbar nichts ausrichten konnte. Er schlurfte zur Hintertür, zog die Kapuze seiner Jacke über den Kopf und beeilte sich dann, Alison und Joey einzuholen, die schon hinter der ersten Kurve verschwunden waren.

Fünfzig Meter weiter unten bog Joey plötzlich von der Straße auf einen Weg ein, der nach links in den Wald abzweigte.

»Wo willst du denn hin?« fragte ihn Logan verblüfft.

»Eine Abkürzung«, erklärte Joey. »Los, kommt mit!«

Alison und Logan fühlten sich beide unbehaglich bei der Vorstellung, durch den Wald zu gehen, und schauten einander unsicher an. Gestern noch, als die Sonne strahlte, war es ein Vergnügen gewesen, durch den Wald zu rennen und beim Spielen am Flußufer das leise Knacken der Piniennadeln unter den Füßen zu hören.

Heute morgen jedoch, da es in Strömen regnete und nur fahles Licht durch die geschlossene Wolkendecke drang, schien sich der Wald gegen Eindringlinge zu verschließen. Die Bäume, die gestern noch freundlich vor den stechenden Sonnenstrahlen geschützt hatten, wirkten nun düster und drohend, wie wenn in ihrem Dunkel eine schreckliche Gefahr lauerte.

»Viel... vielleicht ist es doch besser, wir bleiben auf der Straße«, sagte Alison zögernd. »Ich meine, was ist, wenn wir uns verirren?«

Joey grinste höhnisch. »Wir werden uns nicht verirren. Ich geh' immer hier lang.« Sein Grinsen wurde breiter. »Oder seid ihr etwa Angsthasen?«

Logans Augen verengten sich. Er hatte die einmalige Chance, mutiger als seine große Schwester dazustehen! Und so gab er sich einen Ruck. »*Ich* bin kein Angsthase!« erklärte er betont lässig und schlug ebenfalls den Weg in den Wald ein. Die aufgeweichten Piniennadeln unter seinen Schuhen machten ein schmatzendes Geräusch, und große Tropfen klatschten von den Ästen über seinem Kopf auf seine Kapuze. »Los, Alison, komm schon!« redete er gönnerhaft auf seine Schwester ein. »Es ist wirklich ganz nett hier drinnen.«

Doch Alison zögerte. Sie mußte an die Polizeifahrzeuge denken und fragte sich wieder, weshalb die wohl letzte Nacht oben auf dem Campingplatz gewesen waren. Auch wenn weder ihre Mutter noch Olivia Sherbourne ein Wort darüber verloren hatten, war sie ziemlich sicher, daß die Tierärztin etwas gewußt hatte.

Es mußte etwas sehr Schlimmes passiert sein. Sonst hätten sie ihnen doch davon erzählt! Plötzlich kam ihr der Wald düster und unheimlich vor, und sie blieb wie angewurzelt stehen. »Ich finde, wir sollten auf der Straße bleiben«, beharrte sie. »Da drinnen machen wir uns ganz schmutzig.«

»Angsthase, Angsthase!« begann Logan sie zu verspotten. »Alison ist ein Angsthase!«

Alison spürte, wie der Ärger über die Hänselei die Oberhand über ihre Furcht gewann. Sie kniff entschlossen die Augen zusammen. »Also gut, gehen wir!« sagte sie mit fester Stimme, und stapfte verbissen in den vor Nässe triefenden Wald hinein.

Immer dichter schlossen sich die Bäume um die Kinder. Alison und Logan fühlten sich immer beklommener, je weiter sie der gewundene Pfad von der Straße wegführte.

Merkwürdige Geräusche, Geräusche, die sie noch nie zuvor vernommen hatten, drangen von überallher auf sie ein. Obwohl Joey versicherte, es wäre nur der Regen, der von den Bäumen tropfte, und die Erdhörnchen, die auf ihrer rastlosen Nahrungssuche durchs Unterholz huschten, erstarrte Alison, als plötzlich ein Ast laut knackte.

»Was war das?« rief sie erschrocken.

»W... was?« fragte Logan, obwohl auch er das Geräusch gehört hatte und sein Herz wild klopfte.

»Das war nichts Besonderes. Vielleicht ein Reh oder so was.« Joey blieb ganz ruhig.

»Und wenn es ein Bär war?« piepste Logan. »Was ist, wenn es ein Grizzly war?«

»Wenn ich euch doch sage, daß es nichts Gefährliches war«, versicherte Joey. »Kommt jetzt endlich weiter.«

Logan hielt sich nun dicht neben seiner Schwester. Seine Hand war in die ihre geschlüpft. Der Regen hatte nachgelassen, doch von den Bäumen tropfte es immer noch. Auf einmal meinte Alison, links im Dickicht, ein paar Meter entfernt, etwas zu hören, das sich neben ihnen durch den Wald bewegte. Erschrocken blieb sie stehen, ihre Hand krampfte sich um die ihres Bruders.

»Was ist los?« flüsterte Logan ängstlich.

»Pst!« zischte Alison und legte den Finger auf die Lippen. »Hör doch mal!«

Auch Joey hielt nun an. Mit gefurchter Stirn lauschte er nach dem Geräusch, das Alisons Aufmerksamkeit erregt hatte.

Da war es wieder!

Ein lautes Knacken, wie wenn ein Ast unter einem Schuh zerbrach. Dann wieder: ein leises Krachen, gefolgt von einem Rascheln in den Büschen links vor ihnen.

Die Kinder starrten in die Richtung, aus der das Geräusch gekommen war. Das Laub einer Espe zitterte, obwohl nicht der leiseste Wind ging. Tropfen blitzten auf. Irgend etwas bewegte sich, Regenwasser spritzte von den Blättern. Die Kinder erschauerten.

Dann hörten sie plötzlich eine heisere Stimme: »Du wirst sterben, Joey Wilkenson!«

Mit wild pochendem Herzen zog Alison Logan an sich und schlang schützend die Arme um den Kleinen, der sich fest gegen sie drückte. Joey jedoch schaute sich lauernd um, bückte sich blitzschnell, und schon hielt er einen kräftigen Ast in den Händen.

»Ich komme, Joey«, zischte die Stimme. »Du kannst mir nicht entrinnen!«

Wieder dieses Rascheln in den Büschen. Und wieder bewegten sich die Blätter der Espe.

Mit einem einzigen Schwung, so schnell, daß Alison der Bewegung mit den Augen kaum folgen konnte, holte Joey aus und schleuderte den Ast in die Richtung, aus der die drohende Stimme kam. Wirbelnd sauste das Holz in das Gebüsch, und im gleichen Moment schrie jemand auf. »Aua, Mensch, sag mal, spinnst du? Du hättest mich verletzen können!«

»Los, komm raus, dann schlag ich dich windelweich!« schrie Joey. Seine Stimme zitterte vor Wut.

Ein lautes Geraschel in den Büschen, dann kamen zwei Kinder, ein Junge und ein Mädchen etwa in Alisons und Joeys Alter, aus dem Unterholz gekrochen und traten auf den Weg heraus. Sie waren beide blond und blauäugig, trugen Bluejeans und hatten unter den offenen Regenjacken lediglich T-Shirts an. Alison erinnerte sich, die beiden letzte Woche bei der Beerdigung schon einmal gesehen zu haben. Damals hatten sie Joey nur kurz zugenickt. Auch Joey war nicht besonders freundlich zu ihnen gewesen. Nun stand der Junge da und rieb sich die schmerzende Schulter, an der ihn der Stock getroffen hatte. Er schaute Joey vorwurfsvoll an. »Du spinnst wohl wirklich, Joey!«

Joey biß die Zähne zusammen, seine Augen funkelten böse. »Wenn ich dich hätte verletzen wollen, dann hätte ich ganz anders hingelangt«, stieß er wütend hervor. »Und wenn ihr meint, daß ihr mir mit sowas einen Schreck einjagen könnt, dann habt ihr Pech gehabt!«

Das Mädchen rollte verächtlich die Augen. »Du hättest doch gerade beinahe wieder einen von deinen Anfällen gekriegt, du Angeber!« Sie wandte sich von ihm ab, legte den Kopf schief und schaute Alison fragend an. »Du bist wohl Alison Carpenter, und das ist dein Bruder?«

Alisons Herz klopfte noch immer so heftig, daß sie kaum einen Ton herausbrachte, doch sie schaffte es zu nicken.

»Ich bin Andrea Stiffle, und das ist mein Bruder Mike«, antwortete das Mädchen. »Wir sind Zwillinge. Wir wohnen da oben, am Ende dieses Weges.« Sie deutete nach Norden, doch Alison konnte hinter dem dichten Espenwald um sie herum nichts erkennen. »Es gibt hier überall kreuz und quer Wege«, erklärte Andrea und lächelte Alison freundlich zu. »Der hier beginnt an eurer Straße, aber zum größten Teil verläuft er auf unserem Grund. *Du* darfst ihn gerne benutzen«, fügte sie bedeutungsvoll hinzu, und schaute dann Joey mit hämischem Grinsen an.

Langsam setzten sich die fünf wieder in Bewegung, um rechtzeitig den Schulbus zu erreichen. Alison mußte wieder an die Kinder denken, die gestern Joey so offensichtlich geschnitten hatten. Jetzt, wo Andrea und Michael Stiffle ihn genauso feindselig angifteten, wußte sie nicht, wie sie sich verhalten sollte. Sollte sie sich mit ihnen auf einen Streit einlassen oder sie einfach ignorieren? Doch ehe sie sich entscheiden konnte, krähte Logan los.

»Wieso habt ihr uns denn erschrecken wollen?«

Andrea Stiffle schaute den Kleinen herablassend an. »Nach dem, was gestern nacht los war, haben wir uns gedacht, daß es ein leichtes Spiel wäre. Und es hat ja auch geklappt, oder?«

»Was war denn gestern nacht los?« fragte Alison und erinnerte sich an die besorgten Blicke, die ihre Mutter und Olivia Sherbourne gewechselt hatten, als sie spät in der Nacht in der Küche gesessen und Kakao getrunken hatten.

Einen Moment schauten Andrea und Michael einander ungläubig an, dann legten sie beide gleichzeitig los.

»Oben am Coyote Creek ist einer umgebracht worden...«, fing Michael an.

»Sie mußten die Frau mit dem Hubschrauber nach Boise bringen«, fiel Andrea ein. Aufgeregt redeten die zwei Kinder durcheinander, trumpften damit auf, was sie heute morgen beim Frühstück von ihren Eltern alles gehört hatten. Logans Augen weiteten sich vor Entsetzen, und er drückte sich fest an seine Schwester, als er sich den toten Mann in dem zerfetzten Zelt vorstellte.

»Aber wer hat das denn getan?« fragte Alison ängstlich, deren Neugier langsam wieder die Oberhand über die spontane Abneigung gewann, die sie Andrea Stiffle gegenüber empfand. »Weiß man denn schon, was es war, was die Leute angefallen hat?«

Michael Stiffle runzelte die Stirn. »Das kann niemand genau sagen. Vielleicht war es ein Bär.« Er senkte die Stimme und schaute Logan geheimnisvoll an. »Vielleicht war es aber auch etwas ganz anderes...«

»W... was zum Beispiel?« stotterte Logan. Er war sich auf einmal gar nicht sicher, ob er es wirklich so genau wissen wollte, doch er mußte einfach fragen.

Michael schaute den Kleinen vielsagend an: »Vielleicht war es ein Sasquatch«, flüsterte er eindringlich, hob die Arme und baute sich drohend vor Logan auf.

»W... was ist denn ein Sasquatch?« Logan schlotterte vor Angst.

»Kein Mensch hat jemals einen aus der Nähe gesehen«, erklärte Andrea und nahm die Geschichte ihres Bruders sofort auf. »Aber sie leben in den Bergen oben und sind über zwei Meter groß.«

Logan schauderte und blickte ängstlich um sich. Er malte sich aus, was alles in dem dichten Unterholz herumschleichen könnte. »So was gibt's doch gar nicht!« rief er. Doch dann beschlichen ihn Zweifel, und er setzte leise nach. »Das ist doch nicht wahr, oder?«

»Es ist nur ein Märchen, Logan«, versuchte Alison ihren Bruder zu beruhigen. Doch auch sie spürte, wie sich ihre Nackenhaare sträubten, als sie sich vorstellte, was sich wohl in dem dichten Gestrüpp zu beiden Seiten des Pfades alles verstecken mochte.

»Vielleicht – vielleicht auch nicht«, stichelte Michael weiter. Dann hob er seine Stimme und rief Joey, der bereits ein Stück voraus gelaufen war, hinterher: »Hallo Joey! Weißt du vielleicht, ob es ein Sasquatch war? Oder warst es *du*?«

Joey drehte sich um und schaute Michael Stiffle finster an. Der feixte seiner Schwester zu, und als Joey sich wortlos wieder umdrehte, schnitten sie Grimassen hinter seinem Rücken.

Alison wußte nicht recht, was sie von diesem Benehmen halten sollte. Was hatte Michael gemeint? Hatte er nur Spaß gemacht? Es *mußte* ein Spaß gewesen sein! Und doch hatte in seiner Stimme irgendwie Ernst mitgeschwungen. Aber was hatte ihm Joey denn getan? Alison wollte gerade Andrea Stiffle fragen, warum sie Joey nicht leiden konnte, als sie wieder auf die Straße stießen und sahen, daß in diesem Moment der Schulbus kam. Michael und Andrea fingen zu rennen an, jeder wollte den Kameraden im Bus als erster über die Sensation der letzten Nacht, den blutigen Überfall auf dem Campingplatz, berichten. Auch Alison und Logan fielen gemeinsam mit Joey in Trab und erreichten als letzte den Bus. Als sie schweigend hineinkletterten, schallte ihnen aus dem Bus ein Schwall Gelächter entgegen. Eine ganze Traube von Kindern saß da, die aufgeregt die Köpfe zusammensteckten.

Gespannt lauschten sie auf das Getuschel von Michael und Andrea Stiffle. Immer wieder hoben sie die Blicke und starrten zu Joey hinüber.

Auf einmal fühlte Alison den starken Wunsch, ihn zu beschützen, diesen Jungen, den sie gerade erst eine Woche kannte. Verstohlen schob sie ihre Hand in Joeys.

Er machte keinen Versuch, sich ihrer Berührung zu entziehen. Als sich ein leises Lächeln auf seine Lippen stahl und er ihre Hand leicht drückte, begann ihr Herz höher zu schlagen. Eng beieinander saßen sie während der ganzen Fahrt ins Tal. Sie hielten sich an den Händen, schauten aus dem Fenster und taten beide so, als hörten sie nichts von dem Getuschel.

Vielleicht wäre es besser gewesen, nie hierherzukommen, dachte Mary Anne. Sie saß auf dem Beifahrersitz von Olivia Sherbournes Kleinlaster und suchte mit der Rechten Halt am Türgriff, so sehr rüttelte sie der Wagen durch, als er sich mühsam die holprige Straße zum Coyote Creek-Campingplatz hochquälte.

Vielleicht sollte ich wirklich nach Hause fahren… heim nach New Jersey. Einfach die Sachen packen und mitsamt den Kindern nichts wie weg hier…

Während Olivia den Wagen an den Schlaglöchern vorbeimanövrierte, ließ Mary Anne ihren Gedanken freien Lauf.

Gestern nacht war auf dem Campingplatz unter schrecklichen Umständen ein Mann ums Leben gekommen, und seine Begleiterin war im Morgengrauen in die Klinik nach Boise geflogen worden. Seit ihr Olivia gestern nacht erzählt hatte, was auf dem Zeltplatz passiert war, war ein schrecklicher Verdacht in ihr aufgekeimt, der sich nicht unterdrücken ließ… Es war die quälende Vorstellung, daß die Überfälle auf dem Zeltplatz auf irgendeine

Weise mit dem Tod von Audrey zusammenhingen. Während sie sich schlaflos im Bett wälzte, hatte sie sich immer und immer wieder selbst einzureden versucht, daß zwischen diesen Ereignissen unmöglich eine Verbindung bestehen konnte. Daß ihre Freunde so unmittelbar hintereinander zu Tode gekommen waren, war doch nicht mehr als ein verrückter Zufall. Diese tragischen Unglücksfälle waren zwar miteinander schicksalhaft verknüpft – wäre Ted nicht von dem Pferd zu Tode getrampelt worden, hätte sich Audrey nicht mitten in der Nacht da oben auf dem Felsen aufgehalten –, doch sie konnten doch unmöglich mit diesem… grauenhaften Geschehen der letzten Nacht zusammenhängen.

Doch die Frage ließ sie nicht los. *Irgend etwas* mußte Sheika in jener Nacht in Panik versetzt haben. Im Laufe der Woche, seit Mary Anne auf der Ranch war, hatte sie das Pferd als lammfromm kennengelernt; nie hatte es auch nur gescheut, von Anzeichen der Aggressivität ganz zu schweigen. Konnte es sein, daß das – oder *der* –, was gestern nacht über die Leute auf dem Zeltplatz hergefallen war, damals auch im Stall gewesen war?

Wie leicht hätte sie selbst in jener Nacht das Opfer einer Attacke werden können, als Joey verschwunden war und irgend etwas… etwas, das knurrte und sich schließlich gegen die Tür warf, im Stall gelauert hatte?

Als der Morgen graute, gab sie es schließlich auf zu hoffen, doch noch ein wenig Schlaf zu finden. Sie stand auf und schleppte sich wie gerändert die Treppe hinab in die Küche. Der Regen, der inzwischen eingesetzt hatte, verstärkte nur ihre düstere Stimmung. Als schließlich die Kinder das Haus verlassen hatten, um zur Schule zu gehen, und als sich auch Bill Sikes an seine Arbeit draußen auf der Ranch gemacht hatte, begann die Stille des Hauses an ihren Nerven zu zerren. Sie ertappte sich dabei, daß sie in den Räumen des Hauses unbekannte, merkwürdige Geräusche zu hören glaubte und sich einbildete, daß irgend etwas umherschlich und sie belauerte.

Die Vorstellung, wieder zurückzugehen nach New Jersey – auch wenn das bedeutete, zu Alan zurückzukehren –, gewann unter diesen Umständen immer mehr an Reiz.

Als Olivia Sherbourne auf den Hof fuhr, den Wagenschlag zuwarf und mit eingezogenem Kopf unter dem Regen schnell auf die Eingangstreppe zulief, verspürte Mary Anne eine Erleichterung, die in keinem vernünftigen Verhältnis dazu stand, daß lediglich eine Nachbarin vorbeikam. Sie versuchte gar nicht erst, ihre Freude über Olivias Besuch zu verbergen, doch als sie ihr eine Tasse Kaffee anbot, schüttelte die Veterinärin den Kopf.

»Eigentlich bin ich auf dem Weg hoch zum Campingplatz. Ich wollte nur mal kurz vorbeischauen, wie's dir geht.« Als sie sah, wie erschrocken Mary Anne darüber war, daß Olivia zum Schauplatz des Verbrechens fahren wollte, sah sie sich zu einer Erklärung genötigt. »Rick hat mich gebeten, zu ihm raufzukommen und ihm bei der Spurensuche behilflich zu sein. Auch wenn du es nicht für möglich hältst, ich bin eine ziemlich gute Spurenleserin. Jedenfalls ist mir der Gedanke gekommen, es könnte dir ein wenig unheimlich sein – so ganz allein hier oben mit niemandem als Bill Sikes in der Nähe.« Sie schaute zum Stall und auf die Wiesen hinaus und sah dann Mary Anne fragend an. »Sikes *ist* doch noch bei euch, oder?«

Mary Anne nickte und mußte an Bills kurze Bemerkung heute morgen denken. Er war kurz in der Küchentür gestanden, ehe er sich an seine Arbeit machte, und hatte gesagt: »Es schaut so aus, als würde es immer schlimmer hier in der Gegend. Vielleicht sollten Sie mal darüber nachdenken, ob es nicht besser wäre, einfach von hier zu verschwinden.«

Lächelnd erzählte sie Olivia davon. »Bill Sikes ist schon noch da, aber ich weiß nicht, wie lange noch. Er kam heute früh ins Haus und riet mir, hier ›einfach zu verschwinden‹, wie er es ausdrückte.«

Olivia hob fragend die Brauen. »Ist es das, was dir im Kopf herumgeht?«

Mary Anne seufzte tief. »Ich wüßte selbst gerne, was mich eigentlich so deprimiert.« Aber eines wußte sie jedenfalls genau: Auf keinen Fall wollte sie an diesem Morgen allein zu Hause bleiben. »Hast du was dagegen, wenn ich mit dir komme?« fragte sie ihre Nachbarin. »Anschließend könnten wir vielleicht gemeinsam in der Stadt zu Mittag essen… aber natürlich nur, wenn du Zeit hast, meine ich.«

Noch ehe Olivia über diesen Vorschlag nachdenken konnte, hatte sich Mary Anne ihre Jacke vom Haken gegriffen und die Haustür hinter sich geschlossen. Es war alles so schnell gegangen, daß Olivia gar keine Zeit gehabt hatte zu protestieren.

Ein letztes Mal krachte der Laster in ein tiefes Schlagloch. Olivia unterdrückte einen Fluch, und Mary Anne stützte sich am Armaturenbrett ab. Endlich hatten sie den Campingplatz erreicht. Auf dem ganzen Gelände wimmelte es von Menschen. Olivia schüttelte bloß den Kopf, als sie das Gedränge um das zerstörte Zelt herum sah, aus dem man gerade die Leiche Glen Fosters herausschaffte. »Ich hoffe nur, sie haben Fotos gemacht, bevor sie hier alles niedergetrampelt haben. Bei dem Matsch sind jetzt natürlich auch noch die letzten Spuren verwischt.«

Die beiden Frauen kletterten aus dem Lastwagen. Olivia ging sofort hinüber zu der Gruppe Männer, die sich um die Leiche scharte. Mary Anne hingegen blieb zurück. Sie wußte nur zu gut: Wenn sie auch nur einen einzigen Blick auf den verletzten Leichnam warf, würde das Bild sie jahrelang verfolgen. Vielleicht wäre es besser gewesen, gar nicht erst hierherzukommen. Sie ging zu dem Picknickplatz, wischte ein paar Senfspritzer von der Bank und setzte sich. Dann hielt sie die kalten Hände über das Feuer, das der Wachmann die ganze Nacht lang unterhalten hatte.

»So was hab' ich ja noch nie gesehen«, hörte sie jemanden sagen. »Das ist weiß Gott nicht meine erste Leiche, aber solche Verletzungen sehe ich zum ersten Mal.«

Mary Anne wandte sich ab. Sie wollte keine Einzelheiten über Glen Fosters Verletzungen hören. Inzwischen schob sich Olivia zwischen Rick Martin und Whit Baker, der im Bezirk schon seit zwanzig Jahren die Mordkommission leitete. »Es sind keine Bißwunden«, bemerkte sie fachkundig, als sie auf die blasse Gestalt hinabblickte, die man auf eine Bahre gehievt hatte. Der Körper des Mannes lag mit dem Gesicht nach unten. Über seinen Rücken zogen sich tiefe Wunden, die aussahen, wie wenn Pranken sie gerissen hatten. Auch die Kehle des Opfers war durchtrennt worden.

Als sich Olivia darüberbeugte, fiel ihr sofort etwas auf: Wenn der Täter ein Messer als Mordinstrument benutzt hatte, dann mußte es stumpf gewesen sein, denn die Verletzungen der Haut waren unregelmäßig gezackt und die Muskeln darunter übel zugerichtet.

»Genau das ist es, was mir Sorgen macht«, stimmte Whit Baker zu und begrüßte die Tierärztin mit einem Kopfnicken. »Ich hab' noch nie erlebt, daß der Angriff eines Tieres nicht die geringste Bißspur hinterlassen hätte.« Er schaute sie fragend an. »Wilde Tiere benutzen doch ihre Zähne, wenn sie angreifen, oder?«

»Nach meiner Erfahrung immer«, versicherte Olivia. »Ein Bär setzt zwar zunächst seine Pranken ein, doch sobald er die Beute niedergeworfen hat, rückt er ihr mit den Zähnen zu Leibe. Entweder er zerreißt sein Opfer an Ort und Stelle, oder er schleppt es zumindest im Maul weg.« Sie beugte sich tiefer über den Leichnam, um die tiefen Wunden genauer zu untersuchen, die sich von den Schultern bis hinab zur Taille über den ganzen Rücken zogen. »Hast du jemals so etwas gesehen, Rick?«

Der Polizist schüttelte den Kopf. »Es schaut schon irgendwie so aus, wie wenn es Klauen wären, nur von welchem Tier? Die Abstände der Krallen passen nicht zu einem Bären, aber wenn es kein Bär war, was sonst könnte so etwas anrichten?«

»Vielleicht ein Puma?« meinte Whit Baker.

»Das wäre möglich«, sagte Olivia Sherbourne, doch es klang nicht sehr überzeugt. »Aber zu einem Puma paßt die Wunde auch nicht recht, dafür ist sie nicht tief genug. Außerdem, schauen Sie mal hierher«, fuhr sie eindringlich fort und wies auf eine leichte Verfärbung an der rechten Schulter. »Sieht das nicht wie eine Druckstelle aus?«

»Stimmt, sieht aus, als ob es ein blauer Fleck geworden wäre, wenn er lange genug gelebt hätte«, gab ihr Whit Baker recht. »Schaut fast aus, wie wenn ihm einer die Schulter gequetscht hätte. Aber trotzdem, diese Rückenwunden stammen unmöglich von Fingernägeln, jedenfalls meiner Erfahrung nach.«

»Und was ist mit dem Zelt?« fragte Olivia.

»Schau es dir doch bitte mal an«, bat Rick Martin, und wandte sich von der Leiche ab.

»Können wir den Toten nun wegbringen?« fragten die Sanitäter, die neben der Bahre gewartet hatten. Als Whit Baker nickte, schoben die Männer die Bahre in den Ambulanzwagen, stiegen in das Fahrzeug und fuhren ins Tal hinab, während Olivia mit den Polizisten zum Zelt hinüberging. Jetzt, wo die Leiche weg war, wagte es auch Mary Anne Carpenter, sich zu Olivia, Rick Martin und dem Leiter der Mordkommission zu gesellen.

»Es ist merkwürdig«, sagte Rick gerade, als sie zu der Gruppe trat. »Es sieht genauso aus wie das Zelt, das letzte Woche zerfetzt worden ist. Wie wenn jemand erst das Netz an der hinteren Fensterluke herausgerissen und dann erst die Nylonplane zerfetzt hätte.«

»Dann muß es also doch ein Mensch gewesen sein!« folgerte Baker. »Ein Tier würde an irgendeiner beliebigen Stelle ansetzen. Es wäre nicht in der Lage, das Fenster als Schwachpunkt auszumachen.«

»Ja, das stimmt, aber nur, wenn man die Stärke des Nylons nicht berücksichtigt«, erwiderte Rick Martin. »Faß es nur mal an und zieh dran! Selbst wenn man den Saum um das Netz herum erst durchschneidet – für mich ist das Gewebe immer noch viel zu fest, ich könnte es niemals zerreißen. Und schau mal hierher!« Er ging in die Hocke und wies auf den dicken Nylonwulst, der dreimal zusammengefaltet und vernäht die Öffnung des hinteren Zeltfensters gebildet hatte. »Dieser Wulst ist nicht durchgeschnitten, sondern einfach durchgerissen worden. Hast du irgendeine Erklärung für die ungeheure Kraft, die dazu nötig ist?«

»Jedenfalls habe ich noch nie einen Menschen getroffen, der dazu in der Lage wäre.« Whit Baker schüttelte nachdenklich den Kopf. »Also, was machen wir jetzt? Sollen wir nach einem Menschen oder einem wilden Tier fahnden? Was ist mit Spuren? Gibt es da wenigstens irgend etwas?«

»Es wäre gut, wenn sich Olivia ein wenig umsehen würde«, antwortete Rick Martin. »Allerdings rechne ich mir nach dem vielen Regen und der Menge Piniennadeln auf dem Waldboden nicht allzuviel aus.« Er erhob sich und klopfte dem Kripobeamten auf die Schulter. »Danke, daß du dich zu uns heraufgequält hast, Whit. Ich war der Meinung, es wäre besser, wenn du den Tatort und die Leiche persönlich an Ort und Stelle in Augenschein nimmst. Irgendwie habe ich nämlich das Gefühl, daß es Sache deiner Mordkommission sein wird, diesen Fall aufzuklären.«

»Wir brauchen aber auf jeden Fall noch eine eingehende kriminaltechnische Untersuchung, so wie ich das jetzt sehe«, gab Baker vage zurück. »Na ja, hier oben gibt's für mich auf jeden Fall nichts mehr zu tun. Dann werd' ich mal wieder zurück in mein Büro fahren. Die Überlebende wirst ja wohl du recht bald befragen?«

»Noch heute nachmittag, wenn sie vernehmungsfähig ist«, sicherte Rick zu. »Ich geb' dir Bescheid.«

Während sich die Spurensicherungsgruppe daran machte, das zerfetzte Zelt, die blutigen Überreste des Schlafsacks und alles übrige, was vielleicht als Anhaltspunkt dienen konnte, einzupakken, suchte Olivia Sherbourne die nähere Umgebung des Campingplatzes aufmerksam nach Spuren ab. Doch wie Rick richtig vermutet hatte: Der Regen hatte sämtliche Spuren verwischt. Als sie schon gerade die Suche ergebnislos abbrechen wollte, fiel ihr direkt hinter dem Zelt doch noch etwas auf. Kaum zu erkennen in dem aufgeweichten Boden, lag keine drei Meter vom Zelt entfernt etwas, das wie der Schwanz eines Waschbären aussah. »Rick!« rief sie. Der Polizist kam zu ihr herüber. »Hast du das gesehen?« fragte sie und deutete auf das Stückchen Pelz, das sich kaum von der aufgeweichten Wiese abhob. Martin trat näher heran und tippte mit der Stiefelspitze daran. Als sich nichts rührte, bückte er sich, zog etwas aus dem Schlamm und richtete sich kurz darauf wieder auf. An seiner ausgestreckten Rechten baumelte ein toter Waschbär. Er trug ihn zum Picknicktisch hinüber und legte ihn dort ab. Olivia machte sich sofort daran, den Kadaver zu untersuchen.

»Keine äußeren Verletzungen«, stellte sie schließlich fest. »Überhaupt nichts zu finden. Er dürfte etwa zwischen acht und zwölf Stunden tot sein.«

»Woran ist er gestorben?« wollte Rick Martin wissen.

»Sein Genick ist gebrochen«, erklärte Olivia. »Wie wenn ihn jemand am Kopf gepackt und ihm mit einer schnellen Bewegung das Rückgrat verdreht hätte. Ich glaube, sein Rückenmark ist durchtrennt. Er muß auf der Stelle tot gewesen sein. Der Täter kann nur ein Mensch gewesen sein. Kein Tier tötet auf diese Art.«

Mary Anne Carpenter starrte auf das tote Tier hinunter, als urplötzlich ein Gesicht aus ihrer Erinnerung auftauchte.

Das Gesicht war etwas undeutlich, von einer wilden Mähne eingerahmt, die bis auf die Schultern eines kraftstrotzenden Körpers herabhing.

Es war das Gesicht eines Mannes, der so stark war, daß er das Genick des Waschbären mit einem Fingerschnippen hätte brechen können.

»Ich hab' jemanden gesehen«, hörte sie sich sagen.

Mit einem Schlag richtete sich die Aufmerksamkeit aller Anwesenden auf Mary Anne.

»Sie haben jemanden gesehen?« wiederholte Rick Martin. »Was wollen Sie damit sagen?«

Mary Anne schüttelte hilflos den Kopf. »Es ist Unsinn«, sagte sie. »Ich weiß selbst nicht, wie ich darauf komme, aber während der Beerdigung habe ich diesen Mann gesehen. Er stand ganz abseits, fast versteckt hinter den Büschen am Friedhofsrand.«

Martin zog die Brauen zusammen. »Und wieso haben Sie gerade heute an diesen Mann gedacht?«

»Ich weiß nicht«, antwortete Mary Anne zögernd. »Ich glaube, weil... er sah so merkwürdig aus und so stark, daß er mir in den Sinn kam, als ich den armen toten Waschbären sah. Er war groß und sah furchtbar stark aus und irgendwie... *wild* ist der einzige Ausdruck, der mir dafür einfällt.« Sie wandte sich an Olivia. »Wie einer von diesen Bergmenschen, von denen du mir gestern erzählt hast.«

»Ein Bergmensch?« fragte Rick zweifelnd. »Ich weiß, es haben immer eine ganze Menge Leute hier oben gehaust. Aber das waren alles harmlose Einsiedler, auch wenn ein paar von ihnen ganz schön gesponnen haben. Allerdings habe ich nun schon seit Jahren von keinem mehr gehört. Können Sie sich genau erinnern, wie er ausgesehen hat?«

Mary Anne beschrieb den Mann, den sie und Joey auf dem Friedhof bemerkt hatten, so gut sie konnte, aber sie hatte ihn nur kurz sehen können, und zudem hatte er sich auch noch so geschickt hinter den Büschen versteckt, daß sie kaum Genaueres über ihn sagen konnte. »Er hat Joey angestarrt«, schloß sie ihre Beschreibung ab. »Zumindest Joey hatte diesen Eindruck. Dann war er verschwunden, wie wenn er sich in nichts aufgelöst hätte.«

»Also das wirft ein ganz neues Licht auf den Fall«, meinte Martin verblüfft. »Vorausgesetzt allerdings, wir gehen davon aus, daß eine Verbindung besteht zwischen diesem geheimnisvollen Fremden und dem, was hier oben passiert ist.«

Mary Anne fühlte, wie in ihr wieder die Angst hochkam.

Jemand lebte hier oben in den Bergen. Jemand, der Menschen überfiel wie eine wilde Bestie.

Wo – und wann – würde er das nächste Mal zuschlagen?

Wieder überlegte sie, ob sie nicht einfach verschwinden sollte. Ob sie sich nicht einfach die Kinder schnappen und sich so schnell wie möglich in New Jersey in Sicherheit bringen sollte.

Aber war das eine Lösung? Wie viele Leute wurden denn in New Jersey tagtäglich umgebracht? Durfte sie sich dort wirklich sicherer fühlen als hier?

Olivia und Mary Anne stiegen wieder in den Lastwagen und fuhren zur Stadt hinunter. Die schwere Wolkendecke, die über dem Tal hing, lastete bleiern auf der düsteren Stimmung der Frauen. Die Temperatur war schlagartig gefallen. Nebelschwaden stiegen auf. Die Kälte und eine unbestimmte Angst ließen Mary Anne erschauern.

»Wir werden den Täter schon erwischen«, sagte Olivia, als sie nach einigen Minuten die kleine Stadt erreichten. »Überleg's dir also gut und brich nicht überstürzt auf, ja?«

Mary Anne lächelte gequält. »Sieht man mir das so deutlich an?«

»Ziemlich«, erwiderte Olivia. »Aber glaub mir, was hier passiert ist in den letzten Wochen, das ist völlig ungewöhnlich für die Gegend. Wart nur ein paar Tage ab, was Rick und Tony ermitteln, und vergiß nicht, daß hier oben bestimmt mehr Leute auf euch aufpassen als bei dir zu Hause in New Jersey.«

»Ich weiß«, seufzte Mary Anne. »Das ist mir schon klar. Aber ich kann dir gar nicht sagen, wie furchtbar mich all diese Vorfälle mitgenommen haben. Stell dir nur mal vor... also hältst du es für möglich, daß dieser Kerl, der da Joey so komisch angestarrt hat, irgendwas mit der Sache zu tun hat?«

»Vielleicht hängt dieser grausige Vorfall der letzten Nacht irgendwie auch mit dem Tod von Ted und Audrey zusammen«, murmelte Olivia, und sprach damit einen Gedanken aus, den Mary Anne nicht über ihre Lippen gebracht hätte.

Mary Anne nickte.

»Ach was! Das ist doch reiner Unsinn«, versuchte Olivia, den Gedanken beiseite zu schieben. »Bitte glaub mir! Ted und Audrey sind verunglückt! Sie sind auf furchtbare Art umgekommen, das stimmt, aber es waren Unfälle.«

»Und wenn es doch anders war?« bohrte Mary Anne weiter. »Wenn sie... wenn sie jemand umgebracht hat?«

Auf diese Frage hatte auch Olivia Sherbourne keine Antwort.

Rick Martin trat in Tamara Reynolds Krankenzimmer. Die Frau lag auf dem Rücken, Gesicht und Oberkörper waren unter dem dicken Verband kaum auszumachen. Aus einer Kanüle in der Vene ihres rechten Unterarms lief ein Plastikschlauch zu einer Infusionsflasche, die über dem Bett hing; ein zweiter Plastikschlauch ragte aus einem Nasenloch der Verletzten und war an ein Sauerstoffventil über dem Kopfende des Bettes angeschlossen.

»Miss Reynolds?« fragte Rick leise. Zwar hatte die Stationsschwester versichert, daß die Patientin aus ihrer Bewußtlosigkeit erwacht war, doch Rick konnte es fast nicht glauben. »Können Sie mich hören?«

Die Lippen der Frau bewegten sich kaum. Nur ein leises Hauchen war zu vernehmen.

»Ich höre Sie...«

»Können Sie mir sagen, was passiert ist?«

»Ich weiß nicht... im Zelt... irgend jemand...« Sie verstummte. Ihre Brust hob sich, sie rang nach Atem.

»Bitte, regen Sie sich nicht auf«, sagte Rick sanft, während er sich einen Stuhl an ihr Bett zog und seine Hand beruhigend auf ihren Arm legte. »Ich bin von der Polizei in Sugarloaf. Wir untersuchen den Vorfall auf dem Campingplatz, und deshalb möchte ich Ihnen ein paar Fragen stellen. Ich versuche, es Ihnen so leicht wie möglich zu machen. Sie brauchen nur mit ja oder nein zu antworten, und wenn sie müde werden, hören wir auf. Sind Sie damit einverstanden?«

»Ja«, hauchte die Frau. Es hörte sich wie ein leises Seufzen an.

»Sehr gut! Also fangen wir an. Haben Sie etwas gesehen, und wenn es nur eine Kleinigkeit war?«

»Ja.«

»War es ein Tier?«

»Nein... ich weiß nicht...« Die Worte fielen ihr schwer, doch ehe Rick die nächste Frage stellen konnte, brach es aus Tamara Reynolds heraus. »Groß! Viele Haare! Stinkende Haare!«

»Waren es Kopfhaare?« fragte Rick atemlos.

»Weiß nicht«, stöhnte Tamara Reynolds. »Konnte es nicht sehen!«

Rick Martin furchte die Stirn. »Könnte es ein Bär gewesen sein?« fragte er weiter. Er merkte, daß er ihr die Antwort in den Mund legte, aber irgendwie mußte er weiterkommen.

»Nein, kein Bär!« ächzte Tamara. »Nicht groß genug.«

»Aber Sie *haben* etwas gesehen?« fragte er gespannt. »Wenigstens ganz kurz?«

Die junge Frau nickte, und selbst bei dieser kleinen Bewegung mußte sie stöhnen vor Schmerz. In diesem Moment öffnete sich hinter Rick die Türe, und er hörte die Stimme der Schwester. »Bitte kommen Sie zum Ende, sie soll sich nicht überanstrengen.«

In aller Eile gab er ihr die vage Beschreibung des Mannes, den Mary Anne auf dem Friedhof beobachtet hatte. Doch Tamara Reynolds seufzte nur hilflos. »Vielleicht«, flüsterte sie. »Vielleicht auch nicht. War zu dunkel.«

Martin war enttäuscht. Ihm war klar, daß ohne eine genaue Beschreibung des Tathergangs durch Tamara Reynolds keine Chance bestand, in eine bestimmte Richtung zu fahnden.

Es stand lediglich fest, daß man nach etwas zu suchen hatte, das wahrscheinlich die Größe eines Menschen und gewaltige

Kraft hatte. Fest stand auch, daß eine große Gefahr von ihm ausging.

Eine tödliche Gefahr.

12

Als die Kinder am Nachmittag aus dem Schulbus kletterten, hatte es aufgehört zu regnen. Die Wolkendecke hatte sich gehoben und gab den Blick auf die dicht bewaldeten Hänge wieder frei. Nur die Gipfel waren noch in grauen Dunst gehüllt, und als Alison zu ihnen hinaufschaute, stellte sie sich vor, die Berge wären Riesen, die bis in den Himmel hinein wuchsen. Während der Bus noch umkehrte, um wieder zurück ins Tal zu rumpeln, wandten sich Andrea und Michael Stiffle grußlos ab und machten sich auf den Heimweg. Storm kam mit hoch erhobenem Schwanz von der Ranch herabgesaust und war ganz aus dem Häuschen vor Freude, als er sein Herrchen begrüßte. Joey kniete sich hin und umarmte den Hund. Als er sich wieder erhob, deutete er auf den Weg, der zum Coyote Creek-Campingplatz führte. »Wollen wir nicht mal raufgehen und uns ein wenig umsehen?« fragte er.

Alison schauderte. War es wegen der Kälte oder weil sie plötzlich wieder an all die schrecklichen Schauergeschichten denken mußte, die sie heute in der Schule gehört hatte?

Wilde Gerüchte hatten die Runde gemacht. Völlig zerfetzte Leichen seien gefunden worden, deren Arme und Beine über den ganzen Zeltplatz verstreut gewesen wären.

Ein gefährliches Rudel Wölfe aus den Bergen wäre über den Campingplatz hergefallen. Ein tollwütiger Grizzly sei gesehen worden, dreieinhalb Meter groß, dessen Tatzen von Menschenblut nur so troffen.

»Wenn sie erst mal Blut geleckt haben, können sie nicht mehr damit aufhören«, hatte ein Klassenkamerad ihr in der Mittagspause aufgeregt ins Ohr geflüstert. »Sie wollen dann nur noch Menschenfleisch fressen und jagen deshalb Tag und Nacht Menschen!«

Ellen Brooks, die Naturkundelehrerin, versuchte am Nachmittag nach Kräften, den Kindern klarzumachen, daß diese Horrorgeschichten nichts als Hirngespinste wären. Sie gab zu, daß auf dem Zeltplatz jemand getötet worden war, daß aber zur gleichen Zeit in einem anderen Zelt eine ganze Familie in aller Ruhe hatte schlafen können. »Es ist noch in keinem einzigen Fall wirklich zweifelsfrei nachgewiesen worden, daß Wölfe auf Menschen losgegangen sind«, versicherte sie den Kindern eindringlich. »Es ist zwar gut möglich, daß der Angreifer ein Grizzly war, doch daß Bären süchtig auf Menschenfleisch werden, ist ein Märchen. Es kann nicht schaden, wenn ihr in der nächsten Zeit etwas vorsichtig seid, doch zur Panik besteht wirklich nicht die geringste Veranlassung.«

Die Bemühungen von Ellen Brooks hatten keine Wirkung, die Kinder tuschelten munter weiter. Immer blutrünstiger wurden die Einzelheiten, mit denen sie den Vorfall ausschmückten, und als die Schule aus war, stand Alison der Überfall so lebhaft vor Augen, wie wenn sie selbst dabeigewesen wäre... Der zerfetzte Leichnam auf dem einsamen Campingplatz, die schemenhafte Riesengestalt eines Ungeheuers, unklar ob Bär oder Sasquatch, das mit erhobenen Tatzen auf seine Beute lauerte...

Als Joey sich anschickte, den Weg zum Campingplatz hochzustapfen, rannte ihm Storm begeistert voraus. Alison blieb wie angewurzelt auf der Straße stehen. »Wieso gehen wir denn nicht heim?« fragte sie eindringlich und hoffte, daß die Jungen ihrer Stimme die Angst nicht anmerkten.

Joey grinste. »Hast wohl Bammel, was?« fragte er.

»Quatsch! Ich meine nur, daß wir nach Hause gehen sollten, sonst gar nichts«, versicherte Alison, doch schon fing ihr Bruder, wie am Morgen, wieder mit seinem Spottgesang an.

»Angsthase, Angsthase! Alison ist ein Angsthase!«

Doch so schnell gab seine Schwester nicht auf. »Mama hat gesagt, wir sollen gleich nach der Schule heimkommen!«

»Hat sie *nicht*!« krähte Logan. »Das hat sie überhaupt nicht gesagt. Nur zu Hause in New Jersey hat sie das immer gesagt! Und ich will den Campingplatz sehen!« Vergessen war seine Angst wegen der Schauergeschichten aus der Schule, und die Neugier auf einen echten Mordschauplatz gewann die Oberhand. Voller Eifer rannte er Joey hinterher. »Wart auf mich, Joey!« rief er. »Ich komm' mit!«

Alison stand immer noch unentschlossen da. Sie fühlte sich hin- und hergerissen. Einerseits wäre sie gerne in der Nähe der Ranch geblieben, wo ihr alles vertraut war und keine Gefahren lauerten; andererseits war auch sie neugierig auf den Tatort. Schließlich lief sie den beiden Jungs doch hinterher und redete sich ein, daß sie es nur aus Sorge um Logan tat, damit ihm nichts passierte und er sich nicht verirrte.

Der Waldweg war steil und so glitschig vom Regen, daß Alison einige Male ausrutschte und fast den Halt verloren hätte. Sie fragte sich schon, ob diese Kletterei denn gar kein Ende nehmen wollte, als der Pfad in eine Lichtung mündete. Es war der Campingplatz. Wie auf ein geheimes Kommando blieben alle drei Kinder stehen. Jetzt, wo sie endlich an Ort und Stelle waren, verlor sich plötzlich die ganze Erregung, die sie bei der Vorstellung erfaßt hatte, den Tatort mit eigenen Augen zu sehen.

Eine unheimliche Stille lag über dem Platz. Der Anblick der Picknicktische, die verloren zwischen den Bäumen standen, ließ die düstere Szenerie noch beklemmender erscheinen. Unsicher schauten die Kinder einander an. Keines wollte es aussprechen, womit sie ganz sicher gerechnet hatten: daß doch irgend jemand hier wäre – jemand von der Polizei vielleicht –, der den Tatort sicherte.

Doch weit und breit war niemand.

Storm hielt die Schnauze dicht über den Boden gesenkt und schnüffelte an der Stelle herum, wo das Zelt gestanden hatte. Nach einiger Zeit faßte Alison Logan an der Hand, und die drei Kinder näherten sich zögernd dem Ort des Grauens.

»Hier ist überhaupt nichts los«, platzte Joey endlich heraus. Sie blieben wieder stehen, keines der Kinder hatte Lust, näher an das zertrampelte Wiesenstück heranzutreten, wo noch vor ein paar Stunden ein halbes Dutzend Leute nach Spuren des blutrünstigen Monsters gesucht hatte. »Ich hab' gemeint...« Joey brach ab, als ihm bewußt wurde, daß er gar nicht genau sagen konnte, was er sich eigentlich vorgestellt und was er erwartet hatte.

»Ich… ich meine, wir kehren besser um«, sagte Alison und der Klang ihrer eigenen Stimme kam ihr auf dem verlassenen Campingplatz auf einmal richtig unheimlich vor. »Es gefällt mir überhaupt nicht hier.« Sie wollte sich eben umdrehen, um zurückzugehen, als Storm aufgeregt bellte. Es war nur dieses eine, trockene Bellen, und schon sauste der Hund mit der Nase auf dem Boden los.

»Was hat er denn?« fragte Logan.

»Er hat etwas gefunden!« rief Joey. Seine Stimme zitterte vor Aufregung. »Er hat Witterung aufgenommen, und jetzt folgt er der Spur! Los, kommt!«

»Joey, wo willst du denn hin?« schrie Alison, als sie sah, wie Joey hinter dem großen Hund herrannte, der, seiner Fährte folgend, gerade in den Wald setzte.

»Ich lauf' Storm nach«, rief Joey zurück. »Kommt mit!«

Binnen Sekunden waren Joey und der Hund zwischen den Bäumen verschwunden. Entsetzt schaute Logan zu seiner Schwester auf. »Was sollen wir denn jetzt machen?« fragte er ängstlich. Plötzlich war sein Heldenmut wie weggeblasen.

Alison schaute sich nervös auf dem Campingplatz um. »Wir gehen jetzt nach Hause«, sagte sie und gab sich alle Mühe, sich die Angst, die sie erfaßt hatte, nicht anmerken zu lassen. »Also los, gehen wir wieder runter zur Straße, einverstanden?«

Logan nickte nur stumm, und sie machten sich auf den Rückweg. Die erwartungsfrohe Stimmung, die sie beim Aufstieg verspürt hatten, war plötzlich verflogen. Während des ganzen Abstiegs hatten sie das beklemmende Gefühl, daß sie beobachtet wurden. Unsichtbare Augen schienen jede ihrer Bewegungen zu verfolgen, jeden Moment konnte etwas aus dem dichten Wald auftauchen und sich ihnen in den Weg stellen.

Immer wieder schaute Alison sich um, lauschte angespannt, überall schien Gefahr zu lauern. Fieberhaft überlegte sie, was sie tun sollten, wenn… Kehrtmachen und wieder hochrennen zum Campingplatz? Oder war es besser, sich weiter durch den Wald bergab ins sichere Tal zu retten?

Es waren nur noch wenige Meter bis zu Straße, als sie plötzlich links im Buschwerk ein Rascheln hörten und gleich darauf das scharfe Knacken eines brechenden Astes.

»Lauf, Logan! Lauf!« schrie Alison. Sie umklammerte die Hand ihres Bruders mit festem Griff und fing an, wie wild davonzurennen, wobei sie Logan halb hinter sich herschleifte. Sie liefen wie um ihr Leben, bis sie endlich, völlig außer Atem, auf die Straße stießen. Doch auch jetzt gönnten sie sich keine Pause, riskierten nicht einmal einen Blick zurück, sondern rannten weiter die Zufahrtsstraße zum Haus hoch, rissen die Hintertür auf, stürzten hinein und knallten sie hinter sich ins Schloß.

Mary Anne, die sich über den Lärm wunderte, kam die Treppe herunter und trat in die Küche. Als sie den Ausdruck von Entsetzen in den Gesichtern ihrer Kinder bemerkte, erstarrte ihr Willkommenslächeln. »Alison! Logan! Was ist denn los? Ist etwas passiert?« Dann bemerkte sie, daß Joey fehlte. »Joey!« rief sie entsetzt. »Ihm ist etwas zugestoßen, stimmt's?«

»N... nein«, stotterte Alison. »Wenigstens... ich weiß nicht...«

»Er ist mit Storm weggelaufen«, unterbrach Logan sie mit kläglicher Stimme. »Er ist einfach weggerannt und hat uns auf dem Campingplatz ganz allein gelassen.« Der Kleine lief zu seiner Mutter und schlang die Arme um ihre Hüften. »Mama! Wir haben etwas gehört. Es war draußen im Wald!«

Mary Anne nahm Logan in die Arme und warf Alison einen strengen Blick zu. »Ich finde, du solltest mir besser genau erzählen, was passiert ist«, sagte sie.

Zögernd rückte Alison damit heraus, daß sie auf dem Campingplatz waren und was sie dort erlebt hatten. »Wir haben ja versucht, ihn zurückzuhalten«, versicherte sie. »Wir wollten ihn davon abhalten, Storm nachzulaufen, doch er hat gar nicht auf uns geachtet. Er ist einfach weggerannt!«

Lange sagte Mary Anne kein einziges Wort. Sie mußte an die Nächte denken, in denen Joey ohne jede Erklärung in der Dunkelheit verschwunden war. »Also gut«, seufzte sie schließlich, wobei sie ihre Worte sorgfältig wählte, um die Kinder und auch sich selbst zu beruhigen. »Joey kennt die Gegend hier und ist es ja gewöhnt, mit Storm umherzustreifen. Euch ist nichts passiert, warum soll dann ihm etwas passieren?« Aber noch während sie sprach, spürte sie wieder, wie sich ihr Magen vor Angst und Ärger zusammenkrampfte. Bis sechs Uhr würde sie warten, keine Minute länger. Wenn Joey bis dahin nicht zurück war, würde sie Rick Martin anrufen.

Er saß auf dem einzigen Stuhl in der Hütte, einem einfachen Holzstuhl, und die Wölfin lag neben ihm auf dem Boden. Vor einer Stunde erst war er aufgewacht, nachdem er den ganzen Tag in einem unruhigen Dämmerschlaf verbracht hatte. Dann hatte er im Bach ein erfrischendes Bad genommen. Es waren bereits die letzten Tage des Jahres, an denen er sich den Luxus eines Bades im Freien gönnen konnte… bald würde das Thermometer fallen. In einem Monat fror der Bach zu, doch schon vorher wurde das Wasser viel zu kalt zum Baden. Dann kamen die langen Wintermonate mit ihren kurzen Tagen, an denen man vom gleißenden Licht des Schnees geblendet wurde. Es war die Jahreszeit, in der die beißende Kälte nicht aus seiner Hütte wich, eine Zeit, die er hier oben zu fürchten gelernt hatte. Dieser Winter würde sein letzter in den Bergen sein. Er hatte die dumpfe Ahnung, daß er nicht mehr hier wäre, wenn der Frühling wieder einzog. Aber noch war es nicht soweit.

Nein, noch nicht!

Der Körper der Wölfin auf dem Boden straffte sich, dann setzte sie sich auf und spitzte die Ohren. Ein tiefes, drohendes Knurren drang aus ihrer Kehle.

Der Mann richtete sich mit gespannter Aufmerksamkeit auf und lauschte ebenfalls.

Dann hörte auch er, was das Tier beunruhigte. Es war das kaum wahrnehmbare Rieseln kleiner Steinchen, die jemand, der sich der Hütte näherte, auf dem steilen Pfad lostrat.

Mit erhobener Nase sog der Mann die Luft ein. Da war es. Er hatte die Witterung.

Er kannte diesen Duft genau, denn er hatte ihn schon oft gerochen, wenn er nachts ins Tal hinabgestiegen und in der Dunkelheit um das große Blockhaus gestrichen war, das am Fuß des Sugarloaf-Gebirges kauerte.

Langsam erhob er sich von seinem Stuhl, ging zur Tür und schaute hinaus auf die Lichtung vor der Hütte. Es war zwar nichts zu sehen, doch der Geruch wurde intensiver, und das verräterische Geräusch rollender Steine kam immer näher.

Aber auch wenn er nichts gerochen und gehört hätte, eine innere Stimme sagte ihm überdeutlich, daß der Junge in der Nähe sein mußte.

Der Junge, der zu ihm gehörte.

Nun stand auch die Wölfin auf und preßte ihren sehnigen Körper fest an das Bein des Mannes. Sie war gespannt wie ein Bogen, bereit, jeden anzuspringen, der es wagte, in ihren Bereich einzudringen. Als der Mann beruhigend ihren Kopf tätschelte, verstummte das drohende Knurren, doch sie bleckte weiter ihre gefährlichen Zähne.

Dann bewegte sich etwas auf der anderen Seite der Lichtung, und ein Hund tauchte auf. Die Nase dicht über dem Boden, folgte er witternd der Spur. Als die Wölfin wieder ihr drohendes Knurren ausstieß, blieb der Schäferhund abrupt stehen, eine Vorderpfote in der Luft, die Augen auf das sehnige Tier gerichtet, das sich sprunghaft auf die Schwelle der Hütte duckte.

Mit starren Augen fixierten sich Hund und Wölfin. Die Tiere zitterten vor Anspannung, als sie aus der Distanz ihren Kampf um die Vorherrschaft austrugen. Schließlich gab Storm auf. Er legte sich auf den Boden und begann zu winseln.

Die Wölfin knurrte lauter, als sie auf den Schäferhund zulief, ein paar Schritte vor ihm stehenblieb und mißtrauisch seinen Geruch einsog. Als sie noch näher an ihn heranging und immer rauher und tiefer knurrte, rollte sich Storm auf den Rücken und bot der Wölfin demütig die ungeschützte Kehle dar. Sie beschnüffelte ihn ausgiebig, knurrte wieder und kniff ihn schließlich leicht in die Seite. Storm sprang auf und schüttelte sich, ging aber sofort wieder zu Boden, als aus dem Rachen der Wölfin erneut ein drohendes Grollen kam. Einen Augenblick lang blieb sie in Siegerpose über ihm stehen, bis sie ihm erlaubte, wieder aufzustehen. Nun umkreiste sie ihn langsam und beschnupperte ihn von allen Seiten, während Storm mit furchtsam bebenden Flanken dastand. Ihre Haltung blieb drohend und angriffsbereit, und ihre Zähne waren gebleckt.

Plötzlich wurde die Aufmerksamkeit der Wölfin von einem Geräusch abgelenkt. Sie spitzte die Ohren und lauschte angestrengt. Storm nutzte die Gelegenheit, sich davonzutrollen, und verschwand bergab. Doch gleich tauchte er wieder auf, diesmal an der Seite von Joey Wilkenson.

Ebenso, wie kurz zuvor der Hund, stockte Joey mitten in der Bewegung, als er auf die Lichtung hinaustrat. Er schaute in die Augen der Wölfin, die erneut sprungbereit auf dem Boden kauerte, bereit, sich mit gebleckten Zähnen auf ihn zu stürzen.

Als jedoch Joey seinen Blick in die Augen der Wölfin senkte und diese nicht losließ, wich die aggressive Spannung langsam aus ihrem Körper. Schließlich machte sie kehrt und trottete mit hängendem Schwanz zu ihrem Herrn zurück.

Joey schaute der Wölfin nach. Erst als sie sich wieder an die Beine des Mannes drückte, blickte er zu der großen Gestalt auf, die vor der Hüttentür stand.

Ihre Blicke trafen sich, und sie hielten einander stand.

Storm bellte aufgeregt und preßte sich an Joeys Beine, doch der Junge nahm nicht die geringste Notiz von der Angst des Schäferhunds. Als der Mann endlich aus seiner Erstarrung erwachte und einen Schritt näher kam, löste sich Storm von Joey. Doch statt loszuschießen und sich auf den Mann zu stürzen, machte er kehrt und hetzte über die Lichtung davon.

Wie schon zuvor schien Joey die panische Angst seines Hundes nicht zu bemerken. Er stand noch eine Weile wie erstarrt, dann ging er unvermittelt über die Lichtung auf den Mann und die Wölfin zu.

Angezogen wie von einem unsichtbaren Magneten.

Näher und immer näher.

Bis er die riesige kalte Hand des Mannes auf seiner Wange spürte.

Es war fünf Minuten vor sechs Uhr. Mary Anne erhob sich vom Schreibtisch. Sie hatte versucht, sich auf den Stapel Unterlagen zu konzentrieren, den ihr Charley Hawkins gegeben hatte, als sie heute nachmittag nach dem Essen in seinem Büro vorbeigekommen war. Doch sie war in einer Verfassung, daß sie kein einziges Wort aus den Dokumenten hatte aufnehmen können. Nach einem erneuten Blick auf die Uhr verließ sie das Arbeitszimmer und ging durch den Flur zur Küche. Sie blieb stehen, als Alison und Logan die Treppe herunterkamen.

»Ist er immer noch nicht zurück?« fragte Alison.

»Nein, er ist noch nicht zurück«, sagte Mary Anne möglichst beherrscht und ging weiter in die Küche, wo sie auf einen Stuhl sank. Sie war entschlossen, das Telefon nicht anzurühren, bevor die letzte Sekunde abgelaufen war. Als nach ein paar Minuten die Uhr zu schlagen begann, stand sie auf. Doch noch ehe sie den ersten Schritt zum Telefon machen konnte, rief Logan vom Küchenfenster her aufgeregt: »Da ist er ja! Schaut, er kommt gerade über die Weide gelaufen!«

Mary Anne fiel ein Stein vom Herzen. Während sie voller Erleichterung zur Tür eilte, rannte Logan auf den Hof, kletterte über den Zaun und lief Joey über die Weide entgegen. Als Storm den Kleinen kommen sah, ließ er Joey stehen und rannte Logan voller Freude entgegen. Übermütig sprang er an ihm hoch, warf ihn um, und im Nu wälzten sich die beiden, der kleine Junge und der Schäferhund, im nassen Gras. Storm bellte vergnügt, als Logan versuchte, ihn niederzuringen, und Joey beeilte sich, bei der fröhlichen Balgerei mitzumischen. Als er jedoch ein paar Minuten später ins Haus kam und den Ausdruck in Mary Annes Gesicht sah, verging ihm das Lachen.

»Findest du nicht, daß du mir eine Erklärung schuldest, junger Mann?« schnauzte sie ihn an. Ihre Erleichterung über seine Rückkehr war einem gewaltigen Ärger gewichen. Wie konnte er es wagen, ihr solche Angst zu machen? »Kannst du dir überhaupt vorstellen, wie sehr sich Alison und Logan gefürchtet haben, als du sie einfach allein gelassen hast? Und was hattest du überhaupt da oben auf dem Campingplatz zu suchen?«

Alle Heiterkeit verschwand aus Joeys Miene, und er wurde trotzig. »Was hab' ich denn schon Schlimmes gemacht? Wir sind nur raufgegangen, um uns ein wenig umzusehen, und dann ist Storm weggerannt. Ich bin ihm nur nachgelaufen!«

»Nur nachgelaufen!« fauchte Mary Anne. »Hast du eine Ahnung, wie lange du weg warst? Zwei Stunden! Volle zwei Stunden, Joey!«

Joey wurde immer verstockter. »Na und?« sagte er frech. »Es ist doch nichts passiert, ich hab' mich weder verlaufen noch sonst irgendwas. Außerdem hat mir meine Mutter immer erlaubt...«

»Es kümmert mich nicht im geringsten, was dir deine Mutter erlaubt hat«, fuhr Mary Anne wütend dazwischen. »Weißt du denn nicht, was letzte Nacht auf dem Campingplatz passiert ist? Ein Mann ist dort umgebracht worden, Joey! Und was es auch war, das ihn getötet hat, es treibt sich noch immer da draußen herum!«

»Aber mir ist doch nichts passiert«, protestierte Joey. »Überhaupt nichts! Außerdem würde es Storm niemals zulassen, daß mir jemand was tut!«

»Da wär' ich mir nicht so sicher!« gab Mary Anne erregt zurück. »Wenn ihr nun einem Grizzly in die Arme gelaufen wärt? Er hätte euch beide zerreißen können!«

»Wir sind aber keinem Grizzly in die Arme gelaufen, und es ist uns überhaupt nichts passiert!« wiederholte Joey verstockt. Und dann brach es aus ihm heraus. »Warum läßt du mich nicht endlich in Ruhe? Du bist nicht meine Mutter, und deshalb kannst du mir auch nicht sagen, was ich zu tun habe!«

Sein bitterer Vorwurf traf Mary Anne so schmerzhaft, wie wenn der Junge sie geschlagen hätte. Eine entsprechend heftige Antwort lag ihr auf der Zunge, doch als sie an Logan und Alison dachte, beherrschte sie sich. Die beiden standen kreidebleich in der Eßzimmertür, denn solche Zornesausbrüche waren sie von ihrer Mutter nicht gewöhnt. Mühsam unterdrückte Mary Anne ihren Ärger. »Es tut mir leid, Joey«, entschuldigte sie sich. »Aber du mußt verstehen, daß ich mir schreckliche Sorgen gemacht habe nach dem furchtbaren Vorfall letzte Nacht. Wie konntest du nur einfach so verschwinden! Es hätte doch wer weiß was sein können, hinter dem Storm hergejagt ist! Verstehst du denn nicht, was für eine Angst ich ausgestanden habe?«

»Da war weit und breit nichts, worüber du dir Sorgen machen mußtest«, beharrte Joey trotzig. »Solange Storm bei mir war, hat meine Mutter mich immer gehen lassen, wohin ich wollte!«

Mary Anne atmete tief durch und versuchte, die Fassung zu bewahren. »Also gut, nehmen wir mal an, daß das stimmt, Joey«, begann sie. »Aber deine Mutter ist nicht mehr unter uns, und jetzt bin ich verantwortlich für dich. Ob es dir paßt oder nicht, ich bin jetzt dein Vormund, und du hast mir zu gehorchen. Und deshalb verbiete ich dir…«

»Ich brauche keinen Vormund!« bellte Joey dazwischen. »Ich brauche niemanden, der auf mich aufpaßt! Warum verschwindest du nicht einfach wieder?« Noch ehe Mary Anne ihn aufhalten konnte, machte er auf dem Absatz kehrt und rannte mit Storm wieder aus dem Haus.

»Joey!« rief sie ihm nach und stürzte zur Tür, während der Junge wieder hinaus auf die Weide zulief. »Joey, komm sofort zurück!«

Doch er achtete nicht auf ihr Rufen und sprang ungerührt über den Plankenzaun, der die Weide vom Hof trennte. Als er die Wiese schon halb überquert hatte, gab Mary Anne auf und machte resigniert die Tür hinter sich zu.

Verdammt noch mal! Sie hatte das völlig falsch angepackt! Warum hatte sie bloß den Fehler gemacht, ihm gegenüber ihre Autorität herauszukehren? Sie war für ihn doch fast eine Fremde… Außerdem hatte er ja noch kaum Zeit gehabt, sich an den Gedanken zu gewöhnen, daß seine Eltern tot waren! Was mutete sie ihm eigentlich zu?

»Mama?« fragte Alison mit zitternder Stimme. »Was willst du denn jetzt machen?«

Als Mary Anne nicht gleich antwortete, wechselten Alison und Logan einen Blick.

»Und wenn er nicht zurückkommt?« fragte Logan.

Mary Anne schaute zum düsteren Wald hinüber, in dem Joey verschwunden war. »Er kommt schon zurück«, sagte sie. »Wenn er sich beruhigt hat, kommt er schon wieder zurück.«

Doch sie konnte ihren eigenen Worten keinen Glauben schenken.

13

»Wie lange willst du denn noch warten?« fragte Alison unruhig. Im Kamin brannte ein Feuer, doch selbst die munter tanzenden Flammen vermochten die düstere Stimmung nicht zu vertreiben, die Alison, Logan und Mary Anne erfaßt hatte. Auch das Geplapper im Fernseher half nicht über ihre Angst um Joey hinweg. Immer wieder im Verlauf des Abends verließen sie abwechselnd unter einem Vorwand den Raum, schauten aus dem Fenster und hofften, irgendwo eine Spur von Joey oder Storm zu entdecken. Doch die beiden waren wie vom Erdboden verschluckt.

»Also geben wir ihm noch ein paar Minuten.« Mary Anne seufzte tief und gab es auf, Interesse an den Fernsehbildern vorzutäuschen. Als es neun Uhr schlug, stand sie auf. »Vielleicht schaue ich besser noch mal im Stall nach.«

»Darf ich mitkommen?« fragte Logan.

»Du warst doch schon fünfmal im Stall, Mama«, sagte Alison, noch ehe Mary Anne auf Logans Bitte antworten konnte.

»Dann schaue ich eben ein sechstes Mal nach«, erwiderte Mary Anne. »Nein, Logan, du darfst nicht mitkommen; ich möchte, daß du mit Alison im Haus bleibst.«

»Aber wieso denn?« jammerte Logan. »Ich will doch nur nach den Pferden schauen!«

»Logan, ich habe jetzt keine Lust, mich hier mit dir herumzustreiten«, sagte Mary Anne streng zu dem Kleinen. Und ich werde dir auch nicht erklären, warum du nicht mitkommen darfst, dachte sie bei sich, während sie aus der Küche eine von Audreys dicken Jacken holte. Sie hatte den Kindern nichts von der schrecklichen Angst erzählt, die sie in der letzten Nacht vor dem Stall ausgestanden hatte; und sie hatte auch jetzt nicht vor, darüber zu sprechen. Heute abend war es ja Gott sei Dank anders. Jedesmal, als sie draußen war, um nach Storm und Joey im Stall zu suchen, in der heimlichen Hoffnung, ihn endlich doch auf dem Boden zusammengerollt in einer der leeren Boxen zu finden, waren die Pferde ruhig gewesen und hatten sie gelassen angeschaut. Sie waren weder durch ihre Gegenwart noch durch sonst etwas beunruhigt.

Und dennoch, jedesmal, wenn sie in den Stall hinüberging, so wie jetzt wieder, stieg eine eigentümliche Beklommenheit in ihr hoch.

Mary Anne griff sich die Taschenlampe und ging durch die Hintertür auf den Hof. Sie ließ den Blick über die Weide schweifen und hoffte, daß Joey Wilkenson vielleicht gerade in diesem Augenblick aus dem Wald käme. Doch in dem schwachen Licht, das vom Haus ausging, war nur ein Reh zu erkennen, das mit seinen beiden Kitzen friedlich äste.

Vor dem Stall blieb sie stehen und lauschte. Es herrschte absolute Stille. Mary Anne öffnete das Tor gerade so weit, um hineinzuschlüpfen, knipste die Taschenlampe an und leuchtete in die Dunkelheit. Sheika, die wie immer ruhig aus ihrer Box lugte, blinzelte in den hellen Lichtschein. »Joey?« rief sie, eher, um die unheimliche Ruhe im Stall zu brechen, als daß sie wirklich mit einer Antwort des Jungen rechnete. »Bist du da? Storm?«

Nur Sheika antwortete mit einem sanften Kopfnicken. Mary Anne kraulte sie hinter den Ohren und machte sich dann daran, die leeren Boxen entlang des Ganges nach Joey abzusuchen. Doch noch bevor sie alle durch hatte, wußte sie schon, daß der Junge auch dieses Mal nicht da war. So verließ sie den Stall wieder, verriegelte das Tor und beeilte sich, wieder ins Haus zu kommen. In dem Moment, als sie in die Küche trat, schrillte das Telefon.

Hastig, noch vor dem zweiten Läuten, riß sie den Hörer von der Gabel. Sie hoffte, Joeys Stimme zu hören, oder die eines Nachbarn mit der erlösenden Nachricht, daß der Junge bei ihm wäre. »Hallo?«

»Na, das ist aber schnell gegangen«, sagte Alan überrascht. »Wie hast du das gemacht? Hast du auf meinen Anruf gewartet?«

Mary Anne war etwas verwirrt, als sie aus heiterem Himmel die Stimme ihres Mannes hörte. »Nein... ich... mein Gott, Alan, bei euch in New Jersey muß es doch schon mitten in der Nacht sein!«

»Es ist erst kurz nach elf«, entgegnete Alan. Dann fragte er argwöhnisch: »Mary Anne, ist bei euch alles in Ordnung? Du klingst irgendwie... irgendwie komisch, finde ich.«

»Nein, nein!« rief Mary Anne hastig, eine Spur zu laut. »Es ist alles bestens hier, wollte ich sagen! Wir sind gerade dabei, den

Tisch abzuräumen und...« Verdammt, wie konnte sie nur so dumm sein! Warum hatte sie ihm nicht erzählt, die Kinder wären bei Freunden zu Besuch? Jetzt würde er natürlich darauf bestehen, mit ihnen zu sprechen, und es war völlig klar, daß Logan ihm erzählen würde, was passiert war. »Also, um die Wahrheit zu sagen, Joey und ich hatten eine kleine Auseinandersetzung, nach der er einfach weggerannt ist. Als du anriefst, habe ich gemeint, daß er am Apparat wäre, um mich zu bitten, ihn abzuholen.«

»Ihn abzuholen? Wo denn bitte?« fragte Alan spöttisch. »Eure nächsten Nachbarn wohnen doch meilenweit entfernt, oder nicht.«

»Na komm, ganz so schlimm ist es Gott sei Dank nicht, Alan! Wir leben doch nicht...« Sie brach mitten im Satz ab. Es hatte keinen Zweck. Wenn sie sich auf diese Art von Sticheleien einließe, würden sie sich bestimmt wieder hoffnungslos in die Haare geraten. »Alan, hab' bitte Verständnis, aber ich muß jetzt erst mal versuchen, Joey zu finden. Ich ruf dich dann zurück...«

Alans Stimme war der Ärger anzumerken, als er sie unterbrach. »Nicht nötig, laß mich nur kurz mit den Kindern sprechen, oder hast du sie endlich so weit, daß sie mir allein die Schuld an unserer Trennung geben?«

Wenn du nicht schuld bist, wer soll dann bitte dafür verantwortlich sein? war Mary Anne versucht zurückzuschlagen, doch sie beherrschte sich im letzten Moment. »Ich glaube nicht, daß das der richtige Zeitpunkt für einen Streit ist, Alan«, sagte sie scharf, doch schon stand Alison dicht neben ihr und hörte aufmerksam zu.

»Ist das Daddy? Gib ihn mir!« Sie griff nach dem Hörer. Mary Anne warf ihr einen beschwörenden Blick zu und überließ ihr den Apparat. »Daddy, bist du's? Kommst du uns besuchen?«

Mary Anne ging ans andere Ende des Raums. Sie wollte ihre Tochter beim Telefonieren nicht allzu offen belauschen; trotzdem versuchte sie, jedes Wort mitzubekommen, das ihre Tochter sagte. Alison verstand die Nervosität ihrer Mutter und nickte ihr beruhigend zu.

»Was soll den schon groß passiert sein, Daddy? Joey und Storm treiben sich jeden Tag draußen herum... Nein, hier ist es doch ganz anders als in Canaan, Daddy. Hier versucht nicht an jeder Ecke einer, dich umzubringen, und es wird auch nicht aus vorüberfahrenden Autos geballert!... Aber er *kommt* wieder zurück... Nein, bestimmt, wir haben keine Angst! Weshalb sollten wir auch... Daddy... *Daddy*!« Genervt rollte sie die Augen. Dann hatte Alan offensichtlich das Thema gewechselt, denn Alison fing an, über das ganze Gesicht zu strahlen. »Die Schule ist prima! Es sind lauter kleine Klassen und...« Ihr strahlendes Lächeln erstarb auf ihren Lippen. Sie holte tief Luft. »Du fehlst mir wirklich sehr, Daddy, aber trotzdem, es *gefällt* mir hier! Was soll hier nicht stimmen?« Sie schwieg einen Moment, dann reichte sie den Hörer an Logan weiter, der inzwischen in die Küche gekommen war. »Er will mit dir auch noch reden«, sagte sie, und plötzlich war alle Fröhlichkeit aus ihrer Stimme verschwunden. Als sie ihrem Bruder den Hörer gab, schaute sie hilflos zur Mutter. »Ihn interessiert nur, wann wir wieder nach Hause kommen. Er stellt sich vor, daß wir hier unter die Wilden gefallen sind!«

Kaum hatte Logan den Hörer in der Hand, da platzte es auch schon aus ihm heraus. »Hier hat es einen *Mord* gegeben, Papa!« rief er aufgeregt ins Telefon. »Gleich oben auf dem Campingplatz, praktisch direkt vor unserer Haustür! Es ist ein Sasquatch gewesen, und er hat ein Zelt aufgerissen und den Mann umgebracht und all solche Sachen! Alle behaupten...« Plötzlich verstummte er, dann schaute er verwirrt zu seiner Mutter auf. »Papa meint, er möchte mit dir sprechen, und zwar sofort!«

Als Mary Anne nach dem Hörer griff, spürte sie, wie sich ihr Magen schmerzhaft zusammenkrampfte.

»Warum hast du mir kein Wort von dem Mord gesagt?« fuhr Alan sie ohne Umschweife an.

»Es war kein Mord.« Mary Anne versuchte, ruhig zu bleiben.

»Wie würdest dann *du* es nennen, wenn am Ende einer tot ist?« legte ihr Mann los.

»Noch nennt es kein Mensch einen Mord!« gab sie scharf zurück. »Und ich habe dir mit Absicht nichts davon gesagt, weil ich nämlich genau wußte, wie lächerlich du dich deswegen aufführen würdest!«

»Ich würde es nicht lächerlich nennen, wenn ich dich und die

Kinder bitte, wieder nach Hause zu kommen! Im übrigen meine ich, daß ich ein Recht darauf habe zu wissen, was mit meiner Familie los ist. Ich bin schließlich immer noch dein Mann und…«

»Du hast überhaupt kein Recht mehr an mir oder den Kindern! In der Nacht, als du uns verlassen hast, hast du jedes Recht an uns verloren!« brüllte Mary Anne. Zitternd vor Wut schmetterte sie den Hörer auf die Gabel. Als sie sich zu den Kindern umdrehte, schauten beide betreten zu Boden. »Es tut mir leid«, sagte sie leise und fühlte sich auf einmal ganz leer. »Ich wünschte, ihr hättet das nicht mitanhören müssen, aber…« Sie brach mitten im Satz ab.

»Wird uns Daddy zwingen, wieder nach New Jersey zurückzugehen?« fragte Logan zaghaft.

»Daddy kann uns zu gar nichts zwingen«, erwiderte Mary Anne. »Aber es stimmt, er möchte, daß wir zurückkommen. Und vielleicht hat er damit ja sogar recht. Vielleicht…«

»Aber mir gefällt es hier«, protestierte Logan. »Es ist viel schöner hier als in dem doofen ollen New Jersey!«

Ein kleines Lächeln trat auf Mary Annes Lippen, und sie zog Logan an sich und drückte ihn. Dann wandte sie sich fragend an Alison. »Und wie steht's mit dir? Bist du der Meinung, daß wir heimfahren sollten?«

Alison zögerte ein wenig, dann schüttelte sie den Kopf. »Ich meine auch, daß es hier viel schöner ist.«

»Und was ist mit dem Vorfall letzte Nacht?« bohrte Mary Anne nach. »Hast du keine Angst, wenn du daran denkst, was auf dem Campingplatz geschehen ist?«

»Ich hab' schon Angst«, gab Alison leise zu. »Aber zu Hause in New Jersey hab' ich mich immer gefürchtet, wenn ich zur Schule mußte. Wirklich, Mama, da haben Kinder Pistolen in der Schule dabeigehabt! Hier ist das ganz anders. Das kann man gar nicht vergleichen!«

»Also gut, dann sind wir uns ja einig«, sagte Mary Anne, entschieden zuversichtlicher, als sie sich in Wahrheit fühlte. »Und jetzt geht ihr beide schön ins Bett, ja? Es ist höchste Zeit.«

»Aber Joey ist doch noch nicht da«, maulte Logan.

»Er wird bald da sein«, versicherte Mary Anne. »Geht rauf und macht euch schon mal fertig. Wenn Joey zurück ist, kommt ihr noch mal herunter und sagt hallo, einverstanden?«

Als sie merkten, daß sich ihre Mutter nicht überreden ließ, gaben Alison und Logan schließlich auf und trotteten die Treppe hoch.

Mary Anne schaute noch einmal aus dem Küchenfenster hinaus in die Dunkelheit, dann nahm sie das Telefon und begann die Nachbarn anzurufen, ob jemand ihr verschwundenes Patenkind gesehen hätte.

Wie eine dunkle Decke lag der wolkenverhangene Nachthimmel über der El Monte-Ranch. Jetzt erst wagte sich Joey aus dem Schatten des Waldes hervor. Seit fast zwei Stunden war er im Schutz der Bäume gesessen und hatte beobachtet, wie seine Patentante wieder und wieder aus dem Haus gekommen war. Sie hatte ihn gerufen und mehrmals im Stall nach ihm gesucht. Storm war jedesmal aufgesprungen, wenn sie auf den Hof trat, und hatte zu winseln angefangen, so gern wäre er über die Weide zu ihr gesaust, um voller Freude an ihr hochzuspringen.

Auch Joey war jedesmal versucht, wieder nach Hause zu gehen, während er den Schäferhund mühsam am Halsband zurückhielt. Es fiel ihm nicht leicht, sich zu beherrschen und nicht einfach hinunter in Mary Annes Arme zu laufen.

Aber was hatte es denn für einen Sinn, nach Hause zu gehen?

Sie würde ihn ja doch nur wieder ausschimpfen.

Dabei hatte er doch gar nichts gemacht!

Er war doch wirklich nur ein wenig mit Storm umhergestromert, wie schon tausendmal vorher auch. Und seine Mutter war deshalb niemals böse gewesen.

Das Dumme war nur, daß er Tante Mary Anne beim besten Willen nicht sagen konnte, wo er am Nachmittag gewesen war, denn er wußte es selbst nicht mehr. Er erinnerte sich nur daran, daß er hinter Storm hergejagt war und daß ihn der Hund so hoch wie noch nie zuvor in die Berge geführt hatte. Nach einer Weile hatte ihn wieder dieses merkwürdige Gefühl überkommen, als ob alle seine Nerven bloß lägen. Doch er war weitergeklettert, immer dicht hinter Storm, und das Gefühl hatte sich wieder verloren. Daß er inzwischen total vom Weg abgekommen war, hatte er erst viel zu spät bemerkt.

Wie sollte er Tante Mary Anne diesmal sagen, wo er gewesen war, wenn er doch selbst keine Ahnung davon hatte? Er hatte ja schon vorhin bei ihrem Streit versucht, seine Gedanken zu ordnen und sich zu erinnern, doch schließlich hatte ihn ihre Fragerei so verrückt gemacht, daß er nur noch wegrennen konnte.

Erst hatte er vorgehabt, die ganze Nacht hier draußen im Freien zu bleiben. Er könnte ja hier am Waldrand schlafen... Er hatte seine warme Jacke an, und wenn es auch nicht gerade gemütlich wäre, würde er deshalb noch lange nicht erfrieren. Doch als sich die Minuten immer mehr in die Länge zogen und es mit hereinbrechender Dunkelheit immer kälter wurde, überlegte er es sich anders.

Vielleicht war es besser, nur so lange hier draußen zu bleiben, bis im Haus alle Lichter aus waren und Tante Mary Anne zu Bett gegangen war. Dann konnte er in den Stall schleichen und in der Gesellschaft der Pferde in einer der Boxen schlafen. Es gab dort Decken, und am Waschbecken in der Sattelkammer konnte er sich sogar das Gesicht waschen.

Doch jetzt, als es um ihn rabenschwarze Nacht wurde, als zwischen den drohenden Wolken am Himmel nicht der kleinste Mondstrahl hindurchschimmerte, wurde ihm so unbehaglich, daß er schauderte. Nur hundert Meter entfernt lockte warm und gemütlich das Haus mit seinen strahlenden Lichtern. Vor einer Stunde hatte er eine dünne Rauchfahne aufsteigen sehen, als sie im Wohnzimmer den Kamin angezündet hatten. Nun kroch die Kälte durch die Kleider und drang ihm tief in die Knochen. Die Einsamkeit der Nacht legte sich bleischwer auf Joeys Seele und ließ den letzten Rest von Ärger auf Mary Anne verschwinden. Er stand auf. Wie magnetisch wurde er vom Licht und der Wärme des Hauses angezogen. Langsam setzte er sich in Bewegung und lief auf das Haus zu. Storm rannte in großen Sätzen voraus.

Er war schon über den Zaun auf den Hof geklettert, als die Hintertür aufging und Mary Anne herausschaute.

»Bist du's Joey?« rief sie. »Ist alles in Ordnung?«

Erst zögerte er, doch als er in ihrer Stimme nicht den leisesten Vorwurf vernahm, lief er schnell über den Hof und ließ sich in ihre ausgebreiteten Arme fallen.

»Es tut mir so leid, Tante Mary Anne«, flüsterte er und versuchte, ein Schluchzen zu unterdrücken.

»Es tut mir auch leid, was passiert ist«, tröstete ihn Mary Anne. »Aber davon geht die Welt nicht unter. Und das Wichtigste ist, daß du wieder gesund zurück bist. Ich glaube, wir beide müssen wohl erst noch lernen, miteinander auszukommen, was meinst du?«

Joey hatte einen solchen Kloß im Hals, daß er nur stumm nickte, als ihn Mary Anne in die Küche führte. »Es tut mir leid, daß ich so die Beherrschung verloren habe«, murmelte er entschuldigend, während er seine Jacke ablegte. »Ich hab' das wirklich nicht gewollt. Ich bin nur...« Doch er fand keine Erklärung für seinen Zornausbruch, ebensowenig wie er eine Erklärung hatte für die Stunden, die er in den Bergen umhergeirrt war.

»Wir vergessen einfach die ganze Geschichte, einverstanden?« versuchte ihn Mary Anne aufzumuntern. »Wir sagen einfach, daß es ein Mißverständnis war, und versuchen, es in Zukunft besser zu machen, hm? Soll ich dir noch etwas zum Abendessen herrichten?«

Joey schüttelte den Kopf. »Ich hab' keinen Hunger. Und außerdem muß ich mich erst mal ein bißchen waschen.« Er schaute auf seine Schuhe und seine Kleider, die von der Kletterei in den Bergen und dem stundenlangen Sitzen im Wald völlig verdreckt waren. »Ich glaub', ich hab' meine Sachen ziemlich ruiniert.«

»Das kriegen wir alles wieder hin. Morgen wird alles gewaschen«, beruhigte ihn Mary Anne. »Du brauchst die Sachen nur runterzubringen, wenn du fertig bist.«

Als Joey nach oben gegangen war, rief Mary Anne noch mal bei den Nachbarn an und gab Entwarnung. Sie erzählte ihnen, daß Joey wieder heil zurück war, und entschuldigte sich für die Belästigung.

»Ein Glück, daß er wieder da ist«, antwortete Margaret Stiffle erleichtert. »Hoffentlich fängt er jetzt nicht wieder an, Ärger zu machen. Er hat der armen Audrey ja schon genug Sorgen bereitet. Und wir hatten alle gehofft, daß damit endlich Schluß wäre.«

Mary Anne stockte der Atem. »Er hat Ärger gemacht?« fragte sie. »Was für Ärger denn? Was meinen Sie damit?«

Margaret Stiffle schwieg einen Moment, dann wimmelte sie ab. »Vergessen Sie's! Erstens geht mich das sowieso nichts an, und zweitens irre ich mich wahrscheinlich sowieso; es ist mit Joey ja mittlerweile alles in Ordnung. Also, nichts für ungut und vielen Dank für den Anruf.« Bevor Mary Anne etwas erwidern konnte, hatte Margaret Stiffle aufgelegt.

Nachdenklich ging Mary Anne zurück ins Wohnzimmer, legte ein Scheit aufs Feuer und schaltete den Fernseher ein. Doch Margaret Stiffles Worte gingen ihr nicht aus dem Kopf. Sie schaltete den Fernseher wieder aus und ging hinauf zu Alison, die im Bademantel auf dem Bett lag und in einem Buch las. Mary Anne machte die Tür hinter sich zu und setzte sich neben ihre Tochter auf die Bettkante. »Hast du Joey gesehen?« fragte sie.

Alison nickte. »Er war hier, um zu duschen.«

»Hat er dir erzählt, wo er war – ich meine, heute abend?«

Alison legte das Buch beiseite. »Hast du ihn nicht danach gefragt?«

»Nein, wahrscheinlich wollte ich nicht noch mal Streit riskieren.« Sie zögerte, dann schaute sie ihrer Tochter forschend ins Gesicht: »Alison, ich habe gerade mit Mrs. Stiffle telefoniert, und die hat so merkwürdige Dinge angedeutet, die Joey betrafen. Hast du eine Ahnung, was sie gemeint haben könnte? Hast du vielleicht von jemandem anders auch so Geschichten gehört?«

Alison zögerte. Sie wollte schon den Kopf schütteln, doch dann entschloß sie sich, die Wahrheit zu sagen. »Nicht daß einer wirklich etwas sagen würde«, begann sie. »Es ist eher, als… Also, alle benehmen sich, wie wenn mit Joey etwas nicht stimmen würde… sie können ihn einfach nicht leiden.« Schließlich überwand sie sich auch, ihrer Mutter zu erzählen, was sich zunächst gestern, auf ihrem Einkaufsbummel, und dann heute auf dem Schulweg, ereignet hatte. »Und heute nachmittag, da haben Andrea und Michael Stiffle nicht einmal auf Wiedersehen zu ihm gesagt. Alle benehmen sich ihm gegenüber so seltsam, wie wenn Joey ihnen etwas getan hätte, aber keiner rückt wirklich mit der Sprache heraus.«

Lange lag Mary Anne in dieser Nacht wach im Bett und dachte nach.

Was konnte Mrs. Stiffle gemeint haben?

Und was war das für Ärger, den Joey gemacht haben sollte?

Sie mußte herausfinden, was dahintersteckte.

Lange nach Mitternacht, als bereits die ersten Morgenstunden anbrachen, kam ein heftiger Wind auf. Er heulte von den Bergen herab, pfiff durch die Wipfel der Bäume und stürzte sich mit solcher Wucht auf die Ranch, daß die offenstehenden Fenster von Joeys Zimmer klirrten. Joey erwachte und fuhr hoch. Als er zum Fenster blickte, fühlte er den kühlen Wind über das Gesicht streichen. Eine Weile saß er ruhig da und sog das würzige Aroma der Bergluft ein.

Es war zwar noch immer stockdunkel, doch der Wind hatte die Wolkendecke aufgerissen, so daß der Mond gelegentlich seinen fahlen Schein auf das Land werfen konnte. Mit bebenden Nasenflügeln nahm Joey die Witterung eines Rehes war, das auf der Weide vor dem Hof äste. Er glitt aus dem Bett und ging leise zur Tür. Storm schaute kurz auf, beobachtete Joey, wie er aus dem Zimmer schlüpfte. Dann ließ der Hund den Kopf wieder auf die Pfoten sinken und schloß müde die Augen.

Joey brauchte kein Licht, als er geschmeidig durchs Treppenhaus hinab ins Erdgeschoß huschte. Wieder hatte ein Geruch seine Aufmerksamkeit erregt, und dieser Geruch führte ihn in die Küche.

Es war vollkommen dunkel im Raum, nur manchmal glomm ein blasser Lichtschein, wenn der Mond sein kaltes Licht durch die jagenden Wolken warf. Mühelos fand Joey in der Dunkelheit seinen Weg und kniete sich vor der Spüle hin. Als er die Tür der Anrichte aufschob, wurde der Geruch intensiver. Joey faßte in den Mülleimer und angelte ein Stück Packpapier heraus, an dem noch Reste von Fleisch klebten.

Er hielt das Papier mit beiden Händen umklammert und roch daran.

Das durchdringende Aroma von Blut drang ihm in die Nase und ließ ihm das Wasser im Mund zusammenlaufen.

Seine Zunge schoß heraus und kostete das eingetrocknete Blut auf dem Papier, in das die Steaks gewickelt waren, die Mary Anne vor ein paar Stunden zum Abendessen hergerichtet hatte.

Immer heftiger leckte er an den Blutresten. Sie schmeckten so herrlich wild.

Als er das Papier fein säuberlich abgeleckt hatte, steckte er es zurück in den Mülleimer, ging zum Kühlschrank und öffnete die Tür.

Das grelle Licht der Innenbeleuchtung blendete ihn, doch seine Augen stellten sich schnell darauf ein, und schon hatte er gefunden, was er suchte.

Im untersten Fach stand eine große Platte mit einem halben Dutzend Steaks, alle fein säuberlich in Plastikfolie verpackt und ordentlich aneinandergereiht.

Sein Magen krampfte sich zusammen, so hungrig war er. Schnell griff sich Joey eins von den Steaks und fetzte die Folie weg. Der überwältigende Duft rohen Fleisches drang ihm in die Nase. Einen Augenblick lang hielt er sich das Steak dicht vor den Mund, dann schlug er seine Zähne hinein, riß einen Bissen heraus, verschlang ihn gierig und fast ohne zu kauen.

»Joey, was machst du denn da?«

Joey zuckte zusammen. Er schnellte herum, das rohe Stück Fleisch in der einen Hand, die zerfetzte Folie in der anderen. Als das Deckenlicht aufflammte, mußte er blinzeln, und schnell wischte er sich mit dem Ärmel seines Schlafanzugs das Blut von den Lippen. In der Tür stand Logan und starrte neugierig zu ihm herüber.

»Das kann man doch nicht essen!« rief Logan entsetzt. »Das ist doch noch gar nicht gekocht!«

»Ich esse ja gar nichts«, sagte Joey schuldbewußt und versteckte blitzschnell die Hände hinter dem Rücken. »Was machst du überhaupt hier unten? Wenn dich Tante Mary Anne erwischt, dann...«

Noch ehe er den Satz zu Ende hatte, tauchte Mary Anne hinter Logan auf. »Joey? Logan? Was ist denn hier los? Wieso seid ihr beide nicht im Bett?«

Sofort hob Logan den Arm und deutete anklagend auf Joey. »Er hat sich ein Steak genommen, Mama, und er ißt es gerade. Aber es ist nicht gekocht! Er ißt es ganz roh!«

Schockiert schaute Mary Anne auf Joey, der nun die Hände vom Rücken nahm. »Ich... ich hab' es nicht gegessen«, stotterte er. »Ich hatte Hunger und fand es im Kühlschrank.« Verzweifelt blickte er zu Mary Anne hoch. »Ich dachte... ich wollte es gerade braten, aber... ich weiß nicht genau, wie das geht.«

Der gequälte Ausdruck in Joeys Gesicht tat Mary Anne in der Seele weh und ließ sie ihren Ärger vergessen, daß sie schon wieder mitten in der Nacht geweckt worden war. Der Junge hatte ja nichts zu Abend gegessen und mußte schrecklichen Hunger haben. »Also gut«, sagte sie. »Ich bring' nur schnell Logan wieder ins Bett, dann brate ich dir das Steak. Aber dann ist es auch für dich höchste Zeit zu schlafen. Einverstanden?«

Als Joey schweigend nickte, drehte Mary Anne Logan herum und führte ihn zur Treppe. Sie gab ihm einen zärtlichen Klaps auf den Hosenboden. »Rauf«, kommandierte sie. »Los, mein Schatz!« Im Spaß jagte sie den Kleinen vor sich her die Treppe hoch.

Kaum waren sie aus der Küche, starrte Joey wieder auf das rohe Fleisch in seiner Hand. Mit Fingern und Zähnen riß er es in Stücke und stopfte es sich gierig in den Mund. Es dauerte keine Minute, und er hatte es hinuntergeschlungen.

Die Plastikfolie, in die das Steak verpackt war, versteckte er ganz tief unten im Mülleimer.

Er hatte sich gerade das Blut von Gesicht und Händen gewaschen, und war eben dabei, sich abzutrocknen, als Mary Anne wieder in die Küche trat. »Ich mag doch nichts mehr essen«, sagte er. »Ich hab' etwas Milch getrunken, das reicht.«

Mary Anne schaute ihn zweifelnd an. »Bist du sicher, daß du nichts mehr willst?«

Joey nickte, und als er zur Tür ging, umarmte er sie in einer plötzlichen Anwandlung. »Es tut mir wirklich leid, daß ich dir Sorgen gemacht habe«, versicherte er, »es soll nicht wieder vorkommen.«

Mary Anne schlang die Arme um ihn und drückte ihn einen

Moment an sich, bevor sie ihn wieder losließ. »Also gut, wenn du etwas wiedergutmachen möchtest, dann bleib erstmal eine ganze Nacht über im Bett.« Sie lächelte, um ihren Worten die Schärfe zu nehmen und schob ihn auf die Treppe zu. »Also los... auf geht's! Ich mach' das Licht in der Küche aus.« Joey lief die Treppe hoch, und Mary Anne griff nach dem Lichtschalter. Doch auf einmal zögerte sie und schaute zum Kühlschrank.

Es war ein wenig verrückt, und sie fand den Gedanken, der ihr durch den Kopf schoß, selbst lächerlich, doch sie mußte einfach noch einmal die Kühlschranktür aufmachen.

Sie zählte die Steaks auf der Platte im untersten Fach.

Es waren sechs Stück gewesen.

Da war sie absolut sicher.

Doch jetzt lagen nur noch fünf Steaks auf der Platte.

Sie machte den Kühlschrank wieder zu und schaltete das Licht aus. Als sie die Treppe hochging, wirbelten ihr die Gedanken durch ihren Kopf. Sie hatte ein flaues Gefühl im Magen.

Heute nacht würde sie bestimmt keinen Schlaf mehr finden.

Dieser Junge, mit dem sie unter einem Dach lebte, war ihr ein Rätsel.

14

»Sieht ganz nach einem frühen Wintereinbruch aus«, bemerkte Bill Sikes, als er prüfend zum Himmel schaute. Es war viel kälter an diesem Morgen, und obwohl sich die Regenwolken vom Vortag endlich verzogen hatten, zeichnete sich am Horizont bereits die Vorhut einer neuen Schlechtwetterfront ab. »Sehen Sie das?« fragte er Mary Anne und deutete auf die weißen Wolkenbänder, die von Norden heranzogen. »Das kommt aus der Arktis. Es würde mich nicht wundern, wenn wir noch diese Woche Schnee bekämen.«

»Schnee?« wunderte sich Mary Anne. »Es ist doch erst Anfang September!«

Bill zuckte die Schultern. »Wäre nicht das erste Mal, daß es so früh losgeht. Letztes Jahr hat's dafür fast den ganzen Winter kaum geschneit.« Ein boshaftes Grinsen trat auf seine Lippen. »Die ganze Skisaison wäre fast baden gegangen. Noch ein solcher Winter, und die Burschen aus der Touristikbranche kriegen verflucht kalte Füße!«

»Das klingt aber nicht so, als ob ihnen das besonders zu Herzen ging«, bemerkte Mary Anne amüsiert. Als ein eisiger Wind von den Bergen wehte, schlug sie den Kragen der dicken Schafwolljacke hoch, die sie am Morgen im Kleiderschrank entdeckt hatte. »Meinen Sie nicht, wir sollten die Pferde besser wieder in den Stall treiben?«

»Sie werden noch lange genug im Stall herumstehen, wenn die Kälte erst richtig zuschlägt«, erwiderte Sikes, drehte sich um und schaute den drei Pferden zu, die er schon vor zwei Stunden aus dem Stall geholt hatte. »Es tut ihnen gut, wenn sie draußen sind... da gehören sie ja eigentlich auch hin. Es ist nicht richtig, sie dauernd einzusperren. Ich frage mich immer wieder, woran sie wohl denken, wenn sie den ganzen Tag in der Box stehen müssen.«

»Ich bezweifle, daß sie überhaupt denken können«, bemerkte Mary Anne.

Der Landarbeiter mit seinem wettergegerbten Gesicht schüttelte den Kopf. »Das sagen viele. Eine Menge Leute reden so daher, aber glauben Sie das bloß nicht! Die behaupten das nur, weil sie dann kein schlechtes Gewissen zu haben brauchen, wenn sie die Tiere schlecht behandeln. Sie bilden sich ein, wenn Tiere nicht denken können, dann können sie auch nicht leiden. Aber schauen Sie doch nur mal den Pferden zu!«

Mary Anne blickte zur Weide hinüber, wo Sheika mit hoch erhobenem Kopf und wehendem Schweif am Zaun entlanggaloppierte. Die beiden anderen Pferde – der scheckige Wallach, der Audrey gehört hatte, und Joeys Brauner – standen beieinander und grasten zufrieden Kopf an Kopf. Dann wechselte Mary Anne das Thema. »Haben Sie eigentlich inzwischen noch einmal darüber nachgedacht, worüber wir uns neulich unterhalten haben? Denken Sie noch immer daran zu kündigen?«

»Also gut, dann sage ich es Ihnen«, sagte Sikes, bückte sich umständlich und hob einen Strohhalm auf, den er sich zwischen die Zähne steckte. »Ja, ich habe darüber nachgedacht, und ich hab' mir überlegt, daß es nicht korrekt von mir wäre, einfach auf und davon zu gehen, wenn Sie vorhaben, hier durchzuhalten.« Er warf ihr aus den Augenwinkeln einen forschenden Blick zu. »Das haben Sie doch vor, stimmt's?«

»Ich denke schon«, antwortete Mary Anne. Dann fragte sie ohne große Einleitung: »Bill, können Sie mir etwas über Joey erzählen?«

Die Miene des Helfers verdüsterte sich ein wenig. »Was soll's da schon groß zu erzählen geben?«

Mary Anne zögerte. Sorgfältig wählte sie ihre Worte. »Nun, es sieht so aus, als habe er nicht viele Freunde. Ich meine, die Stiffle-Zwillinge wohnen nur ein Stück die Straße runter, da läge es doch eigentlich nahe, daß die Kinder miteinander spielen, oder?«

»Joey ist nun mal ein Einzelgänger«, erwiderte Sikes und hielt den Blick unverwandt auf die Pferde gerichtet. »Aber ich wüßte nicht, was daran nicht in Ordnung wäre.«

»Aber warum hält er sich immer so abseits?« Mary Anne versuchte angestrengt, mehr aus Bill Sikes herauszubekommen. »Ist etwas vorgefallen zwischen den Kindern? Alison hat erzählt, daß auch die anderen Kinder in der Schule Joey nicht zu mögen scheinen.«

Bill Sikes hatte den Strohhalm inzwischen zerkaut und spuckte den Rest aus. Dann drehte er sich um und schaute Mary Anne offen ins Gesicht. »So wie ich das sehe, gibt es zwei Arten von Menschen auf dieser Welt. Die einen geben sich mit anderen Leuten ab, und die anderen tun das nicht und wollen lieber ihre Ruhe haben. Viele dieser Einzelgänger, die den Menschen aus dem Weg gehen, können dafür gut mit Tieren umgehen. Und zu diesen scheint Joey zu gehören. Und ich seh' dabei überhaupt nichts Ungewöhnliches.«

Eine Stunde später, als sie in die Stadt hinunterfuhr, grübelte Mary Anne über das nach, was Bill Sikes gesagt hatte. Sollte das wirklich der alleinige Grund dafür sein, daß Joey keinen einzigen Freund unter den Kindern hatte? War es tatsächlich so simpel zu erklären, daß Joey einfach die Gesellschaft von Tieren vorzog? Sicher, das würde dazu passen, daß er vorgestern nacht zum Schlafen in den Stall gezogen war. Und mit Alison und Logan schien er ja immerhin ganz gut zurechtzukommen. Während sie den Wagen zu dem großen Schulgebäude hochsteuerte, kamen Mary Anne plötzlich leise Zweifel, ob es überhaupt nötig wäre, mit jemandem von der Schule zu sprechen. Als sie heute morgen telefoniert und einen Termin vereinbart hatte, war sie von der Notwendigkeit eines Gespräches noch völlig überzeugt gewesen. Doch nun, nach der kurzen Unterredung mit Bill Sikes, war sie sich nicht mehr so sicher. Schließlich kannte Sikes den Jungen schon, seit er auf der Welt war. Er wüßte ganz bestimmt Bescheid, wenn mit Joey etwas nicht in Ordnung wäre. Die Frage war nur, ob er ihr auch etwas davon erzählen würde.

Sie parkte den Range Rover und stieg die Treppen zum Büro der Schulleitung hoch, wo Florence Wickman bereits auf sie wartete.

»Ich habe mich über Ihren Anruf heute morgen sehr gefreut«, empfing sie die Schulleiterin, eine stattliche, vorzeitig ergraute Dame. Sie bat Mary Anne in ihr Büro, schloß die Tür und lud sie ein, auf einem abgewetzten Lederstuhl vor dem Schreibtisch Platz zu nehmen. »Ich hatte nämlich zufällig vor, Sie heute nachmittag ebenfalls anzurufen.« Mary Anne ließ sich nieder, rutschte aber nervös auf der Stuhlkante hin und her. »Sie wollten mich anrufen?« fragte sie besorgt. »Gibt es Probleme mit einem von meinen Kindern?«

Florence Wickman lehnte sich in ihrem Sessel zurück. »Nicht im geringsten. Ich habe mich nur gefragt, wieviel Sie eigentlich über Joey wissen…« Sie stockte, wie wenn sie die richtigen Worte suchte, dann seufzte sie tief. »Was sie von seinen… nun, vielleicht ist ›Probleme‹ der richtige Ausdruck dafür… wissen.«

Mary Anne erschrak. Es war also doch etwas mit Joey! »Deshalb bin ich eigentlich auch hergekommen«, ging sie auf die Worte der Schulleiterin ein. »Es sind da ein paar Sachen vorgekommen, und meine Tochter hat mir erzählt, daß eine Menge Kinder Joey anscheinend nicht leiden können. Ich kann mir das alles nicht erklären, und ich würde mich freuen, wenn Sie mir ein paar Informationen über den Jungen geben könnten.«

Mrs. Wickman griff nach einem Aktenordner, öffnete ihn und reichte ihn Mary Anne über den Schreibtisch. »Ich denke, da müßte alles drinstehen. Als Joey zum erstenmal in den Kindergarten kam, war er der schüchternste kleine Junge, den ich je gesehen hatte. Er sprach fast mit niemandem… war ganz in sich gekehrt. Nun, das ist zunächst nichts Ungewöhnliches, besonders wenn es sich um Einzelkinder handelt. Doch auch als er größer wurde, hatte er erhebliche Probleme, sich in die Gruppe einzufügen. Nie hatte er einen ›besten Freund‹, und er schien auch gar kein Interesse daran zu haben.« Sie deutete auf den Ordner. »Außerdem hat er nach wie vor große Schwierigkeiten, sich auf den Unterricht zu konzentrieren«, fuhr sie fort. »Praktisch alle seine Lehrer berichten, daß er sehr zur Tagträumerei neigt. Häufig sitzt er nur da und starrt aus dem Fenster, wie wenn da draußen etwas wäre, das niemand außer ihm sehen kann.« Sie schwieg eine Weile, ehe sie fortfuhr. »Und dann waren da noch diese Raufereien.«

»Raufereien?« fragte Mary Anne.

»Keine besonders schlimmen«, erklärte die Schulleiterin und zog nachdenklich die Brauen zusammen. »Nein, sie waren nicht besonders schlimm, sondern eher seltsam. Als er in der fünften, sechsten Klasse war, war es am extremsten. Die Kämpfe haben auch nie als richtige Kämpfe angefangen. Sie sahen eher aus wie Balgereien, die außer Kontrolle gerieten. Und das Eigentümliche daran war, daß die Jungen, mit denen Joey kämpfte, immer älter und größer waren als er.« Wieder zögerte sie, und es schien sie Überwindung zu kosten fortzufahren. »Ich habe mich immer gefragt, ob es nicht vielleicht doch etwas mit Ted zu tun haben könnte.«

»Mit Ted?« fragte Mary Anne verblüfft. »Was um Himmels willen soll denn Ted damit zu tun gehabt haben?«

Mrs. Wickman hob beschwörend die Hände. »Ich will nicht behaupten, daß es so sein muß. Doch ich habe mich immer wieder gefragt, ob es nicht vielleicht eine Art von Kampf gegen den Vater war, wenn Joey wie unter einem Zwang ständig auf ältere und größere Jungs losging.«

»Ich kann mir einfach nicht vorstellen…«

»Mrs. Carpenter, ich kann nur wiederholen, daß auch für mich die Sache ein Rätsel war. Aber nehmen wir einmal an, daß Ted den Jungen eher hart angepackt hat, dann wäre das doch immerhin eine Erklärung für Joeys Verhalten, oder? Vielleicht litt der Junge darunter, daß er gegen seinen Vater einfach nicht ankonnte. Vielleicht waren seine ständigen Versuche, andere, die größer und stärker als er waren, zu besiegen, nur verzweifelte Versuche, sein Selbstwertgefühl zurückzugewinnen?«

Mary Anne hatte das Gefühl, in ein riesiges, dunkles Loch zu stürzen. »Wollen Sie damit sagen, daß Ted seinen Sohn mißhandelt hat?« fragte sie. Sie wollte es einfach nicht glauben. Ted war ihr doch immer wie ein Muster an Gelassenheit und Friedfertigkeit erschienen.

»Ich will damit überhaupt nichts sagen«, sagte Florence Wickman hastig. »Ich suche lediglich nach einer Erklärung für das alles.« Sie versuchte sich zu entspannen und lehnte sich in den Sessel zurück. »Und es ist ja seit etwa einem Jahr auch viel besser mit Joey geworden. Er war eine Weile in Therapie…«

»Er hat eine Therapie gemacht?« unterbrach sie Mary Anne. »War es so schlimm?!«

»Es tut mir leid, aber eine Zeitlang war es wirklich so schlimm. Ein, zwei Jahre lang hatte Audrey ausgesprochen Kummer mit Joey. Und auch wenn es inzwischen viel besser um ihn steht, mache ich mir doch gerade jetzt Sorgen, daß der tragische Tod seiner Eltern wieder einen Rückschlag auslösen könnte. Das war auch der Grund, warum ich mit Ihnen sprechen wollte, weil ich angenommen habe, daß Sie womöglich über diese Zusammenhänge nichts wissen.« Sie lächelte. »Sie kennen doch den Spruch: Vorsicht ist die Mutter der Porzellankiste. Und deshalb wollte ich mich einmal persönlich mit Ihnen unterhalten.«

»Ich verstehe.« Mary Anne atmete tief durch. »Aber jetzt ist es besser geworden, haben Sie gesagt?«

»Viel besser«, bestätigte Florence Wickman. »Ich glaube auch, daß es für Joey eine große Hilfe sein wird, mit zwei anderen Kindern unter einem Dach zu leben.« Sie schaute auf die Uhr. »Ich hoffe, ich habe Sie nicht zu sehr erschreckt, aber ich war der Meinung, Sie sollten über diese Dinge informiert sein. Und wenn ich sonst noch etwas für Sie tun kann…« Sie sprach den Satz nicht zu Ende. Mary Anne verstand und erhob sich.

»Ich danke Ihnen vielmals«, sagte sie geistesabwesend. Wie wild rasten in ihrem Kopf all die Informationen durcheinander, die sie von der Schulleiterin erhalten hatte.

Als Mary Anne das Büro verließ, läutete es gerade zur Mittagspause, und der breite Gang begann sich schlagartig mit Kindern zu füllen, die aus den Klassenzimmern strömten. Mary Anne hatte Mühe, sich ihren Weg durch die dichten Scharen zu bahnen, und bemerkte daher gar nicht, daß Joey auf der anderen Seite der Eingangshalle stand.

Er stand ruhig da und beobachtete sie.

Sie hatte mit Mrs. Wickman über ihn geredet.

Sie spionierte ihm nach…

Voller Ärger schaute Rick Martin auf den Laborbericht, der vor ihm auf dem Schreibtisch lag. »Was zum Teufel soll denn das bedeuten?« fragte er empört. Tony, der mit ihm allein im Büro der Polizeistation saß, blickte von der Akte auf, die er gerade in Arbeit hatte. Es handelte sich um den Diebstahl eines T-Shirts von Francine Schildhauers Wäscheleine.

»Es war ein *Perverser*!« hatte Francine hysterisch geschrien. »In unserer Stadt läuft ein Perverser frei herum! Unsere Kinder sind in Gefahr!« Da Tony keine Lust gehabt hatte, mit ihr groß herumzustreiten, hatte er die Anzeige pflichtgemäß aufgenommen und steckte nun bis über beide Ohren in dem Formularkram.

»Was ist denn los?« fragte er, froh über die Ablenkung.

»Das da!« fauchte Martin und warf seinem Partner die Mappe mit dem Laborbericht zu. »Hältst du so etwas für möglich?«

Moleno überflog das Dokument, das eine Analyse der Spuren enthielt, die man auf dem Coyote Creek-Campingplatz am Zelt und auf den Schlafsäcken der Überfallenen gefunden hatte. Sein Blick blieb an dem Untersuchungsergebnis der Gewebeteilchen hängen, die an Glen Fosters Leichnam gefunden worden waren.

»Haar eines nicht identifizierbaren Tieres?« las Moleno und sah seinen Kollegen fragend an. »Was meinen die denn bitte mit ›nicht identifizierbar‹? Das ist doch wohl ihr verdammter Job, solches Zeug zu identifizieren, oder?«

»Mein' ich doch wohl auch!« knurrte Rick Martin, griff nach dem Telefon auf dem Schreibtisch und fluchte, während er wählte, leise vor sich hin. »Hier spricht Rick Martin aus Sugarloaf«, bellte er los, als nach dem zehnten Läuten endlich jemand abhob. »Verbinden Sie mich sofort mit... einen Moment, bitte!« Er nahm Moleno den Bericht aus den Händen und las den Namen ab, mit dem das Dokument unterzeichnet war. »Henry! Henry Henry!« Er schaute Moleno an und rollte ungläubig die Augen, während er auf die Verbindung wartete. »Henry Henry? Soll das etwa ein Name sein? Das klingt, wie wenn einer... Hallo? Henry Henry? Hier ist Rick Martin, Sugarloaf. Ich schaue gerade Ihren Bericht über das Zeug an, das wir zu euch geschickt haben, und ich kann nicht gerade behaupten, daß ich davon sonderlich begeistert bin. Was zum Teufel meinen Sie denn bitte mit ›Haar eines nicht identifizierbaren Tieres‹? Was habt ihr uns denn da für einen Mist geschickt, *Henry Henry*?«

In seinem Büro in Boise atmete Henry Henry tief durch. Er hatte seit einer Stunde mit diesem Anruf gerechnet, seit seine Sekretärin den Bericht nach Sugarloaf gefaxt hatte. »Haben Sie jetzt all ihren Dampf abgelassen, oder wollen Sie weitermachen?« fragte er. »Es liegt ganz bei Ihnen. Ach und übrigens«, fügte er hinzu, »mein Vorname ist Hank... gar so viel Humor hat mein Vater denn doch nicht gehabt.«

Rick Martin mußte schmunzeln. Sein Ärger über den Bericht begann zu verrauchen. »Alles klar. *Hank*! Tut mir leid, wenn ich ausfallend geworden bin. Aber deshalb verstehe ich immer noch nicht, was hier eigentlich los ist. Können Sie mir bitte erklären, was ›Haar eines nicht identifizierbaren Tieres‹ bedeutet? Können Sie das vielleicht in ganz einfachen Worten ausdrücken?«

»Es bedeutet, daß die Haare, die wir untersucht haben, tierischer Herkunft sind – das ist das Gegenteil von nichttierischer Herkunft, wenn ich mir die Bemerkung erlauben darf. Ferner besagt es, daß wir nicht wissen, von welchem Tier sie stammen. Hab' ich mich nun einfach genug ausgedrückt?«

»Aber ihr Burschen habt doch Muster von jeder Tierart, die hier in Idaho vorkommt, oder täusche ich mich?«

»Ja, haben wir. Von jedem Tier, das in Oregon, Washington, Montana und British Columbia vorkommt und noch in einer ganzen Menge anderer Staaten«, gab Henry ihm recht. »Doch das Haar, das ihr geschickt habt, entspricht keinem von unseren Mustern. Am meisten ähnelt es dem Haar eines Wolfes, doch es *ist* kein Wolfshaar. Dafür ist es zu dünn und zu sehr gekraust.«

»Na gut, aber können Sie mir vielleicht sagen, was wir hier mit so einem Befund anfangen sollen?« fragte Martin. Er dachte bereits an den unvermeidlichen Anruf von Milt Morgenstern, dem Herausgeber und Verleger des Lokalblattes. Was sollte er dem erzählen?

»›Nicht identifizierbares Tier‹, das klingt in meinen Ohren verdammt nach Sasquatch, und das hätte uns hier oben gerade noch gefehlt, daß die Sensationspresse von einer solchen Story Wind bekommt. Können Sie sich vorstellen, was das für den Fremdenverkehr während der Skisaison bedeuten würde?«

Hank Henry zuckte die Schultern. Das war nun wirklich nicht sein Problem. »Na, und wenn es nun *wirklich* ein Sasquatch ist, das sich bei euch da oben herumtreibt?« fragte er grinsend. »Sollen wir dann die Öffentlichkeit nicht warnen?«

»Ach verdammt, hören Sie doch auf mit dem Quatsch«, antwortete Martin. »Sie wissen ganz genau, daß wir eine genauere Analyse brauchen als die vorliegende, und Sie werden diese Analyse beschaffen müssen!«

»Ist ja gut«, seufzte Henry. »Sie haben ja recht... unser Ergebnis ist nicht präzise genug, und das stört mich genauso wie Sie. Deshalb habe ich die Proben ja auch schon zur näheren Untersuchung ans Labor des FBI weitergeleitet. Die Jungs dort haben die Möglichkeit, eine DNS-Analyse zu machen, und ich hab' ihnen anständig Dampf gemacht. Wenn alles gut läuft, haben wir das Ergebnis schon in vierundzwanzig Stunden.«

»Und wie soll ich mich bis dahin verhalten?« wollte Martin wissen.

»Mauern Sie so lange«, riet Henry. »Sagen Sie einfach, daß die Ermittlungen in diesem Fall noch nicht abgeschlossen sind.«

»›In diesem Fall‹ hat es immerhin einen Toten gegeben, von dem Mädchen im Krankenhaus ganz zu schweigen! Wenn ich dem Burschen von unserer Zeitung eine so dünne Story erzähle, nimmt der mich in den Schwitzkasten, bis mir Hören und Sehen vergeht, das kann ich Ihnen versprechen!«

»Na, dann kann ich nur hoffen, daß ich trotzdem ruhig schlafen werde«, bemerkte Hank Henry trocken und legte den Hörer auf.

Rick Martin erhob sich von seinem Schreibtisch, trat ans Fenster und schaute auf die Straße hinab.

Noch lag eine himmlische Ruhe über der Stadt.

Mit den ersten Schneeflocken aber würde es lebhaft werden in den Straßen. Dann waren schlagartig sämtliche Ferienwohnungen vermietet, in den Lokalen war die Hölle los, und die Geschäfte für Skibedarf verkauften ihr Zeug so schnell, daß sie kaum noch mit dem Bestellen nachkamen. Auch wenn Rick nur eine vage Vorstellung davon hatte, wie sehr die gesamte Wirtschaft von Sugarloaf vom Wintersport abhängig war, so wußte er doch, daß eine verpatzte Saison für eine ganze Menge Geschäftsleute in der Stadt das Aus bedeuten würde.

Und sie alle würden ihm die Schuld an den Gerüchten geben, daß in den Bergen eine nicht identifizierbare Kreatur ihr Unwesen trieb.

Er entschloß sich, den irritierenden Bericht aus Boise zurückzuhalten, zumindest einstweilen.

Es mußte auf jeden Fall verhindert werden, daß eine Panik ausbrach. Noch dazu, wo sich sowieso in Kürze herausstellen würde, daß es dafür nicht den geringsten Grund gab.

Morgen, spätestens übermorgen, da war er ganz sicher, wüßten sie genau, welches Wesen es war, das Glen Foster getötet hatte. Und er hatte vor, sich auf kein Interview mit Milt Morgenstern oder sonst wem einzulassen, bevor er nicht genaue Auskunft geben konnte.

»Prima, das war wirklich schon ganz gut«, sagte Olivia Sherbourne anerkennend. Sie schaute auf die Uhr, nahm Mary Anne die Schrotflinte aus der Hand und steckte nochmals Patronen in das Magazin der Waffe. »Für ein Magazin habe ich noch Zeit, dann muß ich mich wieder an die Arbeit machen.«

»Können wir nicht gleich aufhören mit der Schießerei?« bat Mary Anne. »Eigentlich bin ich ja nur vorbeigekommen, um hallo zu sagen. Auf Schießunterricht war ich gar nicht eingestellt.«

»Man muß jede Gelegenheit sofort beim Schopf ergreifen«, sagte Olivia resolut. »Also, paß auf, diesmal mußt du das Gewehr selbst laden. Wenn man eine Waffe nicht laden kann, nützt sie einen kaum was.«

Angewidert schaute Mary Anne auf das Gewehr, das schwer in ihren Händen lag. Es bestand nur aus Metall, Kunststoff und Hartgummi und hatte nicht die geringste Ähnlichkeit mit den schönen Waffen, deren kunstvoll geschnitzte Holzschäfte ihr in Museen oder in den Auslagen von Waffengeschäften gelegentlich aufgefallen waren. Dieses Gewehr war schnörkellos und nüchtern – ein Gerät, um eiskalt zu töten.

»Wenn man mit einem Gewehr keinen Grizzly stoppen kann, hat es hier bei uns überhaupt keinen Sinn«, hatte Olivia erklärt, als sie die Waffe auf die Weide hinter dem großen Haus brachte, in dem sie wohnte und zugleich ihre Praxis hatte.

»Aber ich weiß gar nicht, ob ich überhaupt eine Waffe besitzen möchte«, protestierte Mary Anne.

»Du hast ja längst eine«, teilte Olivia ihr mit. »Es ist das gleiche Gewehr wie dieses hier, und es hängt in dem verschlossenen Waffenschrank in eurem Arbeitszimmer. Audrey und ich haben die Waffen gemeinsam gekauft, und es wäre gut, wenn du auch wüßtest, wie man damit umgeht.« Auch wenn Olivia den Vorfall auf dem Campingplatz nicht ausdrücklich erwähnte, wußte Mary Anne sofort, was sie meinte.

»Warum mußtest du ausgerechnet das Gewehr reinigen, als ich vorbeikam, und nicht zum Beispiel... deinen Ofen?« stöhnte Mary Anne. »Wenn du es nicht zufällig in der Hand gehabt hättest...«

»Aber ich hab' es nun mal in der Hand gehabt«, fiel ihr Olivia ins Wort. »Also machen wir weiter, einverstanden?«

Sie nahm das Gewehr, zeigte Mary Anne die Einzelteile der Waffe und erklärte ihre Funktion. »Du darfst das Gewehr niemals und unter keinen Umständen in geladenem Zustand wegstellen«, begann Olivia ihre Unterweisung. »Wenn du es nicht mehr benutzt, mußt du erst die Patronen aus dem Magazin, dann die Patrone aus der Kammer entfernen und dann noch mal abdrücken. Zur Sicherheit lädst du dann ein weiteres Mal durch und drückst wieder ab. Erst wenn sich auch diesmal kein Schuß gelöst hat, darfst du es wegschließen. Du mußt diese Prozedur immer und unter allen Umständen durchführen, ganz egal, wie eilig du es hast, ist das klar?«

Mary Anne nickte. Sie wünschte beinahe, sie hätte gar nicht erst vorbeigeschaut bei Olivia, doch gleichzeitig war sie sich bewußt, daß ihre neue Freundin recht hatte... Wenn sie schon hier oben leben wollte, dann mußte sie sich wenigstens mit den Grundregeln des Schußwaffengebrauchs vertraut machen. Widerstrebend nahm sie das Gewehr in die Hand, hob es an die Schulter, zielte am Zaun entlang und drückte ab.

Der Rückschlag hätte Mary Anne beinahe umgeworfen.

»Das war schon ganz gut«, munterte Olivia sie auf, als Mary Anne ihr Gleichgewicht wieder gefunden hatte. »Du mußt nur den Schaft noch fester an die Schulter pressen, sonst kann es passieren, daß dir der Rückschlag das Schlüsselbein bricht. Du mußt den Schlag mit dem ganzen Körper auffangen und verhindern, daß das Gewehr gegen die Schulter schlägt. Also, versuchen wir es noch mal!«

Fast eine halbe Stunde lang hatte Mary Anne so Schießübungen gemacht, und allmählich fühlte sich die Waffe in ihren Händen weniger fremd an.

»Mit einer Laserzielvorrichtung kann man kaum danebenschießen«, erklärte Olivia weiter. »Sobald du auf diesen Knopf drückst, leuchtet ein rotes Laserlicht auf, und der Schuß geht dann genau auf den Punkt im Visier, auf den das Rotlicht zeigt.«

Olivia lud das Gewehr erneut und reichte es Mary Anne. Sie deutete auf einen Strohballen, der etwa vierzig Meter entfernt war.

So weit entfernt war bisher noch kein Ziel gelegen, das Olivia ausgesucht hatte. Mary Anne konnte sich nicht vorstellen, daß sie aus dieser Distanz eine Chance zu treffen hatte. »Nachts könntest du den roten Punkt sogar aus dieser Entfernung erkennen«, sagte Olivia. »Dann brauchst du das Gewehr nur auf den Boden zu richten und langsam den Lauf zu heben, bis der rote Punkt genau mit deinem Ziel in Deckung ist. Am Tag ist es schwerer, denn der rote Punkt ist kaum zu sehen. Trotzdem, schieß mal!«

Mary Anne entsicherte das Gewehr und lud es durch, dann hob sie es an die Schulter. Der Zeigefinger ihrer Rechten krümmte sich um den Abzug. Während sie die Waffe mit der Linken fest an sich preßte, drückte sie den Knopf für den Laser.

In dem hellen Tageslicht war auf dem Strohballen keine Spur des Laserlichts auszumachen. Mary Anne konzentrierte sich und visierte ihr Ziel nun sorgfältig über Kimme und Korn an. Endlich zog sie mit einer langsamen, ruhigen Bewegung des Zeigefingers den Abzug und machte sich auf den Rückschlag gefaßt.

Der Schuß knallte, und im gleichen Augenblick sah der Strohballen aus, als hätte er zahllose kleine Flecken bekommen.

»Alle Achtung«, rief Olivia anerkennend. »Nicht schlecht! Wirklich gar nicht schlecht!«

Als der erste Knall die Stille zerriß, fuhr der Mann in der Hütte aus dem Schlaf hoch. Das Echo des Schusses war noch nicht verklungen, da stand er schon hellwach vor seinem Bett. Beim zweiten Schuß hatte er sich bereits halb angezogen, und noch ehe es zum dritten Mal knallte, war er aus seiner Hütte gelaufen. Geschmeidig glitt der Mann zwischen den Bäumen hindurch. Er brauchte keinen Weg, um den Berg in großer Höhe zu umrunden, bis er endlich auf eine massive Felsnase stieß, die einen guten Überblick über das ganze Tal ermöglichte. Er kauerte sich in den Schatten einer Felsspalte, so daß er von unten nicht zu sehen war. Seine Augen suchten jenseits der El Monte-Ranch nach der Stelle, wo das Gewehrfeuer herkam.

Schon als Mary Anne begann, ihr zweites Magazin zu verschießen, fanden seine scharfen Augen die Wölkchen von Pulverdampf, die aus der Mündung des Schrotgewehrs aufstiegen. Er verließ seinen Aussichtspunkt und lief in gebückter Haltung schnell wie ein Stück Wild am Hang entlang, um sich dann mit seinen bloßen Füßen lautlos näher an das Anwesen der Tierärztin heranzuschleichen.

Schließlich erreichte er den Hügel direkt über Olivia Sherbournes Weide. Er preßte sich dicht an den Boden. Von hier aus konnte er genau beobachten, was etwa hundert Meter unter ihm vorging, ohne daß die beiden Frauen ihn sehen konnten.

Als Mary Anne die Waffe erneut abfeuerte, zuckte sein ganzer Körper zusammen. Das Donnern des Schusses dröhnte ihm so heftig in den Ohren, daß er vor Schmerz leise aufjaulte. Sekunden später schnupperte er mit zitternden Nasenflügeln den scharfen Geruch von Pulverqualm, der zu ihm heraufstieg. Er beobachtete, wie Mary Anne das Gewehr erneut durchlud, und machte sich auf den nächsten Knall gefaßt.

Erst als das Echo des letzten Schusses verklungen war und die beiden Frauen wieder auf das Haus zugingen, verließ der Mann seinen Beobachtungsposten auf dem Hügel und machte sich wieder auf den Rückweg. Diesmal ließ er sich Zeit.

Wenn sie lernte, mit einem Gewehr umzugehen, hieß das für ihn, mehr als bisher auf der Hut zu sein.

»Weißt du eigentlich, was du dringend bräuchtest?« fragte Olivia, als sie in die große Küche traten.

»Ich könnte eine ganze Menge gebrauchen«, gab Mary Anne ironisch zur Antwort. »Was hast du denn ganz oben auf deiner Liste stehen?«

»Du mußt einfach mal einen Abend lang raus aus deinem Trott«, stellte Olivia fest. »Du hast einen Abend außer Haus nötig, einen Abend ohne deine Kinder, einen Abend ausschließlich in Gesellschaft von Erwachsenen.«

»Und wie stellst du dir das vor? Wie soll ich das machen?« fragte Mary Anne resigniert. »Soll ich einfach bei fremden Leuten anrufen und sie bitten, mich zu ihrer Dinnerparty einzuladen?«

»Keine Spur! Du brauchst nur heute abend gegen halb sieben

Uhr zu mir herunterzukommen. Ich habe ein paar Freunde eingeladen, und ich finde, es wäre schön, wenn du dabei wärst.«

Die Idee sagte Mary Anne spontan zu, doch sie wies die Einladung schnell zurück. »Und was soll ich mit meinen Kindern anfangen?«

Olivia mußte lachen. »Also, hör mal, Mary Anne! Alison ist alt genug, um selbst Babysitter zu spielen, und Joey ist genauso alt wie sie. Die beiden können doch wohl auf Logan aufpassen. Vielleicht bittest du Sikes, zusätzlich ein Auge auf die Kinder zu haben. Das muß doch wirklich reichen, du machst ja schließlich keine Weltreise.«

»Eigentlich hast du recht«, stimmte Mary Anne zu. Sie hatte außer bei dem Empfang nach dem Begräbnis kaum mehr mit jemandem gesprochen außer mit Olivia und Charley Hawkins. Olivia hatte wirklich recht; es konnte ihr nur guttun, wenn sie einmal aus dem Haus kam, und sei es nur für einige Stunden. »Kann ich etwas mitbringen?«

»Nein, nicht nötig«, sagte Olivia, während sie Mary Anne zum Wagen brachte. »Es genügt, wenn du um halb sieben hier bist und dich auf ein paar gemütliche Stunden einstellst. Also abgemacht?«

»Abgemacht«, sagte Mary Anne.

Sie kletterte in den Range Rover und fuhr in Richtung El Monte-Ranch. Während sie die kurvenreiche Straße hochbrauste, freute sie sich immer mehr auf den Abend. Doch als sie auf den Hof vor dem Haus fuhr, hatte sie plötzlich das unheimliche Gefühl, daß jemand sie beobachtete.

Mary Anne schaute schnell umher. Irgendwo hier in der Nähe mußte doch Bill Sikes sein, doch es war keine Spur von ihm zu sehen. Sie stellte den Rover vor dem Haus ab, stieg aus und sah sich noch einmal um. Sie mußte ein wenig verrückt sein. Wer sollte ein Interesse daran haben, sie zu beobachten? Entschlossen schüttelte sie den Gedanken ab und trat ins Haus.

Mary Anne konnte nicht wissen, daß sie wirklich beobachtet wurde. Von hoch oben auf dem Berg aus dem Schatten eines Felsvorsprungs.

Beobachtet von einem Mann und einer Wölfin.

15

Schon früh am Nachmittag hatte es gedämmert. Immer dunkler war der Himmel geworden, und als schließlich die Nacht hereinbrach, war es, als sei das ganze Haus in eine dichte, pechschwarze Wolke eingehüllt. Alison wurde immer nervöser. Vielleicht hätte sie ihre Mutter doch nicht so drängen sollen, die Einladung zum Abendessen bei Dr. Sherbourne auf jeden Fall anzunehmen.

Mary Anne war nicht wohl bei dem Gedanken gewesen, sie und Logan alleinzulassen, aber Alison hatte darauf bestanden, daß sie sich bei Dr. Sherbourne einen schönen Abend machen sollte. Schließlich sei sie, Alison, ja inzwischen alt genug, um auf sich und ihren Bruder aufzupassen. Doch jetzt, wo es dunkler und dunkler wurde, bereute es Alison, daß sie so vorgeprescht war. Sie ging durch alle Zimmer im Erdgeschoß und machte überall Licht an, um die schwarzen Schatten zu vertreiben. Doch jedesmal, wenn sie aus dem Fenster in die bedrohliche Düsternis hinausschaute, lief ihr ein Schauer über den Rücken. Sie versuchte, dieses lähmende Gefühl der Angst abzuschütteln, versuchte sich zu beruhigen, daß sie an eine solche Finsternis einfach nur noch nicht gewöhnt war. Daheim in New Jersey war auch in der dunkelsten Nacht immer die Straßenbeleuchtung an, und auch in den Fenstern der Nachbarhäuser brannte immer Licht. Selbst spät in der Nacht, wenn schon fast alle zu Bett gegangen waren, war der Horizont von den Lichtern des nahen Manhattan erhellt. Und immer wieder kam ein Auto um die Ecke gefahren und ließ die Lichtkegel seiner Scheinwerfer über die Wände von Alisons und Logans Schlafzimmer wandern.

Außerdem gab es auch immer einen leisen, aber stetigen Lärmpegel. Das vertraute Brummen der Autos auf dem Highway ganz in der Nähe, das gelegentliche Dröhnen von Flugzeugen, die zur Landung ansetzten. Hier in Idaho kehrte mit der Dunkelheit auch die große Stille ein, denn die Temperaturen waren am Nachmittag so rapide gesunken, daß nicht einmal mehr die Grillen zirpten.

Nur das ferne Heulen eines Tieres war zu vernehmen. Alison hoffte, daß es nur ein Coyote wäre, doch Joey behauptete, es wäre ein Wolf.

»Wirklich?« fragte Logan gespannt. Die beiden Jungen saßen in der Küche und schauten Alison zu, die gerade eine Tiefkühl-Pizza mit einer Extraportion Käse belegte. »Was bedeutet das denn, wenn der so jault?«

Joeys Augen verengten sich zu tückischen Schlitzen. Er senkte die Stimme und flüsterte geheimnisvoll: »Er geht auf die Jagd.« Wieder ertönte ein schauriges Heulen. »Er geht auf die Jagd, denn er ist hungrig. Und wenn er nichts zu Fressen findet, kommt er hier herunter.«

Logan hielt den Atem an. »Aber er wird doch den Pferden nichts tun?«

Joey senkte seine Stimme noch mehr, bis nur noch ein leises Raunen zu hören war: »Er wird nicht nur die Pferde fressen. Wenn er einmal Menschenblut geleckt hat, ist er gierig nach Menschenfleisch. Dann kommt er zu uns.«

»Hör auf!« schrie Alison. »Du jagst ihm Angst ein!«

Joey knuffte Logan verstohlen in die Seite. »Rat mal, wer hier wirklich Angst hat!«

»Alison!« kicherte Logan. »Alison hat immer vor irgendwas Angst.«

»Gar nicht wahr!« schoß Alison zurück, doch ihr wurde tatsächlich immer mulmiger zumute. Dabei hatten sie sich alle so auf diesen Abend gefreut. Endlich mal so richtig sturmfreie Bude. Ein kleines Abenteuer, ganz allein in dem großen Haus. Aber die große Begeisterung war schnell verflogen. Je später es wurde, desto mehr kam in Alison eine würgende Panik auf.

Zweimal schon hatte sie ihre Mutter bei Olivia Sherbourne anrufen wollen, um sie zu bitten, wieder nach Hause zu kommen. Doch sie wußte nur zu gut, daß Logan sie dafür wochenlang hänseln würde. Und außerdem war ja gar nichts passiert. Es war nur so fürchterlich dunkel und still draußen.

Je länger sich die Minuten dehnten, desto beklommener wurde ihr zumute. Irgend etwas stimmte einfach nicht.

Draußen, da war etwas. Etwas, verborgen in der Dunkelheit, das das Haus beobachtete.

Das *sie* beobachtete.

Alison und Logan hatten es sich inzwischen im Wohnzimmer bequem gemacht und schauten im Fernsehen einen Film an. Doch alle paar Minuten mußte Alison verstohlen zum Fenster schauen. Sie hatte die Vorhänge zugezogen, doch ein schmaler Spalt war offen geblieben, durch den sie die Finsternis draußen sehen konnte.

Ein Spalt, durch den man auch von außen in das hellerleuchtete Zimmer spähen konnte.

Plötzlich sah sie aus dem Augenwinkel eine Bewegung hinter dem Fenster. Sie fuhr herum und schaute genau hin.

Nichts.

Da ist nichts, versuchte sie sich zu beruhigen. Aber warum war sie dann so unruhig?

»Wo ist Joey?« fragte sie nervös.

Logan lag lang ausgestreckt auf dem Fußboden, das Kinn in die Hand gestützt, und schaute in den Fernseher. »Weiß nicht«, antwortete er, ohne sich umzudrehen.

Alison runzelte die Stirn. Als er vorhin aus dem Zimmer gegangen war, hatte sie gemeint, er würde nur kurz in die Küche gehen, um sich noch ein Stück Pizza zu holen.

Aber er war nicht mehr wiedergekommen.

Sie wollte gerade aufstehen, um nach ihm zu sehen, als sie wieder eine huschende Bewegung am Fenster wahrnahm.

Jetzt wußte sie, was los war.

Joey war draußen und wollte ihnen einen Schrecken einjagen!

Sie blieb ruhig sitzen und überlegte, wie sie ihm einen Streich spielen könnte. Wenn sie direkt ans Fenster ginge, würde er sie hinter der Scheibe kommen sehen und sich wieder im Dunkeln verstecken. Dann kam ihr auf einmal eine Idee. »Ich schau mal, ob er oben ist«, sagte sie betont lässig und ging auf die Tür zu. Im allerletzten Moment drehte sie sich blitzschnell zur Seite und duckte sich an die Wand. Dann schlich sie so langsam wie möglich im Schatten der Wand ans Fenster und angelte nach der Gardinenschnur. Mit einem einzigen Ruck riß sie beide Vorhänge zur Seite, absolut sicher, im selben Moment Joey hinter der Fensterscheibe stehen zu sehen.

Doch alles, was sie erkennen konnte, war die Dunkelheit der Nacht. Und ihr eigenes Spiegelbild in der Scheibe.

»Was machst du denn da?« fragte Logan verblüfft und drehte sich nach ihr um.

Alison blickte verlegen drein. »Ich... ich dachte, ich hätte was gesehen.«

Logan rollte die Augen. »Mann, du spinnst vielleicht«, stöhnte er. Dann wandte er sich wieder seinem Film zu.

Alison starrte hinaus in die Finsternis. *Hatte* sie denn jetzt etwas gesehen oder nicht? Schließlich ging sie aus dem Zimmer, um im Erdgeschoß nach Joey zu suchen. Doch im Grunde ihres Herzens wußte sie es bereits. Er war wieder hinausgegangen.

Genau das, was ihnen ihre Mutter eingeschärft hatte, auf keinen Fall zu tun! »Ich möchte, daß ihr im Haus bleibt. Den ganzen Abend lang. Versprecht ihr mir das?« Alle, auch Joey, hatten genickt. Und jetzt hatte er sein Versprechen gebrochen. Sollte sie bei Olivia Sherbourne anrufen und es ihrer Mutter erzählen? Oder sollte sie hinausgehen und ihn zurückholen? Nein, das würde sie nie fertigbringen. Hinaus in diese grauenhafte Dunkelheit, um Gottes willen!

Als sie die Treppe hochging, sah sie, daß durch den Spalt unter Joeys Zimmertür ein Lichtschein fiel. Hatte er mit Absicht Licht angelassen, um sie zu täuschen? Voll böser Ahnung klopfte sie. Hinter der Tür hörte sie Storm winseln und scharren. Als sich sonst nichts rührte, öffnete sie und äugte ins Zimmer. Storm ging sofort an ihr hoch und leckte ihr begeistert das Gesicht. Sie kraulte ihn kurz hinterm Ohr, dann schob sie ihn behutsam von sich.

Und dann sah sie Joey.

Er saß auf dem Bett gegen die Wand gelehnt. Sein Gesicht war totenbleich, seine Augen weit aufgerissen. Lange starrte er sie an, ohne ein Wort zu sagen. Schließlich öffnete er den Mund. »Ich hasse sie«, stieß er mit eiskalter, tonloser Stimme hervor. Wie scharfe Eiszapfen fielen die Worte von seinen Lippen. »Sie spioniert mir nach. Ich hasse sie.«

Auf leisen Sohlen strich Bill Sikes in der Dunkelheit um das Haus. Seine Sinne waren aufs äußerste angespannt. Mit federnden Schritten, geschmeidig wie ein Panther, schlich er über den Hof, so daß man ihn für einen jungen Mann hätte halten können. Seit fast einer Stunde schon war er unterwegs und schaute überall nach dem Rechten, so wie es Mrs. Carpenter ihm aufgetragen hatte. Sie hatte ihn gebeten, die Kinder in Ruhe zu lassen, auch nicht extra vorbeizuschauen, um zu fragen, wie es ihnen ginge. Nein, er sollte nur ein Auge auf das Haus haben, ob alles in Ordnung sei.

Die Pferde waren ruhig, und obwohl die Nacht kalt und am Himmel kein Stern zu sehen war, ging doch nicht der leiseste Wind. Friede lag über dem Tal.

Er war nur knapp dreißig Meter vom Stall entfernt, als er plötzlich ein helles Wiehern hörte, gefolgt vom dumpfen Poltern stampfender Hufe. Bill Sikes beschleunigte seine Schritte, und als er den geräumigen Stall betrat, schaltete er seine Taschenlampe an.

Alle drei Pferde stampften nervös in ihren Boxen. Während er beruhigend auf sie einsprach, suchte er aufmerksam mit den Augen den ganzen Stall, die Sattelkammer und den Lagerraum ab, ohne etwas Besonderes zu entdecken. Er kletterte sogar auf den Heuboden, wo er jedoch nichts fand außer einem Käuzchen, das leise klagte und sofort, als er auftauchte, sich erhob und auf lautlosen Schwingen in die Nacht entschwand.

Als er schließlich die Pferde wieder beruhigt hatte, schloß er sorgfältig die Stalltür hinter sich ab und machte noch einmal die Runde ums Haus. Er hielt sich weit genug im Dunkeln, um vom Haus aus nicht gesehen zu werden, doch immer noch nah genug, um in die Fenster schauen zu können.

Alle Lichter im Haus waren eingeschaltet, doch die Zimmer waren leer, außer dem Wohnzimmer, wo der kleine Junge auf dem Boden lag und fernsah. Alles war völlig normal. Nichts, was ungewöhnlich wäre.

Er machte sich wieder auf den Weg in seine Hütte, als es ihn plötzlich durchfuhr.

Er war nicht allein. Irgendwo in der Dunkelheit, auf genauso leisen Sohlen wie er, war noch jemand unterwegs. Bill Sikes spürte es so deutlich wie den Boden unter seinen Füßen.

Ein anderes Wesen, das ihm nachstellte.

Er war gerade auf der Rückseite des Blockhauses und wollte sich leise an eine kleine Baumgruppe heranpirschen, da zerriß auf einmal ein Schrei die Stille der Nacht.

Ein gellender, durchdringender Schrei.

Ein Schrei, der plötzlich abbrach, wie abgeschnitten.

Bill Sikes erstarrte. Er hielt inne. Lauschte. Aber es war nichts mehr zu hören.

Wie vom Teufel gehetzt rannte er zum Hintereingang des Hauses.

Alison stand wie angewurzelt in der Tür von Joeys Zimmer. Sie wartete darauf, daß er etwas sagen würde, aber er schwieg. Joey saß auf seinem Bett, an die Wand gelehnt, sein Gesicht aschfahl. »W... wer denn?« fragte Alison schließlich, als das Schweigen unerträglich wurde. Der Klang ihrer eigenen Stimme brach ihre Lähmung, und sie ging einen Schritt auf Joey zu. »Wer spioniert dir nach, Joey?«

Wieder antwortete er nicht, so daß Alison schon glaubte, er hätte ihre Frage nicht gehört. Doch dann stieß er es heraus: »Tante Mary Anne.«

»Mama?« Alison war wie vom Schlag getroffen. »Wie kommst du denn darauf? Das würde sie niemals machen. Außerdem ist sie doch gar nicht da. Sie ist...«

In barschem Ton unterbrach sie Joey. »Sie war heute in der Schule. Sie hat mit Mrs. Wickman gesprochen. Sie haben über mich geredet.«

Alisons erster Impuls war, aus dem Zimmer zu stürzen, nach unten zu laufen und ihre Mutter anzurufen. Aber was könnte sie schon sagen? Daß Joey spinnt? Und was wäre, wenn ihre Mutter dann heimkäme, und Joey wäre wieder völlig normal? Aber irgend etwas mußte sie doch tun! Alison machte die Tür hinter sich zu und ging weiter auf Joey zu. »Was willst du damit sagen, daß sie sich mit Mrs. Wickman unterhalten hat?« fragte sie verwirrt.

»Ich hab' sie gesehen«, flüsterte Joey und starrte Alison an. Aber es war nicht mehr der freundliche Blick, den sie von ihm gewohnt war. Es war ein lauernder, feindseliger Blick der ihr angst machte.

»W… wann hast du sie gesehen?« stotterte sie.

»Heute. Sie kam aus Mrs. Wickmans Büro. Und ich weiß, warum sie da war.«

Alison verstand kein einziges Wort. Woher wollte er denn wissen, was ihre Mutter gewollt hatte? Und selbst wenn es stimmte, was er sagte, und er sich darüber geärgert hatte, warum rückte er erst jetzt damit heraus? Den ganzen Nachmittag war er völlig normal gewesen, hatte keine Spur von Verärgerung gezeigt. »Joey? Was ist denn los? Warum flippst du denn jetzt plötzlich so aus?«

Seine Hände krampften sich so fest zusammen, daß seine Knöchel schneeweiß wurden. »Das fragst du noch, nach dem, was sie gemacht hat…«

»Woher weißt du denn überhaupt, was sie gemacht hat?« unterbrach ihn Alison. »Vielleicht hat sie mit Mrs. Wickman gar nicht über dich gesprochen. Vielleicht wollte sie mit ihr nur über Logan oder über mich reden.«

Joey starrte sie mit durchbohrendem Blick an. Jede Faser seines Körpers ächzte unter der Last dieses grauenhaften Gefühls, das ihn vor einer halben Stunde wieder überwältigt hatte. Am Anfang hatte er versucht, es zu ignorieren, sich auf den Film im Fernsehen zu konzentrieren. Aber es war immer schlimmer geworden.

Er hatte immer zum Fenster schielen müssen. Draußen war wieder etwas. Etwas, das ihn rief. Er hatte fliehen wollen, hinaus in die Nacht, hinaus aus diesem Haus, das ihn gefangenhielt.

Aber er hatte Tante Mary Anne versprochen, das Haus nicht zu verlassen, und er wollte sein Versprechen halten. Und so hatte er sich schließlich aus dem Raum gequält, war die Treppe hoch in sein Zimmer getaumelt und hatte sich aufs Bett geworfen. Wenn dieses gräßliche Gefühl doch bloß aufhören würde!

Doch es wurde im Gegenteil immer stärker. Ein stechender Schmerz, der seine Nerven bis zum Zerreißen spannte, so daß er am liebsten sich die Haut vom Leib gerissen hätte. Und dann stiegen wieder diese beängstigenden Vorstellungen in ihm auf.

Er mußte an seine Tante denken. Er wußte genau, warum sie heute Mrs. Wickman aufgesucht hatte. Sie wollte herausfinden, was mit ihm los war. Als er sie sah, hatte er sich maßlos über sie geärgert, doch mit der Zeit war sein Zorn verraucht, und bis er zu Hause war, hatte er den Vorfall ganz vergessen. Doch sobald er wieder hier in seinem Zimmer war, als ihn wieder dieses gespenstische Gefühl in seinen eisernen Klauen hielt, hatte ihn die alte Wut auf seine Tante wieder überwältigt. Jetzt, wo er Alison ansah, brandete neuer Haß in ihm auf. Ein abgrundtiefer Haß auf sie. Was wollte sie eigentlich von ihm? Warum ging sie nicht endlich weg und ließ ihn in Ruhe? »Hau ab!« brüllte er plötzlich los, wutentbrannt. »Haut doch alle ab! Ich hasse euch alle!«

Mit einem einzigen Satz sprang er vom Bett und hechtete mit ausgestreckten Händen auf sie zu, als wollte er ihr die Kehle zudrücken. Instinktiv riß Alison die Arme hoch, um sich gegen ihn zu schützen. Sie stieß einen gellenden Schrei aus.

Einen Schrei, der abrupt abbrach, als sie das Gleichgewicht verlor und gegen die Wand fiel. Mit aller Kraft wehrte sie sich gegen Joey, und als sie ihr Knie hochriß, um wieder auf die Beine zu kommen, landete es mit voller Wucht zwischen Joeys Beinen. Laut stöhnend taumelte der Junge zurück und hielt sich sein Geschlecht, so daß Alison Zeit fand, aus dem Zimmer zu stürzen und die Tür hinter sich zuzuwerfen. Wie von Furien gejagt, raste sie die Treppe hinunter – da knallte auf einmal laut die Küchentür. Entsetzt blieb sie stehen, völlig durcheinander. Dann sah sie, wie Logan angerannt kam.

»Was ist denn los?« fragte er atemlos. Als er seine Schwester in Tränen aufgelöst sah, schaute er angsterfüllt die Treppe hoch. »Wo ist Joey?« fragte er. »Habt ihr euch gestritten?«

Schluchzend stolperte Alison durch die Küche. Vergessen war ihr Versprechen, im Haus zu bleiben. Sie wollte nur hinaus, in der Hoffnung, daß vielleicht jemand – vielleicht sogar ihre Mama! – gekommen war, um ihr zu helfen. Als sie die Tür aufriß, erstarrte sie. Im Hof stand ein Mann in zerschlissener Jacke. Seine dunkle Mütze hatte er bis tief in die Augen gezogen. Er hielt ein Gewehr auf sie gerichtet.

»Keine Angst«, sagte Bill Sikes, als er die Panik in Alisons Augen aufflackern sah. »Ich bin's nur.« Er ließ das Gewehr sinken, trat in die Küche und lehnte es gegen die Wand neben der Tür. Als er das schluchzende Mädchen sah, wußte er sofort, daß sie es gewesen war, die gerade eben so schauerlich geschrien hatte. Sie war völlig aufgelöst, schien aber nicht verletzt zu sein. »Was ist denn, Alison?« fragte er. »Was ist denn passiert?«

Hilflos schüttelte das Mädchen den Kopf, verzweifelt bemüht, ihr Schluchzen unter Kontrolle zu bringen. »J… Joey«, keuchte sie. »Oben… er war so, ich weiß nicht… als ob er plötzlich durchgedreht wäre.«

»Ruf deine Mutter an!« stieß Sikes hervor. »Sie soll sofort kommen. Ich schau, was mit Joey los ist.« Dann stürzte er an Logan vorbei die Treppe hoch. Vor Joeys Tür hielt er einen Moment inne. Was würde ihn wohl erwarten? Dann drückte er entschlossen die Klinke hinunter und stürmte hinein.

Das Zimmer war leer.

Joey und Storm waren verschwunden. Das Fenster stand weit offen.

Mit drei Sätzen war Sikes am Fenster. Er schaltete seine starke Taschenlampe an und suchte mit dem breiten Lichtkegel erst das Verandadach darunter, dann den ganzen Hof ab. Als er nichts fand, richtete er den Scheinwerfer weit hinaus auf das Feld, das zwischen dem Haus und dem angrenzenden Wald lag. Da sah er Joey. Wie ein gehetztes Tier rannte der Junge über den Acker, dicht gefolgt von Storm, direkt auf die Wälder zu.

Wild fluchend lief Sikes zurück, raste die Treppe hinunter, schnappte sich sein Gewehr und jagte dem Jungen hinterher.

16

Rick Martin wollte an diesem Abend gerade zum letzten Mal mit seinem Hund Gassi gehen, als das Empfangsgerät in der Küche zu piepen anfing und sich kurz darauf aus dem Lautsprecher die Polizeizentrale von Challis meldete. »Zentrale an 72. Soeben geht bei uns eine Vermißtenmeldung ein. Gesucht wird ein Kind von der El Monte-Ranch am Ende der Coyote Creek Road. Bitte ermitteln Sie.« Dann wurde die Stimme der Funkerin persönlich. »Hey, Tony, was ist denn los bei euch da oben? Erst ein Toter und eine Schwerverletzte, und jetzt das!«

Sofort rannte Rick Martin in das Arbeitszimmer des kleinen Hauses am Pocatello Drive, das er und Gillie vor fünf Jahren gekauft hatten, und schaltete seinen Sender an. »Zentrale, hier ist 71, Sugarloaf. Ich übernehme das vermißte Kind selbst. 72, hörst du mit?«

»Bin schon unterwegs, Rick«, antwortete Tony Moleno. »Hast du eine Ahnung, was da los ist?«

»Irgendwas stimmt da nicht«, erwiderte Martin. Er mußte an den seltsamen Laborbericht denken. Irgendein unbekanntes Tier trieb sich da oben in den Bergen herum. Aber er wollte jetzt nicht darüber reden, da über den Äther alle mithören konnten. »Ich nehm' meinen Hund mit. Ruf Frank Peters an, er soll auch seine Suchhunde mitbringen. Wer wird denn genau vermißt?«

»Joseph Wilkenson«, antwortete die Zentrale. »13 Jahre alt, ca. 1,50 m groß, braunes Haar...«

»Ich weiß, wie Joey aussieht«, unterbrach Martin die Funkerin. »Wir alle kennen ihn hier. Ich seh dich dann oben, Tony. 71, Sugarloaf, Ende.«

Gillie folgte ihm ins Schlafzimmer, wo Rick warme lange Unterhosen und ein dickes Unterhemd anzog, bevor er sich in seine Uniform warf. »Ich komme mit«, sagte sie in einem Ton, der keinen Widerspruch duldete. Ihr Mann stutzte.

»Aber warum denn? Das kann eine lange Nacht werden, und ich weiß wirklich nicht, was du...«

»Soll ich hier die ganze Nacht herumsitzen und warten, bis mir irgendwann endlich jemand Nachricht gibt? Vielen Dank. Oben auf El Monte sitze ich wenigstens an der Quelle. Und außerdem kann ich Mary Anne Carpenter ein bißchen zur Hand gehen. Wenn ihr da oben die Suchzentrale einrichtet, gibt es für sie jede Menge zu tun.« Während Rick sich fertig anzog, ging sie in die Küche, griff sich einen großen Einkaufskorb und packte ihn voll mit Lebensmitteln. Die Suchhelfer würden anständigen Hunger bekommen. Als Rick endlich fertig war, stand sie schon im Mantel bereit zur Abfahrt.

»King! Ab ins Auto!« befahl Rick. Der große Polizeihund war die ganze Zeit vor der Küchenspüle am Boden gelegen und hatte mit aufgestellten Ohren aufmerksam verfolgt, was sich in der Wohnung tat. Jetzt sprang er auf und lief mit hoch erhobenem Schwanz aufgeregt hin und her, bis Rick ihm die hintere Tür des schwarzweißen Jeeps geöffnet hatte, so daß der Hund auf den Rücksitz springen konnte. Ohne Blaulicht und Polizeisirene einzuschalten, damit die Anwohner nicht gestört würden, raste Rick mit quietschenden Reifen davon, schaltete mit der einen Hand das Funkgerät ein und richtete mit der anderen das Mikrophon zurecht, während er mit heulendem Motor zur Main Street jagte.

»Mußt du denn wirklich so rasen?« jammerte Gillie, obwohl sie schon wußte, daß sie damit bei ihrem Mann nicht durchkam. »Wenn du den Wagen zu Schrott fährst, ist niemandem geholfen.«

Als sie aus der Stadt waren, drückte Rick noch mehr aufs Gas. Nach einer sanften Rechtskurve, nach der die Main Street in die Coyote Creek Road mündete, ging er auf die linke Spur, um eine Nissan-Limousine zu überholen. »Scheiße«, fluchte er leise, als er das Auto von Milt Morgenstern erkannte. »Was treibt sich der denn jetzt noch hier herum?«

»Na ja«, grinste Gillie sarkastisch. »Als Herausgeber der Lokalzeitung hört er natürlich regelmäßig den Polizeifunk ab. Vielleicht hat er die Vermißtenmeldung von Joey gerade eben mitgekriegt.« Dann schüttelte sie den Kopf. »Ach was, wahrscheinlich fährt er nur ein bißchen spazieren.«

Rick Martin warf seiner Frau einen grimmigen Blick zu. »Das glaubst auch nur du!«

»Komm, Schatz. Der macht auch nur seinen Job wie du.«

»Jaja«, seufzte Rick ergeben. »Aber versuch ihn mir trotzdem vom Hals zu halten! Er ist mir schon den ganzen Tag wegen des Laborberichts über Foster auf den Fersen. Bisher hab' ich ihn erfolgreich abwimmeln können.«

Gillie schaute ihn besorgt an. »Aber wieso denn? Gibt's denn irgendwas in dem Bericht, was er nicht wissen soll?«

Rick bemerkte zu spät, daß er sich verplappert hatte, und er wußte, daß Gillie jetzt nicht mehr lockerlassen würde. Und so erzählte er ihr schnell, was in dem Laborbericht von Boise gestanden hatte. »Wahrscheinlich ist denen nur irgendein Fehler unterlaufen«, endete er, als sie auf das Tor von El Monte zufuhren. »Vielleicht fällt Tamara Reynolds ja auch noch irgend etwas ein, was sie vergessen hat, mir zu erzählen. Aber solange nicht eindeutig feststeht, wer oder was Glen Foster umgebracht hat, hab' ich keine Lust, daß Morgenstern die Geschichte ausschlachtet und hier Panik verbreitet.«

Eine Weile schwieg Gillie. Dann sagte sie: »Und wenn es nun doch kein Fehler ist, Rick? Wenn es etwas ist…« Sie zögerte einen Moment, bevor sie fortfuhr: »Na ja, wenn es wirklich etwas ist, was es bisher noch nicht gegeben hat, was noch nie jemand gesehen hat?«

Rick parkte den Streifenwagen vor dem großen Blockhaus am Ende der Zufahrtsstraße. Er zog den Zündschlüssel ab und wandte sich dann Gillie zu. »Ich glaube nicht an diesen ganzen Quatsch von Sasquatches und Schneemenschen, und du doch wohl auch nicht, oder? Also fangen wir doch mit so einem Blödsinn gar nicht erst an, okay?«

»Aber…«

»Kein ›Aber‹ mehr, Schluß jetzt!« Er stieg aus und öffnete die hintere Tür des Wagens, um King rauszulassen. Dann schritt er zügig über die Veranda und klopfte nachdrücklich an der Haustür. Ein paar Sekunden später machte Olivia Sherbourne auf und ließ die beiden herein. »Es sind alle in der Küche«, sagte sie.

Mit aschfahlem Gesicht saß Mary Anne am Küchentisch zwischen ihren beiden Kindern, um die sie schützend den Arm gelegt hatte. Ihr gegenüber saß Tony Moleno und war dabei, sich Notizen zu machen, während an der Anrichte Charley Hawkins lehnte und Mary Anne aufmerksam zuhörte. Als Olivia mit dem Ehepaar hereinkam, drehte sich Tony um und erstattete seinem Chef kurz Bericht.

»Hat schon jemand in Sikes' Hütte nachgeschaut?« fragte Rick. »Wenn er Joey gefunden hat und der Junge immer noch durcheinander war, hat er ihn vielleicht nicht gleich wieder hierherbringen wollen.«

»Hab' ich schon gemacht«, erwiderte Olivia Sherbourne. »Da hab' ich natürlich als erstes nachgeschaut. Aber da war niemand. Und wenn er jetzt zurückkommt, wird er ja mit Sicherheit hierherkommen, wenn er all die Wagen vor dem Haus sieht.«

Rick nickte zustimmend. Sein letzter Hoffnungsschimmer, das Problem auf schnelle Weise zu lösen, verblaßte. Als in diesem Augenblick jemand laut an der Haustür klopfte, verhärteten sich seine Gesichtszüge. »Das wird Milt Morgenstern sein«, warnte er. »Wir haben ihn auf der Herfahrt überholt. Ich würde mich wirklich freuen, wenn ihr alle ihm so wenig wie möglich erzählen würdet, ja? Sagt ihm einfach nur, daß die Kinder einen Streit mit Joey hatten und er daraufhin abgehauen ist, okay? Ich glaube, es ist alles andere als gut, ihm zu sagen, daß Joey ein wenig verwirrt war.« Rick Martins Augen wanderten zu Alison hinüber, die mit bleichem Gesicht und verweinten Augen im Arm ihrer Mutter kauerte. »Wär' das möglich, Alison? Ich sag' ja nicht, daß du lügen sollst, aber erzähl ihm einfach so wenig wie möglich.«

Alison zögerte einen Moment, dann richtete sie sich entschlossen auf. »Und wenn ich einfach auf mein Zimmer gehe?« fragte sie. »Dann brauch' ich ja überhaupt nicht mit ihm zu reden.«

»Eine sehr gute Idee«, lobte Rick. »Und wie schaut's mit dir aus, Logan? Ich weiß ja, daß es sehr schwer ist, so eine aufregende Geschichte für dich zu behalten, aber es ist wirklich wichtig.«

»Ich schwöre, daß ich nichts verraten werde«, beteuerte Logan. »Kann ich dann mit Ihnen mitgehen und helfen, Joey zu finden?« fragte er aufgeregt.

Rick Martin tat so, als würde er den Vorschlag ernstlich in Erwägung ziehen, dann schüttelte er schließlich den Kopf. »Du kannst mir am besten helfen, wenn du hierbleibst und dich ein wenig um deine Mama kümmerst. Könntest du das für mich übernehmen?«

Logan schaute zwar etwas enttäuscht drein, nickte dann jedoch brav, und während Olivia Milt Morgenstern hereinließ, verschwand Alison nach oben. Der Zeitungschef hörte sich die simple Geschichte an, die man ihm präsentierte, und kam dann sofort auf Bill Sikes zu sprechen. »Sind Sie sicher, daß er draußen ist und nach Joey sucht?« fragte er scharf.

»Beide Kinder haben ihn gehen sehen«, antwortete Rick Martin unschuldig. »Oder stimmt das nicht, Logan?«

Logan schaute dem Mann von der Zeitung treuherzig ins Gesicht. »Er hat ja als erster gesehen, daß Joey weg war. Er hörte, wie Joey und Alison miteinander stritten, und ist reingekommen, um zu schauen, was los ist. Und als er dann hochgegangen ist, um mit ihm zu reden, war Joey nicht mehr da.«

Bevor Morgenstern die Leute noch weiter ausquetschen konnte, hörte man draußen Frank Peters vorfahren. Die drei Bluthunde auf der Ladefläche seines Kleinlasters bellten laut. Die Frage, was genau im Haus passiert war, war jetzt nicht mehr wichtig. Jetzt galt es, die Suche zu organisieren. Mit etwas Glück waren Bill Sikes und Joey ja schon auf dem Heimweg und würden ihnen entgegenkommen. Doch als die Suchtrupps ausschwärmten, hatte Rick Martin das ungute Gefühl, daß heute nacht das Glück nicht auf seiner Seite war.

Er betete zu Gott, daß sie den Jungen und Sikes finden würden. Lebend.

Zügig stieg Bill Sikes den gewundenen Pfad hinauf. Seit mindestens einer halben Stunde, wenn nicht länger, war er schon unterwegs, und die meiste Zeit war es steil bergan gegangen. Es war ihm nicht schwergefallen, den Weg des Jungen quer über das Feld zu verfolgen; seine Fußabdrücke waren in dem weichen Ackerboden deutlich zu sehen, und selbst auf der anschließenden Wiese konnte Sikes an dem plattgetrampelten Gras leicht erkennen, wo Joey entlanggelaufen war. Im Wald verlor sich jedoch die Spur des Jungen. Aber selbst hier hatte Sikes kaum Probleme, Joey zu folgen; der Junge war gerannt und seine Füße hatten bei jedem Schritt eine leichte Delle auf dem Waldboden hinterlassen, die das Muster der Piniennadeln durcheinanderbrachte.

Als Bill ungefähr hundert Meter weit in den Wald eingedrungen war, begann das Gelände sacht anzusteigen. Jetzt ging es hinauf in die Berge. Bald stieß er auf einen Wanderweg, dem Joey aufwärts gefolgt war. Der Weg war breit und frei von Piniennadeln, so daß Sikes spätestens hier seine Spur verloren hätte. Zum Glück aber hatte der gestrige Regen das feste Erdreich aufgeweicht und in weichen Schlammboden verwandelt, so daß die Fußabdrücke des Jungen hier wieder deutlich in der Mitte des Pfades zu erkennen waren.

Sofort fing Bill Sikes an zu rennen. Er hatte den längeren Atem als Joey, und so konnte er ihn einholen, er *mußte* ihn einholen! Dann kam er an eine Weggabelung. Joey hatte offenbar den linken Pfad gewählt, der wesentlich steiler anstieg als der rechte.

Jetzt wurde es für Sikes schwieriger, den Jungen zu verfolgen, da er inzwischen so hoch in den Bergen war, daß der Pfad immer steiniger wurde, bis der Boden nur noch aus blankem Granitfelsen bestand. Hier konnte er Joeys Weg nur noch an den kleinen Schlammklumpen ausmachen, die ihm beim Laufen von den Schuhen gefallen waren.

Doch dann veränderte sich das Gelände wieder, und jetzt konnte er nur noch nach Instinkt laufen. Der Pfad führte nun durch wuchtige Felsbrocken hindurch, die sich vor Jahrmillionen, als sich das Gebirge aufgeworfen hatte, übereinandergeschoben hatten. Hier wuchs überhaupt nichts mehr, denn das Erdreich war schon seit Ewigkeiten abgetragen und von den schmelzenden Gletschern der letzten Eiszeit ausgewaschen worden. Die nackten Felsen der Endmoräne lagen blank zutage, und die eisigen Winde, die von den Gipfeln herabbliesen, verhinderten, daß hier auch nur ein einziger Samen Fuß fassen konnte.

Hier hielt Bill Sikes zum ersten Mal an. Nach dem langen Aufstieg hämmerte sein Herz wie wild, und sein Atem ging nur noch stoßweise.

Dabei hatte er immer noch nicht die Baumgrenze erreicht. Weit oben, an den Hängen des wuchtigen Bergmassivs, das drohend über ihm thronte, zog sich dichter Pinienwald entlang.

War es möglich, daß Joey da oben durch den Wald irrte?

Sikes hatte keine Ahnung. Doch es gab hier zwischen den Felsen auch keine Möglichkeit mehr, der Spur des Jungen zu folgen.

»Joey!« rief er, so laut er konnte, doch in dieser einsamen Bergwelt klang seine Stimme matt und dünn. »Joey, wo bist du?«

Er hielt den Atem an, um auch die allerleiseste Antwort hören zu können. Doch nichts rührte sich, und so ließ er seinem Atem wieder freien Lauf. In tiefen Zügen ließ er die kalte Bergluft in seine Lungen strömen. Langsam beruhigte sich sein Puls, und das schmerzhafte Keuchen ließ nach.

Plötzlich erstarrte er.

Hatte er ein Geräusch gehört? Wieder hielt er den Atem an und lauschte angestrengt.

Quälend langsam verstrichen die Sekunden.

Sekunden, die eine Ewigkeit schienen. Doch kein einziger Laut durchbrach die Stille. Nur ein ferner Wind flüsterte leise in den Baumwipfeln.

Und dennoch, trotz der geräuschlosen Stille, wußte Bill Sikes plötzlich, daß er nicht allein war.

Es war das gleiche Gefühl, das er schon vorhin, als er seine Runde um das Haus machte, gespürt hatte. Ein Gefühl, das seine Nerven zum Zerreißen spannte, das ihm die Nackenhaare sträubte und ihm einen eiskalten Schauer über den Rücken jagte.

Irgend etwas war da, ganz in seiner Nähe, das ihn beobachtete.

Joey?

Aber wenn es Joey war, warum hatte er dann nicht auf seinen Ruf geantwortet?

War der Junge überhaupt bis hierher gekommen? Es war schon bei Tageslicht schwierig genug, sich einen Weg durch die schroffen Felsen zu bahnen, um wieviel mehr dann erst in der Nacht mit nur einer kleinen Taschenlampe. Bill Sikes entschloß sich, den Rückweg anzutreten.

Wahrscheinlich war er irgendwann, bevor er in diese gespenstische Mondlandschaft kam, von der Spur des Jungen abgekommen, hatte irgendeine Abzweigung übersehen, die Joey genommen hatte.

Auf leisen Sohlen kletterte er den Weg zurück durch die Felsen.

Jeder seiner Schritte war nun aufs äußerste angespannt. Alle paar Schritte hielt er an und lauschte, darauf gefaßt, daß jeden Moment hinter einem Felsblock… Aber was denn bloß?

Ein Bär?

Nein, kein Bär. Den hätte er gehört. Er hätte das Scharren seiner Klauen auf dem Felsgestein, sein Schnaufen und Grunzen und das Klackern der Steine gehört, die er auf der Suche nach Kleintieren mit den Tatzen beiseite schob.

Sikes ließ die Felsenlandschaft hinter sich und kam wieder in lichteren Baumbestand. Erleichtert atmete er auf. Hier fühlte er sich sicherer, nicht so eingezwängt zwischen den riesigen Felsklötzen, die es ihm im Falle eines Angriffs unmöglich gemacht hatten, die Flucht zu ergreifen.

Er ging den gleichen Weg zurück, den er gekommen war. Alle paar Meter schaltete er seine Taschenlampe an und suchte die Umgebung nach Spuren ab, die Joey hinterlassen hatte. Wahrscheinlich war der Junge doch nicht hier hoch geklettert, sondern am Berghang entlang wieder zurück ins Tal gelaufen.

Als er sich gerade bückte, um sich einen seltsamen Abdruck am Boden neben dem Weg genauer anzuschauen, hörte er es.

Ein leises, kaum hörbares Knurren, das ihn wie ein Blitz durchzuckte. Wie gelähmt vor Angst blieb er stehen, lauschte, woher das Knurren kam. Aber wieder umfing ihn nur die gespenstische Stille der Nacht. Selbst der leise Windhauch von vorhin war erstorben. Alles war wie tot.

Bill Sikes nahm das Gewehr von der Schulter, lud durch und entsicherte. Mit der Taschenlampe suchte er das Gelände um sich ab, doch als er nichts Ungewöhnliches entdecken konnte, schaltete er sie wieder aus. Einen Moment lang sah er überhaupt nichts mehr in der totalen Finsternis, die ihn umgab, doch dann bemerkte er, daß die dichte, pechschwarze Wolkendecke am Himmel hie und da aufriß und einen Schimmer des silbernen Mondlichts durchließ. Es war immer noch so dunkel, daß er den Weg am Boden nicht ausmachen konnte, doch das schwache Glimmen am Himmel reichte zumindest, an dem Abstand der Baumkronen zu erkennen, wo der Pfad entlangführte.

Doch während er sich den Weg entlangtastete, hatte er wieder dieses unheimliche Gefühl, daß ihn etwas verfolgte.

Auf der rechten Seite im Unterholz glaubte er ein leises Rascheln zu vernehmen, das im selben Moment abbrach, in dem er stehenblieb und wieder anfing, wenn er seinen Weg fortsetzte.

Zu seiner Linken hörte er ein leises Pfeifen.

Ein Vogel?

Vielleicht ein Mensch...

Sikes erstarrte und lauschte wie gespannt.

Das Rascheln brach diesmal nicht ab, sondern kam näher.

Ein Tier, das sich an ihn heranpirschte, mehr und mehr.

Sikes schaltete die Taschenlampe an und richtete den Lichtstrahl, der immer schwächer wurde, in die Richtung, aus der das Geräusch kam. An einem dichten Gestrüpp blieb sein Blick hängen.

Ein Gestrüpp, so groß und undurchdringlich, daß es sogar die wuchtige Gestalt eines Grizzlys verbergen konnte.

Augenblicklich verstummte das Rascheln. Jetzt hatte er seinen Verfolger ausgemacht.

Jetzt würde der Hase zum Jäger werden.

Lautlos kniete sich Bill Sikes auf den Boden und legte die Taschenlampe, die jetzt kaum noch Licht abgab, so auf den Boden, daß sie genau das Gestrüpp anstrahlte. Er legte das Gewehr an, drückte es fest gegen die Schulter und zog den Abzug durch.

In dem Moment, als sich der Schuß löste, geschah es.

In dem Moment, als es krachte und die schwere Ladung Schrot aus der Mündung schoß, sprang irgend etwas Bill Sikes von hinten an und warf ihn mit seinem riesigen Gewicht zu Boden, so daß dem Mann das Gewehr aus den Händen fiel und er es unter sich begrub.

Er wollte schreien, doch bevor ein Laut über seine Lippen kam, bevor die Luft aus den Lungen seine Stimmbänder erreichte, wurde ihm der Kehlkopf aus dem Hals gerissen und die mächtige Arterie, die vom Herzen aus sein Gehirn mit Blut versorgte, in Stücke zerfetzt.

Bill Sikes starb, noch ehe er seinen letzten Angstschrei ausstoßen konnte.

Das Echo des Gewehrschusses hallte im ganzen Tal wider. Frank Peters bückte sich und ließ seine drei Bluthunde von der Leine. Ein letztes Mal hielt er dem Trio das T-Shirt vor die Nase, das Mary Anne aus Joeys Zimmer geholt hatte. Dann befahl er ihnen: »Los! Sucht ihn! Los, los!« Die Hunde, endlich von ihren Fesseln befreit, stürmten freudig bellend los und verschwanden schnell in der Dunkelheit. Peters – gefolgt von Rick Martin, Tony Moleno und Olivia Sherbourne, die trotz Ricks Bedenken darauf bestanden hatte mitzukommen – wußte aber genau, daß keine Gefahr bestand, die Hunde zu verlieren. Solange sie die Fährte verfolgten, würden sie nicht aufhören zu bellen, und auch falls sie die Spur verloren, würden sie weiterbellen, nur daß sich dann der Tonfall änderte. Sie würden angestrengt hin und her laufen, um die verlorene Witterung wiederzufinden, und nicht eher aufgeben, bis Peters sie eingeholt und wieder an die Leine genommen hatte. Und auch wenn ihr Opfer einen Fluß überquert hätte, würden sie sich laut bellend ins Wasser werfen, hin und her schwimmen und auf beiden Seiten das Ufer absuchen.

Nach ein paar Minuten veränderte sich tatsächlich der Klang des Hundegebells. Doch es war nicht der Ton, der anzeigte, daß sie ihre Spur verloren hatten. Nein, es war das aufgeregte Bellen von Jagdhunden, die endlich ihr Opfer gestellt hatten. »Kommt«, rief Frank Peters erregt und setzte seinen massigen Körper in Bewegung. »Sie haben was gefunden!«

Es dauerte fast zehn Minuten, bis sie die Hunde eingeholt hatten. Doch sie fanden nicht das, womit sie gerechnet hatten. Wie angewurzelt blieb Frank Peters stehen, als er den Lichtkegel seiner Handlampe auf das dunkle Etwas richtete, das die Hunde so deutlich von ihrer Arbeit abgelenkt hatte. »Ach, du Scheiße«, fluchte er leise, »schaut euch das an!«

Olivia Sherbourne, die hinter den drei Männern zurückgeblieben war, kam kurz darauf keuchend angerannt und boxte sich an den Polizisten vorbei in der bangen Erwartung, die Leiche von Joey Wilkenson auf dem Waldboden zu finden.

Statt dessen fiel ihr Blick auf den toten Bill Sikes. Seine schwere Wetterjacke war vom Kragen herab aufgerissen, sein Rücken von oben bis unten zerfleischt. Sein bizarr verdrehter Kopf hing nur noch an ein paar Sehnen und Hautfetzen. Obwohl Olivia sofort sah, daß er tot war, kniete sie neben ihm nieder und fühlte ihm den Puls.

»Großer Gott! Was kann das nur gewesen sein, das dieses Gemetzel hier angerichtet hat?« flüsterte Frank Peters tonlos. Mit weit aufgerissenen Augen starrte er, entsetzt und fasziniert zugleich, auf die Leiche, während seine drei Hunde, nachdem sie den Kadaver ausgiebig beschnüffelt hatten, aufgeregt winselnd um seine Beine strichen.

Rick Martin und Tony Moleno wußten sofort die Antwort auf seine Frage.

Die Spuren an Bill Sikes waren fast die gleichen, die sie vor ein paar Nächten am Leichnam von Glen Foster gefunden hatten.

Was auch immer es war, das sich hier oben in den Bergen von Sugarloaf herumtrieb – es hatte wieder zugeschlagen.

»Okay«, seufzte Rick Martin. »Dann fangen wir mal an. Ich will, daß hier alles so bleibt, wie es ist. Hier wird nichts angerührt, bis sich die Jungs aus Boise das morgen früh angeschaut haben. Finger weg von allem, und auch Bill Sikes bleibt so liegen, wie er liegt. Keine Spurensicherung – nichts! Wir machen das morgen früh in aller Ruhe mit den Kollegen. Tony, wie sieht's aus? Schaffst du es, noch einmal eine Nacht aufzubleiben?«

Moleno zuckte die Achseln. »Ich hab' die letzte Nacht überlebt, da werd' ich diese wohl auch heil überstehen.«

»Okay. Mach ein Feuer und paß auf deinen Arsch auf!«

Dann wandte sich Martin Frank Peters zu. »Siehst du irgendeine Möglichkeit, die Hunde wieder auf die Fährte zu setzen?«

Peters hob hilflos die Arme. »Ich kann's versuchen, aber ich hab' wenig Hoffnung.« Die nächsten zwanzig Minuten suchte er mit den Hunden die gesamte Umgebung ab. Von Bill Sikes Leiche hielt er sich bewußt entfernt, zum einen, um seine Hunde nicht durch das frische Blut zu irritieren, zum anderen, um keine Spuren am Tatort zu verwischen.

Doch so sehr die Hunde auch suchten, sie hatten Joey Wilkensons Witterung verloren. Es war, als wäre der Junge vom Erdboden verschluckt.

17

Das fahle Licht der Morgensonne kroch langsam hinter den zerklüfteten Bergen hervor und mischte sich mit der bleiernen Schwärze der Nacht. Ganz langsam tauchte aus der Dunkelheit die geisterhafte Silhouette der schroffen Felsen und wuchtigen Baumriesen auf, die auf den Hängen des Tales ihre knorrigen Äste in den blauschwarzen Himmel reckten.

Joey Wilkenson erwachte aus einem tiefen, traumlosen Schlaf. Als er wahrnahm, daß der Morgen graute, kuschelte er sich tiefer in sein Bett, um sich wieder in die sanfte Umarmung des Schlafes sinken zu lassen. Er zog die Decke hoch bis unters Kinn, da die klamme Kälte des frühen Morgens schmerzhaft an seinen Knochen nagte. Doch irgend etwas stimmte nicht. Statt der vertrauten weichen Daunendecke hielt er etwas Rauhes, Rissiges zwischen den Fingern.

Mit einem Schlag war er hellwach und riß die Augen auf. Das erste, was er sah, war ein Fenster.

Ein Fenster, in dem die Scheibe fehlte.

Ein Fenster, das da eigentlich gar nicht sein konnte, denn in seinem Zimmer daheim konnte er kein Fenster sehen, wenn er auf der linken Seite lag. Wie wild begann sein Herz zu klopfen. Er lag in einem fremden Bett! Als er sich umdrehen wollte, entfuhr ihm ein Stöhnen. Sein ganzer Körper tat ihm weh, nicht nur, weil die Kälte ihm in den Knochen saß, sondern auch, weil alle seine Glieder so steif waren, daß er sich kaum bewegen konnte. Mühsam setzte sich Joey auf. In diesem Moment rutschte ihm das Fell vom Körper, so daß er vor Kälte schlotterte, als der eisige Morgenwind durch das Fenster pfiff und über seine nackte Brust strich.

Wo war er?

Warum war er nicht zu Hause?

Er versuchte sich daran zu erinnern, was gestern nacht geschehen war. Langsam tauchten Bilder auf. Kurze, bruchstückhafte Bilder.

Gestern war wieder dieses Gefühl über ihn gekommen.

Dieses grauenhafte Gefühl nagender Unruhe.

Dieses drängende Bedürfnis, hinaus in die Nacht zu fliehen.

Er hatte wieder diese Stimme gehört, die ihn hinausgelockt, die seinen Namen geflüstert hatte.

Erst hatte er versucht nicht hinzuhören. Doch je mehr er es versucht hatte, desto beharrlicher hatte die Stimme nach ihm gerufen.

Joey fragte sich, ob er jetzt drauf und dran war, den Verstand zu verlieren. Der Gedanke ängstigte ihn mehr als die seltsamen Dinge, die in seinem Kopf und in seinem Körper passierten.

Und wenn ihn dieses Gefühl diesmal überhaupt nicht mehr verließ?

Wenn er sein ganzes Leben lang von diesem Gefühl besessen bliebe?

Sie würden ihn hinter Schloß und Riegel bringen, würden ihn mit lauter Wahnsinnigen in eine Anstalt sperren und ihn nie wieder hinauslassen.

Gestern, als dieses Gefühl wieder kam, hatte er plötzlich die Vision, in ein tiefes schwarzes Loch hinuntergezogen zu werden, in dem ein Monster lauerte, ein gefährliches Monster, das nichts anderes im Sinn hatte, als seine würgenden Fangarme, aus denen es kein Entrinnen mehr gab, um ihn zu schlingen.

Und aus dem Abgrund all dieser grauenhaften Empfindungen war am Ende eine maßlose Wut hochgekocht, die er Tante Mary Anne ins Gesicht geschrien hatte, als sie zu ihm ins Zimmer gekommen war.

Nein! Es war ja gar nicht Tante Mary Anne, es war Alison gewesen, die er angeschrien hatte. Nicht Tante Mary Anne!

Wieder fing sich alles in seinem Kopf an zu drehen, und er mußte all seine Kraft aufwenden, sich zu erinnern. Alison war also zu ihm ins Zimmer gekommen. Warum eigentlich? Und warum hatte er sich so über sie geärgert?

Verzweifelt versuchte er, die Bilder festzuhalten, die aus seiner Erinnerung aufstiegen. Was hatte sie zu ihm gesagt? Er wußte es nicht mehr. Er wußte nur, daß er auf seinem Bett gelegen war, sie angestarrt und sie abgrundtief gehaßt hatte.

Daß er Alison *gehaßt* hatte?

Aber das war ja völlig verrückt! Er haßte sie doch gar nicht. Im

Gegenteil, er mochte sie richtig. Er hatte noch nie einen Menschen so gern gemocht wie sie. Es war ein wunderbares Gefühl gewesen, als sie ihn gestern morgen bei der Hand genommen hatte. So, als könnte ihm nichts auf dieser Welt etwas anhaben, solange sie ihm nah war und seine Hand hielt.

Seltsame Sachen – schreckliche Sachen – hatte er ihr gestern abend gesagt, Sachen über ihre Mutter, aber auch über sie. Bruchstücke fielen ihm ein, Satzfetzen.

…hau ab… haut doch alle ab… hasse… euch alle!

Er war vom Bett aufgesprungen und hatte…

Großer Gott, er hatte sich auf Alison gestürzt!

Oder vielleicht doch nicht? Oder nur zum Spaß?

Doch wie er da schlotternd vor Kälte in seinem eisigen Bett saß, wußte er sehr wohl, daß es ein ernstgemeinter Angriff war. Er war auf sie losgestürzt, um ihr die Hände um den Hals zu legen und zuzudrücken.

Und immer fester zuzudrücken.

Aber warum bloß? Sie hatte ihm doch gar nichts getan! Sie hatte nur ein bißchen mit ihm reden, hatte herausfinden wollen, was ihm fehlte. Hatte versucht, ihm zu helfen.

Und er hatte versucht, sie umzubringen!

Aber irgendwie hatte sie sich befreien können. Er hatte sie gegen die Wand geschubst und dann…

Das einzige, woran er sich noch erinnern konnte, war ein dröhnender Schmerz. Und dann war er mit Storm über das Feld gerannt. Trotz der extremen Dunkelheit hatte er hervorragend sehen können.

Fast so gut wie am hellichten Tag.

Doch die Bilder, die aus seiner Erinnerung aufstiegen, waren verschwommen und flüchtig. Sie entschwanden ihm sofort wieder, kaum daß er nach ihnen greifen konnte.

Wo war er? Fröstelnd zog er das Fell um seine Schultern, ging zur Tür und linste hinaus. Er runzelte die Stirn. Die Lichtung vor der Hütte kam ihm irgendwie bekannt vor, und als er ein paar Schritte hinausging und sich die Hütte von außen ansah, hatte er auch das vage Gefühl, sie schon einmal gesehen zu haben.

Aber wann?

Schnell schlüpfte er wieder hinein und versuchte, die Bruchstücke seiner Erinnerung zusammenzufügen. Und plötzlich kam es ihm.

Vorgestern war es gewesen!

Dienstag nachmittag, als er mit Alison und Logan zum Coyote Creek-Campingplatz hochgestiegen war, hatte Storm eine Fährte gewittert und angefangen, sie zu verfolgen. Er war ihm hinterhergelaufen, und bei seiner Rückkehr hatte es ihn überrascht, daß es schon so spät war.

Was hatte er denn in der Zeit gemacht? Wo war er gewesen? Hier? Neugierig sah er sich in der Hütte um. Da stand ein wackliger Stuhl vor einem Tisch aus roh gezimmerten Pinienbrettern. Daneben stand ein uralter gußeisener Herd mit einem riesigen Topf darauf. In einem Regal stapelten sich ein paar schäbige Teller und Becher, und an einem der rostigen Nägel, die in die Wand geschlagen waren, hingen zerlumpte Kleidungsstücke. Irgend jemand wohnte hier also, auch wenn die Fensterscheiben fehlten und die Tür kaum schloß.

Als Joey sich die Fenster genauer besah, stellte er fest, daß sie sogar Fensterläden besaßen, die man verriegeln konnte, was er sofort tat, um sich gegen die grimmige Kälte von draußen zu schützen. Dann schaute er in den Herd, in dem die Überreste eines Feuers glommen, und schob drei Holzscheite nach.

Auf dem Boden stand eine alte Petroleumlampe, deren Docht gestutzt und deren Glaszylinder sauber geputzt war. Hier mußte also wirklich jemand leben. Aber wo war dieser Jemand jetzt?

Und wo war Storm?

Joey ging wieder an die Tür, schaute hinaus und stieß einen kurzen Pfiff aus. Sekunden später stürzte Storm aus dem nahen Gehölz herbei. Zehn Meter vor der Hütte blieb er jedoch plötzlich stehen, lief unruhig hin und her und setzte sich schließlich zu Boden.

»Los, komm Storm! Was hast du denn? Ist doch alles in Ordnung!« Doch der Hund rührte sich nicht vom Fleck und winselte nur ängstlich. »Storm! Komm auf der Stelle her!« befahl Joey.

Doch immer noch machte der Hund keine Anstalten, seinem Herrn zu folgen. Statt dessen ging eine merkwürdige Verkrampfung durch seinen ganzen Körper, und er begann heftig zu zittern. Wütend drehte sich Joey um und ging fluchend wieder in die Hütte, um nach seinen Kleidern zu suchen.

Als er sie schließlich in einer Ecke auf einem Haufen zusammengeworfen fand und aufhob, stieg ihm ein eigenartiger Geruch in die Nase.

Ein scharfer, seltsamer Geruch, und so trug er seine Kleider zum Bett hin, um sie genauer zu untersuchen. Als er sie auseinanderbreitete, sah er es.

Überall waren sein Hemd und seine Hose mit großen Flecken bedeckt.

Blutflecken.

Noch feucht und klebrig.

Wo kamen die her?

Hatte er jemandem etwas angetan? Etwas, woran er sich nicht erinnern konnte? Ja, so mußte es sein. Anders war es doch nicht zu erklären, daß all seine Kleider blutbesudelt waren! Panik kam in ihm auf. Hastig packte er seine Sachen und warf sie in den Ofen, aus dem inzwischen schon kleine Flammen schlugen, und knallte die Ofentür wieder zu, kaum daß sie Feuer gefangen hatten.

Wie ein gehetztes Tier schaute er in der Hütte umher. Er mußte hier weg! Sofort!

Er schlüpfte in die Schuhe, die vor dem Bett standen und rannte hinaus, mit nichts außer dem Fell, um sich gegen die feuchte Morgenkälte zu schützen. Storm hechtete ihm sofort hinterher, als Joey über die Lichtung auf den Weg zulief. Das Wissen, etwas Schreckliches getan zu haben, auch wenn er sich nicht daran erinnern konnte, wuchs in Joeys Kopf, bis er meinte, daß er ihm zerspringen würde. Er hastete über die Geröllbrocken, rutschte und schlitterte mehr, als daß er lief, hielt sich mit der einen Hand die Felldecke um die nackten Schultern, mit der anderen suchte er sich abzustützen, wenn er das Gleichgewicht zu verlieren drohte. Als er in den Wald kam und der Weg langsam wieder flacher wurde, wurde er etwas ruhiger und verlangsamte sein Tempo. Die Hütte war jetzt außer Sichtweite, aber es bestand immer noch die Gefahr, daß ihn hier jemand finden könnte. Und so verließ er den Weg, schlug sich seitwärts in den schützenden Wald und lief parallel zum Weg bergab.

Als er einen guten Kilometer durch den Wald gelaufen war, spürte er plötzlich, daß weiter vorne irgend etwas war. Er blieb stehen und lauschte. Nichts rührte sich. Dann hob er seine Nase witternd in die Luft. Und da roch er es.

Ein Geruch, der ihm eigenartig vertraut vorkam.

Was war es bloß? Vorhin in der Hütte, an seinen feuchten Kleidern, war auch dieser Geruch gewesen.

Der Geruch von Blut.

Wieder fuhr ihm Panik in die Glieder. Vorsichtig pirschte er sich weiter vorwärts, bemüht, kein einziges Geräusch zu machen. Storm, der die Nervosität seines Herrn spürte, drückte sich mit aufgestellten Rückenhaaren eng an Joeys Waden.

Ja näher sich Joey heranschlich, desto stärker wurde der Geruch. Schließlich trat er aus dem Schutz der Bäume heraus, lief ein paar Schritte und suchte dann schnell hinter einem riesigen Gestrüpp Deckung. Direkt hinter diesem Gestrüpp mußte es sein, was da so roch. Er nahm das Fell von seinen Schultern, warf es vor sich auf den Boden und robbte vorsichtig mitsamt dieser Unterlage durch das dichte Buschwerk voran. Der Geruch wurde immer stärker. Plötzlich hielt Joey inne. Durch eine Lücke im Blätterwerk konnte er einen Mann erkennen, der an einen Baum gelehnt saß, ein Gewehr quer über den Schoß. Sein Kopf war ihm auf die Brust gesunken. Jetzt fuhr er hoch und riß die Augen auf. Joey erschrak.

Hatte der Mann ihn gehört?

Nein, er versuchte nur, sich wachzuhalten. Genauso wie Joey an manchen Tagen in der Schule, besonders dann, wenn er in der Nacht zuvor kein Auge zugetan hatte, weil ihn wieder diese schreckliche Unruhe heimgesucht hatte.

Als der Mann aufstand, erkannte ihn Joey.

Es war Tony Moleno. Seine Uniform war völlig zerknittert, und seine Augen waren verquollen und rotgerändert, so übermüdet war er. Als er sich streckte und ein wenig die Beine vertrat, entdeckte Joey auch, was die Quelle dieses eigenartigen Blutgeruchs war, der ihm vor ein paar Minuten in die Nase gestiegen war.

Entsetzt weiteten sich die Augen des Jungen, als er eine Gestalt am Boden liegen sah. Eine Leiche, die Tony Moleno offenbar die ganze Nacht lang bewacht hatte, so wie er auch vor zwei Tagen die Leiche Glen Fosters bewacht hatte.

Joey war im nachhinein froh, daß sie anderntags, als er mit Alison und Logan zum Campingplatz gegangen war, nichts mehr gefunden hatten. Denn jetzt, wie er da im Gebüsch am Boden lag, blickte er genau in Bill Sikes' Gesicht.

Starrte in seine toten Augen.

Starrte in die riesige klaffende Wunde, an der er verblutet sein mußte.

Plötzlich zuckte ein anderes Bild durch seinen Kopf.

Das Bild der Blutflecken auf seinen Kleidern. Und als er erneut in das tote Gesicht von Bill Sikes starrte, stellte er sich vor, wie aus dieser gewaltigen Wunde an dessen Hals das Blut in einer riesigen Fontäne herausschoß.

Für einen Moment verschmolzen beide Bilder zu einem einzigen. Joey erschrak. Sein Herz klopfte wild.

Konnte es sein, daß er das getan hatte?

War es möglich?

Ein Schrei des Entsetzens würgte ihm in der Kehle, und er versuchte, so schnell wie möglich sich wieder rückwärts aus dem Gestrüpp herauszuwinden. Zitternd, mit klappernden Zähnen legte er sich wieder das Fell um die Schultern und kuschelte sich tief hinein. Doch es war nicht nur die Kälte, sondern auch die Angst vor dem, was er gesehen hatte, die ihn so zittern ließ.

Er taumelte den Weg zurück, stolperte bergab, geschüttelt von einem Schluchzen, das ihm fast den Atem raubte.

Fliehen! Das war das einzige, woran er dachte. Fliehen!

Doch während er die Berge hinabstürmte, wußte er genau, daß das tote Gesicht von Bill Sikes, diese leeren Augen, die ihn anstarrten, anklagten, ihn bis ans Ende der Welt verfolgen würden.

Dieses Bild war ihm in seine Seele gebrannt, so tief, daß er es nie in seinem Leben vergessen würde. Niemals würde er es loswerden können.

Doch. Es *gab* einen Weg, dieses Bild loszuwerden, es auszulöschen. Nicht nur das Bild des toten Mannes, sondern auch die Angst, die ihn packte, jedesmal, wenn diese Unruhe ihn wieder heimsuchte. Wenn er nur noch fliehen wollte.

Es gab einen Weg. Einen Weg, auf dem er allem entfliehen konnte, für immer.

Ein anderes Bild stieg in ihm auf, wurde stärker und stärker.

Das Bild von der Steilwand, von der sich seine Mutter vor kaum zwei Wochen hinuntergestürzt hatte.

Aber wäre er dazu fähig? Wäre er dazu fähig, an der Steilwand zu stehen, hinunterzuschauen und sich den Befehl zu geben zu springen?

18

»Es ist sieben Uhr früh, hallooo! Hier ist euer Sugarloaf-Sam! Ich grüße den jungen Morgen und hoffe, ich bring' euch in den nächsten drei Stunden ein bißchen auf Trab, Leute! Es ist kalt draußen im Sugarloaf Valley, und es wird sogar noch kälter, bevor es wieder wärmer wird, haha. Gute Nachricht für die Wintersportler, schlechte Nachricht für die Farmer, aber wie schon der gute alte Abe Lincoln sagte: Manchen Leuten kannst du's nur manchmal recht machen, manchen kannst du's immer recht machen, und niemandem kannst du's manchmal… na ja, oder so ähnlich, aber ihr wißt ja schon, was ich meine. Genau, ihr versteht mich doch, Leute! Und hier ist auch schon unser erster Song…«

Sam Gilman drückte den Knopf vor sich auf dem Pult, und schon ertönte ›Summertime‹, gespielt von den Montovani Strings, ein Song, der seiner Meinung nach hervorragend zu diesem ungewöhnlich kalten Septembermorgen paßte. Es war schließlich sein Sender, und er war hier der Boß, und wenn das nicht nach dem Geschmack seiner Hörer war, dann war es ihr Problem und nicht seines. Er schwenkte auf seinem Drehstuhl herum, von dem er in seinem kleinen Ein-Mann-Studio praktisch alles Wichtige erreichen konnte, und schaute die Liste der ›Studio-Gäste‹ durch, deren Beiträge er heute über den Äther schicken wollte. Um zehn würde Arne Svenson eine Stunde lang erzählen, wie man sein Auto winterfest macht, eine Riesenshow, die keiner in Sugarloaf versäumen würde, das wußte Gilman. Seit fast dreißig Jahren betrieb Svenson nun schon Sugarloafs einzige Tankstelle, doch sein schwedischer Akzent war immer noch so grauenhaft, daß er jedesmal seine Frau Naomi zum Dolmetschen mitbrachte. Die aber widersprach ihm in so ziemlich allen Fragen, so daß binnen kurzem ein tierischer Streit zwischen den beiden entbrannte. Am Ende der Sendung waren sie jedesmal kurz davor, die Scheidung einzureichen, und Arne schnappte sich dann das Mikrophon und bellte wütend hinein: »Bring halt eur Scheiß-Kisten vorbei, ik mach's euch kossenlos!«

Das Programm des übrigen Tages war relativ offen. Jeder, der über irgend etwas Bestimmtes reden wollte, konnte jederzeit bei Sam Gilman vorbeischauen und für eine Stunde oder so das Mikro übernehmen. An Tagen, wo niemand auftauchte, hatte er genügend Bänder, um die Zeit mit Musik zu füllen. Notfalls hatte er sogar Tonbänder, die acht Stunden nonstop liefen. Aber am liebsten war es ihm, wenn er improvisieren konnte, wenn einfach irgendwelche Leute aus der Stadt vorbeikamen und offen sagten, wo sie der Schuh drückt. Solange ihre Beiträge nicht obszön oder gegen irgendwelche Minderheiten gerichtet waren – Kampagnen gegen einzelne *Persönlichkeiten* waren jedoch durchaus im Interesse Gilmans –, ließ er sie reden, auch wenn er inhaltlich nicht ihrer Meinung war. Er blendete in regelmäßigen Abständen einen Spot ein, in dem er erklärte, daß die Meinung des Redners nicht die Meinung der Studioredaktion oder ihres Besitzers wiedergab, selbst wenn er mit auf Sendung war. Wenn man ihn auf diesen Trick ansprach, pflegte er zu antworten, daß er sehr wohl sehr oft anderer Meinung als sein Studiogast wäre und daß er sich auf diese Weise vor Strafanzeigen schützen wollte. Seine unkonventionelle Art der ›Programmgestaltung‹ brachte ihm wohl nicht gerade ein Vermögen ein, doch hatte er mit Sicherheit in Sugarloaf eine treue Stammhörerschaft.

Als Gilman sich nun auf seinem Stuhl herumdrehte, sah er Milt Morgenstern durch das kleine Fenster in der Studiotür spähen. An seinen übernächtigten, rotgeränderten Augen sah Gilman sofort, daß Morgenstern eine Sache auf Lager hatte, die so brandheiß war, daß er nicht einmal warten wollte, bis morgen die nächste Ausgabe seiner Zeitung erschien. Er winkte den Zeitungsmacher herein und grinste ihn boshaft an. »Weißt du was? Ich glaube, wir beide, du und ich, könnten hier in Sugarloaf ein totales Medienkartell bilden. Wir könnten die Leute manipulieren, wie wir wollten. Wir könnten sogar einen Elch zum Bürgermeister machen.« Als Milt Morgenstern auf seinen schwachen Witz nicht weiter einstieg, erstarb das Grinsen auf Gilmans Gesicht. »Was gibt's denn neues, Milt?« fragte er.

»Wir haben schon wieder einen Toten. Und irgendwas stimmt da nicht. Irgendwas stinkt da gewaltig.«

Jetzt verging Gilman eindeutig das Lachen. »Wieder so was wie auf dem Campingplatz?« fragte er erschrocken, während er ein zweites Band einlegte und den Startknopf genau in dem Moment drückte, als die letzten Akkorde von ›Summertime‹ verklangen.

»So ist es«, antwortete der Zeitungsmacher knapp. Während das Band lief, erzählte er Gilman alles, was letzte Nacht passiert war, von dem Augenblick an, wo er mitgekriegt hatte, daß Rick Martin eine Suche organisiert, bis zu dem Moment, wo der Beamte mit Olivia Sherbourne auf die Ranch zurückgekommen war und berichtet hatte, daß Bill Sikes tot war. »Was mich am meisten beschäftigt, ist die Tatsache, daß Rick mich bei nichts dabeihaben wollte.« Er schaute Gilman bedeutungsvoll an. »Erst wollte er nicht, daß ich überhaupt auf die Ranch komme, dann wollte er nicht, daß ich mich an der Suche nach Joey Wilkenson beteilige, und dann wollte er auch nicht, daß ich mir die Leiche da oben anschaue.«

Gilman grinste ihn breit an. »Was du natürlich trotzdem gemacht hast, wie ich dich kenne.«

»Von wegen«, antwortete Morgenstern wütend. »Der Arsch hat mir einfach nicht gesagt, wo sie liegt.«

»Und was schließt du aus dem allem?« fragte Gilman gespannt, der bereits ahnte, daß daraus eine irre Story werden würde. Sämtliche Drähte würden heißlaufen, und alle würden an den Radios hängen, wenn er mit neuen Nachrichten käme. »Warum hält Martin so hinterm Berg damit?«

»Hast du die Bilder von der Leiche auf dem Campingplatz gesehen?« fragte Morgenstern. Als Gilman den Kopf schüttelte, griff er in die Innentasche seiner gefütterten Windjacke und angelte drei Fotos heraus, um sie Gilman rüberzureichen. »Was glaubst du, wer das gemacht hat?«

Gilman lief ein eiskalter Schauer über den Rücken, als er sich die Fotos besah, und gab sie ihm schnell wieder zurück. »Das möcht' ich besser gar nicht wissen.«

»Ha«, stieß Morgenstern hervor. »Und das Labor in Boise weiß es auch nicht! Als ich gestern nachmittag da anrief, war ein Typ namens Hank Henry an der Strippe, der mich total hat auflaufen lassen. Daraufhin hab' ich noch mal angerufen und gesagt, ich wäre...« Er stockte, denn es war ihm ein bißchen peinlich zuzugeben, daß er sich als Polizeichef ausgegeben hatte. »Nun ja, sagen wir, dieses Mal bin ich an gewisse Informationen herangekommen.« Er legte eine Pause ein, um die Spannung zu erhöhen. »Sam, stell dir vor: Sie haben keine Ahnung, was es war, das ihn umgebracht hat! Es war kein Mensch; es war aber auch kein Tier, das sie identifizieren konnten!«

Sam Gilman durchfuhr es wie ein elektrischer Schlag. »Und du bist bereit, das in den Äther zu flüstern?« fragte er erregt.

»Was glaubst du wohl, warum ich hier bin?« gab Morgenstern zurück.

Sam Gilman quetschte schnell einen zweiten Stuhl in sein winziges Studio, gab Morgenstern ein Paar Kopfhörer, steuerte den Sound von Morgensterns Mikro aus und schaltete sich dann in das immer noch laufende Band ein, als Barbra Streisand gerade ›Memory‹ zum besten gab.

»Liebe Hörer! Es sieht so aus, als ob wir hier in Sugarloaf ein schwerwiegendes Problem hätten«, sagte er und versuchte, seiner

Stimme einen besonders seriösen Klang zu geben. »Milt Morgenstern ist gerade bei mir vorbeigekommen, und am besten erzählt er euch selber, was passiert ist.« Er nickte zu Morgenstern hinüber, der sprechbereit an seinem Mikrophon saß.

»Bill Sikes, Angestellter auf der El Monte-Ranch und einer meiner besten Freunde, wurde letzte Nacht getötet«, eröffnete Morgenstern seinen Bericht. »Offenbar ist er das jüngste Opfer desselben Wesens, das Montag nacht einen Camper auf dem Coyote Creek-Campingplatz umgebracht hat.«

»Du sagst ›desselben Wesens‹, Milt«, unterbrach ihn Sam Gilman vorsichtig. »Heißt das, daß man nicht genau weiß, was sich da oben rumtreibt?«

Milt Morgenstern lächelte mit schmalen Lippen, bevor er die Bombe hochgehen ließ. »Genau so ist es, Sam. Was man bisher sicher weiß, ist, daß es kein Mensch ist, daß es aber auch kein gewöhnliches Tier ist. Nach dem, was mir gutunterrichtete Kreise in Boise mitteilten, ist es ein eigenartiges Tier, das man bisher noch nicht identifizieren konnte. Sie können nur sagen, was es *nicht* ist. Es ist kein Bär und auch kein Berglöwe oder sonst irgendein Tier, das in unseren Bergen beheimatet ist. Aber es ist sehr groß und sehr stark. Und sehr bösartig.«

Zur Freude beider Männer fiel bereits beim allerersten Anruf der Ausdruck ›Sasquatch‹. In Minutenschnelle leuchteten alle drei Telefone des Studios auf. Gilman und Morgenstern sagten so wenig wie möglich, wiederholten nur die spärlichen Informationen aus dem gerichtsmedizinischen Labor in Boise und ließen ganz nebenbei einfließen, daß Rick Martin sich bisher geweigert hatte, nähere Angaben zu diesem Fall zu machen.

Und so schafften sie es mühelos, daß sich in ganz Sugarloaf in Windeseile eine heillose Panik ausbreitete.

Später Morgen. Mary Annes Glieder schmerzten vor Erschöpfung. Immer wieder überkamen sie Wellen von Müdigkeit, doch sie gab nicht auf.

Erst, wenn Joey zurückgekommen ist, flüsterte sie leise, während sie zum x-ten Mal eine neue Kanne Kaffee kochte.

Es war fast wie ein Mantra, das sie ständig wiederholte. Ihre übermüdeten Augen brannten, ihre Arme und Beine fühlten sich wie taub an.

Ich gehe erst ins Bett, wenn Joey zurückgekommen ist.

Irgendwann gegen drei Uhr morgens, noch ganz unter dem Schock von Bill Sikes' Tod, hatte sie sich zu dem Entschluß durchgerungen, daß sie morgen – vielleicht noch heute abend, wenn die Suchtrupps Joey bis dahin gefunden hatten – sich die Kinder schnappen und nach Boise fahren würde, um das nächste Flugzeug zurück nach New Jersey zu nehmen. Lieber wieder zurück nach Hause, von mir aus auch zu Alan, als diesen Horror hier weiter mitzumachen, hatte sie gedacht. Im Morgengrauen hatte sie das Telefon genommen und Alan angerufen.

Sie war irritiert, als sie statt Alans Stimme eine Frauenstimme hörte. Die falsche Nummer, ich hab' mich verwählt, dachte sie. Aber irgend etwas trieb sie dazu, nach Alan zu fragen. »Er schläft noch«, antwortete die Frau. »Wer ist denn dran?« Sekundenlang hatte sie stumm auf das Telefon gestarrt, dann hatte sie wortlos eingehängt. Also wohnte da inzwischen eine andere Frau! Und sie hatte nicht einmal mehr eine Heimat, in die sie sich flüchten konnte!

Quälend hatten sich die Stunden in die Länge gezogen. Hin und wieder hatte Rick Martin seiner Frau ein paar Worte rübergefunkt. Wie ein Mühlstein lastete die Müdigkeit auf Mary Annes Schultern. Immer schwerfälliger bewegte sie sich. Es kostete sie eine enorme Anstrengung, sich in der Küche zu bewegen, neue Sandwiches für die sieben Suchhelfer zu schmieren, die sicher bald mit hungrigen Mägen zurückkommen würden.

Wenn die durchhalten, dann kann ich das auch, hämmerte sie sich immer wieder ein.

Um halb sieben war sie hochgegangen, um die Kinder zu wekken. Alison war bereits wach und angezogen. »Ich hab' nicht sehr gut geschlafen«, gab sie zu. Doch an den rotgeränderten Augen ihrer Tochter erkannte Mary Anne sofort, daß sie wahrscheinlich überhaupt kein Auge zugetan hatte.

Als sie Logan weckte, fragte er sofort, ob Joey zurück sei; und als sie den Kopf schüttelte, stellte er die Frage, die Mary Anne die ganze Nacht lang versucht hatte, aus ihrem Kopf zu verbannen: »Ist er tot?«

»Nein«, hatte sie sofort geantwortet, wohlwissend, daß der Wunsch der Vater des Gedankens war. Und dennoch wußte sie ganz tief drinnen, daß er irgendwo dort oben in den Bergen noch am Leben war.

Aber wie war es ihm nur gelungen, den Bluthunden von Frank Peters zu entkommen?

Es war, wie wenn Joey vom Erdboden verschwunden wäre, wie ein Geist, der sich in nichts auflöst.

Und so saßen jetzt beide Kinder am Küchentisch und schlangen gierig die Pfannkuchen hinunter, die ihnen Gillie Martin gebacken hatte. Mary Anne schaufelte löffelweise Kaffee in den riesigen Kaffeefilter, den sie ganz hinten auf dem obersten Küchenregal entdeckt hatte. Als sie gerade den letzten Löffel hineingegeben hatte, nahm sie aus dem Augenwinkel draußen am Waldrand eine huschende Bewegung wahr. Ihr Herz begann zu rasen.

Joey!

Das mußte Joey sein!

Sie rannte zur hinteren Tür, riß sie auf in der sicheren Erwartung, den Jungen über das Feld auf sie zulaufen zu sehen. Doch was sie erblickte, war nicht Joey.

Es war Storm, der am Waldrand stand. Mary Anne rief nach ihm, aber anstatt auf sie loszustürmen, drehte sich der Hund um und verschwand wieder zwischen den Bäumen.

Joey! dachte sie. Er mußte in Storms Nähe sein, ganz in seiner Nähe! Niemals würde der Hund seinen Herrn mitten in der Wildnis allein lassen. Sie machte auf dem Absatz kehrt und rannte ins Haus. »Wann kommt Rick zurück?« fragte sie atemlos Gillie Martin.

»So in zehn Minuten«, antwortete Gillie und schaute sie entgeistert an. »Er sagte…«

»Gib mir das Funkgerät«, unterbrach sie Mary Anne. »Zeig mir schnell, wie man es bedient, und bleib bitte bei den Kindern!« Hastig fuhr sie mit den Armen in die feste Windjacke, die am Haken hing.

»Wohin willst du denn?« fragte Gillie beunruhigt.

»Storm ist da draußen«, erwiderte Mary Anne gehetzt. »Er ist im Wald auf der anderen Seite vom Acker. Joey muß ganz in der Nähe sein! Verstehst du denn nicht? Storm würde niemals ohne ihn zurückkommen!«

Erst wollte Gillie sie überreden, doch zu warten, bis Rick zurückkäme, doch bevor sie den Mund öffnen konnte, wurde ihr klar, daß sie sich an Mary Annes Stelle genauso verhalten würde. So gab sie Mary Anne das kleine Funkgerät. »Du mußt nur den Knopf an der Seite runterdrücken und dann ins Mikro sprechen. Es ist auf die Frequenz von Ricks Gerät eingestellt. Aber paß auf, was du sagst«, rief sie Mary Anne an der Tür hinterher. »Die Leute hören hier alle den Polizeifunk ab!«

Gillie schloß die Tür hinter Mary Anne und drehte sich zu den Kindern um, die immer noch am Tisch saßen und durchs Fenster ihrer Mutter besorgt hinterherschauten. »Es wird alles gutgehen«, beruhigte sie die Kinder, bemüht, ihre eigenen Zweifel zu verbergen. Wenn Storm Mary Anne überhaupt zu irgend etwas führen würde, dann wahrscheinlich nur zu Joeys Leiche.

Aber vielleicht war es das Beste, was man Mary Anne wünschen konnte – daß der Junge nicht mehr am Leben war.

Mary Anne kletterte über den Zaun. Sie war voller Angst, daß Storm schon wieder im Wald verschwunden war, bevor sie ihn eingeholt hatte. Doch die Möglichkeit, schließlich doch noch eine aktive Rolle bei der Suche nach Joey übernehmen zu können, pumpte ihr einen Stoß Adrenalin ins Blut und mit einem Schlag war ihre ganze Müdigkeit wie weggeblasen. Sie hatte auf einmal sogar wieder Kraft zu rennen, und als sie den Acker zu drei Vierteln hinter sich hatte, erkannte sie auch die Umrisse des Schäferhundes zwischen den Bäumen, der sie unruhig erwartete. Kaum hatte sie ihn eingeholt, da fing er auch schon an zu laufen und hechelte einen gewundenen Waldweg bergaufwärts. Immer wieder blieb er stehen und drehte sich um, als wollte er sich vergewissern, daß Mary Anne ihm auch folgte.

Als sie an eine Gabelung kamen und Storm den rechten Weg wählte, wußte sie plötzlich, wohin dieser Pfad führte.

Zu der großen Felswand, von der sich Audrey Wilkenson zu Tode gestürzt hatte.

War es möglich, daß Joey dorthin gegangen war?

Hatte er dort womöglich die ganze Nacht verbracht, um seiner toten Mutter nahe zu sein, um an dem Ort zu sein, der sie zuletzt lebend gesehen hatte? Mary Annes Puls schlug wie rasend, als sie die Möglichkeit vor sich sah, ihn dort vielleicht doch noch lebend zu finden. Sie trieb sich an, noch schneller zu laufen, und merkte kaum, wie sehr sie der steile Aufstieg erschöpfte.

Schließlich kam sie oben an. Als sie auf das flache Felsplateau zwischen dem Waldrand und der Steilwand hinaustrat, machte ihr Herz einen Sprung.

Er saß am äußersten Rand der Klippe, mit dem Rücken zu ihr und schien die Knie hoch an die Brust gezogen zu haben. Um die Schultern hatte er eine Art Felldecke geschlungen.

Storm drängte sich winselnd gegen ihn und versuchte, ihm das Gesicht zu lecken. Doch der Junge schien ihn gar nicht zu bemerken und starrte nur weit über das Tal hinweg.

Eine innere Stimme riet Mary Anne, ihn jetzt nicht anzusprechen, ihn auf keinen Fall zu erschrecken.

Langsam, mit ruhigen Schritten, bewegte sie sich auf ihn zu, bis sie auf seiner Höhe war. Dann setzte sie sich neben ihn und zog ihn, ohne ein Wort zu sagen, liebevoll an sich. Einen Augenblick lang schien er sich zu sträuben, dann gab er nach und schmiegte sich sehnsüchtig an ihre Brust.

»Geht's dir gut?« fragte sie leise. Er sah so einsam und verzweifelt aus, daß sie nicht den leisesten Hauch von Ärger mehr verspürte.

Joey zögerte, dann schüttelte er den Kopf. »Nein«, flüsterte er fast unhörbar. »Mir geht's überhaupt nicht gut. Ich hab' so Angst. Ich… ich wollte sterben.«

Eine Welle von Mitgefühl mit ihrem gequälten Patenkind wallte in Mary Anne auf, und sie spürte, wie sich ihre Augen mit Tränen füllten. Sie zog Joey noch näher an sich heran. »Ich bin sehr froh, daß du nicht gestorben bist«, sagte sie leise. »Wir haben uns alle schreckliche Sorgen um dich gemacht.«

Lange schwieg der Junge. Dann, mit einer hauchdünnen Stimme, die von weit her zu kommen schien, sagte er: »Ich wette, Alison hat sich keine Sorgen um mich gemacht. Ich wette, daß sie mich haßt.«

»Niemand haßt dich«, widersprach ihm Mary Anne mit sanfter Stimme. »Niemand.«

»Aber ich habe versucht, ihr etwas anzutun«, jammerte Joey. »Irgend etwas ganz Furchtbares ist in mich gefahren, und ich…« Er stockte, unfähig weiterzusprechen. Dann fragte er sie: »Tante Mary Anne, bin ich verrückt? Ist das der Grund, warum ich so komisch bin?« Haltlos begann er zu schluchzen. »Ich wollte Alison doch gar nichts tun! Wirklich nicht! Ich konnte nur nicht aufhören! Un… und jetzt ist Bill Sikes auch noch tot und… und… Tante Mary Anne, was werden sie jetzt mit mir machen?«

Mary Anne hielt ihn fest im Arm und streichelte ihm sanft übers Haar. »Alles, alles wird wieder gut«, raunte sie und wiegte ihn wie ein Baby. »Ich bin ja da, und hier bei mir bist du ganz sicher, und alles wird wieder gut. Du hast auch Alison gar nicht weh getan, und was immer mit Bill Sikes passiert ist, war bestimmt nicht deine Schuld.«

»Aber… aber ich kann mich einfach nicht daran *erinnern*!« schluchzte Joey wieder los. »Ich konnte mich an nichts erinnern, bis ich aufgewacht und wieder zu mir gekommen bin, und…«

Er redete weiter auf sie ein, wie gehetzt, in unzusammenhängenden Sätzen. Mary Anne bemühte sich, ihm zu folgen, doch es war nur ein unverständliches Gestammel, auf das sie sich keinen Reim machen konnte. Das einzige, was sie verstand war, daß er offensichtlich nicht die Nacht hier verbracht hatte, sondern in einer Hütte irgendwo hoch oben in den Bergen, zugedeckt mit dem Fell, das er um die Schultern trug.

Und als er im Morgengrauen hierhergekommen war, hatte er sich umbringen wollen.

»Aber du hast es nicht gemacht«, sagte sie, als sie ihm schließlich auf die Füße half. »Sondern du bist hiergeblieben und hast auf Hilfe gewartet. Und das beweist mir, daß du überhaupt nicht verrückt bist.«

Joey schaute zu ihr auf. Seine dunklen Augen waren angsterfüllt. »Schickst du mich jetzt weg? Muß ich jetzt in ein Krankenhaus?«

Mary Anne legte ihm fürsorglich die Hand an die Wange, brachte es aber nicht übers Herz, ihm Versprechungen zu machen, die sie womöglich nicht einhalten konnte. »Darüber machen wir uns jetzt keine Sorgen. Jetzt bringen wir dich erst einmal wieder nach Hause, wo du hingehörst.«

Während Storm ihnen vorauslief, gingen sie schweigend den Weg hinab ins Tal.

19

Eine Stunde, nachdem Joey und Mary Anne heimgekommen waren, waren der Junge und Rick Martin schon wieder unterwegs in die Berge. Mary Anne hatte Joey warme Sachen zum Anziehen gegeben und dann sofort Rick benachrichtigt, der kurz darauf erschien und sich die seltsame Geschichte anhörte, daß Joey angeblich die Nacht in einer Hütte in den Bergen verbracht hätte. Das erste Stück des Pfades kannte Rick Martin gut, denn es war genau der Weg, auf dem er gestern nacht Joey verfolgt hatte. Als sie an den Ort kamen, wo man Bill Sikes tot aufgefunden hatte, blieb Joey einen Moment stehen und starrte auf die Stelle, wo er im ersten Morgengrauen Tony Moleno an der Leiche von Bill Sikes hatte Wache stehen sehen. Jetzt war die Leiche verschwunden, ebenso wie Tony Moleno, den man heimgeschickt hatte, damit er sich erst einmal gründlich ausschlafen konnte. Statt dessen wimmelte, genau wie vor ein paar Tagen auf dem Coyote Creek-Campingplatz, die ganze Gegend von Spezialisten der Mordkommission, die das Gelände absuchten und jeden auch nur irgendwie auffälligen Gegenstand sofort in Plastiktüten packten, um ihn in ihren Labors in Boise zu untersuchen. Joey sagte kein einziges Wort und stapfte dann weiter den Wanderpfad empor. Nach einer halben Stunde Aufstieg schlug er sich plötzlich seitlich in die Büsche und führte Rick

Martin scheinbar planlos durch den Wald, manchmal aber auch auf kaum wahrnehmbaren Pfaden, die das Wild hinterlassen hatte.

Sie waren jetzt weit oben, kurz unter der Baumgrenze, und kämpften sich über die Geröllbrocken der Moränenlandschaft. Rick schauderte bei der Vorstellung, daß hier oben tatsächlich ein Mensch leben sollte. Wie sollte der es denn schaffen, den Winter durchzustehen, wenn der Schnee drei Meter hoch lag und ein eisiger Wind von den Bergen herabpfiff? Er schaute Joey an, der seine Gedanken erraten zu haben schien.

»Wir sind gleich da«, meinte Joey. »Da oben führt ein Weg entlang.« Ungefähr fünfzig Meter weiter, nachdem sie sich durch einen schmalen Spalt zwischen zwei riesigen Findlingen gequält hatten, stießen sie auf den Pfad, und schon bald darauf kamen sie auf eine kleine Lichtung. Und da sahen sie sie. Am anderen Ende, geduckt an die schroffe Felswand, stand die Hütte.

Ihre offenen Fenster starrten sie wie zwei tote Augen an, und die Tür war wie ein zahnloser Mund. Doch aus dem verrosteten Schornstein, der aus dem geflickten Dach ragte, stieg eine dünne Rauchfahne auf. Die Hütte eines Bergmenschen, dachte Rick Martin sofort. In den zehn Jahren, die er hier in Sugarloaf lebte und arbeitete, hatte er noch nie einen zu Gesicht bekommen. Bevor er gestern mit Mary Anne Carpenter darüber geredet hatte, hatte er nur hin und wieder das Gerücht gehört, daß hier oben noch einer lebte, ein Gerücht, dem er jedoch keinen weiteren Glauben geschenkt hatte. Doch diese heruntergekommene Bude konnte nichts anderes sein als die Behausung eines Bergmenschen.

»Sehen Sie?« fragte Joey triumphierend. »Ich hab' Ihnen ja gesagt, daß es hier oben war!«

Rick Martin zog seine Pistole, befahl dem Jungen, sich nicht von der Stelle zu rühren und näherte sich vorsichtig der offenen Tür. »Hallo?« rief er. »Ist da jemand?«

Nichts rührte sich. Und obwohl der Rauch aus dem Schornstein das Gegenteil bewies, wehte um die Hütte eine Aura von Verlassenheit und Leere. Schließlich trat Rick an die Tür heran und spähte ins Innere der Behausung.

Von innen sah die Hütte genauso heruntergekommen aus wie

von außen. Trotzdem war es offensichtlich, daß hier jemand wohnte. »Es ist niemand drin«, rief Rick. »Bleib, wo du bist. Ich schau' mir das Ganze mal ein bißchen aus der Nähe an.«

Als der Polizist in der Hütte verschwand, lief ihm Joey, ungeachtet der Worte von Rick Martin, quer über die Lichtung nach. Er würde ihm höchstpersönlich das Bett zeigen, in dem er geschlafen hatte, dann mußten sie ihm ja glauben!

Plötzlich blieb er wie angewurzelt stehen. Seine Nackenhaare sträubten sich, und eine eiskalte Gänsehaut lief ihm über den Rücken.

Er war nicht allein.

Beklommen spähte er um sich, darauf gefaßt, hinter sich jemanden stehen zu sehen.

Aber da war niemand.

Er lauschte atemlos, ob er irgendein Geräusch hören könnte, doch nur die Blätter in den Baumkronen rauschten leise im Wind.

Wie ein Tier, das versucht, die Witterung des Feindes auszumachen, hielt er seine Nase schnuppernd in die Luft.

Nichts.

Und doch spürte er die Gegenwart von etwas, so nah, daß er meinte, es mit Händen greifen zu können. Und dieses unsichtbare Etwas schien auch jeden Moment die Hände nach ihm ausstrecken zu können.

Einen Moment lang zögerte er, dann schlug er sich seitwärts in die Büsche und suchte zwischen den Bäumen Schutz. Durch das dichte Unterholz, das am Waldboden wucherte, war er nun von der Hütte aus nicht mehr zu sehen.

Die Gegenwart dieses Wesens wurde immer stärker.

Wie ein Wiesel schlüpfte er durch das Gehölz, geleitet von einer inneren Stimme, die ihm zuzuflüstern schien, wohin er laufen müßte. Er war kaum fünfzig Meter weit von der Hütte entfernt, da sah er sie: die große Gestalt, die im Schatten der Bäume lauerte und ihn beobachtete.

Joey rührte sich nicht. Sprachlos starrte er den Mann an. Seine Kleider waren so zerlumpt und abgetragen, daß sie die gleiche graubraune Färbung angenommen hatte, wie das morsche Gehölz um ihn herum. Seine Haare waren lang und zerzaust, und sein zerfurchtes Gesicht war von einem dichten Bart fast zugewachsen.

Joey erkannte ihn sofort. Es war der Mann, der sich auf der Beerdigung seiner Eltern zwischen den Bäumen versteckt und ihn beobachtet hatte.

Das war der Mann, der in der Hütte hauste, das wußte er.

Außer dieser einen Begegnung auf dem Friedhof hatte er den Mann noch nie gesehen. Zumindest glaubte Joey das, denn seine Erinnerung an den gestrigen Tag war wie ausgelöscht. Doch jetzt, wo er diesem Mann so ganz allein im Wald gegenüberstand, kam auf einmal eine merkwürdige Ruhe über ihn. Wie magisch angezogen ging er auf ihn zu und blieb erst kurz vor ihm stehen.

Der Mann streckte seine Hand nach ihm aus. »Ja, Joey«, flüsterte er heiser. »Du kennst mich, nicht wahr?«

Joey zögerte einen Moment, dann nickte er stumm. Instinktiv wußte er, daß er diesen Mann kannte, daß er auf sonderbare Weise mit ihm verbunden war. Ja, er hatte das Gefühl, daß eine unwiderstehliche Kraft ihn geradezu magisch zu dieser wilden Gestalt hinzog.

»Wir sind einander ähnlich«, flüsterte der Mann leise. »Du und ich, wir sind uns sehr ähnlich. In unseren Adern fließt das gleiche Blut, mein Junge.« Er hielt seine dunklen Augen fest auf Joeys Gesicht geheftet. »Ja, Joey«, flüsterte er wieder. »Wir sind nicht wie die anderen. Wir sind anders. Verstehst du mich, Joey?«

Joey runzelte fragend die Stirn. Er verstand kein einziges Wort von dem, was der Mann sagte, und doch, irgendwo ganz tief in seiner Seele kam eine Saite zum Klingen. Sein ganzes Wesen öffnete sich diesem Fremden, der ihm so eigentümlich vertraut schien. Und so schaute er ihn nur an und nickte wieder wie in Trance.

»Du brauchst keine Angst vor mir zu haben, Joey«, flüsterte der Mann. »Komm!« Joey trat einen Schritt auf ihn zu. Der Mann streckte seine Hand aus und streichelte ihm die Wange. Seine Handfläche fühlte sich rauh und rissig an, und doch machte Joey keine Bewegung, sich ihm zu entziehen. Im Gegenteil, er stand wie gebannt, war wie elektrisiert von dieser Berührung. Er spürte etwas, das er noch nie gespürt hatte. Ein Gefühl, das er noch nie in seinem Leben gehabt hatte.

Er war nicht mehr allein auf dieser Welt.

»Joey? Joey!«

Rick Martins Ruf zerriß die Stille des Augenblicks. Joeys Augen weiteten sich vor Schrecken. Der Mann ließ seine Hand sinken und schaute ihn aus schmalen Augen an. »Geh zurück, Joey«, flüsterte er kaum hörbar. »Die Zeit ist noch nicht reif. Ich werde zu dir kommen, wenn es soweit ist.«

Er legte ihm seine riesige Hand auf die Schulter, eine Hand mit dicken langen Nägeln, die sich wie Tierklauen nach innen bogen. Dann drehte er Joey in die Richtung, aus der Rick Martin ihn gerufen hatte, und gab ihm einen sanften Schubs.

Zögernd machte Joey ein paar Schritte. Als er den Polizisten ein zweites Mal nach ihm rufen hörte, drehte er sich wieder um, wie wenn er diese seltsame Gestalt um Rat fragen wollte.

Doch der Mann war verschwunden. Der Platz, an dem er noch vor wenigen Sekunden gestanden hatte, war leer.

Weit und breit war kein Lebenszeichen von ihm zu entdecken. Verwirrt suchte Joey mit den Augen die Umgebung ab, doch er konnte keinen einzigen Beweis dafür entdecken, daß die Begegnung mit diesem Mann überhaupt stattgefunden hatte. Hatte er das alles nur geträumt?

Völlig durcheinander setzte er sich in Bewegung, als er Rick Martin ein drittes Mal nach ihm rufen hörte. »Ich komme!« rief er und rannte schnell zur Lichtung zurück.

»Wo warst du denn bloß?« fuhr ihn Rick Martin in barschem Ton an. Er hatte sich ernstliche Sorgen gemacht, als er feststellte, daß der Junge verschwunden war.

»Ich... ich mußte mal austreten«, stammelte Joey verlegen. »Ich war da drüben«, sagte er und deutete vage in die Richtung, aus der er gekommen war.

»Mach das ja nicht noch einmal!« knurrte Rick ärgerlich. »Ich hab' deiner Tante versprochen, dich nicht aus den Augen zu lassen, und ich möchte sie nicht anlügen müssen. Verstanden?«

Joey nickte. Er erzählte dem Polizisten kein Sterbenswörtchen von seinem Erlebnis im Wald, hörte jedoch aufmerksam zu, als Rick Martin ihm seine Pläne erläuterte, wie er Frank Peters Bluthunde auf den Bewohner dieser Hütte ansetzen würde.

Spätestens bei Einbruch der Dunkelheit, so meinte der Polizist, würden die Hunde den Mann zur Strecke gebracht haben.

»Ich hol' euch um halb vier wieder ab«, sagte Mary Anne, als sie vor dem Schulhaus hielt. Sie drehte sich um und öffnete die hintere Tür des Range Rovers, um ihre beiden Kinder aussteigen zu lassen. »Wenn ich mich etwas verspäten sollte, wartet bitte auf mich. Fahrt nicht mit dem Bus! Ich will auf keinen Fall, daß ihr hier in der Gegend alleine herumlauft, okay?«

»Warum müssen wir denn überhaupt in die Schule gehen?« quengelte Logan in einem letzten, vergeblichen Versuch, zu Hause bleiben zu dürfen. Doch bevor er weitermaulen konnte, unterbrach ihn Alison.

»Jetzt hör endlich auf, dich wie ein Baby zu benehmen! Mama hat genug…«

Wütend fuhr Logan herum und schrie seine Schwester an: »Ich bin kein Baby! Ich bin zehn Jahre alt!«

»Dann versteh' ich nicht, warum du dich aufführst, als wärst du vier!« versetzte seine Schwester umgerührt. Sie öffnete die andere Tür und rutschte vom Rücksitz herunter. »Mach dir keine Sorgen, Mama, ich paß' schon auf ihn auf.« Sie winkte ihrer Mutter nach, als diese davonfuhr, und stapfte dann die breite Treppe zum Schultor hinauf. »Willst du da bis zum Jüngsten Tag stehenbleiben?« rief sie ihrem Bruder über die Schulter zu, ohne sich umzudrehen. Der warf dem Range Rover einen letzten, sehnsüchtigen Blick nach und trottete dann mißmutig seiner Schwester hinterher.

»Wenn du dein verdammtes Maul gehalten hättest, hätte ich sie rumgekriegt, daß wir zu Hause bleiben können«, schimpfte er.

Alison gab keinen Kommentar, und so schickte sich Logan schließlich in das Unvermeidliche. Doch kaum hatte er die ersten paar Stufen der Treppe erklommen, da hörte er schon jemanden nach ihm rufen. »Hey, Logan! Hast du ihn gesehen?«

Logan drehte sich um. Michael Stiffle grinste ihn erwartungsvoll an. »Hast du nicht, stimmt's?«

»Wen denn?« fragte Logan unsicher.

»Na, Bill Sikes natürlich!« rief einer der anderen Jungen. In Sekundenschnelle hatte sich um Logan und seine Schwester eine dichte Gruppe neugieriger Schulkinder geschart. »Hast du die Leiche gesehen, als sie ihn runtergebracht haben?«

Logan zögerte. Das einzige, was er heute morgen gesehen hatte, waren ein paar Männer, die auf der anderen Seite der Weide mit einer Bahre aus dem Wald gekommen waren. Als sie sich dem Krankenwagen näherten, der im Hof wartete, hatte ihn seine Mutter von der Tür weggezogen. Von dem, was auf der Bahre lag, hatte er nur einen ganz kurzen Blick erhaschen können. Die Männer hatten ein großes schweres Bündel geschleppt. Ob das Bill Sikes' Leiche gewesen war? Ein Schauder lief ihm über den Rücken. Genau, das mußte es gewesen sein! »Klar hab' die Leiche gesehen«, platzte er heraus. »Vier Männer mußten mit anpacken, so schwer war sie. Und sie war ganz in Plastik eingewickelt.«

»Aber hast du sie auch von nahem gesehen?« fragte ein anderer.

»Wir haben *überhaupt* nichts gesehen!« schaltete sich Alison rigoros ein, bevor ihr Bruder antworten konnte. Sie zog Logan schnell an der Hand die Treppe hinauf, in der Hoffnung, auf diese Weise weiteren unangenehmen Fragen entgehen zu können. Doch schon auf halber Strecke hatte Michael Stiffle sie eingeholt und hielt Logan am Arm fest.

»Wo ist denn Joey?« fragte er hämisch. »Haben sie ihn schon abgeholt?«

Alison blieb stehen und starrte Michael an, hinter dem seine Zwillingsschwester grinsend hervorlugte. Hastig zog sie Logan mit sich fort, denn sie wußte, was als nächstes kommen würde. »Komm schnell, Logan«, flüsterte Alison so leise, daß nur er es hören konnte. Doch kaum hatte sie das Schultor erreicht, da ertönte auch schon das erste Spottlied.

»Ich wette, daß Joey es war«, sang Mike Stiffle höhnisch. »Ich wette, er hat Bill Sikes umgebracht!«

»Joey ist verrückt!« sang ein anderer.

»Genau! Das weiß ja jeder!«

Wütend fuhr Alison herum. »Haltet die Schnauze!« schrie sie. »Keiner von euch weiß auch nur irgend etwas!«

»Haha! Wir kennen doch Joey!« rief Michael Stiffle zurück. »Wir wissen…«

Seine Worte erstarben ihm auf den Lippen, als die Schultür aufging und Florence Wickman, begleitet von Ellen Brooks, heraustrat.

»Jetzt ist aber genug!« rief die Direktorin mit donnernder Stimme. Sie hatte gelernt, mit solchen Situationen umzugehen. »Niemand weiß, was genau mit Bill Sikes passiert ist! Und deshalb will ich auch nichts mehr darüber hören!« Sie sah Michael Stiffle mit durchbohrendem Blick an: »Hast du mich verstanden?«

Der Junge schaute beschämt zu Boden und nickte stumm.

»Dann schlage ich doch vor, daß ihr euch alle schnellstens in eure Klassenzimmer begebt!« fuhr Mrs. Wickman in harschem Ton fort. »Und kein Wort mehr über Joey Wilkenson! Wenn ich auch nur ein einziges Wort über ihn höre, dann sitzt ihr allesamt einen Monat lang jeden Tag eine Stunde nach! Darauf könnt ihr euch verlassen. Einen ganzen Monat lang!«

Das leise Gemurmel unter den Schülern erstarb jäh, als sie diese Drohung hörten. Befriedigt, daß sie die Situation unter Kontrolle hatte, drehte sich die Direktorin um und verschwand wieder im Schulgebäude, gefolgt von Ellen Brooks. Doch kaum waren die beiden Frauen in Florence Wickmans Büro, da platzte die Lehrerin auch schon heraus.

»Warum waren Sie denn gleich so streng?« fragte sie beschwichtigend. »Die Kids reden doch nur darüber, was letzte Nacht passiert ist. Es ist doch ganz klar, daß sie das beschäftigt. Haben Sie Sam Gilman heute morgen im Radio gehört?«

»Er sollte sich schämen«, knurrte Florence Wickman. »Und Milt Morgenstern ebenso. Die beiden legen es doch geradezu darauf an, eine Panik heraufzubeschwören!« Seufzend ließ sie sich in ihren Sessel hinter dem Schreibtisch fallen. »Zumindest eines ist allerdings richtig an dem, was Sam und Milt verbreiten. Bevor wir nicht genau wissen, wer oder was Bill Sikes umgebracht hat, sollten die Kinder auf der Hut sein. Wir sollten *alle* auf der Hut sein.«

Mary Anne ging unruhig in der Küche auf und ab. Seit dem Moment, da sie Joey mit Rick Martin in die Berge hatte gehen lassen, wurde sie das ungute Gefühl nicht los, einen schweren Fehler gemacht zu haben. Doch was war ihr schon anderes übriggeblieben? Kaum hatte sie Joey warme Sachen zum Anziehen gegeben, kaum hatte er sich an den Küchentisch gesetzt, um etwas zu essen, da hatte sie schon an der Art, wie der Polizist Joey mit Fragen löcherte, gemerkt, wohin das Ganze führen würde.

»Kannst du dich erinnern, wo die Hütte ist?« hatte er gefragt. »Meinst du, daß du sie wiederfinden könntest?« Nach einem kurzen Zögern hatte Joey genickt. Als Rick daraufhin vorschlug, gemeinsam wieder zurück in die Berge zu gehen, weiteten sich Mary Annes Augen entsetzt, doch bevor sie protestieren konnte, nahm er sie beiseite. »Ich habe zwei Morde aufzuklären«, drang er in sie, »und eine Frau liegt schwerverletzt im Krankenhaus von Boise. Wenn da oben tatsächlich jemand lebt, dann muß ich mit ihm reden, wer es auch sein mag. Und wenn da oben niemand ist, und wenn es auch weit und breit keine Hütte gibt, dann...« Er ließ den Satz unvollendet, doch Mary Anne verstand sofort, worauf er anspielte.

»Dann – was bitte?« fragte sie scharf. »Sie meinen doch wohl nicht im Ernst, daß Joey die beiden Morde begangen hat, oder? Wie können Sie überhaupt bloß auf so einen Gedanken kommen? Mein Gott, der Junge ist doch noch ein Kind!«

»Davon habe ich kein Wort gesagt«, wich Rick Martin ihr aus. »Aber das ist bisher die einzige Spur, die ich habe, und ich kann sie nur mit Joeys Hilfe verfolgen.«

Zuerst weigerte sich Mary Anne hartnäckig, doch als schließlich Joey selber zu betteln anfing, dem Beamten die Hütte zeigen zu dürfen, gab sie widerwillig nach. »Du mußt es mir einfach erlauben«, beteuerte Joey. »Wenn alle meinen, daß ich Lügen erzähle, dann meinen sie am Ende, daß ich, daß ich...«

Er brach ab, doch alle wußten, was er meinte. Und als Rick Martin versicherte, gut auf den Jungen aufzupassen, gab sie schließlich ihr Einverständnis. »Aber sie lassen ihn keine Minute aus den Augen, verstanden!« hatte sie ihm eingeschärft.

Rick Martin hatte genickt, und sie hatte ihm vertraut. Doch seit die beiden das Haus verlassen hatten, war jede Sekunde des Wartens zur Qual geworden, besonders die endlosen eineinhalb Stunden, die sie hier auf Kohlen saß, seit sie Logan und Alison zur Schule gebracht hatte. Zum x-ten Mal stand sie auf, ging ans Fenster und schaute suchend in die Ferne.

Und endlich! Eine Welle der Erleichterung überkam sie, als sie Joey neben Rick Martin über das Feld auf das Haus zukommen sah. Sie mußte sich beherrschen, ihnen nicht entgegenzulaufen. Unruhig erwartete sie sie an der Haustür. Als der Polizist ihren ängstlichen Gesichtsausdruck sah, erriet er sofort ihre Gedanken.

»Da ist tatsächlich eine Hütte«, sagte er. »Und sie schaut auch genauso aus, wie der Junge sie beschrieben hat.«

Mary Anne fiel ein Stein vom Herzen. Schützend legte sie ihre Arme um Joey. »Und war da oben jemand?« fragte sie unsicher.

Martin schüttelte den Kopf. »Da lebt zwar jemand, ich frag' mich bloß, wie.« Mit ein paar Sätzen beschrieb er Mary Anne die Hütte. »Er muß, kurz bevor wir kamen, weggegangen sein. Auf dem Tisch stand eine leere Kaffeetasse, die noch warm war, und das Feuer im Herd war gerade am Verglühen.« Er streckte seinen Körper durch. All seine Muskeln waren total verspannt, und er war zum Umfallen müde. »Ich ruf' Tony Moleno an, er soll mit Frank Peters und den Hunden kommen. Wenn das Wetter hält und es nicht zu regnen anfängt, haben die Viecher den Kerl im Handumdrehen.«

Mary Anne wollte etwas sagen, doch dann hielt sie inne und wandte sich an Joey. »Joey, willst du dir nicht oben in deinem Zimmer was anderes anziehen? Derweil unterhalte ich mich ein bißchen mit Mr. Martin, ja?«

Argwöhnisch schaute Joey zu ihr auf. Sie würden über ihn reden, das wußte er ganz genau! »Warum kann ich denn nicht dabeisein?« fragte er trotzig.

Mary Anne, die seine Angst spürte, lächelte ihm beruhigend zu.

»Weil ich möchte, daß du dir saubere Sachen anziehst«, entgegnete sie freundlich. »Ich möchte nämlich gerne mit dir zum Arzt gehen und dich untersuchen lassen.«

Joeys Augen weiteten sich vor Schreck. Wollte sie ihn also doch in eine Anstalt bringen? Wollte sie ihn also doch fortschikken, obwohl sie ihm das Gegenteil versprochen hatte? »Aber du hast doch gesagt...«, stotterte er, doch Mary Anne brachte ihn zum Schweigen, indem sie ihm ihren Zeigefinger auf die Lippen legte.

»Du brauchst dir überhaupt keine Sorgen zu machen, Joey«, beteuerte sie. »Wir gehen einfach nur zum Arzt und schauen, ob er dir helfen kann, dich zu erinnern, was letzte Nacht geschehen ist. Ich verspreche dir, daß ich die ganze Zeit bei dir bleibe, und daß wir beide hinterher wieder nach Hause gehen.« Als der Junge immer noch mißtrauisch schien, schaute sie ihm fest in die Augen. »Ich habe versprochen, mich um dich zu kümmern, Joey. Ich habe es deinen Eltern versprochen, als du geboren wurdest, und ich habe es dir heute morgen versprochen. Und ich schwöre dir, Joey, daß ich mein Versprechen halten werde!«

Beklommen schaute Joey zu ihr auf und versuchte, in ihrem Gesicht zu lesen, doch er konnte keine falsche Regung entdecken. Aber wenn sie ihn nun doch belog? Wenn sie ihn nun doch in irgendeine Anstalt stecken wollte?

Im selben Moment, wie die Frage in ihm auftauchte, wußte er auch schon die Antwort.

Dann renne ich davon. Wenn sie mich in eine Anstalt bringen wollen, renne ich einfach davon. Dann geh' ich in die Berge und suche diesen Mann. Und wenn ich ihn gefunden habe, wird er sich um mich kümmern.

Diese rettende Vorstellung erfüllte ihn mit Erleichterung; brav verließ er die Küche und stapfte die Treppe hoch in sein Zimmer. Als er aus dem Raum war, wandte sich Mary Anne an Rick Martin.

»Es gibt nur eine einzige Sache, die ich nicht verstehe«, sagte sie. »Wenn dieser Jemand, der da oben in der Hütte lebt, Bill Sikes umgebracht hat, warum hat er dann Joey kein einziges Haar gekrümmt?«

Es war genau die gleiche Frage, über der Rick Martin die letzte halbe Stunde auf dem Heimweg aus den Bergen gebrütet hatte.

Eine Frage, auf die er immer noch keine Antwort hatte.

Joey öffnete die Tür zu seinem Zimmer und pfiff nach Storm, der ausgestreckt auf dem Bett lag, die Schnauze auf den Vorderpfoten. Doch anstatt wie sonst vom Bett zu springen und seinem Herrn begeistert wedelnd entgegenzustürmen, erhob sich der Hund mit eingezogenem Schwanz und verkroch sich leise winselnd unter dem Bett. Joey war verblüfft. Was hatte er denn? Er kniete sich neben das Bett und spähte hinunter.

Storm knurrte und rutschte noch ein Stück weiter von ihm weg.

Plötzlich wußte Joey, was los war.

Es war die Witterung von dem Bergmenschen! Sie haftete ihm immer noch an!

»Ist ja gut, Storm«, flüsterte Joey. »Du brauchst keine Angst zu haben. Er tut mir nichts. Er liebt mich, er liebt mich wirklich!«

Noch einmal streckte er seine Hand nach Storm aus, doch der hörte nicht auf, ängstlich zu winseln.

Als dem Hund der Geruch des Mannes, der Joeys Wange gestreichelt hatte, jetzt noch intensiver in die Nase stieg, fing er am ganzen Körper an zu zittern. Er zog sich weiter unters Bett zurück, weg von dem Jungen, der sein ganzes Leben lang sein Herrchen gewesen war.

Sein Herrchen, von dem er jetzt panische Angst hatte.

20

»Na, war das jetzt alles so schlimm, Joey?« fragte Clark Corcoran und kam lächelnd um den Schreibtisch herum. Seine sportliche Figur und sein jugendliches Äußeres ließen ihn viel jünger als 44 Jahre erscheinen, und seine lockere Art kam bei Kindern immer ganz besonders gut an.

Doch bei Joey war alles anders. Er rutschte nervös auf seinem

Stuhl herum und schaute ängstlich zu dem Arzt auf. »Heißt das, daß wir fertig sind?« fragte er zaghaft.

Corcoran nickte. »Wir sind mit allem fertig«, bestätigte er und versuchte, seiner Stimme einen zuversichtlichen Klang zu geben, auch wenn die eher mageren Untersuchungsergebnisse ihm dazu wenig Anlaß gaben. Immerhin, das eine oder andere hatte er in der letzten Stunde ja aus Joey herausgekitzelt. Er hatte alle möglichen körperlichen Untersuchungen mit ihm angestellt und versucht, ihn dabei am Reden zu halten, denn er wußte, daß man einem Jungen in Joeys Alter viel mehr Informationen entlocken konnte, wenn man sich zwanglos mit ihm nebenbei unterhielt, als wenn man sich ihm gegenüber aufpflanzte und ihn einer ›offiziellen‹ Befragung unterzog.

Körperlich war der Junge in guter Verfassung. Er war zwar für sein Alter nicht besonders groß, aber seine Muskeln waren wesentlich besser entwickelt als bei anderen Kindern seines Alters, und auf seiner überraschend männlichen Brust sprossen sogar schon die ersten Haare. Pulsfrequenz und Blutdruck waren absolut in Ordnung. Die einzige Unregelmäßigkeit war seine Körpertemperatur, die ein ganzes Grad über der Norm lag. Corcoran war darüber etwas verwundert und hatte nach anderen Symptomen einer Erkrankung gesucht, doch keine gefunden. Schließlich hatte er ein zweites Mal Joeys Temperatur gemessen, war aber zu dem gleichen Ergebnis gekommen. Daraufhin hatte er sich eine Notiz in Joeys Krankenblatt gemacht und sich vorgenommen, diese Anomalie im Auge zu behalten.

Auch wenn er keinen körperlichen Grund für Joeys eigenartige Gedächtnislücken gefunden hatte, so glaubte er doch des Rätsels Lösung zu wissen: Es war schlicht und ergreifend der Tod seiner Eltern, den Joey seelisch nicht verarbeitet hatte. Es mußte ein erschütterndes Trauma für den Dreizehnjährigen gewesen sein, und so war es einfach unausweichlich, daß ab und zu die ganze Trauer über den Verlust in ihm hochkam und ihn schier überwältigte. Die einzige Möglichkeit, mit diesen Durchbrüchen von Trauer fertig zu werden, war, die Erinnerung daran auf der Stelle wieder zu verdrängen. Immer wenn Clark Corcoran auf den Tod von Joeys Eltern zu sprechen kam, wiederholte Joey in eigenartig mechanischer Weise, daß es ihm gutgehe, daß er sich an sein neues Leben gewöhne, daß er seine Tante sehr gern und keinerlei Probleme habe. Er hatte sogar zugegeben, daß er in Alison Carpenter ein bißchen verknallt war.

All dies bestätigte Corcoran darin, daß der Junge die Trauer über den Tod seiner Eltern verdrängte. Joey wehrte sich offenbar mit allen Kräften, der Wirklichkeit ins Auge zu sehen und versuchte, seine Verzweiflung zu unterdrücken, indem er sich immer wieder einredete, daß das, was geschehen war, im Grunde gar nicht so schlimm sei.

Und so nahm der Arzt an, daß die Zeiträume, an die sich Joey nicht erinnern konnte, nichts anderes waren, als Momente, in denen ihn der Schmerz überwältigte, ein Schmerz, den er mit niemandem teilen konnte, mit dem er sich mutterseelenallein auf der Welt fühlte, ein Gefühl, das so schrecklich war, daß Joey die Erinnerung daran sofort in seinem Gedächtnis auslöschen mußte.

»Ich brauch' jetzt nur noch ein paar Minuten, um deiner Tante zu sagen, daß du kerngesund bist, und dann bist du erlöst«, sagte Corcoran zu Joey. »Aber ich möchte dich nächste Woche gern noch einmal sehen.«

Joey zog die Stirn kraus. »Aber Sie haben doch gerade gesagt, daß ich kerngesund bin.«

»Das bist du auch«, beruhigte ihn der Arzt. »Mir ist nur aufgefallen, daß deine Körpertemperatur ein wenig erhöht ist, was aber sicherlich morgen schon wieder in Ordnung sein wird. Unabhängig davon wollten wir beide doch herausfinden, wo du gestern nacht warst, als du von zu Hause weggelaufen bist, oder?«

Joey schwieg eine Weile. Seine Augen jagten unruhig hin und her wie die eines gehetzten Tieres. »V… viele Leute können sich m… manchmal an irgendwas nicht erinnern«, stotterte er schließlich. »D… das ist doch nichts Schlimmes.«

»Ich sag' ja auch gar nicht, daß das was Schlimmes ist«, beschwichtigte Corcoran. Er durfte die Aufmerksamkeit des Jungen nicht zu sehr auf seine Gedächtnislücken lenken, sonst würde er sich nur noch mehr in sich zurückziehen. »Aber bist du denn nicht auch ein ganz klein bißchen neugierig, was letzte Nacht los war, Joey? Also ich bin es schon!«

Für einen Sekundenbruchteil schoß das Bild von Bill Sikes' Leiche durch Joeys Kopf. Wenn er sich wirklich erinnern würde, was gestern nacht geschehen war, und es würde herauskommen, daß er... *Nein!* Mit aller Macht löschte er das Bild aus seinem Kopf, noch ehe es klar vor seinen Augen stand. »N... na ja, vielleicht bin ich auch ein bißchen neugierig«, gab er pflichtgemäß zu.

»Na siehst du. Dann treffen wir zwei uns also nächste Woche noch mal und schauen, ob uns da noch irgendwas einfällt, ja?« Corcoran öffnete die Tür zum Wartezimmer, in dem Mary Anne saß und nervös in einer Zeitschrift blätterte, und ließ Joey hinaus. »Würden Sie bitte einen Moment hereinkommen. Mrs. Carpenter?« lächelte er freundlich.

Während Joey den Platz seiner Tante auf dem breiten Sofa einnahm, folgte Mary Anne dem Arzt in sein Sprechzimmer und setzte sich auf den äußersten Rand des Stuhls vor seinem Schreibtisch. Corcoran nahm dahinter Platz und reichte ihr Joeys Krankenblatt hinüber. »Schauen Sie selbst«, sagte er, »außer einer leicht erhöhten Temperatur ist der Junge in bester körperlicher Verfassung. Sogar in hervorragender Verfassung.« Dann erklärte er ihr seine Theorie über Joeys Gedächtnisausfälle.

»Ich wünschte, es wäre wirklich so einfach«, seufzte Mary Anne, als er geendet hatte. Sie mußte daran denken, wie ihr Joey am Tag ihrer Ankunft in die Arme geflogen und in Tränen ausgebrochen war. »Sie beschreiben diesen Jungen als viel... ich glaube, *stoischer* ist der richtige Ausdruck, als ich ihn kenne. Joey ist alles andere als stoisch. Er ist viel eher... launisch. Seine Stimmungen wechseln oft so plötzlich, daß ich mich manchmal frage, ob ich überhaupt nur die geringste Ahnung habe, was in diesem Jungen wirklich vorgeht.«

»Ja, Joey war schon immer etwas launisch«, pflichtete ihr Corcoran bei. »Aber ich weiß nicht, ob dahinter ein tieferes Problem steckt. Schon als er ganz klein war, gab es Phasen, wo er völlig in sich gekehrt war, und dann wieder Zeiten, in denen er sich wie ein wahrer Teufel gebärdete.« Er schwieg einen Augenblick, und als er fortfuhr, klang seine Stimme plötzlich besorgt. »Wie gut kannten Sie eigentlich Ted?«

Ted, klang es in Mary Anne nach. *Immer wenn ich mit jemandem über Joey spreche, landen wir am Ende bei Ted!* »Manchmal frage ich mich, ob ich ihn überhaupt gekannt habe«, antwortete sie schließlich. »Sie müssen verstehen, ich hab' ihn ja erst kennengelernt, als Audrey ihn geheiratet hatte. Im Grunde habe ich ihn selten gesehen.«

»Er war ein schwieriger Mensch.« Corcoran lehnte sich in seinem Sessel zurück. »Ich mochte ihn wirklich gern, das sage ich Ihnen ganz offen. Aber mit Joey war er manchmal einfach zu streng. Und dann wieder ließ er ihm alles durchgehen. Ich hatte immer den Eindruck, daß Joey einfach nicht wußte, wo bei seinem Vater die Grenzen waren und wie er wirklich zu ihm stand. Was Ted heute noch gefiel, regte ihn am nächsten Tag fürchterlich auf. Joey wußte einfach nie, woran er bei ihm war. Und in den letzten paar Jahren ging Ted dann manchmal richtig rüde mit dem Jungen um.«

Mary Annes Gesichtsausdruck verhärtete sich. »Wollen Sie damit sagen, daß er Joey geschlagen hat?« fragte sie gepreßt. Irgendwann mußte sie das Thema einfach auf den Tisch bringen, dieses Thema, vor dem sie alle immer auswichen, angefangen von Charley Hawkins über Rick Martin bis zu Olivia Sherbourne.

Lange sagte Clark Corcoran gar nichts, dann stieß er einen tiefen Seufzer aus. Als er zu reden anfing, merkte Mary Anne, daß er ihren Blick mied. »Wissen Sie, hier in der Gegend gab es niemanden, der besonders erpicht darauf war, sich mit Ted anzulegen. Auch ich hab' mich davor gedrückt, das muß ich ehrlich zugeben.« Verlegen griff er nach einem Kugelschreiber und drehte ihn nervös zwischen den Fingern. »Sie wissen ja, daß Ted sehr vermögend war. Vor ein paar Jahren hat er eine Stiftung gegründet, um hier eine moderne Klinik zu errichten. Im nächsten Frühjahr wollten wir mit dem Bau beginnen.«

Wieder schwieg er. Doch Mary Anne, die wußte, was als nächstes kommen würde, erlaubte ihm nicht, sich aus der Verantwortung zu stehlen. »Fahren Sie fort!« fuhr sie ihn scharf an.

Corcoran rutschte noch tiefer in seinen Sessel. »Nun ja. Ich habe sicherlich mein Bestes getan, um Joey zu helfen, aber was Ted anbetrifft, so habe ich natürlich auch vermieden, mir mit ihm Ärger einzuhandeln. Ich bin nicht gerade stolz darauf, das kann ich Ihnen versichern. Und wenn es jetzt Probleme mit Joey gibt, dann trage ich sicherlich auch einen Teil Schuld daran. Aber machen Sie sich keine Sorgen, ich habe Joey bisher gut über die Runden gebracht, und ich werde ihm auch über diese Hürde helfen.«

»Aber wie denn, wenn ich fragen darf?« Zorn wallte in Mary Anne auf. »Wie wollen Sie denn Joey helfen, wenn Sie die ganze Zeit schon gewußt haben, was los war, und nichts dagegen unternommen haben? Ich bitte Sie, Dr. Corcoran! Dann hat also jedermann in der Stadt gewußt, daß Ted seinen Sohn mißhandelt, und keiner hat gewagt, den Mund aufzumachen?«

»Ich bin nicht sicher, ob es wirklich jeder gewußt hat«, sagte Corcoran kleinlaut, doch Mary Anne fuhr ihm über den Mund:

»Darauf kommt es doch jetzt gar nicht an, Dr. Corcoran. *Sie* haben mir gerade selbst gesagt, daß Sie den Verdacht hatten, daß Ted seinen Sohn mißhandelt hat. Dann hätten *Sie* das nicht nur in Joeys Krankenblatt vermerken, sondern mit Ihrem Verdacht sofort zur Polizei gehen müssen!« Hastig blätterte sie durch Joeys Akte und suchte nach irgendwelchen Notizen, die der Arzt über Joeys Problem gemacht hatte.

Sie fand keine einzige.

Nichts!

Schließlich fiel ihr Blick auf die erste Seite gleich nach dem Umschlagblatt, auf der eine Kopie von Joeys Geburtsurkunde lag. Sie starrte eine Weile darauf, fing dann wieder an, die Seiten durchzublättern und kam schließlich wieder auf die erste Seite zurück.

Irgend etwas stimmte da nicht.

Noch einmal überflog sie die Urkunde, dann schaute sie Clark Corcoran an. »Audrey hat mir damals gesagt, daß Joey eine Frühgeburt war«, sagte sie. Der Arzt schien über den plötzlichen Themenwechsel völlig verblüfft. »Haben Sie Audrey bei ihrer Schwangerschaft medizinisch betreut?«

Corcoran schüttelte den Kopf. »Ich war damals noch gar nicht hier. Und Joey wurde, glaube ich, in San Francisco geboren, oder?«

Mary Anne nickte und schaute noch einmal auf die Geburtsurkunde. »Audrey sagte damals, sie würde lieber in San Francisco entbinden, falls es Komplikationen gäbe, da Joey ja fast zwei Monate zu früh war.«

»Das kann ich gut verstehen«, erwiderte Corcoran. »Wir haben hier draußen nicht den medizinischen Standard von San Francisco. Seine Überlebenschancen wären deutlich niedriger gewesen, wenn sie hier entbunden hätte.«

»Aber hier steht doch, daß er bei der Geburt 3879 Gramm wog. Das ist doch extrem schwer für ein Sieben-Monate-Kind, finden Sie nicht?«

Corcoran runzelte irritiert die Stirn und streckte die Hand nach dem Krankenblatt aus, das Mary Anne ihm über den Tisch reichte. Er studierte aufmerksam die Angaben in der Geburtsurkunde und den Bericht über Joeys erste Lebenstage, fand aber keinerlei Hinweise, daß der Junge in einem Brutkasten gelegen war, daß er eine Frühgeburt gewesen wäre oder daß es sonst irgendwelche nachgeburtlichen Komplikationen gegeben hätte. »Sind Sie wirklich sicher, daß Audrey gesagt hat, Joey wäre eine Frühgeburt?« fragte er skeptisch.

»Absolut sicher«, antwortete Mary Anne. Ihr Herz begann wie wild zu klopfen, während sie nachrechnete, wann Audrey schwanger geworden sein mußte, im Falle, daß Joey eine Normalgeburt gewesen wäre. Sie hielt den Atem an. »Jetzt verstehe ich auch, warum Ted so hart mit Joey umgegangen ist«, sagte sie plötzlich. Ihre Stimme zitterte.

»Ich verstehe nicht ganz, was Sie…« begann Corcoran, doch Mary Anne ließ ihn gar nicht erst ausreden.

»Wenn Joey eine Normalgeburt war, dann war Ted wahrscheinlich nicht sein Vater«, stieß sie hervor, »Ted und Audrey kannten sich gerade einen Monat, als sie heirateten, und Joey wurde sieben Monate nach der Hochzeit geboren. Wenn Ted also der Vater gewesen wäre, könnte Joey höchstens einen Monat zu früh gekommen sein, aber niemals zwei, wie Audrey mir erzählt hat.«

Corcoran studierte noch einmal den Geburtsbericht aus San Francisco, dann schüttelte er verständnislos den Kopf. »Es sei denn, jemand hat die Urkunde gefälscht, oder Audrey hat Ihnen nicht die Wahrheit gesagt«, meinte er schließlich. »Es schaut wirklich so aus, als ob Joey eine ganz normale Geburt gewesen wäre. Höchstens vielleicht ein oder zwei Wochen zu früh, wenn man sich Größe und Gewicht anschaut, wenn überhaupt. Aber niemals eine Frühgeburt. Audrey hat mir gegenüber auch nie etwas in der Richtung erwähnt.«

Mary Anne zog die Brauen zusammen. »Wahrscheinlich hat sie überhaupt niemandem etwas davon erzählt außer mir und ein paar Freunden in New Jersey. Aber wenn Ted nicht der Vater war, wer dann...« Sie schwieg und überlegte. Und mit einem Mal kam ihr wieder dieser Mann in den Sinn, der bei Ted und Audreys Begräbnis versteckt zwischen den Bäumen gestanden hatte.

Der Mann, den Rick Martin und Olivia Sherbourne einen Bergmenschen genannt hatten, der ganz allein oben in den Bergen hauste.

Der Mann, der bei der Beerdigung so intensiv zu Joey herübergestarrt hatte.

Der Mann, in dessen Hütte Joey heute morgen aufgewacht war?

War das möglich?

Aber das war ja völlig verrückt!

Wer auch immer Joeys Vater war, er lebte mit Sicherheit nicht oben in den Bergen von Sugarloaf! Audrey hätte doch niemals ein Verhältnis mit so einem Kerl gehabt!

Es sei denn, er wäre damals, als sie sich kennengelernt hatten, noch kein Bergmensch gewesen...

Plötzlich fiel Mary Anne eine Bemerkung von Olivia Sherbourne ein, die sie irgendwann einmal am Rande eines Gesprächs hatte fallen lassen: *...als Audrey ihn dann nach knapp einem Monat schon heiraten wollte, hab' ich ihr ganz schön die Leviten gelesen! Hab' ihr gesagt, daß sie ihre letzte Enttäuschung doch noch kaum verwunden hatte, daß sie Ted noch gar nicht genügend kannte...*

Ihre letzte Enttäuschung.

Jetzt erinnerte sich Mary Anne. Da war jemand gewesen, aber es war eine kurze Sache, nur ein paar Wochen oder so. Und Audrey hatte nie wieder darüber gesprochen.

Aber Ted mußte es gewußt haben. Mary Anne stellte sich vor, wie dieses Wissen all die Jahre an ihm genagt hatte, bis er dann irgendwann seine ganze Wut gegen Joey gerichtet hatte, diesen Jungen, von dem er wußte, daß er nicht sein Sohn war.

Auf einmal paßte alles zusammen – und irgendwie paßte es überhaupt nicht zusammen. Mary Annes Kopf dröhnte. Wenn der Mann, den sie auf der Beerdigung gesehen hatte, der gleiche Mann war, der oben in der Hütte lebte…

War er der Vater von Joey?

Hatte Joey gewußt, daß Ted nicht sein Vater war? Hatte er gefühlt, daß Ted ihn dafür haßte?

Wie wild rasten die Gedanken durch ihren Kopf, schlugen die verrücktesten Kapriolen, bis Mary Anne es nicht mehr aushielt. »Dr. Corcoran«, sagte sie mit leiser, zitternder Stimme. »Wenn Joeys leiblicher Vater… irgendwann… auftauchen würde, gäbe es eine Möglichkeit, seine Vaterschaft zu beweisen, durch einen Bluttest oder so etwas?«

Clark Corcoran schüttelte den Kopf. »Durch einen einfachen Bluttest ist so etwas nicht möglich. Dadurch kann man nur bestimmte Personengruppen ausschließen, die als Vater nicht in Betracht kommen, weil sie eine ganz andere Blutgruppe haben. Die einzige Möglichkeit, die Vaterschaft eindeutig zu beweisen, ist eine DNS-Analyse, und die ist sehr teuer.«

Mary Annes Gesicht nahm einen entschlossenen Ausdruck an. »Ich möchte gerne, daß Sie Joey Blut abnehmen und die Probe in ein Labor einschicken, um so eine Analyse machen zu lassen. Ich habe das starke Gefühl, daß wir das brauchen werden.«

Als Corcoran ein paar Minuten später aus Joeys rechter Armvene etwas Blut abzapfte, sagte er ihm nicht den wahren Grund, sondern meinte, daß Mary Anne wegen der erhöhten Temperatur beunruhigt wäre und sie deshalb sein Blut untersuchen wollten. Auf das Reagenzglas mit Joeys Blut klebte er ein Etikett mit allen nötigen Angaben, um es sofort ins Labor nach Boise zu schicken.

Auf dem Heimweg zur Ranch überlegte Mary Anne, ob sie Joey

ein paar vorsichtige Fragen nach seinem Verhältnis zu Ted Wilkenson stellen sollte. Doch dann entschloß sie sich, damit noch zu warten, bis sie den Mann aus den Bergen gefunden hatten.

Gefunden und identifiziert.

Der Mann hielt inne und lauschte.

Die Hunde waren noch weit entfernt, aber sie kamen immer näher.

Er hatte einen Fehler gemacht. Er hätte sich in der Nähe der Hütte verstecken sollen, um mithören zu können, was der Polizist zu Joey sagte. Statt dessen hatte er sich mit der Wölfin schnell in den Wald zurückgezogen, war immer höher geklettert und hatte sich schließlich hinter einem Felsvorsprung, von dem aus er einen guten Überblick über die ganze Umgebung hatte, versteckt. Bald darauf hatte er den Polizisten mit dem Jungen – *seinem* Jungen – den Weg hinab ins Tal gehen sehen. Dann erst war er zu seiner Hütte zurückgekehrt, in der festen Überzeugung, sie total zerstört, vielleicht sogar niedergebrannt, vorzufinden.

Doch seine Behausung stand noch genauso da, wie er sie verlassen hatte. Er zündete ein Feuer an, denn jetzt, wo man ihn entdeckt hatte, sah er keine Veranlassung mehr, aus Sicherheitsgründen nur nachts Rauch aufsteigen zu lassen. Dann kochte er sich ein paar Kartoffeln und briet sich die Reste des Kaninchens, das er gestern nacht erlegt hatte, denn jetzt am Tage hatte er diese wilde Gier nach rohem Fleisch ja nicht.

Schließlich streckte er sich auf dem Bett aus, um ein paar Minuten auszuspannen. Es blieb ihm nur noch wenig Zeit.

Er mußte die Hütte auf der Stelle verlassen, das wußte er. Der Polizist würde mit Sicherheit wiederkommen, und diesmal nicht allein, sondern mit einer ganzen Truppe.

Und mit Hunden.

Mit denselben Hunden, die gestern nacht Joey gejagt hatten. Sie hatten seine Witterung erst verloren, als er den Jungen gefunden hatte. Wie in Trance, mit glasigen Augen, war Joey durch den Wald getaumelt, als würde er irgendeiner magischen, unsichtbaren Kraft folgen.

Einer inneren Stimme, die nur er hören konnte?

Einem tiefsitzenden Instinkt, einem wilden Drang, dem er jedesmal blind gehorchen mußte?

Seit dem Tag seiner Geburt war dem Jungen der Wahnsinn ins Gesicht geschrieben. Schon als Kleinkind, als er vor dem Haus der Wilkensons herumkrabbelte, hatte er ihn von weitem beobachtet und dieses dämonische Begehren in seinen Kinderaugen flackern sehen.

Später dann war er Joey heimlich gefolgt, wenn er durch die Wälder strich, mit irrem Blick in die Baumkronen starrend, als suche seine Seele Trost. Trost, den nur die Einsamkeit der Wildnis spenden konnte.

Er fühlte nur zu gut, was der Junge empfand, kannte mit der Zeit sogar den Rhythmus seiner Anfälle.

Wie oft hatte es ihn selbst hinunter ins Tal getrieben, wenn ihn Hunger und Durst überkamen, damals, als dieses Verlangen noch schwächer und zu beherrschen war. Wie oft hatte es ihn dann in die Nähe des Jungen gezogen, der nachts am Fenster stand und mit irrem Blick in die Ferne starrte, als suche er einen Vertrauten, der die Qual seiner Seele verstand.

Einer Seele, die vom gleichen Instinkt getrieben wurde wie er.

Waren er und Joey die einzigen? Oder gab es noch mehr von ihnen? Wie viele mochten es wohl sein?

Wie viele, die wie er in der Nacht umherstrichen, verzweifelt gegen diesen Hunger und diesen Durst ankämpften, bis sie schließlich ein weiteres Mal der unbändigen Macht ihres Triebs unterlagen?

Menschen mußten sterben.

Starben sie nur hier? Oder gab es noch andere wie ihn, die in anderen Hütten lebten, in anderen Bergen?

An anderen Orten – in Großstädten, wo sie sich tagsüber in billigen Apartments verkrochen und erst in der Dunkelheit herauswagten, auf den Müllhalden nach Nahrung suchten, wie er die Tonnen der Campingplätze durchwühlte, gepeinigt von seinen inneren Dämonen?

Gab es noch andere, die kämpften, so wie er kämpfte?

So wie Joey Wilkenson gerade erst anfing zu kämpfen?

Jetzt hatten sie also seine Hütte gefunden. Er mußte sie auf der Stelle verlassen und einen anderen Unterschlupf suchen.

Bevor sie kamen, um ihn zu töten.

Denn das würden sie tun. Sie würden ihn nur ansehen und sofort wissen, was er war.

Würden ihm sofort mit Abscheu und mit Haß begegnen.

So, wie sie auch Joey bald mit Haß begegnen würden.

Noch war ihm die Veränderung nicht anzusehen, die in ihm vorging. Noch merkte keiner etwas. Noch hielten ihn die anderen, die nicht von dieser Krankheit besessen waren, für normal.

Sie würden erst etwas merken, wenn es schon zu spät war, wenn er der Macht der Dämonen in ihm bereits erlegen war.

Er schloß die Augen und sah Joey vor sich, wie er sich langsam verwandelte. In das gleiche Monster, das er selbst war. Verzweifelt versuchte er, das Bild wieder auszulöschen, doch die Anstrengung der vergangenen Nacht holte ihn plötzlich ein. Die Kraft, seine Lider wieder zu öffnen, verließ ihn, und er schlief ein. Er erwachte erst wieder von dem warnenden Knurren der Wölfin.

Schlaftrunken fuhr er hoch. Es blieb ihm keine Zeit mehr. Er mußte auf der Stelle fliehen.

Er war todmüde, die Erschöpfung lähmte seine Muskeln, und seine Knochen ächzten. Doch er mußte sich jetzt zusammenreißen. Bald würde er seinen Mann stehen und kämpfen müssen.

Kämpfen oder sterben.

Er trat vor die Hütte und suchte mit scharfen Augen die Umgebung ab, ob er irgendwo eine Zuflucht entdecken konnte. Dann, ganz weit oben, sah er sie.

Hoch droben über der Baumgrenze, wo die zerklüfteten Granitfelsen nur noch der Wucht des Windes ausgesetzt waren, entdeckte er eine Felsspalte.

Eine enge Felsspalte, die ihm von drei Seiten her Schutz bieten würde.

Die aber auch zur tödlichen Falle werden konnte.

Einen Moment lang zögerte er, dann machte er sich an den Aufstieg. Die Wölfin lief ihm voran, als wüßte sie den Weg bereits.

Unter ihm wurde das Bellen der Hunde immer lauter.

»Laß doch einen schon mal von der Leine!« schlug Tony Moleno vor, als der eisige Regen, der aus den bleischwarzen Wolken fiel, immer stärker wurde.

Frank Peters starrte den Polizisten an. »Bist du verrückt? Wenn wir den loslassen, kommen wir dem doch nie mehr hinterher. Der ist weg, bevor wir…«

»Aber wir sind doch schon ganz nah dran«, unterbrach ihn Moleno. »Ich riech' den Kerl schon. Er muß hier irgendwo ganz in der Nähe sein. Und wenn wir ihn in der nächsten Viertelstunde nicht kriegen, kriegen wir ihn heute sowieso nicht mehr. Der Regen verwischt die Spur schneller, als du schauen kannst!«

»Vielleicht sollten wir doch besser erst mal Rick anfunken«, gab Peters zu bedenken. Die Vorstellung, seinen Hund ganz allein auf diesen Unbekannten, der da irgendwo in den Bergen lauerte, loszulassen, behagte ihm ganz und gar nicht.

Tony Moleno schaute nach oben. Sie waren jetzt über der Baumgrenze. Von hier bis zu den Gipfeln waren nur noch blanke Felsen zu sehen.

Überall zwischen den Granitbrocken gab es Spalten. In jeder von ihnen konnte sich der Mann, den sie suchten, versteckt haben.

Ein Hund konnte den Mann in Minutenschnelle finden, und von hier aus konnten sie die Jagd genau verfolgen.

»Laß doch Rick schlafen«, erwiderte Tony. »Was soll er uns von da unten denn groß erzählen, wenn er die Situation hier oben gar nicht einschätzen kann.« Entschlossen bückte er sich und ließ einen der Hunde von der Leine. Wie ein Pfeil schoß der Hund los und bellte begeistert, als er endlich ungebremst seinem Opfer hinterherjagen konnte.

Der Hund rannte schnell. Die Witterung, die er in dem Bett der Hütte aufgenommen hatte, war stark und unverwechselbar. Sie war so eigentümlich, daß er keinerlei Probleme hatte, sie zu verfolgen, da es auch keine ähnlichen Gerüche am Wegesrand gab, die ihn hätten in die Irre leiten können.

Mit der Nase am Boden stürmte er bergauf. Immer wieder flammte sein braunweißes Fell vor dem Hintergrund der grauen Felsen auf, wenn er hinter einem der riesigen Trümmer hervorgeschossen kam, dann wieder verschwand er, um erneut aufzutauchen und die unwegsamen Geröllfelder hochzuhecheln, die immer mehr von Eis und Schnee bedeckt waren, je höher sie kamen.

Der Mann duckte sich und spannte alle Muskeln an.

Einer der Hunde war jetzt ganz in der Nähe.

Die Leute hatten ihn von der Leine gelassen, und das war auch gut so, denn so würde er Zeit gewinnen. Sobald der Hund seine Witterung direkt in die Nase bekäme, würde er die Fährte, die er hinterlassen hatte, aufgeben und direkt auf ihn zulaufen, während die anderen mit den übrigen zwei Hunden noch an seiner Fährte hingen und sich erst mühsam den langen holperigen Pfad hochkämpfen mußten, der ihn hier heraufgeführt hatte.

Inzwischen peitschte ein eiskalter Regen vom Himmel, der ihn bis auf die Haut durchnäßte, jedoch zu spät kam, um seine Fährte zu verwischen. Gleichzeitig pfiff der Wind von den Bergen herab, fuhr ihm in die Kleider und ließ ihn schlottern, daß seine Zähne wild aufeinanderschlugen.

Und dieser Wind würde dem Hund seine Witterung direkt in die Nase tragen.

In diesem Moment veränderte sich der Klang des Hundegebells. Jetzt war es soweit. Jetzt hatte der Hund seine Witterung aufgenommen. Gleich würde er quer über das Geröllfeld auf ihn zugeschossen kommen.

Doch der Mann war bereit, ihn zu empfangen.

Als die Wölfin leise knurrte, legte er ihr beruhigend die Hand auf den Kopf.

Plötzlich war der Hund da. Wie aus dem Nichts stand er auf einmal mitten in der Öffnung der Felsspalte.

Einen Moment hielt er reglos inne, so als wäre er selbst überrascht, seinem Opfer so unverhofft gegenüberzustehen. Dann stieß er ein lautes Siegesgeheul aus und stürzte sich mit gebleckten Zähnen und triefenden Lefzen auf den Mann, während im gleichen Moment aus seiner Kehle ein anderes Bellen hervorbrach, das anzeigte, daß er sein Opfer gestellt hatte.

Doch dieses Bellen währte nur kurz.

Ein qualvolles Jaulen hallte im ganzen Tal wider, als die Wölfin nach vorn schoß, den Bluthund im Sprung erwischte, ihren Fang um seine Kehle schloß und ihre scharfen Reißzähne tief in sein Fleisch bohrte.

21

»Großer Gott! Was ist denn *jetzt* passiert?« rief Frank Peters entsetzt, als das letzte verzweifelte Winseln seines besten Bluthundes erstarb.

Tony Molenos Augen verengten sich. »Der Kerl muß den Hund umgebracht haben. Los, komm!« Verbissen kämpfte er sich den steilen Hang hoch. Er hatte Mühe, auf dem losen Geröll festen Tritt zu fassen. Wie lange würde er noch durchhalten können? Die knappen drei Stunden, die er heute mittag geschlafen hatte, hatten die Erschöpfung der letzten durchwachten Nacht nicht vertreiben können.

Der eisige Nordwind, der ihnen während der ganzen Zeit ihres mühevollen Aufstiegs ständig ins Gesicht geblasen hatte, heulte immer stürmischer, und je tiefer die Temperaturen fielen, desto mehr verwandelte sich der Regen in Schnee.

Frank Peters starrte dem Polizisten entgeistert hinterher. »Sag mal, bist du verrückt?« rief er. »Wenn wir nicht auf der Stelle umkehren, kommen wir hier noch total in die Scheiße. Schau doch mal nach oben!« Er deutete auf den Himmel, an dem sich tiefschwarze Wolken bedrohlich auftürmten. Es war auf einmal so dunkel geworden, als bräche die Dämmerung herein, obwohl es erst früher Nachmittag war.

»Aber wir haben doch noch Zeit!« beharrte Moleno. »Wir haben die einmalige Chance, diesen Kerl zu erwischen, und wenn wir uns die durch die Lappen gehen lassen, kriegen wir den nie mehr!«

»Soll doch dieses Arschloch da oben verrecken!« fluchte Peters, doch als Tony Moleno ungerührt weitermarschierte, ließ er sich nicht lumpen, griff nach der Hundeleine und stapfte ihm wütend hinterher.

Als sie an den Fuß einer riesigen Steilwand kamen, blieb Tony Moleno stehen und wartete, bis ihn Peters eingeholt hatte. »Wie zum Teufel ist der denn da bloß hochgekommen?« stöhnte Peters, drehte sich schützend gegen den eisigen Wind und wischte sich mit dem Ärmel seines Parkas die Schneeflocken aus dem Gesicht. Dann holte er aus seiner Tasche ein paar warme Handschuhe und zog sie an.

»Sieht so aus, als ob er da hinten hoch ist«, erwiderte Moleno und zeigte ungefähr zwanzig Meter nach rechts, wo sich ein etwas flacherer Einstieg eröffnete, von dem aus ein Weg zum oberen Rand der Klippe zu führen schien. Irgendwo da oben mußte die Felsspalte sein, in der sich der Kerl versteckt hielt. Seufzend machte sich Moleno wieder auf den Weg. Der Aufstieg wurde jetzt immer beschwerlicher, denn es waren immer öfter Umwege nötig, um gewaltige Felsen zu umrunden, die ihnen im Weg lagen. Neidvoll dachte er an den Hund, der eben noch die gleiche Strecke gelaufen war, jedoch in einem Bruchteil der Zeit, da er sich durch Spalten zwängen konnte, die für einen Menschen viel zu schmal waren. Vorsichtig setzte er Fuß vor Fuß, denn unter ihm neigte sich der Hang nun gefährlich steil abwärts und mündete geradewegs in eine tiefe Schlucht.

Der Weg wurde immer schlüpfriger. Die dünne Decke von Schneematsch begann zu gefrieren und verwandelte die Granitfelsen in eine einzige Rutschbahn, die gefährlicher war als die moosbewachsenen Felsen am Coyote Creek. Wenn er hier ausrutschte, riskierte er weiß Gott mehr, als sich nur einen Knöchel zu verstauchen, wie es ihm letztes Frühjahr bei seiner ersten Angelexpedition passiert war.

Vorsichtig schob er sich um einen der gigantischen Felsblöcke herum, suchte erst nach einer sicheren Kante, an der er sich mit den Fingern einkrallen konnte, tastete sich dann mit den Zehen vorwärts und prüfte jeden einzelnen Felsvorsprung, bevor er es wagte, ihn mit seinem ganzen Gewicht zu belasten. Nach einer knappen Minute, die ihm wie eine Ewigkeit erschien, hatte er ein kleineres, vorstehendes Felsplateau erreicht, auf dem er sich entschloß, ein wenig zu verschnaufen und zu warten, bis Frank Peters ihn eingeholt hatte.

Peters hatte noch größere Probleme vorwärtszukommen, denn er hatte zu spät bemerkt, daß die dicken Handschuhe ihm beim Klettern eher hinderlich als hilfreich waren. Nur sehr langsam tastete er sich an den Felsen entlang und vermied es ängstlich, in den gähnenden Abgrund unter ihm zu schauen, denn er wußte, ihm würde dann sofort so schwindlig werden, daß er womöglich den letzten Halt verlieren würde. Als plötzlich der andere Hund an der Leine riß, ließ Peters sofort los, woraufhin der Hund, der beim Klettern deutlich weniger Probleme hatte als sein Herrchen, davonstürmte und elegant von einem Felsbrocken zum anderen sprang, während Peters Mühe hatte, auch nur eine Ritze zu finden, in die er sich mit den Fingern einkrallen konnte.

Dicht an den Felsen gepreßt schob er sich an der Wand entlang und kehrte dem Abgrund unter ihm den Rücken zu. Er wußte, daß er seine Handschuhe ausziehen mußte, wenn er irgendwie vorwärtskommen wollte, doch seine Höhenangst saß ihm würgend in der Kehle. Mit seinen dicken Handschuhen würde er auf den Felsen, die immer mehr vereisten, auf die Dauer keine Chance haben. Und so faßte er sich schließlich ein Herz, löste den Griff seiner rechten Hand und zog sich mit den Zähnen Finger für Finger den Handschuh aus. Kaum hatte er sich befreit, da ließ er ihn einfach fallen. Dann machte er sich an den linken.

»Okay«, schrie er zu Tony Moleno hoch, den er schon ganz aus den Augen verloren hatte. »Ich komme!«

Er streckte seine rechte Hand aus, so weit er konnte, und suchte nach einer kleinen Spalte, um sich mit den Fingern einhaken zu können. Der Fels fühlte sich eiskalt an. Schließlich hatte er einen Spalt gefunden, schob die Finger hinein und krallte sich fest. Jetzt kam der rechte Fuß an die Reihe. Vorsichtig tastete er den Boden ab und suchte nach einem festen Halt. Als er ihn gefunden hatte, begann er langsam, sein Gewicht vom linken auf den rechten Fuß zu verlagern.

Als er gerade den Griff seiner linken Hand gelöst hatte, geschah es. Irgend etwas unter seinem rechten Fuß gab nach, er kam aus dem Gleichgewicht, und die Finger seiner rechten Hand glitten aus der Spalte.

Instinktiv krümmte er sich zusammen, rollte auf den Rücken und zog die Knie an, um sich mit den schweren Profilsohlen seiner Schuhe abzubremsen, doch schon fing das ganze Geröll unter ihm zu rutschen an. Hilflos schlitterte er auf den Felsvorsprung zwölf Meter unter ihm zu, von dem aus es steil in die Tiefe ging. »Tony!« rief er verzweifelt, doch der heulende Wind trug seinen Hilfeschrei davon. Wieder spannte er alle Muskeln an, kämpfte verbissen gegen die Geröllawine an, die auf ihn zuschoß, krampfhaft bemüht, irgend etwas zu finden, an dem er sich festhalten konnte.

Von Entsetzen geschüttelt, stand Tony Moleno oben auf dem Felsplateau und mußte schreckensbleich zuschauen, wie Frank Peters hilflos auf den gähnenden Abgrund zuraste. Der ganze Hang schien in Bewegung geraten zu sein, und Peters schwamm vergeblich gegen einen reißenden Strom von Fels- und Geröllbrocken an.

»Tony! Tu doch was!«

Doch es war längst zu spät. Selbst wenn Moleno ein Seil dabeigehabt hätte, hätte die Zeit nicht gereicht, es seinem Kumpel zuzuwerfen. Wie gebannt starrte er auf Frank Peters, der sich überschlug, dann taumelnd auf die Füße kam, so daß es fast so aussah, als käme er zum Stehen, doch im selben Moment von den Gesteinsmassen wieder zu Boden gerissen wurde. Ein letztes Mal bäumte er sich auf, dann stürzte er über den Rand des Abgrunds in die Tiefe. Sein gellender Todesschrei hallte lang im ganzen Tal.

Tony Moleno stieß ein verzweifeltes Stöhnen aus. Wie gelähmt starrte er auf die Stelle, an der Frank Peters verschwunden war. Dann riß er sein Funkgerät aus der Tasche und schaltete es ein. Der Wind heulte so stürmisch, daß er ins Mikrophon schreien mußte, um sich verständlich zu machen. Er erzählte der Zentrale in Challis, was gerade geschehen war, und beschrieb seinen Standort in den Felsen.

»Ich weiß nicht, ob ich hier heil wieder runterkomme, deshalb steige ich weiter nach oben«, beendete er seinen Bericht. Dann warf er einen letzten grimmigen Blick zu der Felswand empor und machte sich an den Aufstieg. Als er über sich den zweiten Bluthund aufgeregt bellen hörte, verdoppelte er seine Anstrengungen und hangelte sich halsbrecherisch über den vereisten Felsbrocken nach oben, bis er das Sims der Felswand erreichte, einen schmalen, ungefähr hundert Meter langen Grat, der oben über dem Abgrund entlanglief. Plötzlich hörte er, wie sich das Bellen des Hundes veränderte. Tony stürzte mit schußbereitem Gewehr in die Richtung, aus der es kam. Da sah er den Hund, wie er zehn Meter weiter in eine schmale Felsspalte sprang. Sekunden später ertönte daraus das gleiche verzweifelte Jaulen, das Tony Moleno vor kurzem schon einmal gehört hatte.

Jetzt hatte er sein Opfer ausgemacht! Wie ein Raubtier pirschte sich Moleno vorsichtig voran, bis er nur noch einen Meter von der Spalte entfernt war, die sich tief in den Felsen senkte. Leise kauerte er sich nieder, hob einen Stein hoch, warf ihn in die Spalte und lauschte angestrengt, wie der Mann da drinnen reagieren würde.

Nichts rührte sich.

Vorsichtig schlich er noch näher heran. Er hielt den Atem an. Dann, mit einem einzigen Sprung, hechtete er genau in die Mitte vor die Felsspalte, das Gewehr fest in beiden Händen, den Finger am Abzug.

Im gleichen Moment sah er, wie etwas Großes, Dunkles auf ihn zusprang, und noch ehe er erkennen konnte, was es genau war, feuerte er.

Schmerzgequält jaulte die Wölfin auf, als die Bleikugel sich in ihre Flanke bohrte, und taumelte winselnd zurück in ihr Versteck.

Tony Moleno war so verblüfft, daß er den Bruchteil einer Sekunde unaufmerksam war, aber dieser Bruchteil war schon zu lang.

Wie ein Tiger sprang der Bergmensch aus der Felsspalte heraus, stieß sich mit aller Kraft von der Felswand ab und fiel über Tony Moleno her. Mit den Klauen seiner linken Hand fuhr er ihm in die Augen und mit einer kurzen, heftigen Bewegung seiner muskulösen Arme schleuderte er den Polizisten in die Tiefe. Tony Molenos Körper überschlug sich und krachte dann auf die Felsen.

Als ihn die Wucht des Aufpralls hochschleuderte und über die

Felskante trug, flogen seine Arme und Beine nach vorn und hinten, als würde er einen kühnen Kopfsprung hinab in den Abgrund wagen.

Einen Kopfsprung, der ein grauenhaftes Ende fand. Ein Kopfsprung in die Arme des Todes.

»Rick? Rick, wach doch auf!«

Gillie Martin faßte ihren Mann sanft an der Schulter, schüttelte ihn dann heftiger, als er sich nicht rührte. Er brummte, drehte sich auf die andere Seite und kam nur langsam zu sich. »Was zum Teufel willst du denn?« stöhnte er. Er fühlte sich von der schlaflosen Nacht gestern immer noch wie gerädert und hatte das Gefühl, als hätte er sich gerade eben erst hingelegt. »Ich bin doch gerade erst eingeschlafen...«

»Ach, Schatz, du schläfst schon drei Stunden, und ich hätte dich ja auch weiterschlafen lassen, es ist nur... wir haben ein Problem.« Der Ton ihrer Stimme machte ihn mit einem Schlag hellwach. »Ich hab' über Funk mitgekriegt, wie Tony Moleno die Zentrale in Challis gerufen hat.« Sie zögerte einen Moment, ehe sie fortfuhr. »Frank Peters ist tot, Rick. Er ist in den Bergen abgestürzt, und Tony war zu weit weg von ihm, um ihm helfen zu können.«

Gillies Worte vertrieben die letzten Reste von Benommenheit aus seinem Kopf. »Großer Gott! Wo ist Tony? Ist er okay?«

»Das ist es eben«, erwiderte Gillie angsterfüllt. »Er glaubt, diesen Bergmenschen aufgespürt zu haben, dessen Hütte du heute früh gefunden hast, und ist ihm jetzt ganz allein auf den Fersen.«

»Was?« rief Rick und fuhr sofort hoch. »Ganz allein? Ja, ist der denn wahnsinnig geworden!«

»Er meinte, er wüßte nicht, ob er heil wieder herunterkäme. Es kommt nämlich ein Sturm auf...«

Rick hörte seiner Frau gar nicht mehr zu. Er hatte schon den Telefonhörer hochgerissen und tippte hektisch die Nummer der Zentrale ein. »Debbie? Rick Martin. Spiel mir doch bitte ganz schnell Tony Molenos letzten Funkruf vor.«

»Ich hab' ihm ja auch gesagt, daß er sofort zurückkommen soll...«

»Spiel ihn mir vor, bitte!« unterbrach Rick sie. Aufmerksam hörte er Tony Molenos Stimme zu, die vor Sturmgeheul und Rauschen kaum zu hören war. Wenigstens hatte er Debbie seinen genauen Standort durchgegeben. Der Funkerin mochte das zwar wenig sagen, er aber wußte sofort, in welcher Gegend Tony sich aufhielt.

»Ich muß zu ihm hoch«, sagte er zu Gillie und angelte sich seine Uniformjacke. »Wenn ich den Weg über den Coyote Creek-Campingplatz nehme und die Waldbrandschneise hochfahre, komme ich direkt hin.«

»Rick! Bist du verrückt?« rief Gillie aus. »Schau doch mal aus dem Fenster! Es regnet, und das Thermometer sinkt ständig. Im Wetterbericht haben sie gesagt, daß es in Stanley bereits schneit. Das heißt, hier schneit's auch bald, und in den Bergen auch!«

»Dann ist es höchste Zeit, daß ich mich auf die Socken mache!« erwiderte Rick entschlossen und wischte die Bedenken seiner Frau beiseite. Er zog sich warme Wollsocken und Stiefel anstatt seiner üblichen Schuhe an. »Wie spät ist es?«

»Kurz nach halb eins. Du hast doch nur ein paar Stunden geschlafen…«

»Es geht mir hervorragend«, unterbrach sie Rick. »Um einiges hervorragender als Frank Peters, und ich kann doch nicht Tony da oben hängen lassen!« Er rannte im Laufschritt in die Garage, griff sich ein 100 Meter langes Nylonseil, ein paar Haken und einen Enterhaken und warf alles auf den Rücksitz seines Jeeps. Gillie lief ihm hinterher und versuchte verzweifelt, ihn zurückzuhalten, doch sie wußte schon, daß er seinen Kopf durchsetzen würde. »Komm, Schatz, mach dir keine Sorgen«, beruhigte er sie, »es wird schon alles gutgehen.«

Zwanzig Minuten später war er oben auf dem Campingplatz, auf dem Glen Foster gestorben war, und bog mit seinem Wagen in die Waldbrandschneise ein. Er schaltete auf Allrad-Antrieb um und legte einen niedrigen Gang ein. Der Motor heulte auf, und das Getriebe ächzte, doch der Jeep fuhr tatsächlich den steilen Hang hoch. Ganze Kaskaden von Steinen wurden unter den Rädern nach hinten geschleudert, und der Wagen rutschte und schlitterte über den gefrierenden Matsch.

Nach eineinhalb Kilometern stieß er auf einen alten Holzweg, der völlig mit Buschwerk überwuchert war. Er schaltete auf den kleinsten Gang hinunter und mutete dem Motor einiges zu, als er sich holpernd und schaukelnd über Büsche und Baumstümpfe vorwärtskämpfte. Als er schließlich selbst mit dem Jeep nicht mehr weiterkam, weil ein riesiger Baumstamm quer über dem Weg lag, machte er den Motor aus, zog sich über seinen Parka noch zusätzlich einen Regenmantel und kletterte dann aus dem Wagen in den eisigen Sturm hinaus.

Nach dem, was Tony gesagt hatte, mußte er jetzt ganz in der Nähe von Frank Peters sein.

Er stopfte sich die Haken in die Tasche seines Regenmantels, schlang das Seil um seinen Arme und schnappte sich den Enterhaken. Dann stieg er über den Baumstamm, kämpfte sich durch das Unterholz und die jungen Pinien hindurch, die sich inzwischen auf dem ungenutzten Weg ausgebreitet hatten.

Nach einer Viertelstunde kam er an den Fuß der Steilwand, von der Frank Peters abgestürzt war. Zehn Minuten später hatte er die Leiche gefunden.

Nur ein paar Meter weiter stieß er unverhofft auf die von Tony Moleno. Rick Martin gefror das Blut in den Adern.

Sein Kollege lag auf dem Rücken ausgestreckt, sein Kopf war grotesk über seine linke Schulter verdreht.

Als Rick seine Augen sah, die nur noch zwei blutige Höhlen in seinem Schädel waren, mußte er sofort an Tamara Reynolds denken.

Sie hatte den Überfall überlebt. Doch ihr waren auf genau die gleiche Weise die Augen aus den Höhlen gerissen worden wie Tony Moleno.

Ein Gefühl des Grauens überkam ihn, sein Magen krampfte sich zusammen. Rick Martin beugte sich vornüber und erbrach sich.

Keuchend stand er da, immer noch nach vorn gebeugt, und stützte sich an der Felswand ab, um nicht in den Beinen einzuknicken. Nur ganz langsam kam er wieder zu sich.

Zur gleichen Zeit strich einen Kilometer weiter der Bergmensch durch den Wald. Er hatte sein sicheres Versteck über der Steilwand des Sugarloaf-Berges verlassen und trieb sich unruhig in der Wildnis umher. Der rasende Sturm konnte ihm nichts anhaben. Im Gegenteil, er brachte sein Blut erst richtig in Wallung. Er tobte in ihm, so wie sein animalischer Instinkt, der sich in ihm aufbäumte, angeheizt durch den Mord an Tony Moleno.

Er hatte Blut geschmeckt. Und er brauchte jetzt mehr davon.

Mit zusammengekniffenen Augen schaute sich Mary Anne Carpenter auf dem engen Dachboden um, ob sie irgendeine Schachtel übersehen hatte. Sie hatte so ziemlich alle Kisten und Koffer durchwühlt, um irgendeinen Hinweis auf diesen Mann zu finden, den Audrey Wilkenson vor Ted gekannt hatte, doch ihre verbissene Suche war von keinem Erfolg gekrönt. Sie hatte einfach nichts gefunden.

Bis auf dieses eine Foto.

Sie hatte es unten im Fotoalbum entdeckt – Audrey inmitten einer Gruppe von jungen Leuten, die Mary Anne nicht kannte.

Es war ein unscharfer Schnappschuß, doch man konnte deutlich einen großen, breitschultrigen Mann mit markanten Gesichtszügen erkennen, der neben Audrey stand und ihr den Arm um die Schulter gelegt hatte. Mary Anne hatte die Stirn gerunzelt. War diese Geste nur rein kameradschaftlich oder bedeutete sie mehr?

Und so hatte sie sich auf die Suche gemacht, hatte systematisch alles durchsucht, um irgendein heimliches Tagebuch, irgendeinen Packen mit Fotos zu finden, die Audrey vor Ted hatte verbergen wollen. Irgend etwas, das die Identität von Joeys leiblichem Vater lüften könnte. Aber die Suche war erfolglos geblieben. Mary Anne wischte sich mit dem Ärmel zum hundertsten Mal den Staub aus den Augen. Dann gab sie es auf und stieg vom Dachboden wieder hinunter ins Arbeitszimmer. Sie warf einen Blick auf die Schubladen des Schreibtischs, doch sie wußte, daß es sinnlos wäre, sie ein zweites Mal zu durchsuchen. Und so nahm sie den Telefonhörer ab und wählte Olivia Sherbournes Nummer. Wieder war nur ihr Anrufbeantworter eingeschaltet, und wieder sagte ihr Mary Anne, was sie ihr schon zweimal auf Band gesprochen hatte. »Ruf mich bitte dringend zurück!« Dann setzte sie hinzu: »Olivia, mir ist da was eingefallen. Es könnte sein, daß ich weiß, wer der Mann ist, der da oben in den Bergen haust, aber ich kann mich an seinen Namen nicht erinnern! Wenn es der ist, an den ich denke, dann hätte er durchaus ein Motiv gehabt, Ted zu töten, oder sogar auch Audrey. Ich weiß, das klingt völlig verrückt, und ich hoffe ja auch, daß das wirklich nur eine Schnapsidee von mir ist. Aber ruf mich bitte auf jeden Fall so schnell wie möglich zurück!«

Sie legte den Hörer auf und warf einen Blick auf die Uhr: kurz vor drei. Höchste Zeit, die Kinder von der Schule abzuholen. Sie würde Joey mitnehmen, denn sie hatte sich geschworen, ihn nicht allein zu lassen, so lange sie nicht herausgefunden hatte, wer dieser Bergmensch war.

»Joey!« rief sie die Treppe hoch. »Wir müssen Logan und Alison abholen!«

Keine Antwort. Sofort überkam sie eine schreckliche Vorahnung. Sie raste die Treppe hoch und stürzte in Joeys Zimmer, ohne anzuklopfen.

Das Zimmer war leer!

Sofort schaute sie zum Fenster. Es war geschlossen. Erleichtert atmete sie auf. Zumindest war er also nicht durchs Fenster entwischt und womöglich vom Verandadach gefallen.

Aber wo war er dann?

Sie blickte suchend hinaus. Es hatte zu regnen angefangen, und wenn sie sich nicht täuschte, mischten sich mehr und mehr Schneeflocken unter die dicken Tropfen.

Schnee? Es war doch erst Anfang September. Sie mußte an Bill Sikes' Worte vor ein paar Tagen denken. *Sieht ganz nach einem frühen Wintereinbruch aus. Würde mich nicht wundern, wenn wir noch diese Woche Schnee bekämen.*

Der Regen schlug immer heftiger gegen die Scheibe. Dunkle Wolken waren am Himmel aufgezogen; es war, als dämmere schon der Abend. Als sie das Fenster öffnete, um besser sehen zu können, schlug ihr ein eisiger Wind entgegen, so daß sie es gleich wieder schloß. Dann hastete sie die Treppe hinunter. Sie rannte durch die Küche zur Hintertür, als sie plötzlich stehenblieb. Auf dem Küchentisch lag ein Zettel. Sie trat näher und begann zu lesen.

»Ich bin draußen im Stall. Die Pferde müssen gefüttert und die Boxen ausgemistet werden, und ich wollte dich nicht wecken.« Der Zettel war mit »Joey« unterschrieben, und er hatte auch noch ein »PS« hinzugefügt: »Mach dir keine Sorgen. Es geht mir gut!«

Mit einem Schlag fiel die Angst von ihr ab, und sie ließ sich erleichtert auf einen der Küchenstühle fallen. Fast mußte sie über sich selbst den Kopf schütteln, daß sie so schnell in Panik geraten war. Als sie sich wieder beruhigt hatte, stand sie auf, ging in die Kleiderkammer hinter der Treppe und nahm die dicke Schaffelljacke vom Haken. Sie zog sie an, knöpfte sie bis oben zu, schlug den Kragen hoch und angelte sich eine Strickmütze vom Brett über der Garderobe, die sie sich über beide Ohren zog. Als sie die Hintertür einen Spalt öffnete, riß der Wind sie ihr aus den Händen, so daß sie weit aufflog. Mit aller Kraft schloß sie sie hinter sich und stapfte, schräg gegen den Wind gelehnt, zum Stall hinüber. Die Stalltür stand sperrangelweit offen. Als sie hineintrat, schlug sie der Wind krachend hinter ihr zu, so daß es mit einem Schlag stockfinster um sie herum war.

»Joey?« fragte sie ängstlich in die Dunkelheit hinein. »Wo bist du?«

Nichts rührte sich. Nur das leise Mahlen der Pferde war zu hören. Hastig stürzte sie zum Lichtschalter und kniff geblendet die Augen zusammen, als das gleißende Flutlicht die bedrohliche Finsternis verscheuchte. »Joey? Bist du hier drinnen?«

Zwei der Pferde standen in ihren Boxen, doch Sheikas Box war leer. Mary Annes Herz begann zu klopfen. Mit angehaltenem Atem trat sie näher und schaute in die Box.

Keine Spur von Sheika weit und breit, obwohl ihre Futterkrippe randvoll gefüllt und der Boden mit frischem Stroh bedeckt war. Es war doch unmöglich, daß Joey bei diesem Wetter ausgeritten war!

Sie lief in die Sattelkammer und ließ ihren Blick über die Halfter und Sättel schweifen. Nichts fehlte, alle Sättel waren an ihrem Platz.

Mary Anne wurde immer unruhiger. Sie rannte zurück in den Stall. Plötzlich sah sie, wie die Stalltür einen Spalt aufging und dann, von der Wucht des Sturmes bewegt, wieder zuknallte. Dann hörte sie draußen Joey gegen den Wind anbrüllen.

»Los Sheika! Komm schon! Brav so. Braves Mädchen!«

Wieder öffnete sich die Tür einen Spalt, und wieder schlug sie der Wind zu. Mary Anne lief los. »Geht zur Seite!« rief sie und stemmte sich mit aller Kraft gegen das schwere Holztor. »Ich mach' die Tür von innen auf!«

»Okay!« rief Joey zurück.

Noch einmal warf Mary Anne die ganze Wucht ihres Körpers gegen die Tür, und diesmal schaffte sie es. Weit flog die Tür auf und gab den Blick auf Joey frei, der stolz und ohne Sattel auf Sheika hereingeritten kam. Er und die Stute waren klatschnaß, doch Joey strahlte übers ganze Gesicht. »Du hättest sie sehen sollen!« schwärmte er. »Sie hat es einfach genossen!«

Mary Anne starrte den Jungen an, an dem der Regen in Strömen herunterlief. »Was denn genossen? Was habt ihr denn gemacht? Wo wart ihr denn?«

»Ich bin mit ihr ausgeritten«, antwortete Joey. »Es war wunderbar – ich hab' sie noch nie ohne Sattel geritten!«

»Bei *dem* Regen?!« fragte Mary Anne entgeistert. »Das gießt doch in Strömen draußen!«

»Als wir los sind, hat es nur ein ganz klein bißchen getröpfelt. Mann, du hättest sie sehen sollen! Als es so richtig angefangen hat zu schütten und der Wind von den Bergen herabgeheult hat, ist sie erst so richtig in Fahrt gekommen! Wie sie eben über das Feld galoppiert ist! Sie hatte den Schwanz steil aufgerichtet und ist gesprungen wie ein Wildpferd!« Er tätschelte die Stute am Hals, warf dann mit gekonntem Schwung sein Bein über ihren Kopf und rutschte von ihr herunter. Noch im Sprung faßte er sie am Zügel und führte sie zu ihrer Box. »Ja, mein Mädchen, das hat dir gefallen, nicht?« schnurrte er, während Sheika ihren Kopf an seinem Hals rieb. »*Das* hat dir gefallen!«

Die Stute wieherte leise, schüttelt ihre Mähne und riß ihm dabei fast die Zügel aus der Hand.

»Komm aber dann jetzt gleich ins Haus«, sagte Mary Anne beunruhigt. »Du mußt dich abtrocknen und frische warme Sachen anziehen, sonst holst du dir noch den Tod! Außerdem ist es höchste Zeit, daß wir Alison und Logan von der Schule abholen!«

»Aber das ist unmöglich!« protestierte Joey und band Sheika an einem Querbalken an. »Ich muß sie trockenrubbeln und ihr eine Decke überlegen, sonst erkältet sie sich!«

»Na, und was ist mit *dir*?« entgegnete Mary Anne gereizt. »Dr. Corcoran hat gesagt, daß du Fieber hast...«

»Es geht mir hervorragend«, unterbrach sie Joey. »Und sobald ich Sheika versorgt habe, komm' ich rein und zieh' mich um.«

Mary Anne wollte ihm widersprechen, besann sich jedoch eines Besseren. Sie hatte jetzt weder Zeit noch Lust, mit dem Jungen herumzustreiten. Außerdem würde sie höchstens eine halbe Stunde brauchen, um die Kinder abzuholen, und bis dahin hätte die Polizei den Bergmenschen entweder erwischt oder weit genug aus der Gegend hier vertrieben. »Also gut«, brummte sie, »aber du mußt mir versprechen, daß du im Haus bleibst und nirgendwo hingehst, ja?«

Einen Moment lang umwölkte sich Joeys Stirn, und er zögerte, doch dann nickte er. »Okay. Ich versprech's dir«, sagte er. Dann fügte er hinzu: »Aber beeil dich! Draußen fängt es schon wild an zu schneien. Hey, Mensch!« Seine Augen leuchteten auf. »Vielleicht werden wir richtig eingeschneit, dann fällt morgen die Schule aus! Mann, das wär' toll!«

Mary Anne lächelte gequält. Sie wußte, daß sie in zehn Minuten haargenau das gleiche Lied aus Logans Munde hören würde. Wenigstens in diesem Punkt war Joey wie alle anderen Kinder, dachte sie, als sie in den Range Rover stieg und den Zündschlüssel umdrehte. Vielleicht wäre es ja tatsächlich gar nicht so schlecht, wenn es in der Schule schneefrei gäbe. Ein paar Tage Ferien täten ihnen allen gut.

Sie legte den Rückwärtsgang ein, wendete und fuhr dann zur Straße hinunter.

Joey, der ihr nachschaute, konnte jetzt endlich dem breiten Grinsen freien Lauf lassen, das er die ganze Zeit hatte unterdrükken müssen.

Ganz tief in sich spürte er bereits wieder die ersten Regungen dieser rätselhaften Unruhe, die ihn gestern überkommen und schließlich in die Nacht hinausgetrieben hatte.

Eben noch, als er auf Sheika in wilden Sprüngen über das Feld galoppiert war, als ihm der Wind um die Ohren pfiff und er den eiskalten Regen auf seiner Haut gefrieren spürte, hatte er ein Gefühl der Begeisterung, der überschäumenden Lebensfreude empfunden wie schon lange nicht mehr. Doch kaum war er in den Stall gekommen, war diese Freude mit einem Schlag gewichen, und er hatte sich plötzlich ganz schuldbewußt, wie ertappt gefühlt.

Als er jetzt Sheika abtrocknete, merkte er, wie er immer gereizter wurde, wie seine Nerven sich bis zum äußersten spannten. Es war, als ob die heulenden Naturgewalten ihn hinaus in die Wildnis locken wollten, als ob die Wölfe und Coyoten oben in den Bergen nach ihm riefen.

Er wollte sich beherrschen, wollte dieses drängende Gefühl ignorieren, doch je mehr er sich auf seine Arbeit zu konzentrieren versuchte, desto mächtiger und überwältigender brach sich der Instinkt in ihm Bahn.

Sheika, die seine Unruhe bemerkte, wurde immer nervöser, stampfte mit den Hufen auf und riß mit dem Kopf an den Zügeln. Sie spürte die Nähe der Gefahr.

22

Mittlerweile hatte sich der Regen in dichtes Schneetreiben verwandelt. Während Mary Anne vor der Schule auf Alison und Logan wartete, die kurz darauf aus dem Schultor gerannt kamen und quer über den Rasen auf den Range Rover zustürmten, schaute sie sorgenvoll zum tiefgrauen Himmel hoch. Sie hatte noch nie einen dieser arktischen Schneestürme erlebt, die sich mit solch tiefschwarzen Wolken ankündigten. Trotz der Wärme im Auto lief ihr bei dem Gedanken ein Schauder über den Rücken, und sie zog den dicken Schaffellmantel enger um sich.

»Ist das nicht toll!« schrie Logan begeistert, als er auf den Vordersitz kletterte und die Wagentür hinter sich zuschlug. »Ich wette, daß morgen die Schule ausfällt! Wir werden total eingeschneit, das schwör ich dir!«

Mary Anne mußte lächeln. »Ich würde mir an deiner Stelle da keine allzu großen Hoffnungen machen«, antwortete sie. »Wir haben schließlich erst Mitte September, und ich glaube, der richtige Winter kommt erst noch. Wahrscheinlich ist morgen früh der ganze Schnee schon wieder geschmolzen.«

»Auf keinen Fall!« widersprach Logan heftig. »Michael Stiffle sagt, daß der Schnee morgen mindestens zwei Meter hoch liegt und wir nicht einmal aus dem Haus rauskommen. Er meint...«

»Na, ich glaube, der Junge übertreibt ein bißchen«, schmunzelte Mary Anne, während sie den Motor startete und die Scheibenwischer anstellte, um die schneebedeckte Frontscheibe freizumachen.

»Michael und Andrea Stiffle sind doch totale Idioten«, gab Alison vom Rücksitz zum besten.

»Wirklich? Wie kommst du denn darauf?« fragte ihre Mutter überrascht und schaute sie im Rückspiegel an.

»Ach, ich mag sie einfach nicht, basta«, erwiderte Alison und lehnte sich schmollend zurück.

»Sie haben schlecht über Joey geredet«, erklärte Logan, und seine Stimme nahm einen grimmigen Ton an. »Sie haben gesagt...« Doch bevor er fortfahren konnte, fiel ihm auf, daß Joey ja gar nicht mitgekommen war. »Wo ist er denn?« fragte er irritiert. Sofort war der ganze Ärger über die Stiffle-Zwillinge vergessen, und aus seiner Frage klang nur noch Besorgnis um Joey, diesen Jungen, den er inzwischen als seinen großen Bruder betrachtete. »Der Doktor hat ihn doch nicht etwa doch ins Krankenhaus geschickt?« fragte er mit zitternder Stimme. Er wußte zwar nicht, um was für eine Art von Krankenhaus es in Joeys Fall genau ging, doch er hatte nur zu gut mitgekriegt, was für eine Riesenangst Joey heute morgen davor gehabt hatte, daß man ihn in ein Hospital einweisen würde.

»Es geht ihm gut«, beschwichtigte ihn Mary Anne. »Er ist zu Hause und kümmert sich um Sheika.«

Kaum war der Kleine beruhigt, da war er mit seinen Gedanken schon wieder ganz woanders. »Ach«, seufzte er theatralisch,

»wenn *ich* doch bloß hätte daheimbleiben und mich um Sheika kümmern können!«

»So? Bist du dir da auch ganz sicher?« hakte Mary Anne nach. »Dann hättest du erst mal die Boxen ausmisten müssen, dann Heu vom Boden holen und die Krippen füllen und schließlich alle drei Pferde striegeln müssen. Tja, und in der Sattelkammer gibt es natürlich auch eine Menge zu tun. Die Sättel müßten dringend eingefettet und poliert werden und…«

»Ach komm, das hat er bestimmt nicht alles gemacht«, unterbrach Logan sie, als er merkte, daß sie ihn auf die Schippe nahm.

»Was hat denn der Arzt eigentlich gesagt?« fragte Alison eindringlich vom Rücksitz aus. »Ist Joey denn ernsthaft krank?«

Mary Anne zögerte. Wie sollte sie nur den Kindern erklären, was Dr. Corcoran heute morgen zu ihr gesagt hatte? Sie hatten die Stadt jetzt hinter sich gelassen, und während sie das Tal hinauffuhren, sah sie, daß die Straße vor ihnen bereits stark verschneit war. Sie krampfte die Finger um das Steuerrad, als sie antwortete. »Der Arzt meint, es wäre überhaupt nichts Schlimmes. Joey hat sich einfach innerlich mit dem Tod seiner Eltern noch nicht abgefunden. Und deshalb hat er manchmal so Momente, in denen seine ganze Wut und Verzweiflung in ihm hochkommt, und dann ist er einfach unausstehlich.«

»Aber das ist doch ganz natürlich!« erregte sich Alison. Die Angst, die sie gestern abend noch vor Joey gehabt hatte, wich einer Welle von Mitgefühl und Sympathie. »Die sind alle so gemein! Er hat auf einen Schlag beide Eltern verloren, und jetzt ziehen alle Kinder über ihn her, als wäre *er* schuld daran! Es ist wirklich grauenhaft, Mama, wenn man sie über ihn reden hört. Als wäre er ein Monster oder so was!«

Mary Anne verspürte heftige Gewissensbisse, als sie daran dachte, wie sie heute morgen Dr. Corcoran eine bestimmte Frage gestellt hatte, die genau in diesem Sinne zu interpretieren wäre. Und sie erinnerte sich an das Gefühl von Panik, das sie vor einer Stunde ergriffen hatte, als sie festgestellt hatte, daß Joey nicht im Haus war. Auch sie fing langsam an zu überlegen, ob Joeys Problem nicht doch viel tiefer lag. Und wenn sie selbst schon solche

Gedanken hatte, dann brauchte es einen ja nicht zu wundern, wenn die anderen Leute in der Gegend...

In diesem Moment merkte sie, daß die Reifen durchdrehten und sie ins Schleudern geriet. Instinktiv ging sie auf die Bremse, ließ diese jedoch sofort wieder los als sie sich blitzschnell daran erinnerte, daß das in so einer Situation genau das Falsche war, und bemühte sich statt dessen, gegenzulenken. Der Rover fing sich wieder, und als die Reifen wieder griffen, stieß sie einen Seufzer der Erleichterung aus.

»Mensch, Mama, paß doch auf!« schimpfte Logan. »Du wärst beinahe in den Graben gerutscht! Daddy sagt ja auch immer, daß Frauen im Schnee einfach nicht Auto fahren können!«

»Wenn dein lieber Daddy hier wäre, hätte ich nicht das geringste dagegen, wenn er sich ans Steuer setzen würde!« blaffte Mary Anne zurück, doch im selben Augenblick tat es ihr leid, ihn so angefahren zu haben. »Entschuldige, Logan«, sagte sie leise, »aber bin ich nun in den Graben gerutscht oder nicht?«

Logan lehnte sich beleidigt in seinen Sitz zurück und sagte gar nichts mehr, während sich Mary Anne nun ganz aufs Fahren konzentrierte. Ein paar Minuten später fuhren sie in den Hof der El Monte-Ranch ein, der bereits von einer zentimeterdicken Schneeschicht bedeckt war. Sie parkte den Rover direkt am Hintereingang, so daß sie alle drei schnell in die Küche schlüpfen konnten. Immer dichter fiel der Schnee. In wildem Gestöber trieb der eisige Wind von den Bergen die Flocken vor sich über das Feld. Hinter dem Schuppen am Stall türmten sich bereits die ersten Schneeverwehungen auf. »Ich friere schon, wenn ich nur aus dem Fenster schaue«, bemerkte Mary Anne. »Komm, Alison, mach uns ein kleines Feuerchen im Kamin im Wohnzimmer, und ich koch uns allen einen schönen heißen Kakao. Was haltet ihr davon? Gehst du schnell zu Joey hoch und rufst ihn runter, Logan?«

Sie hatte noch nicht die Milch aufgesetzt, als Logan zurück war. »Joey ist nicht auf seinem Zimmer«, sagte er, »er ist einfach weg.«

Mary Anne bemühte sich, ihre aufkommende Panik nicht zu zeigen. Schnell schlüpfte sie wieder in ihren Schafwollmantel, stülpte sich die Strickmütze über und wickelte sich einen Schal um

Hals und Kinn. Dann lief sie aus dem Hintereingang über den Hof zum Stall hinüber. Sie öffnete die Tür gerade so weit, daß sie hindurchschlüpfen konnte, und schaute sich um. Sheika war wieder in ihrer Box, aber von Joey weit und breit keine Spur.

»Joey?« rief sie in wachsender Angst. Er konnte doch unmöglich weggelaufen sein – unmöglich! Er hatte doch versprochen, zu Hause zu bleiben! »Joey!«

Plötzlich hörte sie ein Geräusch oben auf dem Heuboden und spähte angestrengt in die Dunkelheit nach oben. »Joey? Bist du da oben?«

»Ich komm' ja schon«, rief er. Mary Anne stieß einen Seufzer der Erleichterung aus. Doch als er einen Augenblick später die Leiter herunterkam und sich zu ihr umdrehte, blieb ihr fast das Herz stehen.

Joey war vorne über und über mit Schnee bedeckt. Selbst sein Gesicht war von einer dichten Schneedecke überzogen.

»Joey!« stieß Mary Anne entsetzt hervor. »Was hast denn du gemacht?«

Der Junge kam mit langsamen, fast unsicheren Schritten auf sie zu. »Ich hab' dem Schnee zugeschaut«, sagte er mit kaum hörbarer Stimme. »Ich hab' oben das Dachfenster aufgemacht. Man kann von da oben bis weit in die Berge hinein sehen.« Er runzelte plötzlich die Stirn, wie wenn ihn irgend etwas beunruhigen würde. »Ich bin nur da oben gestanden, Tante Mary Anne. Ich hab' nichts Schlimmes gemacht, ich bin da nur gestanden.« Seine Stimme schien nun vor Angst fast zu zittern. »Wirklich, ich hab' ganz bestimmt nichts Schlimmes gemacht!«

Er hat Angst, dachte Mary Anne erschrocken. Er hat richtig Angst vor mir! Freundlich ging sie auf ihn zu und legte ihm beruhigend den Arm und die Schulter. »Du brauchst keine Angst zu haben, Joey. Niemand behauptet, daß du was Schlimmes gemacht hättest! Aber schau doch nur mal, du bist ja über und über mit Schnee bedeckt. Du mußt ja schrecklich frieren!« Sie merkte, wie er bibberte, als sie ihn fester an sich zog. »Komm, wir gehen jetzt ins Haus. Wir machen uns ein warmes Feuer im Kamin und trinken heiße Schokolade, hm? Hast du Lust dazu?«

Joey hatte eine solche Panik erfaßt, daß er kein Wort herausbrachte und nur stumm nicken konnte. Wie ein Blinder ließ er sich von Mary Anne aus dem Stall zurück ins Haus führen. Als sie aus dem Stall traten und Mary Anne fröstelnd den dicken Schaffellmantel enger um sich schlang, spürte er jedoch plötzlich, wie die ganze Panik mit einem einzigen Schlag von ihm abfiel und er sich entspannte.

Ihm war überhaupt nicht kalt. Trotz des wilden Schneegestöbers und der klirrenden Kälte fror er kein bißchen.

Joey starrte in das dampfende Badewasser. Als er sich in seinem Zimmer ausgezogen hatte, war es ihm im Raum schon fürchterlich heiß und stickig vorgekommen, und jetzt im aufgeheizten Badezimmer brach ihm der Schweiß aus. Er verspürte nicht das geringste Bedürfnis nach einem warmen Bad. Als er schließlich dennoch in die Wanne stieg, fühlte er auf einmal tief in seinen Knochen eine eigenartige Hitze aufsteigen.

Eine Hitze, die nichts mit der Hitze in der Wanne oder im Badezimmer zu tun hatte. Als er am offenen Dachfenster des Heubodens gestanden und sein Gesicht in den Wind gehalten hatte, den Wind, der von den Bergen herabfuhr und eiskalte Schneeflocken vor sich hertrieb, hatte er überhaupt kein Gefühl von Kälte auf seiner Haut empfunden.

Statt dessen hatten der Wind und der Schnee auf ihn eine eigentümlich beruhigende Wirkung ausgeübt, hatten diese grauenhafte Unruhe vertrieben, die von ihm Besitz ergriffen hatte. Je mehr der Wind ihm durch die Haare fuhr und die eisigen Schneeflocken ins Gesicht peitschte, desto mehr war diese Empfindung der Leere von ihm abgefallen, dieses verzweifelte Bedürfnis wegzulaufen, zu entfliehen, dieses kaum beschreibbare, drängende Verlangen, aus seiner eigenen Haut herauszuschlüpfen. Es war, als würden ihn die Naturgewalten hinauslocken, als würde der Wald nach ihm rufen, als würden die Berge in seinem Ohr flüstern.

Er konnte sich an alles erinnern, jedes kleinste Detail war ihm ins Gedächtnis gebrannt. Es war wie ein Traum gewesen. Plötzlich hatte er Geräusche gehört, die er bei dem lauten Heulen des Windes eigentlich unmöglich hätte hören können. Das Knacken im Gehölz, als unten am Fluß ein Reh aus dem Wald trat, oder das Rascheln einer Ratte, die vier Meter unter ihm über den Stallboden huschte.

Alles hatte er gehört, sogar den leisen Motor des Range Rovers, obwohl ihm der Sturm in den Ohren toste.

Es war ihm auch vorgekommen, als könnte er jede einzelne Schneeflocke sehen, könnte ihren Weg verfolgen, wie sie aus den Wolken niedertanzte, vom Wind hin und her gehetzt wurde, bis sie schließlich zu Boden sank und in die weite weiße Decke aus Schnee einging, die langsam den ganzen Hof überzog.

Sogar seine Nase hatte auf einmal ganz sonderbare Gerüche aufgenommen, die er noch nie gerochen hatte. Schwache Witterungen von Tieren drunten im Wald, verschiedene, einzigartige Gerüche, die in ihm eine seltsame Erregung ausgelöst hatten.

Als er schließlich von Mary Annes Rufen aus seinem Traum, aus diesem aufregenden Schauspiel der Naturgewalten gerissen wurde, hatte er immer noch nichts von der Kälte im Stall verspürt. Jetzt, wie er in der Badewanne saß und die kochende Hitze des Wassers auf seiner Haut spürte, schwanden ihm fast die Sinne.

Der Schweiß lief ihm in Strömen von der Stirn, und aus seinen Mundwinkeln troff der Speichel.

Er beugte sich vor, um den Kaltwasserhahn zu öffnen, und hielt erlöst seinen Kopf unter den Strom des eisigen Wassers. Dann nahm er das Stück Seife und fing an, sich die Haare zu waschen.

Als er den Schaum in die Kopfhaut massierte, stutzte er. Irgend etwas hatte sich an seinen Haaren verändert. Sie fühlten sich auf einmal rauher, struppiger an als sonst. Verwirrt steckte er den Kopf unter Wasser und hielt die Luft an, während er sich mit den Händen zwischen die Haare fuhr, um die Seife auszuspülen. Als seine Lungen zu platzen drohten, tauchte er wieder auf und schnappte verzweifelt nach Luft. Er griff wieder nach der Seife und rieb sich damit nun Brust und Arme ein. Dieses seltsame kribbelnde Gefühl wurde immer stärker. Plötzlich, ohne jede Vorwarnung, wurde er von einer grauenerregenden Panik erfaßt.

Die Badewanne wurde immer kleiner, und die Wände des Badezimmers kamen ganz langsam auf ihn zu und schlossen sich immer dichter um ihn, daß er meinte, in wenigen Sekunden von ihnen zerquetscht zu werden. Er sprang auf, schüttelte sich, daß die Wassertropfen umherstoben und rang nach Luft. Die Hitze im Badezimmer war so unerträglich, daß er glaubte, jeden Moment zu ersticken. Mit letzter Kraft riß er das Fenster über der Badewanne auf. Stöhnend hielt er sich am Fensterbrett fest, als die beruhigende Kälte von draußen hereinströmte und ihn langsam wieder zur Besinnung brachte. Dann stieg er aus dem Wasser, griff sich ein Handtuch und fing an, sich abzutrocknen. Als er durch die Dampfschwaden ein verschwommenes Bild von sich im Spiegel erhaschte, wischte er das beschlagene Glas frei, um sich genauer zu betrachten.

Es war nicht das Spiegelbild, das er noch heute morgen gesehen hatte.

Seine Augen waren deutlich schmaler geworden. Unter seinen Wangenknochen lagen dunkle, eingefallene Höhlen, die wie der Schatten eines Bartes wirkten.

Er fuhr mit den Fingern durch sein nasses Haar, und wieder spürte er diese eigenartige Sprödigkeit. Er beugte sich näher zum Spiegel hin und untersuchte sie genauer.

Da sah er, daß überall feine dunkle Härchen aus der Kopfhaut sprossen. Sie waren mit bloßem Auge kaum sichtbar.

Aber sie waren da.

Joey rang nach Luft und starrte entgeistert in den Spiegel.

Irgend etwas veränderte sich an ihm.

Was, um Himmels willen, konnte das bloß sein?

Panik stieg in ihm hoch. Trotz des offenen Fensters schloß sich das Badezimmer, das ganze Haus wieder um ihn. Die Wände kamen näher und näher.

Rick Martin stolperte und fiel zu Boden. Der Wind pfiff ihm um die Ohren, und er suchte schnell Schutz hinter einem umgestürzten Baum. Der Schnee lag inzwischen fast einen halben Meter hoch, überall bildeten sich Verwehungen, in die er bis zum Nabel einsank, während er sich seinen Weg durch das weiße Niemandsland bahnte. Der Wind, der von den Bergen heulte, wirbelte die Eiskristalle hoch, kaum, daß sie den Boden berührt hatten, und vermischte sie mit den dicken, flaumigen Flocken, die von einem weißen unsichtbaren Himmel fielen. Wo war bloß der Jeep? Er hätte ihn längst erreicht haben müssen. War er vom Weg abgekommen?

Langsam, ganz langsam dämmerte es ihm: Er hatte sich verirrt! Der Schneesturm, der aus dem Nichts über ihn hereingebrochen war, hatte ihm die Sicht erschwert, bis er kaum noch ein paar Meter weit sehen konnte und schließlich jede Orientierung verloren hatte.

Hatte es überhaupt noch einen Sinn, weiter nach dem Jeep zu suchen?

Wenn er ihn weiterhin nicht finden würde, wäre er hoffnungslos verloren. Er würde irgendwo im Wald umherirren, ohne jede Möglichkeit, sich gegen den Schneesturm zu schützen, und was das bedeutete, wußte er nur zu genau.

Wenn er Pech hatte, würde er Stunden um Stunden im Kreis herumlaufen, immer auf der Suche nach der rettenden Sicherheit des Jeeps, ohne ihm am Ende zu finden.

Irgendwann würde ihm dann die Kälte in die Knochen fahren. Irgendwann – womöglich noch vor Einbruch der Dunkelheit – würde er das Bedürfnis verspüren, sich hinzusetzen, um ein bißchen zu verschnaufen. Seine Kräfte, ausgezehrt durch den Kampf gegen die Kälte und gegen die aufsteigende Panik, würden ihn verlassen, und er würde den starken Wunsch haben, ein wenig zu schlafen.

Nur ganz kurz natürlich, vielleicht ein paar Minuten.

Ein paar Minuten Schlaf, aus dem er nicht mehr erwachen würde.

Wenn er die Suche nach dem Jeep aufgeben und weiter bergauf klettern würde, könnte er vielleicht eine Höhle finden oder zumindest eine Felsspalte, in der er sich verkriechen könnte, bis der Sturm vorbei war. Er könnte den Eingang mit einem Wall aus Schnee verschließen, dann wäre er gegen den eiskalten Wind geschützt. Dann hätte er eine Chance, die Nacht zu überleben. Morgen früh, wenn der Sturm vorbei wäre, würde er ja wieder erkennen können, wo er sich befand und sich dann entweder auf die Suche nach seinem Jeep machen oder gleich hinunter ins Tal steigen.

Die andere Möglichkeit war, weiter nach dem Jeep zu suchen. Er versuchte sich genau zu erinnern, welchen Weg er gegangen war, nachdem er die beiden Leichen am Fuße der Steilwand gefunden hatte. Wie weit mochte er wohl seitdem schon gelaufen sein? Einen Kilometer? Zwei, drei? Er versuchte sich zu orientieren, doch wohin er auch schaute, überall sah es gleich aus.

Ein Meer von weißen Schneeflocken, die der heulende Wind wild durcheinanderwirbelte.

Nichts, aber auch gar nichts kam ihm irgendwie bekannt vor. Und das würde auch weiter so bleiben, bis der Sturm vorbei war, das wußte er. Schnee veränderte einfach alles.

Die Konturen der Berge.

Das Aussehen des Waldes.

Inzwischen mußte er auch höllisch aufpassen, wohin er trat. Eine dicke Schneedecke überzog inzwischen fast alles, verhüllte Felsen, umgestürzte Bäume und tückische Felsspalten. Die ganze Landschaft war ein einziges Minenfeld – ein falscher Schritt, und er war verloren.

Vielleicht war es wirklich besser, umzukehren und sich weiter hangaufwärts nach einem Unterschlupf umzusehen.

Er schlug sich den Schnee von den Ärmeln und Stiefeln und machte sich daran, bergauf zu klettern. Nur ganz langsam kam er voran, obwohl der Hang hier nicht sonderlich steil war und auch das Unterholz seinen Weg kaum behinderte.

Bald schon merkte er, daß die Steilwand, die im Windschatten lag, nicht mehr weit sein konnte, denn er spürte deutlich, wie der Wind nachließ. Er konnte jetzt aufrecht stehen, ohne daß ihm der Wind dauernd Schneeflocken in Augen und Nase trieb.

Er gönnte sich eine kurze Verschnaufpause, bog sein schmerzendes Kreuz durch. Dann stapfte er weiter. Als er um eine Biegung kam, sah er plötzlich eine schwarze Felswand steil aus dem Schnee aufragen. Die Steilwand! Er stieß einen Seufzer der Erleichterung aus. Mit kräftigen Schritten holte er aus, bis er die Wand erreicht hatte und sich erschöpft gegen den Felsen lehnte. Endlich wußte er wieder, wo er war! Und endlich war er aus diesem fürchterlichen Sturm heraus! Auch hier lag der Schnee schon dreißig Zentimeter hoch, doch hier im Windschatten wirbelten die Flocken nicht wild durcheinander, sondern tanzten sanft schaukelnd herab. Wie von ferne hörte er den Sturm heulen, gedämpft durch den Schnee, der den Schall schluckte. Eben noch hatten heftige Böen ihm mit tausend Nadelstichen die Kristalle ins Gesicht gepeitscht, jetzt war es geradezu friedlich still.

Doch plötzlich kamen ihm Zweifel.

War das wirklich die Steilwand von vorhin?

Mit verstörtem Blick suchte er die Landschaft ab. Sein Herz blieb stehen. Überall in den Bergen ragten dunkle Felswände steil aus dem Schnee empor. Felswände genau wie diese.

Er konnte überall sein. Überall und nirgendwo.

Vorsichtig bewegte er sich am Fuß der Wand entlang, prüfte sorgfältig jeden Schritt. Überall unter der harmlosen Schneedecke konnte gefährliches, loses Geröll liegen. Angestrengt suchte er nach einem Unterschlupf. Irgendwo mußte doch eine Felsspalte sein, ein Felsüberhang, unter dem er Schutz finden konnte. Schließlich fand er eine flache Vertiefung in der Wand, keine richtige Höhle, aber zumindest eine Möglichkeit, sich unterzustellen, falls der Wind drehen sollte.

Er kniete nieder und begann, vor diesem Unterstand einen Wall aus Schnee zu bauen. Dann sammelte er lose Äste, putzte den Schnee von ihnen ab und stapelte sie in seinem Unterschlupf. Wenn er genug trockenes Holz zusammenbekäme, könnte er ein kleines Feuer machen, denn in seiner Jacke hatte er eine Schachtel Streichhölzer in einer wasserdichten Hülle dabei, die er immer bei sich trug. So hätte er gute Chancen, die Nacht zu überstehen, bis der Sturm vorbei war.

In immer größeren Kreisen suchte er die Umgebung seines Unterschlupfes nach Holz ab, als er mit seinem rechten Fuß plötzlich gegen etwas stieß.

Etwas Weiches, das nachgab.

Als er sich bückte und den Schnee von diesem Etwas abwischte, schaute er in die blutigen Augenhöhlen von Tony Moleno.

Rick Martin stieß einen Fluch aus. Da hatte er gekämpft wie ein Berserker und war dabei die ganze Zeit nur im Kreis herumgelaufen, um schließlich genau an den Ausgangspunkt seiner Expedition zurückzukommen! Wie lange war er wohl so unterwegs gewesen?

Eine Stunde?

Zwei Stunden?

Eine Ewigkeit. Verlorene, vergeudete Zeit.

Eine Weile der Hoffnungslosigkeit und Verzweiflung schlug über Rick Martin zusammen. Er holte tief Luft. Doch es hatte auch sein Gutes, dachte er dann. Wenigstens wußte er jetzt wieder, wo er war.

Er zog sein Funkgerät aus der Halterung an seinem Gurt und rief die Zentrale in Challis. Sicher würde Gillie zu Hause mithören.

»Es schaut so aus, als ob ich heute nacht hier oben in den Bergen campiere«, sprach er ins Mikrophon und versuchte, seiner Stimme einen zuversichtlichen, fidelen Klang zu geben. »Es schneit ziemlich heftig, aber ich hab' einen Unterschlupf gefunden und werd' mich die Nacht über mit einem Feuerchen warm halten. Grüß Gillie von mir, falls sie jetzt nicht selbst mithört, und sag ihr, daß es mir gutgeht. Ich denk, ihr versteht, daß ich keine große Lust habe, mitten im Schneesturm hier den Abstieg zu machen. Und falls du mithörst, Gillie«, fügte er hinzu, »mach dir bitte keine Sorgen um mich. Und mach jetzt bitte nicht irgendwelche Dummheiten, ja? Setz dich gemütlich hin und leg die Beine hoch, wir sehen uns dann morgen zum Frühstück, okay?« Er zögerte einen Moment. Er konnte jetzt unmöglich erzählen, daß er die ganze Zeit im Kreis gelaufen war. »Ich glaub', ich werd' den Jeep morgen früh allein nicht freischaufeln können. Aber morgen wird ja mit Sicherheit ideales Rodelwetter sein. Wenn ihr Lust habt, könnt ihr mir ja einen Schlitten vorbeibringen. Ich bin hier am Fuß vom Castle Cliff.«

Eine Sekunde herrschte Stille im Äther, dann ertönte die Stimme der Funkerin. Sie wirkte leicht irritiert. »Das ist doch die Stelle, wo du Moleno und Peters gefunden hast, oder?«

»So ist es«, seufzte Rick Martin. »Aber ich sag euch eins: Wenn jetzt irgend jemand rumerzählt, ich hätte mich hier oben verlaufen, kriegt er morgen von mir höchstpersönlich ein blaues Auge verpaßt, klar?«

Wenn ich morgen früh noch am Leben bin, dachte er, als er das Gerät ausschaltete.

Im Moment standen seine Überlebenschancen fünfzig zu fünfzig. Wenn der Sturm schlimmer werden sollte, sah es für ihn schlechter aus.

Deutlich schlechter.

23

Mary Anne warf ein weiteres Stück Holz in den Kamin. Als der brennende Holzstoß in sich zusammenbrach, stoben die Funken, und die Flammen züngelten gierig an dem neuen Scheit empor. Mary Anne hielt die Hände über das lodernde Feuer und ließ die wohlige Wärme durch ihren Körper strömen. »Na, ist das nicht gemütlich?« fragte sie. Sie schaute hinaus in die klirrende Kälte. Draußen türmte sich der Schnee immer höher, und es sah aus, als ob die unablässig herabrieselnden Flocken das Haus in ein schneeweißes, kaltes Leichentuch einhüllten. Ein eigentümliches Gefühl von Beklommenheit stieg in ihr auf.

Doch ihr Sohn war ganz aus dem Häuschen. »Mann, ist das super!« rief Logan begeistert. »So hat's bei uns zu Haus noch nie geschneit! Ich wette, wir werden eine ganze Woche lang eingeschneit. Mensch, wär das toll!«

Mary Anne zog die Brauen zusammen. Hatte sie eigentlich genügend Lebensmittel im Haus? Und was wäre, wenn der Strom ausfiele? Wenn ein Wasserrohr bräche? Wenn irgend etwas passierte und sie nicht wegkonnten?

Fragen, die ihr in New Jersey nie in den Sinn gekommen waren. In New Jersey, wo selbst beim schlimmsten Wintereinbruch die Straßen binnen weniger Stunden vom Schnee geräumt waren und wo der nächste Laden gleich um die Ecke lag. Wenn der Strom ausfiel, war der Schaden spätestens in ein paar Stunden behoben, und wenn ein Rohr brach, brauchte sie nur den Klempner anzurufen. Aber hier draußen in der Wildnis…

Wer räumte eigentlich den Schnee weg? Mindestens bis zum Tor der Ranch müßte eigentlich die Gemeinde dafür aufkommen, da die Straße ja öffentlicher Besitz war. Aber was war mit der Zufahrt? Mußte sie das etwa selbst übernehmen?

Sie dachte an den Traktor, der in einem der Schuppen stand. War es wirklich erst gestern gewesen, daß Olivia Sherbourne ihr versprochen hatte, ihr das Traktorfahren beizubringen? Sie hatten verabredet, nächste Woche einen Versuch zu wagen. Jetzt wünschte sich Mary Anne, sie hätte auf der Stelle die erste Fahrstunde genommen. Dennoch, wenn es nicht anders ginge, würde sie mit dem Gefährt schon irgendwie zurande kommen, zumindest soweit, daß sie den Schnee von der Straße räumen konnte.

Aber dazu wird es ja gar nicht kommen, versuchte sie sich zu beruhigen. Der Schnee wird sofort wieder schmelzen, und der ganze Spuk wird in ein, zwei Stunden wieder vorbei sein. Sie merkte, daß ihre Ängste eigentlich weniger mit diesem plötzlichen Wintereinbruch zu tun hatten als mit der bohrenden Frage, wer dieser Mann da oben in den Bergen sein könnte. Doch sie durfte sich jetzt nicht in eine Panik treiben lassen, sie mußte jetzt die Nerven behalten.

In diesem Moment wurde sie durch Storm aus ihren Grübeleien gerissen. Er kam in den Raum gelaufen, winselte und legte ihr die Pfoten auf die Knie, sprang dann wieder herunter und lief zurück zur Tür, wo er laut bellte und sie erwartungsvoll anschaute. Mary Anne erstarrte. Die Angst, die sie eben noch mühsam unterdrückt hatte, schlug wieder wie eine Welle über ihr zusammen.

War da jemand draußen vor dem Haus? Bellte deshalb Storm? Sie wollte gerade aufstehen und dem Hund folgen, als Logan vom Sofa rutschte und ihr zuvorkam. »Ich geh' schon mit ihm raus!« rief er, während er dem Schäferhund hinterherschoß.

»Nein!« schrie Mary Anne in plötzlicher Panik. »Logan…«

Sie rannte in die Küche, wo Logan gerade seine Jacke anzog,

und fiel ihm in den Arm, als er die Klinke der Hintertür herunterdrücken wollte. Storm lag winselnd am Boden und kratzte aufgeregt an der Türschwelle. »Logan! Ich verbiete dir rauszugehen! Draußen ist es eisig kalt, du wirst dir eine Lungenentzündung holen!«

»Werd' ich nicht!« widersprach Logan. Er öffnete die Tür gerade so weit, daß Storm hinauswitschen konnte, doch schon hatte seine Mutter die Tür wieder zugeschlagen. »Och, Mama, immer verbietest du mir alles, was Spaß macht!« heulte er los. In diesem Augenblick läutete das Telefon. Mary Anne starrte ihren Sohn an.

»Wenn du noch einmal diese Tür aufmachst, verbringst du den Rest des Tages oben auf deinem Zimmer, ist das klar?« schärfte sie ihm ein. Voller Wut kniff Logan die Augen zusammen, doch er machte keine Anstalten mehr, die Tür zu öffnen, und stapfte stattdessen bockig zum Fenster hinüber, um wenigstens zu sehen, in welche Richtung Storm gelaufen war. Der Schäferhund stand mitten im Hof, hielt den Schwanz und eine Pfote hoch erhoben und witterte aufmerksam in den Wind. Sekunden später brach er in lautes Gebell aus und schoß wie der Blitz um die Hausecke, bis er nicht mehr zu sehen war.

»Hallo?« sagte Mary Anne geistesabwesend, nachdem sie, ohne Logan aus den Augen zu lassen, den Hörer abgenommen hatte.

»Mary Anne?« hörte sie die besorgte Stimme von Olivia Sherbourne. »Was ist denn los bei euch da oben? Du warst ja vielleicht aufgeregt, als du mir aufs Band gesprochen hast!«

»Olivia!« Mary Anne mußte mit den Tränen kämpfen. »Gott sei Dank, daß du anrufst! Du mußt mir unbedingt erzählen, was du über...« Sie zögerte, als sie sah, daß Logan sie aufmerksam beobachtete und sich kein Wort entgehen ließ. Erst als sie ihn aus dem Zimmer geschickt hatte, erzählte sie ihrer Nachbarin ihren Verdacht. »Olivia. Ich hab' inzwischen herausbekommen, daß Joey überhaupt keine Frühgeburt war! Ted kann also unmöglich sein Vater sein!«

Sie wartete auf eine Reaktion, doch kein einziger Laut drang aus der Leitung, so daß sie einen Moment befürchtete, die Verbindung wäre unterbrochen. Dann antwortete Olivia. Ihre Stimme klang eigenartig hohl. »Er hieß Slater. Shane Slater. Aber wir haben ihn alle unter einem anderen Namen gekannt.«

Mary Anne gefror das Blut in den Adern. »Olivia, *was* sagst du da?«

Wieder folgte ein langes Schweigen. Dann erzählte Olivia weiter: »Er war ein seltsamer Mann, Mary Anne. Er ist damals irgendwann im Frühling in Sun Valley aufgetaucht. Allen hat er gesagt, er hieße Randy Durell. Alle mochten ihn, und Audrey war völlig verrückt nach ihm. Ich übertreibe nicht, sie war einfach verrückt nach ihm. Und dann ist er eines Tages spurlos verschwunden.«

»Spurlos verschwunden?« fragte Mary Anne entgeistert.

»Am nächsten Tag erfuhren wir auch, warum«, fuhr Olivia fort. »Zwei Beamte vom FBI kamen vorbei und sagten, sie wären auf der Suche nach einem gewissen Shane Slater. Sie zeigten uns ein Foto, und es bestand nicht der geringste Zweifel. Es war genau der Mann, mit dem Audrey ein Verhältnis gehabt hatte.«

»Großer Gott!« stieß Mary Anne hervor. »Und warum haben sie ihn gesucht?«

»Ich weiß es nicht«, antwortete Olivia. »Sie haben es uns nie gesagt. Sie haben nur gemeint, daß er äußerst gefährlich wäre, und deshalb bin ich immer davon ausgegangen, daß er jemanden umgebracht hat.«

Ein langes Schweigen folgte. Schließlich sagte Mary Anne: »Und sie haben ihn nie geschnappt?«

»Wenn ja, dann haben wir zumindest nie was davon erfahren«, erwiderte Olivia. »Aber das Ganze ist fast vierzehn Jahre her, Mary Anne. Es kann doch unmöglich derselbe Mann sein. Es…«

»Aber warum denn nicht?« unterbrach Mary Anne sie. »Und wenn er einfach in die Berge abgehauen ist und seitdem da oben gelebt hat? Wenn er wußte, daß Audrey schwanger war? Und wenn er wußte, daß Joey sein Sohn war?«

»Mary Anne, beruhige dich doch!« mahnte Olivia, als ihre Freundin sich immer mehr erregte. »Das sind doch alles nur Spekulationen. Du weißt doch nicht, ob…«

»Ich weiß, daß Ted nicht Joeys Vater war! Und daß er Joey mißhandelt hat!« unterbracht sie Mary Anne mit überschnappender

Stimme. Sie wurde fast hysterisch. »Ihr alle hier in der Gegend habt immer weggeschaut, und ich weiß auch, warum! Weil Ted reich war! Weil er so reich war und so viel Einfluß hatte, daß niemand es gewagt hat, sich mit ihm anzulegen! Nehmen wir mal an, daß Joeys leiblicher Vater oben in den Bergen gelebt hat und wußte, was Ted seinem Kind antat. Was hätte er wohl gemacht, Olivia? Was hättest *du* an seiner Stelle gemacht?«

Wieder folgte ein langes Schweigen auf Mary Annes Ausbruch. Als Olivia schließlich antwortete, klang ihre Stimme tief und finster. »Ich hätte Ted umgebracht, nehme ich an. Und ich hätte womöglich auch Audrey umgebracht, weil sie zuschaute, wie ihr Mann meinen Sohn mißhandelte.«

»Und genau das ist meine Vermutung!« ergänzte Mary Anne mit zitternder Stimme.

Olivia spürte förmlich durchs Telefon die Angst, die Mary Anne erfaßt hatte. »Mary Anne, bevor wir nichts Genaues darüber wissen, was da oben in den Bergen los ist, schlage ich vor, daß du mit den Kindern erst einmal hier herunter zu mir kommst. Es sieht so aus, als ob das ein wirklicher Schneesturm wird, und mir ist ganz und gar nicht wohl bei dem Gedanken, daß es euch da oben einschneit. Ich bin zwar davon überzeugt, daß deine Vermutung absolut falsch ist, glaube aber trotzdem nicht, daß es gut für dich ist, da oben ganz allein mit den Kindern zu hocken. Wenn ihr eingeschneit werdet, kriegst du noch die große Panik.«

Mary Anne starrte hinaus in den Hof, über den schon langsam die Dämmerung hereinbrach. Der Schnee fiel in immer dichteren Flocken. Es wollte einfach nicht aufhören zu schneien. An einer Seite des Stalles türmten sich schon mannshohe Verwehungen auf. »Ich weiß gar nicht, ob ich jetzt überhaupt hier noch rauskomme«, meinte sie besorgt. »Der Schnee liegt bestimmt schon dreißig Zentimeter hoch.«

»Wenn du jetzt sofort runterkommst, geht es noch«, beruhigte sie Olivia. »Der Range Rover ist ja genau für dieses Wetter gemacht. Ich hab' jede Menge Platz bei mir, und...«

»Mama!« schrie in diesem Moment Alison aus dem Wohnzimmer. »Das Dach ist undicht! Das ganze Schneewasser läuft rein!«

»Oh, Gott, auch das noch!« stöhnte Mary Anne. »Olivia, ich ruf' dich in ein paar Minuten zurück, ja? Alison sagt gerade, daß das Dach undicht ist!«

Olivia seufzte mitleidig. »Soll ich vorbeikommen und helfen?«

»Nein, nein, es geht schon. Ich ruf' dich zurück!« wiederholte Mary Anne, hängte den Hörer ein und lief schnell ihrer Tochter hinterher. Als sie ins Wohnzimmer kam, sah sie, wie beide Kinder erschrocken auf eine Stelle an der Decke starrten, an der sich ein großer nasser Fleck ausbreitete und von der das Wasser heruntertropfte.

»Hol schnell einen Eimer, Alison«, rief Mary Anne ihrer Tochter zu. »Ich versuche herauszufinden, wo das herkommt.« Während sie die Treppe hochrannte, überlegte sie, welches Zimmer über der Decke lag. Und dann fiel es ihr siedendheiß ein.

Das Badezimmer!

Schon von weitem sah sie, daß das Wasser unter der Türritze herausquoll und sich bereits über den ganzen Teppich im Flur ergossen hatte. »Joey!« rief sie entsetzt. »Joey!«

Keine Antwort. Sie klopfte laut und vernehmlich. »Joey? Was machst du denn da drinnen?!« Sie drückte die Klinke herunter, doch die Tür war verschlossen. Wieder hämmerte sie gegen die Tür.

»Joey! Sag doch was!«

Sie konnte jetzt deutlich das Rauschen des offenen Wasserhahnes hören. Offensichtlich war die Badewanne übergelaufen.

Warum gab Joey bloß keine Antwort?

Plötzlich hatte sie die Vision, daß Joey in der Badewanne lag, den Kopf unter Wasser, mit leichenblasser Haut, tot.

Konnte es sein, daß er ausgerutscht war? Irgendwie hingefallen und mit dem Kopf auf die scharfe Kante der Porzellanwanne geschlagen?

Aber er hätte doch geschrien! Sie hätten ihn doch bestimmt gehört, auch wenn draußen der Sturm tobte!

Dann sah sie ein anderes Bild von ihm vor sich. So, wie sie ihn erst heute morgen gefunden hatte. Nackt, nur mit einem Fell um die Schultern, am Rande der Klippe, von der Audrey zu Tode gestürzt war.

Zusammengekauert, die Arme um die Knie geschlungen, den Blick düster in den Abgrund unter ihm gerichtet, so als wünschte er sich…

Großer Gott! Nein!

»Alison!« schrie sie. »Logan! Schnell, helft mir!«

Wieder drückte sie die Klinke herunter. Verschlossen. Als sie die Kinder die Treppe hochtrampeln hörte, warf sie sich mit ihrem ganzen Körpergewicht gegen die Tür. Der Türrahmen krachte bedrohlich, doch das Schloß gab nicht nach.

»Mama! Was ist denn los?« rief Alison atemlos, als sie über den Flur gerannt kam.

»Die Tür ist zu«, kreischte Mary Anne. »Joey hat sich eingeschlossen, und die Badewanne ist am überlaufen, und er gibt einfach keine Antwort, und…«

»Ich hol' die Axt!« schrie Logan. Sekunden später kam er mit der kleinen Axt zurück, die immer neben dem Herd stand, um Brennholz zu zerkleinern. In ihrer Angst um Joey ließ Mary Anne alle ihre Bedenken fahren, die Tür zu ruinieren. Sie riß ihrem Sohn das Werkzeug aus der Hand und hieb es mit Schwung in die Tür. Das Eisen sauste tief in eines der Bretter und blieb dort stecken, doch Mary Anne zerrte es wieder heraus und schlug ein zweites Mal zu. Beim dritten Hieb brach das Brett schließlich und zersplitterte. Mary Anne trat mit dem Fuß nach und langte dann durch die Öffnung, um nach dem Schlüssel zu angeln. Schließlich hatte sie ihn gefunden, drehte um, und drückte dann die Klinke herunter. Mit Schwung flog die Tür auf und ließ einen Schwall eiskalter Luft in den Flur strömen.

Alle drei, Mary Anne, dicht gefolgt von Alison und Logan, stürzten ins Badezimmer und starrten in die übergelaufene Wanne.

Joey war nicht darin. Er war nicht darin!

Trotz ihrer Verwirrung fiel Mary Anne ein Stein vom Herzen. Schnell beugte sie sich über die Wanne, drehte den Hahn zu, langte dann in das kalte Wasser und zog den Stöpsel heraus.

Kaltes Wasser?

Warum hatte er denn bloß…

Noch ehe sie weiterdenken konnte, fiel ihr Blick auf das weit geöffnete Fenster, durch das eisige Schneeflocken hereingewirbelt kamen. »Sein Zimmer, Alison«, rief Mary Anne. »Schau nach, ob er auf seinem Zimmer ist! Schnell!«

Während Alison aus dem Bad stürmte, beugte Mary Anne sich über die Wanne und versuchte, das Fenster zu schließen, jedoch ohne Erfolg, da sie nicht nahe genug herankam. Schon war Alison zurück.

»Er ist nicht da, Mama! Seine Kleider liegen alle auf einem Haufen, aber Joey ist nicht da!«

Wieder wallte panische Angst in Mary Anne auf. Hilflos schaute sie sich in dem engen Badezimmer um – und da sah sie es. An der Badetür hing sein Morgenmantel.

Nein!

Er konnte doch unmöglich splitternackt aus dem Fenster geklettert sein, hinaus in den eisigen Schneesturm! War er jetzt wirklich übergeschnappt? Noch einmal lehnte sie sich über die Badewanne und spähte aus dem Fenster. Aber es war aussichtslos. Während die Badewanne übergelaufen war, hatte er genug Zeit gehabt davonzulaufen. Es war dumm anzunehmen, daß er noch irgendwo in der Nähe des Hauses wäre.

Sie hastete die Treppe hinunter, riß die Haustür auf und stürzte auf die Veranda. »Joey!« rief sie mit gellender Stimme, bemüht, den heulenden Sturm zu übertönen. »Joey! Wo bist du? Komm zurück!« Sie wollte gerade hinaus in den Sturm laufen, um nach ihm zu suchen, als sie Alison aus dem Flur verzweifelt nach ihr rufen hörte.

»Mama! Wo willst du denn hin?«

Verwirrt drehte sich Mary Anne nach ihr um. Obwohl sie nur ein paar Meter von der Veranda entfernt stand, konnte sie in dem dichten Schneegestöber ihre Tochter kaum mehr erkennen. »Mama, komm zurück!« rief Alison mit weinerlicher Stimme. »Du wirst dich verirren da draußen! Du wirst dir den Tod holen!«

Mary Anne zögerte. Sie mußte unbedingt Joey hinterher, und doch wußte sie, daß Alison recht hatte. Sie brauchte nur noch ein paar Schritte weiter in den Hof zu gehen, und sie würde von den

Umrissen des Hauses nichts mehr erkennen. Sie könnte stundenlang im Kreis herumlaufen, ohne es wiederzufinden.

Hoffnungslosigkeit überkam sie. Ein Schluchzen würgte in ihrer Kehle. Niedergeschlagen machte sie kehrt und ging wieder zurück ins Haus.

»Mama! Was ist denn bloß los mit Joey?« drang Alison in sie, als Mary Anne die Haustür hinter sich schloß. Ihre Stimme zitterte. »Haben die Kinder in der Schule recht? Ist er wirklich geisteskrank?«

Erschöpft lehnte sich Mary Anne gegen die Tür und versuchte, ihre Gedanken zu ordnen. Sie mußte jetzt genau überlegen, was als nächstes zu tun wäre. Die Polizei! Sie mußte die Polizei anrufen!

Ohne auf Alisons Frage zu antworten, lief sie zum Telefon, nahm den Hörer ab und tippte die Notrufnummer ein.

Sie wartete. Kein Ton kam aus dem Hörer.

Es dauerte einen Moment, bis sie begriff. Die Verbindung war unterbrochen.

Joey war verschwunden, und das Telefon war tot.

Mit dem Instinkt eines Tieres suchte sich der Mann seinen Weg durch den Schneesturm. Der Wald und die Dunkelheit waren ihm so vertraut, daß der Sturm ihm nichts anhaben konnte. Er hatte die Wölfin im Schutz der Felsspalte zurückgelassen. Sie würde sich, auch ohne daß er sich um sie kümmerte, von ihrer Schußverletzung erholen. Morgen würde die Wunde verheilt sein, und auch wenn sie sicher noch eine Zeitlang hinken würde, wäre sie imstande, sich ihr Futter selber zu suchen. Der Mann war froh, sie gut aufgehoben zu wissen. Mit federnden Schritten lief er durch den Wald und stieg den Berg hinab zum Coyote Creek. Sobald er den Fluß erreicht hatte, kam er leichter voran. Er brauchte jetzt nur noch dem Flußlauf zu folgen. Wie viele Male war er diesen Weg wohl schon gegangen in all den Jahren? Es war sein Revier. Und so wie heute war er es schon dutzendmal abgegangen.

Auch in der besagten Nacht, in der der Camper gestorben war. In dieser Nacht war Vollmond gewesen, und es hatte ihn wieder diese unwiderstehliche Gier gepackt, jemanden zu überfallen. Mit aller Kraft hatte er versucht, dieser Gier zu widerstehen, sich vom Zeltplatz fernzuhalten. Und doch hatte es ihn wieder dorthin gezogen. Lange hatte er in der Dunkelheit gelauert, hatte sie beobachtet, wie sie sich zärtlich am Lagerfeuer aneinanderschmiegten. Wie sie sich umarmten, sich küßten und aneinanderkuschelten. Gefühle, die er vor vielen, vielen Jahren auch einmal empfunden hatte, an die er jedoch nur noch eine vage Erinnerung hatte. Gefühle, die er nie wieder empfinden würde. Er war allein, und das würde er auch den Rest seines Lebens bleiben.

Allein.

Allein, nur mit einer Wölfin, die ihm Gesellschaft leistete.

Irgendwann, vor Jahren, hatte sie sich ihm angeschlossen. Damals, als er selbst noch gar nicht verstand, was mit ihm geschah. Was war es nur gewesen, daß sie seine Nähe gesucht hatte?

War es der Geruch gewesen?

Dieser Geruch der animalischen Bestie. Hatte er ihn schon damals ausgeströmt?

War es dieser Geruch gewesen, der ihr die Furcht vor dem Menschen genommen hatte?

Auch in der besagten Nacht auf dem Zeltplatz war sie ihm treu gefolgt. Sie hatte sich neben ihm niedergekauert, hatte mit ihm gemeinsam das Liebespaar beobachtet, hatte mit ihm mitgelitten, als der Kampf in ihm tobte, als er verzweifelt versuchte, diese Gier zu bezwingen, und sich wieder in den Wald zurückziehen wollte.

Wieder hatte er versagt. Wieder war dieser quälende Trieb stärker gewesen.

Schließlich hatte er ihm nachgegeben, hatte zuschlagen müssen.

Das Zelt war wie Papier unter seinen Händen zerrissen, und der junge Mann…

Er schob den Gedanken beiseite, wünschte, er könnte die Erinnerung an das, was er getan hatte, auslöschen. Aber es war unmöglich. Die Erinnerung würde ihn verfolgen, quälen, bis an sein Lebensende.

Bald würde er sterben. Er spürte es deutlich.

Aber noch war es nicht soweit.

Noch durfte er nicht sterben. Zumindest so lange nicht, bis er noch einmal mit Joey geredet hatte.

Er war jetzt am Campingplatz angelangt. Mit zügigen Schritten durchquerte er das Gelände und verfolgte weiter den Lauf des Flusses, der sich bald darauf in malerischen Windungen von den Bergen ins Tal hinunter ergoß.

Im fahlen Licht der Dämmerung sah die verschneite Landschaft wie verzaubert aus. Ein Hauch von glänzendem Silber lag über den sanften Formen der Natur, und die Zweige der Bäume waren mit glitzernden Kristallen überzogen.

Auf dem jungfräulichen Schnee war weit und breit keine einzige Spur eines Tieres zu sehen, denn auch die Tiere des Waldes hatten sich vor dem Sturm in Sicherheit gebracht. Sobald er vorbei war, würden sie wieder aus ihren Verstecken kommen und im frischen Schnee ihre Spuren hinterlassen – ein leichtes Spiel für ihre Feinde.

Schließlich verließ der Mann den Fluß und schlich quer durch den Wald auf das Haus zu. Es lag jetzt nur noch dreißig Meter von ihm entfernt, über und über in Schnee gehüllt.

Als er sich näher heranpirschte, hörte er plötzlich jemanden rufen.

»Joey! Joey, wo bist du? Komm zurück!«

Er lief schneller. Jetzt konnte er die Umrisse des Hauses klar erkennen. In den Fenstern brannte heimeliges Licht, die Haustür stand offen.

Er blieb stehen. Noch verdeckten ihn die wirbelnden Flocken, aber wenn er näher heranging, riskierte er, gesehen zu werden.

In diesem Augenblick sah er Mary Anne Carpenter. Sie floh vor der Macht des Sturmes ins Haus zurück. Als sie die Haustür hinter sich schloß, wußte er, was geschehen war.

Irgendwo hier in der Abenddämmerung irrte Joey umher und suchte ihn.

Instinktiv duckte sich der Mann, lauschte, äugte und witterte angestrengt. Wo mochte der Junge sein?

Wieder fing der Mann an, das Haus zu umkreisen, in genügendem Abstand, um nicht gesehen zu werden, falls jemand aus dem

Fenster spähen sollte. Schließlich bog er um die Ecke des Hauses und erreichte den Hof. Sein Blick fiel auf den Pferdestall.

Die Tür war angelehnt.

Jetzt wußte er, wo der Junge war. Wie ein geschmeidiges Raubtier sprang der Mann über den Hof und schlüpfte flink durch die Tür.

Seine Augen paßten sich sofort der Dunkelheit an. Die drei Pferde in ihren Boxen wichen erschrocken zurück. Instinktiv nahmen sie Abstand von diesem Wesen, das da eingedrungen war. Als Buck und Fritz nervös wieherten, bäumte sich Sheika auf, schnaubte erregt und schlug mit den Vorderhufen nach diesem Wesen aus, von dem eine drohende Gefahr ausging.

Der Mann nahm von den Pferden keine Notiz. Er hatte etwas gerochen. Oben, vom Heuboden her kam eine Witterung.

Joey.

Er schlich weiter durch den Stall, stieg dann leise die Leiter hoch. Zusammengekauert an der Tür am Ende des Heubodens, tief ins Heu gekuschelt, saß Joey, die Arme um die Knie geschlungen. Als er aufschaute, zuckte er zusammen und sah den Mann mit weit aufgerissenen Augen an.

Der Mann setzte sich neben ihn und streichelte ihm mit seiner rissigen Hand die Wange, genauso, wie er es heute morgen getan hatte, als er Joey in der Nähe seiner Hütte begegnet war.

»Hab' keine Angst, Joey«, sagte er mit sanfter Stimme. »Ich tu dir nichts. Ich werd' dir nie etwas tun.«

Joey schaute angstvoll in das zerfurchte Gesicht des Mannes. Er zitterte am ganzen Körper. Doch nicht aus Furcht vor dem Mann, auch nicht wegen der Kälte im Stall. Das Zittern kam von ganz tief drinnen. Die Gegenwart dieses Mannes wühlte ihn auf, rief Gefühle in ihm wach, die er nicht kannte. »W… was ist mit mir los?« fragte Joey mit bebender Stimme. »Warum bin ich so anders?«

Lange schwieg der Mann.

Er durfte es ihm nicht sagen.

Er mußte es ihm sagen.

»Es ist meine Schuld«, flüsterte er schließlich mit heiserer Stimme. »Es ist alles meine Schuld, Joey. Aber ich wußte nichts davon, Joey. Ich schwör's dir, ich wußte es nicht.«

»Was denn?« fragte Joey. Wovon redete der Mann?

»Ich hab' versucht, es ihnen zu sagen. Ich bin von den Bergen runtergekommen, um mit ihnen zu reden. Vielleicht hätten sie dir dann noch helfen können. An dem Tag bestand auch keine Gefahr für sie. Der Mond war nicht aufgegangen, und ich war in guter Verfassung. Es ging mir wirklich gut. Aber als ich in den Stall kam…«

Plötzlich verstand Joey. »Mein Vater«, flüsterte er tonlos. »Du hast meinen Vater umgebracht!« Er wollte aufspringen, doch die kräftigen Hände des Mannes hielten ihn zurück.

»Joey! Ich wollte nur mit ihm reden! Ich wollte ihn warnen, ihm sagen, was mit dir passieren würde. Ich wollte, daß er endlich aufhört, dich zu schlagen, dir weh zu tun!« Seine Stimme zitterte, ein Schluchzen würgte in seiner Kehle. »Ich hab' mir gedacht, wenn er weiß, was mit dir los ist, vielleicht kann er dir dann noch helfen.«

»Er hat mich gehaßt«, flüsterte Joey. »Er hat mich immer nur gehaßt.« Er rang nach Luft. Und dann sprach er zum ersten Mal die Worte aus, die er noch niemandem gesagt hatte. »Ich war *froh*, als er endlich tot war.«

Der Mann sah ihn eindringlich an, zwang ihn mit seinem Blick, ihm in die Augen zu sehen. »Ich hab' den Mann auf dem Zeltplatz umgebracht, Joey. Und ich hab' Bill Sikes umgebracht. Deshalb bin ich zu dir gekommen. Ich muß dir sagen, was mit dir geschehen wird, Joey. Es geht schon los. Es hat schon angefangen. Du fühlst es schon, nicht wahr? Diese Leere in deinen Gedärmen, dieses Kribbeln auf deiner Haut? Fühlst du es? Jetzt, in diesem Augenblick?«

Joey schaute den Mann fassungslos an. Dieser Mann beschrieb ihm haargenau die Gefühle, die er die ganze Zeit empfunden hatte! Wie in Trance nickte er.

»Es wird noch schlimmer werden, Joey«, flüsterte der Mann. Seine Stimme war kaum mehr hörbar, aber jedes seiner Worte brannte sich wie ein Feuermal in Joeys Gedächtnis. »Du wirst bald sein wie ich. Du wirst dich in den Wäldern verstecken müssen,

Joey. Wenn sie dich sehen, werden sie dich töten wollen. Je älter du wirst, desto schlimmer wird es werden. Du wirst anfangen zu jagen, Joey. Aber du wirst keine Tiere jagen. Du wirst Menschen jagen.«

»N… nein!« stammelte Joey, von Grauen geschüttelt. Doch der Mann redete weiter, wisperte ihm gnadenlos ins Ohr, wie seine Zukunft aussehen würde.

»Du wirst anfangen, sie zu hassen, Joey. Alle. Nachts wirst du umherstreifen, wirst in ihre Häuser spähen, wirst sie beobachten. Und dann wirst du anfangen, sie zu töten.« Joey hielt entsetzt den Atem an. Doch der Mann redete weiter auf ihn ein, murmelte leise, wie in einem Selbstgespräch. »Du wirst dich dagegen wehren, du wirst versuchen, dich zu beherrschen, aber dieser Trieb in dir wird stärker sein. Er ist in deinem Blut, Joey, so wie er in meinem Blut ist. Bald wird sich dein Körper verändern. Deine Fingernägel werden zu Klauen werden, und überall auf deinem Körper werden Haare wachsen. Bald wirst du wie ich aussehen, Joey. Wie ich! Schau mich an!« Er ließ Joey los, riß sich mit einer einzigen Bewegung das Hemd vom Leib und ließ es achtlos auf den Boden fallen.

Ehrfürchtig starrte Joey auf den kraftvollen Oberkörper des Mannes. Seine Haut, die sich über die riesigen Muskeln spannte, war über und über mit krausen Haaren bedeckt. »Faß es an«, flüsterte der Mann. »Es sind keine Menschenhaare, Joey… es ist etwas anderes… etwas Furchtbares, Joey.«

Wie hypnotisiert streckte Joey seinen Arm aus und strich vorsichtig über das dichte Fell von Haaren auf dem Oberkörper des Mannes.

Ein richtiger Pelz.

Es fühlte sich fast wie ein Pelz an! Wenn er die Augen schloß, konnte er meinen, Storm zu streicheln, so dicht und weich war das Fell.

»Auch dir werden diese Haare wachsen!« hörte er den Mann sagen, und sofort mußte er an die seltsamen Härchen denken, die auf seinem Kopf wuchsen, und die dunklen Schatten auf seinen Wangen.

»Aber warum denn?« schluchzte er verzweifelt.

Der Mann schlang seine Arme um Joey und zog ihn an sich. »Weil ich dein Vater bin, Joey«, flüsterte er. »Ich heiße Shane Slater, und ich bin dein Vater.«

Auf einmal drehte sich alles im Kopf des Mannes. Er spürte, wie ihn ein Gefühl von Irresein überkam. Es wäre so leicht, dem Jungen sein Schicksal zu ersparen. Er brauchte nur seine Hände um den Hals von Joey zu legen. Blitzartig zuzudrücken, dann mit einer schnellen Bewegung dem Jungen das Genick zu brechen. Ein kurzes Knacken, und er wäre erlöst.

Es wäre so leicht…

Er fühlte, wie sich seine Finger verkrampften, fühlte, wie sich Joeys Körper versteifte, je mehr der Druck zunahm.

Jetzt brauchte er nur noch langsam seine Hände nach oben zu schieben und ihm um den Hals zu legen.

Ein Sekundenbruchteil, und es wäre vorbei.

»Neeiiin!!!« jaulte der Mann auf, wie ein Wolf, der den Mond anheult. Er stieß Joey von sich, sprang auf, taumelte zur Tür des Heubodens und riß sie auf.

Eine Sekunde später war er verschwunden, so plötzlich, wie er gekommen war.

Doch seine Worte, eingegraben in Joeys Gedächtnis, standen noch im Raum, hallten in Joeys Kopf wider.

… dein Vater, Joey. Ich heiße Shane Slater, und ich bin dein Vater…

Tief in seiner Seele wußte Joey, daß es die Wahrheit war.

24

Totenbleich und mit angstvoll aufgerissenen Augen schaute Logan zu seiner Mutter hoch. »Was sollen wir denn jetzt machen, Mama?«

Mary Anne stand zitternd neben dem Schreibtisch. In der Hand hielt sie immer noch den Telefonhörer, aus dem kein einziger Laut mehr kam. Sie war drauf und dran, hysterisch zu werden. Jeden

Moment befürchtete sie, die Beherrschung zu verlieren und laut loszuschreien. Sie hielt es nicht mehr aus... sie hielt es einfach nicht mehr aus! Wo, um Himmels willen, konnte Joey bloß sein? Warum war er aus dem Fenster gestiegen und nackt in den Schneesturm gelaufen? War er jetzt wirklich wahnsinnig geworden? Und wie lange würde er da draußen in der Eiseskälte überleben?

Die Gedanken rasten in ihrem Kopf, sie wurde immer konfuser. Das einzige, was sie jetzt wollte, war, sich aufs Sofa zu werfen und haltlos zu weinen. Und alles um sie herum zu vergessen. Ihre Augen füllten sich mit Tränen, und ein Schluchzen würgte in ihrer Kehle, doch sie beherrschte sich mit aller Kraft. Sie mußte jetzt die Kontrolle über die Situation behalten, oder zumindest so tun, als hätte sie sie. Wenn schon nicht um ihrer selbst, dann um Alison und Logan willen. Die beiden schauten sie hilfesuchend an, Logan mit der treuherzigen Zuversicht seiner zehn Jahre, Alison mit dem klaren Blick für die Panik, die von ihrer Mutter Besitz ergriffen hatte. Mary Anne holte tief Luft und legte dann den Hörer zurück auf die Gabel. Einen Augenblick ließ sie ihre Hand auf dem Telefon liegen, denn sie befürchtete, daß sie zittern würde, wenn sie sie zurückzöge. Dieses gottverdammte Telefon, das ihr Rettung bringen sollte und das sie nun so schmählich im Stich ließ.

Hilflos suchte sie nach Worten, wollte irgend etwas sagen, irgend etwas tun, was die beiden ablenken könnte. In diesem Moment hörte sie das laute Plop eines Wassertropfens, der von der Decke in den Blecheimer gefallen war.

»Das Badezimmer!« stieß sie hervor. Wahllos griff sie nach dem Nächstbesten, das sie so lange beschäftigen würde, bis sie wieder einen halbwegs klaren Gedanken fassen konnte. »Hol ein paar Lumpen aus der Kammer, Logan!« Sie wollte hinaus in den Flur laufen, merkte jedoch, daß die Beine ihr den Dienst versagten. Nur mit letzter Kraft konnte sie ihre Füße voreinander setzen. Als sie den Treppenabsatz erreichte und hinaufschaute, zweifelte sie, ob sie überhaupt hinaufkommen würde. Dann hörte sie Alisons Stimme hinter sich. Sie wollte ihr Mut zusprechen, wollte sie trösten.

»Es ist nicht deine Schuld, Mama! Hab' keine Angst, wir finden ihn schon wieder. Da bin ich absolut sicher!«

Mary Anne stieg die Treppe hoch und nickte nur stumm. Sie brachte kein einziges Wort heraus.

Während die beiden nach oben gingen, trottete Logan in die Küche und suchte nach Lumpen, mit denen sie das Badezimmer aufwischen könnten. Plötzlich hörte er ein Geräusch an der Tür.

Ein Kratzen.

Storm! Oder vielleicht sogar Joey!

Ohne seiner Mutter Bescheid zu geben, rannte er zur Hintertür und stieß sie auf, in der festen Erwartung, daß der Hund – oder Joey – augenblicklich hereingerannt kämen.

Nichts weit und breit.

Mit zusammengekniffenen Augen linste Logan hinaus in den Schneesturm. Im ersten Augenblick konnte er außer den wirbelnden weißen Flocken überhaupt nichts erkennen. Doch dann plötzlich sah er etwas. Eine huschende Bewegung, die vagen Umrisse einer Gestalt.

»Joey?« rief er atemlos, doch im selben Moment war das Phantom wieder im Schneesturm verschwunden.

Aber er *hatte* doch etwas gesehen!

Er könnte *schwören*, daß er etwas gesehen hatte!

Es war da draußen, mit Sicherheit! Ohne weiter nachzudenken lief er ein paar Schritte hinaus auf die Veranda. »Joey!« schrie er. »Joey! Bist du's?«

Seine Worte wurden vom Heulen des Windes übertönt, und Logan überlegte, ob er noch ein paar Meter weiter hinaus oder doch lieber zurück ins Haus gehen sollte. Doch dann nahm ihm der Sturm die Entscheidung ab, toste ihm um die Ohren, zerrte an ihm, trieb ihm die eiskalten Flocken wie Nadeln in die Augen, so daß er einen Moment lang überhaupt nichts mehr sehen konnte. Er wollte gerade wieder zurück in die Küche schlüpfen, als der Wind plötzlich drehte und ihm die Tür genau vor der Nase zuschlug.

Logan hielt den Atem an. Hastig griff er nach dem Türknauf, versuchte ihn herumzudrehen.

Es ging nicht. Die Tür war zu.

Verdammt! Warum hatte er nicht aufgepaßt?

»Mama!« rief er gellend und hämmerte gegen die Tür. »Ich hab' mich ausgesperrt! Laß mich rein!«

Wieder trug der Wind seine Worte davon. Panik stieg in Logan hoch. Sie würden ihn nie und nimmer hören, wenn sie nicht bald die Treppe herunterkämen.

Das Fenster! Vielleicht sollte er das Fenster in der Hintertür einschlagen!

Aber das war unmöglich. Mama würde ihn umbringen! Er hörte sie förmlich schreien: »Zum Teufel noch mal, Logan! Warum kannst du nicht *einmal* erst deinen Grips gebrauchen, bevor du irgend etwas tust!«

Er könnte auf die andere Hausseite gehen, sich dicht an der Mauer halten und der Reihe nach alle Fenster durchprobieren. Vielleicht war eines nur angelehnt. Und wenn nicht, könnte er wenigstens zum Badezimmerfenster hinaufschreien. Dann müßten sie ihn doch wirklich hören! Sie *mußten* ihn einfach hören!

Er zitterte vor Kälte, als ihm der Wind in die Kleider fuhr. Zum Glück hatte er vorhin, als er gehofft hatte, hinaus in den Schnee zu dürfen, seinen dicken Pullover angezogen. Doch jetzt, wo ihm die Eiseskälte in die Knochen fuhr, wünschte er sich, er hätte wenigstens noch seine gefütterte Jacke übergeworfen, bevor er hinaus auf die Veranda gegangen war. Aber wer konnte denn auch damit rechnen, daß diese verfluchte Tür ihm genau vor der Nase zufällt!

Mit hochgezogenen Schultern machte er sich auf den Weg zur Vorderfront des Hauses und probierte alle Fenster durch.

Alle waren verschlossen.

Er wollte gerade um die Ecke biegen, als er aus dem Augenwinkel eine Bewegung wahrnahm. Er drehte sich um, um genauer hinzuschauen. Und diesmal verschwand die Figur nicht im wirbelnden Weiß des Schneesturms.

Wie ein Monster in einem Alptraum tauchte eine riesige, massige Gestalt aus dem Schnee auf und kam langsam auf ihn zu. Logan stand wie gelähmt. Er schaute in das zerfurchte, mit verfilzten Haaren zugewucherte Gesicht des Bergmenschen. Seine wilde schwarze Mähne flatterte gespenstisch im Wind. Logan brachte keinen Ton heraus. Dann drehte er sich in plötzlicher Panik um und rannte davon. Vergessen war das Haus, vergessen die Gefahr, sich im Schneesturm zu verirren. Er wollte nur weg, weg von dieser grauenhaften Fratze, die da plötzlich aus den Schnee gekommen war. Logan rannte um sein Leben. Immer weiter in den Hof hinein. Hätte er sich umgedreht, hätte er bemerkt, daß vom Haus nichts mehr zu sehen war, obwohl es keine zehn Meter entfernt war.

Als er stolperte und der Länge nach mit dem Gesicht in den Schnee fiel, spürte er die Hände auf seinem Körper.

Starke Hände mit langen scharfen Klauen, so scharf, daß er sie durch seine Kleider hindurch fühlen konnte.

Jetzt fand er seine Sprache wieder. Ein Schrei des Entsetzens drang aus seiner Kehle. Aber es war zu spät.

»*Neeeiiin!*« schrie er. »Laß mich los! Hilfe! Mama! Mama!«

»Sch, sch«, versuchte Shane Slater ihn zu beruhigen und hatte Mühe, den zappelnden Jungen festzuhalten. »Ich will dich doch nur...«

Doch bevor er den Satz vollenden konnte, sah er plötzlich aus dem Nichts heraus eine Furie von Hund auf ihn zurasen. Mitten aus dem Schneegestöber war Storm aufgetaucht und stürzte sich nun knurrend und mit gebleckten Zähnen auf diesen Mann, dessen Geruch ihn immer so geängstigt hatte.

Doch jetzt sah der Hund nur die Gefahr, die dem kleinen Jungen drohte, und sein Beschützerinstinkt gewann die Oberhand über seine Furcht vor diesem Horrorwesen. Mit funkenden Augen sprang er in die Luft und schnappte nach dem Hals des Mannes, der mit beiden Armen noch den Jungen umklammert hielt.

Shane Slater, überrascht von dem plötzlichen Angriff des Hundes, reagierte instinktiv, indem er die Arme hochriß und sie schützend vor seinen Hals hielt.

Arme, in denen er immer noch Logan Carpenter hielt.

Als er sich wegdrehen wollte, um sich und den Jungen gegen die gefährlichen Reißzähne des Schäferhundes zu verteidigen, war es zu spät.

Storm sah, daß sein Opfer sich duckte, um seinem Angriff zu

entgehen, drehte sich im Sprung und biß zu. Seine starken Fänge gruben sich tief in menschliches Fleisch.

Logan Carpenters Fleisch.

Sie bohrten sich in seinen Hals und rissen ihm die Schlagader auf. Als Shane Slater sah, was Entsetzliches geschehen war, kniete er nieder und legte den Jungen auf den Boden. Dann schnappte er sich den Hund, hielt ihm mit der einen Hand die Schnauze zu, packte ihn mit der anderen am Hals und brach ihm mit einer kurzen, heftigen Drehung das Genick. Storm stieß ein letztes, verzweifeltes Winseln aus, dann ging ein Schütteln durch seinen Körper. Der Hund war sofort tot.

Shane Slater ließ den Schäferhund fallen, hob den Jungen auf und trug ihn in seinen Armen davon. Seinen wuchtigen Oberkörper hielt er über den Knaben gebeugt, um ihn gegen den eisigen Wind zu schützen.

Ein Schwall von Blut ergoß sich aus Logans Halswunde auf Shane Slaters Bart, lief daran herunter und sickerte dann in den dichten Pelz, der seinen ganzen Körper überzog.

»Nein!« flüsterte Slater in einem kaum hörbaren, eigenartigen Singsang. »Nicht sterben… bitte, nicht sterben… muß aufhören… kann nicht aufhören… wollt' ich nicht… hab' ich nie gewollt… nie wieder… bitte, nie wieder… laß es aufhören…«

Er schwankte, ging in die Knie, beugte sich tief über das sterbende Kind, auf seinen Lippen ein Murmeln, das in ein leises Schluchzen überging.

Als der Blutstrom endlich versiegte und der Körper des Knaben schlaff und leblos in seinen Armen hing, legte Shane Slater ihn zu Boden, bettete ihn in den weichen Schnee. Dann stand er auf.

Er wußte, was geschehen würde, wenn sie die Leiche des Jungen finden würden. Sie würden ihn beschuldigen, ihn umgebracht zu haben. Niemals würden sie ihm abnehmen, daß er den Jungen nur beschützen wollte, ihn davor bewahren, in der Eiseskälte zu erfrieren.

Shane Slater wankte davon, stolperte durch den Schnee. Tonlos bewegte er seine Lippen. Langsam, ganz langsam spürte er, wie ihn sein Verstand im Stich ließ. Es war, als ob er sich auflöste, als ob sein Ich in tausend winzige Teile zerfiel.

Wieder fing er an, das Haus zu umkreisen, spähte heimlich in die Fenster, sah das wärmende Feuer im Herd tanzen, die bequemen, einladenden Möbel, die strahlend hell erleuchtete Küche, in der es Leckerbissen zu essen gab, die er seit fast vierzehn Jahren nicht mehr gekostet hatte.

Vor fast vierzehn Jahren war er zum letzten Mal in so einem Haus gewesen. Damals, als plötzlich die Männer in der Stadt aufgetaucht waren, um nach ihm zu suchen. Als er in die Berge fliehen mußte, damit sie ihn nicht schnappen und wieder einsperren würden.

Vielleicht würde er schon bald sterben. Aber einmal noch wollte er in so einem Haus sein, wollte die behagliche Wärme des Herdfeuers spüren.

In einem richtigen Haus.

In diesem Haus.

25

Nervös ging Olivia Sherbourne in dem kleinen Wohnzimmer ihres Hauses unten im Tal auf und ab. Immer wieder trat sie ans Fenster und spähte hinaus in den wütenden Schneesturm.

War es reines Wunschdenken, oder ließ der rasende Wind tatsächlich nach?

Wahrscheinlich bilde ich mir das nur ein, dachte sie. Der Wind kam aus dem Norden, fegte den Hang hinunter und blies den Schnee vor sich her, der sich an der Vorderfront des Hauses bereits bis zum Fenstersims auftürmte. Die kleine eingezäunte Weide hinter ihrem Haus, die sich bis zu den Espen und Pappeln am Ufer des Coyote Creek hinzog, war dagegen kaum mit Schnee bedeckt. Olivia überlegte, ob die Straße, die fast kerzengerade durch das Tal verlief, wohl befahrbar wäre. Im Süden war sie vermutlich durch Schneeverwehungen blockiert, aber nach Norden zu müßte sie eigentlich frei sein.

Zweimal hatte sie schon den Hörer abgenommen und Mary Anne angerufen, aber jedesmal war belegt gewesen.

Als sie es ein drittes Mal probierte, stellte sie erschrocken fest, daß kein Laut mehr aus dem Hörer kam. Die Leitung war tot.

Möglicherweise war Mary Annes Telefon gar nicht belegt gewesen, sondern ihre Leitung war bereits zuvor unterbrochen.

Aber warum hatte Mary Anne dann nicht einfach die Kinder in den Rover gepackt und war zu ihr heruntergefahren? Wieder schaute Olivia aus dem Fenster, und da fiel ihr der Grund ein. Mary Anne hatte es vorgezogen, im Haus zu bleiben statt zu riskieren, mit dem Wagen im Schnee steckenzubleiben.

Besonders dann, wenn damit zu rechnen war, daß sich Shane Slater in der Gegend herumtrieb. Vielleicht suchte er seinen Sohn?

War das vorstellbar? Nein, das war doch eine absolut absurde Idee!

Vierzehn Jahre war es her – waren es tatsächlich schon vierzehn Jahre?

Sie hatte Slater nie sonderlich gemocht. Als sie ihn zum ersten Mal sah und er sich als ›Randy Durell‹ vorstellte, hatte sie spontan das Gefühl gehabt, daß der Name und der Mensch einfach nicht zusammenpaßten. Bei ›Randy‹ mußte sie immer an einen sympathischen jungenhaften Typ denken, und das war ›Randy Durell‹ ganz und gar nicht. Vom ersten Augenblick an hatte sie in seinen Augen so ein eigenartiges Flackern gesehen, wie wenn er am Rande des Wahnsinns stünde.

Er war groß, breitschultrig und ein ruhiger Typ. Aber es war nicht die Art von Ruhe, die Selbstsicherheit und Kraft ausstrahlte. Es war, wie wenn er ständig unter Spannung stünde, wie wenn in ihm eine Bombe tickte, die irgendwann explodieren würde.

Aber Audrey war einfach verrückt nach ihm gewesen. Sie war geradezu wild nach ihm, doch als sie erfuhr, daß das FBI hinter ihm her war, hatte sie von einem Tag auf den anderen den Kontakt zu ihm abgebrochen.

Ob sie damals schon gewußt hatte, daß sie von ihm schwanger war?

Und was noch wichtiger war, hatte *Slater* davon gewußt?

Aber selbst wenn er es gewußt hätte – er war ein Typ, der von heute auf morgen verschwinden konnte. Vielleicht hatte es ihm sogar besonderen Spaß gemacht, in die Berge abzuhauen und so den Beamten vom FBI ein Schnippchen zu schlagen.

Vielleicht hatte er es sogar als persönliche Herausforderung angesehen.

Vielleicht hatte es ihm auch einen ganz besonderen Kitzel gegeben, in Audreys Nähe zu bleiben und sie nur zu beobachten.

Sie zu beobachten und sie zu begehren, von ihr besessen zu sein.

Vielleicht hatte er sogar vorgehabt, zu ihr zurückzukommen, wenn seine Jäger es aufgegeben hatten, weiter nach ihm zu suchen?

Wenn das der Fall war, dann war Mary Annes Theorie vielleicht gar nicht so weit hergeholt. Bei dem Gedanken fing ihr Herz an zu klopfen, und Olivia begann, sich ernsthafte Sorgen um Mary Anne und die Kinder zu machen.

Selbst wenn sie heute nacht sicher im Haus geborgen waren, wäre das Problem nur auf morgen früh verschoben. Der Schneepflug der Stadt hätte die Straßen sicher bis acht oder halb neun geräumt, aber bis hoch nach El Monte würde er nicht fahren. Ted und Audrey hatten sich um den letzten Kilometer der Straße immer selbst gekümmert. Sie hatten einfach einen Pflug an den Traktor gehängt und so den Schnee in einer halben Stunde weggeräumt.

Mary Anne konnte weder Traktor fahren, noch wußte sie, wie man den Pflug einhängt. Sie müßten sich also alle drei zu Fuß auf den Weg machen.

Am besten, sie, Olivia, fuhr jetzt gleich mit dem Kleinlaster nach oben und holte sie ab. Ihr Wagen hatte schon ganz andere Schneemassen bewältigt.

Olivia holte den wärmsten Wintermantel aus dem Schrank, einen dicken Wollmantel mit Daunenfütterung, den sie normalerweise nicht vor Dezember anzog. Dann wickelte sie sich einen langen Wollschal um Kopf und Hals und schlüpfte in warme Handschuhe. Auf dem Kleinlaster, der windgeschützt hinterm

Haus geparkt war, lagen nur ein paar Zentimeter Schnee. Als sie ihn abwischte, stellte sie fest, daß darunter eine Schicht Eis war. Sie startete den Motor, behielt den Fuß auf dem Gas. Um ihn warmlaufen zu lassen, dann schaltete sie das Gebläse ein. Ein kalter Luftstrom, der sich sofort erwärmte, als der Motor warm wurde, strömte gegen die Scheiben. Während Olivia wartete, daß das Eis schmolz, griff sie nach dem Funktelefon und wählte die Nummer vom Polizeirevier in Sugarloaf. Als keiner abnahm, rief sie direkt daheim bei Rick Martin an.

Schon nach dem ersten Läuten hob Gillie ab. Ihre Stimme klang gehetzt. Irgend etwas stimmte nicht.

»Hier ist Olivia Sherbourne. Was ist denn los, Gillie?«

»Oh, Gott, Olivia! Es ist schrecklich. Stell dir vor, Frank Peters ist tot, und Tony Moleno auch! Und...« Gillies Worte gingen in einem verzweifelten Schluchzen unter.

»Wo ist Rick?« fragte Olivia.

»Er ist hoch in die Berge«, antwortete Gillie. »Er ist los, um Tony zu helfen, aber als er oben war...« Wieder brach sie ab und schluchzte herzzerreißend. Es dauerte ein paar Sekunden, bis sie sich wieder unter Kontrolle hatte. »Olivia, irgend etwas Furchtbares ist da oben los! Ich hab' vor ein paar Minuten versucht, dich anzurufen, aber alle Leitungen sind unterbrochen. Ich wollte alle im Tal anrufen und ihnen raten, sofort in die Stadt zu kommen. Man lebt nicht mehr sicher da oben, wenn...«

»Gillie, hör zu!« unterbrach sie Olivia. »Mary Anne Carpenter und ich glauben zu wissen, wer das ist, der sich da oben rumtreibt. Er heißt Shane Slater und lebt da wahrscheinlich schon seit Jahren. Das FBI hat ihn vor vierzehn Jahren in Sun Valley gesucht.«

»Was?« rief Gillie atemlos. »Olivia, das kann doch nicht dein Ernst sein! Vor vierzehn *Jahren*, sagst du?«

»Gillie, kannst du mir den Gefallen tun und das dem Sheriff sagen, ja? Sein Name ist Shane Slater«, wiederholte Olivia. »Es kann gut sein, daß wir uns irren, aber wenn wir richtig liegen, wird ja wenigstens der Sheriff wissen, ob er noch auf der Fahndungsliste steht. Ich fahr' jetzt direkt nach El Monte hoch. Unterwegs schau ich bei den Stiffles vorbei und erzähl' ihnen alles, damit sie auf jeden Fall im Haus bleiben.«

»Aber bist du denn sicher, daß du das schaffst?« fragte Gillie besorgt. »Was ist, wenn du steckenbleibst…«

»Ich bleib' nicht stecken«, beruhigte sie Olivia. »Und selbst wenn, ist das nicht weiter schlimm. Ich hab' ja das Funktelefon und halte dich immer auf dem laufenden, okay?« In diesem Moment brach der Funkkontakt ab, und Olivia hörte nur noch Rauschen im Äther. »Ich ruf' dich wieder an, Gillie!« schrie sie noch ins Mikrophon, dann legte sie auf. Sie schaltete den Scheibenwischer an und schaute einen Moment zu, wie er die dünnen Eisstücke, die allmählich schmolzen, zur Seite schob, bis sie zerbrachen. Doch als sie losfahren wollte, fielen ihr auf einmal wieder Gillies Worte ein.

Irgend etwas Furchtbares ist da oben los. Im selben Moment sah sie die seltsamen, irren Augen von Shane Slater vor sich.

Sie schaltete den Motor aus und öffnete das Handschuhfach, holte eine Schachtel Patronen heraus, schloß dann die Gewehrhalterung hinter dem Sitz auf und nahm ihr Gewehr heraus. Sorgfältig lud sie durch, überprüfte die Sicherung und steckte dann das Gewehr in die Halterung zurück.

Sie wollte sie gerade wieder verschließen, als sie innehielt. Wenn sie heute nacht das Gewehr wirklich brauchte, würde sie wohl kaum Zeit haben, noch groß mit dem Schlüssel herumzufummeln. So ließ sie die Halterung offen.

Olivia startete den Wagen, legte den Rückwärtsgang ein, wendete und fuhr dann hinaus auf die Zufahrtsstraße. Kaum war sie aus dem Windschatten des Hauses heraus, sank der Rover zentimetertief in Schnee ein. Einen Augenblick lang überlegte sie, ob sie anhalten und Schneeketten anlegen sollte.

Die Zeit drängte.

Also fuhr sie weiter und schaltete auf Vierrad-Antrieb um. Augenblicklich griffen die Räder wieder, und sie kam gut durch die Schneeverwehungen hindurch. Auf der Straße war es so, wie sie erwartet hatte. In südlicher Richtung türmten sich bis zu einem Meter hohe Schneemassen, aber nach Norden hin war die Straße relativ frei.

Sie beschleunigte etwas und legte einen höheren Gang ein, um untertourig fahren zu können. Denn trotz des Vierrad-Antriebs drehten die Räder immer wieder durch, und wenn eine heftige Windböe kam, kam der Rover jedesmal leicht ins Schleudern. Die Fahrt hoch nach El Monte, für die sie sonst nur ein paar Minuten brauchte, würde heute nachmittag um einiges länger dauern.

»Logan? Wann bringst du denn endlich die Lumpen hoch?« Mary Anne stand ungeduldig oben am Treppenabsatz und rief nach ihrem Sohn. Seit zehn Minuten schon waren sie und Alison damit beschäftigt, das Bad aufzuwischen, und sämtliche Handtücher waren schon tropfnaß. Doch immer noch stand Wasser am Boden, und der Teppich im Flur war auch noch nicht trocken. Wo blieb denn der Junge bloß?

Während sie mit ihrer Tochter gegen die Überschwemmung im Bad ankämpfte, hatte sie Zeit gehabt, sich zu fangen und wieder klare Gedanken zu fassen. Es blieb ihr keine andere Wahl, als hinaus in den Sturm zu gehen und nach Joey zu suchen. Wenn er sich nicht bereits hoffnungslos verirrt hatte, bestand noch die Möglichkeit, daß er im Stall war, denn da hatte sie ihn nun schon zweimal gefunden. Sie wußte, in welcher Richtung der Stall lag, und die dreißig Meter würde sie ja wohl ihre Spur halten können, ohne sich sofort zu verirren.

»Logan? Hörst du mich?« rief sie. Langsam wurde sie ärgerlich. Warum trödelte der Junge nur so herum? Als von unten immer noch keine Antwort kam, stöhnte sie genervt, beherrschte sich dann aber und eilte die Treppe herunter. Sie lief durch das Eßzimmer in die Küche und wollte gerade den Lumpenschrank öffnen, als ihr Blick auf den Boden fiel.

Schnee.

Kleine Häufchen Schnee, die gerade dabei waren, sich in winzige Pfützen zu verwandeln.

Die Panik, die sie eben gerade noch erfolgreich niedergekämpft hatte, schlug wieder über ihr zusammen. Wie eine Wahnsinnige raste sie zur Hintertür und riß sie auf. »Logan!« kreischte sie. »Logan! Komm sofort zurück! Auf der Stelle!«

Als der Wind ihr ins Gesicht peitschte, wich sie zurück und schlug die Tür wieder zu. »Bring mir meinen Mantel, Alison!« schrie sie, als sie ihre Tochter die Treppe herunterlaufen hörte. »Beeil dich, schnell!« Sekunden später kam Alison mit dem Schaffellmantel ihrer Mutter in die Küche gestürzt. »Logan ist weg!« keuchte Mary Anne und schlüpfte in Windeseile in den Mantel. »Wie kann der Junge bloß solche Dummheiten machen!« Ohne eine Reaktion ihrer Tochter abzuwarten, riß sie die Tür wieder auf und rannte hinaus.

Alison hastete ihr hinterher.

»Mama! Bitte! Laß mich nicht allein!«

Aber es war zu spät. Mary Anne war schon im weißen Flockengestöber verschwunden. Nur noch von weit her hörte das Mädchen die Stimme seiner Mutter. »Bleib drinnen, Alison! Verlaß auf keinen Fall das Haus!«

Doch auch diese Worte trug der Wind davon. Alison stand allein auf der Veranda. Hilflos stolperte sie zurück in die Küche und schloß die Tür hinter sich.

Plötzlich kam ihr das Haus, das ihr vor kurzem noch so warm und behaglich erschienen war, sehr groß vor.

Sehr groß und sehr leer.

Mary Anne taumelte durch den Schnee. Der Wind trieb ihr die eisigen Flocken in die Augen, so daß sie nicht mehr sehen konnte, wohin sie lief. »Logan!« rief sie, so laut sie konnte. »Liebling, wo bist du denn? Wenn du mich hören kannst, schrei einfach nur, ja? Ich find' dich dann schon. Logan!«

Sie lauschte einen Moment, doch nichts rührte sich. Suchend blickte sie um sich und stellte voller Schrecken fest, daß weder vom Haus noch vom Stall noch sonst etwas zu sehen war.

Wo war sie?

Verzweifelt versuchte sie sich zu erinnern, in welche Richtung sie gelaufen war, als sie das Haus verlassen hatte.

Sie war in Richtung Stall gerannt, aber als Alison nach ihr gerufen hatte, hatte sie sich umgedreht.

Wie dumm von ihr!

Aber es war eine instinktive Reaktion gewesen, genauso wie der instinktive Entschluß, hinaus in den Sturm zu laufen und ihren Sohn zu suchen.

Zu spät merkte sie, daß sie ja gar nichts mitgenommen hatte. Keine Taschenlampe, und auch nicht das Gewehr aus dem Schrank im Arbeitszimmer.

Plötzlich fiel ihr etwas ein. In der untersten Schublade von Audreys Schreibtisch hatte sie eine Rolle mit Nylonschnur gesehen. Sie hätte nur das eine Ende am Knauf der Hintertür befestigen müssen!

Ärgerlich schob sie den Gedanken beiseite. Es hatte keinen Sinn, sich jetzt mit Selbstvorwürfen zu überschütten. Sie mußte Logan finden…

Aber in welche Richtung sollte sie suchen?

Wo lag das Haus?

Der Stall?

Wie mit Fangarmen griff die Panik wieder nach ihr. Sie glaubte, keine Luft mehr zu bekommen; es war, wie wenn ihre Brust mit einem Eisenband zusammengepreßt würde. Sie ging einen Schritt, hielt wieder inne, überlegte es sich anders und lief in die entgegengesetzte Richtung. Nach ein paar Schritten war sie überzeugt, sich geirrt zu haben, blieb stehen, zögerte, schaute wieder suchend um sich. Mary Anne holte tief Luft. Sie durfte jetzt nicht wahllos umherlaufen. Jeder falsche Schritt trieb sie nur immer weiter vom Haus weg.

Denk nach, verdammt! befahl sie sich.

Der Wind!

Aus welcher Richtung war er gekommen?

Sie blieb stehen und dachte angestrengt nach. Jedesmal, wenn sie die Küchentür hatte schließen wollen, hatte der Wind mit aller Macht dagegengedrückt.

Also kam er von Norden her!

Er kam von den Bergen im Norden herunter und fegte quer über die Weide zum Haus hinüber. Sie brauchte nur beharrlich gegen den Wind zu laufen, dann würde sie früher oder später auf den Zaun stoßen und müßte dann nur an ihm entlang zum Stall gehen. Hoffnung keimte in ihr auf. Im Stall würde sie nicht nur Unterschlupf, sondern vielleicht auch Joey und Logan finden!

Langsam wich die Panik wieder von ihr. Sie drehte sich gegen den Wind und lief los. Mit aller Kraft mußte sie sich ihm entgegenstemmen. Obwohl sie sich schützend den Ärmel vors Gesicht hielt, trieb ihr der Wind die scharfen Eiskristalle wie Nadeln in die Wangen. Ihre Augen begannen zu tränen.

Nach fünf Schritten stieß sie mit dem linken Fuß plötzlich gegen etwas.

Etwas Weiches, das nachgab.

Sie kniete sich hin und wischte den Schnee von diesem Etwas, das da im Hof lag. Ein spitzer Schrei fuhr ihr aus der Kehle, als sie sah, daß ihre Finger über Storms Fell strichen.

Wie wild begannen die Gedanken in ihrem Kopf zu rasen. War es Storm gewesen, der Logan hinausgelockt hatte? Hatte er an der Hintertür gekratzt und war, kaum daß Logan ihm aufgemacht hatte, wieder hinaus in den Schneesturm gelaufen?

Als sie die letzten Flocken von dem toten Tier gewischt hatte, erstarrte sie. Der Kopf des Hundes war grotesk verdreht, der Kiefer war gebrochen, und die rosa Zunge hing ihm weit aus dem Rachen.

Nein, sie war nicht rosa…

Sie war blutrot!

Überall um Storms Kopf herum war der Schnee blutgetränkt. Lähmende Angst stieg in ihr auf. Was war hier draußen geschehen? Storm mußte irgend jemanden angegriffen haben.

Jemanden, der zurückgeschlagen und ihn getötet hatte.

Hatte Logan den Hund noch bellen hören, oder vielleicht nur sein letztes Aufjaulen, bevor er seinen Geist aufgab?

»Logan?« rief sie wieder. »Oh, mein Gott! Logan!«

Was auch immer Storm umgebracht hatte, es mußte noch in der Nähe sein. Der Körper des Tieres war noch warm, und das Blut an seiner Schnauze noch frisch. Es mußte gerade eben erst passiert sein! Die Tränen liefen ihr in Strömen über die Wangen. Es war der kalte Wind, der sie ihr aus den Augen trieb, doch es war auch die Todesangst, die sie plötzlich überfiel. Der Angreifer, der Storm auf dem Gewissen hatte, mußte ganz in der Nähe sein, vielleicht war er nur ein paar Meter von ihr entfernt! Vielleicht hatte er in diesem Moment ihre Witterung in die Nase bekommen und machte sich gerade daran, ihre Fährte zu verfolgen... Mary Anne stand auf und taumelte davon. Sie mußte so schnell wie möglich den Zaun erreichen und dann im Stall Zuflucht suchen.

Doch dann blieb sie plötzlich stehen. Und dieses Mal, obwohl ihre Augen in Tränen schwammen, konnte sie klar und deutlich sehen, was ihr im Weg lag.

Ein verzweifelter Schrei würgte ihr in der Kehle, und diesmal versuchte sie nicht mehr, ihn zu unterdrücken.

Als sie auf die Knie fiel und die Leiche ihres Sohnes aufhob, als sein lebloser Kopf nach hinten rollte und den Blick auf die grauenhafte Wunde an seinem Hals freigab, stieß sie einen schrillen Schrei aus.

Einen gellenden Schrei des Entsetzens.

Sie nahm den toten Körper ihres Sohnes in die Arme und begann, hemmungslos zu schluchzen. Die ganze Qual ihrer Seele schrie sie hinaus, bis sie meinte, daß ihr die Sinne schwanden. Sie schlang ihre Arme fest um ihren Sohn und schaukelte vor und zurück, vor und zurück, wiegte ihn, wie sie ihn gewiegt hatte, als er ein kleines Baby war.

Brausend heulte der Sturm auf, trieb ihr die Flocken ins Gesicht und hüllte sie in eine weiße Wolke ein. Doch Mary Anne nahm nichts mehr um sich herum wahr. Das einzige, was sie noch spürte, war das fassungslose Grauen einer Mutter, die ihr totes Kind in den Armen hält.

Ein Grauen, von dem sie wußte, daß sie sich nie wieder davon erholen würde.

Olivia Sherbourne kam um die Kurve und wollte gerade auf die Bremse treten, um in die schmale Einfahrt der Stiffles einzubiegen, als sie sah, daß ihr der Subaru der Familie entgegenkam. Sie fuhr so nah wie möglich an den Straßenrand und wartete, bis Mark Stiffle aus der Einfahrt heraus war, neben ihr hielt und das Fenster herunterkurbelte.

»Wir sind auf dem Weg in die Stadt«, rief Mark mit lauter Stimme zu ihr herüber, um das Heulen des Windes zu übertönen.

»Ich wollte gerade mal nach euch sehen«, rief Olivia zurück. »Meinst du, daß du mit dem Wagen durchkommst?«

Mark nickte. »Ich hab' auf allen Rädern Schneeketten drauf.«

»Okay! Ich fahr' zur El Monte hoch und hol Mary Anne und die Kinder. Wenn wir nicht bis zur Stadt durchkommen, übernachten wir alle bei mir.«

Mark schaute besorgt in den Rückspiegel, vorbei an den Kindern, die kichernd auf dem Rücksitz saßen und es gar nicht erwarten konnten, die Nacht bei Freunden in der Stadt zu verbringen. Er schaute auf die tief verschneite Straße, die nach El Monte hochführte. »Bist du sicher, daß du da hochkommst?« fragte er skeptisch.

Olivia nickte. »Wird schon gutgehen. Mary Anne ist total in Panik, und jetzt ist auch noch die Telefonverbindung unterbrochen.« Dann kniff sie die Augen zusammen. »Habt ihr die Geschichte von Frank Peters und Tony Moleno gehört?«

Margaret Stiffle lehnte sich vom Beifahrersitz herüber, um besser hören zu können. Olivia warf einen unsicheren Blick auf die Kinder im Heck des Wagens und senkte dann ihre Stimme ein wenig. »Gillie sagt, daß sie beide tot sind. Und Rick sitzt oben in den Bergen fest.«

»Großer Gott!« stieß Mark Stiffle hervor. »Was zum Teufel ist hier bloß los bei uns?«

»Ich wette, es war Joey«, tönte Michael Stiffle von der Rückbank. »Ich wette, daß er jetzt endgültig durchgedreht ist!«

Margaret blickte strafend auf ihren Sohn, doch Olivia zog es vor, die Anschuldigung des Jungen zu überhören. »Ich glaube, wir können das alles erst klären, wenn der Sturm vorbei ist. Seid bis dahin vorsichtig, ja? Wenn ihr eine Panne habt, den Wagen nicht verlassen, im Auto bleiben. Okay?«

»Mach dir keine Sorgen um uns«, erwiderte Margaret. »Und paß du auch auf dich auf, ja?«

Olivia nickte, kurbelte das Fenster hoch und winkte ein letztes Mal den Zwillingen zu. Dann fuhr sie los, doch je weiter sie die Straße hochkam, desto tiefer wurde der Schnee.

Der Motor heulte kurz auf, als sie den kleinsten Gang einlegte und im Schneckentempo die Straße hochkroch. Sie konzentrierte sich jetzt ganz auf das Gefühl für den Reifenkontakt, da sie unter der weißen Schneedecke die Straßenbegrenzung nicht ausmachen konnte. Als sie nur noch knapp fünfhundert Meter vom Eingang der Ranch entfernt war, merkte sie plötzlich, wie das rechte Vorderrad von der Straße abkam.

Sofort nahm sie den Fuß vom Gas und ging hart auf die Bremse, bevor ihr einfiel, daß das in dieser Situation genau das Falsche war.

Die Räder blockierten, und der Wagen kam auf der dünnen Eisschicht, die sich unter der Schneedecke gebildet hatte, sofort ins Schleudern. Er drehte sich im Zeitlupentempo einmal um seine eigene Achse und rutschte dann ganz von der Straße herunter.

Olivias Hände klammerten sich um das Steuerrad, als der Wagen nach rechts kippte und mit beiden Rädern tief in den Graben parallel zur Straße rutschte.

Der Kleinlaster kam zum Stehen, und im selben Augenblick starb der Motor ab, so daß Olivia heftig gegen das Steuerrad prallte. Sekundenlang saß sie da und starrte wütend und benommen vor sich hin. Wie konnte sie nur so blöd sein, in so einer kritischen Situation auf die Bremse zu gehen!

Schließlich entschloß sie sich zum Handeln. Es hatte keinen Zweck, nur stumm dazusitzen und sich Vorwürfe zu machen. Sie legte den Rückwärtsgang ein, schlug das Steuer nach links ein, damit die Vorderräder beim Zurückstoßen dem rechten Hinterrad den nötigen Schwung geben könnten, die steile Böschung hochzukommen.

Sekunden später steckte auch das dritte Rad des Kleinlasters tief im Graben, und Olivia stieß fluchend mit der Faust auf das Armaturenbrett.

Sie stieg aus dem Führerhäuschen, lief um den Wagen herum, um sich den Schaden zu besehen, und erkannte mit einem einzigen Blick, daß sie ohne die Hilfe eines Abschleppwagens niemals aus dem Graben kommen würde. Entnervt stieg sie wieder ein und nahm das Funktelefon aus der Halterung.

Als sie die Nummer eintippen wollte, sah sie, daß die Leuchtanzeige auf dem Display erloschen war und nur noch die zwei Worte ›Außer Betrieb‹ schwach flimmerten. Olivia stieß einen Fluch aus. Warum ging dieser Scheißapparat genau dann kaputt, wenn man ihn wirklich brauchte?

Minutenlang saß sie am Steuer und stierte vor sich hin. Sollte sie im Wagen bleiben oder zu Fuß hoch nach El Monte laufen?

Ihr gesunder Menschenverstand sagte ihr, daß es das sicherste wäre, im Auto zu bleiben. Sie müßte nur hin und wieder den Motor anlassen, um den Wagen wieder aufzuheizen, und darauf achten, daß der Auspuff nicht vom Schnee verstopft würde. Sie hatte wirklich nicht die geringste Lust, irgendwann am nächsten Vormittag vom Fahrer des Schneepflugs tot in ihrem Laster aufgefunden zu werden.

Andererseits war sie nur noch knapp fünfhundert Meter von der Ranch entfernt, und sie war die Strecke in all den Jahren bestimmt schon tausendmal gegangen. Sie brauchte nur auf der Straße zu bleiben. Wenn sie erst einmal das Einfahrtstor erreicht hatte, wäre der Rest ein Kinderspiel. Die Zufahrtsstraße lief direkt durch den Wald, da konnte sie sich überhaupt nicht verirren.

Nur eine leise Stimme in ihrem Hinterkopf erinnerte sie warnend daran, daß genau auf diese Weise schon Hunderte von Leuten im Schneesturm umgekommen waren. Es hatte schon Fälle gegeben, in denen Menschen zwischen ihrem Haus und dem Stall erfroren waren, weil sie die Orientierung verloren hatten und stundenlang im Kreis herumgelaufen waren.

Doch sie war davon überzeugt, daß der Wind bereits nachließ. Und selbst wenn nicht, war sie ja hier schließlich nicht in der Wüste von Arizona, in der meilenweit kein einziger Baum stand, an dem man sich orientieren konnte. Sie war hier in Idaho, und überall gab es Wald. Sie mußte sich nur von ihm fernhalten und auf der Straße bleiben. Und es wäre doch gelacht, wenn sie die paar Meter bis zur Ranch nicht alleine gehen könnte. Das würde sie doch sogar mit verbundenen Augen schaffen!

Sie richtete sich auf, nahm eine Taschenlampe aus dem Handschuhfach und griff nach dem Gewehr. Die Zündschlüssel ließ sie stecken. Dann zog sie sich ihre dicken Handschuhe an, wickelte den Schal dichter um ihren Hals und stieg aus.

Mit hochgezogenen Schultern begann sie, die Straße hochzustapfen. Bei jedem Schritt trat sie mit dem Fuß den Schnee zur Seite, um sicherzugehen, daß sie noch auf der Straße war.

Als sie sich umdrehte, hatte sie der Sturm schon eingeschlossen. Sogar ihr Laster, der keine fünfzig Meter entfernt sein konnte, war im weißen Flockengestöber verschwunden.

Olivia Sherbourne fühlte sich auf einmal sehr allein.

26

Der eiskalte Wind begann langsam durch Mary Annes dicken Schaffellmantel zu dringen. Doch erst als sie schon am ganzen Leib zitterte und die Kälte immer mehr an ihren Knochen nagte, tauchte sie ganz langsam wieder aus der Benommenheit auf, in die sie versunken war. Nur mühsam kam sie wieder zu sich. Dann schaute sie in Logans Gesicht und hatte auf einmal das eigenartige Gefühl, in das Antlitz eines Fremden zu blicken.

Das hier war nicht ihr Sohn – das *konnte* er gar nicht sein! Das war ein Fremder, der nur zufällig so aussah wie Logan. Logan war noch am Leben, das wußte sie. Und sie würde ihn finden.

Ächzend kam sie wieder auf die Füße und stolperte blindlings durch den Schnee. Sie hatte Mühe, den toten Körper in ihren Armen zu halten. Eine Stimme ganz tief in ihr erinnerte sie schließlich daran, daß sie gegen den Wind laufen mußte. Ein paar Minuten später gelangte sie an den Zaun und hielt erschöpft inne. Ein heftiges Schluchzen schüttelte sie. Haltsuchend lehnte sie sich gegen den Zaun. Sie zitterte am ganzen Körper. Ihre Knie wurden weich, und einen Augenblick lang meinte sie, unter der Last, die sie trug, zusammenzubrechen.

Warum auch nicht?

Warum sollte sie nicht dem Impuls nachgeben, sich einfach hinzulegen? Der weiche Schnee sah auf einmal so verlockend und einladend aus wie ein weiches, warmes Bett… ein wenig schlafen… nicht lange… nur ein paar Minuten, bis sie wieder Kraft geschöpft hatte… sie brauchte einfach ein bißchen Zeit…

Zeit wofür?

Zeit, um zu sterben.

Sie erschrak über sich selbst. Aber sie wußte, es war die reine Wahrheit.

Wenn sie sich auch nur einen Moment lang hinlegen würde, würde sie sterben.

Und Alison wäre allein, mutterseelenallein in dem großen Haus, allein mit diesem Jemand, der sich hier draußen herumtrieb, sich im blendenden Weiß des Schneesturms verbarg.

Aber wer konnte das nur sein? Wer konnte es sein, der sich hier feige versteckte, der hinterhältig aus dem Nichts plötzlich zuschlug, der ihren Sohn getötet hatte?

Ein Fremder namens Shane Slater? Ein Mann, dessen Namen sie bis vor kurzem noch gar nicht gekannt hatte?

Es mußte ein Irrtum sein. Sie hatte sich an diese Idee wie ein Ertrinkender an den Strohhalm geklammert, hatte eine Geschichte erfunden, damit all diese seltsamen Geschehnisse irgendwie zusammenpassen und einen Sinn ergeben würden. Und damit sie der eigentlichen Wahrheit nicht ins Gesicht sehen mußte.

Joey!

War es möglich, daß ihr eigenes Patenkind das alles getan hatte?

Sie versuchte, diese Theorie im Geiste durchzuspielen, aber irgend etwas in ihr weigerte sich, diesen Gedanken überhaupt nur in Erwägung zu ziehen.

Und dennoch…

Joey war in der Nacht draußen gewesen, in der der Mann auf dem Zeltplatz gestorben war.

Und er war auch in jener Nacht draußen gewesen, in der Bill Sikes gestorben war!

Und er hatte guten Grund, seinen Vater zu hassen.

Bilder – furchtbare Bilder – flackerten in ihrer Erinnerung auf. Wie er sie wutschäumend angestarrt hatte, mit rasendem Blick, mit einer erschreckenden Kälte in den Augen.

Nein! Es war unmöglich! Er war doch noch ein kleiner Junge! Doch je mehr sie den Gedanken beiseite zu drängen versuchte, desto hartnäckiger nistete er sich in ihrem Kopf ein.

Es mußte ein anderer gewesen sein! Der Mann in der Hütte! Selbst wenn ihre Theorie über Shane Slater völliger Unsinn war – es war doch da oben jemand gewesen! Jemand, den Frank Peters und Tony Moleno den ganzen Tag lang verfolgt hatten!

Aber wenn da oben nun doch keiner war? Wenn da überhaupt niemand war?

Der Polizeibeamte hatte niemanden gesehen, und auch sonst konnte bisher niemand mit absoluter Sicherheit beweisen, daß da oben jemand lebte.

Und wenn Joey die Hütte schon vor Jahren gefunden hatte und Rick Martin zu ihr geführt hatte, um ihn an der Nase herumzuführen? Um sich ein Alibi zu verschaffen?

Wäre er dazu in der Lage? War er wirklich so gerissen?

Sie wußte es nicht. Sie hatte nicht die geringste Ahnung, wozu er in der Lage war und wozu nicht. Was überhaupt in seinem Kopf vor sich ging. Sie kannte ihn eigentlich überhaupt nicht!

Aber wenn es nun doch Joey gewesen war – wen würde er sich als sein nächstes Opfer aussuchen?

Alison?

Sie selbst?

Er konnte überall sein. War er ihr schon auf der Spur? War er schon dabei, sie langsam einzukreisen? War sie bereits in Gefahr? Hier und jetzt, wo sie sich gegen den Zaun lehnte und sich halbwegs in Sicherheit wähnte? Doch dann auf einmal richtete sie sich auf. Sie kämpfte die aufsteigende Panik erfolgreich nieder und spürte, wie eine Welle von neuer Kraft durch ihren Körper strömte. Nein! Sie nicht!

Wer auch immer hier draußen herumstrich, Joey oder jemand anderer, *sie* würde ihm nicht zum Opfer fallen! *Sie* würde überleben!

Sie und Alison, sie würden beide überleben!

Energisch schritt sie voran, folgte dem Zaun, bis sie den Stall erreichte. Während sie mit beiden Armen Logans Körper umfaßt hielt, fummelte sie mit klammen Fingern, die vor Kälte fast taub waren, am Riegel herum.

Ich muß ihn hineinbringen, dachte sie. Ich muß ihn sofort hier hineinbringen. Ich kann ihn doch nicht einfach da draußen im Schnee liegen lassen! Schließlich gab der Riegel nach, und sie zog mit aller Kraft am Türgriff. Die Schneemassen am Boden setzten ihr hartnäckigen Widerstand entgegen, und nur ganz langsam ließ sich die Tür öffnen. Als der Spalt endlich groß genug war, um hineinzuschlüpfen, zwängte sie sich mit dem toten Kind in den Armen hindurch und zog die Tür wieder hinter sich zu.

Unruhig blickte sie hin und her. Als sich ihre Augen an die Dunkelheit im Stall gewöhnt hatten, eilte sie mit dem Jungen in den Armen an den drei Pferdeboxen vorbei, bis sie die vierte, leerstehende erreichte. Sie schob den Riegel beiseite und trat hinein. Noch vor ein paar Tagen hatte sie hier Joey schlafend gefunden. Jetzt kniete sie nieder und bettete Logans Leichnam sanft ins Stroh. Zärtlich schaute sie auf ihn nieder und streichelte seine eiskalte Wange. Wenn nicht diese furchtbare Wunde an seinem Hals geklafft hätte, hätte sie glauben können, er schliefe nur. Sanft und friedlich. Glauben, daß er jeden Moment wieder aufwachen würde.

Plötzlich wurden die Pferde unruhig, und dann wieherte Buck nebenan laut auf. Im gleichen Moment hörte Mary Anne hinter sich ein Geräusch. Sie fuhr herum und sah, wie der schmiedeeiserne Riegel an der anderen Stalltür, die direkt hinaus auf die Weide führte, sich bewegte.

Draußen war jemand und wollte herein!

Joey!

Das konnte nur Joey sein!

Nein! Wenn Joey in der Nähe war, waren die Pferde noch nie nervös geworden!

In diesem Augenblick stieß dieser Jemand, der da draußen an der Tür rüttelte, ein infernalisches Heulen aus. Mary Anne gefror das Blut in den Adern. Ihr Herz begann zu rasen. Eine Welle von Panik überrollte sie, und diesmal war sie ihr hilflos ausgeliefert; sie war unfähig, irgend etwas gegen dieses Gefühl zu tun, das sie von innen zu überschwemmen drohte. Sie stürzte aus der Box heraus und raste zum Stallausgang. Mit zusammengebissenen Zähnen stemmte sie sich gegen das massive Holztor, das der tobende Wind von draußen zuzudrücken versuchte. Als der Spalt groß genug war, schlüpfte sie hindurch und jagte wie ein gehetztes Wild über den Hof. Sie spürte nichts mehr vom Wind und dem eisigen Schnee. Sie wollte nur noch heim, heim in die schützenden Mauern des Hauses.

Das schaurige Heulen übertönte sogar noch das Tosen des Windes in den Bäumen. Dann erstarb es, wie wenn der Mantel des Schnees sich dämpfend darum gelegt hätte. Olivia Sherbourne blieb wie angewurzelt stehen. Ein Schauer lief ihr über den Rücken, und sie spürte, wie sich ihre Nackenhaare aufstellten.

Das war kein Mensch, der da geschrien hatte, aber sie kannte auch kein Tier, das so gespenstische Laute von sich gab.

Sogar das furchterregende Brüllen der Berglöwen, das hin und wieder im Tal widerhallte, klang niemals so gequält.

So gequält und so voller Wut.

Was auch immer diesen grauenvollen Schrei ausgestoßen hatte – in diesem Schrei war so eine geballte Ladung aus Angst, Haß und Wut zusammengebraut, daß Olivia das Blut in den Adern gefror.

Plötzlich fiel ihr ein, wo sie so einen Schrei schon einmal gehört hatte.

Es war vor vielen Jahren, lange, bevor sie in den Westen gegangen war. Sie hatte ein Apartment in der Nähe einer Irrenanstalt bezogen, weil die Miete überraschend günstig war. Es dauerte keine Woche, da wußte sie auch, warum. In regelmäßigen Abständen drangen aus den Fenstern der Anstalt markerschütternde Schreie. Beim ersten Mal war sie entsetzt ans Fenster gestürzt und hatte eine Frau gesehen, die trotz winterlicher Temperaturen nur mit einem Nachthemd bekleidet auf einem vollständig vergitterten Balkon im vierten Stock stand.

Die Frau, deren ungekämmte Haare gespenstisch im Winde flatterten, sah aus wie ein Tier im Käfig. Sie hatte mit beiden Händen die eiskalten eisernen Gitterstäbe umklammert, das Gesicht zu einer unheimlichen Fratze verzogen. Dann hatte sie sich zurückgebogen und einen grauenerregenden Schrei ausgestoßen, in dem all ihre Panik, ihre Wut und ihre Verzweiflung zu explodieren schienen, einen Schrei, der genauso gräßlich geklungen hatte wie dieses schaurige Heulen, das der Wind gerade eben zu ihr herübergetragen hatte.

Schlagartig fielen Olivia wieder die Worte von Gillie Martin ein: *Irgend etwas Furchtbares ist da oben.*

Etwas, das mindestens vier Menschen auf dem Gewissen hatte.

Etwas, das sich inzwischen nicht mehr oben in den Bergen herumtrieb, sich nicht mehr in der Wildnis versteckte, sondern herab ins Tal gekommen war.

Nervös schaute sich Olivia um. Obwohl der Wind nachgelassen hatte, fiel der Schnee immer noch in dichten Flocken, so daß sie nur ein paar Meter weit sehen konnte. Sie fühlte sich wie in einer weißen Wolke gefangen, und langsam stieg eine lähmende Angst in ihr hoch.

Hatte diese gequälte Kreatur, die gerade diesen furchtbaren Schrei ausgestoßen hatte, bereits ihre Witterung aufgenommen? Verfolgte sie sie bereits, lauerte sie ihr schon auf?

Energisch schob Olivia die Angst wieder beiseite. Was auch immer sich da herumtrieb, es konnte sie bis jetzt unmöglich bemerkt haben.

Doch wieder mußte sie an das irre Heulen denken. War dieses Wesen überhaupt in der Lage, jemanden anderen außerhalb seiner selbst wahrzunehmen? Oder war es so sehr in den Grenzen seiner eigenen Welt gefangen, daß es nur sich selbst sah?

Ein kalter Windstoß fuhr ihr ins Gesicht und riß sie aus ihren Grübeleien. Sie setzte sich wieder in Bewegung und erreichte nach kurzer Zeit die Säulen des Eingangstors zur Ranch. Doch als sie durch das Tor schritt und nun die schmale Zufahrtsstraße entlangstapfte, krampfte sich ihr Magen wieder zusammen. Dieses unheimliche Wesen mußte jetzt ganz in der Nähe sein.

Sie hätte also kaum eine Sekunde Zeit, sich gegen einen möglichen Angriff zur Wehr zu setzen.

Sie nahm das Gewehr von der Schulter, lud durch und entsicherte.

Schußbereit hielt sie es vor sich und kämpfte sich dann mit hellwachen Sinnen weiter durch den Schnee. Wie eine weiße Wand umhüllte sie der tobende Sturm. Der Wald schien immer näher zu rücken.

Nach ein paar Schritten hörte sie plötzlich links neben sich im Wald ein Geräusch. Sie fuhr herum und legte das Gewehr an. Aber nichts rührte sich.

Sie sah nur den dichten weißen Vorhang tanzender, wirbelnder Flocken vor ihren Augen.

Dann auf einmal hörte sie wieder das Geräusch, diesmal gefährlich nahe. Jetzt brach sie in Panik aus. Sie machte auf dem Absatz kehrt und floh davon, rannte ohne zu überlegen in den Wald hinein. Vergessen war ihr fester Vorsatz, auf jeden Fall auf der Straße zu bleiben. Sie wollte nur weg, weg von dieser unsichtbaren tödlichen Gefahr.

Als das Reh zögernd aus dem Wald trat, dann in zierlichen, graziösen Sprüngen über die Straße davonlief, hatte der Schneesturm Olivia bereits in seine Arme genommen. Sie hatte sich rettungslos verirrt.

Mary Anne kam durch die Hintertür ins Haus gestürzt, schlug sie krachend hinter sich zu und hantierte hektisch mit klammen Fingern am Schloß herum. Sie zitterte am ganzen Körper. Endlich schaffte sie es, die Kette einzuhängen, dann spähte sie mit angstverzerrter Miene hinaus in die wirbelnden Flocken.

War da nicht eine Bewegung?

Sie hatte doch etwas gesehen! Etwas, das gleich wieder im Schneegestöber verschwunden war, noch ehe sie genau erkannt hatte, was es war.

»Was ist denn da, Mama?« fragte Alison, flatternd vor Angst. »Wo ist Logan? Was war das für ein Heulen?«

Mary Anne stürzten die Tränen aus den Augen, als Alison den

Namen ihres Bruders aussprach. Doch sie würgte sie wieder herunter. Nein, sie konnte es ihrer Tochter jetzt noch nicht sagen, daß ihr Bruder tot war.

»Ich weiß nicht«, log sie und lehnte sich mit dem Gesicht erschöpft gegen die Tür. Sie mußte jetzt die Beherrschung wiederfinden. »Irgend etwas ist da draußen, Alison. Ich hab' es gerade eben gesehen.« Plötzlich fielen ihr die Blutflecken auf ihrem Mantel ein, die Alison sofort sehen würde, wenn sie sich umdrehte. »Es hat Storm getötet, Alison. Er liegt draußen auf dem Hof. Ich…« Die Stimme versagte ihr, und schließlich drehte sie sich um. Alison starrte sie einen Moment entsetzt an, und Mary Anne wußte sofort, daß sie keine Chance hatte, ihrer Tochter die Wahrheit zu verheimlichen, da ihr die Tragödie ins Gesicht geschrieben stand.

Alison schossen die Tränen in die Augen, und sie schüttelte den Kopf, wie wenn sie die grausige Wahrheit, die sie in den Zügen ihrer Mutter lesen konnte, einfach nicht wahrhaben wollte. Mary Anne ging auf ihre Tochter zu, nahm sie in die Arme und zog sie fest an sich. »Sag es nicht«, flüsterte sie bebend. »Nicht jetzt. Wenn du es aussprichst – ich könnte es nicht ertragen. Wir können nichts mehr für ihn tun. Nichts mehr.«

»Oh, Mama!« schluchzte Alison. Ein grauenhaftes Entsetzen würgte in ihrer Kehle. »Was ist jetzt? Was sollen wir denn jetzt tun?«

»Ich weiß es nicht«, hauchte Mary Anne.

Plötzlich meinte sie, aus dem Augenwinkel eine huschende Bewegung gesehen zu haben. Sie fuhr herum und starrte zum Fenster über der Spüle.

Da – ein Gesicht…

Nein, das war kein Gesicht. Es war etwas anderes, etwas, das sie noch nie gesehen hatte.

Es war schon wieder verschwunden, bevor sie überhaupt richtig hingeschaut hatte. Doch selbst jetzt, als sie starr vor Schreck in das leere Fenster blickte, sah sie immer noch diese Augen vor sich.

Schmale, tückische Augen, die draußen hinter der Scheibe geflackert, in denen sich das Licht der Küche gespiegelt hatte.

Augen, die sie fixiert, die sie durchbohrt, die sie mit Angst und Schrecken erfüllt hatten.

»Los! Hilf mir!« rief sie mit gepreßter Stimme und schob Alison energisch von sich. »Stell keine Fragen – tu nur, was ich dir sage!«

Sie riß die Stühle, die rund um den massiven Eichentisch standen, zur Seite und begann, den Tisch vor die Tür zu schieben. »Hilf mir!« schrie sie wieder, und beim Klang ihrer Stimme schrak Alison aus der lähmenden Starre hoch, in die sie gefallen war. Sie faßte mit an, und gemeinsam schoben sie den Tisch vor die Tür.

»Was ist das?« fragte Alison mit zitternder Stimme. »Was ist das da draußen?«

»Ich weiß es nicht«, stieß Mary Anne hervor. »Ich hab' gesehen, daß... irgend etwas hat durchs Fenster geschaut... ich hab' es nicht genau erkennen können, aber...« Ein Schauer lief ihr über den Rücken, als sie wieder an diese fürchterlichen Augenschlitze denken mußte, die sie wie Messer durchbohrt hatten. »Oh, Gott! Das wird nicht halten!« rief sie mit einem Blick auf den Tisch vor der Tür. Die Gedanken rasten in ihrem Kopf. Irgend etwas mußte es doch geben, was dieses Etwas da draußen davon abhalten könnte, hier einzubrechen. Aber es gab einfach zu viele Fenster, zu viele Türen.

Das Gewehr!

»Komm!« schrie sie. Sie stürmte aus der Küche und rannte durch das Wohnzimmer ins Arbeitszimmer hinüber. Hektisch nestelte sie an der Tür des Waffenschranks herum, dann fiel ihr ein, daß er ja verschlossen war.

Der Schlüssel!

Wo war der Schlüssel?

Sie hastete zum Schreibtisch, riß mit solcher Wucht die mittlere Schublade auf, daß sie herausfiel und sich der gesamte Inhalt über den Teppich ergoß. Stifte, Kugelschreiber, Büroklammern und tausend andere Sachen flogen wild durcheinander und verstreuten sich über den ganzen Boden. Stöhnend fiel sie auf die Knie und wühlte mit fahrigen Fingern in den Utensilien herum, bis sie endlich den Schlüssel gefunden hatte.

»Mach den Schrank auf!« kreischte Mary Anne und warf ihrer

Tochter die Schlüssel zu. Dann riß sie die anderen Schubladen auf und durchwühlte sie auf der Suche nach der Patronenschachtel, die ihr Olivia nach ihrer letzten Schießstunde gegeben hatte. Endlich fand sie sie. Als sie den Deckel aufriß, stellte sie zu ihrem Entsetzen fest, daß nur noch zwei Patronen darin lagen. Sie nahm sie heraus, warf die leere Schachtel auf den Boden, stürzte zu Alison, die gerade die Tür aufbekommen hatte und riß mit zitternden Händen das Gewehr aus der Halterung.

»Was hast du vor?« fragte Alison angstschlotternd, während Mary Anne am Gewehr herumhantierte und sich krampfhaft an Olivias Anweisungen zu erinnern versuchte. Doch es war ihr auf einmal alles wie aus dem Gedächtnis geblasen.

»Alles in Ordnung«, antwortete Mary Anne mit bebender Stimme, die ihre Worte Lügen straften. »Das kriegen wir schon hin!« Und dann fiel ihr plötzlich wieder ein, was sie zu tun hatte. Sie fand den Magazinverschluß, schob die Patronen hinein und lud durch.

»Leg noch mehr Holz nach, Alison!« befahl sie ihrer Tochter, obwohl sie wußte, daß ihre klappernden Zähne nicht von der Kälte im Zimmer herrührten.

Alison schaute zum offenen Kamin neben dem Fenster hinüber, und im selben Augenblick wurde sie leichenblaß.

Als Mary Anne dem Blick ihrer Tochter folgte, erstarrte sie.

Zwei schmale Augen stierten sie durch die Fensterscheibe an, dieselben, die sie eben am Küchenfenster gesehen hatte. Und diesmal war auch der Rest des Gesichts zu erkennen.

Harte, zerfurchte Züge. Tiefe, dunkle Höhlen, aus denen tückische Augen herausflackerten, als wenn sie unter Strom stünden.

Eine wilde, verfilzte Mähne, auf der weißer Schnee lag, umrahmte das Gesicht.

Der Oberkörper des Mannes war nackt. Nein, er war nicht nackt. Ein dichter Pelz von Haaren überzog die gewaltigen Muskeln seiner Arme, seine kraftstrotzenden Schultern.

Plötzlich wußte Mary Anne alles.

Dieser Mann hatte Logan getötet.

Es war diese teuflische Kreatur da draußen, der der Sturm offenbar nichts anhaben konnte, diese Kreatur, die sie durch die Scheibe hindurch mit rasendem, irrem Blick anstarrte, daß es Mary Anne durch Mark und Bein ging.

Sie hob das Gewehr, preßte den Schaft fest gegen ihre Schulter und drückte mit dem rechten Zeigefinger auf den Laserknopf.

In dem Bruchteil der Sekunde, bevor das rote Licht aufflammte und wie ein strahlender Komet durch den nächtlichen Sturm draußen schoß, war das Gesicht hinter der Scheibe wieder verschwunden.

»Wer ist denn das?« keuchte Alison und preßte sich in panischer Angst an die Wand gegenüber dem Fenster. »Was will der von uns?«

Mary Anne antwortete nicht und hielt das Gewehr weiter ruhig an der Schulter, den Lauf auf das Fenster gerichtet. Erst als das Gesicht nicht wieder auftauchte, ließ sie die Waffe sinken. »Ich weiß es nicht«, flüsterte sie. »Ich weiß es wirklich nicht.«

Vorsichtig, ohne das Fenster aus den Augen zu lassen, ging sie zum Kamin hinüber, nahm ein Scheit vom Holzstoß und warf es auf die Kohlenreste im Kamin, die nur noch schwach glühten.

Sofort schlugen die Flammen an dem neuen Stück Holz empor, und das Feuer begann wieder heftig zu prasseln.

Plötzlich schlug jemand laut gegen die Haustür.

Alison riß entsetzt die Augen auf, stürzte zu ihrer Mutter und preßte sich schutzsuchend an ihre Seite.

Wieder donnerte es laut an der Tür. Dann herrschte minutenlang lähmende Stille. Mary Anne fühlte ihren Puls rasen und meinte, das Hämmern ihres Herzens im ganzen Körper zu spüren. Sie wollte gerade ins Wohnzimmer stürzen, als sie ein lautes Krachen hörte. Dann splitterte Glas.

»Er ist eingebrochen!« schrie Alison. »Er ist im Haus!«

»Bleib, wo du bist!« befahl Mary Anne. »Rühr dich nicht von der Stelle!« Wieder hob sie das Gewehr an die Schulter, richtete es auf die offene Tür zum Wohnzimmer und drückte den Laserknopf.

Ein leuchtend roter Punkt flammte auf der gegenüberliegenden Wand des Wohnzimmers auf. Trotz des Lichts in der Wohnung konnte sie seine Konturen klar erkennen.

Ein schlurfendes Geräusch kam aus dem anderen Raum, dann ein tiefes Grunzen.

Dann fiel ein Schatten auf den Boden des Wohnzimmers. Mary Anne fuhr zusammen und heftete sofort ihren Blick darauf. An den Veränderungen des Schattens sah sie, daß der Mann immer näher zur Tür kam.

Als sie eine flüchtige Bewegung hinter dem Türrahmen wahrnahm, riß sie das Gewehr nach rechts herum und zog instinktiv am Abzug.

Der Schuß krachte, und Mary Anne sah, daß die Patrone ein Loch durch die Wand zwischen Wohn- und Arbeitszimmer geschlagen hatte. Dann hörte sie ein dumpfes Stöhnen. Im selben Augenblick erschien der Mann im Türrahmen.

Seine Brust war blutüberströmt, und er preßte die linke Hand an seinen Bauch, in dem das Geschoß, das die Wand durchschlagen hatte, steckengeblieben war. Mit riesigen Schritten taumelte er in das Zimmer und wankte auf sie zu, seine rechte Hand, eine riesige Pranke mit spitzen, scharfen Krallen, bedrohlich ausgestreckt.

Trotz der Panik, die in Mary Anne hochkam, behielt sie die Nerven, lud durch, hob das Gewehr und drückte wieder den Laserknopf. Das Rotlicht leuchtete genau auf dem Magen des Mannes auf.

Sie hielt den Atem an und zog ein zweites Mal am Abzug.

Wieder dröhnte das ganze Zimmer vom Krachen des Schusses, und Mary Anne fühlte schmerzhaft den Rückschlag des Gewehres an ihrer Schulter, doch sie hielt das Gleichgewicht.

Die Augen des Mannes weiteten sich entsetzt, als das Geschoß, diesmal nicht durch die Wand in seiner Wucht gebremst, ihm in den Magen schlug und ihn nach hinten taumeln ließ. Ein Schwall von Blut schoß aus der Wunde, doch er schien nichts davon zu bemerken. Er lehnte sich an den Türrahmen und schaute mit flakkernden Augen im Zimmer umher, als suche er etwas. Dann begann er langsam, ganz langsam, an der Wand herunterzurutschen.

Als seine Knie nachgaben, fiel er zu Boden und rollte auf den Rücken.

Mit der rechten Hand, die er eben noch gefährlich nach Mary

Anne ausgestreckt hatte, schlug er sich auf die Schußwunde und krümmte sich in krampfartigen Zuckungen, als wollte er seine herausquellenden, zerfetzten Eingeweide wieder zurück in die Bauchhöhle stopfen.

Er schloß die Augen. Seine wuchtige, massige Gestalt durchlief ein letztes Zucken. Dann lag er da und rührte sich nicht mehr.

Wie gelähmt vor Entsetzen starrten Mary Anne und Alison Carpenter auf den Körper des Mannes, aus dem immer noch Blut quoll, der da auf dem Boden lag und den Durchgang zum Wohnzimmer versperrte. Keine bewegte sich. Keine wagte zu atmen.

Die Zeit schien stillzustehen.

Draußen war der heulende Wind mit einem Schlag verstummt.

Schweigen – ein grauenvolles Schweigen – erfüllte das Haus.

27

»W… wer ist das?« stammelte Alison tonlos. Sie zitterte am ganzen Leib, als sie auf den Mann starrte, der da reglos am Boden lag und mit seinem massigen Körper den Durchgang blockierte.

Mary Anne öffnete ihre Lippen, doch sie brachte keinen Ton heraus. Ihr Herz raste immer noch wie wild, und sie spürte, daß ihr Atem nur stoßweise ging. Nur ganz langsam kam sie wieder zu sich.

Sie hatte es also getan.

Sie hatte einen Menschen getötet.

Eine Welle von Panik drohte sie erneut zu überschwemmen, doch mit letzter Kraft gewann sie die Fassung wieder.

Nein! Dieser Mann war kein Mensch.

Auch wenn er einen Namen hatte – dieser Shane Slater war kein Mensch. Er war ein Monster.

Ein Monster, an dessen Händen das Blut ihres Sohnes klebte.

Dieses Wesen da hatte ihren Sohn getötet. Diese… diese *Kreatur*, deren Kadaver da am Boden lag, hatte ihr kleines Kind auf dem Gewissen.

Jetzt verstand sie alles.

Es war dieser Mann, den Logan gesehen hatte.

Wie lange wohl war dieser Kerl draußen im Schutze des Schneesturms herumgeschlichen?

Ob es das erste Mal war, daß er hierhergekommen war?

Nein. Sie wußte es besser.

Dieses... Etwas da war es gewesen was immer die Pferde im Stall in Angst versetzt hatte. Seinetwegen war Bill Sikes nächtelang umhergestrichen, um die Ursache für die Panik der Pferde zu ergründen.

Sie schauderte bei dem Gedanken, wie oft er wohl nachts über den Hof geschlichen war, wie oft er im Schutze der Dunkelheit durchs Fenster gespäht, sie beobachtet hatte.

Sie ausspioniert hatte.

Niemals waren sie vor diesen Augen sicher gewesen, wenn sie gemütlich in der Küche oder im Arbeitszimmer gesessen waren.

Aber was um alles in der Welt hatte er bloß gewollt?

Doch im selben Augenblick wußte sie die Antwort. Sie brauchte ihn nur anzuschauen, und sie wußte sofort, wer er war.

Er war der Mann auf dem Foto, das sie erst heute morgen in Audreys Album gefunden hatte.

Und jetzt, wo sie ihn leibhaftig vor sich hatte, auch wenn alles Leben aus ihm gewichen war, sah sie sofort die Ähnlichkeit mit Joey Wilkenson.

Die gleichen buschigen Augenbrauen. Die gleichen starken Kieferknochen.

Die Ohren, die eng am Kopf anlagen. Die Ähnlichkeit war unübersehbar, auch wenn Shane Slater sehr groß war – unnatürlich groß.

Sie wußte, warum er gekommen war. Er war auf der Suche nach Joey.

Seinem Sohn.

Aber was hatte er gerade heute abend gewollt?

War er gekommen, um sie zu töten und Joey dann mitzunehmen? Oder war er aus einem ganz anderen Grund gekommen, einem Grund, den sie niemals erraten würde?

Sie trat einen Schritt näher an ihn heran und sah schaudernd in sein zerstörtes Gesicht. Seine offenen Augen blickten sie starr an, als ob er immer noch am Leben wäre.

Geisteskrank!

Er sah geisteskrank aus. Und er mußte ja auch geisteskrank sein, wenn er jahrelang da oben in den Bergen gehaust und zugesehen hatte, wie sein Kind als der Sohn eines anderen Mannes aufwuchs.

Langsam fand sie die Sprache wieder. »Er ist der Mann aus der Hütte«, sagte sie. Ihre Stimme klang unnatürlich laut in der geisterhaften Stille, die sich über das Haus gelegt hatte, seit der Sturm verebbt war. Sollte sie Alison auch sagen, daß er Joeys Vater war?

Nein.

Zumindest jetzt noch nicht.

»Wahrscheinlich haben sie ihn aus den Bergen verjagt«, fuhr Mary Anne fort. Sie hatte Mühe, ihre Hände von dem Gewehr zu lösen. Ihre Finger waren total verkrampft. »Wir müssen ihn hier rausschaffen.«

Alison riß entsetzt die Augen auf. Bei der Vorstellung, dieses grauenhafte blutige Wesen auch nur anzufassen, verschlug es ihr die Sprache.

Mary Anne lehnte das Gewehr gegen den Kamin. Dann ging sie einen Schritt auf Shane Slaters massigen Körper zu und überlegte, wie sie ihn anpacken sollte. Doch plötzlich blieb sie stehen.

Und wenn er noch gar nicht tot war?

Sie brauchte eine andere Waffe, jetzt, wo sie beide Patronen verschossen hatte. Nervös schaute sie sich im Zimmer um. Schließlich fiel ihr Blick auf den Feuerhaken, eine schwere, schwarze, schmiedeeiserne Stange, deren Ende im rechten Winkel abgeknickt und mit einer scharfen Spitze versehen war. Mit zitternden Händen griff sie danach. »Hilf mir, Alison«, flüsterte sie, als sie sich mit weichen Knien dem Koloß von Mann näherte. Ihre Füße fühlten sich schwer wie Blei an. »Ich bitte dich! Ich kann's einfach nicht alleine!«

»Mami, ich…«

»Hilf mir!« wiederholte Mary Anne, diesmal in so scharfen Ton, daß Alisons Benommenheit mit einem Schlag aus ihrem Kopf wich.

Langsam, mit unsicheren Schritten tastete sich Alison vom Kamin zu ihrer Mutter hinüber. »W... was machen wir jetzt mit ihm?« fragte sie angstbebend.

»Wir müssen ihn hier rausschaffen«, antwortete ihre Mutter. »Wir sind eingeschneit, Alison. Wir kommen hier ohne fremde Hilfe nicht raus. Wir müssen hier ausharren, bis jemand kommt. Und ich kann an diesem Ort nicht bleiben, solange dieser...« – sie suchte verzweifelt nach einem passenden Ausdruck – »...dieses *Ding da* noch hier rumliegt. Du mußt mir helfen, ihn hier rauszuschaffen!«

Alison nickte wortlos. Sie drückte sich eng an ihre Mutter und machte einen großen Bogen um die gräßliche Blutlache, die sich immer weiter über den Boden ausbreitete. »A... aber wie denn?« fragte sie. »Wie sollen wir das anstellen?«

»Wir müssen ihn ziehen«, antwortete Mary Anne. »Jeder packt einen Arm...« Ein Schauer lief ihr über den Rücken bei dem bloßen Gedanken, diese blutige Leiche anfassen zu müssen. Aber was blieb ihr anderes übrig? Wenn sie ihn da einfach liegen ließe, selbst wenn sie ihn mit irgend etwas zudecken würde, würde sie diese Nacht nicht überstehen, ohne durchzudrehen. Sie stellte sich vor, wie man sie morgen finden würde. Am Boden kauernd, mit zerzausten Haaren und irrem Blick, unsinniges Zeug brabbelnd. Schon jetzt hatte sie das Gefühl, am Rande eines Nervenzusammenbruchs zu stehen. Sie spürte einen unbändigen Drang, sich einfach auf den Boden zu werfen und zu schreien. Einfach nur zu schreien.

Um Hilfe zu schreien.

Doch niemand würde sie hören.

Sie waren allein – mutterseelenallein. Draußen fiel der Schnee. Jede Minute wuchs die Schneedecke rund um sie herum, diese Schneedecke, die sie zu ersticken drohte.

Wie lange würde es dauern, bis Hilfe käme? Bis sie diesen grauenhaften Ort endlich für immer verlassen könnten?

Sie wußte es nicht.

Das einzige, was sie wußte, war, daß sie diesen Körper aus dem Haus schaffen mußte, wenn sie nicht wahnsinnig werden wollte.

»Los!« stieß sie mit heiserer Stimme hervor. »Bringen wir's hinter uns!«

Sie bückte sich und packte eines von Shane Slaters Handgelenken. Alison war sich immer noch nicht sicher, ob sie es über sich bringen könnte, die Überreste dieses Wesens, das einmal ein Mensch gewesen war, anzufassen. Doch schließlich riß sie sich zusammen und langte zitternd nach dem anderen Handgelenk.

Ihre Finger waren nur wenige Zentimeter von Shane Slaters Arm entfernt, als er plötzlich seine Hand hob und seine grausigen Krallen um ihr Handgelenk schloß.

Gellend schrie Alison auf. Und in dem Moment sah Mary Anne, daß ihre schlimmste Befürchtung wahr geworden war: Slater war noch gar nicht tot! Seine Augen standen weit offen, und während sich seine Klauen immer tiefer in Alisons Fleisch bohrten, drehte er seinen Kopf zu ihr hin, als wollte er ihr etwas sagen.

Mary Anne fuhr hoch und ließ seinen Arm fallen. Eine eiskalte Wut wallte in ihr auf, als sie in das sterbende Gesicht des Mannes blickte, den sie meinte, schon getötet zu haben. Alison stand wie gelähmt und starrte den Mann an. Seine Lippen zuckten krampfartig, als er versuchte, Worte zu artikulieren. Mary Anne schloß ihre Finger fester um den Feuerhaken. Sie hob ihn über den Kopf und holte weit nach hinten aus. Seine scharfe Spitze zielte jetzt genau auf Shane Slaters Stirn.

Als sie ihre Muskeln anspannte und der Feuerhaken schon seine tödliche Bahn beschrieb, formten Shane Slaters Lippen stammelnde Worte.

»Tut… mir leid…«, flüsterte er. »Ich… wollte… ihn retten…«

Es waren seine letzten Worte, denn in dem Augenblick, als sie über seine Lippen kamen, ließ Mary Anne den Feuerhaken mit aller Kraft auf seine Stirn niedersausen. Die scharfe Spitze durchbohrte den Knochen, spaltete den Schädel und zerfetzte sein Gehirn.

Als seine Hand von Alisons Handgelenk abfiel, blickte das Mädchen mit totenbleichem Gesicht seine Mutter an. »Hast du das gehört?« fragte sie mit bebender Stimme. »Hast du gehört, was er gesagt hat?«

Mary Anne ließ den Feuerhaken auf den Boden fallen und sagte kein einziges Wort. Als Alison ihr die letzten Worte des toten Mannes eindringlich wiederholte, schüttelte sie nur verbissen den Kopf.

»Das kann nicht sein! Das ist nicht wahr!« stieß sie hervor. »Er hat Logan umgebracht, Alison! Er hat ihn umgebracht! Komm jetzt, los. Wir müssen ihn rausschaffen!« Jetzt war er tot. Jetzt war er endlich tot. Mary Anne bückte sich, packte Shane Slater an beiden Armen und schleifte ihn erst durch das Wohnzimmer, dann durchs Eßzimmer.

Erst als Alison ihre Mutter in der Küche rumoren hörte, erwachte sie aus ihrer Erstarrung. Sie stolperte ihr in die Küche hinterher und half ihr, den schweren Eichentisch, der immer noch die Tür blockierte, beiseite zu räumen. Doch die ganze Zeit, in der sie gemeinsam den schweren Leichnam quer über den Hof bis hinter den Stall schleppten, damit er außer Sichtweite war, gingen ihr immer wieder die letzten Worte des Mannes im Kopf herum.

Er hatte nicht die Wahrheit gesagt. Er hatte gelogen. Nur er konnte Logan getötet haben! *Nur er!*

Aber Joey trieb sich doch auch noch irgendwo draußen herum!

In diesem Moment fielen ihr wieder die Worte ein, die sie heute morgen in der Schule gehört hatte.

Ich wette, daß Joey es war, hatte Andrea Stiffle gesungen. *Er ist verrückt, und ich wette, daß er es war!*

Und wenn Andrea recht hatte? Wenn nicht dieser Mann, sondern Joey ihren Bruder umgebracht hatte?

Ein Schauder des Entsetzens lief ihr über den Rücken. Sie wußte, daß das Ende des Grauens noch nicht abzusehen war.

Joey Wilkenson erwachte aus den dunkeln Tagträumen, in die er versunken war, nachdem der Mann aus der Hütte vom Heuboden gesprungen und im heulenden Schneesturm verschwunden war.

Irgendwann meinte er, das Echo von Gewehrschüssen gehört zu haben, doch als er schließlich wieder zu sich kam, war er nicht mehr sicher, ob er das wirklich gehört oder nur geträumt hatte.

Jetzt erst begann er die Kälte zu spüren. Ein Frösteln überlief ihn, und er kuschelte sich tiefer in das wärmende Heu hinein. Wie ein Tier, das sich vor der Macht der Naturgewalten verkroch.

Dann hörte er auf einmal einen gedämpften Schrei. Im gleichen Moment verebbte der Sturm, und es trat eine gespenstische Stille ein. Tief in seinem Innern sagte ihm eine Stimme, daß irgend etwas geschehen sein mußte.

Irgend etwas Furchtbares.

Er kroch wieder ein wenig aus dem Heu hinaus. Doch er ging nicht bis an die offene Tür des Heubodens, weil ihm sein Instinkt sagte, daß es gefährlich war, jetzt sein Versteck zu verlassen. So duckte er sich und robbte nur näher an die Wand heran, um durch ein Astloch hinausspähen zu können.

Einen Moment lang sah er überhaupt nichts. Doch je mehr das Schneegestöber nachließ, desto genauer konnte er die Umrisse des Hauses erkennen. Auf einmal öffnete sich die Hintertür, und eine Gestalt tauchte auf.

Eine weitere Gestalt kam dazu.

Zwei Gestalten , die rückwärts aus der Küche kamen und etwas hinter sich her schleiften.

Einen Körper!

Den Körper des Mannes, der bei ihm auf dem Heuboden gewesen war, der zu ihm gesprochen, der ihn gestreichelt hatte.

Der gesagt hatte, daß er mein Vater ist.

Hatte der Mann die Wahrheit gesagt?

Joey wußte es nicht. Doch als er sah, wie Mary Anne und Alison seine Leiche hinaus in den verschneiten Hof zerrten, wallte eine atemlose eiskalte Wut in ihm auf.

Sie hatten ihn umgebracht, hatten ihn abgeknallt wie ein wehrloses Tier in den Bergen!

Als Mary Anne und Alison um die Ecke des Stalles bogen und aus seinem Blickfeld verschwanden, stand er auf. Er strich sich das Heu vom Körper und schlich dann auf leisen Sohlen zur Leiter. Sekunden später war er wieder unten und schlüpfte geräuschlos in die Sattelkammer.

In der Ecke stand eine Kommode mit alten Kleidern, die Audrey ausgemustert und die er immer bei Stallarbeiten angezogen hatte. Joey öffnete den Deckel und zog eine abgetragene Jeans, ein fleckiges Flanellhemd und einen dicken Pullover heraus, der an den Ärmeln schon langsam ausfranste.

Er zog alles an und schlüpfte dann in ein Paar Schuhe, die ihm noch eine Nummer zu groß waren.

Jetzt war er für die Kälte draußen gerüstet. Er verließ die Sattelkammer und schlich zum hinteren Teil des Stalls, wo eine kleine Tür hinaus ins Freie führte. Angestrengt lauschte er. Nichts rührte sich. Schließlich öffnete er die Tür vorsichtig einen Spalt und spähte hinaus in das fahle Dämmerlicht des späten Nachmittags.

Die Leiche des Bergmenschen lag im Schnee, gleich neben dem Schuppen, in dem der Traktor stand.

Mary Anne und Alison waren verschwunden. An den Spuren im Schnee konnte er sehen, daß sie wieder zurück ins Haus gegangen waren.

Joey trat aus dem Stall. Friedliche Stille umfing ihn. Das Heulen des Sturms war verstummt, lautlos fielen die Schneeflocken vom Himmel. Langsam näherte er sich der Leiche Shane Slaters, kniete neben ihr nieder und schaute dem toten Bergmenschen in sein zerstörtes Gesicht.

Sein Vater.

Nein, das konnte nicht wahr sein. Das konnte unmöglich wahr sein!

Doch seine innere Stimme sagte ihm, daß es die Wahrheit war. Seit dem Augenblick, als der Mann es ihm gesagt hatte, hatte er gewußt, daß es die Wahrheit war.

Shane Slater.

Sein Name hatte sich ihm unauslöschlich ins Gedächtnis gebrannt, obwohl er ihn nur ein einziges Mal gehört hatte.

Wie lange mochte er wohl oben in den Bergen gehaust haben?

Hatte er die ganze Zeit seines Lebens dort oben verbracht und ihn beobachtet?

Ja, das hatte er.

Joey wußte es, spürte es deutlich in diesem verborgenen Winkel seiner Seele, in dem all die heimlichen Gefühle und Sehnsüchte schlummerten, die er nie ausgesprochen hatte.

Jetzt wußte er endlich, warum er sich nie im Wald gefürchtet hatte, warum er nie Angst gehabt hatte, oben in den Bergen herumzustromern.

Sein Vater – sein richtiger Vater – war dort oben gewesen und hatte ihn beschützt. Er hatte es nicht gewußt, aber immer geahnt.

Jetzt wußte er auch endlich, warum er immer allein gewesen war, warum er sich nie mit den anderen Kindern in Sugarloaf hatte anfreunden können.

Er war anders!

Irgend etwas in ihm war anders.

Deshalb hatte er sich immer abgesondert, hatte die Gesellschaft der Tiere und nicht der Menschen gesucht.

Es war nicht nur, weil ihn sein Vater – Ted – geschlagen hatte. Es war etwas anderes gewesen, etwas, das ganz tief in ihm verborgen war. Die Tiere hatten sich niemals von ihm abgewandt, waren ihm nie aus dem Weg gegangen, so, wie die anderen Kinder, die ihm immer das Gefühl gegeben hatten, daß irgend etwas mit ihm nicht stimmte.

Seit er sich erinnern konnte, hatte er die Berge nach ihm rufen gehört. Etwas in seiner Seele hatte sich immer dort hingezogen gefühlt. Sie waren der Ort, wo er eigentlich hingehörte.

Jetzt endlich wußte er auch, warum.

Weil dort oben sein Vater war, sein richtiger Vater. Der auf ihn wartete, der ihn beschützte. Jetzt, wie er da neben seiner Leiche im Schnee kniete, mußte sich Joey an all die Male erinnern, wo er nachts am Fenster gestanden hatte. Wo er diese seltsame, unsichtbare Gegenwart eines Menschen gespürt hatte, der die Hand nach ihm ausstreckte, der ihn hinaus in die Nacht rief.

Jetzt wußte er es. Es war dieser Mann gewesen, der nach ihm gerufen hatte, draußen, verborgen in der Dunkelheit.

Immer war er in seiner Nähe gewesen, hatte auf ihn aufgepaßt. Auch dann noch, als der Mann seiner Mutter angefangen hatte, ihn zu schlagen. Im Geiste war er immer bei ihm gewesen, hatte seine schützende Hand über ihn gehalten.

Dieser Mann hatte ihn wirklich geliebt.

Joey mußte daran denken, wie der Bergmensch seine Wange gestreichelt hatte. Wieder, als wäre es in diesem Augenblick, spürte er die Wärme seiner Hand, die Liebe, die aus dieser Geste sprach.

Dieser Mann hatte ihn wirklich geliebt.

Dieser Mann, sein Vater, den er verraten hatte.

Denn heute morgen hatte er Rick Martin gezeigt, wo sein Vater wohnte. Sie hatten ihn aufgespürt und ins Tal hinabgejagt.

Aber sein Vater hatte ihm vergeben.

Obwohl sie ihn aus seiner Heimat vertrieben, obwohl sie ihn den ganzen Tag lang wie ein hilfloses Tier gehetzt hatten, hatte er ihm vergeben.

Sein Vater hatte gewußt, daß er sterben würde. Er hatte es Joey gesagt, daß er noch an diesem Tag sterben würde.

Und dennoch hatte ihm sein Vater vergeben.

Weil er ihn liebte.

Joey streckte zitternd seine Hand nach Shane Slater aus. Er sah nicht den gespaltenen, blutüberströmten Schädel. Er sah das Gesicht seines geliebten Vaters und streichelte ihm die Wange, so wie Slater vorher es bei ihm getan hatte. Und dann öffnete Joey seinen Mund und stieß einen schaurigen, markerschütternden Schrei aus.

Einen Schrei der Verzweiflung, der Wut, der Raserei.

Jetzt endlich hatte er seinen Vater gefunden. Jetzt war er bereit, in seine Fußstapfen zu treten.

Olivia Sherbourne hörte, wie ein Schrei die winterliche Stille zerriß. Lange hallte sein Echo im Tal wider. Der heulende Wind, der vorher jedes Geräusch übertönt hatte, war verstummt. Lautlos fielen die Flocken nieder.

Es war der gleiche grauenvolle Schrei, den sie erst vor kurzem gehört hatte. Das gleiche unheimliche, gespenstische Heulen einer gequälten Seele, das ihr das Blut in den Adern hatte gefrieren lassen.

War es wirklich erst vor kurzem gewesen? Sie hatte das Gefühl, stundenlang, endlose Stunden lang durch den Schnee gewankt zu sein, verzweifelt auf der Suche nach irgend etwas Bekanntem, an dem sie sich orientieren könnte.

Jetzt, wo der stürmische Wind verebbt war und sie nicht mehr mit seinen beißenden, klirrenden Eiskristallen, die er ihr in die Augen trieb, zu kämpfen hatte, sah sie plötzlich etwas, das ihr vertraut vorkam.

Zwanzig Meter vor ihr fiel ihr Blick auf eine eigenartige Kiefer mit weißer Rinde, die sich deutlich von den anderen, hohen Kiefern abhob, die überall die Berghänge bedeckten. Ihrem rissigen Stamm entsprangen zahlreiche knorrige Äste, die wild durcheinanderwuchsen und mit dichten Büscheln spitzer Nadeln bewachsen waren, welche nun, da der Schnee ihnen kleine weiße Häubchen aufgesetzt hatte, wie Baumwollflocken aussahen.

Sie kannte diesen Baum. Immer wenn sie zur Ranch hochgefahren war und sich die schmale Zufahrtsstraße in die weite Lichtung öffnete, in deren Mitte das große Haus der Wilkensons stand, hatte die eigentümliche Silhouette dieses Baumes ihre Aufmerksamkeit auf sich gezogen.

Doch heute nachmittag sah sie diesen Baum von einer anderen Seite als sonst, und plötzlich verstand sie auch, warum. Anstatt nach Westen, parallel zur Straße, war sie nach Norden quer durchs Tal gelaufen. Jetzt kam sie also von der anderen Seite, und richtig, hinter dem Baum sah sie bereits die schwachen Umrisse des Stalles und der angrenzenden Schuppen.

Und dieser schaurige, unheimliche Schrei war genau von dort gekommen. Olivia nahm das Gewehr von der Schulter, vergewisserte sich, daß auch genügend Patronen im Magazin waren, und marschierte dann wachsam in Richtung Ranch. Eine neue Welle von Kraft und Zuversicht durchströmte sie, als sie wieder erkannte, wo sie war, als sie merkte, daß die Gefahr, sich zu verirren und im Schneesturm zu erfrieren, gebannt war. Mit schußbereitem Gewehr vor der Brust bahnte sie sich ihren Weg durch die hohen Schneeverwehungen. Sie lief, so schnell sie konnte.

Joey Wilkenson kniete immer noch neben dem Leichnam seines Vaters. Plötzlich hörte er ein Geräusch. Das Knirschen von Schritten. Jemand kam auf ihn zu. Alle seine Muskeln spannten sich an, und er hob witternd den Kopf, um den Geruch des Wesens auszumachen, das sich ihm da näherte.

Ein leises Knurren kam aus seiner Kehle, und wie ein wildes Tier verschwand er mit einem einzigen Sprung hinter dem Stall. Hier blieb er stehen, mit hellwachen Sinnen, lauernd, bereit zum Angriff.

Der Traktorschuppen war nun in Sichtweite, und Olivia strengte sich noch mehr an, durch den tiefen Schnee voranzukommen. Das ersehnte Ziel war nun in greifbarer Nähe! Hinter dem Schuppen war der Stall, und vom Stall aus konnte man bereits die Umrisse des Hauses erkennen. Nur noch wenige Meter, und sie war in Sicherheit!

Plötzlich erstarrte sie. Hinter dem Schuppen ragten zwei Füße hervor.

Zwei nackte Füße mit dicken, verhornten Sohlen. Aus den Zehen wuchsen lange, gekrümmte Nägel, die wie Klauen aussahen. Olivias Herz begann wie wild zu klopfen. Vorsichtig pirschte sie sich an den Schuppen heran, spähte um die Ecke – und sah eine Leiche am Boden liegen.

Eine Leiche im Schnee. Aus der großen, klaffenden Wunde im Bauch sickerte immer noch Blut.

Blicklos starrten sie zwei Augen aus dunklen Höhlen an.

Die Stirn des Mannes war gespalten, wie wenn ihm jemand einen spitzen Gegenstand in den Schädel geschlagen hätte.

Starr vor Entsetzen schaute Olivia in das zerstörte Gesicht des Mannes. Die Züge kamen ihr irgendwie bekannt vor. Sie schauderte.

Nein, das war unmöglich. Wenn sie dieses Gesicht schon einmal gesehen hätte, hätte sie es ihr Lebtag nicht vergessen. Es hatte einen wilden, animalischen Ausdruck, wie wenn dieses Wesen halb Mensch, halb Tier wäre.

Ein drohendes Knurren riß Olivia aus ihren Gedanken. Sie erstarrte. Jede Faser ihres Körpers spannte sich an. Dann fuhr sie herum und riß im selben Moment das Gewehr an ihre Schulter. Ihr rechter Zeigefinger krümmte sich um den Abzug.

Im gleichen Augenblick sprang ihr vom anderen Ende des Traktorschuppens Joey Wilkenson in den Rücken und warf sie mit dem Gewicht und der Kraft seiner dreizehn Jahre zu Boden. Der Schuß fiel, das Gewehr glitt ihr aus den Händen, und der Rückschlag traf Olivia mit solcher Wucht an der rechten Schulter, daß das Gelenk aus der Pfanne gerissen wurde. Ein stechender Schmerz durchbohrte sie, und sie schrie laut auf. Dann versuchte sie, sich auf den Rücken zu rollen, um sich so ihres Angreifers zu entledigen.

Doch im selben Moment spürte sie, wie sie jemand von hinten in den Schwitzkasten nahm, bis ihr die Luft wegblieb.

Verzweifelt versuchte sie, diesen Jemand abzuschütteln. Irgendwie mußte sie ihn doch loswerden können!

Verbissen kämpfte sie, ruderte mit dem linken Arm wie wild im Schnee herum, doch es war zu spät. Der Schmerz, der von ihrem ausgekugelten Schultergelenk ausstrahlte, wurde immer heftiger, und die Kräfte verließen sie. Sie stieß einen letzten, verzweifelten Angstschrei aus.

Als Joey Wilkenson seine Zähne tief in ihren Nacken schlug, spürte Olivia Sherbourne fast nichts mehr, denn sie war bereits dabei, in eine schwarze schmerzlose Ohnmacht zu fallen.

Joey hatte sein Werk vollendet. Olivias Körper lag reglos am Boden. Blut quoll aus ihrer Halsschlagader.

Er stand auf und wischte sich mit dem Ärmel das frische Blut vom Gesicht.

Sein Atem kam in heftigen Stößen. Als er auf die Leiche der Frau hinunterschaute, dieser Frau, die er sein ganzes Leben lang gekannt und die er jetzt gerade getötet hatte, spürte er, wie ihn eine Welle von Kraft durchströmte.

Leidenschaftliche Hitze stieg in ihm auf. Er fühlte sich stark und mächtig, wie wenn er durch diesen Mord neue Energie getankt hätte. Tief sog er das betörende Aroma des frischen Blutes in seine Nase. Jetzt endlich wußte er, wer und was er war.

Er wandte sich von Olivia Sherbournes Leiche ab und ging durch den sanft rieselnden Schnee auf den Zaun zu, der den Hof von der Weide und dem dahinterliegenden Wald trennte.

Mit einer eleganten Flanke überwand er das Hindernis und lief dann flink über die Weide zum Wald hinüber. Als er die ersten Bäume erreichte, hielt er inne und drehte sich ein letztes Mal um.

Mit dunklen Augen starrte er auf das Haus, dessen Umrisse durch die dichten Flocken nur noch schwach zu erkennen waren.

Dieses Haus war seine Heimat nicht mehr. Würde es nie mehr sein.

Von jetzt an waren die Berge seine Heimat. Hier würde er leben, so wie sein Vater gelebt hatte. Tagsüber würde er sich verstecken, verstecken vor seinen Feinden drunten im Tal. Erst in der Nacht würde er herauskommen.

Herauskommen, um zu jagen.

28

Mary Anne wurde nur mühsam wach. Schlaftrunken blinzelte sie in das gleißende Sonnenlicht, das durch das große Ostfenster im Wohnzimmer fiel. Als die Erinnerung an den gestrigen Tag in ihr hochstieg und mit ihr die lähmende Angst, die sie den ganzen Abend und die ganze Nacht lang empfunden hatte, schloß sie sofort wieder die Augen. Nein, sie wollte nicht aufwachen. Nie mehr.

Dieser strahlende Sonnenschein paßte überhaupt nicht zu diesem Morgen – nach dem, was gestern geschehen war. Wenn es nach ihr ginge, müßte es jetzt regnen. Aus bleischwarzen Wolken müßte ein endloser Regen niedergehen und eine dumpfe, traurige Totenklage auf das Dach trommeln.

Lange lag sie da, ohne sich zu bewegen. Immer noch hielt sie die Augen geschlossen, als könnte sie damit die Ereignisse des gestrigen Tages aus ihrem Bewußtsein verbannen, sie ungeschehen machen. Das ganze war nur ein fürchterlicher Alptraum gewesen. Jetzt gleich würde sie aufstehen und sehen, daß sie alles nur geträumt hatte. Logan lag friedlich schlummernd oben in seinem Bett, und auch Joey war auf seinem Zimmer.

Vielleicht kam Bill Sikes gerade aus seiner Hütte und schaute kurz bei ihr vorbei, bevor er sich an seine Arbeit machte.

Und Olivia – ja, sie könnte Olivia anrufen und sie auf eine Tasse Kaffee einladen. Dann könnte sie ihr diesen schrecklichen Alptraum erzählen, den sie letzte Nacht hatte.

Es war ein fürchterlicher Traum. Er fing damit an, daß sie und Alison in der Küche saßen, dicht aneinandergekuschelt.

Plötzlich hatte sie ein schauriges Heulen gehört, das von draußen hinter dem Stall herkam. Das Blut war ihr in den Adern gefroren, und im selben Augenblick wußte sie, daß Shane Slater, dieser Mann, den sie erst erschossen und dann mit dem Feuerhaken endgültig getötet hatte, wieder lebendig geworden war. Sie nahm ihre Tochter auf den Schoß, schlang schützend ihre Arme um sie und fing an, sie zu wiegen, wie ein kleines Baby. Dabei starrte sie die ganze Zeit zum Fenster hinaus, hinaus in den Schneesturm. Sie wußte, jeden Moment würde dort hinter der Scheibe wieder Shane Slater auftauchen, mit offenem Bauch, aus dem die Eingeweide heraushingen, mit blutverschmierter Brust, von Logans Blut besudelt, und einem zerborstenen Schädel.

Tot und doch nicht tot, würde er unerbittlich wieder zurück ins Haus kommen.

Zu ihr. Zu Alison.

Und sie wußte, daß sie keine Kraft mehr hatte, sich und ihre Tochter zu verteidigen. Diesmal hätte sie keine Chance mehr. Ihr Geist und ihr Körper waren leer und hohl, wie ausgebrannt.

Aber dann kam nicht er, sondern etwas anderes.

Diesem rasenden, gespenstischen Heulen folgte eine lähmende Stille, eine Stille, die kein Ende zu nehmen schien. Und dann fiel plötzlich ein Schuß.

Ein einziger Schuß, der bis weit oben in den Bergen widerhallte, gefolgt von einem angsterfüllten Schmerzensschrei.

Dem Schrei einer Frau.

Olivia Sherbournes Schrei.

Sie hatte die Stimme sofort erkannt. Und im selben Moment wußte sie, daß Olivia tot war. Fester schlang sie die Arme um ihre Tochter, die ihr Gesicht an ihre Brust drückte, doch sie sagte nichts, starrte nur weiter aus dem Fenster und wartete wie gelähmt, was als nächstes passieren würde.

Dann sah sie Joey.

Er kam irgendwo hinter dem Stall hervor und lief mit der Grazie eines jungen Rehbocks quer über die Weide. Und noch bevor er am Waldrand anhielt und sich umdrehte, wußte sie bereits, daß er es gewesen war, der Olivia getötet hatte.

Sie wußte es bereits, bevor er sich umdrehte, und die großen hellroten Flecke auf seinem weißen Pullover die grauenhafte Wahrheit bestätigten. Joey starrte zum Haus zurück, kehrte ihm schließlich den Rücken zu und verschwand dann zwischen den Bäumen.

Mary Anne hatte jegliches Zeitgefühl verloren. Sie wußte nicht, wie lange sie da schon saß und ihre Tochter zärtlich wiegte, darauf wartete, daß sich dieser eiserne Griff des Entsetzens, der sie umklammert hielt, endlich löste.

Irgendwann standen sie auf und gingen hinüber ins Wohnzimmer. Sie hängten eine schwere Wolldecke vor das eingeschlagene Fenster, durch das Shane Slater ins Haus eingedrungen war. Auch über die dunklen Blutflecken, die schon langsam zu trocknen begannen, breiteten sie mehrere Decken.

Sie machten ein Feuer in dem großen steinernen Kamin im Wohnzimmer. Dann setzten sie sich beide schweigend auf das Sofa, Alison bettete ihren Kopf in Mary Annes Schoß. Keiner sagte ein Wort.

Beide starrten sie nur in die tanzenden Flammen.

Beide versuchten – jede auf ihre Weise – mit den grauenhaften Erlebnissen fertig zu werden.

Irgendwann schliefen sie dann ein. War bereits der Morgen gedämmert, als sie schließlich beide in einen bleiernen Schlaf versanken? Mary Anne wußte es nicht.

Doch *was* sie wußte, jetzt, wo sie die Augen öffnete und es endlich aufgab, sich wieder in die warme, zärtliche Umarmung des Schlafes zu fliehen, war, daß das alles überhaupt kein Alptraum gewesen war. Nein, es war alles wirklich geschehen. Es war die grausame Wahrheit.

Sie streckte sich ein wenig und spürte schmerzhaft ihre steifen Glieder. Dann entzog sie sich ihrer Tochter, schob ihr ein Kissen unter den Kopf und deckte sie zu. Im Kamin glommen noch ein paar Kohlen, und nachdem sie das Telefon überprüft hatte – die Leitung war immer noch tot –, legte sie ein paar Scheite Holz nach, blies mit dem abgenutzten Lederblasebalg frische Luft in die Kohlenreste und schaute zu, wie das Feuer zu neuem Leben erwachte. Dann ging sie ans Fenster und blickte hinaus in den strahlenden Morgen.

Es hatte wieder geschneit. Eine dicke Schneedecke hatte sich über den Hof, den Stall und die Schuppen, ja sogar über die oberste Reihe des Weidezauns gelegt. Die einsame Spur eines Rehs zog sich quer über den glitzernden Teppich von Kristallen. Die Bäume unten am Fluß schienen unter ihrer Last zu ächzen, so viel Schnee hatte sich auf den Blättern gesammelt, die gerade erst angefangen hatten, sich gelb und rot zu verfärben.

Über Nacht war in dem frühherbstlichen Tal der Winter eingezogen. Ein Frösteln lief Mary Anne über den Rücken, als sie hinaus in das endlose Weiß schaute. Doch dieses Frösteln rührte weniger von der Kälte als von dem grauenhaften Alptraum her, der sich in dieser lieblichen Winterlandschaft ereignet hatte.

»Mami?« hörte sie Alison schlaftrunken murmeln. Mary Anne drehte sich zu ihrer Tochter um, die heute morgen so viel jünger aussah als sonst. »Ist das wirklich alles geschehen?« fragte sie mit aufgerissenen Augen und aschfahlem Gesicht.

Mary Anne nickte stumm. Sie brachte kein Wort über die Lippen.

»Was machen wir denn jetzt?« fuhr Alison fort. »Fahren wir nach Hause? Gehen wir zurück zu Daddy?«

Mami... Daddy...

Wie sie die Kosenamen ihrer Mutter und ihres Vater aussprach! Wie ein ganz kleines Kind. Nach dem grauenvollen Trauma, das sie gestern erlitten hatte, fiel sie in den Singsang ihrer Babysprache zurück. Ein warmes Gefühl der Liebe zu ihrer Tochter durchströmte Mary Anne. Sie war jetzt alles, was ihr geblieben war. Sie setzte sich zu ihr aufs Sofa und umarmte sie. »Ich weiß nicht, was wir jetzt machen, Liebes«, antwortete sie sanft. »Im Augenblick können wir nichts anderes machen als abwarten. Wir sind eingeschneit, und das Telefon ist immer noch tot. Wir müssen warten, bis jemand kommt und uns hilft.«

»Aber wenn keiner kommt?« fragte Alison angstvoll.

»Es *wird* jemand kommen«, versprach Mary Anne. »Sobald sie können, kommen sie hoch und helfen uns.« Sie stand auf und ging in die Küche. Sie wußte, sie mußte jetzt etwas tun – irgend etwas tun –, bevor der Horror der letzten Nacht wieder über sie hereinbrach.

Doch als sie Kaffeewasser aufgesetzt hatte, schaute sie wieder aus dem Fenster übers Feld zum Waldrand, wo sie gestern Joey zum letzten Mal gesehen hatte.

Ein gräßlicher Gedanke kam ihr in den Sinn.

Wenn Joey nun zurückkam?

Wenn niemand kam, um ihnen zu helfen, aber statt dessen Joey zurückkam?

Hoch droben in den Bergen erwachte Rick Martin und schaute benommen um sich. Er schlotterte vor Kälte am ganzen Körper, und alle Knochen taten ihm weh, aber er hatte die Nacht offensichtlich überlebt. Das kleine Feuer, das er sich gemacht hatte, war schon lange erloschen, und so suchte er in seiner Jackentasche nach der Schachtel mit den letzten paar Streichhölzern. Doch seine Finger waren so taub, daß er nicht in der Lage war, die Schachtel auch nur aufzuschieben. Vorsichtig fing er an, seine Finger zu massieren, machte dann den Reißverschluß seiner Jacke auf und schob seine Hände unter die Achseln, um sie aufzuwärmen. Als das Blut wieder in seine Finger strömte und mit ihm der brennende Schmerz der Frostbeulen aufflammte, suchte er in seinem Unterschlupf nach etwas, das er als frisches Brennmaterial auf die verkohlten Reste des Feuers legen könnte. Mit schmerzenden Fingern brach er schließlich einen der Äste in Stücke, aus denen er sich sein Notlager für diese Nacht gebastelt hatte, und baute sie kunstvoll so auf, daß möglichst viel Luft durch die Aststücke mit ihren feuchten Piniennadeln streichen konnte. Als er sein Kunstwerk vollendet hatte, entzündete er das erste Streichholz und hielt es in die Mitte des kleinen Holzstoßes. Die Flamme brannte lichterloh. Einige der Nadeln loderten kurz auf, knackten und zischten, verglühten dann jedoch genauso wie das Streichholz zu einem Häufchen rauchender Asche.

Ein Streichholz nach dem andern verpuffte wirkungslos, erst beim allerletzten fingen die Nadeln endlich Feuer und entflammten die trockenen Äste. Rick Martin atmete auf. Wärmend hielt er seine Hände über die kleine Flamme. Erst als das Feuer munter prasselte, riskierte er es, mehr Holz nachzulegen, und binnen kurzem spürte er, wie die Wärme wohlig durch seine klammen Kleider strömte.

Dann verheizte er auch noch die übrigen Äste, aus denen er sich sein Lager gebaut hatte, bis die Flammen so hoch schlugen, daß er aufstehen und ein paar Schritte Abstand nehmen mußte. Als er sich genügend aufgewärmt hatte, machte er sich daran, den Wall aus Schnee wegzuschaufeln, den er vor seinem Unterschlupf aufgebaut hatte, um sich gegen den beißenden Sturmwind zu schützen. Der Wall war jetzt um einiges dicker, da der Wind weiteren Schnee herangetrieben hatte. Doch zum Glück saß er so locker, daß Rick Martin ihn leicht wieder abtragen konnte. Dann trat er aus seiner winzigen Höhle heraus, in der er den Sturm überlebt hatte, und ließ seinen Blick über das Tal schweifen, das mit einer dicken Schneedecke überzogen war. Nur die steilen Granitwände ragten schwarzgrau aus dem weißen Meer empor. Weit unter ihm, kaum sichtbar aus der Entfernung, lag die Stadt. Von hier oben sah sie wie ein Spielzeugdorf aus, mit entzückenden kleinen Häuschen, deren Dächer mit Zuckerguß überzogen waren und aus deren bunten Fenstern heimeliges Licht flackerte.

Rick Martin zog sein Funkgerät aus der Halterung und schaltete es ein. Jetzt, wo das wilde Heulen des Schneesturms verstummt war, konnte er die Zentrale in Challis so klar und deutlich verstehen, als ob er telefonisch mit ihr verbunden wäre.

»Gillie hat die ganze Nacht alle paar Minuten angerufen«, platzte die Funkerin heraus. »Wenn ich dich nicht auf der Stelle mit ihr verbinde, fährt sie wahrscheinlich höchstpersönlich zu mir hoch und erschießt mich, selbst wenn sie vorher erst den Schnee von der Straße schaufeln muß. Mein Gott, Rick, wir haben uns vielleicht

Sorgen um dich gemacht! Daß der Winter aber auch so plötzlich gekommen ist.«

»Bei mir hier liegt der Schnee fast einen Meter hoch«, erwiderte Rick. »Wie lange braucht ihr, mich mit dem Hubschrauber hier abzuholen?«

»Ich frage gleich mal nach«, versprach die Funkerin. »Ach, und noch was: Wir wissen jetzt wahrscheinlich, wer dieser Mann ist, hinter dem ihr her seid. Er heißt Shane Slater und wird schon seit fast fünfzehn Jahren gesucht.« Bevor Rick antworten konnte, schaltete sich Gillie ein. Ihre Erleichterung war ihr deutlich anzumerken.

»Rick? Mein Gott, Rick! Wie geht's dir? Bist du okay?«

»Mir geht's hervorragend, wenn ich mal davon absehe, daß man mir hier oben kein Abendbrot serviert hat, daß ich ein Fußballspiel verpaßt habe und daß ich offensichtlich doch schon zu alt bin, um auf einem Holzhaufen zu schlafen. Aber du siehst, ich lebe noch. Und wie ist es dir so ergangen?«

»Mir geht's gut, abgesehen davon, daß ich die ganze Nacht kein Auge zugetan habe. Aber ich mach' mir Sorgen um Olivia und Mary Anne Carpenter. Die Telefonleitungen sind beide unterbrochen, und das einzige, was ich herausfinden konnte, war, daß die Stiffles gestern nachmittag Olivia zum letzten Mal gesehen haben, wie sie zur El Monte-Ranch hochfuhr, um Mary Anne und die Kinder zu sich zu holen.«

»Na, dann werden sie ja wohl alle unten bei ihr sein«, antwortete Rick unbekümmert. »Olivia weiß schließlich, was sie tut.«

Gillie zögerte einen Moment. Sollte sie Rick auch diese andere Kleinigkeit erzählen, die ihr Sorgen bereitete? Doch er kam ganz von selbst darauf. »Hast du denn schon aus dem Fenster im Hinterzimmer geschaut?« fragte er. »Von da aus kann man doch ihren Schornstein sehen.«

»Das ist es ja«, erwiderte Gillie. »Da ist überhaupt kein Rauch, und du kennst doch Olivia. Sie würde auf jeden Fall Feuer machen, wenn sie daheim wäre.«

Rick ließ seinen Blick über das Tal schweifen. Über der Wilkenson-Ranch wehte eine dünne Rauchfahne. »Die sind wahrscheinlich allesamt oben auf El Monte«, sagte er. In diesem Moment schaltete sich die Zentrale ein.

»Rick, es sieht so aus, als ob wir in den nächsten paar Stunden keinen Hubschrauber frei kriegen. Überall sind Leute eingeschneit, und die meisten brauchen dringend ärztliche Hilfe. Kannst du dich vielleicht noch ein wenig gedulden?«

»Ich hab' weiß Gott was Besseres zu tun, als hier blöd rumzusitzen«, gab Rick Martin grimmig zurück. »Wenn ich in diesen gottverfluchten Schneesturm allein reingeraten bin, dann kann ich jetzt, wo er vorbei ist, auch alleine wieder rauskommen...«

»Rick! Du bleibst da, wo du bist!« unterbrach ihn Gillie mit erhobener Stimme. »Es ist ein Wunder, daß du überhaupt noch am Leben bist, und das weißt du auch ganz genau! Und deshalb rührst du dich da oben nicht von der Stelle, bis jemand kommt und dich holt!«

Rick schüttelte heftig den Kopf, auch wenn ihn niemand sehen konnte. »Kommt gar nicht in Frage! Ich mach' mich hier viel lieber allein aus dem Staub, als daß ich mich ans Seil von irgend so einem Wahnsinnsvogel hänge. Am Ende lassen die mich an den nächsten Baum oder den nächsten Berg knallen, bevor sie mich hochgekurbelt haben! Nee, darauf kann ich wirklich verzichten. Also bis später denn!«

Bevor Gillie weiter auf ihn einreden konnte, hatte er das Gerät schon ausgeschaltet. Er warf ein wenig Schnee auf das erlöschende Feuer und machte sich dann auf den Weg. Es war mühsam, durch die Schneeverwehungen zu kommen, doch sobald er den Waldrand erreicht hatte, ging es viel leichter. Hier war der Boden fast frei, denn die dichten Baumkronen hatten den meisten Schnee abgefangen. Jetzt hatte Rick Martin auch keine Probleme mehr, sich zu orientieren, und nach kurzer Zeit hatte er seinen Jeep gefunden.

Er ging einmal um den völlig zugeschneiten Wagen herum und überlegte. Er hatte gute Chancen, mit dem Jeep zurück ins Tal zu kommen. Das einzige Problem war, hier zu wenden. Er wischte den Schnee von der Heckklappe und zog sie hoch. In dem Gerümpel, das sich bei ihm regelmäßig im Kofferraum ansammelte, fand er schließlich auch den Satz Schneeketten, den er immer im Wagen ließ, sogar wenn er ihn von innen reinigte. Und auch die Schaufel fand sich, die er ebenfalls immer dabeihatte, für Notsituationen wie die jetzige. Die eigentliche Arbeit bestand jetzt darin, genügend Schnee wegzuschaufeln, um die Ketten überhaupt auf die Reifen montieren zu können. Der Rest war dann ein Kinderspiel.

Nach einer geschlagenen Stunde, in der er so oft geflucht hatte wie in den ganzen letzten zwölf Monaten nicht, und in der er sich die Haut an mehr als einem Knöchel aufgerissen hatte, hatte er es endlich geschafft. Alle vier Ketten waren montiert. Dann schaufelte er im Umkreis des Wagens noch einmal so viel Schnee wie möglich zur Seite, stieg ein und ließ den Anlasser an. Nach längerem Orgeln fing der Motor erst an zu stottern und sprang schließlich an. Jetzt hieß es, ihn am Laufen zu halten. Mit kleinen, gezielten Tritten aufs Gaspedal gab er ihm immer wieder genug Saft, damit er nicht starb, aber auch nicht zuviel, damit er nicht absoff. Schließlich lief die Maschine satt und gurgelnd. Rick Martin schaltete die Heizung und das Gebläse ein und hielt seine halb erfrorenen Hände vor die Düse, bis er spürte, daß langsam wieder Leben in seine Finger kam. Dann legte er den Rückwärtsgang ein und stieß zurück, bis er am Knacken der Äste im Unterholz hörte, daß es weiter nicht mehr ging. Nun schlug er das Steuer bis zum Anschlag ein und fuhr vorwärts, bis er mit der Schnauze des Wagens wieder im dichten Gehölz saß.

Nach dreimaligem Rangieren hatte er es geschafft – er hatte den Jeep gewendet, ohne steckenzubleiben. Der Rest war wirklich nicht mehr schwer. Er brauchte nur langsam und untertourig zu fahren, und schon bahnte sich der Jeep zuverlässig seinen Weg durch den tiefen Schnee.

Eine halbe Stunde später war er auf dem Campingplatz, doch nach weiteren zwanzig Minuten, als die Straße aus dem Wald und damit aus dem Schutz der Baumkronen herausführte, sah er, daß er nicht mehr weiterkam. Die Straße vor ihm war unpassierbar. Der Sturm von gestern hatte bis zu zwei Meter hohe Schneeverwehungen aufgeworfen, durch die es auch sein Jeep nicht mehr schaffen würde. Und so wendete er den Wagen und fuhr wieder so lange bergauf, bis er dachte, jetzt der El Monte-Ranch am nächsten zu sein. Er schaltete den Motor aus und ließ den Wagen einfach stehen. Hier brauchte er nichts zu befürchten, das Gelände war ihm vertraut, und die Ranch lag nur noch knapp vierhundert Meter entfernt. Er schaltete sein Funkgerät wieder an, gab seinen Standort durch und bat die Zentrale, Gillie anzurufen. »Ich würd' sie ja gerne selbst anrufen«, witzelte er, »aber ich glaube, daß sie heute den ganzen Tag kein Wort mehr mit mir spricht. Ich ruf' wieder durch, wenn ich mehr darüber weiß, was da oben auf El Monte los ist, okay?«

Er lief den Hang zum Coyote Creek hinunter, schlug sich quer durch den Wald und fand dann eine Stelle, an der er bequem über den Fluß kam. Nach kurzer Zeit hatte er den Wald hinter sich und sah vierzig Meter vor sich das große Blockhaus der El Monte-Ranch liegen.

Der Range Rover stand vor der Veranda, völlig zugeschneit. Still und friedlich lag das Haus. Aus dem Schornstein quoll eine graue Rauchwolke.

Erst als er das eingeschlagene Fenster mit der Wolldecke davor entdeckte, dämmerte ihm, daß irgend etwas Fürchterliches passiert sein mußte.

Hastig watete er durch den knietiefen Schnee zur Veranda hinüber und pochte laut an die Tür.

Nichts rührte sich. Wieder schlug er laut gegen die schwere, massive Holztür. Wieder kam keine Reaktion. Er wollte gerade kehrtmachen und zum hinteren Eingang gehen, als er plötzlich auf der anderen Seite der Tür Mary Annes zitternde Stimme vernahm. »W… wer ist denn da?« stammelte sie kaum hörbar.

»Ich bin's Mrs. Carpenter. Rick Martin!« rief der Polizist. »Ist bei Ihnen alles in Ordnung?«

Die Tür öffnete sich einen Spalt, und eine Sekunde lang blinzelte Mary Anne mißtrauisch zu ihm hoch, ehe sie ihn erkannte und die Tür weit aufriß. An ihrem aschfahlen Gesicht und dem Ausdruck des puren Entsetzens in ihren Augen sah Rick Martin sofort, daß etwas ganz Grauenhaftes passiert sein mußte.

»Sie sind tot«, stieß Mary Anne tonlos hervor. Die Tränen begannen ihr übers Gesicht zu laufen, als sie merkte, daß sie jetzt in

Sicherheit war und sich endlich ganz ihren Gefühlen hingeben konnte. »Sie sind alle tot. Logan... Olivia... Slater... alle tot.«

Rick Martin trat ein und geleitete Mary Anne sanft zurück ins Haus. Während er mit der einen Hand ihren Arm stützte, griff er mit der anderen bereits nach seinem Funkgerät.

»Ich bin hier oben auf El Monte«, sprach er hastig ins Mikrophon. »Wir brauchen Hilfe. Dringend Hilfe. Laßt als erstes mal die Straße räumen. Schnell! Wahrscheinlich gibt es hier drei Tote.«

Als er in die Küche kam, sah er Alison am Tisch sitzen, totenbleich wie ihre Mutter, ein unberührtes Glas Orangensaft vor sich. Verwirrt blickte sie um sich, dann zu ihrer Mutter. »Wo ist Joey?« fragte sie bang.

Mary Anne heftete einen Moment lang ihren Blick auf Rick Martin. Dann schaute sie aus dem Fenster hinaus zu den wild zerklüfteten Bergen, die am Rande des verschneiten Tales steil in den Himmel ragten. »Er ist auf und davon«, flüsterte sie. »Dieser tote Mann da draußen – er heißt Shane Slater, und er ist Joeys Vater. Und jetzt ist Joey davongegangen.« Sie senkte die Stimme zu einem fast unhörbaren Murmeln und blickte wieder aus dem Fenster, zu den rauhen Gipfeln empor. »Wie sein Vater. Er ist in die Berge gegangen. Wie sein Vater.«

Joey riß die Augen auf. Alle seine Sinne waren in Alarmbereitschaft. Er war in der Hütte, der Hütte seines Vaters, und er hatte die Nacht im Bett seines Vaters verbracht, zusammengerollt unter einem warmen Bärenfell.

Doch jetzt war er hellwach. Denn irgend etwas war in seiner Nähe.

Deutlich spürte er die Gegenwart eines Wesens, hier, ganz in der Nähe der Hütte, obwohl er nichts sah und nichts hörte.

Irgend etwas war da. Joey kroch unter dem schweren Fell hervor. Er hatte immer noch die Sachen an, die er sich gestern nachmittag aus der Kommode in der Sattelkammer geholt hatte. Auf nackten, leisen Sohlen schlich er geräuschlos zur Tür und trat schließlich über die Schwelle.

Der Schnee lag hoch, und sogar die Spuren, die er gestern auf seinem Weg hierher hinterlassen hatte, waren unter einer dichten Decke Neuschnee verschwunden. Die Luft war klar, kein Lüftchen regte sich, und es herrschte friedliche Stille an diesem Morgen. Der Schnee verschluckte alle Geräusche. Und doch wurde Joey das ungute Gefühl nicht los, daß irgendwo in der Nähe ein unsichtbares Wesen lauerte.

Er stieß einen leisen kurzen Pfiff aus. Sekunden später hörte er ein schwaches Geräusch, ein kaum hörbares Winseln, und dann sah er im Gehölz am Rande der Lichtung eine huschende Bewegung.

Aus dem dichten Buschwerk tauchte die Wölfin auf. Sie hielt den Kopf geduckt und hatte den Schwanz zwischen die Beine geklemmt. Aus ihrem Maul hing der zerfetzte Kadaver eines Kaninchens. Sie blieb stehen und starrte Joey an. Ihre Augen funkelten im Sonnenlicht. Joey kauerte sich auf den Boden und streckte die Hand in ihre Richtung aus. »Komm, mein Mädchen!« rief er leise. »Ich tu dir nichts, komm nur!«

Die Wölfin zögerte einen Moment, dann kam sie auf ihn zu. Sie lief auf nur drei Beinen, hielt die rechte Vorderpfote die ganze Zeit erhoben. Als sie nur noch zwei Meter von Joey entfernt war, hielt sie kurz an, winselte leise und ließ sich dann in den Schnee fallen, alle Beine von sich gestreckt bis auf das rechte, offenbar verletzte, das sie an ihre Brust hielt.

»Was ist denn?« fragte Joey besorgt und beugte sich zu ihr vor. »Haben sie dich verletzt? Hab' keine Angst! Du bist jetzt in Sicherheit. Ich kümmere mich von jetzt an um dich!« Mit leiser, beruhigender Stimme redete er weiter auf sie ein und rückte dabei immer näher an sie heran, bis er dicht bei ihr war. Dann streckte er wieder die Hand nach ihr aus und ließ sie an seinen Fingern schnüffeln, streichelte ihr schließlich den Kopf. Sie zitterte, als er sie berührte, machte jedoch keine Anstalten zu fliehen, und so traute sich der Junge am Ende, auch ihren starken, sehnigen Körper zu streicheln. Als die Wölfin weder nach ihm schnappte noch davonjagte, erhob er sich vorsichtig und ging langsam in die Hütte zurück, redete dabei weiter auf sie ein, lockte sie, mit ihm zu kommen.

Schließlich rappelte sich die Wölfin auf, humpelte ihm auf ihren drei Beinen hinterher und ließ sich, kaum, daß sie in der Hütte waren, sofort wieder auf den Boden fallen.

Als sie sich auf ihre linke Seite rollte, sah Joey die blutverklebte Wunde in ihrem Fell, die ihr Tony Molenos Kugel geschlagen hatte.

Er ging zum Herdfeuer und legte etwas Holz nach. Dann griff er einen zerbeulten Topf und füllte draußen vor der Hütte ein wenig Schnee hinein. Die ganze Zeit, während der Schnee auf dem Herd schmolz, redete er beruhigend auf die Wölfin ein. Als das Wasser schließlich warm genug war, nahm er einen Lumpen und begann, die Wunde zu reinigen.

Die Wölfin zitterte zwar, als er sich an ihrer Verletzung zu schaffen machte, doch sie schien zu verstehen, daß er es gut mit ihr meinte, ihr helfen wollte, und so hielt sie die ganze Zeit geduldig still und stieß auch kein warnendes Knurren aus.

Als er die Wunde am Ende restlos gesäubert hatte, stellte er fest, daß die Gewehrkugel ihren ganzen Lauf durchschlagen hatte und auf der anderen Seite wieder ausgetreten war. Und so holte er weitere Stoffreste, riß sie in schmale Streifen und verband ihr die Wunde. Als er fertig war, setzte sich die Wölfin auf, gestützt auf ihr gesundes Bein, und leckte ihm die Hand.

»Braves Mädchen«, flüsterte Joey. Dann merkte er, daß er Hunger hatte, und blickte sich suchend in der Hütte nach etwas Eßbarem um. Als er nichts fand, fiel ihm plötzlich das Kaninchen ein, das die Wölfin vorhin im Maul gehabt hatte. Er verließ die Hütte, um es zu holen, sah aber schon von weitem, daß sich ein Habicht bereits über den Tierkadaver hergemacht hatte und gerade dabei war, ihm die Augen auszupicken. Joey stürmte auf ihn zu, brüllte laut und wedelte wie wild mit den Armen, um den Raubvogel zu verscheuchen. Der stieß einen erschrockenen Schrei aus, versuchte sich mit flatternden Flügeln in die Luft zu erheben, ließ jedoch das Kaninchen nicht aus seinen Klauen und war drauf und dran, mit seiner Beute davonzufliegen. Erst als Joey bis auf einen Meter heran war, siegte sein Fluchtinstinkt über seine Freßgier; er ließ seine Beute auf den Boden fallen und flog davon. Joey schnappte sich das Tier und trottete mit ihm zur Hütte zurück.

Er nahm ein Messer und versuchte ungeschickt, dem Kaninchen das Fell abzuziehen. Schließlich gab er es auf und riß mit seinen Fingern das Fell vom Fleisch. Dann packte er sich einen der Hasenläufe, drehte ihn so lange, bis das Gelenk brach, riß die Sehnen vom Knochen, bis er den Schenkel in der Hand hielt, und hieb dann gierig seine Zähne in das rohe Fleisch. Erst als er seinen Hunger gestillt hatte, warf er die Reste des Kaninchens der Wölfin zu, die mit triefenden Lefzen danach schnappte und die Eingeweide ohne zu kauen, herunterschlang.

Als sie ihre Mahlzeit beendet hatten, trug Joey das blutige Fell hinaus, um es im Schnee zu verscharren. Plötzlich hörte er von ganz fern ein eigenartiges Geräusch, das oben in den Felsen widerhallte. Er ließ das Kaninchenfell fallen und suchte mit den Augen das Tal ab.

Sekunden später hatte er die Quelle des seltsamen Geräuschs ausgemacht.

Ein Hubschrauber kam ins Tal. Einen Augenblick lang blieb er in der Luft stehen, dann sank er langsam hinab.

Hinab auf dem Hof der El Monte-Ranch.

Wie wild begannen Joeys Gedanken in seinem Kopf zu rasen. Sie würden nach ihm suchen. Und er wußte auch, wo sie als erstes nachschauen würden.

Hier, in der Hütte, zu der er gestern noch Rick Martin selber geführt hatte.

Er schaute zum Schornstein der Hütte hoch und sah mit Schrecken die Rauchfahne aufsteigen.

Eine Rauchfahne, die man unten im Tal mit Sicherheit sehen konnte, da kein Wind ging, der sie verwehte.

Wie ein gehetztes Tier schoß Joey zurück in die Hütte, suchte hastig nach irgendwelchen Gegenständen, die er mitnehmen und in einer neuen Behausung, die er sich jetzt suchen mußte, gebrauchen konnte.

Er fand ein Messer, eine Schnur und eine Falle.

Es waren noch viel mehr nützliche Sachen da, die er aber unmöglich alle mitnehmen konnte.

Er müßte noch einmal zurückkommen!

Irgendwann in der Nacht, wenn ihn keiner beobachtete.

Jetzt aber mußte er so schnell wie möglich fort.

Hastig stopfte er sich die Taschen mit allem möglichem voll, was er gerade fand, schlang sich eins der Felle um die Schultern und pfiff dann leise nach der Wölfin.

Sekunden später war Joey verschwunden, gefolgt von der Wölfin, die ihm treu hinterherhumpelte. Weiter und weiter stieg der Junge hoch in die Berge, er wußte noch nicht, wohin. Er folgte nur seinem Instinkt.

Noch höher hinauf, wo die Landschaft noch rauher und zerklüfteter wurde und wo der heulende Wind sofort die Spuren verwischte, die er im Schnee hinterließ.

Noch höher hinauf, wo es Felshöhlen gab, Felshöhlen, in denen er sich verstecken konnte, in denen er langsam lernen konnte zu leben, wie sein Vater gelebt hatte.

Und wie sein Vater verschwand Joey in den Bergen, ohne auch nur eine einzige Spur zu hinterlassen.

29

Wenig später an diesem Nachmittag saß Hank Henry in seinem Büro in Boise und starrte ungläubig auf den Obduktionsbefund, der ihm eben aus Challis durchgefaxt worden war.

Der Name des Mannes war Shane Slater. Man hatte ihn anhand seiner Fingerabdrücke innerhalb von einer Stunde identifiziert, nachdem seine sterblichen Überreste mit dem Hubschrauber ins Leichenschauhaus gebracht worden waren. Auch die Todesursache war eindeutig. Ein Zwölf-Millimeter-Geschoß hatte ihm die Bauchdecke aufgerissen und seine Nieren, die Leber, den Magen sowie weitere Eingeweide verletzt. Auch ohne die tödliche Schädelverletzung hätte er also innerhalb von Minuten, vielleicht sogar von Sekunden, tot sein müssen. Es war daher absolut unmöglich, daß er, kurz bevor Mary Anne ihm den endgültigen Schlag mit dem Feuerhaken versetzte, überhaupt noch am Leben und so weit bei Sinnen war, daß er nach Alison Carpenters Handgelenk greifen konnte.

Doch das war nicht die einzige Ungereimtheit in Shane Slaters Fall.

Allein schon die Beschreibung seines Körpers.

Das Gutachten des Leichenbeschauers ließ Hank Henry nur noch den Kopf schütteln.

Fingernägel, die wie Krallen aussahen, doppelt so lang wie normale menschliche Fingernägel, aber viel dicker und schmaler.

Scharfe Reißzähne, die sich deutlich in Größe und Länge von den übrigen Zähnen unterschieden, absolut ungewöhnlich für ein menschliches Gebiß.

Geradezu ideal, um Fleisch zu zerreißen.

Zähne, die genau zu der seltsamen Art von Wunden paßten, die an Glen Fosters und Bill Sikes' Leichen gefunden worden waren.

Die Kieferknochen von Shane Slater waren ebenso völlig anomal entwickelt. Das Kinn und die normalerweise im Halbkreis angeordnete Zahnreihe waren eigenartig keilförmig vorgeschoben. Auch die Augen und Ohren Slaters wiesen deutliche Anomalien auf.

Aus der Analyse des Mageninhalts ergab sich, daß seine Nahrung zumindest teilweise aus rohem Fleisch bestanden hatte. Der Fettanteil seines Körpers war extrem niedrig, seine Muskulatur dafür wesentlich stärker entwickelt als bei normalen Männern seines Alters. Allerdings erklärte sich Hank Henry dieses Detail damit, daß Shane Slater seit Jahren allein in den Bergen gelebt hatte – da *mußten* seine Muskeln ja besser entwickelt sein.

Was ihn aber am meisten irritierte, waren die Ergebnisse der Haar- und Blutanalysen.

Haare, die der Labormediziner in Challis als ›Körperhaare‹ beschrieb, die ›unvereinbar mit herkömmlichen menschlichen Haarstrukturen‹ waren. Und Blut, das ›auf die hier verfügbaren Bluttests nicht ansprach‹.

Das erste, was Hank Henry tat, war, eine Haarprobe von Shane Slater hinunter in sein eigenes Labor zu bringen und dort mit den Haaren vergleichen zu lassen, die an Tamara Reynolds Fingernägeln gefunden wurden. Das Ergebnis war, wie er erwartet hatte: die Haare waren identisch!

Jetzt wußte er wenigstens, wer Glen Foster getötet hatte, und er war sich sicher, daß ein Vergleich mit den Haaren, die an Bill Sikes' Leiche gefunden worden waren, das gleiche Resultat erbringen würde.

Aber was konnte das alles bloß bedeuten? Körperhaare, die ›unvereinbar mit herkömmlichen menschlichen Haarstrukturen‹ waren? Blut, das ›auf die hier verfügbaren Bluttests nicht ansprach‹? Das ganze war doch nichts anderes als das indirekte Zugeständnis, daß Shane Slater nicht zur menschlichen Gattung gehörte, ohne dies allerdings direkt auszusprechen und sich damit festzulegen.

Dabei konnte er es dem Labormediziner nicht einmal übelnehmen. Er selbst war völlig fassungslos gewesen, als er den Bericht seines eigenen Labors durchgelesen hatte, aus dem hervorging, daß man dort nicht in der Lage war, die Haarproben zu identifizieren. Und er hatte auch noch sehr wohl den Zornesausbruch von Rick Martin im Ohr, der ihn angerufen hatte, um mit ihm über die Untersuchungsergebnisse zu reden. Was würde der impulsive Polizist aus Sugarloaf wohl zu diesen neuen Erkenntnissen sagen?

Hank Henry stieß einen tiefen Seufzer aus und wandte sich dann seinem Computer zu. Er gab ein paar Befehle ein, um die Strafakte von Shane Slater abzurufen, wobei er sich mehrerer Datenbanken aus ganz Amerika bediente und wartete, während das Programm arbeitete. Ein paar Sekunden später hatte er die Akte auf dem Bildschirm und vertiefte sich in sie.

Es waren alles keine weltbewegenden Dinge – der Mann war vor fast zwanzig Jahren aufgrund von Delikten verhaftet worden, die damals bereits fast zehn Jahre zurücklagen. Er hatte an verbotenen Antikriegsdemonstrationen zu Beginn des Vietnamkrieges teilgenommen; dann hatte er zusammen mit anderen einen Brandanschlag auf ein Musterungsbüro verübt. Niemand war verletzt worden, es war nur Sachschaden entstanden. Das Ganze war wohl eine eher harmlose Aktion radikaler Studenten gewesen, die ein bißchen außer Kontrolle geraten war. Slater war daraufhin untergetaucht, hatte sich aber nach mehreren Jahren freiwillig gestellt, weil er offensichtlich müde war, weiter im Untergrund zu leben.

Er war zu fünfzehn Jahren Haft verurteilt worden. Zunächst hatte er sich so hervorragend geführt, daß er als Mustergefangener galt. Doch dann war offenbar etwas Eigenartiges geschehen.

Nach dem, was da auf Hank Henrys Bildschirm stand, hatte er bei einem Ausbruch aus einem Justizkrankenhaus zwei Krankenschwestern getötet und war seitdem flüchtig.

Henry runzelte die Stirn, nahm dann den Telefonhörer ab und rief das Bundesgefängnis an, in dem Slater bis zu seiner Flucht vor vierzehn Jahren inhaftiert gewesen war. Nach drei erfolglosen Versuchen hatte er endlich den Gefängnisdirektor am Apparat.

Hank Henry stellte sich vor und erklärte dann den Grund seines Anrufs. »Ich habe hier die Leiche eines Mannes, von dem ich weiß, daß er in Ihrer Anstalt eingesessen ist. Sein Name ist Slater, Shane Slater.«

Einen Augenblick lang herrschte Stille in der Leitung. Als der Direktor schließlich antwortete, klang seine Stimme eigentümlich reserviert. »Tut mir wirklich leid, aber der Name sagt mir gar nichts. Sie müssen verstehen, wir haben in den letzten Jahren sehr viele…«

»Wie viele hatten sie, die Mustergefangene waren, bis sie ins Krankenhaus verlegt wurden, zwei Krankenschwestern töteten und dann entkamen?« unterbrach ihn Henry.

»Sie sind ja erstaunlich gut informiert«, bemerkte der Direktor spitz.

»Ich habe folgende Frage an Sie: Warum wurde Slater ins Krankenhaus verlegt? Was war mit ihm los?«

Die Stimme des Gefängnisdirektors wurde noch frostiger. »Es tut mir wirklich leid, aber dazu kann ich nichts sagen. Alle für die Öffentlichkeit bestimmten Informationen sind in dem Bericht enthalten, den Sie wahrscheinlich gerade vor sich haben. Alles Weitere ist streng geheim.«

Hank Henry schaltete sofort. Die Regierung der Vereinigten Staaten hatte da also offenbar irgendeinen Mist gebaut und war jetzt stark daran interessiert, die ganze Sache zu vertuschen.

Sekunden später bewahrheitete sich seine Vermutung auf drastische Weise, als nämlich plötzlich Slaters Strafakte von Henrys Bildschirm verschwand. Als er ein zweites Mal versuchte, sich den Bericht herzuholen, erschien eine einzige Zeile auf dem Monitor:

Alle Datenbanken abgerufen – keine Daten gefunden.

Shane Slater war mit einem Schlag aus den Archiven der amerikanischen Regierung verschwunden.

Was soll denn bloß mit den Pferden geschehen?

Urplötzlich kam Mary Anne die Frage in den Sinn, als sie und Alison gerade das Haus verlassen wollten. Die wenigen Habseligkeiten, mit denen sie vor kaum zwei Wochen gekommen waren, waren bereits in ihren Koffern verpackt.

Es war später Nachmittag. Den ganzen Tag über hatte es im Haus vor Menschen nur so gewimmelt, von denen sie einige gekannt hatte, die meisten aber nicht.

Gleich nachdem der Schneepflug die Straße geräumt hatte, waren der Leichen- und der Krankenwagen vorgefahren, um die Leichen von Logan und Olivia Sherbourne abzuholen. Kurz danach kam Charley Hawkins. Die Leiche von Shane Slater wurde sofort mit dem Hubschrauber nach Challis zur Autopsie geflogen. Dann waren Männer aufgetaucht, die über das ganze Anwesen ausgeschwärmt waren, von allem Fotos machten, Proben von den Blutflecken im Arbeitszimmer entnahmen, ja sogar die Glasscherben des Fensters aufsammelten, durch das Shane Slater eingebrochen war.

Auch Storms Kadaver wurde aus dem Schnee gegraben und in eine Plastikhülle gewickelt.

Mary Anne hatte sich aus allem rausgehalten, sie war sogar unfähig gewesen, mit in den Stall zu gehen, als sie Logans kleinen Leichnam aus der Pferdebox hinaustrugen, um ihn in den Leichenwagen zu verladen.

»Ich kann's einfach nicht«, hatte sie schluchzend zu Margaret

Stiffle gesagt, die kurz nach Charley Hawkins gekommen war. »Ich weiß, was die Leute denken, aber ich kann's einfach nicht.«

»Niemand denkt hier irgend etwas«, hatte Margaret sie zu beschwichtigen versucht. »Ich selbst würde es auch nicht übers Herz bringen, das mitanzusehen. Nach dem, was Sie alles durchgemacht haben, bin ich sowieso voller Bewunderung, wie gerade Sie auf Ihren Füßen stehen.«

Doch sie stand alles andere als gerade auf ihren Füßen. Das einzige, was sie tat, war, in Bewegung zu bleiben, sich zu beschäftigen – gleichgültig womit. Denn sie wußte genau, wenn sie innehalten würde, um auch nur einen einzigen Augenblick nachzudenken, würde sie auf der Stelle zusammenbrechen.

Um zehn Uhr morgens war dann die Telefonverbindung wiederhergestellt, so daß sie das Unvermeidliche nicht länger aufschieben konnte.

Und so rief sie Alan an und versuchte, ihm so gut wie möglich beizubringen, was geschehen war.

»Er ist tot«, flüsterte sie. »Logan ist tot!«

Einen Moment lang herrschte lähmende Stille in der Leitung. Dann tobte Alan los. Falls er Gefühle von Trauer und Schmerz hatte, so verbarg er sie geschickt. »Wie zum Teufel konntest du das nur zulassen?« brüllte er. »Ich nehme das nächste Flugzeug und hole meine Tochter heim!«

Mary Anne glaubte einen Augenblick lang, nicht richtig gehört zu haben, so fassungslos war sie. Doch dann fiel es ihr wie Schuppen von den Augen. Es war genau die Reaktion, die von Alan zu erwarten war.

Was auch immer geschehen war – es war einzig und allein ihre Schuld.

»Spar dir die Mühe«, schoß sie zurück. Zum ersten Mal an diesem Tag konnte sie einen klaren Gedanken fassen. »Wir werden nicht mehr hier sein, wenn du kommst. Alison und ich gehen weg von hier.« Dann warf sie den Hörer auf die Gabel. Sie hatte jetzt weiß Gott nicht die Nerven, sich weitere Vorwürfe von ihm anzuhören.

Gleich nach diesem Gespräch hatte sie angefangen, ihre und

Alisons Koffer zu packen. Sie hatte zwar noch überhaupt keine klare Vorstellung, wohin sie mit ihrer Tochter gehen würde, aber sie wußte, daß sie bis heute abend die Ranch verlassen hätten. Und daß sie nach Logans Beerdigung Sugarloaf für immer den Rücken kehren würden.

Für immer.

Sie schleppte sich mühsam die Treppe hoch, holte die Koffer vom Boden und fing dann an, ihre Kleider zusammenzulegen. Sie war überrascht, daß sie nach ein paar Minuten bereits mit allem fertig war. Sie hatte natürlich nur wenige Sachen mitgebracht, aber daß es so schnell gehen würde, hätte sie denn doch nicht gedacht.

Dann war sie zu Logans Zimmer hinübergegangen, um seine Sachen zu packen. Doch sie brachte es nicht einmal fertig, die Tür zu öffnen, auch nur einen Blick auf seine Kleider zu werfen.

»Ich werde es arrangieren, daß man Ihnen die Sachen mit der Post zuschickt«, kam ihr Charley Hawkins zu Hilfe, als er sah, wie Mary Anne am ganzen Körper zitternd vor Logans Zimmertür stand.

Sie konnte nur stumm nicken, so sehr kämpfte sie mit den Tränen. Erst als sie wieder die Treppe hinuntergegangen war, um wenigstens einen Teller von der Suppe zu essen, die Margaret Stiffle gekocht hatte, fand sie die Worte, dem Anwalt zu sagen, daß er ihr Logans Sachen bitte doch nicht schicken möge. »Ich brächte es nicht übers Herz, das Paket zu öffnen«, flüsterte sie tonlos. »Und es gibt doch sicher jemanden hier, der die Sachen gebrauchen kann…« Ihre Stimme versagte, doch Charley Hawkins nickte verständnisvoll.

»Machen Sie sich keine Sorgen. Ich kümmere mich um alles«, beruhigte er sie. Er zögerte einen Moment, bevor er fortfuhr. »Ich hab' unten im Gasthof zwei Zimmer für Sie und Alison bestellt. Ich hab' den Leuten gesagt, ich wüßte nicht, für wie lange. Aber Sie können auf jeden Fall so lange bleiben, wie Sie wollen.«

Mary Anne schaute ihm gequält ins Gesicht. »Ich kann hier in Sugarloaf nicht bleiben. Bitte, verstehen Sie mich. Aber ich kann hier einfach nicht bleiben.«

Der Anwalt lächelte sie mitfühlend an. »Natürlich nicht, das verstehe ich vollkommen. Aber ich nehme doch an, daß Sie an Olivias Beerdigung teilnehmen wollen, oder? Im Rahmen der gleichen Trauerfeier wird man übrigens auch Bill Sikes bestatten.«

»Und Logan«, hörte sich Mary Anne sagen. »Ich möchte, daß er auch hier in Sugarloaf begraben wird.« Sie hatte sich das nicht überlegt. Die Worte waren ihr spontan über die Lippen gekommen. Obwohl Logan nur kurze Zeit hier gewesen war, hatte er sich doch Hals über Kopf in das Leben hier auf der Ranch verliebt; und so meinte Mary Anne, daß er eigentlich hierhergehörte und deshalb hier auch seine letzte Ruhe finden sollte. Auch wenn er die meiste Zeit seines Lebens in Canaan, New Jersey, verbracht hatte.

Und jetzt standen sie und Alison auf der Veranda, bereit zur Abreise. Die Koffer waren auf dem Rücksitz des Range Rovers verstaut. Sie brauchten sich nur noch in den Wagen zu setzen, in die Stadt hinunterzufahren und sich im Gasthof einzuquartieren.

Mary Anne drehte sich zu Charley Hawkins und Margaret Stiffle um, die sie aus dem Haus begleiteten. »Wir müssen jemanden finden, der sich um die Pferde kümmert«, wandte sie sich an Hawkins. »Wüßten Sie jemanden, der regelmäßig vorbeikommen kann, um sie zu füttern und die Boxen auszumisten?«

»Michael kann das machen«, schaltete sich Margaret Stiffle ein. »Wir wohnen ja gleich um die Ecke, und er ist ein richtiger Pferdenarr.«

»Wollen Sie das wirklich?« fragte Mary Anne beklommen. »Nach all dem, was hier passiert ist...« Sie brach ab, und ein Schauder lief ihr über den Rücken.

»Machen Sie sich keine Sorgen, er wird das sehr gerne machen«, beruhigte sie Margaret.

»Ich bezahle ihn natürlich dafür«, begann Mary Anne, doch Margaret hob protestierend die Hände.

»Kommt gar nicht in Frage! Wenn er die Pferde dafür reiten darf, ist er mehr als entschädigt! Mein Gott, dafür sind doch Nachbarn da, daß man sich hilft, wenn Not am Mann ist!«

Mary Anne zögerte immer noch. Irgendeine Stimme in ihr riet ihr, Margaret Stiffles großzügiges Angebot auszuschlagen und statt dessen darauf zu dringen, daß Charley Hawkins einen Helfer sucht, der in Bill Sikes' Hütte oder gleich ins Haupthaus einzieht. Aber wer würde schon gerne hier wohnen wollen, nach dem Blutbad, das hier stattgefunden hatte? »Na gut«, seufzte Mary Anne schließlich. »Sagen Sie ihm, daß er die Pferde reiten kann, wann immer er will, und daß er Mr. Hawkins anrufen soll, wenn er irgend etwas braucht. Und ich nehme ja sowieso an, daß es nicht für sehr lange sein wird.« Sie warf einen Blick auf das Haus, das vor ein paar Wochen noch so warm und einladend auf sie gewirkt hatte. Jetzt sah es auf einmal düster und bedrohlich aus. »Ich denke doch, daß wir die Ranch so bald wie möglich verkaufen werden, nicht wahr, Charley?«

»Ich glaube, darüber sollten wir später in Ruhe reden«, wich der Anwalt aus. Jetzt war wirklich kein günstiger Augenblick, Mary Anne darüber aufzuklären, daß sie im Moment zumindest keine Möglichkeit hatte, die Ranch zu verkaufen.

Sie war ja nur der Vormund, und der Eigentümer war nach wie vor Joey, der die Ranch von seinen Eltern geerbt hatte. Und solange Joey nicht auftauchte oder seine Leiche gefunden wurde, konnte niemand außer ihm über das Vermögen verfügen. Zumindest sieben Jahre lang nicht.

Denn wenn er nach sieben Jahren nicht aufgetaucht war, konnte man ihn offiziell für tot erklären.

»Was wir mit der Ranch machen, überlegen wir uns in aller Ruhe«, fuhr Hawkins fort. »Jetzt müssen wir erst einmal so viele andere Dinge erledigen. Sind Sie denn ganz sicher, daß Sie allein in die Stadt fahren wollen? Ich fahr' Sie gern mit meinem Auto hinunter.«

Mary Anne schüttelte den Kopf. »Vielen Dank, aber das schaff' ich schon alleine. Ich glaube, Alison und ich würden jetzt gern ein wenig allein sein.«

Sie setzte sich hinters Steuer des Range Rovers, Alison kletterte auf den Beifahrersitz. Mary Anne ließ den Motor an, wendete, winkte den beiden noch einmal kurz zu und fuhr dann die schmale Zufahrtsstraße zur Stadt hinunter. Sie wußte – sie würden nie zurückkehren.

Weder sie noch Alison warfen auch nur einen einzigen Blick zurück auf das Haus. Dieses Haus, in dem sie so grauenvolle Dinge erlebt hatten.

Rick Martin starrte ungläubig durch das Fenster des Hubschraubers zu den Tragegurten am Ende des Seils, das jetzt noch am Außenbord des Hubschraubers auf einer Winde aufgerollt war. Glaubten die allen Ernstes, daß er da so locker aus der Kabine klettern, sich die Gurte umschnallen und sich dann zwanzig Meter in die Tiefe abseilen lassen würde? Die mußten ja total verrückt sein! Er schielte zum Piloten hinüber, der ihn hämisch angrinste. Im selben Moment hörte er dessen Stimme über die Kopfhörer. »Schaut viel schlimmer aus, als es ist, glaub mir! Versuch's einfach – am Ende wirst du begeistert sein!«

»Hast du's denn selber schon mal probiert?« rief Rick Martin in sein Mikrophon.

»Gott behüte! Ich hab' doch panische Höhenangst!«

Rick warf dem Piloten einen finsteren Blick zu, öffnete dann seinen Sicherheitsgurt, legte den Kopfhörer ab und stülpte sich eine dicke Strickmütze über die Ohren. Dann drückte er die Tür des Hubschraubers einen Spalt breit auf. Sofort fuhr ein eiskalter Windstoß, verursacht durch die Rotorblätter über ihnen, durch die Kabine. Am liebsten hätte er die Tür auf der Stelle wieder zugeschlagen und dem Piloten gesagt, er solle sie hinunter ins Tal fliegen, wo sie endlich wieder festen Boden unter den Füßen hätten. Doch das hätte bedeutet, daß er und die beiden anderen Männer im hinteren Teil des Hubschraubers den ganzen Weg hoch in die Berge zu Shane Slaters Hütte zu Fuß zurücklegen müßten. Und nach dem Schneefall von gestern nacht würden sie dazu mindestens einen ganzen Tag brauchen, wenn nicht länger. Also schickte er sich in das Unvermeidliche, stieß einen tiefen Seufzer aus, angelte mit der Hand nach draußen und zog die Tragegurte ins Innere des Helikopters. Sorgfältig zog er sich die Gurte über die Schultern und sicherte die Karabinerhaken. Dann kletterte er hinaus, stieß sich vorsichtig ab und ließ sich vom Piloten abseilen. Als er ein paar Sekunden später bis zu den Knien im Tiefschnee versank, mußte er dem Piloten recht geben. Es war wirklich viel harmloser gewesen, als es von oben ausgesehen hatte. Er löste die Haken, schlüpfte aus den Riemen, gab dem Piloten ein Zeichen und stapfte dann durch den Schnee auf Shane Slaters Hütte zu, die zwanzig Meter entfernt stand.

Als seine beiden Kollegen aus Challis die Hütte erreichten, war Rick Martin schon bei der Arbeit. Joey Wilkenson mußte hier gewesen sein, das bezeugten die Spuren im Schnee, die aus der Hütte hinausführten.

Er hatte sie schon von oben aus der Luft deutlich erkennen können. Der Pilot war den Fußabdrücken so weit wie möglich gefolgt, doch als sie den Gebirgskamm erreichten, verloren sie sich langsam, und gleichzeitig brachten starke Westböen den Hubschrauber ganz schön ins Taumeln.

»Der Wind hat hier den ganzen Schnee verweht«, hatte der Pilot ins Mikrophon gebrüllt. »Es hat keinen Sinn, hier weiter nach Spuren zu suchen. Und wenn wir noch höher steigen, geb' ich keine Garantie dafür, daß wir auch heil wieder runterkommen.« Und so waren sie wieder abgedreht und hatten sich auf die Suche nach der Hütte des Bergmenschen gemacht.

Wieder konnte Rick Martin nur den Kopf darüber schütteln, daß hier ein Mensch hatte überleben könne. Aber Shane Slater hatte es offensichtlich fertiggebracht. Das Feuer war zwar schon erloschen, doch der Herd war noch warm. Es glühten sogar noch ein paar verkohlte Holzreste, die Rick Martin wieder zum Leben erweckte, in dem er kräftig hineinblies und neues Holz nachlegte, bis wieder ein munteres Feuer prasselte. Dennoch half das nicht viel gegen die beißende Kälte, da die Fenster und die Tür offenstanden. Rick Martin hätte zwar die Fensterläden schließen können, aber dann wäre es im Raum stockfinster gewesen, da es keine andere Lichtquelle gab.

»Ach, du lieber Gott!« stöhnte Tom Singlefeather, als er über die Schwelle trat. »Hier schaut's ja aus wie im Luxushotel! Ist ja wirklich unglaublich! Warum zum Teufel zieht sich ein Mensch in so eine unwirtliche Gegend zurück, um hier wie ein Tier zu hausen?«

»Das werden wir, so hoffe ich, gleich herausfinden!« antwortete Rick Martin. Er schaute sich in dem engen Raum um. Vor vierundzwanzig Stunden war er hier schon einmal gewesen und hatte die

Hütte von oben bis unten durchsucht, ohne etwas bemerkenswertes zu entdecken. Aber diesmal würde er etwas finden – irgend etwas, was ihm vorher entgangen war. »Wenn's sein muß, hauen wir die ganze Bude kurz und klein«, knurrte er. »Aber wir werden etwas finden, irgend etwas, was uns auf eine Spur führt.«

Wieder zog er den Koffer unter dem hölzernen Bett hervor und durchwühlte ihn ein zweites Mal. »Scheiße«, fluchte er, als er nichts fand, was er nicht schon gestern gesehen hatte. »Da muß doch irgendwo was sein…«

»Wie wär's denn damit?« fragte Tom Singlefeather. Er kniete am Boden und machte sich gerade an einer losen Diele zu schaffen.

Eine lose Diele, die Rick Martin gestern offenbar übersehen hatte. Singlefeather stemmte sie schließlich hoch und tastete in dem darunterliegenden Hohlraum herum. Sekunden später zog er eine braune verrostete Stahlkassette hervor. Oben auf dem Deckel war ein metallener Tragegriff angebracht, an der Seite ein Schloß, das verriegelt war. Rick Martin nahm ein Messer von der Anrichte und brach das Schloß auf.

In der Kassette lag ein Buch mit zerschlissenem Ledereinband und vergilbten Seiten, die durch die langen Jahre unter der Holzdiele schon stark am Vermodern und Zerbröseln waren. Als er vorsichtig den Deckel hob, stellte Rick Martin fest, daß er Shane Slaters Tagebuch in den Händen hielt.

Er brauchte nur die erste Seite zu überfliegen, um zu wissen, daß er endlich das gefunden hatte, wonach er die ganze Zeit gesucht hatte, denn die ersten Zeilen sagten bereits alles.

Ich hab' mich auf einen heißen Deal eingelassen. Sie suchen Freiwillige für ein medizinisches Versuchsprogramm im Krankenhaus. Das Ding muß saugefährlich sein, denn sie versprechen jedem, der mitmacht, vorzeitige Entlassung. Natürlich lassen sie sich vorher einen Wisch unterschreiben, in dem wir auf alle zukünftigen Schadensersatzansprüche verzichten. Da muß ja der Wurm drin sein. Aber was soll's. Im besten Fall komm' ich denen da oben auf die Schliche, was sie für Sauereien machen, im schlimmsten Fall krepier' ich eben. Klare Sache für mich. Auf jeden Fall will ich darüber Tagebuch führen. Wer weiß, wofür's gut ist.

Vorsichtig blätterte Rick Martin die letzte Seite des Tagebuchs auf. Shane Slaters Handschrift hatte sich deutlich verändert. Die gut lesbare Schrift der ersten Seiten hatte sich in ein unleserliches Gekrakel verwandelt.

Die Veränderungen an mir werden immer schlimmer. Es ist kaum mehr auszuhalten. Es ist nicht nur mein Körper, der sich verändert, es ist auch mein Geist. Ich will sterben, ich will nur noch sterben – aber ich kann einfach nicht. Noch nicht. Ich muß Joey warnen, ich muß ihm sagen, was mit ihm los ist. Ich muß mich bei ihm entschuldigen. Warum konnten sie mir das nur antun? Warum können sie das überhaupt einem Menschen antun? Und warum habe ich mich bloß in Audrey verliebt? Aber es ist zu spät – ich kann nichts mehr daran ändern. Und ich weiß, daß ich es nie übers Herz bringen würde, Joey zu töten, obwohl es eigentlich meine Pflicht wäre. Ich könnte jetzt so ziemlich jeden töten – nur ihn nicht. Ich habe mich nicht mehr unter Kontrolle. Ich bin kein menschliches Wesen mehr. Wenn die Nacht kommt, wenn die Instinkte über mich hereinbrechen, dann muß ich einfach auf die Jagd gehen. Wie ein Wolf. Muß meine Beute reißen wie ein Wolf. Ich glaube, daß ich auch wie ein Wolf sterben werde. Eines Tages wird mich irgend jemand abknallen, und dann wird es endlich vorbei sein. Aber nur für mich. Was wird aus Joey? Was wird aus meinem Sohn?

Am Boden der Stahlkassette lag noch ein Umschlag, der eine Kopie der Einwilligung enthielt, die Slater vor mehr als fünfzehn Jahren unterschrieben hatte, als er sich bereit erklärte, an dem medizinischen Versuchsprogramm im Gefängniskrankenhaus teilzunehmen.

Er hatte darin eingewilligt, sich ein Serum spritzen zu lassen, das die DNS einer ›nichtmenschlichen Spezies‹ enthielt, eine DNS, die mit seiner eigenen DNS verschmelzen und seine Immunabwehr gegen bestimmte Krankheiten verstärken würde.

Die aber auch – und das folgende Wort war dick unterstrichen – *möglicherweise* unumkehrbar seine Genstruktur verändern würde.

Die ›nichtmenschliche Spezies‹, deren Serum Slater injiziert worden war, wurde in dem Dokument als *canis lupus* bezeichnet.

Der Bergwolf.

30

Clark Corcoran starrte die Unterlagen auf seinem Schreibtisch an und schüttelte immer wieder ungläubig den Kopf. Doch es bestand nicht der geringste Zweifel: Die Analysen der Gewebeproben, die man verschiedenen Körperteilen Shane Slaters entnommen hatte, mußten korrekt sein. Zwei Laboratorien waren unabhängig voneinander zu den gleichen Ergebnissen gelangt. Sie hatten nicht nur Slaters Blut, sondern auch sein Sperma untersucht.

Corcoran selbst hatte in den letzten zwei Tagen eigene Untersuchungen bei Joey Wilkensons Blutproben vorgenommen. Untersuchungen, die er in all den Jahren, in denen er den Jungen medizinisch betreut hatte, niemals für angezeigt erachtet hatte. Mit jedem Test schälte sich ein immer klareres Bild heraus. Und so sehr er sich auch dagegen sträubte – die Fakten sprachen einfach für sich. Seufzend lehnte er sich in seinem Sessel zurück. Sein Blick glitt über die angespannten Gesichter der drei Menschen, die ihm an seinem Schreibtisch gegenübersaßen. Er nahm seine Brille ab und putzte sie umständlich, um noch ein paar Sekunden Zeit zu gewinnen, seine Gedanken zu ordnen.

Mary Anne, die mit totenbleichem Gesicht zwischen Charley Hawkins und Rick Martin saß, fummelte nervös an ihrem Taschentuch herum.

Hawkins selber hatte sich im Stuhl zurückgelehnt und war bemüht, seine Nervosität hinter der Maske des gelassenen Juristen zu verbergen. Doch Corcoran wußte genau, was in ihm vorging. Es war dem Anwalt deutlich anzusehen, daß er in der vergangenen Nacht, wie wohl die meisten Bürger von Sugarloaf, kaum geschlafen hatte. Denn den ganzen gestrigen Tag bis spät in die Nacht hinein hatte ein Gerücht das andere gejagt.

Der Werwolf von Sugarloaf.

Corcoran hatte den Ausdruck zum ersten Mal gehört, als er heute morgen das Radio eingeschaltet und Sam Gilman über die Ereignisse auf der El Monte-Ranch hatte berichten hören. Obwohl das, was der junge Mann zum besten gab, mit der Wirklichkeit nur sehr entfernt zu tun hatte, war es ›Sugarloaf Sam‹ – diesen Namen hatte Corcoran schon immer als Anmaßung empfunden – doch gelungen, die ganze Geschichte so aufzublasen, daß jeder Bewohner der Stadt sich glücklich preisen mußte, überhaupt noch am Leben zu sein. Denn laut Gilman war Shane Slater angeblich schon seit Jahren jede Nacht durch die Stadt geschlichen und über unschuldige Menschen hergefallen, um an ihnen seinen ›Blutrausch‹ zu stillen. Daß es bis vor einer Woche noch kein einziges Todesopfer gegeben hatte, spielte für den Reporter nicht die geringste Rolle. Schließlich war Corcoran der Kragen geplatzt. Wütend hatte er Gilmans Sender angerufen und vorgeschlagen, er solle sich von nun an doch nicht mehr ›Sugarloaf Sam‹, sondern ›Sugarloafs Leichenfledderer‹ nennen. Gilman, der nur Interesse an Anrufern hatte, die seine Gerüchteküche weiter anheizten, hatte daraufhin wortlos eingehängt, und Corcoran hatte im Gegenzug wortlos sein Radio ausgeschaltet. Natürlich wußte der Arzt, daß er am kürzeren Hebel saß, denn egal, ob er die Sendung verfolgte oder nicht, Gilman würde keine Ruhe geben, bevor die ganze Stadt in heilloser Panik war. Und wenn erst einmal die Testergebnisse, die hier auf seinem Schreibtisch lagen, an die Öffentlichkeit gelangten – und das würden sie mit Sicherheit –, würde alles noch schlimmer werden.

Viel schlimmer.

Rick Martin, der übernächtigt und mit rotgeränderten Augen in seinem Stuhl saß, ergriff als erster das Wort. »Nun, wie lautet Ihr Urteilsspruch?« fragte er ungeduldig.

Corcoran räusperte sich und beugte sich zu seinen Zuhörern vor. Er wählte seine Worte sorgfältig aus. »Ich weiß nicht recht, was ich Ihnen sagen soll«, begann er, obwohl er sehr genau wußte, daß es keinen Sinn hatte, die schreckliche Wahrheit herunterzuspielen. »Ich wünschte, ich könnte Ihnen etwas anderes erzählen, aber es ist tatsächlich so, wie Mary Anne Carpenter gesagt hat: Shane Slater war Joeys leiblicher Vater.«

Mary Anne nickte grimmig. »Und nach dem, was Olivia mir erzählt hat, wußte Audrey nicht das geringste über ›Randy Durells‹ Vergangenheit; sie kannte nicht einmal seinen richtigen Namen. Sie war einfach nur verrückt nach ihm.«

»Vielleicht war eher Slater derjenige, der verrückt war«, warf Rick Martin ein, doch niemand fand die Bemerkung sehr witzig.

»Wahrscheinlich war das auch der Grund, weshalb sie sich so Hals über Kopf in Ted verliebt hat«, fuhr Mary Anne fort. »Sie wollte unbedingt ihre letzte Enttäuschung vergessen, und bei Ted wußte sie wenigstens, woran sie war. Ich hab' es damals für einen schweren Fehler gehalten, so überstürzt zu heiraten, aber…«

»Es war auch ein schwerer Fehler«, unterbrach Clark Corcoran. »Es war ein schwerer Fehler, sich von Shane Slater schwängern zu lassen.«

Mary Anne, deren Blick die ganze Zeit auf der verblichenen Fotografie von Audrey und dem Mann geruht hatte, der sich Randy Durell genannt hatte, blickte erschrocken auf. »Was wollen Sie damit sagen?« stieß sie hervor. »Sie meinten doch, daß Joey bei bester Gesundheit wäre, daß ihm nicht das geringste fehlen würde«, flüsterte sie ängstlich.

»Ich habe mich geirrt«, antwortete Corcoran ernst und blickte besorgt auf die Testergebnisse, die vor ihm auf dem Schreibtisch lagen. »Nach meiner Überzeugung kann Joey unmöglich gesund sein. Als man an Shane Slater herumexperimentierte, hat man sein Erbgut verändert. Seine Gene sind nicht die eines normalen menschlichen Wesens. Zu einem großen Teil sind sie es, doch es gibt eindeutige Abweichungen. Auf den Strängen seiner DNS finden sich bestimmte Basensequenzen, die mit denen des Menschen nicht übereinstimmen.« Er blätterte in dem Testbericht. »Die gleiche veränderte DNS findet sich auch in seinem Sperma. Mir liegen sämtliche Untersuchungsergebnisse vor, und es besteht nicht der geringste Zweifel. Wir müssen davon ausgehen, daß er…« Corcoran zögerte und suchte nach einem anderen Ausdruck, denn das Wort, das ihm auf der Zunge lag, wollte er nicht aussprechen.

Für einen Mann von seinem Bildungsstand war es einfach unter Niveau, das Wort *Werwolf* zu gebrauchen.

»… daß er einige seiner *mutierten Gene* an Joey weitervererbt hat«, beendete er seinen Satz.

Mary Anne biß sich auf die Lippen und schwieg.

»Und welche Gene sind das?« fragte Charley Hawkins. »Wollen

Sie damit sagen, wir müssen davon ausgehen, daß Joey genauso gefährlich ist wie Shane Slater?«

»Charley!« brach es aus Mary Anne heraus. »Wir wissen doch bereits, daß er Olivia Sherbourne umgebracht hat!«

»Aber Dr. Corcoran meinte doch…«, sagte der Anwalt in einem letzten verzweifelten Versuch, der grauenhaften Wahrheit nicht ins Auge blicken zu müssen.

»Ich weiß, was ich zu tun habe!« schaltete sich Rick Martin ein und stand entschlossen auf. Er schaute aus dem Fenster und kniff die Augen zusammen. Die dicke Schneedecke sah überhaupt nicht so aus, als ob sie bald schmelzen würde. »Sobald es getaut hat, stelle ich einen Suchtrupp zusammen. Wir werden das ganze Gebirge durchkämmen, bis wir ihn gefunden haben, und dann…« Er brach ab, denn er brachte es nicht fertig, das auszusprechen, woran alle dachten.

Polizeibeamte wie er, die sich dem Gesetz verpflichtet fühlten, schwärmten nicht in die Wälder aus, um ein dreizehnjähriges Kind abzuknallen.

Obwohl es genau das war, was er vorhatte.

Und es würde wahrscheinlich früher geschehen, als sich alle hier träumen ließen, wenn seine Ahnung ihn nicht trog.

Als die Besprechung bei Dr. Corcoran zu Ende war, stieg Rick Martin in seinen Jeep und fuhr zur El Monte-Ranch hoch.

Joey würde zurückkommen, das wußte er.

Auch wenn er Shane Slaters Sohn war, hatte er doch nicht die Erfahrung seines Vaters.

Er wußte noch nicht, wie man in den Bergen überleben konnte, und würde Schwierigkeiten haben, sich alleine in der Wildnis durchzuschlagen.

Und deshalb würde er zurück zur Ranch kommen.

Und sei es nur, weil ihn der Hunger heimtrieb.

Michael Stiffle blickte auf den tiefverschneiten Weg, der vom Anwesen seiner Eltern in vielen Windungen durch den Wald direkt zur El Monte-Ranch führte.

Schon tausendmal war er diesen Weg gegangen. Er kannte ihn

so gut, daß er nicht einmal in jener Nacht, als er und seine Schwester Joey Wilkenson einen Streich gespielt hatten, Angst gehabt hatte, sich im Wald zu verlaufen.

Nein, es war nicht der Schnee, der ihn heute daran hinderte, diesen Weg zu gehen, im Gegenteil. Den ganzen Morgen schon hatte er sich ausgemalt, wie toll es wäre, mit seinem Motorschlitten erst durch den Wald, dann über die Weide der Wilkensons zu sausen und auf der unberührten weißen Fläche wilde Spuren zu hinterlassen. Doch bei dieser Vorstellung kamen ihm sofort wieder die grauenhaften Dinge in den Sinn, die erst vor zwei Tagen auf der Ranch passiert waren. Und die gespenstische, dunkle Gestalt, die er und Andrea in der Nacht davor gesehen hatten.

Ob das wohl Shane Slater war?

Ein erregender Schauer lief ihm über den Rücken. Er konnte es kaum erwarten, daß die Schule wieder anfing und er allen Kindern stolz erzählen könnte, was er Aufregendes erlebt hatte.

Und er war ja auch er einzige, der den Werwolf wirklich gesehen hatte! Egal, was Andrea behauptete. Sie hatte ihn unmöglich sehen können, dazu war sie ja viel zu nah am Haus gestanden. Sie hatte total die Hosen voll gehabt, hatte sich nicht getraut, auch nur einen einzigen Schritt aus der sicheren Deckung des Hauses herauszutreten! Gut, vielleicht hatte sie irgend etwas gesehen, vielleicht einen Schatten oder etwas Ähnliches. Aber nur er hatte das Monster wirklich mit eigenen Augen gesehen, das Logan und vielleicht sogar Dr. Sherbourne umgebracht hatte!

Ja, natürlich hatte er gehört, daß Joey die Tierärztin umgebracht hätte. Aber er glaubte nicht daran. Zugegeben, Joey war verrückt, aber er hatte doch niemals die Kraft, einen erwachsenen Menschen mit bloßen Händen umzubringen! Die einzige Gefahr, die auf dem Weg durch den Wald wirklich gedroht hatte, war Shane Slater, aber der war ja jetzt zum Glück nicht mehr am Leben.

Und dennoch, als er zur El Monte-Ranch aufbrach, um die Pferde zu versorgen – und sich die Stelle hinter dem Stall genau anzuschauen, wo man die Leichen von Shane Slater und Dr. Sherbourne gefunden hatte –, hatte er aus irgendeinem Grund Hemmungen, den Weg durch den Wald zu nehmen. Eigentlich hatten ihm seine Eltern ja verboten, allein zur Ranch hochzugehen. Sie hatten ihm eingeschärft, auf keinen Fall das Haus zu verlassen, bis sie aus der Stadt zurück wären. Sein Vater wollte ihn dann persönlich hochfahren und so lange warten, bis er die Pferde versorgt hätte.

Auf ihn warten! Als wäre er ein zehnjähriges Kind, das noch nicht allein auf sich aufpassen konnte!

Und sein Vater würde ihm auch niemals erlauben, zu der Stelle hinter dem Stall zu gehen, wo man die Leichen gefunden hatte. Doch seine Eltern würden nicht vor einer Stunde zurück sein, und so hatte er genug Zeit, zur Ranch hochzulaufen, sich alles gründlich anzusehen, die Pferde zu füttern und wieder heimzusausen.

Er machte sich also allein auf den Weg, lief bis zur Hauptstraße hinunter und dann rechts hoch zur El Monte-Ranch. Die Straße war geräumt, und die vielen Autos, die hoch- und wieder hinuntergefahren waren, hatten auch noch den letzten Schnee von der Fahrbahn gefegt. In nur zehn Minuten hatte er die Zufahrtsstraße erreicht.

Auf halber Strecke begann ihm plötzlich ein wenig mulmig zu werden. Ihm war, als würde der Wald zu beiden Seiten immer näher an ihn heranrücken. Die dicke Schneedecke, die auf den Bäumen lastete, schluckte jedes Geräusch und breitete einen Mantel bleiernen Schweigens über den Wald. Er hatte auf einmal das Gefühl, daß ihn jemand beobachtete. Seine Nackenhaare sträubten sich, und trotz des dicken Pullis und der gefütterten Winterjacke lief ihm eine Gänsehaut über den Rücken. Ängstlich schaute er sich um und hoffte fast ein wenig, daß Andrea hinter dem nächsten Baum hervorspringen und sich mit Geschrei auf ihn stürzen würde. Mißtrauisch suchte er den Wald beidseits der Straße ab, doch er konnte nichts entdecken. Als er sich versichert hatte, daß niemand bemerkte, wie sehr er sich fürchtete, rannte er los und hielt nicht eher an, bis er den großen Hof der El Monte-Ranch erreicht hatte.

Völlig außer Atem blieb er stehen und blickte um sich. Beim Schuppen hinter dem Stall hatte man mit einer gelben Banderole offenbar den Bereich markiert, wo die Leichen gefunden wurden.

Neugierig lief er hinüber, um sich alles genau anzuschauen. Doch als außer platt getrampeltem Schnee eigentlich nichts zu sehen war, kam eine leise Enttäuschung in ihm auf. Nur ein paar rötliche Spuren im Schnee ließen ahnen, daß hier womöglich die Leichen gelegen hatten. Ein Frösteln lief ihm über den Rücken, als er auf die Blutflecken starrte. Dann wandte er sich ab und ging auf den Stall zu.

Doch als er vor dem riesigen Gebäude stand, überkam ihn erneut ein unbehagliches Gefühl. Hätte er nicht vielleicht doch besser warten sollen, bis seine Eltern aus der Stadt zurück waren? Obwohl die Sonne vom Himmel lachte und der Schnee strahlend weiß glänzte – der Stall wirkte auf einmal düster und unheilschwanger.

Und dann mußte er wieder daran denken.

Es war im Stall gewesen, wo sie Logan Carpenters Leiche gefunden hatten, mit aufgerissener Kehle und blutbesudelten Kleidern.

Mit klopfendem Herzen ging Michael um das Gebäude herum, bis er vor den zwei riesigen Toren stand.

Vielleicht sollte er besser doch nicht hineingehen. Vielleicht sollte er heimlaufen und später mit seinem Vater wiederkommen.

Angsthase! dachte er. *Was bist du nur für ein erbärmlicher Angsthase! Da ist überhaupt niemand drin, außer drei Pferden und vielleicht noch ein paar Ratten!*

Michael kämpfte seine Angst nieder, schob entschlossen den Riegel zur Seite und öffnete das Tor.

Als die Angeln quietschten, fingen die Pferde im Innern des Stalls an, unruhig zu schnauben und mit den Hufen aufzustampfen. »Ist ja gut!« rief Michael mit fester Stimme, mehr um sich selbst zu beruhigen und nicht die Pferde. »Ich bin's. Ich will euch doch nur füttern!« Doch er brachte es immer noch nicht fertig, über die Schwelle zu treten. Angestrengt lauschend blieb er in der Tür stehen, bereit, sofort die Flucht zu ergreifen, wenn er irgendein verdächtiges Geräusch hören würde.

Aber außer dem Schnauben der Pferde war nichts zu vernehmen, und so faßte er sich schließlich ein Herz und schlüpfte hinein, ließ aber vorsichtshalber das Tor weit offenstehen.

Zehn Minuten.

In nur zehn Minuten hätte er die Pferde versorgt und könnte schnell wieder heimlaufen. Und morgen in der Schule würde er allen erzählen, was er getan und was er gesehen hatte.

Und daß er nicht das kleinste bißchen Angst gehabt hatte.

Auf leisen Sohlen strich Joey durch den Wald, huschte von Baum zu Baum, flitzte wie ein Wiesel über offene Lichtungen, nicht, ohne sich vorher vergewissert zu haben, daß niemand ihn dabei beobachtete. Schon über eine Stunde war er um die Ranch geschlichen, hatte sich im Schutze der Bäume immer näher an das Anwesen herangepirscht. Gebückt hatte er sich durch den Tiefschnee gekämpft, hatte die feuchte Kälte gar nicht gespürt, die ihm durch die Kleider in die Knochen kroch. Dann hatte er die Richtung geändert und sich nach Osten gewandt, weil er von dort sowohl den Hintereingang als auch die Ostseite des Gebäudes gut im Blick hatte. Lange hatte er ausgeharrt und beobachtet, ob er vielleicht eine Bewegung oder sonst ein Anzeichen dafür entdecken würde, daß das Haus noch bewohnt war. Schließlich war er näher herangeschlichen, war von Baum zu Baum, von Busch zu Busch vorwärtsgerobbt, dabei immer das Haus im Auge behalten, bis er wirklich sicher war, daß es menschenleer war.

Jetzt lag die Rückseite direkt vor ihm. Er kauerte sich im Schutz einer kleinen Kiefer nieder, deren dichte Zweige ihn verbargen, und spähte erneut hinüber.

Witternd hob er seine Nase, lauschte angestrengt, um auch noch das leiseste Geräusch aufzufangen, das die Gegenwart eines Menschen verraten hätte.

Nichts.

Joey spannte alle Muskeln an, warf einen letzten prüfenden Blick auf das Wohngebäude und die Umgebung und schoß dann wie ein Pfeil quer über den schneebedeckten Hof in den Schatten des Hauses, huschte an der Mauer entlang bis zu dem eingeschlagenen Fenster an der Westseite. Zwei Tage erst war es her, daß sein Vater durch dieses Fenster gewaltsam eingestiegen war.

Zwei Tage.

Und einen ganzen Tag war es nun schon her, daß er die Hütte seines Vaters in den Bergen verlassen hatte. Er war weiter hoch bis über die Baumgrenze geklettert, hatte schließlich eine Felshöhle gefunden, die ihm Schutz gegen den Wind und die Kälte bot, und hatte aus seinem sicheren Versteck beobachtet, wie der Hubschrauber vom Tal aufstieg, seine Spur verfolgte und schließlich die Suche aufgab. Dann hatte er sich tief in das wärmende Bärenfell gekuschelt, das er aus der Hütte mitgenommen hatte, und war in einen unruhigen Schlaf gefallen.

Am Morgen war er mit knurrendem Magen aufgewacht. Ein beißender Schmerz wütete in seinen Gedärmen. Gegen den Durst aß er ein wenig Schnee, doch seinen quälenden Hunger konnte er auf diese Weise nicht vertreiben. Je höher die Sonne stieg, desto stärker beherrschte ihn die Vorstellung von all den leckeren Dingen daheim in der Küche, bis er schließlich an nichts anderes mehr denken konnte.

Die Sachen im Kühlschrank.

Mehr als er jemals essen könnte.

Und niemand würde mehr im Haus sein.

Nach dem, was dort geschehen war.

Joey ließ die verletzte Wölfin in der Höhle zurück und machte sich an den Abstieg. Obwohl sein Hunger mit jedem Schritt wuchs, paßte er dennoch auf wie ein Luchs.

Und jetzt war er endlich da! Und das Haus war menschenleer, genauso, wie er es sich vorgestellt hatte!

Allerdings hatte jemand das eingeschlagene Fenster von außen mit Sperrholz zugenagelt. Mit aller Kraft preßte Joey zwei Finger zwischen Fensterrahmen und Sperrholzlatte, bis einer der Nägel langsam nachgab. Dann griff er mit der Hand in den entstandenen Spalt und zog so lange, bis sich die gesamte Nagelreihe aus dem Fensterrahmen gelöst hatte. Jetzt stemmte er sich von unten mit seinem ganzen Körpergewicht dagegen, bis die Sperrholzplatte splitterte und der Spalt groß genug war, daß er hindurchschlüpfen konnte. Lautlos sprang er vom Fenstersims ins Innere des Zimmers.

Wieder kauerte er wie ein wildes Tier bewegungslos am Boden und lauschte angestrengt.

Nichts rührte sich im Haus.

Vorsichtig stand er auf, ging auf leisen Sohlen in die Küche und öffnete die Kühlschranktür.

Im untersten Fach lagen immer noch die fünf Steaks. Er griff sich eines, fetzte die Plastikfolie ab, riß dann das rohe Fleisch in kleine Stücke und schlang sie gierig, fast ohne zu kauen, hinunter.

Langsam ließ der quälende Schmerz in seinem Magen nach und verschwand schließlich ganz, während er sich das zweite, dann das dritte Steak vornahm.

Als er alle fünf Steaks verschlungen hatte, verließ er die Küche, ging durchs Eßzimmer in den Flur und dann die Treppe hoch. Je höher er kam, desto mehr stiegen ihm aufregende Gerüche in die Nase, vertraute Gerüche, die sein Herz höher schlagen ließen, die seine Gefühle aufwühlten.

An seinem eigenen Zimmer lief er achtlos vorbei, zur nächsten Tür.

Sie stand angelehnt.

Als er ins Zimmer schlüpfte, schlug ihm ein angenehmer Duft entgegen. Tief sog er ihn ein, und eine Welle von Wärme und Zuneigung durchströmte seinen Körper.

Alison.

Alison, die immer freundlich zu ihm gewesen war, auch nachdem er sie angegriffen hatte.

Er ging zu ihrem Kleiderschrank und machte die Tür auf.

Der Schrank war leer. All ihre Kleider waren verschwunden. Suchend blickte er sich im Zimmer um, bis sein Blick am Fußende ihres Bettes hängenblieb. Dort lag ihr Schal.

Er hob ihn auf, hielt ihn sich unter die Nase und sog begierig das wohlige Aroma ein. Schließlich wickelte er sich den Schal um den Hals und drückte sein Gesicht noch einmal tief in die weiche Kaschmirwolle. Alison. Dieses Mädchen, das sein einziger Freund gewesen war.

Sekunden später war er wieder unten in der Küche und stopfte alle Lebensmittel, die er finden konnte, in eine große Plastiktüte. Dann verließ er das Haus durch die Hintertür und machte sich wieder auf den Weg zurück in die Sicherheit der Berge. Plötzlich hielt er inne. Die Stalltür stand offen.

Er zögerte, wollte sich schon wieder abwenden, als ihm ein anderer Geruch in die Nase stieg.

Der Geruch der Pferde. Ein vertrauter Geruch, der ihn an glückliche, unbeschwerte Tage erinnerte. Tage, die nun eine Ewigkeit zurückzuliegen schienen. Endlose Stunden hatte er mit ihnen verbracht, hatte sie gefüttert, gestriegelt, war auf ihrem Rücken mit fliegenden Haaren über die Wiesen und Felder galoppiert.

Glückliche Tage. Tage, die nie wiederkommen würden.

Noch einmal sog er diesen tröstlichen Duft ein, wollte ihn tief in seinem Gedächtnis eingraben, damit er sich immer daran erinnern könnte. Doch plötzlich zuckte er zusammen. Jede Faser seiner Muskeln spannte sich. Da war noch eine andere Witterung, die vom Stall her kam.

Eine Witterung, die er niemals bewußt wahrgenommen hatte, die ihn jetzt jedoch schlagartig mit einer rasenden Wut erfüllte.

Michael Stiffle.

Michael Stiffle war im Stall; und sein Geruch, so wenig vertraut er ihm auch war, rief doch sofort eine Fülle von Erinnerungen in ihm wach.

Wie er ihn vor allen anderen Kindern verspottet und verhöhnt hatte. Wie er ihm johlend nachgerufen hatte, daß er verrückt sei. Wie er mit den anderen über ihn getuschelt und gekichert hatte.

Immer mehr bittere Erinnerungen stiegen in ihm hoch, und mit einem Mal schien Michael Stiffle all die Demütigungen und Erniedrigungen zu verkörpern, die Joey in seinem ganzen Leben von seinen Klassenkameraden hatte einstecken müssen. Seine Wut steigerte sich zu einem abgrundtiefen Haß. Er ließ das Bündel mit den Lebensmitteln auf den Boden fallen und lief geduckt auf die offene Stalltür zu.

Michael Stiffle stand in Sheikas Box und schüttete gerade frisches Pferdefutter in ihre Krippe, als die riesige Stute plötzlich wild zu schnauben anfing, den Kopf hochwarf und mit weit aufgerissenen Augen und stampfenden Hufen in ihrer Box zurückwich.

»Was hast du denn?« fragte Michael und schaute Sheika überrascht an. Eben noch hatte ihn die Stute mit ihren warmen Nüstern am Hals gekitzelt, weil sie es gar nicht erwarten konnte, endlich frisches Futter zu bekommen. Jetzt schien sie völlig verstört zu sein, und als Michael sie beruhigend am Hals tätscheln wollte, riß sie den Kopf weg und wieherte laut auf. Sie wich immer weiter zurück, bis sie mit dem Hinterteil an die Rückwand der Box stieß. Jetzt, da sie nicht mehr weiter ausweichen konnte, bäumte sie sich plötzlich auf und schlug mit den Vorderhufen wild in Richtung Stalltor aus, so daß sich Michael blitzartig ducken mußte, um ihren gefährlichen Hufen zu entkommen.

»Großer Gott!« rief der Junge zu Tode erschrocken und kroch, so schnell er konnte, rückwärts zum Tor der Box. »Was ist denn bloß in dich gefahren?« Hastig tastete er hinter sich und schob, ohne das Pferd aus den Augen zu lassen, den Riegel zurück, schlüpfte schnell hinaus und schob ihn dann wieder vor, für den Fall, daß Sheika vorhatte auszubrechen.

Doch dann stutzte Michael. Er merkte, daß nicht nur Sheika scheute, sondern auch Buck und Fritz nervös scharrten und stampften. Plötzlich bäumte sich Fritz auf und donnerte mit den Hufen gegen die hölzernen Planken seiner Box. Sekunden später tat Buck es ihm nach, und Sheika fiel wiehernd in die allgemeine Panik ein. »Verdammt noch mal, was ist denn los mit euch?« schrie Michael verzweifelt.

Doch im selben Augenblick wußte er die Antwort. Plötzlich war wieder dieses beklemmende Gefühl da. Er wurde beobachtet, wie schon vorhin, als er durch den Wald gegangen war.

Doch dieses Gefühl war jetzt noch stärker.

Viel stärker.

Er erschauerte, und eine panische Angst stieg in ihm hoch, als er spürte, daß etwas im Stall war.

Etwas, das kein Mensch, aber auch kein Tier war.

Mit gehetztem Blick schaute er sich nach etwas um, womit er sich verteidigen konnte.

Die Heugabel.

Sie lag nur zwei Meter von ihm entfernt.

Michael Stiffle nahm seinen ganzen Mut zusammen, schüttelte die lähmende Angst ab, sprang zwei Schritte vor und griff sich die Gabel.

In diesem Moment hörte er ein Geräusch, ein lautes Geräusch diesmal, direkt hinter sich. Als er herumfuhr und die Heugabel mit ihren gefährlich spitzen Zinken gegen den Angreifer richtete, schaute er in die Augen von Joey Wilkenson.

Schmale, drohend funkelnde Augen. Sofort schoß Michael Stiffle ein Bild durch den Kopf.

Das Bild eines Wolfes.

Einen Moment, der wie eine Ewigkeit schien, fixierten sich die beiden Jungen, ohne ein Wort zu sagen.

Es war Michael Stiffle, der schließlich das Schweigen brach. »W… was willst du von mir?« fragte er mit zitternder Stimme.

Joey blickte den Jungen an, diesen Jungen, der ihn sein ganzes Leben lang verhöhnt und verspottet hatte. »Ich bin verrückt«, flüsterte er leise, mit irren Augen. »Du hast recht, Michael. Alles, was du je über mich gesagt hast, ist schließlich wahr geworden!«

»L… laß mich in Ruhe«, stotterte Michael. »Ich hab' dir nichts getan. Ich hab' dir nie was getan!«

»Oh doch, das hast du!« antwortete Joey, und ein böses Grinsen stahl sich auf seine Lippen. »Und nicht nur du, auch deine Schwester. Und all deine anderen Freunde.« Wie lähmende Pfeile bohrten sich Joeys Blicke in Michaels Augen. Er stand wie gebannt, unfähig, sich auch nur umzudrehen und davonzulaufen. »Weißt du, was ich mit dir machen werde, Michael?« fragte Joey schließlich mit lauernder Stimme.

Michael wurden die Knie weich. Er konnte kein Wort herausbringen. Sprachlos starrte er Joey an.

»Ich werde dich töten«, flüsterte Joey. »Irgendwann, nachts, wenn du in deinem Bett liegst und dich ganz sicher fühlst, werde ich kommen und dich töten.«

Mit entsetzten Augen blickte Michael sein Gegenüber an. Die Worte hallten in seinem Kopf wider.

… werde ich kommen und dich töten, Michael. Werde ich kommen und dich töten.

»Nein!« schrie Michael auf. Endlich hatte er seine Sprache wiedergefunden. Er stürzte sich auf Joey und wollte ihm die spitzen Zinken der Heugabel in die Brust rammen. Blitzschnell wich Joey aus und packte geschickt den Stiel mit beiden Händen, als die Gabel an ihm vorbeischoß.

Es bedurfte nur eines kurzen Rucks, Michael die Gabel aus den Händen zu reißen, und als dieser seine Waffe verloren hatte, stürzte er in heilloser Angst davon.

Michael hetzte durch den Stall und wollte gerade die Tür zur Sattelkammer aufreißen, als ihm Joey die Gabel von hinten mit solcher Wucht durch den Hals stieß, daß die Zinken tief in die Holzplanken fuhren.

Die letzten Worte, die der sterbende Junge, wie durch einen dichten Nebel hindurch vernahm, waren die Worte Joeys: »Das hier ist erst der Anfang, Michael. Das ist erst der Anfang.«

Als Joey sah, wie Michael starb, brach aus den Abgründen seiner Seele ein satanisches Gelächter hervor. Dann verließ er den Stall und trat hinaus ins gleißende Sonnenlicht. Als er das Geräusch eines herannahenden Autos hörte, lief er schnell zum Haus, schnappte sich das Bündel mit Lebensmitteln, das ihn die nächsten Tage versorgen würde, und lief quer über die Weide auf den schützenden Wald zu.

Sekunden später kam Rick Martin an. Als er im weiten Bogen in den Hof einfuhr, sah er Joey über das Feld galoppieren, nur noch wenige Meter vom Waldrand entfernt. Wie wild begann sein Herz zu rasen, quietschend stieg er auf die Bremse und stieß noch im Fahren die Tür auf. »Joey!« schrie er gellend, während er sein Gewehr aus der Halterung riß und aus dem Wagen sprang, kaum daß der zum Stehen gekommen war. »*Joey Wilkenson!*«

Joey hielt kurz an und drehte sich um, während der Polizist das Gewehr auf ihn anlegte.

Zu schnell riß Rick Martin am Abzug, und der Schuß verfehlte sein Ziel.

Noch ehe er wieder durchgeladen hatte, war Joey verschwunden.

Verschwunden in den Bergen. Nur noch das Echo seines Gelächters hallte in den zerklüfteten Felsen wider.

Epilog

Nur noch eine Stunde, dachte Mary Anne. Nur noch eine einzige Stunde, und ich kann diesen grauenhaften Ort für immer verlassen.

Die Beerdigung war vorbei. Irgendwie hatte sie es geschafft, alles durchzustehen, ohne zusammenzubrechen. Erst jetzt, da sie neben ihrer Tochter auf dem Rücksitz von Charley Hawkins' Cadillac saß, erlaubte sie es sich, die letzten Eindrücke wirklich an sich heran zu lassen.

Die ganze Zeremonie, die Trauerfeier und die anschließende Bestattung der fünf Toten, war ihr auf seltsame Weise unwirklich vorgekommen. Sie hatte die ganze Zeit ein Gefühl gehabt, als ob sie jeden Augenblick aus einem fürchterlichen Alptraum erwachen und wieder daheim in Canaan sein würde.

Dabei wußte sie, daß dies alles wirklich geschehen war und sie noch jahrelang verfolgen würde.

In den letzten beiden Nächten war sie schreiend aus dem gleichen Alptraum hochgefahren. Wieder hatte sie sich im Schneesturm verirrt und trug Logan in ihren Armen.

Doch er war nicht tot, sondern lebte noch.

Er lebte noch, und aus der klaffenden Halswunde floß das Blut, und er flehte sie ununterbrochen an, ihm zu helfen, ihn nicht sterben zu lassen.

Sie hatte ihn in den Armen gehalten und war blind durch den Schnee gestolpert.

Schnee. Schnee, den der Wind ihr in die Augen trieb. Und das sterbende Kind in den Armen.

Jedesmal war sie schreiend aufgewacht, und jedesmal war Alison zu ihr ins Bett gekrochen, hatte ihre Mutter in ihren Armen gehalten und wie ein Kind gewiegt, bis sie wieder zu sich gekommen war, bis sie aufgehört hatte zu zittern.

Jetzt saßen sie beide in Charley Hawkins' Auto und hielten sich an den Händen. In ein paar Minuten würden sie wieder im Gasthof sein, wo der Trauerempfang stattfand. Danach war dann alles vorbei. Dann konnten sie und Alison Sugarloaf endlich für immer verlassen.

Würden sie jemals zurückkehren? Würden sie es jemals über sich bringen, hierher an den Ort des Grauens zurückzukehren, um Logans Grab zu besuchen?

Sie konnte es sich einfach nicht vorstellen, auch wenn sie schon jetzt ahnte, daß diese Betäubung irgendwann von ihr weichen würde, daß selbst die Erinnerung dran, was hier geschehen war, irgendwann verblassen würde, daß die Zeit ihre Wunden langsam heilen würde.

Aber wohin sollten sie jetzt gehen?

Sie hatten sich noch nicht entschieden, doch Mary Anne wußte, daß auch Alison nicht nach Canaan zurückkehren wollte. Beide würden sie die Erinnerung an Logan nicht ertragen. Alles, einfach alles würde sie an den kleinen Jungen erinnern; der Schmerz und die Verzweiflung würden sie immer wieder überwältigen.

»Aber was ist mit deinem Vater?« hatte Mary Anne ihre Tochter gefragt, als sie gestern abend über dieses Thema sprachen. »Möchtest du ihn nicht wiedersehen?«

»Er kommt nicht einmal zu Logans Begräbnis, stimmt's?« hatte Alison bitter gefragt.

»Er hat nicht genügend Geld«, hatte Mary Anne versucht zu beschwichtigen, doch Alison ließ sich nicht täuschen.

»Wenn er wirklich gewollt hätte, hätte er das Geld irgendwie aufgetrieben.« Sie schaute ihre Mutter an, und ein hilfloses Lächeln huschte über ihr Gesicht. »Langsam kann ich verstehen, warum du mit ihm nicht wieder zusammenleben willst.«

Sie hatten es für diesen Abend dabei belassen. Beide waren sich einig, daß sie nicht wieder zurück nach Canaan wollten. Wo sie aber statt dessen hingehen würden, war nach wie vor offen.

Und jetzt, wie sie da im Auto saßen, stellte Alison die Frage erneut. »Mama? Wohin sollen wir jetzt gehen?«

Als ob ihre Tochter ihre Gedanken gelesen hätte. Mary Anne tauchte aus ihren düsteren Grübeleien auf und schaute Alison ins Gesicht. Die ganze lange Trauerfeier über hatte ihr das Mädchen tapfer zur Seite gestanden, hatten sie sich gegenseitig die Hand gehalten. Auf einmal sah sie viel älter als dreizehn Jahre aus. Der Ausdruck ihrer Augen hatte sich verändert; sie waren dunkler geworden, hatten nicht mehr dieses Flair kindlicher Unschuld. Sie hat nicht nur ihren Bruder verloren, dachte Mary Anne erschrokken. Sie hat ihre ganze Kindheit verloren!

»Ich hab' mir immer noch keine Gedanken darüber gemacht«, gestand Mary Anne.

»Aber ich«, sagte Alison. »Weißt du noch, wie Logan immer davon geträumt hat, nach Kalifornien zu gehen? Wie er immer von Disneyland geschwärmt hat, wie er unbedingt surfen lernen wollte und so?«

Mary Anne spürte einen Stich im Herzen, als sie an all die Dinge dachte, von denen Logan immer geträumt hatte und die er jetzt nie mehr erleben würde. Tränen schnürten ihr die Kehle zu, und so nickte sie nur stumm.

»Dann laß es uns für ihn tun, Mama«, sagte Alison. »Laß uns nach Kalifornien gehen und all die Dinge tun, von denen Logan immer geträumt hat!«

Das Auto hielt vor dem Gasthof, doch Mary Anne machte keine Anstalten auszusteigen. Sie blieb still sitzen und dachte über Alisons Vorschlag nach.

Konnten sie das wirklich machen?

Konnten sie einfach losziehen, sie beide, und sich ein ganz neues Leben aufbauen?

Dann hörte sie Charley Hawkins' Stimme. »Sie können auf der Stelle losfahren, Mary Anne. Sie brauchen sich keinen einzigen Gedanken darüber zu machen. Sie brauchen nur Ihre Sachen zu pakken, sich in den Range Rover zu setzen und loszubrausen.«

Auf einmal beschlichen Mary Anne starke Zweifel. »Aber das geht doch nicht. Ich… ich muß erst in Ruhe darüber nachdenken… ich kann doch nicht einfach…«

»Natürlich können Sie das«, unterbrach Charley sie mit sanfter Stimme und schaute ihr im Rückspiegel in die Augen. »Es ist genau das, was Ted und Audrey gemacht haben. Sie haben sich getroffen, und sie wußten, daß sie füreinander geschaffen waren. Das war alles. Und keiner von beiden hat seinen Entschluß auch nur eine Minute lang bereut. Auch wenn dann alles so ausgegangen ist. Und ich wette sogar, selbst wenn sie gewußt hätten, was am Ende passieren würde, sie hätten es genauso gemacht.«

»Sie haben recht«, sagte Mary Anne. »Ihr habt beide recht. Also gut, dann machen wir es so.«

Als sie aus dem Auto stieg, hatte sie auf einmal das Gefühl, als ob die Last der Trauer ein ganz klein bißchen leichter geworden wäre. Zehn Minuten später hatten sie und Alison ihre Sachen gepackt. Sie verstauten das Gepäck im Range Rover und stiegen ein. »Bist du sicher, daß du niemandem mehr auf Wiedersehen sagen willst?« fragte sie ihre Tochter.

Alison schüttelte den Kopf. »Ich habe Logan auf dem Friedhof auf Wiedersehen gesagt. Wir können fahren.«

Mary Anne startete den Motor und fuhr los. Keine von beiden schaute zurück, als sie Sugarloaf für immer verließen.

Und so konnten sie auch nicht sehen, daß Joey sie von oben aus den Bergen beobachtete.

Erst als der Wagen endgültig verschwunden war, wandte er sich ab und stieg wieder hinauf zu den kahlen Gipfeln, wo er vor seinen Verfolgern sicher war. An seiner Seite humpelte die Wölfin, die er ›Lobo‹ getauft hatte.

»Mach dir keine Sorgen«, murmelte er, während er mit der einen Hand Alisons Schal streichelte, mit der anderen die Wölfin zärtlich hinterm Ohr kraulte. »Wir finden sie schon wieder. Sie kann gehen, wohin sie will. Irgendwie finden wir sie wieder.«